grafit

Chemnitzer Str. 31, D-44139 Dortmund
Internet: http://www.grafit.de
E-Mail: info@grafit.de

Umschlagfoto: catscandotcom / istockphoto.com
Druck und Bindearbeiten: CPI – Clausen & Bosse, Leck
ISBN 978-3-89425-480-3
1. 2. 3. / 2018 17 16

Christiane Bogenstahl & Reinhard Junge

# Datengrab

Kriminalroman

grafit

## Autorin und Autor

**Christiane Bogenstahl** wurde 1973 in Wattenscheid geboren. Nach dem 1. Staatsexamen für das Lehramt schulte sie zur Informatikerin um und arbeitet nun als IT-Projektleiterin in Essen. Zusammen mit Reinhard Junge schrieb sie für die Grafit-Anthologie *Lies oder stirb* die Story *Tödliche Texte. Datengrab* ist ihr Debütroman.

**Reinhard Junge,** geboren 1946 in Dortmund, arbeitete vierunddreißig Jahre als Lehrer für Deutsch, Russisch und Latein in Hattingen und Wattenscheid. Seit 2012 ist er Rentner. Er gilt als Urgestein des Ruhrgebietskrimis und schrieb vor *Datengrab* – zum Teil zusammen mit Leo P. Ard – unter anderem neun Krimis um das Fernsehteam PEGASUS.

www.reinhard-junge.de
www.toedliche-texte.de

## Die Hauptpersonen

Lea Bennsdorf, 26 .................................spurlos verschwunden
*Doktorandin*

Prof. Paul Kehlmann, 48.................. von Versagern umzingelt
*Leiter des Kopula-Instituts*

Dr. Adele Klawitter, 43 ........................entdeckt ihr Gewissen
*Kehlmanns rechte Hand*

Ole Rasmusson, 26 ......................................... verfolgt ein Ziel
*Doktorand*

Tim Hoppe, 34 .......................................verachtet seinen Chef
*Systemadmin*

Matthias Kestermann, 40................................. gräbt etwas aus
*Archivar*

Hulda Grote, 89.....................................beerdigt zwei Männer
*Vermieterin*

Anja Hermann, 53 ................................... liebt nur die Sanften
*Lehrerin*

Erika Langmann, 71 ................................ kennt nur das Grobe
*Hausdrache*

*sowie die Kriminalpolizisten:*

Herta Kasten, 56 .................................. Dogge auf zwei Beinen

Christoph Waliszczek, 28 ..................... Kater auf zwei Pfoten

Kevin Kopitzki, 32 ........................... ausdauernd wie ein Pferd

Rolf Echternach, 47 ........................... geduldig wie ein Elefant

Heiko Müller, 44 ......................................... der Fuchs im Team

*und das Fernsehteam PEGASUS samt Anhang:*

Simone ›Sim‹ Olsok, 36 .......................... sucht einen Trojaner

Dr. Kalle Mager, 36 .................................. findet eine Ausfahrt

Klaus-Ulrich Mager, 59 ............................ stürzt in eine Krise

Karin Jacobmayer, 46 ........................................... ringt um Luft

Mechthild Mager, 55 .......................................... wittert Gefahr

Theo Mager, 11 ........................................ schockt seinen Vater

Susanne Ledig, 55 .................................... zieht die Notbremse

## Statt eines Vorworts

Für den Wahrheitsgehalt dieses Kriminalromans übernehmen Autorin und Autor keinerlei Gewähr. Man darf ja nicht alles glauben, was die Zeitungen schreiben und die Leute erzählen. Aber manchmal kann man aus diesen Gerüchten eine schöne Story stricken.

Unser Dank für Tipps und Hilfe gebührt:
Sibylle Banaschak (Köln), Charlotte Junge (Duisburg), Kai Kinscher (Essen), Hans-Jürgen Müller (Bochum), Dr. Ovis Mufflon (Essen), Florian Kuba (Marl), Dr. Andreas Möller (Duisburg), Herbert Nagel (Bochum), Volker Schütte und seinem Team (Polizei Bochum), Volker Schulze (Duisburg), Thomas Schweres (Essen) für einige Leiharbeiter sowie A. wie Anonymous für die fabelhafte Arbeit vor Ort.

# Prolog

Es gab Regeln, die zu befolgen waren.

Die junge Frau, die vor ihm auf dem Teppich lag, hatte dieses Gesetz missachtet. Es hätte nicht so kommen müssen.

Während er sich erhob, schüttelte er bedauernd den Kopf. Dann passierte er das Schauspiel vor seinen Füßen und strebte zu der gläsernen Vitrine rechts neben der Tür, die eine Auswahl an erlesenen Whiskys barg. Sie alle buhlten um seine Aufmerksamkeit.

Er entschied sich für etwas Süßes. Ein Adelphi Aultmore von 1974. Das Etikett verkündete in bescheidenen Lettern, dass es sich um eine von hundertundeins Flaschen eines Fasses mit der Nummer 999 handelte. Ein hervorragendes Tröpfchen, das dem Anlass angemessen war.

Bedächtig griff er eines der Nosing-Gläser, die ordentlich aufgereiht auf dem zweiten Regalbrett standen, und füllte es zu einem Viertel mit dem Whisky seiner Wahl. Er schwenkte den Inhalt sanft in freudiger Erwartung. Mit einem anerkennenden Nicken verfolgte er die ölige Spur der dunklen Flüssigkeit und senkte seine Nase ins Glas. Nahm einen tiefen Atemzug. Wundervoll.

Der kräftige Mann hätte den Inhalt gern mit der kleinen Blonden geteilt. Auch sie wusste einen guten Single Malt zu schätzen, wie er mehrfach beobachtet hatte. Doch dazu hätte man das rosa Hemdchen entfernen müssen, das ihren Mund verstopfte. Zu diesem Zeitpunkt keine gute Idee. Und das falsche Signal. Zuerst musste sie ihre Lektion lernen.

Als vernünftiger Mensch wusste er, dass er nicht jede Aufgabe selbst erledigen konnte. Manchmal musste man sich im Hintergrund halten. Dies hier war solch ein Moment.

So kehrte er, ohne den Teppich zu berühren, beinahe vergnügt zu dem bequemen Sessel zurück. Seine massige Gestalt versank fast darin, während das Leder seufzte wie eine gebrochene Witwe.

Der Blick auf die Szenerie vor ihm war unverstellt und der Whiskytrinker nahm jede Einzelheit in sich auf. Es war, als sammelte er Schnappschüsse, die er später noch mal in Ruhe betrachten wollte.

Soeben erhob sich der muskulöse Mann, dessen Körper die junge Frau auf den Teppich gezwungen hatte, und gab den Blick auf sie frei. So nackt und so hilflos. Ihre Brust hob sich, als sie gequält durchatmete. Sie versuchte, den Mann im Sessel anzusehen. In ihrem Blick lagen Panik und Schmerz, vermischt mit einem Funken Hoffnung.

Genießerisch nippte der Zuschauer an seinem Drink, während der Peiniger sich zu ihm umwandte. Sein Gesicht wurde von einer Strumpfmaske verdeckt, aber die Frage in seinen Augen war deutlich.

Mit einem fast unsichtbaren Lächeln nickte der Mann im Sessel.

Der Maskierte packte die Beine der Frau, drehte sie grob auf den Bauch und zog sie so nah heran, dass ihre Pobacken hochragten. Sie musste ahnen, was passieren sollte, und versuchte mit aller Kraft, sich zu wehren.

Dummes, dummes Mädchen, dachte der Voyeur und senkte seine Nase in das Whiskyglas. Die Süße betäubte fast seine Sinne, als das Schauspiel sich seinem Höhepunkt näherte.

Der Maskierte versetzte der Frau einen Fausthieb gegen den Hinterkopf – zu schwach, um ihr das Bewusstsein zu nehmen, aber stark genug, um sie gefügig zu machen.

Er packte sie grob an der Taille und riss ihren Po weiter nach oben. Dann rammte er seinen Schwanz in ihren Anus. Wieder und wieder, als würde er vom Stöhnen seines Opfers angefeuert.

Der Mann im Sessel bemerkte, dass er eine Erektion bekam.

Mit halb geschlossenen Augen hob er nun das Glas an die Lippen, kostete von dem exquisiten Nektar und lauschte dem erstickten Aufschrei der Frau. Genuss mit allen Sinnen.

Die Blonde wimmerte. Sie drehte ihren Kopf, tränennasse Augen starrten ihn bettelnd an. Wie grotesk der rosafarbene Knebel aussah! Wie dümmlich sie auf einmal wirkte! Und so hilflos, wie er es liebte.

Ein Seufzer des Bedauerns entfuhr ihm. Sein falscher blonder Engel. Von der Wolke geholt und entzaubert. Schade auch. Es war eine gute Zeit gewesen. Noch vor einer Woche hätte er jeden getötet, der sie angefasst hätte. Aber jetzt hatte er sie freigegeben.

Der Maskierte grunzte und stoppte seine Bewegungen. Verharrte. Kostete selbst noch einmal aus, was ihn befriedigt hatte. Die Frau gab keinen Laut mehr von sich.

Der Whiskymann leckte sich einen Tropfen aus dem Mundwinkel und erhob sich.

Sie hatte ihre Lektion wohl gelernt.

# Montag

## 1

»Fleißiger Mann!«

Ächzend richtete sich Matthias Kestermann zu seiner vollen Größe von eins dreiundneunzig auf, rieb sich den schmerzenden Rücken und sah seiner Frau entgegen, die über den Gemeinschaftsrasen des Vierfamilienhauses zu ihm heranstiefelte.

In der schmalen Furche, die das heilige Grün hinter der Pulverstraße 13 vom privaten Grabeland trennte, blieb sie stehen und begutachtete sein Zerstörungswerk. Zwischen den Obstbäumen, an denen sich zögernd die ersten Blättchen entfalteten, türmten sich die Reste einer altersschwachen Laube. Hier stapelten sich schiefe Gartenmöbel aus Holz, Draht und Plastik, dort sah man zwei Regale, die noch auf die Säge warteten, ein Stückchen weiter häuften sich alte Zeitungen aus den Sechzigern und Siebzigern. Gleich daneben gab es rostige Spatenblätter und Harken, die an morschen Stielen hingen, halb verrottete Arbeitsschuhe und lehmige Stiefel. Behalten würde er lediglich die drei alten Ölfässer, in denen bereits die Vorgänger das vom Dach tropfende Regenwasser gesammelt hatten.

Den größten Stapel bildeten die Bretter, Latten und Balken des Daches und der Seitenwände, aus denen Kestermann noch jede Menge verbogene Nägel ziehen musste. Und daneben ruhten ein ausgedienter Toilettentopf aus Porzellan und etliche Streifen geteerter Dachpappe.

»Mein lieber Scholli«, sagte Caro. »Da hat morgen aber jemand einen richtigen Muskelkater. Möchtest du ein Bier?«

Zögernd musterte Kestermann die dargebotene Flasche. Das würde ganz schön zischen. Doch dann schüttelte er den

Kopf. »Lieber nicht. Nach dem ersten Schluck falle ich tot um. Und das da muss ich noch schaffen, bevor es dunkel wird.« Er deutete auf ein leicht buckliges Rechteck, das von mehreren Schichten Linoleum bedeckt war. »Dadrunter liegt noch der alte Bretterboden. Jede Menge morsches Holz. Mit einem Brecheisen ist das aber ein Klacks!«

»Was ist mit den Fliederbüschen?«

»Die bleiben stehen. Die Obstbäume natürlich auch. Sind kerngesund und tragen noch.«

Nachdenklich blickten die Eheleute auf den Garten. Die Bretterbude war die Flickschusterei eines ungeübten Handwerkers, aber Bäume, Büsche und Beete zeugten von einer gärtnerisch durchdachten Anlage.

»Meine Güte«, sagte Caro. »Wie viele Tausend Stunden Arbeit stecken wohl in diesem Stückchen Land?«

Matthias Kestermann nickte, drehte sich zu dem Wohnhaus um und musterte den Balkon im ersten Stock, der nun ihnen gehörte, genau wie der Garten, in dem sie standen. Das Ehepaar, das über vierzig Jahre dort gewohnt und fast die ganze Zeit über diesen Boden bearbeitet hatte, war tot – und sie selbst hatten das Glück gehabt, die Wohnung mieten und den Garten pachten zu können.

Ob die wirklich von oben zusehen können, was wir heute mit ihren Hinterlassenschaften anfangen?

Er lächelte und deutete auf die anderen Parzellen Grabeland, die sich nach Süden bis zur Hauptstraße und nach Norden bis zu einem alten Bauernfriedhof aneinanderreihten. In einigen von ihnen sah man die gebeugten Rücken mehrerer Hobbygärtner, die wie er bei den ersten schönen Tagen des Jahres 2012 mit der Frühjahrsarbeit begonnen hatten. Hin und wieder hatten sie neugierige Blicke herübergeworfen und sein Tun verfolgt.

»Wie auch immer«, sagte er. »Die Nachbarn passen schon auf, dass der Garten nicht verwildert. Und in einer Stunde ist es dunkel.«

»Ich koche uns was Schönes«, sagte sie, küsste leicht seinen kurzen schwarzen Urlaubsbart und ging zum Haus zurück.

Sein Blick folgte ihr, bis erst ihre immer noch schlanken Beine, danach ihre etwas fülligeren Hüften und zum Schluss ihre braunen Locken auf der Treppe zum hinteren Kellereingang verschwunden waren. Seine Frau! Ein tolles Weib.

Dann spuckte Kestermann in die Hände und nahm den Fußboden in Angriff. Mit einem Teppichmesser zerlegte er das brüchige Linoleum in annähernd gleich große Stücke, die er dann von der nächsten Schicht des Belags und endlich vom Fußboden abreißen und zur Seite werfen konnte.

Die Bretter bestanden, wie erwartet, aus morschem Holz verschiedener Sorten, Längen und Stärken. Flickwerk wie der gesamte Bau.

Endlich griff er zum Brecheisen und löste die Dielen von den fünf, nein sechs Querbalken, auf denen die gesamte Hütte geruht hatte. Die lehmige Erde in den Hohlräumen war mit einer Unzahl von Mäuseklötteln überzogen, zwischen denen ein paar Kieselsteine glänzten. Die Katzen aus den nahen Wohnhäusern verloren gerade eines ihrer schönsten Jagdreviere.

Schon wollte er sich abwenden, als ihm etwas auffiel: Die Kieselsteine lagen insgesamt zwar wie zufällig ausgestreut auf dem lehmigen Boden, bildeten aber bei genauerer Betrachtung zwischen den mittleren Balken ein schmales, fast zwei Meter langes Rechteck. Eine düstere Vision schlich sich in seinen Kopf. »O nein, bitte nicht!«

Sein Ausruf lockte eine betagte Frau aus dem Nachbargarten herbei. Der gekrümmte Rücken und die Falten in ihrem Gesicht deuteten auf ein Leben voller Arbeit hin, das schmantige Weißhaar auf mangelnde Pflege. Doch geistig war sie immer noch hellwach. Aufmerksam sah sie zu, wie der junge Nachbar den Kies zur Seite schaufelte. Nach und nach tauchten die Reste eines Müllsacks und ein paar Stofffetzen auf. Und dann …

Vorsichtig stieg die Frau über die Balken und schaute in das Loch. »Ach, du lieber Gott«, rief sie und presste erschrocken die Hand aufs Herz. »Wenn das mal nicht die Silke ist!«

## 2

Es war jetzt zwei Tage her, aber Simone Olsok war noch immer sauer.

Sie hatte im Kellergang gestanden und den nassen Aufnehmer zurück in den Wischeimer geklatscht. »Frau Langmann. Ihnen auch einen wunderschönen guten Tag. Was habe ich diesmal Schlimmes verbrochen?«

Vor ihr stand eine der Nachbarinnen aus dem Erdgeschoss und hielt ihr ein kleines Holzschild mit der Aufschrift *Schneeräumdienst* vor die Augen. »Frau Olsok, können Sie lesen?«

»Sogar in Ihrem Gesicht, Frau Langmann. Sie sind mal wieder zornig, stimmt's?«

»Wütend bin ich. Sehr wütend sogar! Wie können Sie es wagen, mir jetzt schon dieses Schild an die Tür zu hängen?«

Grundgütiger, dachte Simone, spinnt die? Sie fragte zur Sicherheit noch einmal nach: »Hätte ich bis zum Mittag warten sollen?«

Eine Sekunde rang die Xanthippe um ihre Fassung, aber dann spuckte sie ihr Anliegen aus: »Sie haben weder gestern noch heute Schnee geräumt!«

»Stimmt. Ich habe gestern vor der Arbeit und heute an meinem freien Tag jeweils um sieben Uhr morgens Salz gestreut, weil der Weg vor diesem schönen Haus mit einer dünnen Eisschicht ...«

»Sie geben es also zu!«, triumphierte die Alte. »Es war gar kein Schnee da. Sie haben auch nichts geräumt, sondern nur gestreut! Das reicht aber nicht!«

Sim war nun ernsthaft verwirrt. »Nicht?«

»Nein. Das könnte Ihnen wohl so passen, wenn Sie mit fünf Minuten Salzstreuen davonkämen. Und wir sollen dann Ihren Schnee wegschippen, wenn es wieder richtig schneit, stimmt's? Eine Unverschämtheit ist das. Eine Unverschämtheit!«

»Verstehe ich Sie richtig: Wenn es mal einen ganzen Winter lang nicht schneit, sondern immer nur etwas Eis vor der Tür liegt, soll ich jeden Morgen raus – bis es endlich mal …?«

Die Alte ließ sie gar nicht ausreden, sondern stemmte, ihre vom Ohnsorg-Theater abgeschaute Lieblingspose, die dünnen Arme in ihre Hüften. »Hören Sie, Frau Olsok: Wir alle hier im Haus haben viel, nein, sehr viel Geduld mit Ihnen gehabt. So geht das nicht. Jeder Mieter hat seinen Anteil an Pflichten zu erledigen. Auch Sie!« Die Alte stach ihren knochigen Zeigefinger in Simones Brust. »Sie, Sie sind …«

Sim trat einen Schritt zurück, doch die Gegnerin ging wie mit einem Florett zur Attacke über. Ihr war, als hätte sie eine Ohrfeige bekommen. Im Reflex schlug sie die Hand der Hexe von ihrem Busen weg. Dabei flog das Holzschildchen, das die Angreiferin noch in den Fingern hielt, gegen eine Wand und landete mit einem vorwurfsvollen Klappern auf dem grauen Beton.

»Geht's noch?«, schrie Simone. »Fassen Sie mich nicht noch einmal an. Sonst hacke ich Ihnen die Hand ab!«

Schockiert wich die Alte zurück. Das hatte es in diesem Haus noch nicht gegeben. Sie flüchtete zu ihrer Wohnungstür und rief mit zeternder Stimme durch den Hausflur: »Das hat ein Nachspiel! Das sag ich alles dem Gregor!«

Dann schlug die Tür mit einem Krachen zu.

Simone hatte einen Puls von zweihundert und zitterte vor Wut. Die können mich alle mal, dachte sie. Dann kippte sie entschlossen das Wischwasser in den Ausguss. Es reichte.

Das war nun gerade zwei Tage her – aber so ähnlich waren schon die letzten sechs Jahre verlaufen, die Simone in diesem ehrenwerten Haus wohnte. Keine Woche verging, ohne dass eines der vertrockneten Weiber ihr das Leben schwer machte. Und seitdem Kalle häufig bei ihr übernachtete, verspritzten sie ihr Gift fast täglich.

Anfangs war es noch halbwegs witzig gewesen, über diese unfruchtbaren Ziegen zu lästern oder sie mit einer ironischen Bemerkung geistig zu überfordern. Doch es war, als ob Simone und Kalle gegen Windmühlen kämpften, und der anfängliche Spaß war dem Frust gewichen. Denn im Hintergrund lauerte Gregor, der Hauswirt, der seinen Kampfhunden jede Unterstützung gab.

Als Simone von der Arbeit nach Hause kam, steckte ein neuer Brief von Gregor im Kasten. Sie widerstand der Versuchung, ihn sofort zu lesen, sondern packte erst die Einkäufe in den Kühlschrank, setzte Teewasser auf, zog sich etwas Bequemes an und gönnte sich ein Schlückchen feinsten Portweins.

Nun war sie bereit.

*Sehr geehrte Frau Olsok,*
*ich wende mich in einer unangenehmen Sache an Sie: In den vergangenen Tagen und Wochen sind erneut Beschwerden über Sie und Ihren Partner bei uns eingegangen. Unsere Mieter klagen darüber, dass die Hausordnung mehrfach nicht eingehalten worden sei (z. B. Flur- und Kellerdienst), insbesondere wurde auch Ihre Angewohnheit kritisiert, den Trockenkeller zu heizen und Wäsche übermäßig lange dort hängen zu lassen.*
*Am 02.03. haben Sie sich zudem, wie Frau Langmann berichtete, geweigert, Ihrem Schneeräumdienst nachzukommen, und sie grob behandelt, als diese Sie an Ihre Pflichten erinnerte. Mit diesem Schreiben möchte ich Sie <u>dringlichst</u> darauf hinweisen, dass Sie, sollte es zu einem durch Glatteis oder Schnee verursachten Unfall vor dem Haus kommen, persönlich haftbar sind.*

*Im Übrigen habe ich keinen Zweifel an Frau Langmanns Meldung dieser Missstände. Seit achtundzwanzig Jahren ist sie eine zuverlässige Mieterin, die die Interessen der Hausgemeinschaft wahrt und mit den anderen Mietparteien harmoniert.*
*Bitte beachten Sie zukünftig auch, Ihre Wäsche nicht länger als nötig im Trockenkeller hängen zu lassen und die Heizung nicht aufzudrehen. Die Wäscheleinen müssen sich derzeit drei Nutzer teilen, alle anderen benutzen Elektrotrockner. Das Aufdrehen der Trockenkellerheizung ist nicht nötig, weil die Wäsche das ganze Jahr über praktisch binnen Stunden durch Durchzug trocknet, wenn Sie die Kellerfenster und die Trockenkellertür geöffnet halten.*
*Ich möchte Sie letztmalig bitten, diese seit Jahrzehnten bewährten Regeln in unserem Haus einzuhalten. Frau Langmann steht Ihnen bei Fragen gerne zur Verfügung.*
*Noch ein letztes Wort zu Ihrem Partner: Frau Wellner beklagte sich, dass er sie unwirsch angesprochen habe. Frau Langmann bestätigte dies und erweiterte den Vorwurf auf Ihre Person. Ich möchte noch einmal darauf hinweisen, dass Herr Mager kein Mieter dieses Hauses ist. Er besitzt also keinerlei Rechte, mit Mieterinnen über die Hausordnung oder die Regeln der Hausgemeinschaft zu diskutieren. Zu meinem eigenen Schutz weise ich darauf hin, dass er nicht versichert ist, während er den Flur putzt oder andere Arbeiten erledigt.*
*Falls Sie nicht bereit sind, sich anzupassen, oder Sie sich in meinem Haus nicht wohlfühlen, würde ich einen Auszug begrüßen.*
*Ich hoffe, dass Sie und Ihr Schlafgast mit den anderen Mietern bis zu Ihrem eventuellen Auszug gut miteinander auskommen.*
*Hochachtungsvoll*
*Gregor Bitterholz*

Als Kalle eine Stunde später die Wohnung betrat, fielen ihm sofort Simones gerötete Augen auf.

»Was ist?«, fragte er.

Seine Freundin schob ihm den Brief über den Tisch.

»Von Arschloch Gregor?«

Sie nickte.

Er überflog das Blatt, dachte kurz nach, seufzte und sagte dann: »Ich glaube, dass das der richtige Zeitpunkt ist.«

Sie sah ihn aufmerksam an.

Theatralisch wie ein Zirkusdirektor öffnete er seine Arme und kniete vor ihr nieder.

»Bist du bereit …«, begann er pathetisch und baute eine bedeutungsvolle Pause in den Satz ein, »… all das zurückzulassen … und mit mir in eine gemeinsame Wohnung ohne Hausdrachen zu ziehen?«

Simone lachte erleichtert auf. »Meine Fresse! Hast du mir einen Schrecken eingejagt!«

»Hä, warum?«

»Ich dachte schon, du wolltest mir einen Heiratsantrag machen.«

## 3

Zehn Minuten später und der Kriminaldauerdienst hätte ausrücken müssen. Aber dafür kam der verdammte Anruf zu früh. Wochen, die so begannen, konnten nur beschissen enden.

Still vor sich hin fluchend, zwängte sich Hauptkommissarin Herta Kasten in ihre gelbe Windjacke, drückte ihre Dienstpistole etwas tiefer in die ausgebeulte Seitentasche und baute sich voller Schadenfreude vor der Herrentoilette auf. Genau dorthin hatte sich bereits vor dreizehn Minuten ihr engster Mitarbeiter Christoph Waliszczek verzogen, um mit einer Dauersitzung die Zeit bis zum Feierabend zu überbrücken. Der Mann war mit achtundzwanzig gerade mal

Kriminalkommissar und damit noch lange nicht zu solchen Verpissungsmanövern befugt. Na, warte.

»Was ist, Hertalein?«

Schüppe kam vorbei, einen Dienstgrad höher als sie, einst Chef der Mördertruppe, aber inzwischen so etwas wie der freischaffende Künstler für das Besondere. Zudem kam er sich als Fan des königsblauen Fußballvereins im Dortmunder Präsidium manchmal vor wie ein schwuler schwarzer Jude im Visier des Ku-Klux-Klans.

»Ich warte«, sagte sie lakonisch.

Mit einem flüchtigen Blick auf ihre gelbe Jacke lästerte er: »Hässliche Farbe. Und falls du's noch nicht bemerkt hast: Du stehst nicht nur auf den falschen Verein, sondern auch vor der verkehrten Tür.«

»Schüppe-Schätzchen«, entgegnete sie, »es gibt drei Themen, bei denen ich mich nie irre: Fußball, Männer und Türen. Und jetzt mach. Sonst kommst *du* mit zu unserer neuen Leiche.«

Schüppe verzog den Mund und schüttelte den Kopf – ganz so, als hätte er die Kollegin gerade dabei erwischt, wie sie einen ihrer stinkenden Zigarillos an der Türzarge ausdrückte. Herta, bei dieser Frau ist der Name Programm, dachte er.

»Also?«

Statt einer Erwiderung zuckte er nur mit den Schultern und hinkte von dannen. Dabei zog er seine Packung mit Schmerzpillen aus der Tasche, ohne die er offenbar nicht mehr leben konnte.

Kasten blickte ihm nach. Ein guter Bulle – aber offenbar zu feige, um sich operieren zu lassen. Oder gab es andere Gründe, warum er die Pillen bevorzugte?

Endlich öffnete sich die Toilettentür, vor der die rustikale Beamtin Wache bezogen hatte, und ihr junger Kollege trat heraus. Die schwarzen Haare frisch gestylt, der elegante Mantel für die Vorfrühlingskühle etwas zu lässig über den

Arm geworfen, die spitzen Schuhe mit Klopapier auf Hochglanz poliert.

»Tut mir ja leid, Jungchen«, tönte ihre Reibeisenstimme. »Aber deine Holde muss auf ihren Prinzen noch etwas warten.«

Gehetzt steuerte der junge Kommissar den Dienstwagen über die Stockumer Straße in Richtung Westen. Seine Chefin informierte ihn während der Fahrt über den Leichenfund im Kleingarten, unterbrach sich aber zu Beginn einer langen Rechtskurve: »Mann, pass auf! Der Starenkasten!«

Waliszczek nahm den Fuß vom Gas, aber es war zu spät. Zwei Blitze zuckten auf.

»Blindfisch!«, sagte sie mit unverhohlener Schadenfreude. »Die Knolle bezahlst du privat!«

»Ich dachte, der funktioniert nicht.«

»Das Ding steht da seit der Kreidezeit«, erklärte sie. »Und natürlich blitzt es nur bei Flugsauriern und Leuten, die so denken wie du.« Sie zeigte über die Ackerfläche hinweg nach rechts. »Vor den Schrebergärten in den Feldweg!«

»Das ist aber nicht …«

»Ich weiß. Aber das ist die beste Route. Vertrau mir!«

Waliszczek gehorchte. Links eine lange Ligusterhecke, hinter der sich eine Kompanie von Schrebergärtnern versteckte, rechts das Feld des letzten Bauern von Renninghausen. Einige Hundert Meter weiter bogen sie ab. Der Weg führte zwischen hohen Hecken hindurch zu dem mit Gras bewachsenen Wendeplatz vor dem Eingang eines kleinen Friedhofs.

»Hier?«

»Jungchen, lass die überflüssigen Fragen! Komm mit!«

Gegenüber dem Eingang zum Gottesacker führte ein schmaler Pfad zwischen zwei Reihen von Gärten zurück in Richtung Stockumer Straße.

Ziemlich in der Mitte wurden sie fündig: Rechts lag die einzige Parzelle ohne eine Laube, aber dafür mit Bergen von Abfall. Ein paar Schaulustige, die den Weg hierher gefunden hatten, standen brav in den Furchen, die diesen Garten umgrenzten – sorgsam bewacht von einer Kollegin und einem Kollegen in Uniform.

»Gut gemacht«, lobte Herta, nachdem sie ihren Dienstausweis gezeigt hatte. »Und wo liegt der arme Mensch?«

Die Polizistin deutete zu der ebenen Fläche zwischen den Müllhügeln. Der Rasen, neben dem die Laube gestanden hatte, sah aus wie nach einer Pokalschlacht zwischen Hombruch 09 und Rot-Weiß Barop. Hauptkommissarin Kasten rümpfte die Nase, doch die junge Kollegin beruhigte sie: »Da waren schon vorher keine Spuren mehr!«

Kasten gönnte ihr einen zweifelnden Blick, aber die Verwüstungen waren wirklich nicht mehr frisch.

Die Querbalken nutzend, auf denen der Hüttenboden geruht hatte, näherte sich die Hauptkommissarin der Leiche. Die Szenerie war gespenstisch. Selbst in der Dämmerung konnte sie erkennen, dass an dem verrotteten Müllsack zahlreiche Zähne genagt hatten. Nur Dreck, Moder und ein Skelett, an dessen Knöcheln ein paar Kleidungsfetzen hingen.

»Das war bestimmt die Silke!«, ereiferte sich eine Altweiberstimme hinter ihr.

»Wer?«

Die Hauptkommissarin musterte die Weißhaarige mit dem krummen Rücken, die in der Furche zwischen dem Garten und dem Rasen des Vorderhauses stand. Hände, Hose und Stiefel waren mit lehmiger Erde bedeckt, die Haare ungepflegt, ein faltiges Gesicht. In den grünen Augen glühte Sensationslust.

»Die ist vor zwanzig oder dreißig Jahren verschwunden. Und nie gefunden worden.«

Der Wind ließ die zerfransten Ränder des Müllsacks flattern.

Kasten fröstelte und wickelte ihre Jacke fester um die nicht vorhandene Taille. »Und wie heißt Ihre Silke weiter?«

»Weiß ich nicht. Aber die hat im Sommer oft da drüben auf dem Rasen gelegen.«

Die Alte zeigte mit dem Kopf nach hinten. Neben dem Vierfamilienhaus, in dem die Kestermanns wohnten, stand noch ein Bau mit wesentlich mehr Balkonen – offenbar gab es da nur Appartements.

»Ich komme gleich mal zu Ihnen!«, versprach die Hauptkommissarin. Dann richtete sie ihren Blick wieder auf das Grab und betrachtete die Knochengestalt mit professionellem Interesse. Angesichts der geringen Größe und des schmalen Körperbaus tippte sie auf eine Frau, aber das behielt sie lieber für sich.

Sie trat einen Schritt näher heran und ging ächzend in die Hocke. Aufmerksam musterte sie das Gebiss des Skeletts. Der obere mittlere Schneidezahn schien ihr deutlich breiter zu sein als die Eckzähne – auch das sprach dafür, dass hier kein Mann, sondern eine Frau verscharrt worden war.

Kasten seufzte unwillkürlich und musste ihr Kopfkino ausschalten. Suchte weiter. Sah nichts. Wie lange lag die Leiche schon in dem dunklen Loch?

Schnaufend richtete sie sich wieder auf. »Okay. Los, Wali, ruf an: Frag, wo die Technik bleibt.«

Ihr Kollege war skeptisch. »Bis die hier sind, ist es schon zu dunkel.«

»Ja.«

Sie musterte die Umgebung. Würde eine Menge Arbeit erfordern, hier für ordentliche Beleuchtung zu sorgen. »Die müssen zumindest ein Zelt über das Grab stellen. Die Rechtsmedizin muss auch noch her. Und fordere ein paar Leute von der Bereitschaft an, die bis zum Morgen Wache halten.« Dann wandte sich Kasten den beiden Uniformierten zu. »Schreiben Sie bitte die Namen aller Anwesenden und ihre Adressen auf. Ist der Gartenbesitzer anwesend?«

»Hier!«, rief Kestermann.

Sie drehte sich zu dem Rufer um. »Wie lange haben Sie den Garten schon?«

»Seit Oktober.«

Nun gut, dachte Kasten. Diese Leiche geht wohl nicht auf sein Konto.

»Sie bleiben bitte hier. Ich habe gleich noch ein paar Fragen an Sie.«

Zwei weitere Kollegen aus dem Kriminalkommissariat 11 stiefelten heran – Kopitzki, lang und hager wie ein Marathonläufer, und Echternach mit dem Boxergesicht. Ihre Blicke verrieten, dass sie nicht darüber begeistert waren, Überstunden zu schieben.

»Was können wir tun?«

»Übernehmt die Leute hier. Wir müssen wissen, wer in den letzten dreißig Jahren diese Gärten bewirtschaftet hat – und wo wir notfalls eine Namensliste herkriegen.«

Nun zog sie ihr Handy, tippte auf die Kurzwahltaste und wandte sich ein wenig ab. »Herr Staatsanwalt, tut mir ja so leid, dass ich Ihren Feierabend störe. Aber wir haben einen neuen Leichenfund. Und als Herr der Ermittlungen ...«

Die Antwort konnte Wali nicht verstehen, aber Kastens Augen leuchteten plötzlich auf. »Natürlich können wir auch ohne Sie anfangen. Aber dieser Fall ist etwas ... speziell.«

Sie drückte das Gespräch weg. »Ist ja klar, dass er kommen muss. Aber bei seinem Gehalt scheuche ich ihn besonders gerne von der Couch.«

Was für ein Aas, dachte Waliszczek.

## 4

»Bist du sicher, dass du es mit mir in einer Wohnung aushältst, Kalle? Du lebst jetzt seit über fünfzehn Jahren allein.«

»Lag ja nicht nur an mir. Manchmal wollten auch die Damen nicht.«

Sie grinste schief. »Ob das nun besser ist, weiß ich noch nicht.«

Sie saßen beim Italiener im S-Bahnhof Höntrop. Eigentlich

war das gar kein richtiger Bahnhof, sondern ein öder Haltepunkt: keine Bahnhofshalle, kein Fahrkartenschalter, nur zwei nackte Bahnsteige mit einer Uhr, einer Lautsprecheranlage und Rauchverbotsschildern.

Der Italiener passte in diese Gegend, aus der sich die betuchten Leute weitgehend zurückgezogen hatten. Ein sauberes Lokal mit zwei gemütlichen Räumen, einer unspektakulären Speisekarte, aber einer brauchbaren Küche und zivilen Preisen. Das überdurchschnittlich freundliche Team machte den Nachteil wett, dass es nur einen einzigen trinkbaren Rotwein gab. Dafür konnte man aber beim Chef den ›Grappa für gute Freunde‹ bestellen. Der passende Ort also für ein unverwöhntes Paar, das keine Lust hatte, abends noch selbst zu kochen – oder einmal etwas gründlich diskutieren wollte. So wie jetzt.

»Hm, mit dir hat es ja auch keiner lange ausgehalten«, erwiderte Kalle schließlich und kramte seine Zigaretten heraus.

»Stimmt. Keiner – und keine.«

Kalle sah sie scheinbar gelassen an. Dann stand er auf und bedeutete ihr mit einer Zigarette in der Hand, ihm nach draußen vor die Tür zu folgen.

Über die kurze lesbische Phase in ihren Berliner Jahren hatte sich Simone bisher ausgeschwiegen, ihn aber umgekehrt auch nicht mit der Aufforderung zu einer eigenen Generalbeichte genervt.

Sie spielte an ihrem überdimensionalen Ohrschmuck. Es handelte sich um einen Plug, den sie vor etwa einem Jahr hatte einsetzen lassen, nachdem sie fast sechs Monate gebraucht hatte, um das Loch im Ohrläppchen ausreichend zu dehnen.

Kalles Geschmack entsprach das auffällige Schmuckstück immer noch nicht, aber das behielt er für sich. Immerhin hatte er viele Jahre Zeit gehabt, um aus der Kriegsehe seines Vaters Klaus-Ulrich Mager mit Mechthild zumindest eines zu lernen: Manchmal war's besser, die Klappe zu halten. Vor allem, wenn man das Glück hatte, mit einer so vielseitigen Frau wie Simone zusammen zu sein.

Vorm Eingang schnippten ihre Feuerzeuge. Sim ließ ihren Blick erst in Richtung der Höntroper Straße wandern, dann zurück zu Kalle. Schließlich holte sie tief Luft.

»Ich sag es mal geradeheraus. Es ist nicht ganz einfach mit mir. Ich habe etwas gegen Gitter vor den Fenstern und Metalltüren, die nur von außen aufgeschlossen werden. Ich mag es, meine Zeit frei zu bestimmen und meine Ruhe zu haben, wenn ich sie brauche. Was gar nicht geht, ist, dass sich deshalb jemand verletzt fühlt oder mir Vorwürfe macht.«

»Puh! So schlimme Erfahrungen?«

Sie zuckte mit den Schultern und schaute ihn mit halb gesenkten Lidern lächelnd an. »In den letzten sechs Jahren nicht. Aber wir haben ja auch nicht so eng aufeinandergehockt. Bisher …«

»Hast du Angst, dass sich bei uns was ändern könnte?«

»Du nicht?«

»Ich habe zuerst gefragt!«

»Lass uns drinnen weiterreden. Hier friert man sich den Hintern ab.«

Er nickte. Beide drückten ihre Zigaretten in dem Aschenbecher aus, der draußen aufgestellt war, und kehrten zurück ins Warme.

Das Essen ersparte beiden eine schnelle Antwort. Sie gabelte versonnen ihre Penne auf, er zersäbelte seine Pizza.

Sim dachte an Sophie, die Berliner Exfreundin. Sie wollte am Ende nur noch gemütliche Abende zu Hause verbringen und gluten-, histamin- und laktosefrei kochen. Dass Simone abends trotzdem gerne geräuschvoll Kartoffelchips aß und lieber etwas unternehmen wollte, hatte erst zu vorwurfsvollen Blicken und dann zu immer mehr Streit geführt.

Kalle hingegen erinnerte sich kauend an Rosa Pawlak, seine erste richtige Freundin. Mit ihr wäre er gerne länger zusammengeblieben. Aber sie hatte irgendwann den dringenden

Wunsch nach Heirat und Kindern verspürt, den er nicht zu teilen vermochte. So machten sich Träume vom gemeinsamen Glück schleichend aus dem Staub.

Schließlich seufzten beide und sahen sich an. Keiner hätte sagen können, ob die Arrabiata oder die Pizza Spinaci so gut geschmeckt hatte wie sonst auch. Aber das Funkeln in den Augen des anderen übersahen sie nicht.

»Diese Rosa«, fragte Sim schließlich, »hast du sie geliebt?«

Kalle schrak auf. Wie konnte sie wissen, dass Rosas Bild gerade vor seinem inneren Auge aufgeflackert war?

Sims Augen funkelten. »Ertappt?«

»Nein. Ja. Okay, ein bisschen.«

Er nahm einen tiefen Schluck aus seinem Bierglas. »Liebe? Ich denke schon. Damals habe ich von einer Zukunft mit ihr geträumt. Wie wir gemeinsam dieses heuchlerische *Gute Deutsche Kreuz* in Datteln aufgemischt haben – nicht schlecht. Aber Nestbau?«

»Kenne ich. Einer will ein Nest bauen, aber der andere will viel lieber fliegen.«

Kalle spielte mit der Gabel. »Eigentlich hatten wir über unsere gemeinsame Wohnung reden wollen.«

»Tun wir doch.«

»Ach ja?«

»Ein Wohnschlafzimmer, kein Kinderzimmer, aber für jeden einen Raum, in dem er seinen Schreibtisch und sein eigenes Bett aufbauen kann. Und wenn einer allein schlafen will, hat es der andere zu akzeptieren.«

»Kommt mir bekannt vor«, sagte Kalle und legte die Gabel weg. »So eine russische Sozialutopie aus dem 19. Jahrhundert. Da verabreden zwei Leute sogar, dass sie anklopfen, bevor sie das Zimmer des anderen betreten dürfen.«

»Gefällt mir. Wie heißt das Buch?«

*»Was tun?«*

»Lenin?«

»Nein. Ist von Tschernyschewskij. Lenin fand den Roman

so gut, dass er später eine politische Schrift danach benannt hat.«

»Immer wieder erstaunlich, was so ein Philosoph alles weiß.«

»Tja, in mir schlummern eben viele Talente.«

»Die deine Professoren nicht gewürdigt haben. Ein *summa cum laude* haben sie dir ja nicht gegeben.«

»Ein *rite* reicht, wie der Name schon sagt, tatsächlich. Und auf der Visitenkarte macht sich die Abkürzung ausgesprochen hübsch.«

»Ja, Herr Doktor Mager. Aber viel kaufen kannst du dir davon nicht.«

Er nickte und seine Miene wurde ernster.

»Was ist?«

»Wir haben noch nicht über Geld geredet. Du hast dich ja beruflich gut stabilisiert. Aber ich kann als Hilfskeule bei PEGASUS nicht viel zu unserem Haushalt beisteuern.«

Sie sah ihn fest an. »Spinnst du? Wir leben im 21. Jahrhundert! Da dürfen auch Frauen mal mehr verdienen als die Männer.«

Kalles Begeisterung hielt sich in Grenzen. »Weiß nicht. Außerdem: Mein Alter ist bald sechzig und geht irgendwann in Rente. Was dann aus PEGASUS wird, ist völlig offen.«

»Blöd«, sagte sie. »Darüber müssen wir noch mal reden.« Eine nachdenkliche Pause trat ein. Kalle schien sich wirklich Sorgen um ihre gemeinsame Zukunft zu machen.

»Hey.« Sie legte ihre Hand auf seine. »Uns fällt schon noch was ein. Vielleicht können wir ja was Gemeinsames aufziehen?«

Kalle sah sie überrascht an.

Ihre Augen strahlten optimistisch. »Du weißt doch: *Hinterm Horizont geht's weiter. Ein neuer Tag …*«

Er schluckte und sagte: »Klingt kitschig.«

»Finde ich nicht. Eher romantisch.«

Er streichelte ihre Hand. »Weißt du eigentlich, wie sehr ich dich liebe?«

»Ich habe da so eine leise Ahnung«, sagte sie und strahlte.
»Gut. Wann fangen wir also mit der Wohnungssuche an?«
»Gestern«, erwiderte Simone. Und zum hübschen Kellner rief sie: »Zwei Prosecco bitte, Aytaç!«

# Dienstag

## 5

Klaus-Ulrich Mager war diesmal schon am Morgen sauer. Wie an jedem Tag war er vor dem Frühstück mit einem Pott Kaffee vor die Tür getreten, um sich die erste Zigarette des Tages zu gönnen. Missmutig stellte er fest, dass der Basketball seines Sohnes Theo mal wieder mitten im Hof lag – genau an der tiefsten Stelle über dem Gully, der an schlechten Tagen das Regenwasser aufsaugte.

Mit einem gequälten Seufzer ging er los, den Ball zu holen. Abschätzend blickte er zu dem Basketballkorb hoch, den er zusammen mit seinem Erstgeborenen Kalle über dem vergitterten Treppenhaus an der Hauswand angebracht hatte. Der Wurf misslang – und der Ball rollte zu dem Gully zurück. Mager gab auf.

Danach wäre der Sportteil der *Dortmunder Rundschau* an der Reihe gewesen, doch der war bei der Rückkehr an den Küchentisch nicht aufzufinden. Und der Rest der Zeitung lag nicht griffbereit auf dem vierten Stuhl, sondern bestand aus einem Haufen auf dem Boden verstreuter Blätter.

»Karin, wo …?«

»Nix Karin«, beschied ihm seine Gattin. »Dein Sohn …«

»Wieso meiner?«, fragte Mager. Er sprang auf und öffnete die Tür zum Hausflur. »Kal…«

»Nix Kalle«, unterbrach ihn Karin. »Der wohnt schon rund fünfzehn Jahre nicht mehr im selben Haus wie du!«

Mager verdrehte die Augen. Sein Irrtum war ihm auch schon nach der ersten Silbe aufgefallen, aber er fand es unfair, an sein schwächer werdendes Gedächtnis erinnert zu werden.

»Theo?!«

Oben im Haus rauschte die Klospülung, direkt danach

schlug die Gastherme an. Und erst als er seine Hände abgetrocknet hatte, öffnete Sohn Nummer zwei die Tür. »Ja?«

»Wo ist …?«

»Den Sportteil habe ich hier. Kannst du dir schenken. Nur Aufgewärmtes von gestern. Nichts Neues über Götzes Zukunft. Aber der BVB liegt immer noch sieben Punkte vor den Weißwurstfressern …«

»Du sollst die Zeitung nicht auf dem Klo lesen.«

»Tust du doch auch. Und da Väter Vorbilder …«

Mager stöhnte auf.

Theo war inzwischen elf, kannte alle Ausreden dieser Welt, hatte eine Grundschulklasse übersprungen und gehörte trotz seiner Faulheit zu den Top Drei einer siebten Klasse des Gymnasiums in Dorstfeld – eine Platzierung, die sein Vater nie erreicht und deshalb irgendwann nicht mehr angestrebt hatte.

»Aber höchstens nach dem Frühstück. Ich halte es nicht für hygienisch, eine Zeitung vom Klo mit an den Tisch zu bringen.«

Theo war inzwischen die Treppe heruntergepoltert und hielt ihm die Zeitung hin. »Hier. Völlig sauber. Außerdem: Manchmal bist du wie dieser Nörgelpapa aus dieser alten Fernsehserie. Der tat auch immer so, als wäre er der Lehrer der Familie.«

»Welche Serie?«

»Irgendwas mit ›Herz und Seele‹. Aber der Titel passte gar nicht.«

Dem Kindsvater stockte der Atem. Aber Karin rettete den Morgen – jedoch nur vorerst, wie sich vier Minuten später herausstellen sollte. »Siehst du, Klaus. Er ist wirklich dein Sohn. Er sagt, was er denkt. Wie du. Und eifert dir nach.«

»Nein, Mami, das stimmt nicht.«

»Wieso?«

»Ich will bestimmt nicht Kameramann werden. Schon gar nicht bei so einer kleinen Privatfirma. Viel zu stressig.«

»Und was willst du werden?«

»Leuchtturmwärter. Da knipst du morgens das Licht aus und abends an. Ansonsten kannst du den ganzen Tag aufs Meer gucken oder spannende Bücher lesen.«

»Habe ich auch mal gedacht«, meinte Mager amüsiert. »Aber es gibt keine Leuchtturmwärter mehr. Die Dinger werden jetzt alle automatisch betrieben und kontrolliert.«

»Dann werde ich Rentner!«

»Guter Plan«, meinte Mager und verkniff sich für dieses Mal weitere Belehrungen. So kehrte für zwei oder drei Minuten Ruhe ein – ein scheinbar harmonisches Frühstück einer glücklichen Familie. Bis Mager plötzlich seine Kaffeetasse auf den Tisch knallte und fragte: »Wo hast du eigentlich *Ein Herz und eine Seele* gesehen, Theo? Wir haben die Serie doch gar nicht.«

»Drüben. Bei Tante Mechthild. Die hat doch …«

Die Sache mit den alten Videokassetten und dem noch älteren VHS-Gerät hörte Mager schon gar nicht mehr. ›Drüben‹ – das war das Hinterhaus. Der Schauplatz seiner missratenen ersten Ehe. Das Haus des Schreckens. Und Mechthild, das war Kalles Mutter und Magers erste Ehefrau, die sich störrisch weigerte, dort endlich auszuziehen. Eigentlich keine Frau, sondern ein Drache, der Feuer spuckte und dafür nicht einmal Spiritus brauchte. Und sein kleiner Sohn saß dort, ganz allein mit dieser Schabracke, guckte alte Videos und wurde wahrscheinlich mit Streuseltalern und Apfelpfannkuchen vollgestopft! Unfassbar!

»Die ist richtig nett, Papa. Gestern hat sie mir sogar eine *Nerf* geschenkt.«

»Eine *was*?«

»Mann! Du kennst auch nix. Das sind diese coolen Pistolen mit den Schaumstoffpfeilen und …«

»Das wird ja immer schöner«, polterte Mager und warf seiner Gattin einen vielsagenden Blick zu. Er wusste, wie die Rote zum Thema Kriegsspielzeug stand.

Aber Theo war mit seiner Verteidigung noch nicht fertig. »Mensch, Papa, stell dir mal vor, ich wäre tot und Mama wäre abgehauen. Dann wüsstest du, wie es Tante Mechthild geht. Aurelius' Tod hat sie bis heute nicht verkraftet. Sie hat jetzt doch sonst niemanden mehr.«

Der Kameramann verkniff sich den pietätlosen Satz, der ihm durch den Kopf ging, und sagte stattdessen: »Sie hat Kalle.«

»Aber der kommt doch auch fast nie zu Besuch. Entweder ist er mit euch beim Drehen oder beim Training oder bei Simone …«

Dem Bärtigen war, als wäre sein ganzes Blut in den Unterschenkel gesackt. Was ging hier eigentlich vor? Sein eigener Sohn paktierte mit dem Feind. Hilflos sah er Karin an.

Gattin Nummer zwei seufzte. Dann blickte sie ihrem Mann in die Augen. »Mir tut sie auch leid. Ich habe ihr Samstag, als du im Stadion warst, einen Kuchen gebacken und bin mit Theo drüben gewesen. Sie … sie hat sich wirklich gefreut.«

Gab es eine Katastrophe, die noch schlimmer war? Mager war sprachlos. So fassungslos wie in jener Nacht, als man die DDR-Fahne vom Brandenburger Tor holte, besoffene Berliner auf der Mauer Freudentänze aufführten und Kohl sein fettes Siegergrinsen in die Fernsehkameras hielt. Aber das hier – das schmerzte ihn noch mehr.

»Alles okay, Klaus?«, fragte die Rothaarige und legte ihre Hand auf seine. »Ich wollte noch was anderes mit dir besprechen. Es ist wegen …«

Bevor sie den Satz beenden konnte, klopfte jemand heftig an die Haustür. Theo lief los, um zu öffnen, dann stürmte sein großer Bruder ins Haus. »Morgen auch. Vatta, hasse den Polizeibericht gelesen?«

Mager schrak auf.

»Sie haben eine Leiche gefunden. In der Pulverstraße. Hinter Nummer 13. Unter einer alten Holzhütte.«

Der Kameramann brauchte einige Sekunden, bis sein Gehirn auf Jetztzeit umschaltete. »In Ommas altem Garten?«

Kalle Mager nickte.

»Verdammt, wir müssen los! Karin, bringst du Theo zur Schule?«

»Mache ich doch sowieso jeden Morgen!«

»Okay!« Er sprang auf, schwang sich in seine speckige Lederjacke, küsste seine Frau auf die Stirn und nahm zum Abschied den Kleinen kurz in den Arm. »Mach nicht so ein Gesicht. Alles okay. Bist ein guter Sohn!«

## 6

Herta Kasten und Christoph Waliszczek trafen noch vor den Technikern in der Pulverstraße 13 ein. Rechts und links des Vierfamilienhauses war die Straße zugebaut – kein Durchkommen.

»Doch hintenherum am Friedhof vorbei?«, fragte Wali.

»Geht schon«, sagte die Hauptkommissarin und drückte auf die zweite Schelle von oben, bei Kestermann. Sekunden später wurde die Tür aufgedrückt und sie kletterten in die erste Etage, wo sie der Pächter des Gartens in Schlafanzug und Bademantel empfing. »Sorry, aber ich habe Urlaub.«

Kasten lächelte. »Verstehe. Tut mir leid, dass wir Sie beim Frühstück stören. Können Sie uns den Hintereingang aufschließen?«

»Klar.«

Kestermann griff nach dem Hausschlüssel und ging voran. Im Keller mussten sie eine düstere Waschküche durchqueren, von der aus man in den Garten gelangte. Die Parzelle war ringsum von Flatterband eingerahmt, das illegale Grab war sorgfältig abgeschirmt und auf einem Holzstapel in der Nähe saßen zwei frierende Polizisten in Uniform.

Kasten überquerte die struppige Wiese zwischen Haus und

Garten. Das Gras war nass und streifte unangenehm an ihren Knöcheln entlang.

»Habt ihr etwa die ganze Nacht hier gesessen?«

»Erst seit sechs Uhr. Aber wenn man nichts zu tun hat ...«

Kasten ließ amüsiert ein paar Zähne aufblitzen. »Wenn die Techniker da sind, kann einer von euch ja Kaffee und Brötchen holen.«

Die Mienen der beiden hellten sich etwas auf und Kasten wandte sich an den Kleingärtner, der fröstelnd an der Absperrung wartete. »Danke. Sagen Sie mir nur noch, wer mir etwas über die Geschichte des Gartens erzählen kann.«

Kestermann deutete auf eine gepflegte ältere Dame, die, fertig angekleidet, auf einem der unteren Balkone stand und gedankenverloren eine dicke schwarze Katze streichelte. »Frau Grote, die Hauswirtin. Sie wohnt am längsten von allen hier.«

Die Kommissarin lief durch das nasse Gras auf die Frau zu und stellte sich und ihren jungen Kollegen vor. »Haben Sie ein paar Minuten Zeit für uns?«

»Gern.« Die Dame nickte und setzte die Katze ab. »Geh, Mäuschen. Aber stör die Leute im Garten nicht.«

Es dauerte etwas, bis Frau Grote die Wohnungstür öffnete. »Tut mir leid, aber ich bin nicht mehr so gut zu Fuß.«

Ihre Stimme klang etwas brüchig und ihre Lippen bebten ein wenig. Nervös, dachte Kasten. Würde mir genauso gehen, wenn ich mit neunzig zum ersten Mal die Polizei im Haus hätte.

Frau Grote ging mit etwas unsicheren Schritten voraus und führte die beiden ins Wohnzimmer. Deutsche Standardeinrichtung, Gelsenkirchener Barock, Häkeldeckchen. Aber statt des röhrenden Hirsches und der vollbusigen Zigeunerin blickten von den Wänden Kinder und Erwachsene in Kreide und sogar in Öl herab.

»Ihre Familie?«, fragte Kasten.

Grotes Gesicht zeigte eine Wärme, wie man sie nur von

Müttern und Großmüttern kennt. »Ja. Mein Schwiegersohn ist Künstler. Das da hat er nach einem Foto gemalt.«

Sie deutete auf das Bildnis einer jungen hübschen Frau mit braunen Augen und einem weißen Schleier über dunklen Locken.

»Sie?«, fragte die Polizistin.

»Ja. Aber viel zu lange her.«

»Wie lange?«

»Fast siebzig Jahre. Aber setzen Sie sich doch.«

Ihre Finger zitterten, als sie auf das Highlight des Raumes zeigte. An der Trennwand zwischen den benachbarten Wohnungen hatte der Architekt auf beiden Etagen die langen Balkone verkürzt und eine Art Erker geschaffen – eine Sitzecke mit breiten Fenstern, die bis auf Kniehöhe hinabreichten und einen unverstellten Ausblick auf die Gärten boten.

Als die Polizistin sich niederließ, entdeckte sie auf dem Tisch ein braunes Fläschchen mit einem roten Herzen auf dem Etikett. Daneben einen Teelöffel, auf dem es noch klebrig schimmerte.

»Darf ich Ihnen einen Kaffee einschenken?«, fragte die Hausherrin. Waliszczek wollte schon nicken, aber seine Chefin lehnte höflich ab: »Danke. Wir haben leider nur wenig Zeit.« Sie deutete auf den Garten, an dessen Ende sich bereits ein paar Schaulustige an der Absperrung versammelten. »Die Frau aus dem Nachbargarten der Kestermanns hat gestern etwas von einer Silke gerufen, die hier gewohnt haben soll …«

»Ja, Silke.« Frau Grote seufzte, während ihre Hände die Armlehnen ihres Sessels etwas fester umklammerten. »Wir haben unter dem Dach zwei möblierte Zimmer für Studentinnen. Und eine unserer Mieterinnen ist spurlos verschwunden und nie mehr aufgetaucht.«

»Wie lange ist das her?«, fragte Waliszczek und zückte Notizblock und Kugelschreiber.

»Ach, schon über zwanzig Jahre.«

»Und wie hieß die Studentin genau? Silke – und weiter?«

Hulda Grote grübelte. »Irgendwas mit Nau… oder Neu … Naumann? Neumann? … Ich komme nicht drauf. Diese Aufregung. All die Jahre habe ich da auf dem Balkon gesessen und auf ein Grab geguckt. Und jetzt die vielen Menschen hinter dem Haus …«

»Verstehe ich«, sagte Kasten und legte ihre Hand auf die der Greisin. »Bald ist alles geklärt und es wird wieder ruhiger hier.«

»Hoffentlich« sagte Hulda Grote. »Aber wie Silke hieß – ich kann meinen Sohn fragen. Der hat alle Unterlagen, bestimmt auch die alten.«

»Das wäre nett. Aber ich habe noch eine Frage: Wem hat Kestermanns Garten in den letzten dreißig Jahren gehört?«

»Ursprünglich meinem zweiten Mann. Aber der bekam es mit einundfünfzig so heftig an der Bandscheibe, dass er nicht mehr im Garten wühlen konnte.«

»Und wer hat das Land dann gepachtet?«

»Familie Mager. Sind auch schon tot. Er war ja ein begnadeter Gärtner – aber er hat auch ewig an der Hütte herumgebastelt. Gut, dass diese Bruchbude jetzt weg ist.«

Jeder Mensch hatte seine eigenen Sorgen, dachte Kasten. »Noch was: Können Sie mir etwas über die Leute in Nummer 11 und Nummer 15 sagen? Wer hat da schon vor zwanzig oder dreißig Jahren gewohnt?«

»Ach«, meinte die alte Dame. »Niemand. Die Studenten aus Nummer 15 sind längst ausgeflogen. Und nebenan, in Nummer 11, sieht heute alles ganz anders aus.«

»Wieso?«

»Da haben früher zwei alte Frauen gewohnt. Die hatten bestimmt noch zehn Jahre mehr auf dem Buckel als ich. Ein kleines Haus, nach dem Krieg aus Trümmerresten gebaut.«

Sie dachte einen Moment nach.

»Die beiden sind vor zehn oder zwölf Jahren gestorben. Der neue Besitzer hat alles umgemodelt. Die hohen Hofmauern und den hässlichen Taubenschlag am hinteren Ende hat er abgerissen und ein neues Stockwerk aufs Haus gesetzt. Jetzt toben da bis in den Abend seine wilden Kinder herum und nerven alle Leute hier im Haus. Respekt und Rücksicht – das kennen diese Leute nicht.«

## 7

»Herzlich willkommen!« Mit breitem Lächeln und ausgestreckter Pranke begrüßte der Direktor und Gründer des Kopula-Instituts seine neue Sekretärin.

Kopula war vor knapp drei Jahren von Professor Paul Kehlmann und Professor Kulk-Huhn als Initiative für den Bereich Softwaresicherheit gegründet worden. Zwei Arbeitsgruppen der Universität Duisburg-Essen hatten sich am Standort Duisburg zusammengeschlossen, um europaweit in einem wachsenden Forschungszweig agieren zu können. Man beschäftigte sich damit, welche Prinzipien und Methoden angewendet werden müssen, um sichere Software sowie Sicherheitssoftware zu entwickeln.

Jetzt, 2012, war das Institut etabliert und gewachsen und an zahlreichen Industrieprojekten beteiligt, die von der EU gefördert wurden und für die große Summen aus Brüssel flossen.

Nach dem Ausscheiden der bisherigen Sekretärin war ihre Stelle längere Zeit unbesetzt geblieben. Mit Improvisationstalent und Überstunden hatten die anderen Mitarbeiter die Lücke notdürftig geschlossen. Kehlmann war froh, wieder Verstärkung an der Verwaltungsfront zu haben.

»Frau Pastor, schön, dass es geklappt hat.« Er umschloss die schmale Hand der neuen Angestellten so fest, als könnte sie auf dem Absatz kehrtmachen und verschwinden.

Die Frau, die vor Paul Kehlmann stand, machte einen bodenständigen und selbstbewussten Eindruck. Dezente Kleidung, aber das Haar war zu einem kinnlangen Bob mit frechem Pony geschnitten. Darunter blitzten wache graue Augen in sommerlich gebräunter Haut.

»Ich freue mich auch sehr, Herr Professor Kehlmann. Und vielen Dank für Ihr Verständnis, dass ich nicht gleich anfangen konnte. Der Urlaub war schon so lange gebucht.«

Der stämmige Mann machte eine wegwerfende Handbewegung. »Keine Ursache. Bei Ihnen habe ich gern die berühmte Ausnahme von der Regel gemacht. Auch wenn die Univerwaltung nicht einverstanden war.« Er lachte. »Da ist es ganz gut, wenn man ein gewisses Standing hat.«

Mit einer einladenden Geste wies er auf einen Bürostuhl hinter der Empfangstheke des schicken Sekretariats. »Ihr Arbeitsplatz. Ich hoffe, er gefällt Ihnen. Direkt nebenan sitze ich.«

Meike Pastor blickte sich aufmerksam um. Auf dem Schreibtisch standen zwei flache 24-Zoll-Monitore, eine ergonomisch geformte kabellose Tastatur mit passender Maus. Die Arbeitsplatte aus massivem Ahornholz war in Form eines L geschnitten, wobei die Innenecke elegant gerundet war. Zur linken Seite befand sich ein zusätzliches quadratisches Schreibtischelement, auf dem ein Farblaserdrucker stand. Sie nickte. »Das sieht perfekt aus.«

Kehlmann lachte. »Wir geben uns alle Mühe. Aber darf ich zuerst noch einen Vorschlag machen? Bei Kopula pflegen wir flache Hierarchien und einen freundschaftlichen Umgang. Wir duzen uns alle. Ich hoffe, dass Sie damit einverstanden sind? Ich heiße Paul.«

Diese IT-Leute sind wirklich anders gestrickt als normale Beamte, dachte Meike. Aber dann hob sie freundlich die dunklen Augenbrauen. »Gerne. Ich heiße Meike. Aber das weißt du ja schon.«

Natürlich wusste Kehlmann das. Er hatte die Bewerbungsunterlagen der Mittvierzigerin gründlichst studiert und bei den letzten beiden Arbeitgebern telefonisch Auskunft eingeholt. Beide hatten ihre Exsekretärin in den höchsten Tönen gelobt und bedauert, dass sie das Unternehmen verlassen hatte.

Die ist okay, dachte Kehlmann. Nach der hohen Fluktuation in den letzten Jahren war er bei allen Neuen misstrauisch. Er brauchte Leute, die nicht bei der ersten Belastung zusammenbrachen.

Er erwartete, dass seine Angestellten stets einhundertzwanzig Prozent gaben. Aber viele junge Dinger besaßen kein Standvermögen oder hatten eine große Affinität zu Ärzten, die nicht mit Krankenscheinen geizten.

Ohne Fleiß kein Erfolg, dachte er. Und ohne Erfolg keine Motivation. Das Kopula-Institut würde es nicht geben, wenn er nicht immer dicht am Ball geblieben wäre. Nur deshalb floss jährlich ein hoher sechsstelliger Eurobetrag in das Institut, über den er frei verfügen konnte. Diese zusätzlichen Gelder für Forschung, Ausstattung und Haushalt erregten eine Menge Neid bei anderen Professoren. Im Gegensatz zu diesen Kleinkrämern musste Kehlmann sich keine Sorgen ums Geld machen.

»Natürlich habe ich deine Unterlagen studiert«, gestand er und verzog das Gesicht wie ein kleiner Junge, den man beim Griff in Omas Keksdose erwischt hatte. »Darum war ich im Vorstellungsgespräch auch etwas grob.«

Sie hob die linke Augenbraue.

»Alles zu perfekt«, erklärte er und strich sich über das rote Stoppelhaar. »Ich wollte dich aus der Reserve locken!«

»Ist dir gelungen«, sagte sie lakonisch. »Man wird ja auch nicht jeden Tag als Lügnerin bezeichnet, die in Wirklichkeit mit den Kollegen nicht klarkommt.«

Er hob entschuldigend seine breiten Hände. »Aber genau deine heftige Empörung über diesen Vorwurf war es, die mich überzeugt hat …«

»Keine Sorge.« Sie winkte ab. »Ich habe dir das nicht krummgenommen.«

Kehlmann nickte. »Freut mich. Auf gute Zusammenarbeit.«

»Ja, das wünsche ich mir auch.«

»Prima. Mein IT-Admin Tim kann dich jetzt durchs Institut führen und dich vorstellen. Später gibt es noch einen kleinen Sektumtrunk. Außer deinem Start gibt es nämlich noch etwas zu feiern.«

»Das hört sich gut an. Was feiern wir denn außerdem?«

Kehlmann ließ seine weißen Zähne aufblitzen. »Das verkünde ich, wenn wir alle zusammensitzen.«

Er griff zum Telefon. »Tim? Hast du gerade Zeit? Es wäre nett, wenn du unserer neuen Sekretärin Meike alles zeigen könntest. Und bring doch Adele mit. – Ach ja, die Betriebsvereinbarungen zur privaten PC-Nutzung liegen auch bei euch, oder?«

Kurz darauf betraten ein Mann und eine Frau den Raum. Er war Mitte dreißig, sie etwa genauso alt wie Meike. Die Lachfältchen um ihre Augen konnten nicht darüber hinwegtäuschen, dass sie es gewohnt war, sich durchzusetzen.

Kehlmann stellte die drei einander vor: »Doktor Adele Klawitter, geschäftsführende Assistentin, Teamleiterin der sogenannten ›weiteren Angestellten‹, außerdem zuständig für die Projektfinanzen. Und das ist Tim Hoppe, verantwortlich für IT-Technik und Software.«

Der Admin mit dem runden, freundlichen Gesicht legte die mitgebrachten Papiere auf den Schreibtisch.

Kehlmann wartete, bis Tim und die neue Kollegin den Raum verlassen hatten. Dann schloss er sorgsam die Tür und wandte sich an Adele. »Ich wollte gern mit dir über die Neue sprechen. Aber vorher noch eine kurze Frage: Hat Lea sich krankgemeldet? Ich warte dringend auf die neuen PowerPoint-Folien für Thailand.«

Dieser Auftrag einer Universität war äußerst lukrativ. Man brauchte dort Schulungsmaterial für einen neuen Studiengang im Bereich *Software Systems Security* und für Vorlesungen und Seminare in englischer Sprache – ein Rundum-Sorglos-

Starter-Paket. Und so kurz vor dem Beginn des Sommersemesters drängte die Zeit.

»Nicht dass ich wüsste«, erklärte die Assistentin. »Aber ich werde mich wegen Lea gleich mal bei der Verwaltung erkundigen.«

»Tu das«, meinte der Professor. »Zu der Neuen: Sie macht einen ganz passablen Eindruck. Vielleicht haben wir mit ihr ja mehr Glück als mit ihren Vorgängerinnen.«

Die Angestellte wartete schweigend ab. Das konnte noch nicht alles sein.

»Ich möchte sie in der Probezeit auf Herz und Nieren testen«, fuhr Kehlmann fort. »Gib ihr reichlich Aufgaben, setze sie unter Zeitdruck. Mach ihr die Hölle heiß. Wie's geht, weißt du ja.«

Adele blickte ihn bekümmert an. »Mensch, Paul, lass mich da bitte raus. Ich will das nicht mehr. Warum erledigst du das nicht selbst?«

»Wie soll ich einer Assistentin vertrauen, die sauer auf mich ist? Ich brauche jemanden, der hundertprozentig loyal ist. So wie du, Witti. Komm, du wärst mir eine große Hilfe. Ich habe dich damals auch unterstützt. Eine Hand wäscht die andere, oder?«

O ja, dachte Klawitter. Und manchmal ist die Hand im Anschluss schmutziger als vorher.

Sie nickte. »In Ordnung. Aber das ist das letzte Mal, dass du mich um so einen Gefallen bittest.«

## 8

»Mann, ich möchte hier einmal im Leben was anderes als Rot sehen!«, nörgelte Mager, als sich der PEGASUS-Skoda kurz vor neun von West nach Ost durch Barop quälte. Der Berufsverkehr war zwar etwas abgeebbt, aber Cheffahrer Kalle musste noch zwei weitere Ampelstaus überwinden.

»Ach«, merkte Susanne auf, die gelassen auf dem Beifahrersitz ruhte. »Wirst du deiner alten Lieblingsfarbe untreu?«

Gegen Sticheleien war Mager in diesem Moment immun. Stattdessen rutschte er voller Ungeduld auf der Rückbank hin und her.

Eine Leiche unter Vaters altem Schuppen? Sein Erzeuger war ein harter Knochen gewesen und auch kein Kind von Traurigkeit. Aber dass zu seinem Nachlass ein Grab gehören sollte – ausgeschlossen.

Aufgeregt registrierte der Kameramann, dass Kalle die Einfahrt zur Pulverstraße passierte und wieder aufs Gas drückte. »Wo willst du denn hin?«

»Zum Bauernfriedhof. Die Pulverstraße ist doch völlig zugebaut. Da gibt es keinen Durchgang mehr zu den Gärten.«

Nun folgte der Sohn dem Weg, den Kommissarin Kasten am Vortag eingeschlagen hatte. Mager knurrte wie ein angeleinter Kampfhund, als der Skoda von einem Schlagloch ins nächste torkelte. Unnötiger Zeitverlust!

Dann erreichten sie den Pfad zum Begräbnisplatz und Mager stöhnte los – sie waren zu spät dran. Auf beiden Seiten reihten sich, dicht an Büsche und Zäune gedrängt, etliche Pkw.

»Scheiß Privatsender!«, fluchte der Kameramann, als er die Schriftzüge und Logos auf den Türen der ersten Fahrzeuge entdeckte. Dann blickte er nach vorn, wo eine Blechwand in Blau und Silber Weg und Blick versperrte.

»Stopp! Da hinten können wir nicht mehr drehen.«

»Und jetzt?«, fragte Kalle.

»Pulverstraße. Wir müssen eben irgendwo klingeln.«

»Fuck«, fluchte der Sohn und lenkte den Skoda zurück zur Stockumer Straße.

Dort musste er eine endlose Minute lang warten, bis sich zwischen den heranzischenden Autos eine Lücke zum Abbiegen bot. Zweihundert Meter weiter kam die erste Ampel – natürlich rot. Und dicht vor der Pulverstraße gab es noch einen Übergang für Fußgänger, an dem zwei Rollatorpiloten gerade die Ampelschaltung bedienten. Gemächlich schoben sie ihre Vehikel über den Asphalt.

»Jetzt fehlt nur noch ein Tagesbruch in der Pulverstraße«, meinte Susanne, doch Kalle schmunzelte. »Dann wären wir endlich mal wieder als Erste vor Ort.«

Der Spaß verging ihm, als er abgebogen war. Die Straßenränder waren so zugeparkt, als hätte die Borussia im nahen Westfalenstadion ein Heimspiel. Doch gegenüber dem Haus 13 waren vor zwei Polizeikleinbussen noch ein paar Meter frei.

»Dahin!«, empfahl der Kameramann.

»Vatta! Da ist ein Gartentor!«

»Macht nix. Seit der Türke das Haus auf der Ecke renoviert hat, ist das Törchen nie mehr geöffnet worden.«

Voller Zweifel stellte Kalle den Wagen ab. Dann stieg er aus und prüfte die Lage. Ein Blick über den Zaun zeigte, dass der Alte recht hatte.

Anerkennend blickte Kalle zu seinem Vater hinüber, der gerade den Kofferraum mit der Ausrüstung geöffnet hatte und sich auf die Schnelle ein paar Zigarettenzüge gönnte. Klaus-Ulrich Mager hatte Barop schon vor vielen Jahren verlassen, aber Oma hatte ihn über allen Dorfklatsch auf dem Laufenden gehalten.

»Steh nicht herum!«, meldete sich der Alte. »Oder soll Susanne alles alleine schleppen?«

»Nö«, sagte Kalle und steckte sich demonstrativ auch eine an. »Wie immer. Susanne nimmt das Kleinzeug, du das Stativ und ich die Kamera. Macht sechs Kilo mehr für mich als für dich. Also spar dir den Kommandoton!«

»Du hast zu viel über Rebellen gelesen.«

»Stimmt. Im Gegensatz zu dir habe ich ja zu Ende studiert.«

Magers Gesicht lief rot an. »Ich habe abgebrochen, weil ich Geld verdienen musste. Immerhin warst du unterwegs!«

»Tja, da hat wohl einer im falschen Moment nicht aufgepasst!«, gab Kalle spöttisch zurück.

»Aus!«, befahl Susanne. »Wir haben Arbeit. Und noch eins, Klaus: Kalle ist nicht dein Hund.«

Ein kurzer Blick, dann drückte Mager auf den zweiten Klingelknopf von oben. *Kestermann* – das war der Typ, der die Wohnung seiner Eltern übernommen hatte. Wie es da oben wohl jetzt aussah?

Keine Reaktion. Also klingelte Mager in der Nachbarwohnung bei *Stumpf.* Das war die seltsame Frau mit den bunten Pluderhosen und den vielen Männerbesuchen. Wann immer der Bärtige seine Mutter besucht hatte, musste er sich Lästereien über die »liederliche« Frau anhören: »Man weiß gar nicht, ob all die Kerle bei ihr übernachten oder bei der Tochter.«

Irgendwann hielt Mager das nicht mehr aus und konterte: »Vielleicht vor zwölf bei der einen und danach bei der anderen?«

Seine Mutter hatte ihn so empört angesehen, als hätte er gerade die Fransen ihres Perserteppichs in Unordnung gebracht. Danach hatte sie nie mehr von dem »Schweinkram« der Nachbarin gesprochen.

Zweiter Versuch.

Endlich meldete sich der Türöffner und das Team hastete die Treppen hinauf. Die Nachbarin trug noch immer ihre Haremshosen. Die Haare waren zwar von Herbst auf Winter umgefärbt, aber noch immer lang und wirr.

»Tag, Frau Stumpf. Dürfen wir mal zehn Minuten Ihren Balkon benutzen?«

Die Nachbarin musterte die Kamera und sah hartnäckig an ihm vorbei. »Da arbeitet schon ein Kollege von Ihnen.«

Kacke, verdammte, dachte Mager und musste tatenlos zusehen, wie die Tür vor seinen Augen ins Schloss fiel. Das Trio tauschte Blicke der Ratlosigkeit.

»Was ist mit dem Dachboden?«, fragte Kalle.

Mager schüttelte den Kopf. »Auf der einen Seite zwei

möblierte Zimmer und auf der anderen nur ein paar enge Dachluken. Kannste vergessen.«

»Also nach unten.«

»Auch keine Logenplätze«, sagte Mager enttäuscht. »Da sind wir fast auf gleicher Höhe mit den Gärten.«

Treppab war Susanne die Erste. Sie hob die Hand, um im Erdgeschoss zu klingeln – direkt unter Magers früherer Wohnung.

»Neeein!«, zischte Mager, aber es war zu spät.

Eine dralle Endsechzigerin steckte ihre Dauerwelle heraus, entdeckte Klaus-Ulrich Mager und giftete: »Dass du dich noch hierhertraust! Deine Eltern haben meinen Mann ins Grab gebracht!«

Erschrocken sah Susanne auf den Kameramann und auch dessen Sohn wurde wachsam. Gab es da ein unbekanntes Familiengeheimnis?

»Du lügst ja schon wieder!«, erwiderte Mager. Seine Stimme klang gelassen, aber Susanne beobachtete, wie seine Kiefer mahlten. »Du hättest deinen Oskar in der Klapse lassen sollen. Oder ihm Ohrenstöpsel verpassen müssen. Ein Mensch, der schon einen Herzinfarkt bekommt, wenn irgendwer im Haus einen Furz lässt ...«

Die Nachbarin donnerte die Tür so laut zu, wie sie es zu Lebzeiten des Gatten nie gewagt hätte. Ein Wunder, dass die Bude noch steht, dachte Mager.

Aber dieser Lärm rief die zweite Bewohnerin des Erdgeschosses auf den Plan. Hulda Grote, die Hausbesitzerin, um die neunzig, hatte zwei Ehemänner und ein Dutzend Hunde überlebt und war immer noch gepflegt und fit genug, um allein zu leben – solange ihr der Wir-lieben-Lebensmittel-Mann die Einkäufe ins Haus brachte und der Sohn die Mieten eintrieb.

»Ach, Klaus-Ulrich!«, sagte sie und streckte Mager die faltige Hand entgegen. »Du weißt doch, dass du meine Nachbarin nicht stören darfst!«

Susanne schob sich nach vorn. »Tut mir leid, Frau Grote, Klaus ist unschuldig. Ich hab's aus Versehen getan. Susanne Ledig. WDR. Wir wollen ...«

»Kann ich mir denken. Ach, was ist der Kalle groß geworden! Na, kommen Sie!«

Als das PEGASUS-Trio sich anschickte, ihr zu folgen, polterten schwere Schritte die Treppe herab. Zwei, nein drei Leute. Mager musste sich gar nicht erst umsehen, um Bescheid zu wissen. Das konnte nur Tom Balzack sein, das Raubein von RTL, dem immer ein passender Spruch einfiel. »Na, Dicker, wieder mal zu spät aufgestanden?«

»Vorsicht!«, warnte Mager. »Als Blauer solltest du in Dortmund lieber stickum sein.«

Balzack zeigte mit dem Daumen auf seinen Sohn Chris, der zusammen mit Kameramann Harry noch oben auf dem Treppenabsatz stand und bei *Broadfacts.TV* denselben Job machte wie Kalle bei PEGASUS. »Mein Bodyguard. Boxt bei Erle.«

»Na und?«, konterte Mager. »Meiner hat 'nen schwarzen Gürtel in Taekwondo.«

Die drei RTL-Leute setzten sich wieder in Bewegung und nahmen die letzten Stufen. Nun konnten sich die Söhne in die Augen sehen.

Kalle lästerte, laut genug, dass die anderen es hören konnten: »Väter können so was von bescheuert sein!«

Chris hob die Hand und sie klatschten grinsend ab.

Dann stand PEGASUS auf dem Balkon im Erdgeschoss.

»Eine Schande, was die da im Garten anstellen. Mein Mäuschen traut sich gar nicht mehr nach draußen!«, sagte Frau Grote und deutete auf die Katze, die in Verteidigungsstellung in der hintersten Balkonecke lauerte. Seit ihre Männer tot waren, kam Frau Grote kein Hund mehr in die Wohnung.

»Wirklich eine Schande!«, bestätigte Susanne, während Mager die Kamera hochnahm.

Noch immer lagen die Einzelteile der Hütte sorgfältig sortiert auf dem Rasen, aber an der Begräbnisstelle wuselten etliche Gestalten in weißer Schutzkleidung herum. Ganz hinten hatten Polizisten in der Uniform der Einsatzhundertschaft begonnen, das Kartoffelbeet umzuwühlen – sehr zur Freude der Presseleute und anderer Schaulustiger, die man bis zum Mittelgang des Pachtlandes zurückgedrängt hatte. Dort warteten sie nun auf weitere Sensationen.

Der aktuelle Pächter des Gartens stand hilflos auf der Hauswiese, während eine knurrige Alte in einem verwaschenen gelben Anorak ungeduldig mal den Gräberknechten und dann wieder den Kriminaltechnikern zusah.

Der bärtige Kameramann betrachtete die Szene mit brennenden Augen. Als Jugendlicher hatte er manchen Quadratmeter dieses Ackers umgraben und etliche Kilo Kartoffeln ausbuddeln müssen. Die Eltern hatten an diesem Biotop gehangen, wo Enkel Kalle seine ersten Bälle gekickt und am Gartentisch mit dem Großvater Schach gespielt hatte. Vorbei.

»Frau Grote, ist unten die Tür zum Hof offen?«

Die Frau nickte.

Mager bedankte sich und ging voran. Durchquerte die Waschküche und kletterte, die Kamera im Anschlag, auf der anderen Seite zum Gemeinschaftsrasen hoch.

Bevor einer der Polizisten reagieren konnte, filmte er aus nächster Nähe eine Sequenz von zehn Sekunden mit dem offenen Grab – auch wenn er die Leiche selbst nicht ins Bild bekam.

Die gelbe Jacke kam auf ihn zu. »Wer hat Sie denn hier reingelassen?«

Mager deutete zurück zum Balkon. »Die Hausbesitzerin.«

»Und wer sind Sie?«

Mager nannte seinen Namen und reichte ihr eine Visitenkarte.

Sie warf einen Blick darauf und meinte sarkastisch. »Willkommen am Ort Ihrer Kindheit!«

Überrascht blickte der Kameramann sie an. Dann spielte er den Ball zurück: »Und wer sind Sie? Dienstausweis?«

»Ein Witzbold. So was fresse ich zum Frühstück«, versicherte sie und reichte ihm ebenfalls eine Visitenkarte.

Mager sah hinunter und las nur ein Wort: *Kriminalhauptkommissarin*.

»Damit wir uns richtig verstehen«, sagte die Frau mit der praktischen Kurzhaarfrisur. »Sie haben hier nichts mehr zu filmen.«

»Wieso? Hier ist nichts abgesperrt.« Er grinste frech. »Außerdem stehen Sie gerade nicht nur auf einem anderen Grundstück, sondern auch in einem ganz anderen Vorort.«

»Bitte?«

Mager zeigte auf die schmale Furche, die sie voneinander trennte. »Ich stehe in Barop auf dem Rasen, der zur Pulverstraße 13 gehört. Aber Sie stehen im ehemaligen Garten meiner Eltern. Und der liegt gar nicht in Barop, sondern in Renninghausen. Kann es sein, dass Sie hier eine Postenkette aufstellen müssten?«

Der Beamtin schien der kleine Disput Spaß zu machen und sie holte gerade Luft, als es aus dem Nachbargarten schrillte: »Das da ist der Sohn des Mörders!«

Erschrocken blickte Mager erst hinter sich und dann zur nächsten Parzelle hinüber. Dort stand Kestermanns bucklige Gartennachbarin und zeigte mit dem Finger auf ihn. »Vielleicht war er es sogar selbst!«

Mager versuchte, den Tischtennisball hinunterzuschlucken, der sich in seiner Kehle gebildet hatte. Zwei Sätze hatten ausgereicht, um seine Familie in den Fokus der Ermittlungen zu rücken.

Das Lächeln in Herta Kastens Gesicht erlosch. »Vielleicht sollten wir uns doch ausführlicher unterhalten. Wie wäre es jetzt gleich?«

Das hörte sich nicht nach einer Frage an.

# 9

»Wie nennt sich diese Cafeteria? *Da Copu?*«

Lustlos kaute Simone auf dem geschmacklosen Käsebrötchen herum. Das Backwerk war so weich, als läge es bereits seit gestern in der Auslage, und auch der Belag kam schon in die Jahre. »Ekelhaft.«

Tim Hoppe sah sie ungläubig an. »Du bist schon drei Monate an der Uni beschäftigt und warst noch nie hier? Gestern gab es Tofuburger, die garantiert aus einer Chemiebude stammten, und der Kartoffelstampf kam direkt aus einem Zementwerk.«

Er schüttelte sich. Sim und er waren ehemalige Studienkollegen und Daddelfreunde aus den Zeiten nächtelanger LAN-Partys, auf denen Tim sich vor allem mit Schokoriegeln fit gehalten hatte.

»Tja, mein Unterbewusstsein hat mich in den Pausen wohl zu Recht immer in andere Richtungen gelenkt. Dieses Brötchen ist auf jeden Fall inakzeptabel.«

Tim nickte. »Falsche Wahl. Mein Schokocroissant ist okay.« Sein rundes, weiches Gesicht und ein paar Hüftpölsterchen verrieten seine große Liebe zu Süßspeisen.

»Und was ist das überhaupt für ein bescheuerter Name? Hat da jemand in Italienisch nicht aufgepasst?«

»Nein, das soll wohl ein kleines Wortspiel sein. Ist namentlich an unser Kopula-Institut angelehnt.«

»Noch genialer!«, meinte Simone grinsend.

»Ja. Kommt vom lateinischen Wort *copulare.* Bedeutet so etwas wie ›verbinden‹ oder ›verknüpfen‹.«

»Klingt eher nach ficken!«

Tim verschluckte sich fast an seinem Wasser. »Ich hatte ganz vergessen, wie vornehm du dich immer ausdrückst. Egal. Die Studis konnten damals Namensvorschläge einreichen. ›Da Capo‹ war ihnen wohl zu langweilig. Jabba fand es auf jeden Fall klasse. Immerhin gibt es hier noch ein paar Keksdosen mehr als unsere, aber die Typen in den anderen waren nicht clever genug, um mit dem Namen der Mensa Reklame für sich zu machen.«

Bei dem Wort Keksdosen musste Sim immer noch schmunzeln. So bezeichnete man in Duisburg die zylinderförmigen Gebäude, in denen außer der Informatik und dem Kopula-Institut auch Physiker und Ingenieure angesiedelt waren.

Die Informatikerin kannte diesen lustigen Spitznamen seit ihrer Bewerbung um die Stelle als Security Specialist. Sim hatte all ihre Konkurrenten auf spektakuläre Weise ausgestochen. Beim Vorstellungsgespräch hatte sie mit ihrem zukünftigen Chef Professor Köstritz gewettet, dass sie innerhalb einer Viertelstunde eine gravierende Sicherheitslücke in seinem Institut finden würde.

Als die fünfzehn Minuten um waren, hatte Sim vollen Zugriff auf den Hauptswitch des Netzwerks und war in der Lage, nach Belieben einzelne Ports zu deaktivieren oder aber das komplette Netzwerk stillzulegen. Außerdem hatte sie eine Liste aller IP-Adressen und Namen, die sich in den letzten sieben Tagen im Netzwerk angemeldet hatten.

Mit diesem Livehack hatte sie alle Anwesenden erschreckt wie begeistert. Und Köstritz hatte gesagt: »Wenn ich die Wahl habe, ob ich Sie bei uns als Mitarbeiterin begrüßen darf oder Sie lieber draußen frei herumlaufen lasse, dann muss ich nicht lange überlegen. Willkommen!«

Die Geschichte hatte sich schnell herumgesprochen, aber es hatte gedauert, bis es Tim aufgefallen war, dass seine alte Studienkollegin nebenan arbeitete. Jetzt konnten sie sich nach einer Ewigkeit wieder umarmen.

Sim griff den Faden auf, den der Freund ihr gelegt hatte: »Jabba? Wer ist Jabba?«

»Paul Kehlmann, mein Chef. So haben wir ihn heimlich getauft.«

»Wie Jabba aus *Star Wars?*«

»Genau. In den letzten Jahren hat sich Pauls Volumen fast verdoppelt. Demnächst bekommt der erste Student einen Zehn-Stunden-Vertrag, um ihm regelmäßig die Haut zu befeuchten, damit sie schön dehnfähig bleibt.«

»Boah, seid ihr fies!«, prustete die Informatikerin.

»Jeder kriegt das, was er verdient.«

»Ist dieser Kehlmann denn wirklich so schlimm, wie man munkelt?«

Das Rundgesicht ihr gegenüber wurde ernst. »Na ja, ich hab ein paar ziemlich üble Geschichten gehört. Ich selbst bin auch schon einige Male mit ihm aneinandergerasselt, obwohl er durchaus auch seine netten Momente hat. Aber wie der mit seinen Doktoranden umspringt, geht auf keine Kuhhaut. Rate mal, wie viele Leute in den fünfzehn Jahren seit seiner Ernennung erfolgreich bei ihm promoviert haben?«

»Hmm, ich tippe mal auf fünfzehn.«

»Es sind drei.«

»Krass!«

»Bei Gelegenheit kann ich dir die eine oder andere Story erzählen. Ich habe aber einen anderen Grund, warum ich mit dir reden wollte.« Ihr Studienfreund knetete seinen linken Daumen und sein Gesicht rötete sich leicht. »Mir ist das ein bisschen peinlich, aber ich weiß nicht, mit wem ich sonst darüber reden soll.«

»Schieß los.«

Tim nahm einen kräftigen Schluck aus seiner Kakaotasse und suchte nach den passenden Worten.

»Komm schon. Kann doch lange nicht so peinlich sein wie meine Nummer auf deiner Geburtstagsfete, als ich die Couch vollgekotzt habe. Oder?«

»Nein. Aber trotzdem ...«

»Es geht um eine Frau, stimmt's?«

Tim nickte.

»Dann bin ich genau die Richtige.«

# 10

So hatte für Mager noch nie ein Dreh geendet: Unter Polizeiaufsicht übergab er die Kamera seinem Sohn und sah zu, wie Kalle und Susanne in den Firmenwagen kletterten.

Als der Motor schon lief, tastete er seine Jackentaschen ab und öffnete von außen die Beifahrertür. »Gib mal meine Fluppen!«, forderte er laut, damit die Polizistin ihn hören konnte.

Susanne schaltete sofort und kramte im Handschuhfach, während er sich ein wenig bückte.

»Noch nicht abhauen«, flüsterte er. »Fahrt einfach um den Block und wartet in der Heidestraße!«

Die Chefin fand tatsächlich noch ein Reservepäckchen von Magers Filterlosen und reichte es hinaus.

»Danke. Macht mal fertig. Ich komme mit dem Bus nach!«

Seine blauen Augen folgten dem Skoda, bis er auf die Stockumer Straße bog. Dann richteten sie sich auf die Hauptkommissarin, die neben einem der kleinen Busse mit der Aufschrift *Polizei* stand. »Zu welcher Wache fahren wir?«

Sie schien sich bestens zu amüsieren. »Zu keiner. Glauben Sie, dass ich auf jeden Tratsch hereinfalle? Aber die Tote liegt immerhin unter einer Hütte, die mal der Familie Mager gehört hat.«

»Na, dann!«, sagte Mager, presste seine Fäuste zusammen und hielt sie ihr hin. »Wenn Sie mich festnehmen wollen – nur zu!«

»Blödsinn! Ich möchte mich nur mit Ihnen unterhalten. Kriegen wir hier in der Nähe einen Kaffee?«

»Wenn das so was wie ein Date sein soll, muss ich Sie enttäuschen. Ich bin glücklich verheiratet.«

»Schon zum Frühstück was eingeworfen?«, fragte sie scharf.

Die Haut unter Magers ergrautem Vollbart errötete. Dann

fiel ihm einer der alten Sprüche wieder ein: »Am Morgen ein Joint und …«

»… die Bullen sind dein Feind!«, vervollständigte sie. »Also noch mal: Kriegen wir in der Nähe Kaffee?«

»Hm, ich glaube nicht. Im Schrebergarten am Wäldchen gibt es ein Café. Aber um diese Uhrzeit? Mitten in der Woche? Kaum.«

Sie sah sich um. Die Pressemeute harrte wohl noch in der Gartenanlage hinter den Häusern aus und die wenigen Fußgänger schenkten ihnen keinerlei Beachtung.

»Lassen Sie uns ein paar Schritte laufen. Wie kommen wir wieder zu Ihrer alten Parzelle?«

»Die Straße entlang und dann im Halbkreis durch die Schrebergärten.«

Sie nickte, setzte einen Zigarillo in Brand und sich in Bewegung.

»Werden Sie am Fundort nicht vermisst?«, fragte er.

Sie lächelte schmerzlich, als hätte er auf einen Nerv gebohrt. »Im Gegenteil. Unsere Fährtenleser sind froh, wenn wir ihnen nicht im Wege stehen.«

Drei Schritte, dann fragte sie: »Sie sind also hier groß geworden?«

Der Kameramann nickte. »Ja.« Versonnen schaute er nach vorn, wo die Bebauung endete und ein schmaler Weg in ein grünes Tal führte. »Da runter bin ich im Sommer mit dem Fahrrad zur Schule gefahren. Hinter der Emscher den Berg hoch, am Luftbad vorbei und bis zur Möllerbrücke.« Sein Schädel wippte in Richtung der gelben Flutlichtmasten auf dem anderen Emscherufer. »Die gab's damals noch nicht. Da spielte Borussia noch in dem alten Stadion. Aber den Torjubel konnte man bis in unseren Garten hören.«

An dieser Stelle stoppte er seinen nostalgischen Anflug. Wollte diese Schrapnelle wirklich seine Lebensgeschichte hören? Wohl kaum. Aber in ihrem Gesicht entdeckte er keine Spur von Ungeduld.

Vielleicht doch ganz nett, dachte Mager, strich aber diesen Gedanken sofort wieder aus dem Protokoll. Sein Vater, in der Nazizeit mehrfach verhaftet und misshandelt, hatte ihm als eine seiner Lebensweisheiten diese eingetrichtert: Bei der Polizei hält man am besten die Klappe. Je freundlicher die Typen sind, desto böser die Falle, in die sie dich locken wollen.

Der Bärtige schnippte seinen Zigarettenstummel weg, bevor er sich den Finger verbrannte, und beschleunigte den Schritt. Jetzt ging es rechts hoch zu einer der drei Schrebergartenkolonien, die hier dicht an dicht lagen. Noch roch es in den kahlen Gärten nach Winter, aber bald würden die Leute die Grundstücke in kleine Blumen- und Gemüseparadiese verwandeln, die von Gartenzwergen bewacht wurden.

»Ihre Eltern haben den Garten in den Sechzigern gepachtet?«

Sieh einer an, dachte er. Die hat sich schon umgehört.

»So ungefähr. Ich war damals zwölf oder dreizehn.«

»Und seit wann gehört der Garten Kestermanns?«

»Seit letztem Herbst. Nach dem Tod meines Vaters hat Mutter noch allein darin herumgewuselt. Als sie starb, hat Kestermann den Pachtvertrag übernommen.«

Sie hatten die andere Seite der Anlage erreicht. Kasten schlug, ohne zu zögern, den Weg in Richtung Friedhof ein. Entweder kennt sie sich besser aus, als sie zugibt, dachte Mager, oder sie hat einen guten Orientierungssinn.

»Wir müssen noch herausfinden, wie lange die Leiche da lag«, sagte Kasten. »Auf jeden Fall nicht erst seit dem letzten Sommer.«

»Sie meinen ...?«

Ihr Ton wurde einen Hauch kälter. »Ich meine noch gar nichts. Ich will nur wissen, was es mit dem Garten auf sich hat.«

Mager verstand: Der erste Verdacht musste auf seinen Vater fallen. Aber wenn es um Mord ging, hätte er seine Hand für den Alten ins Feuer gelegt. Schließlich fragte er: »Und wer ist, äh, war die Leiche?«

»Die bucklige Gartennachbarin tippt auf irgendeine Silke,

die vor rund fünfundzwanzig Jahren verschwunden sein soll. Wir suchen noch nach der alten Akte, aber die liegt irgendwo bei den nicht aufgeklärten Fällen.«

»Silke …« Mager grübelte. »Meine Mutter hat mal so etwas erzählt. Hat mich damals aber nicht besonders interessiert.«

»Wieso nicht?«

»Na ja – im Studium. Ich habe in Bochum gewohnt. Spannende Zeiten. Wir hatten damals vor allem die nächste Revolution im Kopf.«

In Kastens Mundwinkeln zeigte sich eine Spur von Vergnügen. »Wissen Sie, wie Silke mit Nachnamen hieß?«

Er schüttelte den Kopf. »Wie gesagt, ich war nicht allzu oft zu Hause.«

»Aber trotzdem«, wandte die Frau mit der Kurzhaarfrisur ein, doch Mager unterbrach sie. »Wenn ich alle zwei oder drei Wochen nach Hause kam – zum Kaffeetrinken oder um mal im Garten zu helfen –, dann hat mich meine Mutter endlos mit Geschichten zugetextet. Über Dortmund, die Nachbarschaft, die Mütter meiner erfolgreicheren Schulfreunde, die sie auf dem Markt in Hombruch beim Reibekuchenessen getroffen hat, und die Magenverstimmung des Dackels von Frau Middel aus der Schulstraße, wo wir in meiner Kindheit gewohnt haben. Ich habe meist einfach weggehört.«

Kasten schwieg beharrlich. Wartete offenbar auf den nächsten Schub seines Mitteilungsbedürfnisses.

»Was den Namen angeht, fragen Sie besser Frau Grote, die Hausbesitzerin. Sie müsste sich noch erinnern – wenn das Mädchen wirklich da oben gewohnt hat.«

»Zweifeln Sie daran?«

»Ich *weiß* es nicht. Aber nebenan schwirrte doch jede Menge an Studenten herum!«

»Nebenan ist …?«

»Pulverstraße 15. Appartements für betuchte Studenten und Doktoranden. Ging da zu wie im Taubenschlag. Ab und zu hat von denen mal jemand hinterm Haus in der Sonne gelegen oder eine Fete gefeiert, aber echte Kontakte zur Nachbarschaft gab es nicht. Das waren Leute, die nach dem Examen wieder aus Dortmund verschwinden wollten. Meine Mutter hat ja mit Gott, dem Pastor und den Kommunisten geredet – aber mit dieser Silke? Keine Erinnerung.«

Er verstummte und auch die Polizistin schwieg eine Weile, bevor sie fragte: »Und Ihr Vater?«

»Was?«

»Von dem haben Sie in diesem Zusammenhang noch gar nicht geredet.«

Mager blieb stehen. »Papa? Der hat von den Studenten unter dem Dach nicht mal die Namen gewusst. War viel zu oft unterwegs.«

»Heißt doch nichts«, widersprach die Polizistin. »Er hat doch auch oft im Garten gearbeitet. Und viel an der Hütte herumgezimmert.«

Schau an, dachte er. Sie hat sich umgehört. »Was wollen Sie ihm unterstellen? Dass er nebenbei ganz unauffällig ein Grab geschaufelt hat?«

Die Polizistin antwortete nicht, sondern steckte sich nur stumm den nächsten Zigarillo an.

Auch Mager kramte in seinen Taschen. Und in seinem Gedächtnis – ob da doch etwas zu dem Namen Silke gespeichert war.

»Nee«, sagte er. »Nicht mein Vater. Da sind Sie auf dem Holzweg.«

Sie näherten sich jetzt dem Garten. An der Absperrung standen immer noch einige neugierige Eingeborene und drei oder vier Kollegen, die auf weitere Leichen warteten – Mager kannte sie fast alle.

Als er in Begleitung der Kommissarin näher kam, wurde die Meute munter. Aufgeregte Rufe, Film- und Fotokameras traten in Aktion und der BLUT-Reporter rief: »Was ist, Mager, hat wirklich dein Alter diese Silke umgebracht?«

In diesem Moment begriff der Bärtige, warum viele Angeklagte sich im Gerichtssaal gerne eine Akte vors Gesicht hielten. Am liebsten hätte er jetzt das Weite gesucht. Aber das hätte die Gerüchteküche noch weiter angeheizt.

Also blickte er dem Kollegen von der Schlagzeilenpresse frech ins Gesicht. »Wieso meiner? Dein Vatta war doch der größte Hurenbock der Stadt!«

## 11

»Erinnerst du dich an Lea Bennsdorf?«, fragte Tim Hoppe.

»Ist das die kleine Blonde mit den Locken?«

»Ja.«

Sim blickte in das Gesicht des Kollegen und sah den Glanz in seinen braunen Augen. »Du magst sie ziemlich gern, stimmt's?«

Tims Wangen röteten sich ein wenig kräftiger und auf der breiten Stirn entdeckte sie einen dünnen, feuchten Film. Mann, er ist noch genauso schüchtern wie damals, dachte sie.

»Ähm, ja, schon. Und aktuell mache ich mir ziemlich große Sorgen.«

»Warum?«

»Weil sie nun schon den zweiten Tag fehlt.«

»Dann ist sie vielleicht krank.«

»Ja, vielleicht. Sie hat sich aber nicht krankgemeldet.«

»Woher weißt du das?«

»Ich habe Adele gefragt. Die kümmert sich um solche Meldungen. Und ich habe einen ganz guten Draht zu ihr.«

»Denkst du, Lea hatte einen Unfall oder so?«

»Keine Ahnung. Ich weiß nur, dass ich ein komisches Gefühl habe. Und da ist noch was. Bei uns brodelt die Gerüchteküche, dass Kehlmann und sie …« Er schluckte schwer und holte mühsam Luft.

»Scheiße. Du meinst, die beiden haben was am Laufen?

Da kriegt die Kombination von Jabba und Lea ja eine ganz neue Qualität.« Sie schlug sich den Handballen seitlich gegen den Kopf. »Sorry! Kopfkino.«

Tim blickte sich nervös um. »Nicht so laut, bitte. Ja, das denke ich. Ein Kollege hat die beiden mal im Kasinorestaurant beobachtet. Sah wohl nicht so aus wie ein Geschäftsessen. Und bei der letzten Konferenz in Zürich hat Jabba ausgerechnet Lea als Protokollantin mitgenommen.« Er senkte seine Stimme noch weiter. » Und da ist noch was. Lea hat sich in den letzten vier Monaten total verändert. Sie hat mindestens fünf Kilo abgenommen. Dabei war sie vorher schon sehr schmal. Sie wirkt nervös, übernächtigt. Und letzten Freitag habe ich eine Fahne gerochen, als ob sie sich zum Frühstück einen Schnaps genehmigt hätte.«

»Fuck. Mensch, Tim, das tut mir leid. Hast du sie nicht mal gefragt, was los ist?«

»Ich hab's versucht. Aber ich bin nicht gut in solchen Sachen. Früher waren wir ab und zu mal zusammen hier essen und haben uns über alles Mögliche unterhalten. Aber in den letzten Monaten hatte sie keine Zeit mehr. Sie musste ständig dringend was für Paul erledigen.«

»Weiß sie eigentlich, dass du sie magst?«

Tims Röte wurde dunkler. »Ich glaube nicht. Oder vielleicht doch? Keine Ahnung. Aber das spielt aktuell auch keine Rolle. Ich mache mir wirklich Sorgen. Gestern und heute habe ich sie angetextet und gefragt, wie es ihr geht. Sie meldet sich aber nicht.«

»Und nun?«

»Ich wollte dich um Hilfe bitten. Du hast doch ein Auto. Kannst du auf dem Weg nach Wattenscheid bei ihr vorbeifahren, Sim? Gucken, ob ihr Wagen da steht und ob Licht brennt. Vielleicht kannst du auch anschellen. Du brauchst ja nicht zu ihr hochzugehen. Ich will nur wissen, ob sie da ist und ob es ihr gut geht.«

»Und warum machst du das nicht selbst?«

»Meine Karre steht mal wieder in der Werkstatt. Und Lea wohnt in Gelsenkirchen. Schlecht mit den Öffentlichen zu erreichen. Außerdem komme ich hier die nächsten zwei bis drei Tage nicht weg. Der neue Serverschrank ist gekommen und ich muss jetzt, wenn die anderen im Feierabend sind, nach und nach die Racks umbauen und neu verkabeln. Paul macht mich kalt, falls nächste Woche nicht alles läuft.«

»Ein bisschen doof komme ich mir schon vor, Tim. Das hört sich fast nach einem Fall für die drei Fragezeichen an. Wahrscheinlich hat sie nur eine starke Grippe oder so. Man braucht doch erst ab dem dritten Tag einen Krankenschein, oder?

»Bitte, Sim.«

Sein Hundeblick sagte mehr als tausend Worte. Sie gab sich geschlagen.

»Na gut. Weil du es bist. Und weil ich herzkranken Welpen nichts abschlagen kann. Und natürlich, weil du mich demnächst ins *Nuh's* einladen wirst für meine Agentendienste. Ich bin nämlich süchtig nach deren Tamarindensoße.«

Tim war erleichtert. »Gerne auch auf eine doppelte Portion und eine Kanne Ingwertee obendrauf.« Er schaute auf seine Armbanduhr. »Ich muss dann auch los. Jabba will uns in einer Stunde irgendwas Tolles verkünden. Und bis dahin muss ich noch ein bisschen was schaffen.«

## 12

»Irgendwann haben Sie eine Beleidigungsklage am Hals«, prophezeite Herta Kasten, als das Gelächter über Magers Attacke auf den BLUT-Mann abgeflaut war. »Aber kommen Sie mal mit.«

Sie dirigierte ihn hinter die Absperrung.

Vorsichtig schob sich Mager an den Stachelbeerbüschen vorbei und folgte der Frau durch die Gemüsebeete bis zu den Pflaumenbäumen, hinter denen der Rasen begann.

»Warten Sie hier.«

Die Kommissarin mischte sich unter die Leute in den weißen Anzügen, die den Untergrund der alten Hütte untersucht hatten. »Was Neues?«

»Das Skelett ist vollständig.«

Einer der Männer deutete auf den offenen Zinkbehälter, der direkt neben der freigelegten Bodenfläche stand. Die Kleidungs- und Plastikfetzen waren von den Knochen entfernt worden und lagen in Kunststofftüten neben dem Sarg.

Kastens Blick richtete sich auf den Beckenbereich. »Eine Frau?«

»Frau Doc meinte Ja. Und dann noch etwas …« Mit der Spitze eines abgebrochenen Astes deutete der Mann auf den Kopf der Toten. »Da ist die Schädeldecke lädiert. Ein feiner Riss in den Knochen. Madame wollte sich noch nicht festlegen, aber es sieht ganz nach äußerer Gewalteinwirkung aus.«

»Mord, Totschlag oder so?«

»Das ist dein Job, Herta. Wir sammeln nur ein, was hier zu finden ist.«

»Was ist mit den blauen Stoffresten da unten im Sack?«

»Vielleicht von einer Jeans. Die Beine unten umgekrempelt. Waren der Frau wohl zu lang.«

Oder sie hat sich der Mode der Achtziger angepasst, dachte Kasten.

»Und dazwischen lag das!«

Der Kollege hielt der Kommissarin zwei weitere Päckchen vor die Nase. Eines enthielt ein Kettchen mit Herzanhänger und in dem zweiten schimmerte eine goldfarbene kleine Creole. »Bekommst du, wenn wir damit fertig sind.«

Sie nickte, blickte noch einmal auf den Sarg und entschied: »Okay, Deckel drauf und weg.«

Verdammt, dachte Mager, als der Zinkbehälter verschlossen wurde. Von dem Gespräch hatte er nur Bruchstücke mitbekommen und ein Blick in die Metallkiste blieb ihm verwehrt.

Doch es war klar, was sich darin befand. Jetzt mit der Kamera oben auf dem Balkon stehen …

Er hob den Blick und musterte die Rückfront des Hauses mit den vier großen Balkonen. Wow! Dort stand tatsächlich sein Sohn, der die Kamera auf die Polizisten und den Zinksarg richtete – und das sogar aus dem ersten Stock. Beste Position für die Aufnahmen!

Neben Kalle, nicht minder neugierig, reckte der neue Mieter seinen Hals. Mager fragte sich, wie groß der Schein war, mit dem Susanne den Mann weichgekocht hatte.

Jetzt hoben zwei Bestatter den hell schimmernden Behälter an und trugen ihn zu der Treppe, die in den Keller des Hauses führte. Auf der Straße würden sie ihn verladen und in die Rechtsmedizin bringen.

Die Kommissarin winkte Mager heran, während ihre Kollegen in Weiß sich zu einem Päuschen entfernten. Neugierig musterte der Bärtige das Rechteck, auf dem die Holzhütte gestanden hatte.

»Tatsächlich eine Frau«, sagte Kasten und sah Mager scharf in die Augen. »Lag da bestimmt seit mehr als zehn Jahren. Wer könnte sie verbuddelt haben?«

Der Kameramann hob seine Schultern. »An Ihrer Stelle würde ich auch zuerst an meinen Vater denken. Aber ich glaub's nicht.«

»Und was ist mit Ihnen?«

Er blickte sie nur empört an und blies die Wangen auf.

»Wer hätte sonst in der Hütte unauffällig ein Grab schaufeln können? Wer kam überhaupt in die Hütte hinein, ohne einzubrechen?«

Sie lotste Mager zu den Überresten der Laube, die immer noch – sorgfältig sortiert – auf dem Rasen lagen. Dort deutete sie nach unten. »Dieses Metallteil war an die Tür geschraubt, das nächste in den Türpfosten. Das wird dann über das erste geklappt und mit einem Schloss gesichert. Ganz schön stabil.«

»Ich weiß, was Sie meinen«, erwiderte Mager und dachte nach. »Nur: Mein Vater hatte da nie ein richtiges Schloss dran. Hätte sich auch gar nicht gelohnt.«

»Warum?«

»Für Diebe war hier in den Gärten nie viel zu holen. Aber ich will Ihnen was anderes zeigen. Darf ich?« Mager stemmte einen Fuß auf einen der Türpfosten und deutete auf den Verschlusshebel. »Ziehen Sie mal!«

Sie versuchte es, aber das Teil war zu glatt.

»Momentchen!« Mager betrachtete den Haufen mit dem Werkzeug und suchte einen Schraubendreher heraus. »Hier, nehmen Sie den als Hebel!«

Kasten sah ihn zweifelnd an, dann tat sie, was er vorgeschlagen hatte. Der eiserne Verschlusshaken rutschte aus dem morschen Holz, ohne dass sie sich großartig anstrengen musste.

»Sehen Sie? Morsch. Deshalb auch die vielen ausgefransten Löcher! Mein Vater hat die Hütte selbst so geöffnet, wenn er den Schlüssel mal oben vergessen hatte. Hier konnte jeder rein, der es wollte. Das Schloss war nur Tarnung.«

Ein Punkt für die Familienehre, dachte er, als Kasten nachdenklich nickte.

»Meine Eltern waren öfter mal drüben in Holland. Wenn einer leise genug war, hätte hier jeder nachts eine Leiche verscharren können.«

Herta Kasten nickte erneut und zog den dritten Zigarillo aus dem Etui, trat aber ein paar Schritte zurück, bevor sie ihn anzündete.

Auch Mager rauchte an und sah in die Runde. Statt der alten, zusammengeschusterten Hütte würde Kestermann bestimmt eine neue aus dem Baumarkt aufstellen. Der Rasen war ruiniert. Hinten fing das Spatenkommando der Polizei gerade an, auch das Gemüsebeet umzugraben. Am Ende würden sie eine Mondlandschaft hinterlassen.

»Aber wenn ein anderer da eine Leiche hätte vergraben

wollen«, fragte Kasten jetzt, »woher sollte er wissen, ob die Luft rein war?«

Mager zog die Schultern bis zu den Ohren hoch. »Vielleicht. Der Wagen parkte meist vor dem Haus. Und jeder hätte zusehen können, wenn meine Eltern ihre Koffer einluden.«

Die Kommissarin ließ den letzten Satz unkommentiert und sah sich um.

Die Zahl der Zaungäste hatte sich halbiert, seit der Sarg weggetragen worden war, aber die übrigen hofften noch immer auf die Auferstehung eines Gekreuzigten. Alte Spanner, dachte Mager.

Sie sollten nicht enttäuscht werden. Einer der buddelnden Beamten reckte plötzlich die Hand hoch und schrie: »Hier sind noch mehr Knochen!«

Kasten straffte sich wie ein Jagdhund, der den Fuchs witterte, und die Schaulustigen – Profis und Amateure – drängelten sich einen Meter neben dem alten Komposthaufen an der Absperrung.

Die Kommissarin und Mager liefen los. Jetzt hob der Polizist etwas Weißes hoch – einen lang gestreckten Unterkiefer.

Aber der Kameramann wusste schon auf halber Strecke, um was es sich handelte. Ein paar Sekunden ließ er die Leute am Gartenrand spekulieren, dann war er dran: »Leute, guckt euch die Kauleiste doch mal genauer an.«

Pause.

»Nix zweites Opfer – das war Aldo. Männe Grotes letzte Töle.«

## 13

Pling, pling, pling.

Der Professor hatte sich breit am Kopfende des Besprechungsraums aufgebaut und ließ sein Sektglas mithilfe einer Kuchengabel klingen.

Sein Blick wanderte über die kleine Runde seines Mitarbeiterkreises. Sechzehn Personen saßen um den hellen Konferenztisch herum – die Kerntruppe, die ihm direkt unterstand. Jeder von ihnen hatte eine Sekttulpe mit prickelndem Inhalt in der Hand oder vor sich stehen. Die einzige Ausnahme bildete Rudabeh Benari, eine Mitarbeiterin mit persischen Wurzeln. Das Glas der Kopftuchträgerin enthielt Orangensaft pur.

In der Mitte des Tisches, um die klappbare Steckdosenleiste herum, standen allerlei kleine Köstlichkeiten, die vom *Gourmet & Gourmand Team Catering* geliefert worden waren. Einige Mitarbeiter hatten sich bereits einen der winzigen Teller gegriffen und Gemüsepastetchen mit Balsamicoschaum oder kleine Gänseleberparfaits mit Quittengelee darauf gestapelt.

Kehlmann vergewisserte sich, dass alle Aufmerksamkeit auf ihn gerichtet war.

»Liebe Kolleginnen und Kollegen, ihr habt euch sicherlich schon gefragt, was der Anlass dieser kleinen Feier ist.«

Lukas Batscher, ein Post-Doktorand, und Adele Klawitter nickten. Die beiden engsten Mitarbeiter des Profs waren schon im Vorfeld informiert worden.

»Nun, wir haben drei freudige Anlässe. Zunächst einmal möchte ich Meike Pastor offiziell in unseren Reihen willkommen heißen.«

Sein Arm wies in Richtung der neuen Sekretärin wie der eines Verkaufsdirektors, der ein geniales Sportwagenmodell präsentiert. Die Dunkelhaarige lächelte und nickte dankend, als der Kollegenkreis gemeinschaftlich auf die Tischplatte klopfte.

»Bei dieser Gelegenheit möchte ich mich auch bei all denen bedanken, die mitgeholfen haben, unseren personellen Engpass aufzufangen und das Sekretariat zu schmeißen. Insbesondere bei Adele, Ole und Kerstin.«

Erneut tönte hölzernes Geklopfe durch den Raum.

»Der eine oder andere hätte mich sicher zwischendurch gerne mal auf den Mond geschickt.« Der Professor wartete ab, bis das zustimmende Gelächter abgeklungen war. »Insbesondere Ole habe ich vermutlich mehr als einmal an den Rand der Verzweiflung getrieben. Reisebuchungen für mich zu machen, gilt ja gemeinhin als Königsdisziplin der Drahtseilakte.«

Erneutes Lachen. Diesmal lauter.

»Aber«, er hob eine Hand, um weitersprechen zu können, »bei allem Stress, den wir hatten, und bei allen Schwierigkeiten – eines wusste ich immer: Auf euch kann man sich verlassen. Hierauf ein erstes Prost.«

Tim Hoppe hob wie alle anderen sein Glas und trank einen Schluck, während er versuchte, die Mienen seiner Kollegen zu deuten. Die allgemeine Stimmung schien wirklich gelöst. Nur der dicke Ole Rasmusson ließ eine Mischung aus Ernst und Langeweile in den weichen Zügen erkennen. Dabei kritzelte er mit gesenktem Kopf etwas auf einen Block, der vor ihm lag. Tim hatte ihn während der letzten Monate mehr als einmal fluchen hören, weil Kehlmann immer dann seine Reisepläne zu ändern pflegte oder neue Spezialwünsche äußerte, wenn bereits alles arrangiert war. Rasmusson hatte beim Essen mal sarkastisch geäußert: »Wenn es mit meiner Diss nicht klappen sollte, mache ich mich selbstständig und organisiere Ad-hoc-Reisen für VIPs.«

Kehlmann stellte das Glas ab und strich sein Hemd glatt. Dann hustete er trocken. »Der zweite Grund für unsere Feier dürfte allen bekannt sein. Am Freitag wird unser gemeinsames Buch erscheinen, *Security – Software – Testing.* Zwei Jahre haben wir geforscht, evaluiert und getestet. Fast jeder von euch hat seinen Beitrag dafür geleistet, dass dieses Kompendium erscheinen kann. Das Buch wird – davon bin ich überzeugt – ein Riesenerfolg. Ihr seid ein tolles Team. Danke an euch alle!«

Mehrere Mitarbeiter klatschten. Zufrieden setzte Ole wieder

ein Zeichen auf das Blatt Papier. Er, Batscher und Rudabeh, die bereits mit der englischen Übersetzung beschäftigt war, hatten einen Großteil ihrer Freizeit in den Abendstunden geopfert und viele Seiten produziert. Die Mitautorenschaft würde ihrer aller Karriere sicherlich dienlich sein.

Der Applaus verebbte allmählich und Tim nutzte die Gelegenheit, um auf Oles Block zu schielen. Es war ein gemaltes Viereck mit fünfundzwanzig Kästchen; über den Spalten standen in kleinen, ordentlichen Buchstaben einzelne Wörter oder Satzbausteine. Über dieser Tabelle konnte Tim die Worte *Bullshit-Bingo* lesen.

Der Professor war sichtlich bester Stimmung, als er zur dritten guten Nachricht ansetzte: »Und last but not least eine echte Überraschung. Ich habe es selbst erst letzte Woche erfahren. Das Bundesministerium für Bildung und Forschung verleiht uns *den* deutschen Wissenschaftspreis schlechthin. Kopula erhält die Auszeichnung ›IT-Genie NRW‹ für unser nachhaltiges Streben nach der Optimierung von IT-Sicherheitsstandards und unser langjähriges Engagement für den wissenschaftlichen Nachwuchs. Ich bin sehr stolz, euch mitteilen zu können, dass ich stellvertretend für uns alle am Samstag nächster Woche von unserer geschätzten Ministerin Frau Pavian persönlich den Preis entgegennehmen werde.« Der Redner hob seine Stimme. »Prost! Auf uns!«

Gläser klirrten, Hände klatschten. Der Institutsleiter grinste so breit, als hätte er auf dem Jahrmarkt einen Teddybären gewonnen.

Rasmusson schaute weiter gelangweilt. Er vervollständigte eine Reihe auf seinem Block durch ein kleines Kreuz über dem Feld mit der Aufschrift *IT-Sicherheit.* »Bingo«, murmelte er leise.

## 14

»Was ist der Unterschied zwischen einer Autoschlange und einer Klapperschlange?«, hatte Simones Vater früher oft gefragt, wenn die Familie in einem Stau stand. Und Sim hatte stets begeistert geschrien: »Bei der Klapperschlange sitzt das Arschloch hinten!«

Genau das dachte Simone, als sie wieder einmal kurz vor der Ausfahrt Gelsenkirchen-Süd auf die Bremse drücken und auskuppeln musste.

Doch diesmal entlockte ihr der Witz kein Schmunzeln, denn die Digitalanzeige ihres Twingos zeigte, dass sie verdammt spät dran war. Warum nur hatte sie Tim versprochen, noch heute bei Lea nach dem Rechten zu schauen? Es gab keinen Hinweis darauf, dass sie in Gefahr war. Keine Blutspur, die von den Duisburger Keksdosen zu Leas Wohnung führte – nicht mal ein Rinnsal.

Endlich kam wieder etwas Bewegung in die Blechkolonne auf der A 40. Die Informatikerin atmete auf, als sie die Abbiegerspur erreichte und sportlich in die Kurve ging. In Gedanken hörte sie Kalle mosern: »Mensch, das ist keine Rallyestrecke! Ich will noch nicht sterben!« Doch sie ignorierte die Stimme, wie sie es auch tat, wenn er direkt neben ihr saß. Und ärgerte sich weiter darüber, dass sie diesen Abstecher machen musste.

Der Abend würde stressig. Der Entschluss zusammenzuziehen, hatte Kalle in Schwung gebracht. Schon am Nachmittag hatte er ihr einen Link zu *eBay Kleinanzeigen* geschickt, hinter dem sich eine private Suche nach einem Nachmieter verbarg: *Beste Lage in Wattenscheid Höntrop, 3 ½ Zi. m. Bad und Balkon. Frisch renoviert …*

Das hörte sich gut an. Kalle könnte seinen Arbeitsplatz im Dortmunder Westen schnell erreichen und sie wäre froh, in

Höntrop bleiben zu können. Trotz der Weiber in der Varenholzstraße war der Ort Simone ans Herz gewachsen. Außerdem waren die Fotos des Westbalkons vielversprechend; dort könnten sie bei einem Cappuccino und einem Zigarettchen den Feierabend genießen und Sonnenuntergänge bestaunen. Begeistert hatte Kalle seinen Charme spielen lassen und für 18:30 Uhr eine Besichtigung des Schmuckstücks vereinbart.

Voller Ungeduld fegte sie über die lange Gerade in Richtung Gelsenkirchen-City. Als sie den Penny-Markt auf dem Wiehagen passierte, war es 17:45 Uhr. Lärmend wurde sie von einem Zug überholt, dessen Schienen parallel zur Straße verliefen. Ihr war, als würde er das letzte Licht des Tages mit sich reißen.

Kurz darauf erreichte sie ihr Ziel in der Hartmannstraße 60c. Glück gehabt! Direkt vor der Haustür fand sie einen freien Parkplatz. Mit einem Satz schwang sie sich aus der schmutzig grünen Karosse und sah sich um, während sie den Wagen verriegelte. Rotthausen lag nicht in den Top Ten ihrer bevorzugten Wohngegenden.

Fröstelnd rieb sie sich die Arme, während sie die schwach beleuchteten Klingelschilder studierte. Ihr Atem bildete kleine dunstige Wölkchen. Sie fand das Gesuchte. *Bennsdorf.* Oben links.

Simone trat ein paar Schritte zurück auf die Straße und schob den blonden Kurzhaarschopf weit in den Nacken. Im zweiten Stock brannte kein Licht.

Jetzt wird es peinlich, dachte sie. Sie musste irgendwo anklingeln und nachfragen, sonst würde Tim keine Ruhe geben. Aber zur Sicherheit drückte sie doch zuerst auf Leas Klingel, wartete ein paar Sekunden und läutete noch einmal.

Nicht da, dachte Sim. Oder sie schläft. Sollte ja vorkommen, wenn man mit Grippe im Bett lag. Bei der Eiseskälte würde es Sim nicht wundern, wenn sie sich morgen selbst einen Vorrat *Grippostad* anlegen müsste.

Als sie gerade die nächste Klingel ausprobieren wollte, ging hinter der Milchglastür im Treppenhaus das Licht an. Der Summer tönte und Simone stieß die Tür auf. Alles klar, Tims Sorge war so rational wie das Tragen eines Aluminiumhutes zum Schutz vor kosmischen Strahlen.

Eilig stieg sie die Stufen hinauf, wurde jedoch schon im ersten Stock aufgehalten. Ein gebeugter alter Mann stand im Hausflur und sah ihr misstrauisch entgegen. Seine dünnen grauen Haare standen in alle Richtungen ab – so, als ob er gerade erst aus dem Bett gestiegen war. Sein Gesicht hatte mehr Falten als Kalles T-Shirts, wenn er sie Stunden zu spät aus der Waschmaschine zog.

»Wollen Sie zu Frau Bennsdorf?« Die Stimme des Betagten klang dünn und heiser zugleich.

Simone räusperte sich. »Äh, ja, ich bin eine Freundin und wollte schauen, ob es ihr gut geht.«

»Eine Freundin?« Der Mann hustete und sah dabei aus, als würde es ihm Schmerzen bereiten.

»Na ja, eher eine Bekannte aus der Uni. Ich habe mir Sorgen gemacht, weil sie fehlt und sich nicht krankgemeldet hat.«

Sim stieg die letzten drei Stufen nach oben, um sich mit dem Invaliden auf Augenhöhe unterhalten zu können. Der klammerte sich an der Klinke seiner Wohnungstür fest, als hätte er Angst zu fallen. Ein Gedanke, der Simone nicht allzu absurd schien.

Die wässrigen Augen verengten sich ein wenig, als er sie prüfend ansah. »Ich mache mir auch Sorgen. Ich habe sie seit Sonntag nicht mehr gesehen.«

»Ist das denn so ungewöhnlich?«

»Sie sagt mir sonst Bescheid, wenn sie keine Zeit hat. Sie legt mir morgens immer die Zeitung vor die Tür, bevor sie zur Arbeit fährt. Ich schaffe die Treppe nicht mehr alleine, wissen Sie. Lea ist jetzt schon zwei Tage nicht gekommen.«

»Soll ich oben mal an ihre Tür klopfen?«

»Nein.« Ein erneuter Hustenanfall ließ den Alten fast kollabieren. Er holte Luft und seine Stimme schrillte danach wie die Pfeife eines Wasserkessels: »Sie ist nicht da. Ihr Auto ist auch weg.«

»Vielleicht gab es einen Notfall und sie musste schnell los.«

Der Rentner schüttelte den Kopf. »Ich glaube, dass was passiert ist. Ihr ging es nicht gut in der letzten Zeit. So was sieht man doch.«

Der Mann tat Simone leid. Sie klopfte ihm sanft auf die Schulter. »Es gibt bestimmt eine harmlose Erklärung. Das hoffe ich auf jeden Fall. Darf ich Ihnen meine Telefonnummer geben? Wenn Sie Lea sehen oder etwas hören …«

Sie kramte eine Visitenkarte aus ihrem Portemonnaie und drückte sie dem Nachbarn in die Hand. »Rufen Sie bitte an, wenn Sie etwas hören, Herr …?

»Ludewig, Helmut Ludewig.« Der Greis nickte und zog dann seine altersfleckige Hand zurück, um diesmal am Türrahmen Halt zu finden.

»Herr Ludewig, egal wann, ich bin eine Nachteule.«

Wirklich erleichtert war Simone nicht, als sie sich wieder in ihren Twingo setzte. Aber für Leas Fehlen gab es sicher eine harmlose Erklärung – Tim zerbrach sich ja oft den Kopf über Probleme, die gar nicht existierten. Sie gab Gas.

Um Viertel nach sechs erreichte das grüne Auto Simones Domizil in der Varenholzstraße. Vor dem Haus war kein Parkplatz frei, aber die Zeit drängte. So stellte sie den Twingo dicht neben den Mülltonnen in der Garagenzufahrt ab. Wenn die Ölsche aus dem Erdgeschoss das mitbekam, würde sie wieder einen Heidenlärm veranstalten. Aber das war Sim jetzt egal. Die neue Wohnung lockte.

Kaum hatte sie die Haustür geöffnet, wurde sie auch schon von der Spezialeinheit aus dem Erdgeschoss empfangen. »Frau Olsok, Sie haben …«

»Ich weiß, was ich habe«, provozierte Simone und schob die Alte zur Seite. »Bald eine neue Wohnung! Sie müssen sich leider einen anderen Fußabtreter suchen.«

Das hatte gutgetan. Beschwingt lief sie nach oben und schloss auf. »Kalle, bin da! Nur eben Pipi und dann können wir.«

Noch während das Bächlein plätscherte, erschien Kalle in der Badezimmertür – statt in Zivil im weißen Kampfanzug. »Lass dir Zeit, die Wohnung is nix!«

»Wie bitte?«

»Der Termin wurde vorverlegt. Du bist nicht ans Handy gegangen. Bin also allein gefahren. Die Hütte liegt direkt am Friedhof und fünfzig Meter neben dieser katholischen Kirche. Hast du die schon mal läuten hören? Da schlafe ich lieber unter einer Autobahnbrücke.«

Fassungslos blieb Sim auf dem Thrönchen sitzen. Dafür hatte sie sich so beeilt! Den Wagen musste sie auch noch umsetzen. Die zeternde Alte unten würde ihr sonst die Hölle heißmachen. Frustriert hämmerte sie auf die Spülung. »Und was machen wir jetzt?«

»Weitersuchen. Morgen. Und ich fahre erst mal zum Training.«

# Mittwoch

## 15

*Dortmunder Rundschau*

RÄTSELHAFTER LEICHENFUND IN BAROP

Ein Bericht von Rosina Prinz-Meyer

Schock für Matthias Kestermann (40). Im Herbst hat er einen Garten gepachtet. Im Frühjahr stieß er darin auf eine Leiche.

»Es war schrecklich!«, sagte Kestermann, der sich als städtischer Angestellter normalerweise mit alten Büchern und Dokumenten beschäftigt. »Ich wusste gleich, dass ich da was Schlimmes finden würde, als ich unter der Laube ein Viereck aus Kieselsteinen entdeckte. Aber wenn einen dann plötzlich tatsächlich ein Skelett angrinst – das ist ein Albtraum.«

Nachbarin Gertrud S. (78) vermutet, dass es sich bei der Toten um eine Mitte der Achtziger verschwundene Studentin namens Silke handelt. An den Nachnamen erinnert sie sich nicht. Die Eltern der Vermissten hätten damals eine Anzeige aufgegeben, aber alle Fahndungsmaßnahmen der Dortmunder Kriminalpolizei liefen ins Leere. Auch jetzt tappt die Polizei im Dunkeln. Die Akte ›Silke‹ müsse erst im Archiv gesucht werden. Wir fragen uns: Weiß man im Präsidium, dass es seit einigen Jahren Computer gibt, und man auch alte Akten digitalisieren kann?

Die *Rundschau* kann es besser. Die *Rundschau* weiß mehr. Am Ostersamstag 1985, dem 6. April, berichtete diese Zeitung zum ersten Mal über die Studentin Silke Neuhaus (26) aus Kleve, die als vermisst gemeldet worden war. Nach Ostern informierten wir über die Fahndung der Polizei.

Auf unsere aktuelle Anfrage hin teilte man uns mit: »Ob es sich bei der gefundenen Leiche tatsächlich um Silke Neuhaus handelt, wird die Rechtsmedizin klären.«

Kriminalhauptkommissarin Kasten, die den Fall leitet, konnte bis dato nur bestätigen, dass es sich bei dem Skelett um die Überreste einer Frau handelt.
Einen dramatischen Höhepunkt erfuhr die Situation gestern Mittag an der Fundstelle. Frau S. entdeckte unter den Journalisten auch den Sohn des vorherigen Gartenbesitzers Heinz M. Sie klagte ihn an als »Sohn des Mörders oder den Mörder selbst«.
Klaus-Ulrich M. (60), WDR-Kameramann, wurde daraufhin von einer Ermittlerin befragt, befindet sich aber weiterhin auf freiem Fuß.
Auf die weiteren Beschuldigungen von Frau S., das Vater-Sohn-Gespann M. hätte im Garten »wilde Feten mit Sex, Alkohol und Drogen« gefeiert, reagierte Klaus-Ulrich M. – von Pressekollegen befragt – gelassen. »Schön wär's gewesen. Spannender finde ich aber, was der Doc wohl Frau S. in ihre Medizin mischt. Davon könnte ich jetzt auch was vertragen.«
Die *Rundschau* bleibt am Ball.

## 16

Die Luft im Büro kam Herta Kasten wie immer trocken und abgestanden vor. Auch die Klimaanlage ist in die Jahre gekommen, dachte Herta Kasten.

Eine Zeit lang hatte die Beamtin versucht, mit einer Pflanzenbatterie auf der Fensterbank ökologisch gegenzusteuern, aber das war gründlich misslungen. Sie selbst hatte die Gewächse zu oft gegossen, Waliszczek zu selten. Von der dritten Kraft im Raum, der Endzwanzigerin Julia Allbracht, war erst recht keine Hilfe zu erwarten. Sie schien ein Schwangerschafts-Abo zu haben und war gegen alles Grünzeug allergisch.

Eine leichte Klimaverbesserung stellte sich ein, als Kasten einen kleinen Zimmerspringbrunnen aufstellte, der sogleich regen Besucherverkehr aus dem ganzen Hause auslöste. Für das sprudelnde Wasser sorgte nämlich eine zwanzig Zentimeter große Nachbildung des berühmten Manneken Pis, die

die Hauptkommissarin in einem belgischen Gartencenter entdeckt hatte. Doch dann tauchte irgendein Innendienstfuzzi auf, der ihr aus Ersparnisgründen diesen privaten Stromverbrauch untersagte.

Ein Blick auf die Uhr – zehn Minuten Zeit. Kasten stellte ihren Automatenkaffee ab und klickte die tägliche Hausmitteilung an. Diesmal hatte es am Vortag sechs Einbrüche gegeben, ein Auto, das bei einem Wendemanöver im Gleisbett der Straßenbahn gelandet war, und eine Delikatesse aus dem Rotlichtviertel: Ein Freier wollte eine Hure im üblichen Prepaidverfahren entlohnen, ihr dabei jedoch einen schlecht gefälschten Fünfziger andrehen. Als die Frau lautstark echtes Geld forderte, ergriff der Mann die Flucht. In der Eile vergaß er aber seinen Rucksack, in dem auch sein Personalausweis lag.

Kasten verzog spöttisch das Gesicht. Kerle mit Hormonstau waren einfach nicht zurechnungsfähig. Nur gut, dass dieser Lebensabschnitt hinter ihr lag. Um ihr hin und wieder aufflackerndes Bedürfnis nach Sex zu befriedigen, brauchte sie keine Männer mehr.

Die Tür wurde aufgestoßen. Waliszczek und die beiden anderen Kollegen aus dem KK 11 traten ein. Während Wali, gut dressiert, »richtigen« Kaffee aufsetzte und Tassen verteilte, legten ihr die beiden anderen einige Blätter Papier auf den Tisch. »Lageplan der Gärten, die aktuellen Pächter, dazu die Vorbesitzer samt Adressen und die Übergabedaten.«

»Gute Arbeit. Woher …?«

»Wir haben den Verpächter angetroffen«, verriet Kopitzki. »Wohnt unten an der Stockumer und hat eine perfekte Buchführung.«

»Schön. Aber was ist mit den Hausbewohnern? Bei der Vermieterin war ich ja selbst …«

Echternach zog seine breiten Schultern hoch. »Nichts Hilfreiches. Die Haremsdame aus dem ersten Stock weiß nix. Und die Zicke unten rechts jammert nur darüber, dass

Magers in ihrer Wohnung zu laut gelacht haben und ab und zu in der Küche eine Gabel auf den Boden fiel. Das hätte ihren Mann ins Grab gebracht. Wenn du mich fragst …«

»Überflüssig«, bedeutete ihm die Chefin. »Solche Nachbarinnen habe ich selbst.« Schweigen, Grübeln. Dann atmete Kasten durch. »Toll. Dann müssen wir die anderen Anwohner in der Pulverstraße aufsuchen.«

Kopitzki rümpfte laut die Nase. Klinkenputzen war nichts für Leute mit Jagdfieber.

»Habe verstanden«, sagte Kasten und lächelte mild. »Viel Glück!«

Die beiden nickten und schoben ab. Waliszczek sammelte die Tassen der Kollegen ein und hielt sie kurz unters Wasser, bevor er sich und seiner Chefin nachschenkte. »Hat sich die Technik gemeldet?«

»Gute Frage«, lobte Kasten und griff zum Telefon. Kurz darauf hatte sie Bosse an der Strippe. »Wie weit seid ihr?«

»Noch nicht fertig. Aber ich kann dir zumindest sagen, dass wir im Garten keinen Hinweis auf ein weiteres Verbrechen gefunden haben.«

»Und was unsere Tote angeht?«

»Nur die Asservate, die du schon kennst. Den Schmuck haben wir nach Düsseldorf geschickt.«

»Wieso?« Kastens Körper spannte sich und sie hielt, ohne es zu merken, den Atem an.

»Der Ohrring gibt uns zu denken. Die Fundstelle im Hosenaufschlag ist schon verdächtig genug. Es kommt aber noch dazu, dass das Teil auf merkwürdige Weise beschädigt ist. Der Schließmechanismus ist total verbogen – so, als hätte man den Ring nicht ordentlich abgenommen, sondern abgerissen.«

»Und?«

»Das Ding kann vom Opfer oder dem Täter stammen. Wenn die Kollegen im Inneren des Ringes noch DNA-Spuren finden, wissen wir mehr.«

Kasten atmete tief durch. Das war ein erster Hoffnungsschimmer.

## 17

Tim checkte bereits zum hundertsten Mal die WhatsApp-Anzeige auf seinem Blackberry. Drei Nachrichten hatte er am Vortag geschrieben – alle drei waren unbeantwortet geblieben. Simones Bericht über ihren Besuch in Gelsenkirchen hatte ihn nicht beruhigt. Im Gegenteil. Warum war Leas Auto weg? Hatte sie sich wirklich einfach in den Wagen gesetzt und war abgehauen, ohne irgendjemandem Bescheid zu geben? Nicht mal der Univerwaltung oder ihrem Nachbarn?

Diese Gleichung wollte nicht aufgehen. Die Doktorandin war ein Musterbeispiel an Zuverlässigkeit. Einmal war sie mit so starkem Fieber zur Arbeit erschienen, dass sogar Paul zu der Ansicht gelangte, dass sie ins Bett gehörte und sich in der Woche nicht mehr blicken lassen sollte. Ein Fall von Empathie, der bei Jabba höchstens einmal im Jahr vorkam.

Es blieben somit nur zwei Schlussfolgerungen. Entweder war Lea so sehr in Not und hatte so viel Angst, dass sie Hals über Kopf geflüchtet war – oder aber jemand wollte, dass es nur so aussah, als ob sie weggefahren wäre. Eine andere Variante fand er zu unwahrscheinlich: Ein familiärer Notfall hatte sie alles stehen und liegen lassen. Sollte er versuchen, ihre Familie zu kontaktieren? Aber die müsste er auch erst einmal ausfindig machen.

Tim biss sich auf die Unterlippe und fuhr sich über den Scheitel. Er musste logisch vorgehen. Aber das fiel ihm aktuell schwer. Fast die halbe Nacht hatte er wach gelegen und sich von links nach rechts und wieder zurück gewälzt. Schließlich war er um vier Uhr morgens aufgestanden, hatte einen starken Kaffee aufgebrüht und Lea eine Mail an ihren privaten Account geschickt.

Er schaute auf die Uhr. Fast neun. Keine Antwort. Immer noch nicht. Der Admin trommelte mit den Fingern auf die Schreibtischplatte. Dann griff er erneut zum Smartphone und tippte in der App, die Lea ebenfalls seit ein paar Wochen nutzte.

*Hey! Hier machen sich wirklich alle riesige Sorgen, dass dir was passiert sein könnte. Wenn du dich bis heute Abend nicht meldest, werde ich die Polizei darüber informieren, dass du verschwunden bist.*

Ein letzter Blick auf die grüne Sprechblase und er ergänzte den Text: *Ich mache mir große Sorgen. Bitte melde dich!*

Dann schoss er die Botschaft ins All und wühlte weiter in seinem Gedächtnis. Irgendetwas musste Ende letzten Jahres passiert sein. Bis dahin war alles gut gewesen, doch dann hatte Lea sich mehr und mehr isoliert. War erst dünner und dann regelrecht mager geworden. Es war offensichtlich, dass ihr etwas zusetzte. Und es waren nicht nur die Gerüchte, die ihm sagten, dass Kehlmann seine wurstigen Finger im Spiel hatte.

Vielleicht, unterbrach Tim sich, sollte er noch eine echte Old-School-SMS hinterherschicken? Nur so, zur Sicherheit? Die Gelegenheit war günstig. Adele, mit der er den Raum teilte, hatte einen Auswärtstermin, bei dem es um eine Kooperation mit einem Autohersteller ging. Ganz sicher war er bis heute nicht, wie sie und Kehlmann zueinander standen. Besser auf Nummer sicher gehen. Er lehnte sich in seinem Bürostuhl zurück und tippte erneut. Noch während seine Daumen über die Tastatur des Smartphones huschten, flog hinter ihm die Tür auf.

»Na, kleines Päuschen?«

Tim erschrak so heftig, dass ihm fast das teure Handy aus den Händen gerutscht wäre. Im Türrahmen stand Kehlmann und füllte das Viereck so gründlich aus wie ein Eishockeykeeper sein Tor. Unter seinem rechten Arm klemmten, wie von einer Schraubzwinge gehalten, gleich zwei Notebooks.

Noch während der Admin Luft holte und nach einer Erwiderung suchte, wuchtete sein Chef die Geräte auf den Schreibtisch und grinste ihn mit schmalen Augen an.

»Halb so wild, wir brauchen zwischendurch doch alle mal eine kleine Auszeit, stimmt's?« Er klopfte seinem Angestellten nun freundschaftlich auf die Schulter.

Der legte sein Blackberry möglichst beiläufig mit der Displayseite nach unten auf den Tisch. »Was kann ich für dich tun, Paul?«

»Ich brauche bis heute Abend meinen neuen Laptop fertig konfiguriert zurück.«

»Ui, das ist aber knapp. Ich muss mich doch noch um die Server-Racks kümmern – eine Heidenarbeit. Reicht es dir, wenn ich nur Betriebssystem und Software installiere?«

»Wieso ist das knapp? In meiner Zeit in Dortmund haben wir damals an einem Tag einen kompletten PC-Pool mit vierzig Rechnern fertig gemacht. Und abends haben wir beim Italiener noch die Vorlesung für den nächsten Morgen vorbereitet.« Er sah Tim so geduldig an wie ein Kindergärtner, der seinem Zögling erklärte, dass man selbstverständlich die Bauklötze nach dem Spielen wieder wegräumen musste. »Nein, es reicht leider nicht, nur alles aufzuschieben. Gleiche bitte alle Programme mit dem alten Dell-Notebook ab. Ich brauche auch alle Daten und Einstellungen eins zu eins übertragen. Wie soll ich denn sonst auf der *SecSQ* damit arbeiten?«

Tim verkniff sich die Antwort, die ihm auf den Lippen lag. Jeder andere Informatiker war in der Lage, sich sein Outlook oder WLAN selbst einzurichten. Fast jeder.

Die *SecSQ* war eine internationale Konferenz, das Kürzel stand für *Security Software Quality.* Alle, die in der Informatik Rang und Namen hatten, trafen sich einmal jährlich an einem Ort innerhalb Europas. Dort hielten sie wissenschaftliche Vorträge, besprachen die neuesten Veröffentlichungen und beweihräucherten vor allem sich selbst. Jeder kannte jeden. Tim war klar, dass sein Chef dort mit der modernsten Technik glänzen wollte. Eine Diskussion mit Jabba wäre zwecklos. Deshalb fragte Tim: »Also alles so wie immer?«

»Na ja. Beim letzten Mal lagen die Verknüpfungen auf dem Desktop nicht an derselben Stelle wie vorher. Und denk bitte diesmal auch daran, dass meine gesendeten E-Mails immer in dem Ordner landen sollen, von dem aus ich eine Nachricht beantworte. Ach ja, und ich brauche noch eine VPN-Verbindung ins Hochschulnetz.«

In Gedanken ergänzte Tim die anderen Settings, die zu Jabbas Standards gehörten, und überschlug die Zeit, die er für ihre Einrichtung benötigen würde. Er stöhnte leise – das würde wieder ein langer Arbeitstag werden.

»Alles klar, Paul. Für die benutzerspezifischen Einstellungen und dein Outlook müsstest du dich aber an beiden Geräten mit deinem Account an der Domäne anmelden.«

»Komm einfach in mein Büro, wenn du so weit bist, dann machen wir das zusammen.« Paul kratzte sich an der Brust, als wollte er noch etwas sagen. Die rote Dschungelbehaarung quoll dabei noch weiter aus dem Hemdausschnitt. Schließlich meinte er: »Ach, noch was, Tim. Schön, dass ich mich auf dich verlassen kann.« Dann grinste der Dicke wie ein kleiner Junge, nickte knapp und drehte ab. Dabei vergaß er wie immer, die Tür zu schließen.

Tim schaute ihm verwundert nach. Was war das denn? Wurde der Kerl auf seine alten Tage noch weich?

Ein kurzer Blick auf die Uhr zeigte ihm, dass er besser anfangen sollte. Entschlossen stand er auf und gab der Tür einen kleinen Schubs. Dann räumte er sorgfältig seine Tastatur, seinen Notizblock und zwei Stifte an die Seite und stellte das – noch längst nicht veraltete – *Latitude XT2* neben dem brandneuen *Lenovo*-ThinkPad auf. Wenn er sich beeilte, konnte er die Zeit nutzen, um ein wenig auf dem älteren Gerät zu schnüffeln. Auf eine Überstunde mehr kam es jetzt auch nicht mehr an.

Der Alte war zwar vorsichtig, was seine persönlichen Daten betraf, aber Tim kannte doch ein paar Kniffe mehr. Als Admin, dachte er, ist man Gott.

## 18

Der Bericht der Rechtsmedizin kam um elf. Kasten war von vornherein klar, dass er sie nicht wesentlich weiterbringen würde. Ohne eine Genprobe, die zweifelsfrei von der verschwundenen Silke stammte, würden die Spekulationen weiterbrodeln.

Dennoch passte alles zu dem, was die *Rundschau* geschrieben hatte: Bei ihrem Ableben war die Frau aus dem Gartengrab kaum älter als Mitte zwanzig. Ihr Tod lag fünfundzwanzig bis dreißig Jahre zurück. Auffällig waren eine quer verlaufende Verletzung des Hinterkopfes, die den Verdacht eines Sturzes gegen eine Tisch- oder Möbelkante nahelegte.

Das war schon alles. Also musste sich die Hauptkommissarin vorerst an Methoden klammern, die schon vor der DNA-Revolution geholfen hatten.

»Christoph?«

»Im Dienst!«, meldete Waliszczek und goss den nächsten Kaffee ein.

Herta Kastens Augen fixierten ihn, als ob sie nur darauf wartete, dass er etwas von der braunen Droge über die Ermittlungsakte schütten würde.

»Was ist, Chefin?«

»Wir brauchen den Zahnstatus der Toten. Ruf noch mal bei dieser Leichentante in Dorstfeld an. Säusel ihr die Ohren voll und bring deinen Charme zum Einsatz.«

Er nickte eifrig und hätte am liebsten sofort zum Telefon gegriffen – die blonde Rechtsmedizinerin gefiel ihm außerordentlich. Doch Herta Kasten war noch nicht fertig.

»Dann suchst du schon mal die Adressen aller Zahnärzte

aus Barop, Hombruch, Eichlinghofen und Schönau heraus und fragst, ob sie vor fünfundzwanzig bis dreißig Jahren hier aktiv waren oder alte Akten von ihren Vorgängern geerbt haben. Und ob sie eine Silke Neuhaus im Archiv haben. Die bekommen dann die Unterlagen …«

Langsam geht mir die Alte auf den Wecker, dachte Waliszczek. Erst ein Zückerchen und dann einen Tag Strafarbeit. In solchen Momenten sehnte er sich zurück in seine Zeit auf Streife.

»Was ist?«, fragte sie eine Spur zu angriffslustig. »Keinen Nerv?«

Der Ton regte ihn auf. Einen Augenblick lang zögerte er noch, dann fragte Waliszczek: »Welche Laus ist dir eigentlich heute über die Leber gelaufen? Und woher weißt du, dass die Tote Neuhaus hieß? Die alte Grote …«

Immerhin denkt er mit, dachte Kasten, sah ihn aber ausdruckslos an. »Die alte Frau Grote war schon nahe dran. Aber sag mal, liest du keine Zeitung?«

»Zeitung? Nö, ich habe doch Facebook!«

Noch so ein Blödmann, an dem das wahre Leben vorüberzieht, dachte sie. Doch bevor sie in Versuchung geriet, das laut zu wiederholen, fragte Wali: »Was steht denn in der Zeitung?«

»Na, wie die vermisste Frau hieß, dass sie Mitte März 85 verschwunden ist, dass die Polizei damals nicht in der Lage war, den Fall aufzuklären – und dass wir uns heute noch blöder anstellen, weil wir unsere Akten nicht im Griff haben. Diese beschissene *Rundschau* lässt uns wie Deppen dastehen. Und das leider nicht ganz zu Unrecht. Ruf jetzt am besten dein Blondchen aus der Rechtsmedizin an, bevor diese Prinz-Meyer uns auch da zuvorkommt.«

Während der Kommissar seine Charme-Offensive startete, stellte Kasten ihre Ohren auf Durchzug.

»Und?«, fragte sie, als Waliszczeks Gesäusel verstummt war.

»Läuft«, sagte er mit erhobenem Kinn und fuhr mit debilem

Grinsen seinen Rechner hoch, um sich die Zahnärzte in Dortmunds Südwesten anzeigen zu lassen.

»Guter Junge«, lobte sie und griff selbst zum Telefon – im Katasteramt saß eine alte Bekannte. »Schätzchen – Pulverstraße 15. Ist ein Appartementhaus. Wem gehört die Bude?«

Am anderen Ende der Leitung klickte eine Computertastatur. »Du weißt schon, dass ich jeden anderen, der mich Schätzchen nennt, umbringen würde, oder? Ha, hier. Felsenstein, Arnold ...«

»Der Architekt?«

»Ja.«

Meine Güte, dachte Kasten. Der Mann war auf einem Goldschatz zur Welt gekommen. Sein Vater hatte das riesige Ziegeleigelände seines Alten geerbt, die Brennerei sofort dichtgemacht und das Gelände Stück für Stück als Bauland verkauft – immer mit der Auflage, dass nur er selbst die geplanten Eigenheime samt Pools, Saunen und Dreiergaragen entwerfen durfte. Zehn Jahre später war Felsenstein eine der begehrtesten Partien der Stadt geworden und sein Sohn hatte das Erbe des Vaters noch um mehrere private Studentenheime erweitert.

»Kannst du mir auf dem kleinen Dienstweg eine Liste der Mieter von 1985 besorgen?«

»Grundsätzlich kein Problem«, sagte sie. »Aber nicht sicher.«

»Wieso?«

»Studenten!«, sagte die Katasterfrau verächtlich. »Die haben sich doch oft weder an- noch abgemeldet. Besser, du fragst bei Felsenstein nach. Der hat garantiert eine vollständige Mieterliste.«

»Okay. Hast du zufällig eine Ahnung, an welchem Meeresstrand er gerade sein Geld verprasst?«

»Ruf seine Verwaltung an.«

Die Kommissarin brauchte fünf weitere Telefonate, bis sie endlich mit jemandem sprach, der etwas zu sagen hatte: Felsensteins Hausanwalt, der eine alteingesessene Kanzlei leitete und Dortmunds einziger Anwalt war, der jemals einen Olympiasieg errungen hatte.

»Wenn ich Sie recht verstehe, haben Sie keine richterliche Anweisung auf Herausgabe der Daten.«

»Stimmt. Nennen wir es private Amtshilfe. Immerhin geht es um Mord und Ihr Mandant steht außer Verdacht.«

Der Mann am anderen Ende lachte leise auf. »Das habe ich auch verstanden«, sagte er. Er brauchte noch ein paar Sekunden zum Nachdenken und versprach dann: »Ich rufe Sie binnen vierundzwanzig Stunden zurück.«

Kasten legte auf, entsorgte ihren abgestandenen Kaffee in die Kanalisation und fuhr mit dem Lift hinunter zum Eingang des Präsidiums.

Während sie sich einen Zigarillo durch die Lunge pfiff, überdachte sie die vorliegenden Informationen, im ›Fall Silke‹. Die Beweise dafür, dass es sich bei der Leiche tatsächlich um diese Studentin handelte, standen noch aus. Nach so vielen Jahren im Job wusste Herta zwar, dass grundsätzlich alles möglich war – aber sie wusste auch, dass die wahrscheinlichste Antwort auf eine Frage meist die richtige war. Was immer dieser Kameramann auch gesagt hatte – er und seine Eltern waren die Hauptverdächtigen, wenn man die Gelegenheit zur Beseitigung der Leiche betrachtete.

Aber traf das auch noch zu, wenn es um den Mord selbst ging? 1985 war Magers Vater schon um die siebzig gewesen. Schwer vorstellbar, dass er oder seine nicht viel jüngere Frau einen solchen Akt begangen hatten. Blieb vorerst doch nur der Sohn. Klaus-Ulrich Mager.

Als die Hauptkommissarin den Rest ihres Räucherstäbchens in der Abfalltonne versenkte, war ihr nur eines klar: Ohne Verstärkung würde diese Ermittlung noch mal siebenundzwanzig Jahre dauern.

# 19

Kehlmanns neuer Auftrag hatte Tims Zeitplan für diesen Tag völlig in Unordnung gebracht. Als sich der erste Hunger meldete, steckte er so tief in der Arbeit, dass er sie unmöglich unterbrechen konnte.

Erst zwei Stunden später hielt er es nicht mehr aus und trabte los. Doch für eine warme Mahlzeit kam er viel zu spät. Stattdessen blickten ihn zwei einsame Schokomuffins an und bettelten: »Nimm uns mit!«

Er tat ihnen den Gefallen.

Den ersten verschlang er bereits unterwegs, mit dem zweiten krümelte er seinen Arbeitsplatz so heftig voll, dass der Admin die Schreibtischplatte mit einem Feuchttuch reinigen musste. Mist!

Seit Beginn der Installationsarbeiten waren vier Stunden vergangen. Jetzt musste er zu Kehlmann, um die letzten Handgriffe gemeinsam mit ihm durchzugehen.

Sorgfältig löschte Tim auf dem *XT2* die Dokumenten- und Browserverlaufsliste – Jabba durfte auf keinen Fall sehen, was er zuletzt angeschaut und gesichert hatte. Der Admin zog seinen privaten Stick mit den Fundstücken aus Kehlmanns Altgerät und schluckte schwer angesichts dessen, was er gerade gesehen hatte.

Bevor er losging, warf er noch einen Blick auf sein Handy. Nichts. Keine Nachricht von Lea.

»Hallo! Er wartet schon auf dich!« Die neue Sekretärin zelebrierte eine einladende Geste in Richtung Chefbüro.

»Danke. Und? Gefällt's dir hier, Meike?«

»Bis jetzt ja. Die Mitarbeiter hier scheinen alle sehr nett zu sein.«

Die Mitarbeiter schon, dachte Tim und sagte: »Freut mich.

Falls du Fragen hast oder ich dir irgendwie weiterhelfen kann, lass es mich wissen.«

»Nett von dir.«

»Komm rein«, dröhnte Kehlmann, als Tim an den Türpfosten klopfte, aber er sah nicht mal auf, als dieser das riesige Büro betrat. Der breite Schreibtisch war so ausgerichtet, dass das Licht von der Seite auf den Herrn des Instituts fiel, ohne ihn jedoch zu blenden. Hinter ihm stand ein breiter Stahlschrank, dessen Rolljalousie mit Schlössern gesichert war.

Dagobert Duck vor seiner Schatzkammer, dachte der Admin und holte Luft. »Paul, wir ...«

»Moment noch.« Kehlmann hackte weiter wie besessen auf seiner Schnurlostastatur herum. Dann stockte er, merkte auf und fuhr sich mit der Pranke durchs Gesicht. »Verdammt noch mal! Was ist das denn?«

Tim legte erschrocken die beiden Notebooks ab und trat hinter den Schreibtisch des Chefs. »Was meinst du?«

»Da!«

Entrüstet schob ihm der Koloss die Tastatur vor die Nase. Mit dem Zeigefinger, der dicker war als so manche Zigarre, deutete er auf das Display seines *Logitech*-Keyboards. Wie eine Ameisenarmee wanderte ein Text über die Statusanzeige: *Hallo, Paul, schau doch mal aus dem Fenster.*

Automatisch befolgte Tim diese Anweisung. Gegenüber, in der nächsten Keksdose, stand eine glatzköpfige Gestalt am Fenster und winkte mit beiden Armen herüber.

*Viele Grüße von Robert,* krabbelte der Text weiter. *Überarbeite dich nicht!*

Tim musste grinsen. Der Mann von gegenüber war Robert Köstritz, der Leiter des Instituts für Netzwerk- und Computersicherheit – Simones Vorgesetzter.

»Was soll das denn?«, schäumte Kehlmann. Anstatt freundlich zurückzuwinken, herrschte er Tim an: »Wie kann das überhaupt passieren, dass der Affe meine Tastatur hackt?

Das bringst du sofort in Ordnung! Ich mach mich hier doch nicht lächerlich!«

Der Admin hatte Mühe, ernst zu bleiben. Das war mal wieder so typisch für Paul, der sich inzwischen eher als Manager des Instituts gebärdete. Seine Beschäftigung mit Informatik hatte zudem mehr mit Philosophie gemein als mit den konkreten Problemen, mit denen sich die Mitarbeiter an den Tastaturen herumschlugen. Über Wochen wurde darüber diskutiert, wie man den Begriff ›Service‹ am besten definierte, ohne zu einem Schluss zu kommen. Aber wie man einen PC vernünftig aufsetzte, wussten die Herren Professoren oftmals nicht. Vielleicht hatte Paul sich ja früher mal mit der Technik ausgekannt – aber heute war er diesbezüglich eine echte Wurst. Leider durfte man ihn das nie spüren lassen.

Also bemühte sich Tim um Sachlichkeit: »Keine Panik, Paul. Ich schätze, dass er drüben dein Bluetooth-Signal empfangen hat. Das Beste ist, ich hole dir eine kabelgebundene Tastatur. Dann schau ich mir das Problem in Ruhe an.«

Doch Kehlmann zitterte noch immer vor Wut. »Wofür habe ich eigentlich einen eigenen Admin, wenn hier trotzdem jeder Zugriff auf meine Daten hat?«

»Übertreib nicht. So gefährlich ist das ja nun auch nicht …«

»Schluss jetzt. Bring das in Ordnung.«

Fünf Minuten später kroch Tim unter Kehlmanns Schreibtisch hervor und wischte sich die Hände an den Jeans ab. »So, du kannst weiterarbeiten. Wenn du noch so nett wärst, dich auf beiden Laptops mit deinem Domain-Account anzumelden, dann kann ich dein Outlook konfigurieren und die übrigen Einstellungen vornehmen. Und wenn du deine Ruhe haben willst, kann ich das auch gern nebenan bei Meike machen.«

Kehlmann schaute ihn an und hob eine Augenbraue. Dem jüngeren Mann wurde die Kehle eng. Hatte der Dicke Verdacht geschöpft? Daran wollte er nicht mal denken.

# 20

Diesen Arbeitstag würde Heiko Wolle am liebsten aus seinem Gedächtnis streichen. Nichts als Ärger – und mit dem meisten Blödsinn hatte er persönlich gar nichts zu tun. Er war Leitender Kriminaldirektor und seit drei Jahren Chef der Dortmunder Kriminalpolizei. Das Amt brachte es mit sich, dass er für manchen Bock geradestehen musste, den er gar nicht selbst geschossen hatte – aber alles hatte eben seine Grenzen.

Begonnen hatte es schon beim Frühstück. Während er seine Brötchen aufschnitt, blätterte seine Ehefrau in der Zeitung und fragte plötzlich: »Wieso wusste eigentlich die *Rundschau* schneller als ihr, wie diese vermisste Frau hieß?«

»Bitte?«

»Sie hieß Silke Neuhaus.«

»Gib mal her!«

Er las den Artikel durch und ärgerte sich das erste Mal. Prinz-Meyers Darstellung konnte den Eindruck erwecken, als wären im Präsidium nur Idioten angestellt.

»Und? Warum wisst ihr das noch nicht?«

»Ohne Aktenzeichen dauert das eben. Dieser Fall ist uralt. Vielleicht haben die bei der *Rundschau* ja so einen Opa im Archiv, der schon mit Hannibal über die Alpen gezogen ist und ein Gedächtnis hat wie ein Elefant. Aber ob die Leiche aus Barop tatsächlich diese Silke ist, weiß bis jetzt nur der Teufel.«

Dieser Ärger brodelte den Morgen über in seinem Magen wie ein Eintopf aus Sauerkraut, der den Dünnschiss schon Stunden vorher ankündigte. Bevor es aber zu einer befreienden Explosion kommen konnte, hatte er den Polizeipräsidenten in der Leitung.

»Mein lieber Wolle, können Sie gleich mal vorbeikommen?«

»Darf ich fragen, um was es geht?«

»Nun«, eierte Ritterswürden herum, »es geht da um einen Vorgang, der ein wenig peinlich sein könnte …«

Wolle musste sich beherrschen, um nicht laut loszufurzen. Wieso haben wir einen dieser nervigen Sozialarbeiter als Chef, die schöne Reden halten, aber niemals Klartext sprechen können?

»Der zuständige Staatssekretär fordert die Akten über den türkischen Kioskbesitzer an, der 2006 in der Nordstadt erschossen wurde. Er will in Erfahrung bringen, auf welche polizeilichen Hinweise sich die Dortmunder Staatsanwaltschaft bei der Einschätzung gestützt hat, dass es wohl einen familiären Tathintergrund gebe.«

Wolles Brust entfuhr ein leises Stöhnen, das den Boss für einen Moment aus dem Rhythmus brachte.

»Haben, äh, haben unsere Leute nicht die Spuren der Tatwaffe im Polizeinetz abgeglichen? Wir hätten da doch feststellen müssen, dass mit jener Waffe schon mehrfach geschossen worden war … Was die unterstellten privaten Motive doch sehr unwahrscheinlich machte.«

»Ja«, sagte Wolle.

Doch diese kurze Erklärung brachte den Boss in Fahrt. »Wieso haben unsere Leute das versäumt? Wer ist dafür …?«

»Herr Ritterswürden, das alles können Sie sich doch selbst beantworten. Das KK 11 war an der Sache dran, wir haben sogar schon das Projektil untersucht. Aber in dem Moment hat der Verfassungsschutz uns die weiteren Ermittlungen verboten, der Staatsschutz, der Ihnen direkt unterstellt ist, hat die Akten eingesammelt – und uns alle zum Stillschweigen verdonnert.«

Eine Weile war es still in der Leitung, bis der Präses fragte: »Und was soll ich nun antworten?«

»Genau das!«, sagte Wolle mit Nachdruck und legte den Hörer auf – ganz sanft, aber ohne Abschiedsgruß. Und mit doppelter Wut im Bauch. Diese ganze NSU-Scheiße hatte der Verfassungsschutz versemmelt – und jetzt, da die Story in allen Medien war, wollte man intern der Kripo an den Kragen, um von den Schlapphüten abzulenken.

Ein paar Sekunden lang widmete Wolle seine Gedanken der wunderbaren Flasche Kräuterschnaps tief unten in seinem Schreibtisch, aber dafür war es noch zu früh. Allmählich beruhigte sich sein Magen auch ohne die Hausmedizin. Doch gleich nach der Mittagspause kam das dritte Ärgernis auf ihn zu – nicht per Zeitung oder Telefonat, sondern es stand leibhaftig vor seinem Schreibtisch.

»Was gibt es, Herta?«

»Ich brauche eine Mordkommission, die diesen Namen auch verdient.«

»Wofür?«

»Silke Neuhaus!«

Wolle stöhnte auf, bevor er einwandte: »Herta, wir brauchen einen Obduktionsbericht, der den gewaltsamen Tod deines Baroper Gerippes bescheinigt. Und ob es sich um die vermisste Neuhaus handelt, wissen wir auch noch nicht. Bis dahin gehe ich erst mal von einer Ordnungswidrigkeit aus, nämlich der privaten Entsorgung einer Leiche.«

»Soll das ein Witz sein? Wir haben den Bericht schon. Und es war Gewalt im Spiel.«

»Gut. Und wofür brauchst du im Moment mehr Leute?«

Die Hauptkommissarin stützte sich mit beiden Händen auf dem Schreibtisch ab. »Sach ma, was ist mit dir los? Wo bleibt dein Jagdinstinkt? Du warst doch einer unserer besten Bluthunde, bevor du Schreibtischtäter wurdest. Alles verkalkt?«

Heiko Wolle starrte wortlos auf Kastens Oberlippe. Wenn sie sechzig wird, dachte er, bekommt sie statt Blumen einen Nassrasierer.

»Was sagt denn der Staatsanwalt?«

»Er wartet auf Ergebnisse.«

»Hätte ich nicht gedacht«, konterte er trocken, rang sich aber noch eine Rechtfertigung ab. »Du weißt doch: Wir haben zwei tote Wohnungslose, eine ermordete Prostituierte, die auffällige Sterbeserie in diesem Altersheim – sollen wir eine riesige SoKo auf einen Fall ansetzen, der so alt ist, dass wir ihn den Archäologen übergeben könnten?«

»Was die Dringlichkeit angeht: Die Presse scheint das anders zu sehen als du. Hast du die *Rundschau* gelesen? Die sitzen uns jetzt schon im Nacken.«

»Aber nur ein paar Tage lang. Das halten wir aus. Und jetzt setz dich erst einmal!«

Umständlich nahm sie auf einem der Besuchersessel Platz, während Wolle hinter seiner Barrikade hervorkam und sich Auge in Auge mit ihr niederließ. Seine Taktik war klar. Im Sitzen, hoffte er wohl, protestierte es sich schlechter.

»Hertalein, du weißt es doch selbst genau. Wenn dieser Mordfall frisch wäre, würde ich dir alles geben, was du brauchst: Hundertschaften, Hubschrauber und jeden Beamten, dessen Puls noch fühlbar ist. Aber hier hat der Täter schon einen Vorsprung von einem Vierteljahrhundert. Da kommt es auf ein paar Wochen auch nicht an. Neben Kopitzki und Echternach, die du schon für den Fall bekommen hast, sind doch auch deine Bürokollegen dabei. Christoph Waliszczek und diese … Wie heißt sie noch gleich? Reicht das nicht?«

Kastens Blick zur Zimmerdecke entging ihm nicht.

»Was?«

Die Hauptkommissarin seufzte. »Wenn die Gerüchte stimmen, feiert Julia gerade ihre dritte Risikoschwangerschaft ab.«

»Na, na«, sagte er mit deutlicher Missbilligung, ersparte sich aber jede Anspielung auf Kastens Kinderlosigkeit. »Dann seid ihr aber trotzdem schon zu viert. Und mit deiner Erfahrung und deinem Scharfblick …«

»Lass das Gesülze. Noch zwei Mann zusätzlich, die beim Klinkenputzen helfen.«

Ein Blick in ihr Gesicht verriet ihm, dass sie noch nicht

aufgeben würde. »Okay. Du bekommst einen. Aber erst am Montag. Dann läuft beim Kollegen Müller die Elternzeit ab.«

Geht doch, dachte die Kommissarin. Sie erhob sich und griff nach ihrem Anorak. Als sie ihn von der Rückenlehne ihres Sessels fischte, schlug die Pistole in der Seitentasche schwer gegen Wolles Schreibtisch.

»Wie?«, fragte er. »Trägst du deine Dienstwaffe noch immer nicht im Schulterholster?«

Mit leichtem Spott in den Augen sah Kasten ihn an. »Logisch durchdacht. Im Notfall schieße ich durch den Stoff.«

»Dann ist deine schöne Jacke kaputt.«

»Kann sein. Aber stell dir mal vor, ich müsste beim Ziehen erst meine Airbags wegschieben. Dann müsstest du für einen Kranz sammeln. Bis neulich!«

Statt ihr Dienstzimmer anzusteuern, fuhr Kasten mit dem Lift nach unten. Entschleunigen war die Devise des Jahres. Sie zog sich einen Milchkaffee und stellte sich wieder neben das Zigarettengrab vor dem Eingang. Im Normalfall beruhigte sie der Anblick des ausgedehnten Parkplatzes, hinter dem sich eines der angesagtesten Altbaugebiete der Stadt befand. Mit Vergnügen beobachtete sie von hier aus die Menschen, die das Präsidium ansteuerten oder verließen. Auf dem Marsch hinaus waren die meisten Leute um ein Drittel schneller als auf dem Weg herein.

Diesen Wert toppte ihr Mitarbeiter Christoph Waliszczek locker. Er kam gerade aus seiner Mittagspause und brauchte vom Parkplatz bis zur Schleuse doppelt so lange wie alle anderen. Kasten sah zu, wie er sich von ganz unten zu seiner Arbeitsstelle vorarbeitete, beinahe schlendernd, Stöpsel im Ohr und in ein reges Gespräch mit einem unsichtbaren Mitmenschen vertieft. Seiner Gestik nach tippte Kasten auf eine Frau.

Als Wali endlich bemerkte, dass seine Chefin ihm auflauerte, wurden seine Schritte schneller. Die Balzlaute verstummten aber erst, als er schon fast vor ihr stand und sein aufdringliches Herrenparfüm sie umnebelte.

»Herzchen«, sagte sie, »falls du dich schon vor vier Uhr verabredet hast …«

Sofort genoss Kasten seine volle Aufmerksamkeit. Was plante die Alte diesmal?

»Heute machen wir keine Überstunden«, sagte sie amüsiert, nachdem er lange genug gezappelt hatte. »Du gehst nur noch zur 41.«

Genussvoll registrierte sie, wie der Nachwuchsmann die Mundwinkel nach unten zog. Im KK 41 wurden Kriminalakten verwaltet und die Asservate vor Mottenbefall bewahrt – soweit sie nicht bei der Staatsanwaltschaft lagen.

»Du machst ein bisschen Dampf, was nun mit der Akte ›Silke Neuhaus‹ ist und fragst nach den Asservaten. Und dann bringst du alles hoch.«

Er nickte ergeben.

»Ach ja. Vergeude keine Zeit mit sinnloser Schleimerei. Die Kollegin in der Registratur ist so alt wie ich, glücklich geschieden und holt sich keine Kinder ins Bett. Kapiert?«

Irgendwann, dachte er, zeige ich sie wegen Mobbings an.

## 21

»Theo, es reicht!«

»Noch fünfzehn Minuten. Bin gleich durch mit meinem Gefecht.«

Auf dem Computermonitor in Theos Kinderzimmer krochen mehrere Panzer mit schwebenden roten oder grünen Markierungen über dem Kanonenrohr durch eine karge Schneelandschaft.

Theo nahm gerade aus seiner Felsendeckung heraus einen Tiger aufs Korn und schoss. Eine Detonation dröhnte aus den kleinen Lautsprecherboxen, die neben seinem Monitor standen. Die Staubschicht darauf vibrierte. Der Junge ballte die linke Faust. »Yes!«

Karin Jacobmayer schloss kurz die Augen und atmete tief ein. »Du weißt, was ich von diesem Spiel halte. Die Schlacht kann warten oder die Panzer rollen demnächst für immer ohne dich. Was ist eigentlich mit Hausaufgaben?«

»Ja, gleich. Ich kann doch meine Mannschaft jetzt nicht im Stich lassen.«

Theos T 34 kroch unaufhaltsam seinem nächsten Ziel entgegen. In der Ferne leuchteten gleich mehrere feindliche Panzer auf, aber für gezieltes Feuer waren sie noch zu weit weg.

Wortlos verließ die Kindsmutter den Raum, eilte ins Erdgeschoss und zog den Stecker aus dem Gerät, das direkt neben dem schnurlosen Telefon in der Diele stand.

»Manno!«, schrillte es aus dem Kinderzimmer. »Ich wollte doch noch den Nazipanzer …«

Mager, der in seinem Revolutionsarchiv saß, übertönte den Sohn: »Scheiße, diese Kacktruppe von *Purity Media!* Hat schon wieder einen Ausfall!«

Die männlichen Familienmitglieder stürmten aus ihren Domizilen auf Karin zu.

Theo hatte feuchte rote Augen und seine Stimme war eine halbe Oktave höher als gewöhnlich. Er schoss gleich mehrere Sätze hintereinander ab, als wollte er seine Mutter als nächstes feindliches Ziel niederstrecken. »Mama! Du bist voll fies! Ich war doch fast fertig. Warum hast du das gemacht?«

Mager warf einen Blick auf die *FRITZ!Box* und erfasste die Situation mit ungewohnter Schnelligkeit.

»Frau«, knurrte er in seinen eisgrauen Bart, »du hättest mir wenigstens Bescheid sagen können, bevor du hier die halbe Verkabelung rausrupfst. Ich wollte einen Film auf den Firmenrechner hochladen. Jetzt muss ich wieder von vorne anfangen.«

Vor Karins Augen stieg ein Bild auf: Zwei große Hände packten den kurzen Hals ihres Mannes und drückten so lange zu, bis es ihm besser ging. Ruhig, ganz ruhig, dachte sie und fragte in die Runde: »Geht's noch?«

»Ich wollte nur …«, setzte Theo jammernd an.

»Mach. Jetzt. Deine. Hausaufgaben. In einer Stunde gibt es Abendbrot.«

Der Alte machte seinen Mund auf, als wollte er ebenfalls protestieren. Die Todesblitze in den Augen seiner Gattin ließen ihn jedoch stumm und bewegungslos verharren, bis sein Spross mit stampfenden Schritten die Stufen in Richtung Kinderzimmer malträtierte.

»Ihr seid richtige Diktatoren. Die totale Unterwerfung ist das hier«, schallte es von oben herab.

»Schreib an *Amnesty*«, empfahl Mager.

Oben krachte eine Tür ins Schloss.

»Meine Fresse. War das wirklich nötig, Karin?«

»Ja, das war nötig! Du müsstest dich ein bisschen mehr mit ihm als mit deiner Arbeit und deinen Bundesligatabellen beschäftigen. Dann würdest du mitkriegen, dass Theo fast nur noch vor der Kiste hängt. Der Junge muss mal raus an die frische Luft.«

»Dass ich viel arbeiten muss, kann ich nicht ändern. Ich hätte auch gern einen Teilzeitjob wie du.«

Zehn Sekunden nach dem Ende seines letzten Satzes fiel es ihm auf: Der fällige Protest blieb aus. Hatte er irgendwas verpasst?

»Was ist?«

»Du hast gerade ein passendes Stichwort geliefert.«

Alarmiert sah Mager seine Gattin an. Das konnte nichts Gutes bedeuten.

»Genau darüber wollte ich mit dir reden, Klaus. Über Teilzeit- und Vollzeitarbeit. Ich finde auch, dass du etwas kürzertreten solltest.«

»Hä?«

»Es ist so: Ich habe ein Angebot bekommen.«

»Ach!«

»Komm, wir setzen uns ins Wohnzimmer.«

Als sie auf der alten Ledercouch saßen, fuhr sie fort: »Ich habe von der Uni das Angebot bekommen, ab Mai auf Vollzeit aufzustocken.«

Mager schluckte. »Und Theo?«

Zu spät bemerkte er den Schimmer eines listigen Lächelns in ihren Mundwinkeln. Die wollte doch nicht …?

»Auf gar keinen Fall!!!«

»Aber Mechthild und Theo verstehen sich wirklich prima.«

»Nein, lieber gebe ich den Jungen zur Adoption frei.«

»Und bei deiner Exfrau gibt es keinen PC und keine Spielekonsole.«

»Nein. Oder ich wandere mit Theo in eine Gegend aus, in der er garantiert vor Mechthild sicher ist.«

»Und wo wäre das?«

»Überall. Selbst der Irak oder Afghanistan wären besser.«

»Klaus, halt mal die Luft an. Ich möchte das Angebot gern annehmen.«

Die darauf folgende Stille lastete schwerer, als wenn BVB-Trainer Klopp verkündet hätte, zu den Bayern zu gehen.

»Die Lösung ist für alle Beteiligten gut. Theo ist kein Kleinkind mehr. Und Mechthild würde sich gern ein bisschen kümmern. Ein Kind zu verlieren, muss die Hölle sein. Aurelius' Tod hat ihr stärker zugesetzt, als du es sehen willst. Wenn ich mir vorstelle …. Nein, daran will ich gar nicht denken.«

Magers Blicke bohrten Löcher in die Zimmerdecke. Kehrten zu seiner Frau zurück. Er kannte diesen Gesichtsausdruck. Aus der großen Krise vor sechs Jahren. Damals hatte die Rote darum gekämpft, eine halbe Stelle als Sekretärin annehmen zu können. Mager hatte sich lange quergestellt, bis er plötzlich realisieren musste, dass seine Ehe auf der Kippe stand.

Karin erhob sich wieder, holte den Rotwein und zwei Gläser aus der Vitrine, goss ein, schob ein Glas in seine Richtung und wartete geduldig seine Antwort ab.

Er grübelte noch. Ausgerechnet Mechthild? Ein Albtraum. Aber was war die Alternative?

»Hm, vielleicht wäre es ja wirklich eine gute Idee, wenn ich meine Stunden bei PEGASUS reduziere«, murmelte er nun und hob das Glas. Irgendwann hatten sie mal ausgemacht, den Alkohol bis zur *Tagesschau* wegzulassen. Aber jetzt war's ja schon fünf.

»Wir haben im Moment sowieso nicht übermäßig viel zu tun. Dann müsste Mechthild sich nicht zu sehr ... bemühen.«

Karin Jacobmayer beugte sich ein Stück zu ihm vor. »Ich wusste doch, dass ein Herz in dieser Brust schlägt.«

»In Ordnung. Ich rede morgen mit Susanne.«

Er strich sich ein paar dünne graue Haare aus der Stirn. Sein Gesicht fühlte sich heiß an. Und müde war er auch. Aber die Augen seiner Frau leuchteten.

Sie stießen an und Karin verkündete: »Du brauchst mit Susanne übrigens nicht mehr zu reden.«

»Hä? Wieso nicht?«

»Weil sie einverstanden ist.«

## 22

Im Kommissariat 41 erlebte Christoph Waliszczek eine doppelte Enttäuschung. Die Akte ›Silke Neuhaus‹ war nicht da. Die Kollegin hinter dem Tresen, der ihr Reich von den gewöhnlichen Sterblichen trennte, zog bedauernd die Schultern hoch. »Die Akte muss bei der Kripo in Kleve liegen.«

»Kleve?«

»Da stammt die Frau wohl her.«

»Seit wann liegt das Zeug da?«

»Steht auf dem Platzhalter. 1987.«

Was für Schlampsäcke, dachte der Kommissar. Wenn ich das Herta erzähle, erleben die ihr blaues Wunder. Dann fragte er: »Was ist mit den Asservaten?«

»Ich sehe gern nach.«

Die Beamtin verschwand zwischen ihren Regalen wie ein Maulwurf in seinen Gängen. Knapp zwanzig Sekunden später kam sie mit einer Pappkiste zurück, in der gerade mal zwei Paar Turnschuhe Platz gefunden hätten. »Glück gehabt. Eigentlich liegen nur die aktuellen Fälle hier. Wundert mich, dass diese Kiste nicht längst bei der Staatsanwaltschaft lagert.«

Und wer managt diesen Laden, hätte Waliszczek gern gefragt, baute aber – ganz Gentleman – der Frau lieber eine Brücke: »Ungeklärter Fall?«

Schulterzuckend knallte sie den Karton auf den Tresen. Die Pappe klang hohl. Voller Neugier griff Waliszczek danach, aber Frau Maulwurf bremste ihn aus: »Momentchen. Sie kennen die Regeln doch. Ohne Unterschrift geht hier nicht mal ein Zahnstocher raus.«

Gewissenhaft trug sie Datum, Aktenzeichen und Kurzbezeichnung in eine dicke Kladde ein. Ihre Druckbuchstaben waren so exakt, dass Waliszczek sie locker mitlesen konnte, obwohl die Schrift für ihn auf dem Kopf stand.

»So! Jetzt sind Sie dran!«

Sie drückte ihm einen Kugelschreiber in die Hand, ohne die Kladde noch einmal umzudrehen. Für sie stand nun sein Autogramm auf dem Kopf. Dieses Verfahren, schätzte Hertas Laufbursche, musste jeden Ausleihvorgang um fünf bis sechs Sekunden verkürzen.

Er griff sich den Karton. Er war wirklich so leicht, als lägen darin nur ein paar Socken.

Im Aufzug gab er der Versuchung nach und schielte hinein. Jeweils in einer Klarsichthülle geschützt, erspähte er ein kleines rotes Buch und eine Haarbürste mit schwarzen Borsten, zwischen denen lange blonde Haare klebten. Das würde für einen Vergleich mit der DNA der Toten reichen.

Als Waliszczek oben ankam, fand er das Büro leer vor. Auf seinem Schreibtisch lag ein Zettel, auf dem in etwas undeutlichen, aber resoluten Buchstaben stand: *Mach Schluss für heute. H.*

Zu diesem Zeitpunkt fuhr Kasten bereits in die Pulverstraße ein und hielt genau vor Nummer 13.

Die greise Hausbesitzerin schaute erst nach, wer da Einlass begehrte, bevor sie den Türdrücker betätigte. Brave Alte, dachte Kasten.

»Gut, dass Sie angerufen haben«, sagte Frau Grote nach der Begrüßung. »Eigentlich wollte ich noch nach meinen Männern sehen.« Mit vorsichtigen Greisenschritten trug sie eine geblümte Kaffeekanne aus Porzellan ins Wohnzimmer und beantwortete von sich aus die Frage, die Kasten auf der Zunge lag: »Ich habe die Jungs auf dem kleinen Friedhof hinter dem Haus beerdigt. Liegen einträchtig nebeneinander.«

Kasten nahm Platz. Diese Sitzecke musste Huldas Lieblingsplatz sein – zumindest lag auf dem zweiten Sessel eine zusammengeknüllte Wolldecke. Die Alte war heute deutlich besser zurecht als am Vortag. Die Herztropfen hatten wohl geholfen.

»Ein Stückchen Kuchen? Hat meine Enkelin gebacken!«

Ohne eine Reaktion abzuwarten, holte die alte Frau ein Tellerchen mit Marmorkuchen.

Kasten war zu höflich, um es abzulehnen. Vorsichtig brach sie ein Stückchen ab und schob es in den Mund.

»Ja, die Silke«, seufzte Hulda Grote, als sie sich langsam niederließ. »Die Zeitung hat ja heute ihren Namen gebracht. Silke Neuhaus. Ja, das stimmt.« Sie setzte ihre Tasse an und nippte an dem Kaffee. »Aber dass Silke hier direkt vor meinen Augen lag, hätte ich nie gedacht. Was möchten Sie noch wissen?«

Kasten war gleichermaßen überrascht wie erleichtert. Eine Frau dieses Alters, die so schnell zur Sache kam, war seltener als ein Messdiener, der noch nie belästigt worden war.

»Haben Sie die junge Frau gut gekannt?«

Grote überlegte einen Moment. »Gut? Kann man nicht sagen. Sie war ruhig und zuverlässig. Zahlte pünktlich und putzte regelmäßig den Flur. Hat mir sogar manchmal die Einkaufstasche getragen, als da vorne an der Ecke noch der Plus war.«

»Hatte sie oft Besuch?«

»Ach Gott, das weiß ich nicht. Ich habe auch nicht ständig am Küchenfenster kontrolliert, was die Mieter machen. Das hier war schon immer mein Lieblingsplatz.«

Sie schaute nach draußen. Dort war Matthias Kestermann damit beschäftigt, Müll zu entsorgen. Zusammen mit seiner Frau schleppte er Magers Campingmöbel in Richtung Friedhof. Offenbar hatte er da einen Wagen mit Anhänger geparkt.

»Haben Sie oben nur an Frauen vermietet oder auch an Männer?«

Die alte Dame lächelte. »Nur an Frauen. Ist ja doch ziemlich eng da oben. Mit einem Mann dabei gibt es nur Ärger.«

»Wissen Sie noch, wer die Nachbarin von Silke Neuhaus war?«

Die Hausherrin schüttelte den Kopf. »Die Silke hätte ich vielleicht auch schon vergessen, wenn nicht diese Aufregung gewesen wäre.«

»Die Mietunterlagen hat Ihr Sohn?«

»Ja. Früher habe ich das selbst gemacht«, sagte Frau Grote mit einer Spur von Stolz. »Habe ja mal Bürogehilfin gelernt. Aber inzwischen bin ich dafür zu alt.«

»Sie wollten Ihren Sohn fragen …«

»Habe ich schon. Sobald er kann, geht er in den Keller und sucht«, versprach Hulda Grote.

Hoffentlich vergisst er es nicht, dachte Kasten.

»Und wer war nun der Täter?«, fragte die Frau. »Heinz Mager?«

»Wissen wir noch nicht. Um einen Menschen umzubringen, braucht man oft nur eine Sekunde. Aber um den Täter zu überführen, braucht man manchmal Monate.«

Die Witwe sah sie listig an. »Die Polizisten im Fernsehen schaffen das meist in fünfundvierzig Minuten.«

»Stimmt. Halten Sie Heinz Mager für den Täter?«

Hulda Grote zögerte. »Na ja, es war seine Hütte. Aber dass er die Silke umgebracht und einfach so verbuddelt haben soll ...« Sie schüttelte den Kopf.

»Kann es sein, dass er etwas mit Frau Neuhaus hatte?«

»Ein Kröschen, meinen Sie?«

Kasten musste lächeln. Selbst in ihrer Generation war dieser Begriff schon fast ausgestorben.

»Ich habe nichts davon bemerkt. Und sowieso – er war doch viel älter als sie. Außerdem hatte er eine attraktive Frau.«

»Können Sie mir noch etwas über die Magers erzählen?«

»Ach, ja« sagte sie. »Solange er noch gut auf dem Damm war, hat Herr Mager einmal im Sommer Freunde in den Garten eingeladen. Kaffee, Kuchen und abends Bier und Grillwürstchen.«

»Kestermanns Gartennachbarin meint ...«

»Ach, diese Beißzange – die ist doch nur sauer, weil sie nie eingeladen wurde.«

»Sie meinte, es wäre da wild zugegangen.«

»Unsinn. Wild waren höchstens die Partys, die mein Sohn und der junge Klaus-Ulrich im Keller neben der Waschküche veranstaltet haben. Das ging oft bis vier Uhr morgens. Laute Musik, viel Bier und ab und zu kreischten diese jungen Dinger, die sie eingeladen hatten. War doch die Zeit der Miniröcke und der Beatles und so. Aber passiert – passiert ist da sicher nichts.«

## 23

Tims Wangen glühten. Während der letzten neunzig Minuten war Kehlmann nicht von seiner Seite gewichen. Er saß direkt neben dem Admin am Schreibtisch. Angeblich, damit man alle offenen Fragen zu den Einstellungen direkt klären könne. Tim glaubte ihm kein Wort. Der Alte war einfach ein misstrauischer Hund.

Verdammter Mist! Soeben hatte er die Browser-Favoriten übertragen, als sein Blackberry einen kurzen Jingle von sich gab. Eine SMS. Dann noch eine.

Kehlmann warf ihm ob der Störung einen finsteren Blick zu. Tim zuckte entschuldigend mit den Schultern und schaute kurz aufs Display. Seine Augen weiteten sich. Dann steckte er das Mobilfunkgerät schnell in seine Tasche und öffnete das Mailprogramm auf dem neuen Laptop.

»Kannst du dich kurz anmelden, Paul? Bei den RPC-over-HTTPS-Einstellungen für Outlook muss man das Passwort noch mal explizit eingeben.«

Der dicke Mann neben ihm hatte rote Flecken im Gesicht. Offenbar dachte er immer noch über den vermeintlichen Hackerangriff auf seine Tastatur nach. »Wie lange brauchst du noch? Ich habe gleich einen Termin.«

Tim zog seinen USB-Stick aus dem Gerät. »Ich bin fast durch. Muss nur noch deine PST-Files einbinden und deine persönlichen Office-Einstellungen übernehmen.«

Eine Minute tippte er auf der Tastatur herum, dann wandte er sich wieder an den Boss. »Ach ja, deine verschlüsselten Dateien habe ich zwar schon übertragen und *Hexcrypt* ist auch schon installiert, aber um den privaten Schlüssel zu exportieren und importieren, müsstest du jeweils einmal dein Passwort eingeben.«

Das Verschlüsselungsprogramm *Hexcrypt* – laut *heise online* das beste auf dem Markt – hatte Tim schon bei der Einrichtung des alten Notebooks ausgewählt. Kehlmann wollte einen ›tausendprozentigen Schutz‹ für seine sensiblen Daten.

»Das mach ich nachher selbst. Sieh zu, dass du fertig wirst.«

Sekunden später hatte Tim Zugriff auf Jabbas Postfach. Wenn er wenigstens eine Stunde darin stöbern könnte! Danach wüsste er, ob es private Korrespondenz mit Lea gab.

Und mit Sicherheit würde man noch viele andere spannende Dinge darin finden. Aber die Anzahl an Unterordnern und Mails war auf die Schnelle unüberschaubar.

Der Angestellte schielte nach rechts zu seinem Prof. Konnte er zumindest riskieren, kurz in dessen Kalender zu gucken? Allein der Wunsch beschleunigte seinen Herzschlag.

Das iPhone seines Chefs kam ihm unerwartet zu Hilfe.

»Kehlmann«, bellte er in den Apparat und strich sich mit der freien Hand über den Bürstenschnitt. Dann hellte sich seine Miene auf. »Ach, schön, dass du dich meldest. Natürlich habe ich Zeit für dich. Für gute Freunde doch immer.« Er lachte laut genug, dass sein Gesprächspartner es auch mitbekam. Dann stemmte er sich hoch und legte eine Hand auf das Handymikro. »Das alte Notebook brauchst du nicht mehr, oder?« Er quittierte Tims Kopfschütteln und sprach wieder mit seinem unsichtbaren Gesprächspartner. »Eine Sekunde, ja? Bin gleich wieder ganz bei dir.«

Kehlmann schloss seinen Stahlschrank auf, klappte das Altgerät zu und legte es in eines der Fächer, die noch nicht komplett mit Aktenordnern belegt waren. Das Rollgitter glitt wieder herunter und der Schlüssel drehte sich zweimal. Zu Tim gewandt, sagte der Professor: »Bin gleich wieder da und dann ist das Teil fertig, ja?«

Mit diesen Worten verließ er das Büro, um sein Telefonat ungestört fortzuführen. Er durchquerte das Sekretariat und war Sekunden später aus Tims Sichtfeld verschwunden.

Jetzt?

Tim lauschte. Er hörte Meike Pastor nebenan mit Ordnern hantieren; sie hatte zu tun und würde ihn sicher nicht stören.

Jetzt!

Schnell öffnete er den Kalender und navigierte zur letzten Woche. Tatsächlich – genau wie er gedacht hatte! Tims Hals schnürte sich zu. Vielleicht hatte er noch genug Zeit, in den gesendeten Objekten nach Mails an Lea zu suchen. Er gab den Namen *Bennsdorf* ins Suchfeld ein und scannte das Ergebnis mit brennenden Augen.

Da ertönte dicht hinter ihm ein leises Hüsteln.

Erschrocken fuhr Tim hoch und klickte geistesgegenwärtig gleichzeitig auf das kleine X oben rechts auf dem Monitor, um das Mailprogramm zu schließen.

»Ja?«

Meike Pastor stand fast neben ihm und schaute ihn mit undurchdringlicher Miene an. Verdammt! Hatte sie gesehen, dass er im Postfach herumgeschnüffelt hatte? Sein Gesicht fühlte sich heiß an.

»Paul braucht doch etwas länger«, sagte sie. »Du sollst das Notebook herunterfahren und es für heute gut sein lassen. Ich muss das Büro jetzt dichtmachen.«

»Äh, klar, okay. Nur noch eine Minute.«

»Tut mir leid. Er hat sich sehr nachdrücklich geäußert.«

Tim hob die Hände und stand auf. »Okay, okay. Dann muss er den Rest halt selbst machen.«

Er fuhr das Gerät herunter.

»Na dann … schönen Feierabend. Du bist ja auch schon seit fast zehn Stunden hier.«

Sie sah ihn unfroh an. »Stimmt. Wir sehen uns morgen.«

Der dunkelhaarige Admin schlenderte zur Tür und steckte dabei sein Hemd etwas ordentlicher in die Hose. Aber kaum war er aus Meikes Sichtfeld verschwunden, holte er sein Handy aus der Tasche und beschleunigte sein Tempo. Er musste jetzt dringend mit Simone sprechen. Wenn er Glück hatte, war sie noch im Büro.

## 24

Mager saß in seiner Dachstube am Computer, streckte gnadenlos ein Moorhuhn nach dem anderen nieder und hörte bereits zum fünften Male nacheinander *Die, die, die my*

*Darling* in der Coverversion von Metallica. Die Scheibe mit dem Song hatte ihm Kalle zu seinem fünfzigsten Geburtstag geschenkt, weil diese Art Musik helfen könne, Aggressionen abzubauen und den Blutdruck zu senken.

Aktuell merkte er davon nichts. Er schäumte innerlich und konnte kaum einen klaren Gedanken fassen. Was für eine Schweinerei! Hinter seinem Rücken hatten die beiden Weiber über sein Schicksal verhandelt! Ohne ihn zu fragen, hatten sie nicht nur sein Leben, sondern das seiner gesamten Familie umgekrempelt.

Er schoss in einer schnellen Kombi drei weitere großäugige Flattermänner ab. Und Susanne, diese Verräterin, hatte eine Reduzierung seiner Arbeitszeit genehmigt, die er nie beantragt hatte. Das war mit Sicherheit schon ein Fall fürs Arbeitsgericht. Doch dort würden sich der Richter, die Ehrenamtlichen und zwei Anwälte köstlich über diese juristische Delikatesse amüsieren – und über den Trottel, dem man das angetan hatte.

Er drückte so heftig auf den Mausbutton, dass dieser hakte und nicht mehr bedienbar war. »Scheiße«, fluchte Mager und fegte die Maus vom Schreibtisch.

Zwei Calvados und noch mehr tiefe Atemzüge später raffte er sich auf. Klatschte sich im Badezimmer mit beiden Händen kühlendes Wasser ins Gesicht. Dachte einen Moment nach, wechselte T-Shirt und Pullover und verließ das Haus, ohne sich von Weib und Kind zu verabschieden.

Draußen war der Tag längst verblasst. März. Diese elend langen Nächte waren erst mal wieder vorbei, auch wenn der Frühling noch kein Holz ins Feuer geworfen hatte. Seine Lederjacke war zwar noch etwas zu kühl für die Witterung, aber er hatte keine Lust, deswegen noch einmal in die Villa Mager zurückzukehren.

Zehn Schritte, dann stand er vor dem Eingang des PEGASUS-Gebäudes. Drei Klingelschilder: unten die Firma, oben der Sohn, in der Mitte Susanne. Mager drückte auf den Knopf, als könne er damit ein weiteres Moorhuhn in die ewigen Jagdgründe schicken.

Acht oder neun Sekunden vergingen. Es war einige Geburtstage her, dass er zum letzten Mal bei Susanne geklingelt hatte. Nach Feierabend lebte sie ihr eigenes Leben.

Aus den Augenwinkeln sah er, dass Mechthild im Hinterhaus am Fenster stand und der Dinge harrte, die da kamen. Klar. Die hatte noch gefehlt im Klub der falschen Schlangen. Er biss die Zähne zusammen und vermied jede Reaktion, die zeigen konnte, was in ihm vorging oder dass er seine Exgattin bemerkt hatte.

Endlich knarzte der Türöffner. Laut. Wenn hinter Mechthilds Festung nicht gerade eine S-Bahn vorüberrauschte, hörte man das Geräusch über den gesamten Hof. Mager drückte auf und stapfte die achtzehn Stufen hinauf.

Susanne stand, in eine Art Hausmantel gehüllt, in der Tür. »Du bist's. Ich habe dich schon erwartet«

»Kannst du jetzt auch hellsehen?«

»Nein, Karin hat mich gerade vorgewarnt.«

Die PEGASUS-Mitbegründerin führte ihn in ihre Küche – mit Komfort jeder Art, aber auch mit harten Stühlen ohne Sitzkissen ausgestattet. Wer länger als eine Stunde blieb, war reif für den Hämorrhoidendoktor.

Der Kameramann nahm Platz und strengte sich an, nicht sofort zu schreien. Mechthild stand wahrscheinlich schon mit einem Richtmikrofon am Fenster, um das Gespräch zu belauschen. »Du hast dich also mit Karin über einen neuen Arbeitsvertrag unterhalten?«

Die Chefin lächelte mild. »Ist doch Unsinn. Sie hat mir erzählt, was sie vorhat, und gefragt, ob die Firma es auch schaffen könnte, wenn du kürzertrittst.«

»Vielleicht lässt du das Grinsen mal sein«, forderte Mager. »Findest du es in Ordnung, mit jemand anderem über meine Arbeit zu verhandeln?«

»Jetzt komm mal wieder runter, Klaus.« Susanne war immer

noch sehr beherrscht, aber ein hübsches Ensemble von Fältchen legte sich um ihre Mundwinkel. Selbst Mager erkannte, dass sie nun auch verärgert war. Gut so.

»Wie soll das deiner Meinung nach überhaupt gehen? Willst du die Kamera jetzt selbst schwenken?«

»Nein.« Ihre Stimme klang nun eine Spur kälter. »Kalle kann dich vertreten. Die Passagen, die er während deines Ausflugs mit der Polizistin gedreht hat, waren erste Sahne.«

Dem Bärtigen war, als hätte er eine Ohrfeige bekommen.

»Im Übrigen«, setzte sie noch einen drauf, »wollte ich ohnehin schon länger mit dir reden. Warum nicht gleich?«

Der Kameramann schwieg einen Moment. Was würde jetzt kommen? Wollte sie ihn etwa kündigen? Hatte er ausgedient?

»Ich höre«, antwortete er knapp und tastete nach seinen Zigaretten.

Susanne schüttelte den Kopf. In ihrer Wohnung wurde schon ewig nicht mehr geraucht.

»Klaus, ich meine es nicht böse mit dir. Du kannst mir glauben, dass ich dich als Menschen und Mitarbeiter wertschätze.«

»Aber …?«

Die PEGASUS-Chefin hob beide Hände. »Im Prinzip ist unser Dreierteam ein Luxus, den wir uns schon lange nicht mehr leisten können. Das weißt du auch selbst. Die Öffentlich-Rechtlichen sparen da Geld ein, wo es am einfachsten ist. Bei uns freiberuflichen Mitarbeitern. Die meisten arbeiten nur noch zu zweit, weil es nicht mehr anders geht.«

In Magers Bauch bildeten sich ungesunde Säfte. »Im Klartext?«

Susannes Stirn überzog sich mit Sorgenfalten. »Ich weiß momentan nicht, wie ich die Rechnungen bezahlen soll. Die Auftragslage in den letzten drei Jahren war mehr als mau und die Bezahlung durch den Sender wird immer schlechter. Du merkst doch selbst, dass wir manchmal mehrere Tage ohne Arbeit herumsitzen.«

Bevor Mager zu einer Erwiderung ansetzen konnte, fuhr Susanne fort: »Außerdem müssen wir zurzeit sowieso ohne dich auskommen.«

»Was?!«

»Der Sender hat angerufen. Bevor nicht geklärt ist, wer diese Frau in eurem Garten getötet hat, möchten sie deinen Namen nicht mehr im Abspann sehen.«

»Aber Kalle ist okay?«

»Die Assistenten stehen nicht im Abspann!«

Rums. Die PEGASUS-Idylle kapitulierte vor der Realität. Aber schlimmer als diese Nachricht selbst war der Fakt, dass Susanne diesen Satz so emotionslos weitergegeben hatte, als würde sie einer Nachbarin erzählen, dass die Hasenpopulation im Dortmunder Grüngürtel angestiegen sei. Und das ihm. Nach fast dreißig Jahren Zusammenarbeit. Und allem anderen, was sie zu Urzeiten privat verbunden hatte …

»Verstehe«, sagte er und stand auf. »Das war's dann wohl. Viel Glück auch!«

Er schmiss die Tür mit einer Wucht hinter sich zu, dass die darin eingelassenen Glasscheiben klirrten, polterte die Treppe hinunter und atmete die kühle Abendluft ein. Seine Augen brannten. Ihm fiel Mechthild hinter der Gardine ein und er streckte, ohne hinzusehen, den Mittelfinger in ihre Richtung. Dann tauchte er in die schmale Durchfahrt zur Straße und wandte sich entschlossen nach rechts, in Richtung S-Bahn-Station Germania. Von da aus würde er ins Kreuzviertel fahren. Dort, wo noch die Reste seiner alten Schule standen, gab es jetzt jede Menge Kneipen. Und da konnte er sich gepflegt vollllaufen lassen.

## 25

Als Meike im Aufzug verschwunden war, rief Tim bei Simone an. »Hey, noch da? Ich bin in fünf Minuten bei dir. Muss dir dringend was zeigen!«

Während er durch die gebogenen Korridore zur nächsten Keksdose eilte, sah er kurz auf die Uhr. Jabba wollte das neue Gerät abholen, bevor es mit dem Flieger zur *SecSQ* nach Göteborg ging. Bis dahin musste Tim wieder im Serverraum bei der Arbeit sein.

Schon von außen hörte er Simones Stimme – offenbar ein Telefonat. Er klopfte leise und trat ein.

Die Sicherheitsexpertin nickte ihm knapp zu und deutete mit ihren Augen auf einen freien Stuhl inmitten ihres Büros. Haufenweise lag bedrucktes Papier kreuz und quer auf jeder Freifläche, auf dem Boden standen gleich mehrere Rechner, Dutzende Meter Kabel führten ein verknäultes Eigenleben. Tisch und Zettel waren übersät mit Kaffeeringen, die von einem Becher stammten, der innen so aussah, als hätte Sim ihn geteert.

Hier kommt keine Putzfrau freiwillig rein, dachte er schaudernd und begutachtete den angebotenen Stuhl. Die Sitzfläche sah überraschend sauber aus, aber dennoch ließ er sich in seinen hellen Jeans nur mit Vorsicht nieder.

Die Freundin führte indessen ihr Telefonat per Freisprechanlage fort, als wäre er nicht anwesend. So bekam Tim noch das Ende des Hörspiels mit.

Sie: »Tut mir auch leid, aber du hättest ruhig ein bisschen eher Bescheid geben können.«

Er: »Konnte ich nicht. Bin selbst erst vor ein paar Minuten angerufen worden. Aber hätte das was geändert? Hättest du dann Zeit gehabt?«

Stille.

Er: »Dachte ich mir. Schade, bin in Wattenscheid. Aber ich habe keine Lust, den Abend in einer leeren Wohnung zu verbringen. Weißt du was? Ich sag den Besichtigungstermin ab und übernachte zu Hause.«

Kalle legte auf, bevor Simone etwas erwidern konnte. Die Worte »zu Hause« hatten ihr wehgetan. »Mann, was für ein Sturkopf!«

Tim schaute sie betreten an – diese Lauschaktion berührte ihn peinlich. »Tut mir leid, dass du wegen mir Stress mit Kalle hast.«

»Muss es nicht. Das hat nichts mit dir zu tun. Glaube ich wenigstens.«

»Sondern?«

»Ach, wir wollen zusammenziehen und suchen nach einer passenden Wohnung. Aber Prinz Kalle meint, er braucht sich nicht mit mir abzusprechen, wenn es was zu besichtigen gibt. Glaubt, er könnte frei über meine Zeit verfügen. Kann er aber nicht.«

Die Informatikerin schmiss ihr Handy in die schwarze Umhängetasche, die rechts neben ihr auf dem grauen Linoleum stand.

Tim sah sich um. Die Räumlichkeiten, in denen Simones Truppe arbeitete, waren bei Weitem nicht so opulent ausgestattet wie das Kehlmann-Reich. Schlichte graue Möbel – zweckmäßig, aber unschön. Auf dem rechteckigen Schreibtisch stand ein einzelner TFT-Monitor mit angegilbtem Kunststoff. Daneben eine Grünlilie, die den Namen kaum noch verdiente.

»Wir hätten das hier zur Not auch noch morgen machen können.«

»Hätte, hätte, Fahrradkette. Fakt ist, dass ich das jetzt machen *will.* Zeig mal, was du gefunden hast!«

»Insgesamt drei Dinge. Erstens konnte ich einen Blick in Kehlmanns Postfachkalender werfen. Am Sonntag vor Leas Fehlen gibt es einen verdächtigen Abendtermin. Ist als privat gekennzeichnet und es steht nur *Erbse* als Merker. Ein Lokal in Essen. So ein teurer Schickimickiladen, in dem schon das Lächeln eines Kellners fünfzehn Euro kostet. Ich werde das Gefühl nicht los, dass Kehlmann mit Lea da war.«

»Hm, selbst wenn es so wäre, würde das noch gar nichts beweisen.«

»Aber am Sonntag? Kommt dir das nicht auch merkwürdig vor? Oder vielleicht sogar verdächtig?« Tim kramte einen winzigen USB-Stick aus der Tasche und steckte ihn in einen der vorderen PC-Anschlüsse. »Punkt zwei. Die nächsten Funde stammen von seinem alten Laptop.«

Ein Fenster des Windows-Explorers öffnete sich. Darin befanden sich ein Ordner mit der Bezeichnung *Neuer Ordner* sowie eine Reihe von Dateien mit der Endung .HXX.

Simone starrte entgeistert auf die Namen. »*Hexcrypt*-Dateien. Heftig. Ich denke nicht, dass du von mir erwartest, dass ich die jetzt mal eben entschlüssele. So einfach geht das nicht. Das weißt du selbst.«

»Ja, schon. Trotzdem hatte ich irgendwie gehofft …«

»Was gehofft? Dass ich Lisbeth Salander bin?«

Tims Enttäuschung war fast greifbar. »Das nicht, aber …«

»Und überhaupt. Das kann doch nicht deine Entdeckung sein, für die ich gerade Kalle versetzt habe.«

Der Admin blieb angesichts des Vorwurfs sachlich. »Natürlich nicht.« Er klickte sich durch ein, zwei Unterordner und zeigte ihr wortlos, was ihm seit der Entdeckung auf den Magen schlug: eine Reihe von Bilddateien.

»Das ist abartig!« Sim verzog angeekelt das Gesicht. »Mach das weg. Mir wird schlecht. Woher genau hast du die denn?«

»Kennst du den *Content.IE5*-Ordner?«

»Ja, darin werden die temporären Dateien des *Internet Explorers* gespeichert. Immer, wenn man sich im Browser was anschaut, wird im Benutzerprofil eine lokale Kopie erstellt.«

»Genau da habe ich die Bilder gefunden.«

Sie schwiegen beide für ein paar Sekunden.

Dann ergriff Simone das Wort. »Dein Chef hat echt Nerven, sich so eine kranke Scheiße auch noch auf einem Dienstgerät anzugucken. Aber so widerlich diese Bilder sind: Ist das wirklich strafbar, sich dieses ... Zeug anzugucken? Und was haben die Fotos mit Lea zu tun?«

»Guck doch mal genau hin.« Tim deutete mit seinem Finger auf ein Bild der Schreckensgalerie. Eines der nackten Opfer blickte mit schmerzverzerrtem Gesicht in die Kamera. »Die Frauen sehen fast genauso aus wie Lea. Jung, blond, schlank, Locken. Der Kerl steht auf so was. Und wenn ich daran denke, dass er mit ihr vielleicht das Gleiche ...« Seine Stimme versagte.

Die Studienfreundin legte eine Hand auf Tims Arm und dachte nach. Dann richtete sie sich plötzlich so gerade auf, als hätte ihr jemand von hinten einen Eiswürfel in den Pulli gesteckt. »Sag mal, wann hast du den alten Laptop ursprünglich eingerichtet?«

»Warum?«

»Vielleicht steckt doch ein bisschen Lisbeth in mir. Also: Wann hast du die Verschlüsselungssoftware aufgespielt?«

Der Admin rieb sich die Schläfen. »Das müsste jetzt ... ich glaube, das war im August oder September letzten Jahres.«

»Vielleicht haben wir Glück!« Simone schnappte sich die Tastatur und suchte im Archiv von *heise online.* Sie wurde bald fündig. Ihre Augen funkelten triumphierend. »Hast du die Software später noch mal upgedatet?«

»Nee, der Dicke lässt mich nur ran, wenn es Probleme gibt. Windows- und Office-Updates spielt er selbst ein, aber die restliche Software bleibt meistens unberührt.«

Tim starrte angestrengt auf den Artikel von November letzten Jahres. Dieser IT-Nachrichtendienst hatte den Text mit der Überschrift *Dramatische Sicherheitslücke in Hexcrypt* versehen.

Tims Augen wurden größer. »Sag bloß, du weißt, wie man das ausnutzen kann?«

»Na ja, du weißt schon, dass ich eine Haeckse bin?«

»Eine Hexe?«

»Nee.« Sie buchstabierte. »Eine Haeckse. H-a-e-c-k-s-e. Das ist ein Trüppchen von Frauen beim *Chaos Computer* Club. Da lernt man im Laufe der Jahre schon ein paar Tricks.«

»Das heißt, du kannst die Verschlüsselung mithilfe der Schwachstelle knacken?«

»Yep! Wenn er wirklich kein Update der Software nach November mehr gemacht hat. Wir haben nur ein Problem.«

»Was für eins?«

»Ohne den Laptop, auf dem die Dateien verschlüsselt wurden, kann ich nichts machen. Kommst du da noch mal ran?«

»Schwierig – aber ich versuche, einen Weg finden.«

Während sie sprach, zog Sim den Stick ab und fuhr ihren PC herunter. »Hast du auch eine Idee, wie wir relativ schnell an sein Postfach kommen? Da müsste doch auch was zu finden sein.«

»Vielleicht. Dazu muss ich aber erst was testen. Mach ich gleich bei uns drüben. Ich hab da eh noch zu tun.«

»Jetzt noch?«

»Ja, leider. Heute muss ich noch drei neue Switche plus LWL-Verkabelung aufbauen. Damit haben wir endlich volle zehn MBit. Wenn das steht, habe ich nur noch eine Nachtschicht vor mir, um die Server in den neuen Rack zu bauen.«

Armer Tim!

Simone schüttelte sich, als sie ihre Bürotür zuzog. Abschließen musste sie nicht. Im Kopula-Institut und bei ihrer Arbeitsgruppe waren alle Türen, die von den Fluren her erreichbar waren, mit magnetischen Schließsystemen versehen. Dadurch waren eine zentrale Zugangskontrolle und genaue Überwachung möglich. Die Keksdosen bargen so manches Geheimnis, das geschützt werden musste.

Unterwegs sagte die Haeckse: »Mann, ich bin echt froh, dass ich kein Strippenzieher geworden bin. Ihr Systemfuzzis habt einen undankbaren Job.«

»Da hast du nicht ganz unrecht. So lange alles läuft, fragt sich jeder, was wir den ganzen Tag eigentlich machen …«

»Und wenn es mal nicht läuft«, ergänzte Sim, »fragt sich erst recht jeder, wofür ihr eigentlich bezahlt werdet.«

Sie waren an der Zwischentür der dritten Etage angekommen, die von einer Keksdose zur nächsten führte. Kehlmann hatte bei der Kopula-Gründung durchgesetzt, dass die Physiker auszogen und die Räumlichkeiten für Kopula umgebaut oder renoviert wurden. Dort wo der Professor nun sein Chefbüro hatte, war ursprünglich ein Raum für die Experimentalphysik untergebracht. Adele hatte Tim mal Fotos aus der Zeit vor dem Umbau gezeigt. In dem riesigen und chaotischen Zimmer hingen Kabel wie improvisierte Affenschaukeln von der Decke und Aluminiumregale mit fest installierten Gasflaschen versperrten die Wege. Inzwischen war daraus ein helles, modernes Büro mit Vorzimmer samt Theke sowie einem Ausblick ins Grüne geworden.

Auf dem Weg zum Aufzug fragte Sim: »Und du hast wirklich keine Idee, wo Lea sein könnte?«

Tim schüttelte stumm den Kopf und sie fuhren schweigend nach unten, wo sich auch der Serverraum befand, Tims Admin-Tempel. Bevor der Admin sein Heiligtum betrat, brachte er Sim noch zum Ausgang und hielt ihr galant die verglaste Tür auf.

»Ganz schön spooky«, sagte Sim beim Betreten des Hinterhofes.

Funzlige Leuchten tauchten den Platz in Friedhofsatmosphäre. Der stählerne Fahrradständer war bis auf Tims Trekkingrad leer und wirkte wie ein überdimensionierter Toastscheibenhalter. Der geschlängelte Weg zum Parkplatz verlor sich in der Dunkelheit zwischen Hecken und Bäumen.

Sie reichte Tim die Hand. »Lass dich nicht vom Kopula-Gespenst erwischen.«

»Ach was!« Tim winkte ab und wies mit dem Arm in Richtung der Keksdose, die zur Lotharstraße hin ausgerichtet war. »Unser Herr Pradtke von der *Kötzler-Security* passt schon auf. Zur Not hilft er mit seinem magischen Schwert aus.«

»Pradtke? Der hat ein Schwert?«

»Lange Geschichte. Erzähl ich dir ein anderes Mal. So ganz von diesem Planeten ist der Typ nicht.«

Sie schmunzelte. »Mich wundert nichts mehr. Allmählich glaube ich, hier arbeiten nur Durchgeknallte.«

»Soll ich dich zum Auto bringen?«, scherzte er. »Immerhin könnten sich hinter den Büschen ein paar Verrückte verstecken.«

»Nö, lass mal. Schaff ich sonst auch allein. Außerdem …« Sie zog ein Fläschchen Pfefferspray aus der Jackentasche. »Ich habe immer einen guten Freund dabei!«

Gute Freunde, dachte Tim. Glücklich waren die, die jemanden hatten, dem man vertrauen konnte.

Simone schritt zügig in Richtung Parkplatz. Bevor sie ganz im Dunkeln verschwand, drehte sie sich noch einmal um und winkte. Als sie am Eingang die einsame Gestalt des Freundes sah, der ebenfalls die Hand zum Abschied gehoben hatte, wallte Traurigkeit in ihr hoch. Alleinsein konnte ganz schön scheiße sein. Sie musste an ihren Streit mit Kalle denken. Hatte sie doch zu harsch auf seinen Vorwurf reagiert? Sie beschloss, zu ihm nach Dortmund zu fahren.

# Donnerstag

## 26

Kastens erster Blick galt den Asservaten, die Waliszczek aus der 41 abgeholt hatte. Es war wirklich nicht viel. Obenauf lag der Taschenkalender mit dem roten Kunststoffumschlag im Hochformat von knapp 9 x 12 Zentimetern – klein genug für jede Handtasche. Daneben lag die Bürste, in deren Borsten einige lange blonde Haare hingen.

Kastens altes Herz schlug schneller. 1985 hatten die Kollegen damit noch nicht viel anfangen können. Jetzt aber reichte schon ein einzelner Follikel für die Analyse der DNA, um sie mit dem genetischen Fingerabdruck der Toten aus dem Garten zu vergleichen.

Sie griff zum Telefon, um die Kriminaltechnik auf Trab zu bringen, aber das war nicht mehr nötig. »Bosse ist schon unterwegs zu euch!«, erklärte man ihr.

Guter Mann, dachte die Polizistin, streifte die Handschuhe aus Plastik über und fischte den Kalender heraus. »Guck mal, Wali. So haben wir unsere Termine notiert, bevor es Smartphones gab! Schon mal gesehen?«

»Jau«, sagte der Kollege und stieß in geheucheltem Triumph eine Faust in die Luft. »Endlich Nachhilfe in Altertumswissenschaften! Und am Wochenende graben wir Troja aus?«

Kasten staunte. Wali hatte in zwei Sätzen drei Begriffe benutzt, deren Kenntnis sie ihm niemals zugetraut hätte. Dann holte sie ihn auf den Boden der Wirklichkeit zurück. »Was machen deine Zahnärzte?«

»Ich habe bisher zwei, die Unterlagen von 1985 haben. Muss aber noch ein paar Anrufe machen. Wir warten jetzt auf die Fotos.«

»Schön. Aber vielleicht brauchen wir sie nicht mehr«, sagte

Kasten und öffnete das Notizbuch. Aus den vorne vermerkten Personalien ging hervor, dass es der Studentin Silke Neuhaus gehörte, die in der Pulverstraße 13 wohnte. Unter dem hinteren Rand der Hülle steckten ein paar kleine Farbfotos. Gerade als sie diese herausziehen wollte, klopfte es an die Tür.

Kasten schaute hoch. Ein kleiner, schmaler Mann stürmte herein. Kahle Schläfen, die man in Kastens Jugend ›Geheimratsecken‹ genannt hatte, die wenigen angegrauten Haare hochgebürstet, auf der Nase eine professorale Goldrandbrille: Andreas Bosse, Chef der Kriminaltechnik.

»Morgen auch. Hier ist der Bericht zu eurer Gartenleiche.« Er stellte einen kleinen Karton auf den Boden, zog einige Papiere heraus und deponierte sie auf Kastens Schreibtisch. Dann setzte er sich auf einen der harten Holzstühle. »Habt ihr Kaffee?«

Waliszczek sprang auf und goss ein. »Viel Zucker und wenig Milch?«

Bosse nickte. »Endlich mal ein junger Kerl mit gutem Gedächtnis.«

Kasten verzog ein wenig die Lippen, verzichtete aber auf einen Kommentar. Stattdessen schob sie Bosse die Tüte mit der Haarbürste hinüber. »Bevor wir es vergessen: Das haben uns die Kollegen von 1985 hinterlassen. Mit etwas Glück finden wir hier die DNA von Silke Neuhaus!«

»Warte – Haare? Humanmaterial. Nimmt uns bestimmt die Blonde in Dorstfeld ab. Wird erledigt.«

Kasten nickte. »Wir lieben dich!«

»Das macht mich glücklich«, beteuerte er und presste mit großer Geste seine rechte Hand aufs Herz, bevor er begann: »Also, ist schon spannend. Das Opfer war offenbar nur halb bekleidet. Minimale Spuren eines Baumwollslips, dann die Reste von den Bluejeans. BH, Pullover, Gürtel, Schuhe – Fehlanzeige.« Er legte die Tütchen mit den Stoffresten neben den Bericht. »Den Rest haben wohl die Mäuse gefressen – lagen zumindest genug Köttel im Grab.«

»Was ist mit dem Schmuck?«

»Metall – nichts für die Rechtsmedizin. Macht das LKA in Düsseldorf. Wir haben aber schon mal über den einsamen Ohrring nachgedacht. Schon komisch. Kann mich nicht erinnern, dass es für Frauen Mode war, nur einen zu tragen. Eher untypisch, oder?«

»Hm«, sinnierte Kasten laut, »keine Ahnung. Vielleicht hatte sie einen woanders verloren?«

»Weiß nicht«, sagte Bosse. »Ein einzelner Ohrring war eine Zeitlang auch das Erkennungszeichen der Schwulen.«

»Ein Schwuler passt hier aber nicht ins Bild«, wandte Waliszczek ein.

»Sehe ich auch so. Und dann denk an den verbogenen Haken. Könnte im Kampf rausgerissen worden sein. Vielleicht beim Opfer, vielleicht beim Täter. Im zweiten Fall müsste eine Narbe im Ohrläppchen zurückgeblieben sein.«

Kasten nickte sacht. »Nehmen wir mal an, es wäre so. Der Täter müsste doch beim Einpacken der Leiche gemerkt haben, dass …«

»Vielleicht aber erst nach dem Vergraben? Was hätte er tun sollen? Das Grab noch mal öffnen? Zu hohes Risiko. Falls es einen zweiten Ring gab, hätte ich den einfach irgendwo in den Gulli gesteckt und darauf vertraut, dass die Tote bis zum Jüngsten Gericht unter der Bude liegt.« Bosse zog einen Stapel Fundortfotos heraus. »Guck mal. Die Hütte stand auf acht dicken Holzbalken. Quer darüber waren die Fußbodenbretter genagelt. Zwischen den Balken gab es also immer einen Hohlraum, der durchschnittlich einen halben Meter breit war. Zwischen dem Erdboden und den Dielenbrettern lagen etwa zwanzig Zentimeter …«

»Wieso ist das wichtig?«, fragte Waliszczek.

Bosse warf ihm einen kurzen Blick zu, in dem ein Hauch Enttäuschung mitschwang. »Wir haben überlegt, wie viel Zeit es gekostet haben mag, die Frau dort zu verbuddeln. Der Unbekannte – könnten natürlich auch mehrere gewesen sein – hat den mittleren Hohlraum einen Dreiviertelmeter vertieft, die Leiche deponiert und wieder zugeschaufelt.«

»Und wohin mit dem überschüssigen Dreck aus dem Grab? Fällt doch auf, wenn im Garten plötzlich frische Erde liegt«, wandte Wali ein.

»Ja. Aber Mister X hat das Zeug einfach in die Hohlräume zwischen den Balken Nummer drei und vier sowie fünf und sechs gepackt und alles wieder zugenagelt. So etwas kann man in einer Nacht schaffen – wenn man ordentlich ranklotzt und handwerklich keine Vollniete ist.«

Kleine Pause des Staunens, dann begehrte die Hauptkommissarin auf: »Was heißt in einer Nacht? Auf den Brettern lagen Linoleumplatten. Die musste man auch erst entfernen und wieder anbringen.«

»Lagen die damals schon da? Müsstet ihr klären.«

»Und überhaupt!«, wandte Waliszczek ein. »Wenn man sich anguckt, was dieser Kestermann alles in der Hütte gefunden hat: Spaten, Harken – die ganzen Gartengeräte. Dann noch Liegestühle, alte Bücherregale, Rasenmäher …«

»War die Hütte damals schon so vollgestopft? Auch das müsst ihr herauskriegen.«

»Und wenn sie damals schon als Ablage für alles diente, was nicht mehr in die Wohnung oder den Keller passte – dann klappte das nicht mehr in einer Nacht«, meinte Kasten. »Offenbar geht ihr davon aus, dass jemand diese Frau umgebracht und sofort gewusst hat, wo er sie entsorgen konnte. Damit blieben fast nur Heinz Mager, seine Frau und sein Sohn als Verdächtige.«

Bosse zog die Schultern hoch. »Wir haben alles mal auf ein Minimum berechnet.«

»Geht doch auch anders. Jemand bereitet alles am Tage vor, bringt die Frau um, schafft sie nachts in das vorbereitete Grab und nagelt alles am nächsten Tag wieder zu«, wandte der junge Kommissar ein.

»Warum am Tag?«

»Die Nägel kann man ja vielleicht noch leise herausziehen – aber wie rammt man sie lautlos wieder in die Bretter? Da wäre die halbe Nachbarschaft wach geworden.«

Schweigen.

»Man kann dafür auch einen Gummihammer nehmen und die Nagelköpfe mit Stoff zudecken. Gibt wenig Lärm«, erläuterte Bosse.

»Und dabei die vorhandenen Löcher nutzen«, ergänzte Waliszczek. »Hätte auch weniger Arbeit gemacht.«

Neue Denkpause. Dann holte Kasten Luft. »Und woher wusste ein Fremder von den Zwischenräumen?«

»Ein Fremder nicht – der Besitzer der Hütte auf jeden Fall.«

»Und das wiederum heißt«, schlussfolgerte Kasten, »Heinz Mager bleibt der Verdächtige Nummer eins. Und sein Sohn Klaus-Ulrich folgt sogleich.«

Bosse breitete seine Arme aus. »Darüber müsst ihr jetzt nachdenken.«

Ja, dachte die Kommissarin, Familie Mager steckt knietief in der Scheiße.

## 27

Die Dachstube zwei Etagen über der PEGASUS-Residenz hatte schon eine Menge erlebt.

Vor Jahren hatte sich dort Klaus-Ulrich Mager vor den Rachefeldzügen seiner ersten Gattin verschanzt. Und nun hauste hier sein Sohn Kalle, der aus dem immer brauner werdenden Stadtteil Dorstfeld zurück in den Schoß von Firma und Familie geflüchtet war.

Das Zechenhaus, zu dem sie gehörte, war etwa hundertzehn Jahre alt und hätte dringend eine Generalüberholung gebraucht. Doch zumindest das Dach war gut isoliert und die Bude enthielt alles, was genügsame Menschen benötigen: Kochzeile, Tisch und Stühle, Bücherregale, Bett und TV-

Anlage. Zusätzlich gab es eine kleine Nasszelle und ihr gegenüber eine Tür zur Treppe nach unten – fast genauso steil wie die Hühnerleitern in holländischen Pensionen.

Nun zog wieder ein grauer Morgen herauf und schielte durch das schlecht geputzte Mansardenfenster auf ein glückliches Paar.

»Du bezahlst?«

»Ja, du Halsabschneider.«

»Und heute Abend zehn Minuten Nackenmassage?«

Simone verdrehte die Augen und log: »Nichts würde ich lieber tun.«

»Ach, und noch was …«

Sie hob mahnend einen Zeigefinger. »Du solltest froh sein, dass ich heute Nacht überhaupt noch bis nach Dortmund gefahren bin!«

»Aber …«

»Kennst du die Geschichte von dem elenden Typen, der sein Glück überstrapaziert hat?«

Kalle nickte, schob seinen Arm zwischen Teller und Marmeladenglas zur anderen Seite des Frühstückstisches und zog die Hand seiner Freundin etwas näher zu sich heran. »Eigentlich hatte ich dir nur sagen wollen, dass ich froh bin, dass du gestern noch hergekommen bist. Und dass du sehr hübsch aussiehst heute Morgen.«

Sie funkelte ihn amüsiert an, bemühte sich jedoch um einen ernsten Tonfall: »Aha. Nur heute?«

»Heute ganz besonders!«

»Muss daran liegen, dass die Aussicht, mit dir mal wieder Detektiv zu spielen, meine Laune verbessert.«

Kalle verbreiterte die Lebensmittelschneise auf dem Tisch und ignorierte den Umstand, dass eine Cocktailtomate vom Gemüsebrettchen rollte. Er beugte sich vor und drückte seiner Liebsten einen geräuschvollen Kuss auf den Mund.

»Hmmm. Das war Nutella, oder? Ich glaube, auf der anderen Seite hast du auch noch was.« Sie beugte sich hinüber und knutschte einen dunklen Fleck aus seinem linken Mundwinkel weg.

»Hey! Den hatte ich eigentlich für später aufbewahren wollen.«

»Keine Chance. Wenn wir heute in diesem Sternelokal auflaufen, sollten wir nicht mehr auffallen, als unbedingt nötig. Schokoladenflecken in einem ungewaschenen und unrasierten Gesicht sind tabu.«

»Wie heißt der Schuppen noch mal?«

*»Erbse.«*

»Hoffentlich gibt es da noch was anderes als Hasenfutter. Ich bin nämlich eingeladen und kann essen, waaaas ich will.«

Statt einer Antwort flog eine der kleinen Tomaten über den Tisch und traf seine Stirn. Von dort prallte sie wie ein Flummi ab und stürzte direkt in Simones Kaffeebecher. Braune Einschlagspritzer verteilten sich auf der Tischdecke und dem Schlafshirt der Täterin. Sim und Kalle prusteten gleichzeitig los.

»Siehst du«, keuchte Kalle. »Kleine Sünden bestraft der liebe Gott sofort.« Bevor seine Freundin zum nächsten Schlag ausholen konnte, winkte er beschwichtigend ab. »Friede! Warte, ich hol einen Lappen.«

Während er die Flecken auf der Tischdecke blasser und größer rieb, räumte Sim das Geschirr ab und spülte es fix mit etwas kaltem Wasser ab.

»In der neuen Wohnung möchte ich endlich wieder eine Spülmaschine. Meine Hände sehen allmählich aus wie die eines malaiischen Reisbauern.«

»Gebongt! Setzen wir auf die Liste. Aber lass uns jetzt lieber durchgehen, wie das heute Abend ablaufen soll. Und es bleibt bei dem, was wir gestern besprochen haben: Wenn an dem Verdacht deines Kollegen nichts dran ist, dann konzentrierst du dich endlich mit mir zusammen auf das Wohnungsprojekt. Okay?«

»Ja doch. Wenn Kehlmann *nicht* mit Lea in dem Lokal war

und Tim *nicht* beweisen kann, dass der Professor etwas mit ihrem Verschwinden zu tun hat – *dann* halte ich mich da zukünftig raus.«

Ihr Freund zog die Schultern hoch. »Wobei ich zugeben muss, dass allein diese Sex-Folterbilder ausreichen, um dem Typen eins vor den Bug zu knallen.«

»Mein Reden!«

Sim trocknete ihre Hände an dem Geschirrtuch ab und hängte es an den Backofengriff. »So, der Plan für heute Abend: Ich nehme eine zweite Garnitur Klamotten mit zur Arbeit und brezle mich vor Feierabend auf. Den Tisch habe ich gestern auf einen falschen Namen reserviert. ›Seiler‹ – merk dir das. Um achtzehn Uhr geht's los. Du fährst mit der Bahn zum Rüttenscheider Stern. Falls ich mich verspäte, kannst du ja schon mal in der *Erbse* unseren Platz einnehmen und die Lage peilen.«

»Soll ich mich auch aufbrezeln?« Kalle versuchte, mit den Augen zu klimpern.

Sim hüstelte übertrieben. »Äh, ja, natürlich. Unbedingt. Zieh am besten das kleine Schwarze an. Und leg nach dem Rasieren dein gutes Aftershave auf. Das wird dir helfen, die Bedienung zu bezirzen.«

Kalle zog seine Auftraggeberin zu sich heran und hauchte in ihr Ohr: »Madam, I'll do my very best! Aber unser Bettchen ist noch warm. Darf ich dich auch bezirzen?«

»Vielleicht«, kokettierte sie und löste seine Hände von ihrem Körper. »Aber erst nach der Arbeit.«

## 28

Kaum war der Chef der Kriminaltechnik verschwunden, meldete sich der mit Olympiagold dekorierte Rechtsanwalt. Freundlich, aber kurz und knapp teilte er mit, dass die gewünschte Liste der Mieterinnen und Mieter des Hauses

Nummer 15 am nächsten Tag oder spätestens am kommenden Montag geliefert werde. Ob er sie als Mailanhang schicken könne?

Kasten bejahte und bedankte sich für die gute Kooperation.

»Brauchen wir die Liste überhaupt noch?«, fragte Waliszczek. »Es sieht doch alles so aus, als ob …«

»Mensch, Wali, wann ist bei uns am Ende alles so, wie es anfangs ausgesehen hat? Wenn wir uns nur auf diesen Heinz Mager einschießen, sehen wir vor lauter Pulverdampf nichts anderes mehr. Im Nebenhaus wohnte eine Menge paarungswilliger junger Kerle. Schon mal das Wort notgeil gehört?«

Wali nickte unwillig.

»Also, Regel Nummer eins: Jede Spur verfolgen! Trichtern sie euch das beim Studium nicht mehr ein?«

Waliszczek hasste Kastens Metaphern. Pulverdampf, so ein Quatsch. Aber direkt war sie noch unbequemer.

»Wie weit sind die Kollegen mit der Zeugensuche?«

»Arbeiten noch an den Pächtern der Kleingärten.«

»Fein«, sagte sie. »Und jetzt bring mal unsere Ermittlungsakte auf den neuesten Stand!«

Mit diesen Worten packte sie ihr Rauchzeug, fuhr ins Erdgeschoss, holte frischen Kaffee und baute sich wieder am Eingang auf. Mit einem Zigarillo konnte sie am besten denken – aber das interessierte diese grünen Gesundheitsapostel ja nicht, die jetzt überall für Rauchverbote sorgten.

Draußen kreisten Kastens Gedanken vor allem um die wenigen Asservate, die oben auf sie warteten.

Nach der Pause rief sie zunächst bei Mager an. Der Kameramann musste noch das Protokoll ihres Gesprächs von Dienstag gegenlesen und unterschreiben.

Sie versuchte es zunächst bei ihm zu Hause, dann bei PEGASUS. Beide Male Fehlanzeige. Dann wählte sie Magers Handynummer. Auch nichts. Also hinterließ sie beim zweiten Durchgang auf dem Anrufbeantworter und der Mailbox die Bitte, sich bei ihr zu melden.

Danach zog die Kommissarin die Fotos aus Silkes Notizbuch.

Das erste zeigte die Studentin mit einem gut fünfundzwanzig oder dreißig Jahre älteren Paar, vermutlich ihren Eltern, auf der Terrasse eines Reihenhäuschens. Alle drei saßen an einem gedeckten Kaffeetisch und strahlten Behaglichkeit und Zufriedenheit aus. Idylle auf Zeit, dachte Kasten wehmütig. Damals hatte wohl noch niemand geahnt, wie schnell der Tod diese Familie dezimieren würde.

Kasten legte das Foto weg. Besser nicht darüber nachdenken, ob sie schon beim Sensenmann auf der Liste stand.

Die nächsten beiden Aufnahmen zeigten Silke neben einer deutlich molligeren jungen Frau mit dunklen Haaren. Sie saßen auf einer grünen Bettcouch unter einer weiß gestrichenen Dachschräge, in der man die Ecke eines Klappfensters erkennen konnte. Die Frauen hielten halb gefüllte Sektgläser in den Händen und prosteten der Fotokamera zu – Selbstauslöser? Gab es das damals schon? Vermutlich.

Kasten legte diese Fotos an die Seite, um sie der alten Frau Grote zu zeigen. Vielleicht war das ja Silkes Zimmernachbarin.

Die drei letzten Aufnahmen waren die interessantesten. Nur Silke – in hauchzarter Unterwäsche, aber in wechselnden Posen, als übte sie für einen Schönheitswettbewerb. Wem wollte sie damit gefallen?

Attraktiv, aber nicht makellos, konstatierte Kasten. Der Körper – nahezu perfekt. Zwei Handvoll Busen, den sie gezielt in Richtung Kamera aus dem BH quellen ließ, schlanker Körper und sehnig, als würde sie häufig joggen und mit Hanteln üben. Lediglich die Muttermale im Brust- und Bauchbereich schmälerten den ersten Eindruck ein wenig.

Aber das Gesicht! Es war zu einem gleichmäßigen Oval geformt, die Lippen zeigten ein verführerisches Lächeln. Doch die Augen spielten nicht mit. Etwas Berechnendes lag darin, was nicht zu ihren lockenden Lippen passte. Wen wollte sie damit scharfmachen? Wem würde sie sich so zeigen? Wer durfte sie so fotografieren?

Das Zimmer! Die Fotos waren nicht in jener Mansarde entstanden, in der sie mit der Molligen gesessen hatte. Ein modernerer Zweckbau. Gerade gezogene Wände mit Raufasertapete. Unter Silke war die Couch zu sehen, daneben die Ecke eines Regals mit abgerundeten Kanten, auf dem nächsten Bild – schemenhaft – der Schatten eines Tisches. An den Wänden hingen zwei recht farblose Poster, deren Texte Kasten auch mit Lupe nicht enträtseln konnte.

Sie überlegte. Virtuelle Rekonstruktion des Raums? Nein, selbst wenn es gelänge – nach so vielen Jahren würde niemand solch ein Allerweltszimmer wiedererkennen. Aber warum bewahrte Silke diese Fotos im Kalender auf? Wollte sie die Aufnahmen verschenken? An wen?

Kasten ließ das Foto zu den anderen fallen. Ohne die alte Fallakte würden diese Bilder sie nicht weiterbringen. Ob die Kollegen damals dieser Frage überhaupt nachgegangen waren, musste sich noch zeigen.

## 29

Die Uhrzeiger waren auf die Elf gerichtet, als Klaus-Ulrich Mager aufschrak und benommen die Umgebung musterte. Hatte er im Wohnzimmer geschlafen? Das Frühstück verpennt? Den Arbeitsbeginn? So etwas war ihm seit Jahren nicht mehr passiert.

Er richtete sich auf und spürte plötzlich Benommenheit. Irgendetwas stimmte nicht mit seinem Gleichgewichtssinn. Ja, klar. Diese Sauferei! Dann fiel ihm, rückwärts, die Vorgeschichte ein: Karins Aufschrei, als sie die hohe Taxirechnung aus der Haushaltskasse bezahlen musste, weil sein Portemonnaie leer war. Das Fluchen des Taxifahrers, der ihn vom Wagen zur Haustür geschleppt hatte. Die überlaute türkische

Schlagermusik, mit der sich der Kutscher vor Magers endloser Geschichte geschützt hatte, in der er die Blockade der Essener BLUT-Zeitungsredaktion in der Nacht zum Karsamstag 1968 erzählt hatte. Ach ja, das war nach der letzten Runde im *Muckefuck*, bei der ihm ein ehemaliger *Hoesch*-Betriebsrat mit einem Zehner aushelfen musste. Zu ausschweifend hatten sie die Erinnerungen an den Wahlkampf 69 gefeiert.

Damals hatten sie mehrfach Versammlungssäle der NPD besetzt und dafür gesorgt, dass dort keine Naziparolen verkündet wurden. In Lünen war der Kumpel aber zu früh gekommen und hatte eine Stunde lang allein, nur mit einer roten Fahne in der Hand, die Kneipentür blockiert. Ein wahrer Held, dachte Mager. Aber wieso war er eigentlich mitten in der Woche in der Stadt gewesen? Ein Moment des Nachdenkens, bis er sich an das Gespräch mit Susanne und die Debatte mit Karin erinnerte. Um was war es dabei überhaupt gegangen?

Jetzt erst wurde ihm schlagartig die eigentliche Katastrophe bewusst: Kacke, verdammte! Er war seit diesem Morgen quasi arbeitslos!

Mühsam schlurfte er zur Küche hinüber. Fand seinen Teller und seinen Trinkbecher unberührt, den Tisch ansonsten abgeräumt und die Kaffeereste in der Thermoskanne so abgestanden, dass er nach der ersten Geruchsprobe die Plörre in den Ausguss versenkte.

Während die Kaffeemaschine erneut ihr Werk verrichtete, klingelte das Telefon. Automatisch streckte Mager den Arm aus, da fiel sein Blick aufs Display: Dortmunder Vorwahl, dann die 132 und vier weitere Ziffern. Die Bullen! Nein danke. Was immer sie wollten, es war ihm in diesem Zustand egal.

Zwei Minuten darauf dieselbe Nummer. Diesmal klingelte es so lange, bis der Anrufbeantworter ansprang: »Kriminalpolizei Dortmund, Kasten. Herr Mager, wäre schön, wenn Sie bei nächster Gelegenheit …«

Leck mich, dachte er, verließ das Haus und saß kurz darauf mit frischem Kaffee in der Frühlingssonne – nicht auf dem Treppchen vor seiner eigenen Heimstatt, wohin die Sonne nur an manchen Nachmittagen kam, sondern auf der blauen Bank in dem Garten auf der Nordseite des Hofes. Schön hier …

Erst als auf dem Bahndamm hinter ihm die S-Bahn in Richtung Osten vorbeikreischte, wurde Mager bewusst, wem dieser Garten und diese Bank gehörten. Aber da war es schon zu spät. Ein Schatten fiel auf ihn und jemand verdeckte die Sonne.

Verdammt, dachte er und wollte schon aufspringen, aber Mechthild drückte ihn sanft auf das blau gestrichene Holz zurück. »Ist schon gut.«

Zögernd gehorchte er und registrierte mit Unbehagen, dass sie sich neben ihn setzte. Demonstrativ rückte er ein Stück weiter und starrte geradeaus zum Vorderhaus hinüber, spürte aber, dass sie ihn von der Seite musterte. Was wollte diese Hexe von ihm? Auf ein Gespräch mit ihr hatte er noch weniger Lust als auf das Telefonat mit der Polizistin.

»Siehst nicht gut aus heute«, sagte sie plötzlich.

Er zuckte zusammen. »Willst du mir ein Gespräch aufzwingen?«

»Nein. Wir können auch so auf meiner Bank sitzen. Ohne zu reden. Aber als ich dich hier sah, dachte ich, du hättest was auf dem Herzen.«

Hä? Sprach er gerade wirklich mit Mechthild? Dem Albtraum seiner ersten Ehe? Der Geißel seiner besten Jahre?

»Auf dem Herzen? Ich? Und seit wann würde dich das interessieren?«

»Na ja, wir waren lange ein Paar, ich bin die Mutter deines Erstgeborenen. Und ich habe dich heute Nacht bei deiner Rückkehr gehört. Wir sind ja Nachbarn. War ganz schön laut.«

Nachbarn, ja, dachte er, aber nur, weil wir dich nicht aus dem Hinterhaus rausklagen konnten.

»Du hast übrigens einen sehr höflichen und gut erzogenen Sohn.«

»Zwei«, korrigierte er. Eigentlich hätte Mager nun etwas über den Tod von Mechthilds zweitem Sohn sagen oder fragen müssen. Aber er hatte ihr damals nicht persönlich kondoliert, sondern nur – widerwillig – eine Beileidskarte unterschrieben, die Karin aufgesetzt hatte. Es war ihm verdammt unangenehm, dass er sich ausgerechnet jetzt daran erinnerte. Warum hatte er sich nur auf diese Bank gesetzt? Mager atmete tief durch. Was erwartete sie? Einen Kniefall? Oder zumindest eine Entschuldigung?

»Theo darf mich gern öfter besuchen«, sprach sie weiter – ohne Vorwurf oder gar den Hauch einer Anklage in der Stimme.

Der Bärtige stutzte. So sachlich hatte sie seit Ewigkeiten nicht mehr mit ihm gesprochen. Hatte er irgendwas verpasst?

»Wenn er möchte, darf er das tun«, brummte er schließlich und drehte seinen Kopf ein wenig, um Mechthild ins Gesicht zu schauen. Keine Spur von Niedertracht. Sie schien es völlig aufrichtig zu meinen. Hatte Karin womöglich recht und Mechthild sich gewandelt?

Er war definitiv noch nicht in der Verfassung, um diese neuen Eindrücke zu verarbeiten. Daher blickte er demonstrativ auf seine Armbanduhr und stand auf. Bis er Theo aus der Schule abholen musste, war nicht mehr viel Zeit und er hatte noch einiges im Haus zu tun. »Ich muss dann mal.«

»Warte noch. Was ist mit dieser Geschichte aus dem Garten deiner Eltern?«

»Was weißt du denn darüber?«

»Erstens lese ich Zeitung. Und zweitens war ich doch bei einigen dieser Gartenfeten dabei.«

»Und?«

»Diese blonde Silke auch! Ich erinnere mich an sie. Eine Bildhübsche war das.«

Mager verspürte einen Stich in der Brust. Sein Herz hatte

zwei Schläge ausgesetzt. »Bist du sicher, dass das diese Silke war?«

»Ja. Heinz hatte doch gerne junge Leute um sich. Deshalb hat er hin und wieder ein paar von den Studenten eingeladen, die ihm bei der Gartenarbeit zugesehen hatten. Manchmal durften sie sich sogar eine Handvoll Erdbeeren oder Brombeeren pflücken.« Sie unterbrach sich kurz, um zu überlegen, und rückte ihre Strickjacke zurecht. »Ich habe mir das Mädchen damals genau angesehen, weil ich ein bisschen eifersüchtig war. Die Kerle sind um sie herumgeschwirrt wie Fliegen um einen Hundehaufen.«

Mechthilds Exmann grübelte. Frauen hatten wohl wirklich ein besseres Gedächtnis als Männer. Aber sollte er solch ein blondes Schneckchen übersehen haben? Und sein Vater?

Sie schien seine Gedanken zu lesen und ergänzte: »Du hattest aber nur Augen für mich. Wir waren bis über beide Ohren verliebt. Weißt du noch? Und Heinz – erinnerst du dich? Diese jungen Leute waren doch seine Abwehrwaffe gegen das endlose Gerede der Alten über grauen Star und Rheuma.«

Allmählich dämmerte es ihm. Doch, ja. Sein Vater war gegen diese Krankheitsgeschichten allergisch. Hatte hin und wieder spöttisch Oma zitiert, die beim plötzlichen Aufbruch ihrer Geburtstagsgäste mal gemault hatte: »Wir haben doch noch gar nicht über *meine* Krankheiten gesprochen!«

Trotz der freundlichen Mittagssonne war ihm plötzlich kalt. Mager stand auf, sah auf sie hinunter. »Und? Hast du das der Polizei schon brühwarm erzählt?«

Mechthild lächelte verzeihend. »Nein. Weil ich Heinz nicht für den Täter halte. Aber du solltest es sagen. Bevor sie es von jemand anderem erfahren. Irgendwer erinnert sich bestimmt noch.«

Der Bärtige zögerte.

»Du hast doch noch die Fotoalben deiner Mutter. Die hat doch alles sortiert. Vaters sechzigster Geburtstag, ihr sechzigster, Vaters Feier zum fünfundsechzigsten, ihre Feier …«

Er nickte. »Ich seh mal nach. Und – danke.«

Mager war schon auf halbem Weg zurück ins Haus, als sie ihm hinterherrief: »Du kannst die Bank übrigens jederzeit nutzen, wenn du magst.«

Der Dicke tat, als hätte er nichts gehört.

## 30

»Wow! Du siehst hinreißend aus!«, begrüßte Kalle seine Freundin, als diese von einem eleganten Kellner an ihren Tisch geführt wurde. Die Frischluft hatte ihre Wangen gerötet und ihr Kleiderschrank barg tatsächlich noch so manche Überraschung.

Ganz Kavalier stand er auf und hauchte ihr einen Kuss auf die Wange. Dann rückte er ihr den Stuhl so zurecht, dass sie sich bequem niederlassen konnte.

»Toll, alte Schule!«, sagte Simone.

»Mit sechzehn haben meine Alten mich zu einem Tanzkurs gezwungen«, gestand er. »Und die haben uns richtig auf Benimm getrimmt.«

Auch der Kellner, geduldig auf die Bestellung der ersten Getränke wartend, rang sich ein leichtes Lächeln ab. »Darf ich den Herrschaften schon einen Aperitif bringen?«

»Prosecco«, sagten beide gleichzeitig.

Ein unwillkürliches, leichtes Zucken in den Mundwinkeln des Kellners verriet, dass Prosecco nicht ganz dem Niveau des Hauses entsprach. Aber er machte sich brav auf den Weg, um auch diesen Gästen gefällig zu sein.

Sims Augen richteten sich wieder auf den Freund und musterten sein Outfit. »Du siehst in dem Anzug echt scharf aus.«

»Ach, als Doktor der Philosophie weiß man, was die Damenwelt beeindruckt.«

»Freut mich«, sagte sie und raunte dann, leicht vorgebeugt,

»ehrlich – ich würde dich heute nicht von der Bettkante schubsen.«

»Ist das ein Versprechen?«, hakte er nach.

»Abwarten!«

Sie wurden unterbrochen, als der Prosecco gebracht wurde. Eine freundliche junge Kellnerin mit brünettem Haar, der das lakaienhafte Auftreten ihres männlichen Kollegen noch nicht in Fleisch und Blut übergegangen war, balancierte die vor Kälte beschlagenen Gläser, in denen es lustig prickelte. »Darf ich Ihnen die Speisekarten bringen?«

Die beiden nickten und ließen die Blicke durch den Gastraum schweifen. Gedämpftes Licht, zarte Farben, minimalistische Dekorationen. Die piekfeinen Kelleruniformen hätten selbst auf dem Wiener Opernball Eindruck geschunden. Die meisten Gäste sahen ebenfalls so aus, als wollten sie nach dem Essen noch eine Gala besuchen. Die gedämpften Unterhaltungen verschmolzen zu einem gut erträglichen Hintergrundgemurmel.

Die Kellner wieselten auf leisen Sohlen hin und her – überwacht von einem korrekt gekleideten Mann mit grauen Schläfen, der sich neben der kleinen Bar am Kücheneingang postiert hatte. Unklar war, ob es der Geschäftsführer oder der Chef selbst war – aber die Bediensteten reagierten auf seine Mimik und die angedeuteten Gesten, als wäre er Lukullus persönlich.

Sim war froh, sich vor der Abfahrt doch noch für etwas Make-up entschieden zu haben. Mit dem Lipgloss und dem Kajalstrich kam sie sich zwar ein wenig fremd vor, fühlte sich aber nicht unwohl. Was zu ihrer festlichen Aufmachung nicht ganz passte, war ihr Ohrplug: ein schreiend grüner Alienkopf, farblich abgestimmt mit ihrem Wickelrock, aber für dieses Restaurant zumindest ungewöhnlich. Einmal Punk, immer Punk, dachte sie. Auch im Nobelrestaurant.

Kalle kam als Erster zur Sache: »Hast du die Fotos ausgedruckt?«

»Ja, klar. Ich hab die von der Institutsseite genommen. Aber vielleicht sollten wir erst mal die Speisen bestellen, anstatt mit der Tür ins Haus zu fallen.«

»Gute Idee. Die Kellnerin von gerade macht einen netten Eindruck.«

»Aha«, machte Sim.

»Blöde Ziege. Da du dich freundlicherweise bereit erklärt hast zu zahlen, schlage ich vor, dass wir ihr die Bilder zeigen, nachdem du ein ordentliches Trinkgeld auf die Rechnung geschlagen hast.«

»Du willst mich finanziell ruinieren«, jammerte sie.

»Darauf kannst du Gift nehmen. Schau dir meine diabolischen Augen an, höre meinen Magen knurren. Und dann weine.«

Zwei Stunden später lehnte sich der PEGASUS-Mitarbeiter in dem gepolsterten Stuhl mit der hohen Lehne zurück. »Mann, war das lecker! Ich platze gleich!«

Simone inspizierte die Rechnung. »Gut, dass meine Haare schon zu Berge stehen. Eine Woche all-inclusive in der Türkei oder einmal mit meinem verfressenen Freund ausgehen – das kommt aufs Gleiche raus.«

»Hmmm, war köstlich. Zeig mal die Rechnung.« Er schnalzte mit der Zunge. »Respekt für meine großzügige Freundin, die alles tut, um ihren attraktiven Geliebten willig zu stimmen.«

Er ignorierte ihre nach oben gedrehten Augen und rezitierte: »Warm geräucherter Heilbutt in marinierter Roter Bete, Rinderbrustcannelloni und Meerrettichcrème. Imperial Taubenbrust an Frühlingsspinat, Ananas und Schokoladensauce. Salzwiesenlamm mit …«

»Teuer erkaufte Loyalität. Und das bei einem Kapitalistenverächter wie dir.«

»Wir alle müssen hin und wieder Opfer bringen.« Er griente.

»Phhft.« Die Punkerin nahm Kalle die Lederkarte mit der Rechnung ab, zog ihr Portemonnaie aus der Handtasche und zählte dreihundert Euro ab. Die beiden A5-Ausdrucke mit den Konterfeis von Kehlmann und Lea legte sie ebenfalls auf die nun nicht mehr ganz so saubere Tischdecke – mit den Gesichtern nach unten. »Der Job geht dafür an dich, Mr. Bond. Im Bezirzen von Damen hast du ja doch mehr Erfahrung als ich.«

»Aber nur unwesentlich.« Er lachte leise, winkte aber schon die junge Kellnerin heran. »Und du kannst froh sein, dass ich in dieser Hinsicht nicht bei meinem Alten in die Lehre gegangen bin.«

Die freundliche junge Frau, die sie den Abend über betreut hatte, trat an den Tisch und nahm die Mappe mit dem Geld entgegen. »War alles zu Ihrer Zufriedenheit?«

Kalle schaute die Dame, die gefalteten Hände auf dem Tisch, von unten an. »Ganz ehrlich? Ich habe noch nie in meinem Leben so gut gegessen wie heute. Vielen Dank für Ihre gute Beratung und den tollen Service.«

»Danke, das freut mich sehr.«

Sim verpasste ihm einen kleinen Tritt unter dem Tisch, während sie, zur Kellnerin gewandt, ebenfalls zustimmend nickte.

Kalle räusperte sich und nahm die Fotoausdrucke in die Hand. »Darf ich Sie noch um etwas bitten?«

»Aber gerne. Was kann ich für Sie tun?«

»Ich glaube, mein Vater war letzte Woche Freitag mit seiner Verlobten hier.« Kalle drehte die Fotos in Richtung der Kellnerin und deutete auf Sim, die ihr unschuldigstes Lächeln aufgesetzt hatte. »Wir wollen die beiden mit einem selbst gekochten Menü überraschen. Was mein Vater gern isst, weiß ich, aber bei seiner Zukünftigen tappen wir im Dunkeln. Vielleicht haben Sie die beiden ja bedient und erinnern sich. Oder vielleicht speichern Sie die Daten sogar?«

Die Angestellte nahm die Bilder entgegen.

Sim bewunderte die glänzenden manikürten Fingernägel der Frau – ihre eigenen würden niemals so aussehen, egal wie lange sie feilte. Dann wartete sie gespannt auf die Reaktion der Kellnerin.

»Ja, ich erinnere mich an die beiden.«

Auf Sims Gesicht zeigte sich die Aufregung wie ein blinkendes Bingo-Schild.

Die Befragte aber schaute mit gerunzelter Stirn auf das Foto von Kehlmann und dann auf Kalle. »Viel Ähnlichkeit haben Sie aber nicht mit Ihrem Herrn Vater.«

»Als er jünger war schon. Er macht einfach zu wenig Sport.« Kalle hob gleichzeitig Schultern und Brauen, als wollte er in Wirklichkeit sagen, dass er bei seinem verfetteten Alten jede Hoffnung aufgegeben hatte.

Das Misstrauen der Kellnerin schrumpfte, sie wurde wieder freundlicher. »Ich denke, dass nichts dagegenspricht, wenn ich Ihnen die Speisenfolge aufschreibe.« Aber sie zögerte noch.

Simone erkannte richtig, dass der jungen Frau eine Frage auf den Lippen lag, und half ihr weiter: »Sie müssen nach Professor Paul Kehlmann suchen. Oder wollten Sie noch etwas anderes wissen?«

»Nein. Nichts weiter eigentlich. Ich dachte nur«, begann sie und räusperte sich, »dass Sie mit der Essensüberraschung vielleicht noch etwas warten sollten.«

Das Paar antwortete unisono: »Warum?«

»Ich hatte nicht den Eindruck, dass …«

Sie verstummte mitten im Satz und errötete, als der Herr mit den grauen Schläfen plötzlich am Tisch auftauchte. »War alles zu Ihrer Zufriedenheit?«

Diesmal schaltete Kalle schneller. »Aber ja, wir haben uns gerade noch mal herzlich bei Ihrer Mitarbeiterin für die umsichtige Beratung bedankt. Die Speisen und der Wein waren wirklich vorzüglich.«

Simone pflichtete ihm strahlend bei: »Die *Erbse* hat ihren guten Ruf zu Recht. Wir kommen ganz bestimmt wieder.«

Der Blick des Managers richtete sich aber nicht auf ihre Augen, sondern auf ihr linkes Ohrläppchen.

Verdammt, dachte sie, ich hätte das Ding doch lieber weglassen sollen.

Simone erhob sich, um das Restaurant auf schnellstem Weg zu verlassen. Dabei zwang sie sich zu einem Lächeln, das nicht nur auf Kalle künstlich wirkte. »So, Friedrich, jetzt wird es aber wirklich Zeit.«

Die Kellnerin deutete auf das Ledermäppchen mit dem Geld. »Was ist mit …?«

Kalle war bereits aufgestanden und winkte freundlich ab. »Für Sie. Und vielen Dank noch mal.«

Sim klemmte sich an seinen Arm und wandte sich schon halb in Richtung Ausgang, doch die polierte Stimme des Managers hielt das Paar auf. »Schönen Abend noch, gnädige Frau. Und beehren Sie uns doch bald wieder, Herr …«

»Mager«, rutschte es Kalle raus. Noch in derselben Sekunde bemerkte er, dass dies eine kapitale Fehlleistung war.

## 31

Hubert-Rudolph Volzheim wartete noch, bis die schluchzende Kellnerin nach rechts in die Hedwigstraße bog und in Richtung Rüttenscheider Stern entschwand. Er hatte keine andere Wahl, als ihr die fristlose Kündigung auszusprechen.

Die *Erbse* war eine der besten Restaurantadressen in ganz Essen. Hier verkehrten die Oberschicht der Stadt und alle, die gern dazugehören wollten. In der *Erbse* wurden Heiratsanträge ausgesprochen und Jubiläen gefeiert. Geschäftsleute, die sich selbst verwöhnen oder ihre Kunden beeindrucken wollten, speisten hier zu Abend. Es wurden Verträge geschlossen und Gewinn bringende Preisabsprachen vereinbart. Ein Ort ohne Skandale. Volzheim war stolz auf sein Lebenswerk. Ganz sicher lag sein Erfolgsschlüssel nicht allein darin, dass er einen bekannten Sternekoch für sein Restaurant gewonnen hatte. Die *Erbse* hatte sich ihren guten Ruf erworben, weil man sie den Gästen als gediegenes Refugium anbieten konnte.

Volzheim legte höchsten Wert darauf, dass sein Personal erstklassig ausgebildet war. Jeder Gast sollte in seinem Haus das Gefühl haben, dass man seine Wünsche kannte, noch bevor er sich selbst ihrer bewusst war. Tadelloses, gepflegtes Aussehen war ihm ebenso wichtig wie perfekte Umgangsformen. Und Diskretion. Vor *allem* Diskretion.

Dieses dumme Schaf!

Hannah hätte ihren Mund halten müssen. Leute mit Verstand hätten sich nicht so ausfragen lassen. Ausgerechnet hinter Kehlmann, einem seiner treuesten Kunden, schnüffelten zwei obskure Gestalten her – mit einer fadenscheinigen Geschichte.

Friedrich Mager!

Wütend spuckte Volzheim aus. Schon dieser Name schmeckte nach Ärger. War aber vielleicht das einzig Wahre an diesem Märchen. Dazu die Frau mit dem obszönen Ohrschmuck! Widerlich. Und diesem Gespann kaufte Hannah die Story vom liebenden Sohn ab! Eines Tages würde sie in einer Frittenbude enden.

Er zog sein Jackett glatt und entfernte sich ein paar Schritte von dem hell erleuchteten Eingang des Restaurants. Dort stand eine alte Buche, hinter der sich einige Parkbuchten mit Autos befanden. Hier gab es keine Lauscher. Besser, er tätigte den unangenehmen Anruf sofort.

Der Restaurantchef zückte sein Handy, fand den gesuchten Kontakt und wählte. Sekunden später vernahm er eine Stimme, die er auch ohne Namensnennung erkannt hätte: »Professor Doktor Paul Kehlmann. Leider bin ich zurzeit nicht erreichbar. Bitte hinterlassen Sie eine Nachricht.«

Das tat der Anzugträger.

## 32

»Scheiße auch!«, sagte Kalle, als sie endlich in der Varenholzstraße auf der Couch saßen. »Das war ein Eigentor in der fünfundneunzigsten Minute.«

Sim legte tröstend einen Arm um seine Schultern. »Wir sind doch trotzdem weitergekommen. Tim hat keine Gespenster gesehen – die beiden haben oder hatten was miteinander. So viel ist jetzt klar.«

»Ja. Aber wir sind für solche Aktionen nicht cool genug.«

»Wir? Du!«, wollte die IT-Frau im ersten Impuls sagen, biss sich aber auf die Zunge. Stattdessen griff sie nach dem Telefon, um Tim Hoppe zu informieren. Der arme Kerl saß noch immer in seiner Keksdose an der Uni und hütete die Server wie ein Schäfer seine Lämmlein. »Du hast recht gehabt. Jabba war mit Lea in der *Erbse.*«

»Dieses Dreckschwein!«, brach es aus Tim heraus. »Dieses Arschloch. Ausgerechnet dieser fette, widerliche Sklaventreiber. Und er war der Letzte, der mit ihr zusammen war, bevor ….«

Wenn es noch eines Beweises bedurft hätte – jetzt war klar, dass Tim in Lea verknallt war und darunter litt, dass sie auf seine Signale nicht reagiert hatte.

»Tim«, sagte Simone. »Sie hat einen Besseren verdient als Jabba.«

Ihr Trost half ihm auch nicht weiter. Viele Sekunden lang blieb er stumm. Die leisen Atemgeräusche im Hintergrund verrieten, dass jemand darum rang, seine Fassung zurückzugewinnen.

»Was hast du inzwischen herausgefunden?«, fragte sie schließlich.

»Einiges«, verriet er nach ein paar tiefen Atemzügen.

Aber Sim konnte spüren, dass sein Schmerz noch im Raum

hing wie ein giftiger Nebel. »Können wir unsere Rechner verbinden?«

»Klar. Dauert nur etwas …«

Bald surrten auf Sims Oberschenkeln zwei Ventilatoren eines Cooling Pads, das die Überhitzung ihres *Meditron*-Notebooks verhindern sollte. Ihr eigentlich genutztes Gerät hatte vor sechs Wochen endgültig den Geist aufgegeben, sodass sie sich erst mal mit dem minderwertigen Low-Budget-Notebook abmühen musste. Irgendwann, dachte sie ärgerlich, brate ich mir auf der Unterseite ein Spiegelei. Und das Foto dieser Herdplatte hänge ich als Warnung in jede Filiale eines Discounters, der diese Dinger vertreibt.

Einige Minuten war in Simones Appartement außer den Geräuschen der Elektronik nichts zu hören. Diese Grabkammerakustik unterstrich, was Kalle mal scherzhaft angemerkt hatte: »In diesem Haus gibt es drei Arten von Bewohnern – Tote, Scheintote und uns beide. Kein Wunder, dass wir in Gregors Sammelgruft die ewige Ruhe stören.«

Sim stellte nun den Lautsprecher des Telefons etwas lauter und reichte das Mobilteil des Geräts an Kalle weiter, der es wie ein Mikrofon hielt.

»Die Meeting-ID lautet m32-513-180«, tönte Tims Stimme etwas blechern durch den Raum.

Die Herrin des Laptops tippte die Zeichenfolge in das Eingabefenster der Software für die Fernwartung und drückte auf den blauen Button mit der Aufschrift *An Online-Meeting teilnehmen.*

Zwei Sekunden später öffnete sich die Sicht auf einen Desktop, dessen Hintergrund von einem *Star-Trek*-Logo geziert wurde. Mit Warpschlieren am Heck rauschte das Raumschiff *Enterprise* durchs All. In Sims Hirnwindungen blitzte die Frage auf, ob es auch Informatiker gab, die keine *Star-Trek*- oder *Star-Wars*-Fans waren.

»Ich seh schon, ihr seid drin«, meldete Tim.

Wie von Zauberhand öffnete sich auf dem fernen Rechner

ein Outlook-Fenster und kurze Zeit später klappte der unsichtbare Bediener mit einem einzigen Klick eine wahnsinnige Menge von Ordnern auf.

»Kehlmanns Postfach«, rief Simone aufgeregt. »Du hast es also hingekriegt!«

»Kommt man da so einfach rein?«, wunderte sich Kalle.

»In diesem Fall einfacher, als ich dachte. Wir verwenden eine Back-up-Software namens *Veritas.* Damit kann man ganze Postfächer oder einzelne E-Mails aus der Sicherung zurückspielen. ›Granular Recovery‹ nennt *Veritas* das. Normalerweise sichert man in das Besitzerpostfach zurück und der Besitzer, in diesem Fall Paul Kehlmann, bekommt im Anschluss eine Nachricht von der Software, dass die Rücksicherung erfolgreich war. Ein Szenario, das ich nicht wünschenswert fand.«

Simone schaute, als hätte sie beim Hütchenspiel gewonnen.

»Gestern Nacht habe ich getestet, ob man einen Postfachinhalt in ein fremdes Postfach zurücksichern kann. Und ob der eigentliche Postfachbesitzer auch dann eine Erfolgsmeldung erhält. Ich habe das mit zwei neuen Accounts ausprobiert und Glück gehabt. Nur derjenige, bei dem die Rücksicherung landet, wird benachrichtigt.«

»Das heißt, du kannst nun jederzeit auf diesem Weg in Kehlmanns Postfach gucken?«

»Genau!«, bestätigte der Admin und sogar Kalle konnte den Triumph aus der fremden Stimme heraushören.

Simone schaltete sich ein: »Spannender ist doch, was in diesem ganzen Datenmüll steckt. Konntest du ein paar Leichen ausgraben?«

Kalle staunte nicht schlecht, als Tim eine kleine Statistik öffnete; sie zeigte, dass das Postfach fast 248.000 E-Mails enthielt, die in 1.645 Ordnern abgelegt waren. »Kommt man überhaupt noch zum Arbeiten, wenn man den ganzen Tag Mails lesen, löschen und sortieren muss?«

»Ganz sicher bin ich da auch nicht«, tönte es aus dem

Mobilteil. »Ich habe euch die Statistik gezeigt, damit ihr das nächste Problem versteht. Es ist verdammt schwierig, hier etwas zu finden – vor allem, wenn man nicht weiß, was es ist.«

Simone stimmte ihm mit einem »Hmm!« zu.

»Trotzdem habe ich etwas entdeckt. Zeig ich euch jetzt. Morgen gebe ich Simone einen Stick mit dem kompletten PST-File. Vielleicht findet ihr noch etwas, das uns weiterbringt.«

Die unsichtbare Hand öffnete eine E-Mail aus dem Ordner *Gesendete Objekte*, datiert von Freitag, dem 02.03.2012, 16:03 Uhr.

»Diese Mail hat Kehlmann an Lea geschickt und offenbar vergessen, sie wieder zu löschen. Ich habe sie in dem Backup vom letzten Wochenende gefunden.«

Simone las laut vor: *»Lea, wie oft denn noch? Schreib mir bitte nicht mehr an dieses Postfach. Wir klären das bald. Ich melde mich. LG Paul.«*

Tim scrollte runter zu der Mail, die diese Antwort provoziert hatte. Sie war vom selben Tag und wenige Minuten vorher verfasst worden:

*Paul, wir müssen reden. Es geht nicht mehr. Ich will nicht mehr. Ich kann nicht mehr. Zwing mich nicht, mich zu wehren. Ich will, dass es im Guten endet.*

»Heilige Scheiße«, flüsterte Kalle. »Das hört sich fast an, als hätte Lea ihm gedroht.«

»Nein«, platzte es aus Simone heraus. Zwischen ihren Augen bildete sich eine scharfe Furche. »Das hört sich an, als hätte dieser Arsch das Mädchen heftig unter Druck gesetzt.« Sims Hand ballte sich zur Faust und ihre Stimme klang entschlossen: »Tim, du weißt, dass ich sehr skeptisch war. Aber jetzt bin ich überzeugt, dass mehr hinter der Sache steckt, als wir zuerst angenommen haben. Vielleicht sollten wir den fetten Jabba mal ein wenig piksen und schauen, was passiert.«

»Eine Reaktion provozieren?« Die Stimme am ander

Ende verriet Zweifel. »Mit welchem Ziel? Und hast du eine Idee, wie du das anstellen willst?«

»Ja. Und ob ich die habe …«

Sie erläuterte ihren Plan.

# Freitag

## 33

Der Tag begann mit einer positiven Überraschung. Herta hatte gerade ihre Windjacke an die Garderobe hinter der Tür gehängt, als das Telefon klingelte. Eine alte, leicht brüchige Frauenstimme fragte, ob sie richtig bei Kommissarin Kasten sei.

»Ja, Frau Grote. Wie geht es Ihnen?«

»Ach, ist alles ein wenig aufregend. Es rufen immer noch irgendwelche Reporter an, die mich über Silke ausfragen wollen.«

Elende Witwenschüttler, dachte Kasten und sagte: »Sie müssen aber nicht mit denen reden.«

»Ich mach nicht mehr auf. Und im Garten tauchen immer noch Neugierige auf, die das versteckte Grab suchen.«

»Das lässt auch bald nach«, tröstete Kasten.

»Ich hoffe«, seufzte Grote. »Aber was ich sagen wollte: Ich habe den Namen und die Adresse von Silkes Mitbewohnerin.«

»Schön!«

»Anja Hermann heißt sie jetzt, geborene Meißner. Wohnt in …«

»Wollen Sie sagen, Sie haben die jetzige Adresse?«

»Ja. Mein Sohn hat einfach bei ihren Eltern angerufen und ich dann bei Anja. Die ist jetzt Lehrerin in Kamen.«

Kasten notierte sich die Angaben und legte mit einem großen Dankeschön auf. Ein weiteres Steinchen konnte dem Mosaik zugefügt werden.

Die Kommissarin war versucht, sofort bei Silkes Exnachbarin anzurufen. Doch die Osterferien begannen in diesem Jahr erst im April – Frau Hermann würde um diese Tageszeit wohl noch in der Schule sein.

Wenig später trudelten ihre Jungs ein und Kastens Optimismus legte sich wieder.

Von den Pächtern der anderen Kleingärten war, wenn sie sich überhaupt an Heinz Mager erinnerten, nichts Neues mehr zu erfahren – zumindest nichts, was der Aufklärung des Verbrechens an Silke diente.

»Aber dafür wissen wir jetzt, dass der alte Mager den anderen als Frühlingsbarometer diente«, sagte Echternach mit einer Mischung aus Enttäuschung und Galgenhumor.

»Bitte?«

»Das ist so: Wenn Mager im März seine braunen Bohnen legte, erwartete er keinen Nachtfrost mehr. Was für die anderen dann das Startsignal war ...«

»Wissen, das die Welt nicht braucht«, stöhnte Waliszczek.

»Wir wollten nur zeigen, dass wir gut recherchiert haben«, witzelte Kopitzki.

»Brave Jungs«, meldete sich Kasten, halb spottend, halb anerkennend. »Aber ihr müsst noch mal los. Die ehemaligen Kleingärtner in den Altenheimen besuchen, wenn sie noch nicht tot sind.«

»Gibt es da einen Unterschied?«, feixte der Boxer, trank seinen Kaffee aus und winkte dem Leichtathleten. »Komm. Vielleicht finden wir ja schon ein schönes Seniorenheim für uns.«

»Keine Illusionen«, empfahl Kasten. »Bis ihr da ein Plätzchen bekommt, sitzen all die jungen Pflegerinnen von heute auch schon im Rollstuhl.«

»Aber deren Nachfolgerinnen nicht.«

Nach dem Abmarsch der beiden überlegte Kasten, wie sie weitermachen sollte. Für den Anruf bei Silkes einstiger Nachbarin war es zu früh. Das Notizbuch der Toten musste aber noch ausgewertet werden. Doch das konnte zehn Minuten warten.

»Ich geh erst mal eine rauchen«, sagte sie zu Waliszczek und nahm den Anorak vom Haken. »Und du kannst den

Leuten in Kleve mal ein bisschen auf die Füße steigen. Wir brauchen endlich diese verdammte Akte.«

Als sie zurückkam, hing Waliszczek am Telefon. »Ja, besten Dank für Ihre Mühe, Herr Doktor. Aber Sie brauchen nicht weiterzusuchen. Hat sich alles aufgeklärt. Bis zum nächsten Mal!«

Eine Gänsehaut lief über Kastens Rücken: War der Kerl wahnsinnig geworden? Aber dann sah sie den Trimph in seinen Augen. »Im Lotto gewonnen?«

»Beinahe.«

Gierig griff die Hauptkommissarin nach dem Blatt Papier, das Wali ausgedruckt hatte. Bosse musste bei der Rechtsmedizinerin gute Karten haben – sie hatte so schnell gearbeitet, wie es ging. Das Knochenmark der Gartenleiche und die Haare von Silke Neuhaus' Bürste stammten von derselben Person.

»Gut«, sagte Kasten. »Aber vielleicht zu spät. Wenn die Eltern schon tot sind, haben sie bis zum Schluss nicht gewusst, wo ihre Tochter geblieben ist.«

## 34

Konnte ein Tag besser beginnen? Freudig betrachtete Paul Kehlmann das Tablett mit den erlesenen Köstlichkeiten, die er beim Zimmerservice geordert hatte. Graved Lachs mit Gurkenmousse, Wachtelei-Brioche mit Kaviar, Kräuterrührei mit Parmaschinken, eine Auswahl verschiedener Brotsorten, dampfende Croissants mit Butter und feinstem Orangenblütenhonig. Den Gedanken an sein sattes Übergewicht schob er schnell zur Seite. Das *Radisson Blue Riverside Hotel* in Göteborg hatte ein Fitnessstudio, das rund um die Uhr geöffnet war und keine Wünsche unbefriedigt ließ. Wenn es nicht zu spät würde, könnte er noch auf dem Rudergerät trainieren.

Eine gute halbe Stunde später waren nur noch ein paar Krümel und die Gemüsedeko übrig. Kehlmann lockerte den Gürtel des Bademantels, um besser Luft zu bekommen. Dann schob er den Tisch mit dem Tablett zur Seite und streckte sich ausgiebig. Wirklich schade, dass er diesmal keine nette Begleitung hatte. Ein anschmiegsames Wesen hätte sein Wohlbefinden noch steigern können. Seine eigene Frau ließ ihn ja kaum noch ran.

Was war bloß mit Gaby passiert? Als er sie kennengelernt hatte, war sie noch voller Leidenschaft fürs Leben und ... für ihn gewesen. Genau wie er wollte sie in der Informatik etwas bewegen. Sie hatten gemeinsame Träume. Lange Zeit hatte sie all seine Bedürfnisse stillen können. Aber dann kamen die Ausflüchte: die Kinder, das Haus, der Garten, der Nebenjob als Geschäftsführerin der *SSS Consulting*. Erst starb ihre Leidenschaft, dann verschwanden ihre Träume. Es folgte eine wachsende Unzufriedenheit mit sich und vor allem mit ihm und ihrer Ehe.

Welche Sorgen hatte sie denn schon? Für sie hätte es doch kaum besser laufen können. Er hatte sie nicht gezwungen, ein Heimchen zu werden. Doch statt dankbar zu sein, wies sie ihn immer wieder zurück, war schnippisch und nervte. Das war nicht mehr die Frau, die er geheiratet hatte – er vermisste sie nicht mal mehr.

Kehlmann verscheuchte den Gedanken wie eine lästige Fruchtfliege. Mit Gaby müsste er sich demnächst mal beschäftigen, aber sicher nicht jetzt.

Es war Zeit, an die Arbeit zu gehen. Die *SecSQ* war nicht irgendeine Schmalspurinformatikkonferenz, bei der jeder Hanswurst eine Einreichung platzieren konnte. Dennoch landeten auf Pauls Schreibtisch immer wieder irre Ideen, bei denen schon die Grundlagen nicht stimmten.

Einige wissenschaftliche Mitarbeiter waren den Anforderungen nicht gewachsen. Die Arbeitsqualität und Motivation dieser WiMis ließen stark zu wünschen übrig. Wenn er nicht den Scharfblick hätte, auch im größten geistigen Geschwurbel die brauchbaren Ideen und Ansätze zu erkennen, könnte man Kopula direkt schließen. Ohne seine Reviews wäre an manchen Arbeiten Hopfen und Malz verloren, auch wenn es Mitarbeiter gab, die den einen oder anderen guten Einfall hatten.

Wer auf der *SecSQ* veröffentlichte, gehörte zur Elite im Bereich des Security Engineerings. Kehlmann war diesmal sogar mit zwei Papern vertreten, die seinen Namen trugen. Seine Publikationen, das konnte man auch bei Wikipedia nachlesen, beliefen sich mittlerweile auf über zweihundert, darunter sogar mehrere Lehrbücher. Noch gehörte er nicht zu den Top Ten der Branche, aber das war eines der Ziele, die er bis zu seinem fünfzigsten Geburtstag erreichen wollte. Der Papst seines Fachgebiets, das wollte er sein. Und das brachte mehr Kohle, als das wissenschaftliche Fußvolk sich vorstellen konnte.

Auf geht's! Es wurde Zeit, sich auf den ersten Vortrag vorzubereiten. Kehlmann wuchtete seine einhundertdreißig Kilo Kampfgewicht von der dicken Matratze und entkoppelte sein iPhone vom Ladekabel.

Mit der rechten Hand strich er zufrieden über seinen Dreitagebart, während er mit der Linken das Smartphone hielt. 7:23 Uhr. Um acht Uhr hatte er eine Vorbesprechung mit Lukas Batscher, einem Post-Doc und erfahrenen Mitarbeiter seines Instituts. Einer, der wie Kehlmann verstand, um was es im Leben ging. Genau wie er liebte der Doc gutes Essen und erlesene Whiskys. Vor allem aber hatte er bei diversen Gelegenheiten gezeigt, dass er nicht unnötig menschelte, wenn es um seine Karriere ging. Ein sympathischer Zug, befand der Kopula-Chef.

Bis zu seinem Vortrag um vierzehn Uhr wollte er sich noch zwei weitere Beiträge von Fachkollegen anhören – Gesicht zeigen, Kontakte knüpfen. Das Übliche.

Der Professor studierte die Liste der eingegangenen SMS

und die entgangenen Anrufe des letzten Abends. Vier Nachrichten und zwei Anrufe seiner nervigen Gattin. Herrgott noch mal. Sie wusste doch, dass er zu tun hatte. Ein Anruf von Professor Hanke, dem Dekan der Informatiker, und eine unbekannte Rufnummer, die eine Nachricht auf seiner Mailbox hinterlassen hatte.

Per Kurzwahl startete der Mann im Bademantel die Mailboxabfrage. Während er der Stimme zuhörte, verengten sich seine Augen und seine Kiefer spannten sich. Verdammt. War er nur noch von Idioten umgeben? Er keuchte, als müsste er gerade allein ein Klavier durchs Treppenhaus schleppen. Was für ein Ding! Darum würde er sich besser persönlich kümmern. So wie immer.

Er tappte zu der Kommode, die rechts neben der Zimmertür stand, und griff nach Kuli und Block. Der Name, den er darauf schrieb, wirkte wie eingraviert. *Friedrich Mager.*

## 35

Mutters Fotoalben! Nach dem Gespräch mit Mechthild hatte Klaus-Ulrich Mager zwei Stunden lang in den Kisten gewühlt, in denen seit Jahren die Hinterlassenschaften seiner Eltern ruhten. Vergeblich. Danach hatten ihn die üblichen Pflichten im Haushalt abgelenkt. Und abends – da reichte seine Kraft nur noch für ein Glas Rotwein und zwei Folgen *Game of Thrones.*

An diesem Morgen war er seit sechs im Einsatz. Nach dem verkaterten Donnerstag war es ratsam, sein Punktekonto bei der Roten wieder in den grünen Bereich zu bringen. So deckte er den Frühstückstisch, bevor er Karin und Theo aus den Betten scheuchte. Beide waren hocherfreut, den Bärtigen frisch geduscht zu sehen und neben ihren Tellern, mitten in der Woche, gekochte Hühnereier vorzufinden. Anschließend belegte er seinen Liebsten Brote für Schule und

Arbeit und kutschierte den Sohn zum Reinoldus-und-Schiller-Gymnasium nach Dorstfeld.

Bei seiner Rückkehr traf Mager auf dem Hof Susanne und Kalle an, die gerade den Firmenwagen beluden. Die Frage, zu welch einem Dreh sie aufbrachen, verkniff er sich – das hätte zu wehgetan. Stattdessen enterte er nach einer Pausenfluppe das Haus, räumte zunächst die Küche auf und ordnete das Ehebett. Anschließend warf er einen Blick in das Reich seines Sohnes und schlug die Tür sofort wieder zu: Theo hatte sein Imperium in eine Kammer des Schreckens verwandelt – mit diesem Chaos musste der Junge, fand der Vater, aus erzieherischen Gründen allein zurechtkommen.

Immerhin nahm Mager einen Haufen bunter Kleidung mit nach unten, warf die Waschmaschine an und leerte im Keller die Leinen, an denen seit Tagen mehrere Quadratmeter Bettwäsche hingen. Das Zeug wurde so ordentlich gefaltet, wie Mager es mit seinen zwei linken Händen schaffte, und in den Wandschränken auf dem Flur der ersten Etage verstaut.

Nun gingen die Uhrzeiger auf die Zehn zu. Der Bärtige saß am Tisch, vor sich einen Pott frischen Kaffees und die Morgenzeitung, und erstellte die Einkaufsliste für seinen Beutezug im Supermarkt. Als er damit fertig war, lehnte er sich erschöpft zurück und legte die Füße auf einen der freien Stühle. Wie bekam Karin diesen ganzen Scheiß nur auf die Reihe, ohne morgens im Büro einzuschlafen?

Dann fielen ihm wieder die Fotoalben ein. Es gab tatsächlich einen Lagerplatz, den er noch nicht durchsucht hatte. Eilig kletterte er nach oben in sein Revolutionsarchiv und riss den Bettkasten unter der Notliege auf. Heureka! Bunte Alben, eine graue Pappkiste – und jede Menge Staub.

Er packte alles auf den Schreibtisch, ließ sich auf dem quietschenden Drehstuhl nieder und steckte eine von den Harten an, bevor er sich auf die Suche machte. Album eins. Er wischte den Staub mit dem Ärmel weg und spürte einen Stich im Herzen: *Hochzeit mit Folgen* stand darauf.

Ausgerechnet! Mager wusste genau, was er sehen würde: Zwei junge Leute vor dem Standesamt in Hombruch. Rechts er selbst, verdammt schlank, mit dunkelblondem langem Haar. An seiner Seite, ja, wer schon? Mechthild. Jung, knackig, kniefreies Kleid mit atemraubendem Dekolleté, Sandaletten an nackten Füßen. Das war die Zeit, in der ihnen kein Bett zu schmal, keine Bank zu hart und keine Couch zu unbequem war. Verdammt lang her! Das Finale kannte er auch. Da stand dasselbe Paar vor einem Krankenhaus und auf dem Arm der Mutter schrie der kleine Karl-Friedrich so, wie er es auch in den nächsten sechs Monaten tun würde. Nervig …

Die Geburtstagsalben legte Klaus-Ulrich ebenfalls beiseite – immer dieselben Personen, jeweils fünf Jahre später, mehr oder weniger sichtbar gealtert. Zum Schluss wurden es immer weniger. Jetzt war keine Zeit zum Trauern, entschied Mager und öffnete die Kiste der Pandora.

Ein wildes Durcheinander. Bekannte und Verwandte bei verschiedenen Anlässen. Mager schon mit zehn Jahren auf dem Ostermarsch. Nicht schlecht, dachte er und wühlte weiter. Minuten später fand der Kameramann endlich, was er suchte: Fotos von diversen Events im Garten.

Mager sortierte sie zunächst umgedreht, nach den hinten aufgedruckten Daten. Im Sommer 85 war Silke Neuhaus schon verschwunden, also musste er in den Jahren davor suchen. Wie lange die Frau in Nummer 13 gewohnt hatte, wusste er nicht – die Jahre 83 und 84 sollten zunächst reichen.

Einige Bilder schob er beiseite – darunter Aufnahmen von der Mutter in ihrem Rosenbeet und dem Vater inmitten von Bretterstapeln beim Umbau seiner Hütte.

Zwölf Bilder blieben liegen. Jetzt wurde es spannend.

Fünf Fotos zeigten die Eltern mit Freunden und Verwandten, an die sich Mager nicht mehr genau erinnerte oder die nicht gut zu erkennen waren. Verflixt, irgendwo in seinem Schreibtisch musste eine Lupe liegen!

Sechzig Sekunden später hatte er sie gefunden. Ja, auf dem

einen war sogar noch Hulda Grote in ihren besten Jahren zu sehen. Weg damit!

Dann aber stockte Mager der Atem. Tatsächlich! Auf einem anderen Foto stand sein Vater mit vier jungen Leuten, die dem Alter und Outfit nach Studenten sein konnten: ein schlanker Pferdeschwanzträger mit einem Ich-kriege-alle-Weiber-ins-Bett-Strahlen, ein rotblonder, etwas tapsig wirkender Langhaarpudel mit breiten Schultern, ein schmales Jüngelchen mit John-Lennon-Brille – und als Zweite von rechts eine hübsche Frau mit blond gewelltem Haar.

Mager nahm wieder die Lupe zu Hilfe. Ja, das musste sie sein. Scheiße auch.

Auf dem nächsten Foto kam es noch dicker. Sein Vater, in die Kamera lächelnd, hatte den Arm um Silke Neuhaus gelegt, die mit einer Spur von Bewunderung zu ihm aufsah. Dem Kameramann schoss sofort ein Film durch den Kopf, den er gar nicht sehen wollte.

## 36

Ole Rasmusson atmete nun seit fast zwei Jahren Duisburger Luft. Nach dem Studium in Norddeutschland war er mit dem wohlklingenden Abschluss ›Master of Science in Information Systems‹ zum Kopula-Institut gekommen, wo man ihm eine glänzende wissenschaftliche Karriere im internationalen Umfeld in Aussicht gestellt hatte.

Der junge Mann war sechsundzwanzig Jahre alt, eins zweiundneunzig lang und sein Gesicht war groß, rund und trug sanfte Züge.

Riesenbaby hatten sie ihn zu Schulzeiten genannt. Wie sehr er das gehasst hatte! Er hatte als Kind gestottert, war gehänselt und regelmäßig verprügelt worden. Zu Hause ging es ihm ähnlich. Die Hand seines Vaters landete in Oles Gesicht, sobald der Sohn beim Sprechen spuckte oder zu lange brauchte, um zu antworten. Der Hausherr wollte »den kleinen Idioten«, wie vom Klassenlehrer mehrfach empfohlen, lieber gestern als morgen in eine Förderschule stecken.

Zum Glück kam es anders. Oles Mutter setzte sich dieses eine Mal durch und machte sich für einen Schulwechsel stark. Und sie hatte mit ihrer Überzeugung recht behalten, dass mehr in ihm steckte. Ein Jahr später hatte er seinen Notendurchschnitt um 2,4 Punkte verbessert und wechselte aufs Gymnasium anstatt auf eine Doofenschule.

Sein Gehirn arbeitete, anders als seine sanfte, hohe und fein artikulierte Aussprache vermuten ließ, fast immer in Highspeed. Erst spät wurde ihm bewusst, dass seine Stotterei darauf zurückzuführen war. Die Zunge kam einfach nicht mit dem Sprechen hinterher.

Nachdem Ole das Problem erkannt hatte, konnte er sich an die Lösung begeben. Mithilfe von Fachliteratur lernte er das richtige Atmen und die passenden Techniken. Die leicht gedehnte und leise Aussprache, die er sich dabei antrainierte, wurde Teil seiner Persönlichkeit.

Das Abitur meisterte er schließlich mit einem Notendurchschnitt von 1,3. Seinen Alten ärgerte das, aber seine Mutter war glücklich, als sie bei der Zeugnisverleihung ganz weit vorn saß. Warum sie sich bis heute nicht von dem tyrannischen Gatten getrennt hatte, war Ole ein Rätsel.

Sein Ehrgeiz war groß. Er studierte Informatik am Blekinge Institute of Technology in Karlskrona und erzielte auch hier einen Abschluss mit Bestnoten. Sein Wunsch, sein oberstes Ziel war es, Informatikprofessor zu werden. Kopula und Kehlmann sollten ihn einen Schritt näher an sein Ziel bringen – zum Doktortitel.

Nun war er schon zwei Jahre am Institut und musste sich eingestehen, dass er in eine Sackgasse gerannt war. Niemals würde er hier promovieren.

Diese Erkenntnis traf ihn, als er auf eine Ankündigung bei Missouri stieß, dem größten Onlineunternehmen im Buchhandel. Paul Kehlmann: *Security – Software – Testing: Prinzipien, Prozesse, Prototyping.* Voraussichtliches Erscheinungsdatum: September 2012.

Kehlmann? Hinter Ole lagen zwei Jahre intensiver Forschung mit sechzig bis siebzig Wochenstunden. Zwei Jahre voller Entbehrungen in allen privaten Bereichen. Zwei Jahre, in denen er sich vor lauter Frust und aufgrund mangelnder Bewegung fast fünfundzwanzig Kilo angefressen hatte.

Alles für die Affen, dachte er verbittert. Keiner der Mitarbeiter, die sich genau wie er für dieses Projekt den Arsch aufgerissen hatten, war als Autor genannt. Den Ruhm wollte Kehlmann allein abstauben. Dieses miese Schwein!

Und da war noch mehr. In den Jahren bei Kehlmann konnte Ole nicht eine Publikation vorweisen, auf der nicht auch Jabbas Name prangte. Wie viel Herzblut und Ideen hatte er in seine Paper gelegt. Wofür? Eine oberflächliche Durchsicht der Manuskripte durch den Alten hatte stets genügt, damit der auch seinen Namen auf den Titel setzen konnte. Kein Wunder, dass Jabbas Publikationsliste gigantisch war. Nicht mal auf der SecSQ hatte Ole die Ideen seines Beitrags vorstellen dürfen. Auch das hatte ihm der Prof weggenommen und war ohne ihn gefahren.

Stattdessen saß er nun in einer Duisburger Keksdose vor diesen albernen Schulungsfolien für irgendeine asiatische Universität. Vor zwei Tagen hatte Paul ihm diese Aufgabe aufs Auge gedrückt. »Du bist jetzt der Einzige, dem ich dieses verantwortungsvolle Projekt anvertrauen kann, Ole. Dass Lea uns so unvermittelt im Stich lassen würde, konnte niemand ahnen.«

Vermutlich hatte die Kollegin das einzig Richtige getan: das Handtuch geschmissen. Gründe genug wird sie wohl gehabt haben.

Ole wischte sich eine Träne aus dem Auge und schloss den Browser. Es war Zeit zu handeln. Und er würde keine weitere Minute mehr als unbedingt nötig für diesen Hochstapler arbeiten. Wenn Kehlmann nur so tat, als würde er ein Versprechen halten, dann würde Ole nur so tun, als würde er noch produktive Tätigkeiten verrichten.

Rasmusson surfte auf die Seite der Technischen Hochschule Aachen. Letzte Woche hatte er von einem ehemaligen Kollegen erfahren, dass dort eine Stelle als wissenschaftlicher Mitarbeiter ausgeschrieben war. Sein Profil passte perfekt. Er würde sich darauf bewerben – direkt am kommenden Wochenende. Wenn er nicht jetzt den Absprung schaffte, müsste er seinen Traum begraben. Und dazu war Ole Rasmusson nicht bereit.

## 37

»… and my employee answered: ›Of course, you're right – he's not a scientist. He is … an author of children's books!‹«

Schallendes Gelächter tönte durch das mit Marmor geflieste Foyer des schwedischen Tagungsraumes. Die Konferenzteilnehmer waren in der Mittagspause angekommen und schlürften an den Stehtischen ihren Verdauungskaffee. Kehlmann hatte gerade eine kleine Anekdote vom letzten Workshop zum Besten gegeben und die um ihn versammelten Fachkollegen damit sichtlich erheitert. Dass er innerlich kochte, sobald ihm der Name Friedrich Mager wieder durch den Kopf geisterte, war ihm nicht anzumerken.

Der Prof nutzte die gelöste Stimmung, um sich aus seiner Small-Talk-Runde zu entfernen. Ein Blick auf seine altmodische Uhr, um deren Armband sich seine Behaarung wie Seegras legte, verriet ihm, dass er noch eine halbe Stunde Zeit hatte – dann wäre er endlich mit seinem Vortrag dran. Wo aber war Batscher, sein Post-Doc?

Endlich entdeckte er seinen treuesten Untergebenen am Kaffeestand. »Wie ist es? Alles vorbereitet?«

Batscher deutete auf seine Fotokamera. »Alles klar. Das

Stativ ist schon aufgebaut. Der Akku ist geladen. Du wirst wunderbare Fotos bekommen.«

Mit einem Nicken deutete der Professor seine Zufriedenheit an. Batscher war durch seine Hilfe verbeamtet worden und arbeitete seine Dankesschuld eifrig ab.

»Außerdem«, ergänzte Kehlmanns Knappe, »habe ich beim Mittagessen mit ein paar ausländischen Kollegen gesprochen. Die meisten glauben, dass dein Aufsatz heißer Kandidat für den ›Best Paper Award‹ ist. Nichts Sicheres, aber …«

»Mal sehen«, sagte Kehlmann, scheinbar unbeeindruckt. Aber innerlich frohlockte er. Schon der Titel seines Vortrages schmolz auf der Zunge wie ein Sahnebonbon und hätte eine Auszeichnung verdient: *Applying security concepts to support decision making for service implementations and structured development.* Wunderbar!

»Bis gleich!«

Kehlmann schulterte die Umhängetasche mit seinem neuen Laptop und durchquerte den weiten Raum. Direkt neben dem Eingang entdeckte er einen unbesetzten Sessel und steuerte zielstrebig darauf zu, um seine Mails zu checken.

Zwei gute Nachrichten.

Die erste kam vom Kopula-Mitbegründer Professor Kulk-Huhn. Er und Kehlmann planten ein berufsbegleitendes Ausbildungsprogramm, das als Banner mit Außenwirkung über dem Kopula-Schiff wehen sollte. Sein Kompagnon sollte sich um die nötigen Fördergelder kümmern. Und jetzt schrieb das ›Ulk-Huhn‹, wie er ihn nannte: *Go für das Campus-Projekt.*

Na, siehst du, Alter, es geht weiter aufwärts, dachte Kehlmann und lehnte sich in seinem Sessel zurück, um die zweite Mail zu öffnen, ohne dass jemand anderes sie sehen konnte. Sie trug den Betreff: *Recherche K. F. M.*

Gute Arbeit, dachte er, als er die Nachricht schloss und die Beine ausstreckte. So musste sich ein Kannibale fühlen, der den Geruch zart gebratenen Menschenfleisches witterte. Sollte dieses Jüngelchen ihm noch mal in die Quere kommen, würde er es ihm zeigen.

Einen Augenblick lang gab Kehlmann sich dem Vorgeschmack des Triumphes hin, rief sich dann aber zur Ordnung und überlegte, ob es vor dem großen Auftritt noch etwas zu tun gab.

Genau! Die Übungsfolien für Thailand! Zwar mussten sie erst nächste Woche fertig sein, aber der Umfang des Auftrags war beträchtlich. Und Rasmusson sollte nicht glauben, dass er sich in seiner Abwesenheit auf die faule Haut legen durfte. Also rutschte der Prof näher an den kleinen Beistelltisch heran und hackte selbst eine Mail in die Tasten: *Ole, denk an die Folien! Von diesem Auftrag hängt eine Menge ab. Hau rein!*

Jetzt war Kehlmann sicher, dass auch Rasmusson spuren und malochen würde wie ein gut dressierter indischer Elefant.

Noch zwölf Minuten. Ein letzter Check. Er minimierte sein Outlook und öffnete die PowerPoint-Präsentation für seinen Vortrag. Funktionierte. Bestens. Er würde die Kollegen damit an die Wand klatschen.

Dann klappte er das Gerät zu, verstaute es wieder und stemmte sich ächzend hoch. Diese Sessel waren wie schwarze Löcher. Wenn man einmal drin saß, gab es kaum ein Entkommen.

Er richtete seine Krawatte und steuerte, so beschwingt wie seine Pfunde es zuließen, den Konferenzraum Planck an. Dort sollte sein Vortrag vor knapp zweihundert Informatikern stattfinden. Als er seinen Platz erreichte, blickte er sich suchend um. Batscher stand bereits in Position und bedeutete ihm mit erhobenem Daumen, dass es losgehen konnte. Alles lief nach Plan. So liebte er es.

## 38

»Herr Mager, ich habe Sie gestern gebeten, mich zurückzurufen.«

»Habe ich erst abends abgehört«, log er. »Gibt es etwas Neues?«

»Eigentlich nicht«, wich Kasten aus. »Aber ich brauche noch eine Unterschrift von Ihnen.«

»Ich gebe keine Autogramme!«

»In diesem Fall sollten Sie eine Ausnahme machen«, sagte sie süffisant. »Ich habe unser Gespräch vom Dienstag zusammengefasst. Sie sollten das lesen, gegebenenfalls ergänzen oder korrigieren und abzeichnen. Ansonsten …«

»Was?«

»Ich kann Ihnen auch eine offizielle Vorladung schicken. Dann müssen wir aber alles noch mal durchkauen. Wenn Sie so viel Zeit haben …«

»Selbst bei einer schriftlichen Ladung muss ich nicht zur Polizei kommen.«

»Ich weiß. Aber ich bin nicht vom Staatsschutz, falls Sie das vergessen haben. Wir klären echte Verbrechen auf. Und Sie werden nur als Zeuge gebraucht. In einer Angelegenheit, von der immerhin Ihre Familie betroffen ist, die Sie sicher entlasten wollen.« Sie ließ die Worte wirken und wartete.

Schließlich sagte er: »Okay, wie wäre es mit Montag?«

»Gerne«, sülzte sie, obwohl sie ihn lieber sofort am Wickel gehabt hätte. »Gegen elf?«

»Ja.«

Er legte als Erster auf. Und jetzt ruft er bestimmt einen Anwalt an, dachte sie.

Waliszczek hatte das Gespräch verfolgt und versuchte, seine glatte Stirn in Falten zu legen. »Und wenn er abhaut?«

»Dann wäre er schön blöd«, sagte Kasten. »Aber der haut

nicht ab. Die DDR gibt es nicht mehr und Kuba ist zu weit weg.«

Der Kommissar zog ebenfalls seine Schultern hoch und grinste plötzlich. »Das mit dem Staatsschutz war nicht schlecht. Hoffen wir, dass die nicht auch unser Telefon abhören.«

»Und wenn? Ich bin Beamtin auf Lebenszeit.« Sie überlegte kurz, wie sie ihr Tagesprogramm umgestalten könnte, und fragte: »Was ist mit Kleve?«

Waliszczek hob resignierend die Hände. »Sie sagen, die Akte müsse bei der Staatsanwaltschaft in Duisburg liegen …«

Herta Kasten verdrehte die Augen.

Eigentlich war in der deutschen Bürokratie ja alles geregelt. Da reichte es nicht, beim Landesamt für Besoldung eine Bescheinigung über die Kosten der Pflegeversicherung einzureichen, sondern man musste auch den vorgeschriebenen ›Antrag auf Bewilligung eines Landeszuschusses zur privaten Pflegeversicherung‹ einreichen – wie es Kastens Nichte neulich passiert war. Auch bei der Polizei wuchs dieser Papierkrieg ins Unerträgliche. Neuerdings musste man dem Innenministerium sogar eine Erhöhung des Bedarfs an Klopapierrollen auf einem besonderen Formular seitenlang begründen.

»Wir sollen uns selbst in Duisburg bemühen, da sie ja gar nicht mehr zuständig sind«, erläuterte Waliszczek den Ratschlag des fleißigen Mannes aus Kleve.

Vor Kastens innerem Auge poppte ein Trailer auf: ein Schreibtisch mit einem Stapel unerledigter Akten aus zwei Dienstjahren, bewacht von einem pensionsreifen Beamten, der im Bürodienst fett und träge geworden war. Vor ihm standen ein Pott Milchkaffee und ein Teller mit einem extragroßen Stück Bienenstich. Mit der einen Hand schob er gerade eine überladene Kuchengabel ins Maul, während er mit der anderen auf dem Bildschirm seines Dienstcomputers eine Traumelf für Borussia Mönchengladbach zusammenstellte oder schlicht einen Porno startete. Undenkbar, dass er diese lebenswichtigen Tätigkeiten unterbrach, um zum Schreibprogramm umzuschalten und eine drei Tage alte Anforderung zu beantworten. Saukerl, dachte sie und griff selbst zum Telefon, um ihren Staatsanwalt anzurufen.

Zum Glück saß Doktor Kamplade gerade nicht in einer Verhandlung. »Morgen auch, Kästchen. Neue Erfolge?«

»Ja. Ich weiß jetzt, wo die Akte Neuhaus sein soll.«

»Das haben Sie glänzend formuliert.«

»Danke«, reagierte Kasten. »Staatsanwaltschaft Duisburg. Kennen Sie da jemanden, der Ihnen einen Gefallen schuldet?«

Der Staatsanwalt lachte kurz auf. »So lange bin ich noch nicht im Dienst. Bin froh, dass ich da überhaupt einen flüchtig kenne. Eilig?«

»Ja. Ich habe hier aus unerfindlichen Gründen Silkes Notizbuch in den Asservaten gefunden. Dreiundzwanzig Telefonnummern und etliche Einträge aus dem Frühjahr 85. Nehme an, dass die damals schon überprüft worden sind und das entsprechend in der Akte dokumentiert ist. Und bevor wir jetzt ...«

»Verstehe. Ich rufe sofort an.«

Bevor sie Danke sagen konnte, legte der Mann wieder auf.

»Noch was«, sagte sie zu Waliszczek. »Kleve. Wieso haben wir noch nicht nach Silkes Eltern gefragt? Leben die überhaupt noch?«

»Erledige ich«, sagte Wali. »Sofort?«

So, dachte sie. Zwei Männer an die Arbeit gekriegt – Zeit für die nächste Rauchpause. Ein wenig schadenfroh verließ Kasten das Büro. Ohne meine Tabaksteuer, dachte sie auf dem Weg nach unten, könnten die in Berlin einpacken.

»Die Eltern sind tot«, verkündete Wali bei ihrer Rückkehr. Aber es gab auch eine freudige Überraschung: Der Olympiasieger hatte die Mieterliste aus dem Appartementhaus geschickt und Waliszczek druckte die Tabelle gerade aus. Sie enthielt mehrere Namen und Jahresangaben.

Neun Menschen, sieben Männer und zwei Frauen, hatten im März 1985 im Haus Nummer 15 gewohnt, also in jenem Zeitraum, in dem Silke verschwand. Zwei weitere Personen, ein Mann und eine Frau, waren vor dem 1. März ausgezogen und ersetzt worden. Und zwei von den neun Mietern aus dem Monat März waren Ende des Jahres ausgezogen ….

»Okay, dann haben wir theoretisch neun Haupt- und zwei Nebenverdächtige«, konstatierte Waliszczek.

»Wie kommst du darauf?«, fragte Kopitzki perplex.

»Na, die schon im Februar ausgezogen sind, kannten Silke eventuell. Aber es wäre sicher aufgefallen, wenn die im März wieder aufgetaucht wären …«

Die Runde nickte.

»Also acht Männer und drei Frauen«, schlussfolgerte Echternach. »Und was machen wir jetzt?«

»Recherchieren, was aus ihnen geworden ist«, entschied Kasten. »Die Männer zuerst.«

Müller nickte.

»Aber nicht wir – sondern du!«

## 39

Simone Olsok wanderte unruhig durch ihr Büro. Alle paar Sekunden heftete sie ihre Augen auf die schlichte Wanduhr mit den schwarzen Ziffern. Sollte sie noch zwei Minuten warten oder jetzt loslegen? Wenn man wollte, dass ein Plan funktionierte, kam es vor allem auf das Timing an. Hoffentlich klappte alles. Scheiß drauf. Jetzt!

Sie setzte sich zurück an ihren PC und starrte auf den Bildschirm. Alles war perfekt vorbereitet. Sie bewegte den Mauszeiger in die *Powershell*-Konsole und tippte das entscheidende Kommando ein. Ein letztes tiefes Einatmen.

Hier, du Schwein!, dachte sie und ließ die angestaute Luft aus ihren Lungen entweichen. Zeige- und Mittelfinger schlugen gleichzeitig auf die Eingabetaste. Der Befehl wurde ausgeführt – es war vollbracht.

Zeitgleich referierte Kehlmann mit energischen Gesten vor seinem Publikum. Er blickte in teils gelangweilte, teils interessierte Gesichter. Auch Christopher Popp, einer seiner verhasstesten Konkurrenten, saß in einer der vorderen Reihen und schaute missmutig auf die perfekt gestaltete Präsentation, die der Prof auf seinem Notebook gestartet hatte.

Kehlmann drehte sich nach links zu den Stuhlreihen und zog den Bauch ein wenig ein. Sein Post-Doc Batscher verstand, nickte und schoss in einer schnellen Folge mit seiner großen Kamera mehrere Fotos. Die würden sich super machen, wenn auf der Institutshomepage der ›Best Paper Award‹ in Szene gesetzt würde.

Kehlmann atmete wieder aus und wandte sich halb dem Publikum, halb der Leinwand zu. »Let's come to the central thesis …«

Der Vortragende klickte auf seinen Funk-Presenter, um zur nächsten Folie zu schalten. Er schüttelte die Fernbedienung und drückte erneut. Auf der Leinwand tat sich nichts. Kehlmann prüfte die Anzeige auf dem Laptop. Gleiches Bild. Verflixt. Die Batterien gaben immer dann ihren Geist auf, wenn man es am wenigsten erwartete.

Er hob entschuldigend die breiten Schultern und zwinkerte ins Publikum. »Sorry, no *duracell,* just a minute.«

Leises Lachen unter den Teilnehmern. Er würde sich nicht damit aufhalten, den Presenter wieder zum Laufen zu bringen, sondern die Steuerung direkt vom Notebook aus vornehmen.

Drei Schritte zurück und er stand am Rednerpult, auf dem sein ultraflacher Mobilcomputer thronte. Mit der Hand über der Eingabetaste blickte er in die Menge und hob an: »As I said …«

Klick.

Was zum …?

Klick. Klick. Der Computer reagierte nicht.

KLACK. KLACK. Auch das Hämmern auf die Taste brachte keinen Erfolg.

Der Prof atmete schneller. Er würde Tim eigenhändig erwürgen, wenn er wieder in Duisburg war. Hatte er die Anwendungen vorher nicht getestet? Wozu hatte er eigentlich einen eigenen Admin?

Popp flüsterte seinem Sitznachbarn etwas zu, woraufhin dieser ein Kichern unterdrückte.

Kehlmanns Gesicht wurde warm, als er mit einem nervösen Lachen in sein Mikro sprach. »One more second. Let me fix this.«

Es schien, als hätte sich sein PowerPoint komplett aufgehängt. Da half nur eines: Der Prof drückte entschlossen die Tasten Alt, Strg und Entf gleichzeitig und startete den Taskmanager. Mit mehreren Sekunden Verzögerung öffnete sich dieser. Das dauerte alles viel zu lange. Da war der Prozess – powerpnt.exe. Nur noch markieren und *Prozess beenden* klicken. Dann konnte es hoffentlich weitergehen.

Mittlerweile war der Raum von leisem Gemurmel erfüllt und es schien, als seien alle zuvor Gelangweilten zu neuem Leben erwacht.

Im selben Moment, in dem Kehlmann den Prozess killte, gab es eine Invasion auf seinem Desktop.

Mehrere Hundert Pop-ups bevölkerten schlagartig den Bildschirm. Mit der Subtilität einer Streubombe informierten sie den Empfänger, dass neue Mails eingetroffen waren. Die blauen Fenster zeigten allesamt denselben Absender und Betreff an.

Kehlmanns Augen weiteten sich und sein Mund wurde staubtrocken. Er spürte, wie dieses üble Drüsensekret aus allen Poren schoss und sein Herz schneller pumpte. Sein Gesicht verfärbte sich so schlagartig wie Lackmuspapier in Zitronensäure.

Dann toste lautes Gelächter durch den Saal. Kehlmann fühlte sich wie gelähmt. Wie durch einen Schleier nahm er wahr, dass Batscher langsam die Kamera sinken ließ. Noch bevor ihm die Idee kam, die Verbindung seines Laptops zum Beamer zu kappen, hämmerte Christopher Popp mit einem für alle hörbaren Ausruf den letzten Sargnagel in den Deckel seines Vortrags: »He, Paul, das mit der Computersicherheit üben wir aber noch ein bisschen, oder?«

## 40

Ungeduldig schaute die Hauptkommissarin auf die Wanduhr: Noch eine Stunde, dann konnte sie guten Gewissens Feierabend machen. Da wurde die Tür aufgestoßen und Andreas Bosse von der Kriminaltechnik schoss herein, ein Blatt Papier in der Hand.

»Ein kleiner Schritt für die Menschheit, aber ein großer für uns!«, rief er und legte ihr den Ausdruck auf den Schreibtisch. »Guck mal!«

Kasten guckte. In der Mitte des bedruckten Blattes war eine Tabelle mit zwei Spalten und dreiundzwanzig Zeilen zu sehen, einige mit Zahlen garniert. Ein DNA-Code.

»Du weißt, dass ich diesen Kleinkram nicht kapiere. Sag schon!«

»Sensation!«, frohlockte er. »Das LKA hat tatsächlich verwertbares Material in dem Röhrchen des Ohrrings gefunden! Minimaler Hautpartikel. War schwierig, die DNA zu extrahieren. Aber es ist ihnen gelungen!«

»Was?« Kasten sah nun aus wie eine Dogge, die Frischfleisch witterte.

»Hier!« Sein Finger wanderte bis zum Chromosomenpaar dreiundzwanzig. »Das ist der Beweis. Die DNA stammt definitiv nicht von der Toten, sondern von einem Mann!«

»Endlich eine gute Nachricht«, freute sich Kasten. »Und

wie schön, dass am Montagmorgen der Herr Mager kommt. Dann kann ich mir gleich einen Abstrich holen.«

»Wenn er zustimmt«, sagte Waliszczek.

»Bleibt ihm kaum etwas anderes übrig. Sein Vater ist unser Kandidat Nummer eins. Wenn Mager Glück hat, kann er seinen Alten rehabilitieren.«

»Und wenn er Pech hat?«

»Ist er selbst dran.«

Kleine Pause, dann meldete sich Bosse: »Und wenn wir Pech haben? Dann war es keiner von beiden.«

»Raus«, sagte Kasten. »Versau mir nicht das Wochenende!«

Die Kommissarin überlegte, wie sie die freien Tage gestalten sollte. Der Wetterbericht war alles andere als erfreulich: Maximal zehn Grad, wolkig, leichter Regen. Kein Tag, an dem man sich irgendwo bequem in die Sonne setzen und einen schönen historischen Krimi lesen konnte. Als Ersatz fiel ihr nur ein längst fälliger Hausputz ein – eine Arbeit, die Kasten zutiefst hasste.

Doch dann kam die Erlösung von ihrer Nichte Nicole per Telefon. »Tag, Tantchen. Kannst du reden?«

»Kann ich.«

Kasten registrierte, dass Waliszczek am Schreibtisch gegenüber seinen Blick hob, und funkelte ihn amüsiert an. »Soll ich den Lautsprecher einschalten?«

Der Mann wurde rot und machte Anstalten aufzustehen, um den Raum zu verlassen.

Doch seine Chefin winkte ab. »Bleib sitzen. Mich rufen keine Lover mehr an. Was ist, Nicole?«

»Du weißt, wo Schwarz-Gelb morgen spielt?«

»Klar. Bei diesen Underdogs in Augsburg.«

»Genau. Hast du Lust mitzukommen? In unserer Fangruppe fällt einer aus, sodass ein Busticket und eine Eintrittskarte frei sind. Du musst dich aber schnell entscheiden.«

»Kostet?«

»Mit einem Fuffi bist du dabei.«

Kasten überlegte. Hausputz oder Fußball? »Wann geht's los?«

»Sieben Uhr. Das Spiel beginnt erst abends um 18:30 Uhr – bleibt noch Zeit für einen schönen Altstadtbummel.«

»Und wenn wir am nächsten Morgen in Dortmund wieder aus dem Bus steigen, tut mir das Kreuz weh.«

»Tantchen ...«

Ein letzter Atemzug, dann hatte Kasten sich entschieden: »Okay. Bin dabei. Ach, was ich schon immer sagen wollte: Du bist ein Schatz!«

»Weiß ich doch«, sagte Nicole, lachte und legte auf.

## 41

Wenn Blicke töten könnten ... Adele Klawitter machte sich nichts vor. Die neue Sekretärin war nicht dumm und vermutlich wusste sie, welches Spiel hier gerade gespielt wurde.

Wie zur Bestätigung zog Meike Pastor nun eine Augenbraue hoch. »Und diese ... wie hast du sie genannt ... HÜL muss wirklich nächste Woche fertig werden?«

»Ja. Die Haushaltsüberwachungslisten müssen Ende des Monats fertig sein. Am sechzehnten bin ich noch hier, aber danach habe ich zwei Wochen Urlaub und du musst allein klarkommen.«

»Aha, und bis dahin soll ich neben den übrigen Aufgaben, die ich hier habe, den kompletten Finanzapparat des Instituts durchblicken und managen. Verstehe ich das richtig?«

Kehlmanns Stellvertreterin bemühte sich, nicht auf den Ton einzugehen. Die Sekretärin war zu Recht aufgebracht. »Das ist bei Weitem nicht der ganze Finanzapparat, sondern nur ein kleiner Teil. Der hier betrifft nur Pauls Haushaltsgelder. Aber wenn du dich mit der Aufgabe überfordert fühlst, kann ich gern ...«

Meikes Lippen wurden schmal. »Nicht nötig. Ich beiße mich da schon durch.«

Die groß gewachsene Frau stand auf. »Schau dir die Excel-Listen am besten noch mal in Ruhe an und notiere dir deine Fragen. Ach ja. Am kommenden Montag bist du für die FSV-Schulung eingetragen, danach wird dir sicher einiges klarer.«

»FSV?«

»Hat dir noch niemand Bescheid gegeben? FSV-GX. Das ist die Software, die in der ganzen Uni verwendet wird, um Finanzen und Sachmittel zu verwalten und die Konten zu überwachen.«

»Aber ich dachte, die Überwachung machen wir mit den Excel-Listen.«

»Das ist korrekt. Das, was die Software ausspuckt, reicht nämlich vorne und hinten nicht, wenn man vernünftige Reports braucht und Finanzplanung machen möchte.«

»Und müssen wir trotzdem zusätzlich noch mit diesem FSV arbeiten?«

»Ja. Willkommen an der Uni.«

Die Assistentin schüttelte ungläubig den Kopf und schaute angestrengt auf die Excel-Tabelle.

»Ich würde dir empfehlen, heute ein oder zwei Stunden länger zu machen. Dir fehlt sonst die Zeit nächste Woche.« Adele beobachtete Meikes Reaktion. Die Assistentin sah nicht glücklich aus. Adele fühlte sich schlecht deswegen. »Trotzdem schönes Wochenende«, ergänzte sie und hoffte, dass es nicht zu zynisch klang.

Im Laufe der letzten Jahre hatte sie die Kalkulationstabelle selbst erstellt und immer wieder erweitert. Das Ding war ein wahres Monster. Der Schrecken jeder Sekretärin und jedes Mathe-Muffels. Mehrere mit Formeln verknüpfte Sheets nebeneinander, Tabellenüberschriften, die nicht lesbar waren, weil die Anzahl an Spalten so groß war, dass alles eng zusammengerückt werden musste. Zellen, deren Formeln sich über sieben Zeilen erstreckten, und Verweise, deren Nutzen selbst sie kaum noch durchblickte. Sinn und Zweck dieser Zahlenkolonnen und Berechnungen – das war ihr klar – könnte niemand ohne mehrwöchige Intensivschulung verstehen.

Wenig motiviert, schlich sie in ihr Büro, setzte sich vor ihren Computermonitor und starrte durchs Fenster in das Grün hinter ihrer Keksdose. Ziel der Interaktion gerade war ohnehin nicht, dass Meike den Finanzkram übernehmen sollte. »Setz sie noch etwas mehr unter Druck!« Das waren Pauls Worte gewesen, bevor er nach Göteborg aufgebrochen war. »Nach der Pleite mit dieser Frau Wasserlein will ich diesmal wissen, wen ich da vor meinem Büro sitzen habe.«

Adele hasste den Professor für diese Sätze. Und nicht nur dafür. Sie erinnerte sich nur zu gut, wie das beim letzten Mal abgelaufen war. Sie selbst hatte die arme Frau mit Arbeit zugeschüttet und Paul hatte sie immer wieder auf seine liebenswürdig hinterfotzige Art demoralisiert. Es war wirklich kein Wunder, dass Wasserlein nach einem knappen Jahr – sie hatte gerade einen unbefristeten Vertrag bekommen – einen Krankenschein eingereicht hatte. Die Sekretärin war nicht zurückgekehrt. Burn-out.

Mehrere Monate waren sie danach ohne offizielle Sekretärin gewesen. Adele hatte den Laden nebenher mitgeschmissen. Zwei studentische Hilfskräfte waren stundenweise zur Unterstützung da und Ole Rasmusson hatte das Schlimmste geerbt: Er durfte die Reiseplanungen und die Buchungen für Kehlmann erledigen. Es war jede Menge Arbeit liegen geblieben. Und das trotz der vielen Überstunden, die ohnehin am Institut üblich waren.

Sollte sich die Geschichte nun bei Meike Pastor wiederholen? Mit dem Unterschied, dass diese die Probezeit nicht überstehen und Kehlmann einfach die nächste Ausschreibung beauftragen würde? Zum Kotzen war das. Und das Schlimmste war, dass sie als Handlangerin fungierte. Schon wieder. Adele dachte an den monatlichen Bonus, den Kehlmann damals für sie erstritten hatte und der ihre »moralischen Bedenken« abmildern sollte. So ähnlich hatte Paul sich damals ausgedrückt. Aber war es das wirklich wert?

Adele ließ die Schultern hängen und seufzte. Sie wollte nicht mehr. Aber konnte sie als Single einen so sicheren Job einfach aufgeben?

Innerhalb der Uni zu wechseln, war auch keine Option. Dafür musste ihr Chef sein Einverständnis geben. Sie drehte den Kopf zu Tims Schreibtisch, hinter dem ein großes Raumschiff-Enterprise-Poster hing, und lachte verbittert auf. Eher würden sich ein paar seiner Klingonenfreunde in ihr Büro beamen und ihr eine Stelle als Diplomatin anbieten, als dass Kehlmann sie gehen ließe.

Der aufgeräumte, unbesetzte Platz vor ihr deprimierte sie. Tim. Was war mit ihm eigentlich los? Heute war er, ohne sich zu verabschieden, früher gegangen. Oder war er noch im Serverraum? Seine Jacke hing nicht mehr am Haken. Überhaupt, irgendwas war da doch im Busch. Ob es was mit Leas plötzlichem Verschwinden zu tun hatte?

Zu viele Grübeleien für ein Wochenende. Sie wischte ihre trüben Betrachtungen zur Seite. Noch einmal Mails checken und dann raus aus diesem Puff.

Vierundzwanzig neue Mails in den drei Stunden, die sie bei Meike verbracht hatte. Eine sprang ihr besonders ins Auge. Sie stammte vom Post-Doc Lukas Batscher. Betreff: *Eklat auf der Konf.*

Bevor Adele den Text lesen konnte, sprang ihr das eingefügte Foto ins Auge: Kehlmann auf dem Podium in großen Nöten. Im Hintergrund war die Anzeige auf dem Beamer deutlich sichtbar. Und zum ersten Mal an diesem Tag hatte sie Grund, laut und herzhaft zu lachen.

## 42

*16:40 Uhr*
*Glückwunsch, Sim! Deine Mailbombe ist voll eingeschlagen! Jabba hat mich gerade angerufen und ist fast kollabiert vor Wut. Dreimal darfst du raten, wer die Schuld an allem trägt … :-(*

*16:42 Uhr*
*Neee, oder? Der kann doch nicht ernsthaft dich verantwortlich machen?*

*16:42 Uhr*
*Oh doch!*

*16:42 Uhr*
*Fuck!*

*16:43 Uhr*
*Dein Timing hätte nicht besser sein können. Er war gerade mitten in seinem heiligen Vortrag.*

*16:43 Uhr*
*Hehe! Mit dem von diesem Überflieger Rasmusson geklauten Thema? Geschieht ihm recht! Dass du jetzt alles abkriegst, tut mir leid. Aber wenn mein Plan aufgeht, kann ich das wiedergutmachen.*

*16:45 Uhr*
*Passt schon. Ich bügle für Montag am besten mein ›Ich bin schuld‹-Shirt auf. Vielleicht dauern die Prügel dann nicht ganz so lange. Im Zweifelsfall kann ich mich unten im Serverraum auch direkt mit einem 10-m-Patchkabe l*

*erhängen. Den Serverraummist muss ich übrigens auch noch heute Abend fertigstellen. *stöhn**

*16:58 Uhr*
*BINGO!!! Rate mal, wer gerade in mein Büro gekommen ist?*

*17:00 Uhr*
*Der Klingonentrupp aus dem zweiten Quadranten kann es nicht sein. Der ist schon bei Sternzeit 310812. 38615664846 weitergezogen. Na los, sag schon? Paul ist es ja wohl auch nicht.*

*17:01 Uhr*
*Nahe dran, du Nerd. Köstritz kam gerade reingeschneit. Kehlmann hat soeben mit höchster Dringlichkeit für kommenden Montag einen Sicherheitscheck durch »die neue Spezialistin« beauftragt. Hehe, die Haeckse wird es ihm schon besorg… äh, richten! :-)))*

*17:01 Uhr*
*Du perfides, geniales Weib! :-P*
*Sag mal, was stand in den Mails eigentlich drin, mit denen du ihn bombardiert hast?*

*17:02 Uhr*
*Och, nicht viel. *grins* Ein gewisser ›Anonymous‹ hat ihn freundlicherweise über etwas Unerfreuliches informiert: »I fucked your firewall!«*

# Samstag

## 43

»Wie süß! Mensch, Kalle, ich kann es kaum fassen, dass es auf einmal so schnell geht. Waaahnsinn. Hier stimmt alles!«

Kalle nickte. Er war nicht ganz so euphorisch wie seine Partnerin, aber doch rundum zufrieden.

Die Wohnung, die sie sich gerade per Unterschrift gesichert hatten, war okay. Verkehrsgünstig, aber dennoch ruhig in einem gepflegten Viertel am Rande von Wattenscheid-Höntrop gelegen. Drei Zimmer plus Küche, Bad und Gäste-WC. Das war genug Platz für zwei Leute mit einem Hang zum Individualismus.

Besonders beeindruckte Kalle der schöne Balkon mit Morgensonne und einem Ausblick auf Höntrops grünen Süden.

»Das wird unser neues Zuhause«, flüsterte er seiner Freundin ins Ohr und versprach: »Ich gebe einen aus! Wenn wir den Vertrag haben, holen wir bei Rewe einen Sekt und setzen uns da ins Café!«

»Gute Idee«, sagte sie und musterte den verwahrlosten Blumenkasten am Ende des Balkons – offenbar ein Gruß des Vormieters an die Eigentümerin. Dann glitt ihr Blick an der Hauswand entlang. Zwei Meter weiter befand sich ein Fenster, das schon nicht mehr zu dieser Wohnung gehörte.

»Hoffentlich haben die Nachbarn nicht ausgerechnet dort ihr Schlafzimmer«, sagte Simone zu der Vermieterin, die ihr den Durchschlag des Mietvertrages auf den Balkon brachte.

»Wieso?«

»Na, wenn man hier spät abends mal ein Bierchen trinken möchte …«

»Ach«, sagte Frau Götting. »Die sind nett. Mit denen werden Sie schon klarkommen.«

In diesem Moment klingelte jemand Sturm. »Erster Besuch?«

Simone war noch vor der Vermieterin an der Tür. Vor ihr stand ein kompakt gebauter Mann in den sechzigern, einen vollen Stoppelhaarteppich auf dem Kopf und einen leeren Müllsack in der Hand.

»Tach, Seemann von gegenüber«, sagte er. »Darf ich mal?«

Sanft schob er Simone an die Seite, eilte in Richtung Balkon, nickte der Vermieterin mit einem »Hallo, Ursula« kurz zu und stürmte an Kalle vorbei zu dem Blumenkasten mit dem verdorrten Urwald. »Halten Sie mal!«

Perplex nahm Kalle den Müllsack entgegen.

»Bitte aufhalten!«, knurrte der wandelnde Hauklotz, packte den Kasten mit dem Unkraut und kippte den gesamten Inhalt in die Plastikhülle. »Danke!« Er nahm den Sack an sich und deutete auf das nächste Fenster in der Hauswand. »Seit zwei Jahren ärgere ich mich täglich über dieses Gestrüpp. Endlich kann ich wieder ruhig schlafen!«

Und schon war er verschwunden.

»Was sollte das denn?«, fragte Simone.

Frau Götting errötete leicht. »Keine Ahnung. Sonst ist der nicht so. Weiß auch nicht, was in ihn gefahren ist. Okay. Ihre Schlüssel bekommen Sie dann am Fünfzehnten.«

Auf der Treppe beschlich Kalle doch ein mulmiges Gefühl. »Hoffentlich ist dieser Herr kein Ersatz für die Drachen in der Varenholzstraße!«

»Das könnte heiter werden«, stimmte Simone zu. »Hauptsache, das war nicht der Grund, warum die Wohnung so lange leer gestanden hat.«

»Abwarten«, sagte Kalle. »Und jetzt auf zum Sekt!«

Unten kam ihnen der neue Nachbar entgegen – den leeren Müllsack in der Hand und ein glückliches Lachen im Gesicht. »Nicht böse sein. Aber wenn ich ins Bett wollte und vorher das Gestrüpp sah, war ich um den Schlaf gebracht.«

Offenbar bemerkte er die Verwunderung im Gesicht der beiden Neuen. »Okay. Auf den Schreck ein Schnäpschen? Zur Beruhigung?«

Mit dem Zeigefinger deutete er zum zweiten Stock hinauf, wo sie bald nebeneinander wohnen würden.

»Alles gut«, sagte Kalle und hielt lachend den Daumen hoch. »Nach dem Einzug gerne. Aber jetzt müssen wir weiter …«

Fünf Minuten später hatten sie den Schreck überstanden. Kalle trug das Tablett mit Kaffee, Brötchen und zwei Fläschchen *Rotkäppchen* in die Sitzecke des kleinen Cafés, das dem Supermarkt angeschlossen war. »Ich glaube, der Typ ist doch besser als deine Hausdrachen.«

Sim öffnete den Sekt. »Auf unsere gemeinsame Zukunft!«

Sie stießen an und sahen sich glücklich in die Augen. Doch beim ersten Schluck wurden sie von Iggy Pops *The Passenger* gestört. Sim hatte ihr Handy mal wieder nicht lautlos gestellt.

»Ups, Moment.« Simone ging vor die gläserne Eingangstür, um in Ruhe telefonieren zu können.

Aufmerksam lauschte sie der Stimme eines älteren Mannes. Ihr Körper spannte sich. »Ja, natürlich. Heute? – In einer Stunde? – In Ordnung. Ich bringe aber meinen Freund mit, wenn das okay ist. Er ist nicht nur Privatdetektiv, sondern auch kräftig genug, um Ihnen zu helfen, die Treppe raufzukommen.«

Deutlich ernster kam sie zu Kalle zurück. »Ich habe dich gerade zum Privatdetektiv befördert.«

»Bitte?«

»Das war Leas alter Nachbar. Sie fehlt immer noch. Der Mann möchte in der Wohnung nachsehen, ob dort alles okay ist. Allein schafft er es nicht.«

»Nicht schon wieder ein Einbruch!«, stöhnte Kalle.

»Nein, er hat einen Schlüssel, will aber nicht ohne Zeugen reingehen.«

»Und warum ruft er nicht die Bullen?«

»Frag ihn das doch besser selbst!«

»Langsam, bitte«, keuchte die heisere Stimme. »Ich krieg ganz schlecht Luft.«

»Die Lunge?«, fragte Kalle.

»COPD.«

O Scheiße, dachte Sim. Diese Krankheit tötet langsam.

Sie und Kalle nahmen den Mann in die Mitte und schoben ihn mit den Schultern Schritt für Schritt in die zweite Etage.

»Noch drei Stufen, Herr Ludewig. Dann können Sie sich ausruhen.«

Am oberen Treppenabsatz löste Simone sich aus der fremden Umarmung und überließ es ihrem Freund, den Nachbarn zu stützen. Puh, das war anstrengend. Reflexartig griff sie zu ihrer Schultertasche, kämpfte dann aber das Verlangen nieder, sich umgehend eine anzustecken. Stattdessen zog sie ein paar Latexhandschuhe aus ihrer Jackentasche und streifte sie über. »Wenn Sie mir dann den Schlüssel …«

Der Grauhaarige sah an diesem Tag zwar etwas vitaler und gepflegter aus als bei Simones erstem Besuch, doch die rot geränderten Augen deuteten darauf hin, dass er entweder eine Bindehautentzündung oder aber kaum geschlafen hatte.

Nach einem Hustenanfall zog Ludewig außer dem Schlüssel ein Stück Küchenrolle aus der Tasche und spuckte krächzend den Schleim hinein, der sich aus seiner Lunge gelöst hatte.

Kalle Mager bemühte sich, nicht das Gesicht zu verziehen. Was für eine Scheißkrankheit, dachte auch er. Ein Wunder, dass sein Alter trotz der täglichen vierzig ›Tot-Händle‹ – so nannte seine Mutter Magers Filterlose – noch so fit war.

Das Türschloss signalisierte mit einem letzten Klacken, dass der Zugang zur Wohnung nun frei war.

»Passt auf, dass ihr nichts anfasst«, warnte Simone und stieß die Tür auf.

Abgestandene Luft mit einer süßlichen Note darin schlug ihnen entgegen. Vorsichtig tastete Simone nach einem Lichtschalter. Eine dieser Sparlampen glomm auf. In dem langsam stärker werdenden Licht waren vier Türen zu sehen, die allesamt weit geöffnet waren. Zwei, dicht nebeneinander, hatten Glaseinsätze und lagen am anderen Ende des Flurs. Sie führten in das Wohnzimmer und den Schlafraum. Weiter vorn im Flur ging es links ins Bad und rechts in die Küche. Das war der einzige Raum, in dem kein Chaos herrschte.

Fassungslos starrte der Rentner auf das Durcheinander und klappte den Mund auf wie ein Fisch, der zu ersticken drohte. »Was … was ist bloß mit dem Mädchen passiert? Du lieber Gott.« Seine Augen schwammen in Tränen und dann rann die salzige Flüssigkeit über die faltige graue Haut und verlor sich in seinem Hemdkragen.

»Wir werden die Polizei rufen müssen.« Kalle blickte sich um und versuchte, Einzelheiten des Durcheinanders zu erfassen. »Aber erst schauen wir, ob wir Hinweise finden. Vielleicht gibt es eine Erklärung für all das hier.«

»Nicht die Polizei«, flüsterte der Alte kaum hörbar. Husten.

»Wie bitte?«

Kalle lotste den Mann in die Küche. Der Alte sank auf einen der beiden Stühle und schüttelte den Kopf, hustete erneut. Kalle wandte sich ab und fragte Simone: »Hast du noch ein paar Handschuhe für mich?«

Statt einer Antwort warf sie ihm ein zweites Paar Latexhandschuhe zu, das er geschickt mit der Linken auffing. Er ließ den Rentner los, öffnete den Kran und ließ das abgestandene Wasser laufen, bis er in einem der Hängeschränke ein Glas fand. Er füllte es für den alten Mann auf. »Trinken Sie erst einmal etwas.«

Ludewigs Husten erfüllte den Raum. Der Alte nahm einen Schluck und schnappte erneut nach Luft, als Simone sich in Richtung des Wohnzimmers aufmachte. »Frau Olsok?«

»Ja, Herr Ludewig?«

Die Stimme des Alten wurde noch dünner, als sie ohnehin schon war. »Keine Polizei. Lea hat hier irgendwo Haschisch versteckt. Ich hab da mal was gerochen. Falls sie es finden …«

Sim verstand sofort. »Keine Sorge, wenn wir was finden, nehmen wir es mit. Lea soll keinen Ärger mit der Polizei kriegen.«

Ludewig nickte zittrig und drückte ein weiteres Stück Küchenrolle auf seine feuchten Augen.

»Können wir Sie einen Moment allein lassen, während wir die Räume inspizieren?«

Erneutes Nicken.

Das Paar verständigte sich mit einem kurzen Blick. Simone betrat das Wohnzimmer, Kalle ging in Richtung Schlafzimmer. Wie eine Waffe hielt sie ihr Smartphone in der Hand, während Mager junior seine altbewährte Nikon zückte.

Der Wohnraum sah aus wie Sims Bude zu Studentenzeiten. Nur chaotischer. Der Boden war mit weißen Fliesen ausgelegt, auf denen ein roter hochfloriger Teppich für etwas Wärme und Gemütlichkeit sorgen sollte. Ein kleiner, runder Glastisch war beladen mit diversen Zeitschriften, Papieren sowie einer Reihe von Fernbedienungen. Alles war von einer Staubschicht bedeckt. Nichts deutete darauf hin, dass in den letzten Tagen jemand das Zimmer betreten hatte.

Simone blickte nach links. Eine Schrankwand. Mehrere Schubladen waren teilweise oder ganz aufgezogen. Rechts stand eine schwarze Stoffcouch. Darauf lagen – wild verteilt – Hosen, Shirts und mehrere bunte Kissen. Weitere Kleidungsstücke lagen auf dem Boden. Und überall Papiertücher. War das etwa getrocknetes Blut?

Die Informatikerin biss sich auf die Unterlippe und schluckte den Kloß hinunter, der ihr plötzlich im Hals saß. Dann schoss sie mehrere Fotos, bevor sie ihren Freund rief: »Kalle. Kommst du bitte mal?«

Kurz darauf standen sie zu zweit über den braun gefleckten Tüchern.

»Blut?«, flüsterte er. Sie nickte und Kalles Stimme senkte sich noch mehr. »Scheiße, Sim, lass uns schnell den Rest der Bude checken und dann rufen wir die Polizei. Das ist eine Nummer zu groß für uns.«

Aus der Küche schallte ein weiterer Hustenanfall.

Die IT-Frau richtete sich auf. »Alles in Ordnung bei Ihnen, Herr Ludewig?«

Sie vernahmen erst ein Spuckgeräusch, dann ein heiseres »Ja«.

Sim ging hinüber. »Wir schauen uns nur noch das Bad an, Herr Ludewig. Dann bringen wir Sie wieder nach unten und rufen die Polizei.«

»Haben Sie was gefunden?«

Sie zögerte. »Wir sind uns nicht sicher. Wir fotografieren alles und schauen uns das später in Ruhe an.«

»Ich hab das Gras gefunden«, tönte es aus dem Wohnzimmer.

»Steck's ein!«

»Erledigt!«

Obwohl Sim kein gutes Gefühl hatte, nickte sie dem alten Mann aufmunternd zu, bevor sie sich ins Badezimmer begab. Sie drückte den Lichtschalter und erblickte als Erstes Badewanne und Fliesen. Sie erschrak so heftig, dass sie ihr Handy fallen ließ. Wie erstarrt stand sie da, bis Kalle sie plötzlich an der Schulter berührte.

Sie zuckte zusammen und er sog scharf die Luft ein. »Ach du Scheiße. Wir rufen die Bullen an. Und zwar sofort!«

## 44

Senden! Klick.

Die Mail mit Oles Unterlagen war raus. Bewerbungsschluss war heute. Wenn er Glück hatte, würden die Vorstellungsgespräche in ein bis zwei Wochen losgehen.

Rasmusson fühlte sich so energiegeladen wie schon lange nicht mehr. Es gab für ihn kaum einen Zweifel, dass man ihn einladen würde. Seine bisherige Forschung deckte exakt den Bereich ab, an dem die Aachener Jungs Bedarf hatten.

Der übergewichtige Wissenschaftler fuhr den PC herunter und stand auf. Hunger! Er dachte kurz an die Leckereien im Kühlschrank – und an sein Übergewicht. Aber die Zeiten des Frustfressens und der Bewegungslosigkeit mussten vorbei sein.

Komm, Ole, sagte er sich. Obst ist gesünder und hilft beim Abnehmen. Und dieser einsame Granny Smith guckt dich schon lange an. Der ist jetzt reif!

Er nahm den Apfel vom Ablagebrett, wusch ihn sorgfältig ab und nahm einen großen Bissen. Mit einem Anflug von Lachen schüttelte er sich. Schön sauer.

Obst war gut, aber Bewegung war besser. Wo lagen eigentlich seine Turnschuhe? Er bückte sich und spähte unter sein Bett. Da lag der Karton mit den Sneakers. Die Pappe war verstaubt, aber die Schuhe waren einsatzbereit. Perfekt.

Er legte die Apfelkippe auf einen der Bettpfosten und ließ sich auf der Kante seines Boxspringbetts nieder. Dann schnürte er die Schuhe gut fest. Ein paar Kilometer Walken war genau die richtige Therapie für ihn. Zum Abnehmen – und weil ihm dabei immer die besten Ideen kamen. Wie gern würde er Jabba eins auswischen für den Buchbetrug.

In der kühlen Luft unterwegs erinnerte er sich wieder an den Antrag auf Einreise in die USA, den er letzten Monat für Kehlmann ausgefüllt hatte. Er hatte eine Weile suchen müssen, bis er das ESTA-Formular auf der offiziellen Seite der Homeland Security ausfindig gemacht hatte. Zu viele Abzockerseiten warben mit der Erledigung des Genehmigungsantrages – mit unterschiedlichen Gebühren.

Für die Einreisegenehmigung hatte er auch Jabbas Reisepass benötigt. Der Chef war gemeinsam mit Lea nach San Francisco geflogen. Ole hatte, wie Paul Kehlmann ihn ausdrücklich angewiesen hatte, zwei Einzelzimmer gebucht. Er lachte spöttisch in sich hinein. Als ob irgendjemand glaubte, dass beide Einzelzimmer genutzt wurden … Er tat es jedenfalls nicht. Aber in seinem Gedächtnis rührte sich noch etwas anderes. Ja, da war ihm noch ein Detail aufgefallen …

# Sonntag

## 45

Chrrrrrrpüüü. Chrrrfüüüü.

Wie man nach einem solchen Tag einfach so einschlafen konnte, war Simone ein Rätsel. Ein Blick auf den Radiowecker, der auf dem Tisch neben der Schlafcouch stand, verriet ihr, dass es fast vier Uhr morgens war. Sie wälzte sich zurück zu dem schlafenden Körper neben ihr und ließ sich von dessen Wärme ein wenig trösten. Immer wenn sie die Augen schloss, geisterten Schnappschüsse aus Leas Wohnung durch ihren Kopf.

Erbrochenes am Badewannenrand, an der Toilettenkeramik und auf den Fliesen, teilweise verschmiert, als wäre jemand darauf ausgerutscht. Kalles blasses Gesicht, als er sich mit dem Gras vom Acker machte. Zwei Polizisten mit ernsten Mienen. Jemand mit einer Kamera. Ludewigs wässrige rote Augen. Und Blut. Trocken. Braun. In Tropfen auf dem Boden. In vom Wasser verdünnten Schlieren in der Wanne. Auf einem zerknüllten weißen Handtuch, das auf dem Boden lag. Blut im Schritt einer Jeans, in der ein ebenso besudeltes cremefarbenes Höschen steckte.

Die Wirklichkeit konnte nicht schlimmer sein, als die Szenarien, die in Simones Kopf herumgeisterten. Sie erinnerte sich an die harten Bilder auf Kehlmanns Laptop. Hatte Tim recht? War der Professor wirklich in der Lage, jemandem etwas so Schreckliches anzutun? Und warum meldete sich Jabbas Admin seit dem Chat über Göteborg nicht mehr? Sie hatte mehrfach versucht, ihn auf dem Handy zu erreichen. Keine Reaktion.

Simone richtete sich auf. Es hatte keinen Sinn. An Schlaf war in dieser Nacht nicht mehr zu denken.

Unnötig leise schlug sie die Decke zurück und schlich barfuß in die Küche – wenn Kalle schnarchte, konnte Motörhead neben seinem Bett Vollgas geben, ohne ihn zu wecken. Sie öffnete das Fenster in der Dachschräge. Kalte Luft strömte herein. Die Scheibe beschlug. Wo waren ihre verdammten Pantoffeln? Eins nach dem anderen.

Sie nahm eine der Tassen von der Spüle und wusch sie kurz aus, füllte Milch ein und schob sie in die Mikrowelle. Eine Minute müsste reichen. In der Diele unter dem Schuhregal fand sie endlich ihre Filzschluffen. Außerdem nahm sie ihre ausgeleierte graue Strickjacke von der Garderobe und kuschelte sich hinein. Lautlos durchquerte sie das Wohnzimmer und klaubte die Schachtel mit den Kippen von der Fensterbank am Balkon.

Pling. Die Mikrowelle meldete sich. Sie nahm die Tasse heraus, gab einen Löffel Honig hinzu und nach einem kurzen Zögern einen Schuss Rum. Erst mal eine rauchen und einen klaren Kopf kriegen.

Sim hielt mit einer Hand den Wollstoff der Jacke zusammen, mit der anderen steckte sie die Kippe an und streckte den Kopf, so weit es ging, aus dem Fenster. Sie inhalierte tief und atmete lang mit gespitzten Lippen aus. Der blaue Dunst wehte davon.

Versonnen schaute sie in das Dunkel der Nacht und entspannte sich allmählich. Sie griff nach der Tasse, die auf der Arbeitsplatte stand, und nahm einen Schluck von der gesüßten Milch. Das tat gut.

Die kristallklare Sternennacht über ihr war kalt, aber friedlich. Sie nippte vorsichtig an dem heißen Getränk und ließ ihre Gedanken wandern.

Leas Nachbar war nach der Durchsuchungsaktion ziemlich fertig gewesen. Genau wie sie. Einen kühlen Kopf bewahrte allein Kalle. Es war ein gutes Gefühl, dass er im Nebenraum schlief und in der Nähe war.

Ein letzter Zug und sie schnippte den Zigarettenstummel

in die Dachrinne, wo sich schon einige vergammelte Filter tummelten. Wenn das der Gregor wüsste … Sie musste unwillkürlich schmunzeln. Wenigstens dieser Albtraum hatte bald ein Ende.

Leise verriegelte Sim das Fenster. Ob Tim sich mittlerweile gemeldet hatte? Die Schlaflose tappte zurück in die Diele und stellte die Milchtasse ab. Ihr Handy lag auf dem kleinen schwarzen Sideboard neben Telefon und WLAN-Router. Sie fummelte es vom Ladekabel und schaltete das Display ein. Nichts.

Komisch.

Sie betrachtete die Tasse. *Born to be root* stand in Courier-New-Lettern darauf. Sie stammte vom ›Chaos Communication Congress 2010‹, an dem Simone teilgenommen hatte, um alte Bekannte aus ihren Hackertagen zu treffen und, natürlich, viel Neues zu lernen.

Als ›root‹ – so erklärte sie es gern – bezeichnete man in der Linux- und Unix-Welt den Benutzer, der gottgleich war. Also den, der alles weiß, alles kann und auch alles steuert. War sie wirklich dazu geboren, um *root* zu sein? Sollte sie diese Macht dann nicht viel stärker nutzen?

Sie erinnerte sich an den USB-Stick mit Kehlmanns Postfachdaten, den sie nachmittags ohne Nachricht in ihrem Briefkasten gefunden hatte. Bis dato hatte sie noch keinen Blick hineingeworfen. Tims Livedemonstration am Vortag hatte ihr jede Lust genommen, sich an der Suche nach der Stecknadel im Heuhaufen zu beteiligen. Aber jetzt kam ihr plötzlich die zündende Idee und sie schlug sich auf die Stirn. Daran hätte sie auch eher denken können.

Warum sollten sie denn überhaupt selbst suchen? Große Datenmengen ließen sich auch anders analysieren. Es wurde Zeit, die Sache strukturiert als Informatikerin anzugehen.

*Born to be root.* Ja, das stimmte. Sie grinste. ›Data Mining‹ hieß das Zauberwort. Sie würde viel Kaffee brauchen. Und Zigaretten.

## 46

Verdammt! Ging es schon los? Dass er wie sein Vater zweimal nachts aufstehen musste, um seine Blase vom Überdruck zu befreien?

Mann wird alt, dachte Kalle und öffnete die Augen. Durch den großen Vorhang schimmerte Morgenlicht. Neben ihm schlief Sim wie ein Stein und schnarchte so leise vor sich hin wie eine elektrische Nähmaschine. Wenn er ihr das erzählte, würde sie bei den alten und bei den neuen Göttern schwören, dass sie so etwas Schreckliches niemals tun würde.

Vorsichtig schob er sich von der gemeinsamen Schlafcouch und bewegte sich noch etwas steifbeinig in Richtung Badezimmer.

Am Türpfosten zur Küche hing ein Blatt Druckerpapier mit mehreren dicken Ausrufezeichen. Er drückte auf den Lichtschalter und entdeckte als Erstes ihren Laptop auf dem kleinen Esstisch, daneben einige DIN-A4-Ausdrucke und obenauf eine Seite mit handschriftlichen Notizen.

Lese ich später, entschied er und richtete seinen Blick auf die Botschaft mit den Ausrufezeichen.

*Liebster, habe die Nacht durchgearbeitet! Spannende Ergebnisse! Mehr mündlich! Aber wenn du mich vor 13:00 Uhr weckst, bist du tot!*

Grinsend verschwand Kalle im Bad und ließ der Natur ihren Lauf. Noch während es unter ihm plätscherte, checkte er die Uhr über der Badezimmertür. Es war doch später als gedacht – schon neun durch. Bis zum Mittag würde er es ohne störende Geräusche nicht in der Varenholzstraße aushalten.

Eine Lösung war schnell gefunden: In der Nähe gab es eine gute Backstube. Wenn er da nach dem Duschen ein paar frische Brötchen abgriff, könnte er gegen zehn in Dortmund auflaufen – ein kleines Tütchen mit einem Croissant für seine Mutter und eine große Ladung für Vater, Stiefmutter und Halbbruder.

So mach ich es, dachte er.

»Wieso hast du Simone nicht mitgebracht?«, jammerte Theo, als Kalle die Küche in der Villa Mager betrat. »Mit ihr ist es immer viel lustiger!«

»Stimmt«, bekannte Kalle. »Aber wenn ich sie so früh geweckt hätte, wäre sie heute ein Feuer speiender Berg.«

»Vulkan heißt das!«

»Du sagst es!«

Ohne Theo wäre es an diesem Morgen sehr ruhig am Tisch gewesen. Karin war die Sanftmut in Person und hinter der Stirn seines Vaters tobte sich wohl ein Problem aus, das seine übliche Mitteilungslust auf null reduzierte. Aber der kleine Bruder nutzte die Chance, um sich über seine Lieblingsfeinde im Lehrerkollegium zu beschweren.

Im Gegensatz zu ihrem Vater kannte Sohn eins noch den einen oder anderen Namen aus der Chefetage der Schule. Manche Pauker hatten offenbar eine Mager-Allergie.

»Da musst du durch, Theo. Im späteren Leben kannst du dir die Leute auch nicht aussuchen, mit denen du zusammenarbeitest.«

Kurze Pause, dann fragte Sohn zwei: »Meint er damit dich, Papa?«

Mit vollem Mund konnte Mager nur ein unklares Grunzen von sich geben, aber Karin prustete laut los.

»Ach was«, log Kalle. »Papa ist schon okay.«

Wenig später schob der Vater der Jungs den Teller weg, griff nach seiner Kaffeetasse und strebte zur Haustür.

»Warte«, sagte Sohn eins, »ich komme mit.«

Als sie angeraucht hatten, hielt Kalle es nicht mehr aus. »Vadda, wie geht's dir? Du siehst nicht gut aus.«

Mager zog die Schultern hoch. »Beschissen ist noch gestrunzt!«

»Susanne?«

Der Alte rümpfte die Nase. »Ja, auch. Mit so einem Rausschmiss habe ich nicht gerechnet.«

»Mensch, in ein paar Tagen klärt sich alles auf und du …«

»Eiskalt war die. Und nix klärt sich auf. Ich habe den Bullen gesagt, dass ich mich nicht an die vermisste Frau erinnern kann. War ja auch so. Und dass Opa diese Silke Dingsda mit Sicherheit nicht gekannt hat.«

»Und?«

Der Bärtige schmiss seine Zigarette halb aufgeraucht in den Gully. »Komm mal mit rauf. Ich zeig dir was!«

»Hat Karin das Foto schon gesehen?«

»Ja.«

»Und?«

»Was schon? Sie glaubt auch nicht, dass Opa was mit Silkes Verschwinden zu tun hat.«

»Du musst das Foto der Kripo geben.«

»Hat deine Mutter auch gesagt.«

Kalle stutzte. »Mechthild? Ihr habt geredet?«

Der Vater nickte nur.

»Phh!«, machte der Sohn. »Darauf brauche ich einen Schnaps.«

Wortlos griff Mager unter seinen Schreibtisch und zog eine halb volle Flasche Calvados hervor. Dann zeigte er auf zwei benutzte Gläser im nächsten Regal. »Spül mal aus. Um die Ecke ist …«

Kalle kannte die Wasserstelle und kam bald zurück.

Mager goss beiden einen Doppelten ein. »Cheers!«

Sie stießen an.

Der Vater schien mit dem ersten Schluck erst einmal gründlich zu gurgeln, während Kalle das Pinnchen in einem Zug leerte. »Hammer! Bis gerade habe ich nicht an Wunder geglaubt. Aber Mutter hat mir vorhin nichts von eurem Gespräch gesagt.«

Der Bärtige machte mit der freien Hand eine Geste, mit der man beim Autofahren um weniger Tempo bat. »Ist ja auch egal. Aber Mechthild konnte sich sofort an die Frau erinnern, als sie das Bild in der Zeitung gesehen hat.«

»Und jetzt?«

»Ich schwanke.«

»Willst du meinen Rat? Tu, was sie gesagt hat. Wenn die Bullen …«

»Ja, ja, leuchtet alles ein. Aber ehrlich – mir graut davor, morgen ins Präsidium zu fahren. Ich fantasiere selbst schon Hirngespinste zusammen, in denen mein Vater die Leiche entsorgt. Ich weiß ja, dass das abstrus ist, aber ich habe trotzdem das Gefühl, meinen Alten den Bullen ans Messer zu liefern.«

»Opa ist tot.«

»Ja. Aber ich glaube nicht …«

»Ich auch nicht. Aber – er ist der Kandidat Nummer eins. Oder wer wusste sonst noch, wie leicht man da unten jemanden begraben konnte?«

»Opa hat die Bude schon vom alten Grote übernommen«, erklärte Mager. »Er hat nur weiter daran herumgebastelt. Außerdem – im Garten haben uns so viele Leute besucht …«

Den zweiten Calvados tranken sie etwas vorsichtiger. Schließlich stellte Mager das Glas weg und begann, die Fotos auf der Schreibplatte zu sortieren. Und da lag plötzlich das Bild mit den Holzstapeln obenauf.

»Stopp mal«, sagte Kalle. »Die Bodenbretter dort. Wie lange lagen die wohl da herum? Und wann war das?«

Sein Vater drehte das Foto um. »Entwickelt am 7. Juni 84. Und wie lange sie da lagen – eine Woche, vielleicht auch zwei oder drei. Der Schnellste war Opa nicht, wenn er einen Plan umsetzen wollte.«

Hast du also von ihm geerbt, dachte Kalle, biss sich aber

auf die Zunge und empfahl stattdessen: »Nimm das Foto besser auch mit. Es zeigt doch zumindest, dass die ganze Nachbarschaft sehen konnte, woran Opa arbeitete.«

Einen weiteren Calvados lang schwiegen sie sich an. Schließlich fragte Mager: »Und wie läuft's bei dir?«

»Wir haben auch in die Scheiße getreten.« Kalle erzählte in aller Kürze von der Suche nach Lea. »Und gestern waren wir mit einem Nachbarn in der Wohnung. Hier …« Er suchte auf seinem Smartphone die Aufnahmen, die er sich von Sims Handy herüberkopiert hatte. Chaos in den Zimmern und Blut im Bad.

»Heftig!«, meinte der Alte.

»Ja. Wir haben die Bullen erst danach gerufen.«

»Und was haben die dazu gesagt? Du mit deiner Vorstrafe wegen Hausfriedensbruchs? Mich wundert, dass wir dich nicht wieder aus dem Knast holen mussten.«

Der Sohn winkte ab. »Ich habe mich verdrückt, bevor sie da waren. Aber wäre das nicht ein Thema für PEGASUS?«

»Sicher« sagte der Alte. »Aber ich bin raus.«

Schweigen. Dann wieder der Sohn: »Was ist mit deiner alten Kamera – hast du die noch?«

»Klar.«

»Dann könnten wir doch auch allein auf die Pirsch gehen«

Klaus-Ulrich Mager kippte den vierten Schnaps. »Das will gut überlegt sein. Könnte arbeitsrechtlich ein Eigentor werden.«

»Aber …«

»Kein Aber. Lass mich erst mal die Sache mit den Dortmunder Bullen klären. Dann überlege ich weiter.«

»Wieso kannst du dich nicht jetzt entscheiden?«

»Weil ich blau bin und reif für die Couch.«

# 47

Sim wachte mit einem Wookiee im Mund auf. Das große haarige Etwas hatte sich in ihrem Rachen so breitgemacht, als befürchtete es, den Platz teilen zu müssen. Pfui!

Wasser. Sie brauchte Wasser. Mit noch halb verklebten Augen tastete sie nach dem Glas, das auf dem Beistelltisch stand. Erst mal den schlechten Geschmack loswerden. Ein großer Schluck vertrieb den pelzigen *Star-Wars*-Protagonisten aus ihrem Rachen. Ah, schon besser.

Waren eine Menge Zigaretten gewesen in der langen Nacht. Sie warf einen prüfenden Blick auf die Schachtel mit dem Flügelhelm. Fast leer. Ein Gefühl von Ekel überkam sie. Vielleicht sollte sie mit dem Scheiß aufhören. Wenn sie an Leas Nachbarn dachte … Nee, besser nicht.

Simone schüttelte sich kurz und streckte dann ihre Glieder, bis sie hörte, wie ihr Nacken knackte. Aufstehen, Pipi, Kaffee, Dusche. In dieser Reihenfolge.

Auf dem Weg vom Bad in die Küche entdeckte sie eine gelbe Haftnotiz, die Kalle direkt unter ihrem Warnzettel am Türpfosten angebracht hatte.

*Wollte dich nicht aus Versehen wecken und damit mein Leben riskieren. Bin zum Frühstück nach Dortmund.*
*H. d .l.*
*Kalle*

Er hätte mir ruhig ein paar Brötchen bringen können, dachte Simone und warf einen Blick auf die große Bahnhofsuhr über der Küchentür. Schon vierzehn Uhr durch. War ihr Freund etwa immer noch bei seinem Alten?

Sie suchte und fand ihr Smartphone auf dem Sideboard in der Diele. Eine ungelesene Nachricht. Ob die von Tim war?

Aufgeregt öffnete sie die Kurznachricht und las: *Familientragödie in Scharnhorst. Muss mit Susanne hin. Wird spät. Kuss, K.*

Doppelte Enttäuschung. Von Tim immer noch kein Lebenszeichen und mit Kalle brauchte sie heute auch nicht mehr zu rechnen. Dabei musste sie dringend mit jemandem über ihre gestrigen Funde sprechen. Sie war sich bei einer Sache nicht sicher, ob es wirklich das war, wonach es aussah.

Ihre Augen wanderten zu dem kleinen Tisch, auf dem sich ihre Notizen aus der gestrigen Nacht befanden. Ganz unten im Stapel lagen mehrere Ausdrucke der Auswertungen, die ihr die Software gestern ausgespuckt hatte. Unter anderem hatte Sim sich – unterteilt nach Jahr und Monat – die Top-Ten-Sender und -Empfänger aus Kehlmanns Postfacharchiven seit 2005 angeschaut. Besonders genial: Die Top Ten unter den Empfängern, denen Jabba am schnellsten geantwortet hatte. Dabei war sie über einen besonders heißen Firmennamen gestolpert.

Simone setzte Kaffee auf und saß zehn Minuten später frisch geduscht mit feuchten Haaren und einer dampfenden Tasse Bohnensud an dem grauen Tischchen über ihren Stichpunkten. Ordentlich getippt und ausgedruckt.

- SSS Consulting
- *PowerPoint-Folien für Thailand*
- *Campus-Biz*
- *Industrieprojekte Audi*
- *Gutachten* Knoll Connect/*Verschwiegenheitserklärung*
- *Kehlmann und Kulk-Huhn*
- *Kehlmann und seine Frau*
- *Personalordner (Tim, Klawitter, Rasmusson, Sekretärinnen)*

Sie starrte den letzten Punkt an. Tim. Wo bist du? Keine Mail, keine Kurznachricht, kein Rückruf. Ist dir was passiert? Sie musste zu ihm nach Dinslaken fahren und schauen, ob er zu Hause war.

Trotz der Uhrzeit war ihr nach Frühstück. Und für Schokocroissants konnte man sie sogar wecken. Deshalb legte Sim einen Pitstop an der Bäckerei ein und klemmte sich wieder hinters Steuer, eine duftende Tüte auf dem Beifahrersitz. Kurz zögerte sie. Bestimmt sah sie schon Gespenster vor lauter Verbrecherjagd. Es konnten doch nicht nacheinander alle Kopula-Mitarbeiter verschwinden. Das hier war die Wirklichkeit und kein Horrorfilm.

Schnell schrieb sie eine kurze Nachricht an Kalle, gab Tims Adresse ein und klinkte dann ihr Handy in die Halterung an der Windschutzscheibe. Dinslaken, Büngelerstraße. Ich komme.

## 48

Am Nachmittag riss die Wolkendecke über Essen hin und wieder auf – aber die Sonnenstrahlen auf Kehlmanns heimischem Schreibtisch waren zu schwach, um die Gewitterstimmung des Professors zu vertreiben.

Die Paper-Award-Pleite in Göteborg und der Spott seiner Kollegen nagten an ihm. Dazu kam der Ärger mit diesen Leuten, die ihm nachspionierten – und mit diesem Nichtsnutz von Hoppe, der als Admin nicht in der Lage war, seinen Rechner zu schützen.

So hockte Kehlmann vor dem Notebook, verspürte aber nur wenig Neigung, die Flut an Mails in seinen Postfächern zu sortieren.

Es klopfte. Gaby steckte den Kopf durch die Tür. »Ich fahre mit den Kindern in die ZOOM Erlebniswelt. Ich nehme an, du willst nicht mit?«

Wieder ein Vorwurf! Genervt atmete er durch die kaum geöffneten Lippen aus. Es hörte sich an, als hätte ein Nagel einen Fahrradschlauch penetriert. »Macht, was ihr wollt. Ich muss arbeiten.«

Die Tür schloss sich wieder. Schritte auf der Treppe, von unten drang verhaltener Jubel zu ihm hoch. Vermutlich würde Gaby die beiden Nervensägen wieder mit Waffeln, Eis und Geschenken verwöhnen. So konnte man doch keine Kinder erziehen …

Aber er musste auch raus. Kehlmann wartete noch zehn Minuten ab und fuhr Richtung Kettwig. Er wollte einen Irish Coffee unter Leuten schlürfen. Am Bahnhof Werden hielt er kurz an, um sich am Kiosk die Sonntagsausgabe der FAZ zu holen.

Wieder Pech. Vor ihm standen zwei unendlich dösige Kids, die mal »für dreißig Cent von diesen« und dann »für fünfzig Cent von denen da« bestellten. Während der Mann hinter der Durchreiche die Bonbontütchen füllte, fiel Kehlmanns Blick auf die Sonntagsnachrichtenblätter. Die BLUT-Zeitung las er grundsätzlich nicht, aber da gab es ja noch die WamS. Wie üblich waren oben neben dem Titel ein paar Themen aus dem Innenteil angekündigt. Wie eine Natter schossen ihm vier Worte entgegen: *I fucked your firewall.*

Die FAZ war vergessen Er bezahlte die WamS und verzog sich mit dem dicken Bündel Papier auf eine der harten Bänke an der nahen Bushaltestelle.

AUS DER WELT DES WISSENS

SKANDAL IN GÖTEBORG

Von Dr. Janine Iskander

Manchmal machen auch die Meetings der IT-Fürsten Spaß. Im Normalfall reden sie in einem Fachchinesisch aufeinander ein, das niemand außer ihnen versteht … blabla … *Star Trek* lässt grüßen … blablabla. In Göteborg gab es dieses Jahr aber Spaß für alle. Dort trafen sich rund zweihundert professorale Superhirne aus … blabla … insgeheim darauf hofften, dass die Konkurrenz … blabla … schwarzes Loch … Jetzt kam es! Dieses Jahr fiel tatsächlich einer ins Dunkel, und zwar nicht irgendeiner, sondern Prof. Dr. Paul Kehlmann aus Duisburg, Star des dortigen Kopula-Instituts, der unermüdliche Schreiber von Büchern und anderen Publikationen. Er wurde Opfer einer Cyberattacke. Mitten in seinem Vortrag für den ›Best Paper Award‹ wurde er von der geheimnisvollen Vereinigung *Anonymous* vorgeführt. Vom Beamer auf die Leinwand projiziert, konnten alle lesen: *I fucked your firewall.* Der Spott der versammelten Kollegen war dem ›Experten‹ für Software Security sicher. Der Kommentatorin stellt sich nur noch eine Frage: Nächsten Samstag sollen Kehlmann und seine Mannen als IT-Genies des Jahres ausgezeichnet werden. Hat er das wirklich verdient?

Kehlmanns Blutdruck überschritt die Schmerzgrenze. Doktor Janine Iskander. Nie gehört. Wahrscheinlich zu blöd, um eine Professur zu erreichen – aber unverschämt genug, um sich über andere in der Zeitung lustig zu machen. So eine Fotze …

Der Professor knüllte die Zeitung zusammen und quetschte sie in einen übervollen Abfallkorb. Das gleiche Schicksal wird Tim Hoppe und andere ereilen, dachte er.

## 49

Kein Tim Hoppe in Dinslaken! Enttäuscht fuhr Simone zurück in Richtung Ruhrgebiet. Ihr Twingo nahm soeben die Kurve der Ausfahrt Wattenscheid-West, als ihr Handy plärrte. Mist, immer im falschen Augenblick. Der Anrufer hatte Ausdauer.

Die Fahrerin beschloss, den *McFit*-Parkplatz anzusteuern, ein Fünkchen Hoffnung im Herzen, dass es Tim war. Sie hatte eine kurze Nachricht in seinen Briefkastenschlitz geschoben. War der Admin nach Hause gekommen und hatte ihn gefunden?

Endlich stand der Wagen. Hastig löste sie das Handy aus der Halterung. »Ach, du bist's.«

Die Enttäuschung in ihrer Stimme war für Kalle unüberhörbar. »Na, danke auch. Ich kann ja wieder auflegen.«

»Nein, nein, sorry. So war das nicht gemeint. Es ist nur so, dass ich gehofft hatte, dass Tim ...«

»Sag bloß, du hast ihn immer noch nicht erreichen können?«

»Ich habe so ein mieses Gefühl im Bauch.« Sie atmete hörbar aus und legte ein kleines Lächeln in ihre Stimme. »Aber wie geht es dir? Seid ihr durch mit eurem Dreh?«

»Nein, leider nicht. Deshalb ruf ich an. Ich hätte es nicht für möglich gehalten, dass ich das mal sagen würde, aber ohne meinen Alten ist der Job noch schlimmer als mit ihm.«

»Ich werd's ihm nicht verraten. Was ist denn los?«

»Das erzähle ich dir lieber morgen in aller Ruhe. Nur so viel: Mein Herr Vater ist der Ansicht, dass Susanne ihren – ich zitiere – ›Scheiß alleine machen soll‹, wenn sie der Ansicht ist, dass sie gut ohne ihn auskommt. Dreimal darfst du raten, wer jetzt noch das Material schneiden und aufbereiten muss. Bei der ganzen Schlepperei kann ich übrigens auch bald einen Termin beim Orthopäden buchen.«

»Tut mir leid für dich. Glücklicherweise kenne ich eine sympathische junge Frau, die dir eine Schultermassage verabreichen würde. Ich hätte da im Übrigen auch noch einiges zu erzählen. Dieser Kehlmann hat mehr als eine Leiche im Keller. Und nicht nur er. Wenn ich richtig liege, dann ist das eine Riesenstory für euch.«

»Dann komm doch zu mir. Ich habe nämlich keine Ahnung, wie lange ich noch arbeiten muss.«

»Ist eher schlecht. Ich muss morgen schon um sieben Uhr in Duisburg sein. Und ich hab keine Lust, mich von Dortmund aus durch den Stau zu quälen.

»Gottlose Zeit. Wie kommt's?«

Tiefer Seufzer. »Firewall-Update. Ist schon seit drei Wochen geplant. Ich muss damit bis acht Uhr durch sein. Während des Updates läuft nämlich fast nix. Keine Mails, kein Internet.«

»Armes Tucktuck. Pass auf. Lass uns das doch am besten so machen: Wir treffen uns morgen um achtzehn Uhr bei unserem Italiener. Ich gebe einen aus. Und dann nehmen wir uns Zeit für alles, was sich so angesammelt hat. Der Umzug macht sich ja auch nicht von selbst.«

Nun stöhnte Simone. »Stimmt. Vielleicht kann ich nachher ein bisschen vorplanen.«

»Du bist die Beste. Ich liebe dich.«

»Ich dich auch.«

»Bis morgen.«

Kalles Freundin simulierte vier Kussgeräusche ins Handy und startete den Wagen. O Mann! Konnte gut sein, dass ihr in der Varenholzstraße eine neue Runde *Counter Strike* mit ihren Nachbarinnen bevorstand. Schon seit Freitag hing nämlich Simones Wäsche im Keller. Und das war nach Meinung der Damen bestimmt schon eine Nacht zu lang.

## Der zweite Montag

### 50

Herta Kasten trat ihren Dienst am Montag deutlich missgelaunt an. Nie wieder Augsburg! Schwarz-Gelb hatte mit Mühe ein 0:0 gehalten. Dass die Bayern noch immer fünf Punkte Rückstand hatten, war nur ein schwacher Trost.

Die Busfahrten hatten ihrem Kreuz nicht gerade gutgetan und die Fans hatten nur gesoffen und gegrölt. Heimspiele müssen reichen, dachte sie, als sie ächzend auf ihren Drehstuhl sank.

Ihre Laune besserte sich ein wenig, als die Jungs hereinkamen. Sie brachten den Neuen mit, den ihr der Dezernatsleiter versprochen hatte.

»Kollege Müller?«

Der Mann nickte und ertrug gelassen Kastens Musterung: schlank, mittelgroß, Haare mittellang, ein Durchschnittsgesicht ohne Bart oder Narben, Pulli und Jeans, weder Goldkettchen noch Tattoos – der ideale Kriminalbeamte, dessen Aussehen niemandem auffiel.

»Wo warst du vorher?«

Auch ihr »du« schluckte er ohne Reaktion. »Betrug.«

»Gut«, sagte sie – da saßen nicht die Dümmsten. »Du kannst hier den mittleren Schreibtisch nehmen. Die Kollegin fehlt noch eine Weile. Nimm dir heute erst einmal die Fallakte vor.«

Er nickte, nahm Platz und wartete, bis alle mit Kaffee versorgt waren.

»Also«, fragte Kasten ihre Männer, »was macht die Klinkenputzerei?«

Kopitzki und Echternach sahen sie betreten an. »Dünn. Es gibt in der Straße zwar noch ein paar Alte, die sich an Heinz

Mager erinnern, und einige sogar daran, dass da mal eine Frau verschwunden ist – aber nichts, was uns weiterhilft.«

»Was sagen die Leute über den alten Mager?«

»Na ja, die meisten fanden ihn ganz sympathisch.«

Die Hauptkommissarin brummte unzufrieden. Die meisten Mörder waren zu ihren Nachbarn nett. Wer prahlte schon damit, jemanden abgemurkst zu haben?

»Wir haben aber noch die Namen von drei oder vier Verwandten der anderen Hausbewohner ausgegraben.«

»In Gottes Namen, grast sie ab.«

Die beiden Kollegen tranken aus, stellten die Tassen ins Spülbecken und machten sich auf den Weg.

»Wali, was machen die Kandidaten aus Haus 15?«

Der Kollege hob den Kopf. »Bin dabei.«

Fauler Sack, dachte sie, als sie auf seinen Schreibtisch spinkste. Die Spitze seines Kugelschreibers ruhte erst auf dem vierten Namen.

»Pass auf, die kann auch Kollege Müller googeln. Wir brauchen aber dringend Silkes Nachbarin aus Nummer 13. Anja Hermann, Lehrerin in Kamen. Adresse und Telefonnummer stehen hier ...« Sie schob Wali das Blatt mit Hulda Grotes Angaben hinüber. »Mach einen Termin klar und quetsche sie aus. Silkes Privatleben, Kontakte im Haus und zu den scharfen Jungs im Nebenhaus. Möglichst gestern.«

»Ja«, sagte Wali, »und all meinen Charme setze ich auch ein.«

Müller kicherte verhalten. Was wusste er von Waliszczeks Charme?

»Falls man fragen darf, Chefin – was machst du solange?«, wollte Wali wissen.

»Erst mal gehe ich rauchen«, verkündete Kasten. »Dann mache ich die alte Fallakte in Duisburg zur Chefsache. Und danach gönne ich mir Herrn Mager und erinnere ihn an unseren Termin um elf.«

Genau dieser Anruf war nicht mehr nötig. Als sie nämlich unten auf ihrem Lieblingsplatz stand, entdeckte sie den Bärtigen, der den weiten Weg zum Eingang angetreten hatte. Noch langsamer als alle anderen.

## 51

*Sender: Prof. Robert Köstritz*
*[robert.koestritz@uni-due.de]*
*Empfänger: Prof. Paul Kehlmann*
*[paul.kehlmann@kopula.uni-due.de]*

*Hallo Paul,*
*Mensch, schlimme Sache, die dir in GÖ passiert ist. Ich hoffe doch, dass sich dieses Malheur nicht auf die Preisverleihung am Samstag auswirkt. Wie auch immer, Frau Olsok wird gegen 10:00 Uhr bei euch einlaufen. Und mach dir keine Sorgen. Die Dame ist echt gut.*
*Viele Grüße*
*Robert*

Wichser, dachte Kehlmann. Seine Besorgnis kann er sich sonst wohin stecken. Der wartet doch auch nur darauf, dass ich Schwäche zeige. Wir leben beide in einem Haifischbecken.

Grimmig hackte er eine Antwort in die Tastatur und schickte sie durch die schnelle Lichtwellenleiterverbindung der Uni.

*Robert,*
*danke. Tröstlich, Freunde zu haben. Hast was gut bei mir.*
*Gruß*
*Paul*

Freunde! Kehlmann schnaubte. Lächerlich. Er würde nicht warten, bis einer der Haie zuschnappte.

Momentan lief alles suboptimal. Das musste sich ändern.

Er griff nach der Unterschriftenmappe, die ihm die Sekretärin früh am Morgen ins Büro gereicht hatte und betrachtete die neue Grünpflanze auf seiner Fensterbank. Wenigstens Meike funktionierte, wie Paul sich das gewünscht hatte. Das reinste Arbeitstier. Adele machte bei ihrer Einarbeitung offenbar einen guten Job.

Er öffnete seinen Kalender. Zehn Minuten noch bis zur Besprechung mit Rasmusson wegen der Schulungsfolien für Thailand. Höchste Eisenbahn, abzuliefern. Und in einer knappen Stunde würde diese Olsok aufschlagen. Hoffentlich war die wirklich so gut, wie man hörte. Tim würde er sicherheitsrelevante Aufgaben nicht mehr anvertrauen. Am liebsten würde er sich direkt nach einem neuen Mitarbeiter umsehen. Leider hatte es einige Nachteile, im öffentlichen Dienst zu arbeiten. Jemanden wieder loszuwerden, war jedes Mal zäh und anstrengend – auch wenn Kehlmann bis jetzt noch immer erreicht hatte, was er wollte. Er seufzte. Etwas Zeit hatte er noch – genug, um ein paar Mails zu beantworten.

Gerade als er seinen Hintern in eine bequemere Position auf den Chefsessel gedrückt hatte, pfiff sein Handy nach ihm. Das Display meldete *Gaby.* Er drückte das Gespräch weg. Für Hausgewäsch hatte er jetzt keinen Nerv.

Der nächste Anruf. Meine Güte, durchfuhr es ihn. Jetzt nicht! Doch es war nicht sein Weib, sondern Professor Ludwig Stein – sein alter Studienkumpel, jetzt Halbgott in Aachen. Neugierig nahm der Informatikkoloss das Gespräch an. »Moin, Lutz. Mal wieder Zeit für ein Date?« Eine Minute später hatte Kehlmanns Blutdruck Rekordhöhe erreicht. »Danke, sehr aufschlussreich. Und genau rechtzeitig. In drei Minuten läuft der Herr hier auf.«

Er pfefferte das iPhone auf den Schreibtisch und wischte sich kurz über das rote Stoppelhaar. Er sehnte sich nach einer Kalaschnikow und fünfzig Schuss Munition.

Es klopfte. Kehlmann stieß einen Kubikmeter Luft aus und versuchte, gelassen auszusehen. »Ja!«

Die Tür öffnete sich fast in Zeitlupe. Ole Rasmusson betrat den Raum und begrüßte seinen Chef mit einer Stimmlage in G-Dur. Man sah ihm an, dass er sich nicht wohlfühlte.

»Setz dich.«

Wieder läutete das Handy. Wieder Gaby. Herrgott noch mal! Paul killte auch diesen Anruf und stellte das iPhone auf Besprechungsmodus.

Sein Doktorand hatte zwischenzeitlich neben ihm am Schreibtisch Platz genommen und sein Notebook aufgebaut.

Als das Gerät hochfuhr, sagte der Professor: »Bevor wir die Folien besprechen, habe ich noch was anderes, über das ich gern mit dir reden würde.«

»Ja?«

Kehlmann lächelte väterlich. »Fühlst du dich hier nicht wohl, Ole?«

Rasmussons Kehlkopf hüpfte auf und ab. »Was meinst du?«

»Du weißt, ich bin für offene Worte, Ole. Ich hatte einen Anruf aus Aachen. Mein alter Studienkollege Ludwig Stein. Sagt dir der Name was?«

Rasmusson rutschte auf seinem Stuhl hin und her, als hätte jemand Juckpulver in seine Hose gestreut. Schließlich begann er: »Weißt du, Paul, es ist so …«

Kehlmann nickte seinem Mitarbeiter aufmunternd zu.

»Ähm … es ist nur so, dass mir Duisburg … nicht so gut gefällt. Meine Familie wohnt viel zu weit weg. Und Freunde habe ich hier auch nicht gefunden.«

»Ist das so? Und du bist sicher, dass das nichts mit unserem bald erscheinendem Security-Buch zu tun hat? Darüber wollte ich ohnehin mit dir reden, Ole.«

»Ich werde nicht als Koautor genannt.«

»Ist das der Grund, warum du dich wegbewerben willst?«

Unangenehme Frage. Rasmussons Stimme wechselte von Dur nach Moll. »Nein, den Grund habe ich dir gerade genannt.«

»Wirklich?«

»Ja. Aber wo du es schon selbst ansprichst: Dass du dein Versprechen nicht gehalten hast, war mies.«

Kehlmanns Schultern senkten sich ein wenig. Dann hob er in einer hilflosen Geste die Arme. »Ich kann verstehen, dass du enttäuscht bist. Mit Lukas habe ich deswegen auch schon gesprochen. Aber schau mal …«, der Professor zog ein Exemplar des frisch gelieferten Kompendiums aus einer Schublade seines Schreibtischcontainers und blätterte zum Inhaltsverzeichnis, »… hier sind alle Autoren in den jeweiligen Themenbereichen aufgelistet. Du natürlich auch. Ich habe erst viel zu spät erfahren, dass mit den Namen auf dem Titel auch gleichzeitig eine Vergabe der Buchrechte verbunden ist. Mensch, was gibt das für ein Theater, wenn ein Dutzend Leute darüber entscheiden sollten! Verstehst du?«

Zwischen Rasmussons weichen braunen Haaren bildeten sich kleine Schweißtröpfchen. Und zum ersten Mal blitzte so etwas wie Zorn in seinen hellen Augen auf. Dieser Passus im Vertragsrecht musste neu sein – oder frisch erfunden. »Nein, das verstehe ich nicht.«

Der Professor tätschelte den Unterarm seines Mitarbeiters. »Komm, Ole, sei nicht sauer. Ich mach das wieder gut. Du bekommst mit der nächsten Gehaltszahlung eine Sonderprämie in Höhe von siebenhundertfünfzig Euro ausgezahlt. Habe ich alles schon auf den Weg gebracht.«

Siebenhundertfünfzig Euro für über zweihundert Überstunden? Brutto? Das machte …

Kehlmann schaute ihm direkt in die Augen. »Du sollst wissen, dass ich Professor Stein erzählt habe, dass du ein vorbildlicher Mitarbeiter bist. Wenn du also wirklich gehen möchtest, was ich sehr bedauern würde, werde ich dir keine Steine in den Weg legen, sondern dich unterstützen, wo ich nur kann.«

Rasmusson blinzelte.

Dann straffte er sich, öffnete die PowerPoint-Präsentation und unterdrückte die Wut in seiner Stimme. »Danke, Paul.

Das ist sehr großzügig. Wollen wir dann jetzt die Folien durchsprechen?«

## 52

»Guten Tag, Herr Mager!« Die Hauptkommissarin blickte demonstrativ auf ihre Armbanduhr und sah ihn beinahe amüsiert an. »Aus dem Bett gefallen?«

»Vorurteile gegenüber Journalisten?«, erwiderte er streitlustig, drückte aber die dargebotene Rechte. Unwillkürlich wurde er an eine Benimmregel aus der Tanzschule erinnert: Der Herr begrüßt eine Dame erst, wenn sie ihn mit einem Lächeln dazu ermuntert.

»Als Zeuge müssen Sie aussagen«, sagte sie.

»Stimmt. Wenn ich mich erinnere. Aber ich gehe bald auf die siebzig zu.«

»Unsinn. Sie werden in einer Woche erst sechzig!«

Miststück, dachte er.

»Aber wir sollten uns jetzt nicht streiten«, wurde sie versöhnlich. »Zumal ich noch ein besonderes Anliegen habe.«

»Und das wäre?«

Ihre Augen richteten sich auf zwei uniformierte Polizisten, die aus dem Haus traten, und eine Zivilistin, die gerade auf dem Weg ins Präsidium war. Geduldig wartete Kasten ab, bis die Störenden verschwunden waren und Magers Filterlose brannte.

»Die Kollegen haben bei einem Schmuckstück, das bei der Leiche lag, DNA-Spuren gefunden. Männliche.«

Diesmal schaltete der Bartträger schneller: »Also vom Täter? Oder einem Helfer, der die Tote eingegraben hat?«

»Kann sein«, sagte sie und ließ ihre Augen zwischen seinen beiden Ohrläppchen hin- und herwandern. »Ich brauche Ihre DNA.«

»Das glauben Sie zumindest.«

»Herr Mager, glauben ist was für Gottesanbeter. Ich bin aber genauso ein Heidenkind wie Sie.«

Was die alles weiß, dachte der Kameramann. Diese Bullen haben direkten Zugriff auf alle Daten. Sogar auf die Taufregister oder die Angaben auf der Steuerkarte.

»Brauchen Sie dafür nicht eine richterliche Anordnung oder so etwas?«

»Wenn Sie sich weigern oder kein besonderer Notfall vorliegt – ja, so etwas. Aber wenn Sie schlau sind, kooperieren Sie besser.«

Mager ärgerte sich maßlos über Kastens Überheblichkeit. »Und wenn nicht? Warum sollte ich?«

Jetzt wurde ihr Ton ernster. »Immerhin könnten Sie sich oder Ihren Herrn Vater damit aus der Liste der Verdächtigen katapultieren.«

»Verdächtig? Ich? Das wird ja immer schöner.« Der Bärtige unterstrich die Absurdität dieser Annahme mit einer Mischung aus Schnauben und Lachen. »Und gleich wollen Sie noch wissen, ob mein Vater und ich zusammen mit Dolly Buster im Garten Pornos gedreht haben, oder?«

Kasten ließ ihre Augenbrauen nach oben wandern. »Sagen wir es präziser: Verdächtig sind alle, die leichten Zugang zu der Hütte hatten, um dort Bestatter und Sargträger zu ersetzen.« Sie zögerte einen Moment und kam dann mit erhobener Hand einen Schritt näher. »Darf ich mal? Sie haben sehr ausgeprägte Ohrläppchen. Ist das da eine Falte oder …?«

Mager wich empört einen Schritt zurück. »Hallo? Geht's noch? Diese Ohrläppchen gehören meiner Frau! Und über die Speichelprobe möchte ich gern noch nachdenken.«

Unzufrieden fuhr die Kommissarin mit ihm nach oben in ihr Büro und kramte nach dem vorbereiteten Gesprächsprotokoll. »Ich hoffe, Sie sind mit diesem Verfahren einverstanden. Wenn nicht, müssen wir …«

Mager winkte ab. »Wir müssen das Teil sowieso ändern. Ich habe mich letzte Woche in einigen Punkten geirrt.«

Ihr Gesicht verriet keinerlei Überraschung. »Das ist Ihr gutes Recht.«

Mager sah sich neugierig um. Ein Büro wie tausend andere. Und das BVB-Mannschaftsfoto hinter Kastens Rücken weckte in ihm Heimatgefühle.

»Kaffee?«

Mager nickte, setzte sich und legte die Fotos aus dem Garten seiner Eltern auf den Tisch. Kasten warf einen kurzen Blick darauf und schob die Aufnahmen dem Schönling zu, der ihr gegenübersaß.

»Ich nehme mal an, das da ist Ihr Vater?«, sagte sie, wieder zu Mager gewandt. »Kleiner Irrtum am letzten Dienstag?«

»Schlechtes Gedächtnis«, korrigierte er.

»Und wie sind Sie darauf gekommen?«

»Ich habe in den Fotos gesucht, die ich in der Wohnung meiner Eltern gefunden habe.«

»Ich meine: Wer oder was hat Ihnen auf die Sprünge geholfen?«

Mager verdrehte die Augen in Richtung Himmel. Aber der war von mehreren Betondecken des Präsidiums verdeckt.

»Meine Exfrau hat sich an Silke Neuhaus erinnert.«

Kasten fixierte ihn undurchdringlich und Mager wurde unsicher: Sollte Mechthild tatsächlich die Bullen angerufen und geplaudert haben? Anders waren die Nachfragen der Hauptkommissarin nicht zu verstehen. Doch dass Mechthild so hinterhältig agiert hätte …

»Frauen haben wohl wirklich ein besseres Gedächtnis als Männer«, sagte die Hauptkommissarin schließlich und öffnete einen Ordner, der neben ihrem Monitor lag. Nach einigem Blättern zog sie einen Bogen Papier heraus. »Unser Gespräch von Dienstag habe ich bereits festgehalten. Wenn Sie noch mal einen Blick darauf werfen wollen? Dann trage ich nur die Änderungen ein.«

»Ja«, sagte er. »Und vermerken Sie, dass ich freiwillig gekommen bin, um das zu tun.«

Sie lächelte, als wäre das die selbstverständlichste Angelegenheit der Welt. Aber das wusste Mager definitiv besser.

## 53

Mit klopfendem Herzen stand Simone Olsok vor der Höhle des Löwen und tastete nach dem USB-Stick in ihrer Hosentasche.

Die Sekretärin im Vorzimmer beendete gerade ein Telefonat und setzte ein professionelles Lächeln auf, während sie mit der linken Hand zum angrenzenden Chefzimmer wies. »Bitte sehr. Professor Kehlmann erwartet Sie schon.«

Die Informatikerin straffte sich und trat nach einem kurzen Klopfen ein.

Der Mann, der ihr mit ausgestrecktem Arm entgegenkam, schien den kompletten Raum auszufüllen. Sein Gesicht strahlte Wohlwollen aus. »Guten Tag, Frau Olsok. Schön, Sie endlich mal kennenzulernen. Ihr Ruf eilt Ihnen ja voraus.«

Sim lächelte zögerlich zurück. Der Mann hatte eine Aura, die gleichermaßen einnehmend wie einschüchternd wirkte. So hatte sie ihn sich nicht vorgestellt. »Danke, ich freue mich auch. Obwohl der Anlass ja weniger schön ist. Herr Köstritz hat mich schon informiert.«

Die Miene des Professors verdüsterte sich. »In der Tat. Setzen Sie sich doch erst mal.«

Sim bekam denselben Platz zugewiesen, auf dem Tim erst vor wenigen Tagen gesessen hatte, um die Einrichtung des neuen Laptops vorzunehmen. Das Gerät stand schon bereit.

Kehlmann pflanzte sich direkt neben sie und sprach Tacheles. »Wie peinlich es für mich war, während eines Vortrags vor den Fachkollegen bloßgestellt zu werden, muss ich Ihnen sicher nicht sagen.«

Sim nickte verständnisvoll.

»Ich möchte mehrere Dinge wissen. Erstens: Wo liegt die

Sicherheitslücke, der ich diese Mailbombe zu verdanken habe? Zweitens: Wie kann man sie beheben? Drittens: Hat tatsächlich jemand meine Firewall gehackt? Und viertens: Wie kann das möglich sein an einem Institut für Sicherheit? Wer hat da geschlampt?«

»Hm, das sind verständliche Fragen. Für mich ist das ebenfalls sehr interessant. Deshalb bin ich auch schon tätig geworden und habe mir die Protokolle der Firewall angeschaut, hinter der Ihr Mailserver steht.«

Kehlmanns Augen blickten konzentriert. »Und?«

»Ich habe einen Filter gesetzt und mir die Datenströme zum besagten Zeitpunkt bis auf Paketebene angesehen. Und eins steht fest: Der Angriff wurde von Ihrem eigenen Laptop aus gestartet.«

»Wie bitte?!«

»Als die Mailbombe bei Ihnen eintraf, waren Sie per DFN@Work im Rechnernetz der Uni Duisburg-Essen eingewählt.«

»Das ist das neue Netz, das mein Admin auf dem Läppi eingerichtet hat. Was ist damit?«

»Nichts. Aber dadurch waren Sie mit Ihrem Gerät quasi hinter der Firewall des Rechenzentrums. So konnte ich Sie über Ihre Zugangskennung identifizieren. Wäre der Angriff von extern gekommen, hätte die Firewall ihn geblockt. Ihr Gerät gilt aber als vertrauenswürdige Quelle. Die Mails wurden von Ihrem Laptop mit Ihrer Anmeldekennung abgerufen und deshalb nicht als Spam oder Angriff eingestuft.«

»Ich bringe diesen Hoppe um«, murmelte Kehlmann und wurde dann lauter: »Hat mein Admin vergessen, die Schutzsoftware korrekt zu konfigurieren?«

»Lassen Sie mich mal nachsehen.« Sim zog das schlanke *ThinkPad* zu sich heran, an dem Kehlmann bereits mit seinem Zugang angemeldet war. Wenige Sekunden später wurde sie fündig. »Nein, Ihr Admin hat nichts falsch gemacht. Ist alles so, wie es empfohlen wird. Aber um ehrlich zu sein: Die

*Sophokles*-Software, die die Uni vor Jahren eingekauft hat, wäre nicht unbedingt meine erste Wahl. Fragen Sie mal die Kollegen im Rechenzentrum. Die können Ihnen das bestätigen.« Dann rutschte ihr noch ein Satz heraus: »Man muss natürlich auch aufpassen, auf welchen Seiten man surft.«

Kehlmann wurde rot. »Was wollen Sie damit sagen? Dass es meine Schuld ist, dass das passiert ist?«

»Nein! Um Gottes willen. So hab ich das nicht gemeint.« Simone redete schnell weiter, um Kehlmann zu besänftigen: »Es reicht schon aus, wenn eine scheinbar sichere Webseite gehackt worden ist. Davon haben Sie sicher schon gehört. Diese Cyberkriminellen manipulieren jeden Tag Tausende Websites. Man sucht was bei Google, Google lenkt einen dorthin – und zack! Beim ersten Klick wird einem was untergejubelt, das im Hintergrund unsichtbar weitere Seiten mit nicht vertrauenswürdigem Inhalt anwählt.«

Offenbar hatte Sim die richtige Ausrede gefunden, denn Kehlmann nickte. Vermutlich hatte er tatsächlich schon mal von dieser Art Angriff gehört oder gelesen. Trotzdem war er noch nicht besänftigt. »Absolut unverständlich, dass mein Admin nicht über solche Dinge nachdenkt. Wofür bezahle ich den eigentlich? Ich kann mich doch nicht um jeden Kleinkram selbst kümmern.«

Mist, dachte Sim. Das lief nicht gut für Tim. So war das nicht geplant. »Der Fehler liegt nicht bei Ihnen oder Ihrem Admin. Die Welt der Viren und Trojaner ist sehr schnelllebig, wie Sie wissen. Vielleicht war *Sophokles* früher mal state of the art. Aber das ist schon ein Weilchen her und außerdem das Einzige, was vom Rechenzentrum der Uni zur Verfügung gestellt wird.«

»Auch daran hätte Hoppe denken müssen. Der weiß ganz genau, dass Geld keine Rolle spielt, wenn es um Datensicherheit geht. Ich fasse es nicht.« Kehlmann schnaubte und brauchte ein wenig, um sich zu beruhigen. Schließlich fragte er: »Was empfehlen Sie mir?«

Simone log weiter, ohne mit der Wimper zu zucken: »Ich mache jetzt einen Kurzcheck, um einen Überblick zu bekommen. Vielleicht finde ich auch die Quelle der Schadsoftware. Ich tippe auf einen Trojaner. Und dann schauen wir weiter. Ist das in Ordnung?«

Kehlmann nickte knapp, stand auf und tigerte nervös durch sein riesiges Büro. Schließlich wandte er ihr den Rücken zu, um einen der Schränke aufzuschließen.

Die IT-Frau nutzte die Gelegenheit, um den mitgebrachten Stick einzustecken. Im Vordergrund ließ sie einen Scan laufen. Im Hintergrund wurde eine Software installiert, die sich als svchost.exe, ein standardmäßiger Windows-Dienst, tarnte.

Mit einem Auge auf dem Display und dem anderen auf Kehlmann fügte Sim geschwind den Dienst als Ausnahme in der lokalen Firewall hinzu, die Tim gewissenhaft konfiguriert hatte. Jetzt durfte ihre Software alles. Dann zupfte sie den Stick aus dem USB-Port.

Kehlmann drehte sich abrupt um. »Haben Sie was gefunden?«

Puh, das war knapp. Ihre Augen weiteten sich. Hatte der Dicke etwa sein altes Notebook aus dem Schrank gezogen?

Simones Puls schlug plötzlich schneller. Sie dachte an die verschlüsselten Dateien, die darauf warteten, in ihrer Obhut zu landen. Zehn Minütchen nur – das würde reichen.

Sie fuhr sich mit der Zunge über die Lippen. »Nun ja, leider eine ganze Menge. Der Scan ist noch nicht durch, aber zwölf Trojaner habe ich schon gefunden.« Dass sie die Schädlinge dort vor wenigen Sekunden hinterlegt hatte, verriet sie nicht. »Geben Sie mir das Gerät am besten gleich mit. Nach der Mittagspause sichere ich Ihnen alle wichtigen Daten auf DVD und lasse ein paar Sicherheitstools drüberlaufen, um zu checken, ob alles okay ist.«

Der Professor schien nachzudenken und strich sich beunruhigt übers Kinn. »Ich könnte so lange das alte Notebook benutzen.«

»Das sollte ich dann am besten auch prüfen. Ich übernehme das gern und installiere ein paar zusätzliche Tools. Damit haben Sie den größtmöglichen Schutz, den Software bieten kann.«

Kehlmann brütete, kaum unterdrückte Panik in der Stimme. »Das ist eine echte Katastrophe …«

Sims Hirn arbeitete auf Hochtouren. Tims Einschätzung von Kehlmanns Computerskills war offenbar nicht untertrieben. Erstaunlich, dass so jemand Informatikprofessor werden konnte. Ob der früher fitter gewesen war? Vielleicht sollte sie ihm noch ein wenig mehr Angst machen – dann wäre er bestimmt eher bereit, ihr die Computer auszuhändigen. Die Entscheidung war schnell getroffen: Sim setzte eine besorgt-bedauernde Miene auf, wie sie Handwerker wohl schon im ersten Ausbildungsjahr trainieren mussten, wenn sie dem Kunden kopfschüttelnd mitteilten: »Das kann teuer werden.«

»Nun ja, man kann nicht ausschließen, dass sich jemand Zugriff auf Ihre Daten verschafft hat. Genaueres kann ich Ihnen aber erst sagen, wenn ich mir die Geräte angesehen habe.« Sie bemerkte sein Zögern. »Dann haben wir Gewissheit. Ich kann das heute noch erledigen. Mit Prio eins. Danach haben Sie Sicherheit und saubere Geräte.«

Der Geschädigte nickte und traf seine Entscheidung. »In Ordnung. Ich bin froh, dass es so kompetente Mitarbeiterinnen wie Sie gibt, Frau Olsok. Können Sie sich jetzt gleich darum kümmern?«

Mindestens eine Tonne scharfkantiges Granitgestein fiel von ihrem Herzen. Jetzt hatte sie ihn! »Natürlich. Ich mache mich sofort an die Arbeit.«

Erleichtert sprang Simone auf und bückte sich nach ihrer Umhängetasche, die neben Kehlmanns Schreibtisch stand. Dabei klemmte sie sich das Haar hinters Ohr, damit es ihr nicht die Sicht verdeckte.

Sie bemerkte nicht, wie Kehlmanns Atem stockte und sich

seine Augen verengten. Dann sagte er: »Interessanter Ohrschmuck, den Sie da tragen.«

Sim wurde heiß und kalt zugleich. Schnell fasste sie sich erst ans Ohr und zog dann das Haar wieder darüber.

»Kann ich mal sehen?« Er trat näher. Viel zu nah. Sie musste schlucken. Seine fleischige Hand schob sacht ihr Haar zur Seite, um den Ohrplug näher zu betrachten. »Ein Alien. Wie passend.« Seine Augen sahen plötzlich aus wie in Marmor gemeißelt.

Simone schauderte und wich einen Schritt zurück. »Ähm, danke, ich werde dann mal. Sonst schaffe ich das mit den Laptops heute nicht mehr.«

Als sie nach dem ersten Gerät greifen wollte, legte Kehlmann seine große Hand auf ihre. »Warten Sie. Mir ist gerade eingefallen, dass da ein paar vertrauliche Daten drauf sind, die ich erst noch vor Zugriff schützen muss. Wissen Sie was? Ich melde mich später bei Ihnen.«

Sims Kehle war wie ausgetrocknet, als sie ihre Hand zurückzog und stotterte: »Ähm, wollen Sie das nicht … Ich meine, wäre es nicht besser, wenn Sie das jetzt gleich machten? Eigentlich kann ich es nicht verantworten, dass dieser infizierte Rechner …«

»Ich werde mit dem Laptop nicht mehr ins Netz gehen, bis das geklärt ist. Ich melde mich. Vielen Dank, Frau Olsok!«

Fuck, fuck, fuck! Simone bohrte die Fingernägel in ihre Handflächen. Das war gar nicht gut. Sie verabschiedete sich, so schnell es ging, und flüchtete aus dem Raum. Kehlmanns Blick hing ihr im Nacken wie die Zähne einer giftigen Schlange.

Mit zusammengepressten Lippen schaute Paul der Informatikerin nach und griff dann zum Telefon. Dieses verlogene Dreckstück! Der werde ich es zeigen!

# 54

»Wundert mich, dass du den Mager doch noch weichgeklopft hast«, sagte Waliszczek. »Ich hätte gewettet, dass der erst einen Anwalt konsultiert, bevor er zu dem Abstrich bereit ist.«

»Er mag uns nicht. Aber deshalb muss er ja nicht gleich blöd sein. Da kenne ich andere.«

Etwas an Kastens Ton ließ ihn aufhorchen. »Ist was?«

Sie sah ihn spöttisch an. Für seinen Trip nach Unna hatte sich der Youngster richtig aufgebrezelt. Er war frisch gekämmt, hatte neues Gel ins Haar geschmiert und den Krawattenknoten ein wenig gelockert, als wollte er etwas verwegener aussehen. »Und? Hast du auch saubere Socken an?«

Wali errötete leicht.

»Mann, mach dir keine falschen Hoffnungen. Silkes ehemalige Nachbarin muss inzwischen Mitte fünfzig sein.«

»Du siehst das völlig falsch, Chefin. Immerhin repräsentiere ich die deutsche Kriminalpolizei. Oder soll ich lieber deinen Anorak anziehen?«

Kastens Lippen waren noch voller Erstaunen geöffnet, als Wali die Tür hinter sich zugeknallt hatte. Müller gluckste.

»Was?«, zischte sie, merkte aber selbst, dass sie den falschen Ton gewählt hatte.

»Du redest mit ihm wie mit einem geistigen Tiefflieger. Ich hätte ihm eine Eins für Schlagfertigkeit gegeben.«

Ihre grauen Augen musterten den neuen Kollegen, aber er hielt dem Blick stand. Schließlich knurrte sie: »Dafür, dass du gerade mal drei Stunden hier bist …«

»Viereinhalb«, korrigierte er, ohne auf die Uhr zu sehen. »Das müsste reichen, um die Fronten abzustecken.«

»So langsam begreife ich, warum sie dich beim Betrug nicht mehr haben wollen«, meinte Kasten und lächelte. »Aber du bist nach meinem Geschmack. Willkommen im Klub!«

Über die Tischkante hinweg gaben sie sich fünf. Dann schob er die aktualisierte Liste mit den Mietern herüber, die 1984/85 das Appartementhaus bevölkert hatten. »Guck mal!«

*Im Januar und Februar 1985 ausgezogen:*
*01. Holze, Patrick Maria, 50, Mülheim/Ruhr, Lehrer*
*02. Lücke, Manuela, jetzt: Weyrich, 49, Wien, Dipl.-Ing.*

*Im März 1985 wohnhaft in 15:*
*03. Ahlmann, Dr. Konrad, 52, Essen, Rechtsanwalt*
*04. Bertram, Rudolf, 54, Aachen, Dipl. Ing.*
*05. Elchmaul, Peter, 50, Hattingen, Fitnesstrainer*
*06. Fichtel, Henry, 55, Thule, Klimaforscher*
*07. Jendritzky, Helmut, 55, Dortmund, Rechtsanwalt*
*08. Petry, Dr. Harro, 54, Erlangen, Privatdozent*
*09. Rozensky, Ewald, 55, Oberhausen, Geschäftsführer*
*10. Lobkowitz, Kathrin, jetzt: Lobkowitz-Schuster, 52, Dortmund, Psychologin*
*11. Schöller, Edith, 55, Düsseldorf, ReNo-Gehilfin*

*Besonderheiten:*
*Nr. 03: zzt. JVA Werl (5 J. 6 M. wg. Veruntreuung, Betrugs und versuchten Raubes)*
*Nr. 06: erst Südafrika, seit 2009 Thule (Grönland)*
*Nr. 08: zzt. JVA Nürnberg (2 J. 8. Mon. wg. Volksverhetzung)*
*Nr. 09: Oktober 1985 ausgezogen*
*Nr. 11: November 1985 ausgezogen*

»Meine Fresse«, konstatierte Kasten. »Zwei von elf abgeurteilt. Schöner Schnitt!«

»Das würde dich weniger wundern, wenn du hier nicht bei den Kapitalverbrechen wärst«, warf er ein. »Beim Betrug bekommst du den Eindruck, dass jeder zweite Mensch davon leben möchte, andere in eine Abofalle zu locken oder

Waren zu bestellen, die er nicht bezahlen kann. Von unseren Steuerflüchtlingen mal abgesehen.«

»Die sind aber nicht ganz so zahlreich.«

»Stimmt. Aber die schaden uns mehr als alle Hartz-IV-Mogler zusammen. Also, wie machen wir hier weiter?«

»Gute Frage«, sagte sie und dachte einen Moment nach. »Ich nehme mal an, dass die Kollegen vor siebenundzwanzig Jahren all diese Leute schon mal vernommen haben. Würde mich nicht wundern, wenn keiner etwas Sachdienliches gewusst hat. Aber diese Annahmen helfen uns nicht weiter. Ohne die alte Akte ...«

»Der Staatsanwalt wollte sich doch dahinterklemmen«, meinte Müller.

»Hat aber bisher keinen Erfolg gehabt.«

»Unglaublich.«

»So etwas passiert. Irgendwer hat sich alle fünf Jahre die Akte angesehen, ein wenig nachgeforscht und festgestellt, dass die Verschwundene immer noch nicht aufgetaucht ist – und dann landen die Papiere wieder bei den ungelösten Fällen.«

»Aber wir haben die Fotos, die Mager gefunden hat«, erinnerte Müller. »Das ist doch etwas Neues, bei dem wir ansetzen können. Wir befragen die Leute auf der Liste, ob sie jemanden auf den Bildern wiedererkennen. Und ob sie Genaueres dazu sagen können, welche Beziehungen zu Silke Neuhaus bestanden.«

Kasten nickte.

»Zweitens: Nicht alle der ehemaligen Studenten haben einen akademischen Beruf ergriffen. Welche Art Geschäft führt dieser Rozensky? Warum ist die Schöller nur ReNo-Gehilfin geworden und dieser Elchmaul Fitnesstrainer? Und was hat die Verurteilten auf die schiefe Bahn gebracht? Vielleicht gibt es da Erkenntnisse, die uns etwas weiterbringen.«

Müllers Chefin dachte nach. Schließlich verzog sich ihr Mund: »Und warum bist du kein Psychologe geworden?«

Er sah sie ernsthaft an. »Darüber habe ich nie nachgedacht.

Aber vielleicht, weil ich die Verbrecher nicht verstehen, sondern in den Knast bringen will.«

Am Ende des Gesprächs war die Hauptkommissarin dennoch unzufrieden. Irgendetwas Wichtiges hatten sie übersehen.

## 55

»Darf ich fragen, wer Sie sind und was Sie da machen?«

Die Stimme, die das fragte, hätte auf der Scoville-Skala einen deutlich höheren Grad als eine Habanero-Chili.

Der Mann, der unter Tim Hoppes Schreibtisch auf dem Boden kauerte, fuhr erschrocken hoch und stieß sich den Kopf an der Kante der massiven Holzplatte. »Aaautsch!«

Ein junger braunhaariger Typ rieb sich mit schmerzverzerrtem Gesicht den Hinterkopf. Vermutlich wuchs da bereits eine Beule in der Größe einer Kinderfaust.

»Und? Ich warte!«, betonte Adele Klawitter, die mit Tim Hoppe das Büro teilte.

Nachdem der Unbekannte sich aufgerappelt hatte, streckte er ihr die rechte Hand hin. Die Linke tastete noch den Kopf auf mögliche Frakturen oder Blutspuren ab. Seine Augen blinzelten, als er bemerkte, dass niemand die Hand ergriff. Er ließ sie langsam wieder sinken. »Äh, Simon Hense. Professor Köstritz schickt mich. Ich soll hier einen PC abholen.«

Jetzt sah sie es auch. Hinter Tims Schreibtisch lagen bereits mehrere abgelöste Kabelenden auf dem Boden.

»Aha. Und wer hat Sie in mein Büro gelassen?«

»Das war Herr Kehlmann.«

»*Wie* bitte?«

»Das war ...«

»Ich habe Sie sehr gut verstanden.« Adele intonierte jede einzelne Silbe so präzise, als würde sie sie durch ein Überdruckventil schleusen.

Der Jüngling vor ihr schluckte trocken. Er spürte, dass

jetzt ein falsches Wort genügte, um das menschliche TNT-Fass vor ihm zur Explosion zu bringen. Auch wenn er nicht verstand, warum.

»Wir werden jetzt zusammen zu Herrn Kehlmann gehen«, sagte Klawitters Mund, ohne dass die übrigen Gesichtsmuskeln sich mitbewegten. »Ich bin gespannt, ob er Ihre Geschichte bestätigen wird.«

Mit dem Jüngling im Schlepptau stürmte Adele durch den gebogenen Korridor des Instituts. Ole Rasmusson kam ihr mit gesenktem Kopf und tiefroten Ohren entgegen, schien sie aber kaum zu bemerken. Ihr war jetzt ohnehin nicht nach einem Pläuschchen.

Meike Pastor protestierte, als Adele an ihr vorbei auf die Tür des Chefbüros zuraste. Doch Klawitter ließ sich nicht stoppen. Sie hämmerte einmal gegen das Holz, wartete aber die Antwort nicht ab, sondern stieß die Tür auf. Der völlig verschüchterte Techniker hinter ihr hatte sich sehr klein gemacht, konnte aber genau verfolgen, wie Klawitter direkt zum Angriff überging: »Paul, kannst du mir bitte sagen, was hier gespielt wird?«

Der Professor erhob sich langsam und hob die Hände, als würde jemand eine Waffe auf ihn richten. »Hey, hey, hey, immer mit der Ruhe, Witti. Alles ganz harmlos.«

»Also stimmt es? Der Auftrag, Tims PC abzubauen, kommt von dir?«

»Mensch, jetzt setz dich erst mal.« Er warf einen Blick auf den Braunhaarigen, den das Geschehen völlig verwirrte. »Sie machen bitte da weiter, wo Sie aufgehört haben.«

»Nein, Sie bleiben hier«, befahl die blonde Frau.

Kehlmann presste die Lippen zusammen und kam auf die beiden zu. Auch die Sekretärin stand in der Nähe der Tür und hatte eine Miene aufgesetzt, die gleichermaßen Empörung und Schuldbewusstsein ausdrückte. Ganz sanft schob der Professor den Jüngling an ihr vorbei ins Vorzimmer. »Warten Sie bitte kurz hier. Frau Pastor wird Ihnen sicher einen Cappuccino anbieten.« Er nickte seiner Assistentin kurz zu und schloss dann die Tür.

Adele öffnete den Mund, um ihrem Ärger Luft zu machen. Aber Kehlmann kam ihr zuvor.

Seine Augen funkelten und er stach mit dem Zeigefinger in die Luft vor ihrem Brustkorb. »Du stellst mich nie wieder bloß! Ist das klar?« Er drehte sich schwerfällig und mit einem Kopfschütteln um die eigene Achse. Dann stieß er wie eine Viper erneut auf sie zu. »Ausgerechnet du, Witti. Von dir hätte ich mehr Fingerspitzengefühl erwartet.«

Nur scheinbar unbeeindruckt blieb Adele vor ihm stehen. »Wieso gibst du mir nicht vorher Bescheid, wenn ein Fremder Zutritt zu meinem Büro bekommt? Ganz davon abgesehen, dass vertrauliche Akten in meinem Schrank liegen und dieses Jüngelchen …«

»Jetzt komm mal wieder runter, verdammt. Du warst nicht da und ich brauche dringend ein paar Daten, die wahrscheinlich auf Tims PC liegen.«

Adele schnappte nach Luft. Auf ihren Wangen flammten rote Flecken auf. »Das wird ja immer besser. Deine Dateien auf Tims PC? Und statt mal freundlich bei mir nachzufragen, ob ich gucken kann, ob …«, ihre Finger malten aggressive Anführungszeichen in die Luft, »… ›deine Dateien‹ auf dem Rechner zu finden sind, heuerst du gleich einen Sicherheitsmann von Köstritz an? Was wird hier eigentlich gespielt?«

Der Professor kam noch näher. Seine Züge wirkten wie glattgebügelt und er strahlte eisige Ruhe aus. Wie ein Hai, der durch dunkle Gewässer schwimmt, dachte Adele.

Er sah ihr direkt in die Augen. »Bevor du weiterkeifst, darf ich dir vielleicht was erklären?«

Sie nickte knapp. War bemüht, ihn nicht sehen zu lassen, dass sie vor Wut zitterte.

»Ich hatte einen sehr unangenehmen Zwischenfall in Göteborg. Vielleicht hast du davon gehört?« Er erwartete wohl keine Antwort, denn er fuhr fort: »Nicht nur ich, auch Köstritz befürchtet, dass mein neuer Laptop infiziert ist.«

»Und du denkst, dass Tim etwas damit zu tun hat?«

»Nein. Außer dass es ihm an der Kompetenz fehlt, einen Laptop so einzurichten, dass er nicht gehackt wird. Mir fehlen ein paar Daten vom alten Laptop, die ich nun dringend brauche.«

»Ich verstehe kein Wort. Erstens hast du sicher noch dein altes Notebook. Zweitens: Wie kommst du darauf, dass du deine Dateien auf Tims PC findest? Drittens: Was kann so wichtig sein, dass es nicht Zeit gehabt hätte, bis ich vom Mittagessen zurück bin? Und viertens: Du verletzt Tims Recht auf Datenschutz, wenn du einfach seinen PC durchsuchst.«

Kehlmann war nun sehr leise. »Ich denke, du lehnst dich zu weit aus dem Fenster, Witti. Jeder hier im Institut hat unterschrieben, dass weder Postfach noch PC privat genutzt werden dürfen. Ob und wann ich meine Dateien benötige, entscheide ich selbst. Ich gehe davon aus, dass Tim eine temporäre Sicherheitskopie auf seinem Rechner gemacht hat. Ach, und noch was: Dein Tonfall gefällt mir nicht.« Er schritt zur Tür und öffnete sie. »Die Unterhaltung ist beendet.«

Als sie ging, hellte sich das Gesicht des Dicken so schnell wieder auf, als hätte jemand einen Schalter umgelegt. Er blickte ins Vorzimmer. »Herr Hense, entschuldigen Sie das kleine Missverständnis. Ich hätte Frau Klawitter natürlich informieren müssen. Jetzt ist aber alles geklärt. Sie können mit Ihrer Arbeit fortfahren.«

Kaum war Kehlmann wieder allein, holte er eine Flasche mit goldbrauner Flüssigkeit aus seinem langen Aktenschrank und goss sich etwas davon in eines der beiden langstieligen Gläser, die direkt danebenstanden. Die rauchigen Aromen des Islay Whiskys verteilten sich so schnell im Raum wie Parfüm.

Mit dem Glas stellte er sich ans Fenster. Adele hatte ihm

die Geschichte mit seinen Dateien auf Tims PC nicht abgekauft. Natürlich nicht. Seine Mitarbeiterin war nicht dumm. Und sie kannte ihn – leider – viel zu gut. Das gefiel ihm nicht. Konnte er ihr noch vertrauen?

Ob Tim sein Feind war, würde er hoffentlich schon bald wissen. Aber Witti? Sie nahm sich zu viel raus. Und sie war ein Risiko, das er sich in seiner Position nicht mehr leisten konnte.

Er musste nachdenken, hatte aber das Gefühl, dass die Zeit ihm davonlief. Nach Feierabend würde er in seine Zweitwohnung fahren. Wie schon gestern. Dort konnte er am besten entspannen.

Fast automatisch wanderte seine Hand in die Hosentasche. Hatte er den Wohnungsschlüssel etwa zu Hause liegen lassen? Die Anzughose, fiel es ihm wieder ein. Mist. Solche Dinge wären ihm vor zwei Wochen noch nicht passiert. Immer mehr Fäden glitten ihm aus der Hand. Das war ärgerlich. Er brauchte mehr Kontrolle. Mehr Planung. Aber wie? Sollte er den Notruf starten?

Eins war klar: Wenn er mit offenen Karten spielte, kappte er eine wichtige Geschäftsbeziehung. Wenn er es aber nicht tat und sich dann später herausstellte …

Nein, daran durfte er nicht mal denken. Er strich sich mit der Pranke übers Gesicht. Kontrolle. Planung. Struktur. Ein heiliges Mantra. Anders ging es nicht.

Kehlmann drehte sich auf dem Absatz und kehrte zu seinem Schreibtisch zurück. Aus einer der unteren Schubladen zog er einen USB-Stick und eine CD mit der Aufschrift *Boot & Nuke.*

Wenige Minuten später hatte er alles von seinem Notebook gesichert, was er noch brauchte und von dem er sich nicht trennen wollte. Dann schob er die CD in das Laufwerk und ließ sie ihre Arbeit verrichten. Es würde eine Weile dauern, aber danach würde niemand mehr eine sinnvolle Reihe Bits und Bytes von der Festplatte lesen können. Später würde er diesen Vorgang mit seinem alten Laptop im Schrank wiederholen.

Das waren Punkt eins und zwei.

Eine neue Entschlossenheit lag in Kehlmanns Gesicht, als er die nächsten Schritte seines Plans visualisierte. Ja, er würde mit offenen Karten spielen. Doch wo gehobelt wird …

Er griff zum Telefon. »Meike, kannst du bitte dafür sorgen, dass ich in der nächsten halben Stunde nicht gestört werde?«

## 56

*Vernehmungsprotokoll*
*Gegenstand: Todesfall Silke Neuhaus (1985)*
*Zeugin: Anja Hermann, geb. Meißner, 30.03.1961*
*Vernehmender: KK Christoph Waliszczek, Dortmund*
*Ort: Polizeiinspektion Kamen*
*Zeit: 15:01 – 17:12 Uhr*

Frage: *Ihre berufliche Tätigkeit?*
Antwort: *Oberstudienrätin für Deutsch und Englisch.*
Frage: *Wann und wo haben Sie während des Studiums zusammen mit Silke Neuhaus gewohnt?*
Antwort: *Von Sommer 1984 bis zum Frühjahr 1985 haben wir uns eine möblierte Mansardenwohnung in der Pulverstraße 13 in 4600 (heute 44225) Dortmund-Barop geteilt. Jede hatte ein möbliertes Zimmer; die Kochküche, das Bad und den Flur haben wir gemeinsam benutzt.*
Frage: *Wie war Ihr Verhältnis zu Silke Neuhaus?*
Antwort: *Wir waren befreundet. Wir haben oft gemeinsam oder für die andere mit gekocht und sind häufig zusammen ausgegangen. Ins Kino, in die Disco, zur Pferderennbahn. Und wir haben – oft zusammen – an den üblichen Feiern an der Uni Dortmund teilgenommen.*

Frage: *Wie waren Ihre Kontakte zur Nachbarschaft?*

Antwort: *Mit den Bewohnern des Hauses Nummer 13 und der im Erdgeschoss wohnenden Vermieterin hatten wir wenig Kontakt. Am häufigsten sind wir noch den Mietern Mager aus dem ersten Stock begegnet, da diese einen Kleingarten direkt hinter der Hauswiese hatten. Frau Mager hat uns erlaubt, dort zwei Liegestühle aufzustellen. Zu Gartenpartys, die dort einmal im Jahr stattfanden, waren wir ebenfalls eingeladen. Mit Silke war ich zuletzt im Sommer 1984 bei einem solchen Fest, bei dem etwa zwei Dutzend Freunde, Bekannte und Verwandte der Magers anwesend waren.*

Frage: *Hatten Sie noch engere Beziehungen zu den Magers?*

Antwort: *Nein.*

Frage: *Hatte Silke einen festen Freund?*

Antwort: *Nein.*

Frage: *Gab es auch Kontakte zu den Bewohnern im Haus 15?*

Antwort: *Einige kannten wir von der Uni her, gelegentlich haben wir mit ihnen gegrillt oder waren zu Partys eingeladen.*

Frage: *Was heißt gelegentlich?*

Antwort: *Ein- oder zweimal im Monat.*

Frage: *Wie eng waren diese Kontakte?*

Antwort: *Bleibt das vertraulich?*

Frage: *Ja.*

Antwort: *Es ist dabei auch zu sexuellen Kontakten gekommen: Silke, soweit ich mich erinnere, hat mehrfach mit Peter Elchmaul geschlafen, vielleicht auch einmal mit seinem Bruder Pascha. Aber da bin ich mir nicht sicher. Der wohnte woanders und ich habe ihn nur wenige Male gesehen. Mit Fichtel war sie auch mal zusammen und noch mit zwei oder drei anderen Unileuten, die sie auf Feten in einem der Studentenheime kennengelernt hatte. Da weiß ich aber keine Namen.*

Frage: *Und Sie?*

Antwort: *Zweimal mit Fichtel.*

Frage: *Gab das keine Konflikte?*

Antwort: *Nicht wirklich.*

Frage: *Das müssen Sie erklären!*

Antwort: *Es ging weniger um Liebe als um Sex. Ich habe diese Kontakte bald abgebrochen. Die Männer hatten sowieso mehr Interesse an Silke. Nehme an, weil sie blond war und deutlich hübscher als ich. Peter Elchmaul wäre mir auch zu grob gewesen.*

Frage: *Was heißt das?*

Antwort: *Silke hat da mal was durchklingen lassen. Es ging ihm wohl nur um sein eigenes Vergnügen.*

Frage: *Gab es wegen Ihres Rückzuges Konflikte?*

Antwort: *Kaum. Henry Fichtel hat etwas beleidigt reagiert, weil er gerne öfter bei mir übernachtet hätte, aber er wurde nicht aggressiv und hat bald aufgegeben. Er hatte sowieso nie Frauenmangel.*

Frage: *Warum?*

Antwort: *Er sah gut aus. Durchtrainierter Sportler halt …*

Frage: *Wo haben diese sexuellen Begegnungen stattgefunden?*

Antwort: *Nie bei uns. Wir hatten beschlossen, die Wohnung männerfrei zu halten.*

Frage: *Und wie hat Silke sich verhalten?*

Antwort: *Silke hatte mit allen weiterhin Kontakt. Bei ihr zu Hause ging es wohl sehr prüde zu und sie hatte, wie sie selbst einmal gesagt hat, Nachholbedarf.*

Frage: *Wann haben Sie Frau Neuhaus zuletzt gesehen?*

Antwort: *Das kann ich heute nicht mehr sagen. Es muss kurz vor Ostern 85 gewesen sein. Silke hat wohl ihre Familie in Kleve besuchen wollen, ist aber nie dort angekommen. Ihre Eltern nahmen nach Ostern Kontakt zu mir auf und fragten, wo Silke geblieben sei. Aber ich wusste es doch auch nicht.*

Frage: *Wie sah Silkes Abschied aus?*

Antwort: *Undramatisch. Ich bin schon vor den Feiertagen zu meinen Eltern nach Herford gefahren und habe nur kurz Tschüss gesagt. Ich konnte nicht ahnen, dass ich sie nie wiedersehen würde. Und ich habe auch nichts mehr von ihr gehört.*

Frage: *Wissen Sie etwas von Silkes Eltern?*

Antwort: *Ich habe sie ein- oder zweimal in unserer Wohnung getroffen. Sie und später auch die Kriminalpolizei haben Silkes möbliertes Zimmer durchsucht. Die Eltern haben es etwa zwei Monate nach Silkes Verschwinden geräumt und sich auch um die Kündigung des Mietvertrags gekümmert.*

Frage: *Gab es Kontakte aus dem Nachbarhaus zur Familie Mager?*

Antwort: *Soweit ich weiß, kaum. An den Gartenfesten haben aber zwei oder drei Leute von nebenan teilgenommen. Ob es weitere Kontakte gab, kann ich nicht sagen. Nur Fichtel erzählte mir mal in der Mensa, dass er Mager geholfen habe, Holz von der Straße durch den Keller von Nummer 13 in den Garten zu tragen. Ob noch jemand dabei war, kann ich nicht sagen. Im Übrigen: Damals haben Ihre Kollegen noch gar nicht so genau nach Magers Gartenfeten und den Verbindungen zwischen den Jungs von nebenan und den Magers gefragt.*

Frage: *Sondern?*

Antwort: *Sie wollten zwar wissen, zu wem Silke Kontakte hatte, fragten aber intensiver, ob sie Depressionen hatte und ob sie jemals vorher von Flucht oder Selbstmord gesprochen hatte.*

Frage: *Was haben Sie geantwortet?*

Antwort: *Silke hatte keine Depressionen, von Flucht oder Selbstmord hat sie nie geredet. Sie war ein sehr fröhlicher, kontaktfreudiger Typ. Was Beziehungen anging, habe ich damals zwar Peter Elchmaul und Henry Fichtel erwähnt, aber das war's schon. Was die der Kripo gesagt haben, weiß ich nicht.*

Frage: *Warum haben Sie Elchmauls Bruder nicht erwähnt?*

Antwort: *Der war doch nur selten da.*

Frage: *Sie haben doch sicher noch öfter über Silkes Verschwinden nachgedacht. Haben Sie nie jemanden aus Ihrer Nachbarschaft damit in Verbindung gebracht?*

Antwort: *Nachgedacht, ja. Aber an Mord wollte niemand von*

*uns glauben. Ich wüsste auch heute nicht, wer wirklich ein Motiv gehabt haben sollte.*
Frage: *Haben Sie jemals noch etwas von Silke gehört?*
Antwort: *Wie gesagt – nein. Ich habe ab und zu bei ihren Eltern angerufen, aber sie wussten auch nichts. War schlimm für sie.*

*Vorgelesen, genehmigt und unterschrieben: Anja Hermann*

## 57

Feierabend. Endlich!

Sim stieß die Glastür auf und genoss die kühle Luft auf ihren erhitzten Wangen. Es dämmerte bereits und das runde Gebäude war in gelbes Laternenlicht getaucht.

Sie fuhr sich durch die kurzen Haare und sah sich um. Dieser Bereich hinter dem Campus Süd war wie ausgestorben, auch wenn man gelegentlich hörte, wie ein Auto auf der nahen Lotharstraße vorbeirauschte.

Sie schob ihre Schultertasche mit dem Laptop in eine bequemere Position und tastete kurz nach dem Pfefferspray in ihrer Jackentasche. Gut. Dann kramte sie in ihrer Handtasche nach den französischen Filterzigaretten. Der Weg bis zum Parkplatz hinter der Informatiker-Keksdose, wo ihr Twingo auf sie wartete, reichte genau für eine Zigarettenlänge. Wenn man langsam ging.

Das tat sie. Der missglückte ›Sicherheitscheck‹ bei Jabba saß ihr noch in den Knochen. Verdammt, verdammt! Wieso nur hatte sie wieder diesen verräterischen Plug getragen? Die Entdeckung des grünen Aliens hatte Jabba offenbar so misstrauisch gemacht, dass sie nicht mehr allein an seinem Notebook arbeiten konnte. Der Ohrschmuck würde gleich heute noch im Müll landen.

Zweites Problem: Tim. Der Kollege war heute nicht im

Institut aufgetaucht, wie sie nach dem beschissenen Termin bei Kehlmann gegen Mittag erfahren hatte. Den Anruf auf Tims Büroanschluss hatte nicht der Kollege, sondern Adele Klawitter angenommen. »Sorry, aber Herr Hoppe hat sich krankgemeldet!«

Krank?

Die Entspannung beim Rauchen wollte sich nicht einstellen. Seit Tagen keine Reaktion von Tim. Nicht mal eine kurze Nachricht. Das war doch sonst nicht seine Art. Wenn er wirklich krank war, warum, verdammt noch mal, meldete der Kerl sich dann nicht bei ihr? Wenigstens kurz. Er konnte sich doch denken, dass sie sich sorgte. Oder hatte er etwas entdeckt und war abgetaucht? War er in Gefahr?

Die Reste des winterlichen Rollsplitts, die noch auf den Pflastersteinen lagen, knirschten unter ihren Sohlen. Noch hundert Meter bis zum Parkplatz. Sie musste endlich mit Kalle über alles reden und sich beraten. Gleich, in Höntrop beim Italiener.

Simone schnippte den Zigarettenstummel weg und kramte nach ihrem Autoschlüssel. Der hatte sich am dicken Bund mit den Instituts- und Hausschlüsseln verhakt. Mistding. Andauernd passierte das, weil daran auch ein kantiger Flaschenöffner hing. Sie blieb kurz stehen, um das Schlüsselwirrwarr zu lösen. Geschafft. Jetzt ab nach Hause!

In diesem Moment schoss eine große Gestalt direkt neben Simone aus den Büschen. Der Hüne riss sie von hinten brutal zu sich heran. Schlüssel und Taschen fielen zeitgleich auf den harten Boden. Das Metall klirrte auf den Schotter. Ein wattierter Unterarm legte sich um Sims Hals und blockierte ihre Kehle. Augenblicklich blieb ihr die Luft weg. Schmerz und Schreck waren so heftig, dass ihr kurz schwarz vor Augen wurde.

Dann aber schoss Adrenalin so heftig durch ihre Blutbahn, als hätte jemand eine Sprengkapsel gezündet. Ein Schrei löste sich von ihren Lippen, aber bevor er laut genug werden konnte, legte sich eine große Lederhand auf ihren Mund. »Still, du Fotze!«

In einem ersten Reflex zerrte Simone an dem Arm.

Als Antwort hieb ihr der Muskelmann mit unglaublicher Wucht in die Niere.

Schmerz explodierte in ihrem Leib. Ihr Körper zog sich zusammen wie ein Gummiband. Jegliche Kraft schwand.

Der Unbekannte zog sie mit einem Ruck am Hals wieder hoch. Sie stöhnte durch den Handschuh. Und dann griff der Kerl ihr mit der freien Hand direkt zwischen die Beine.

Panik. Ein einziges Wort verdrängte alle anderen Gedanken: Vergewaltigung.

»Du dreckige kleine Fotze.«

Sie erstarrte.

Die tiefe Männerstimme flüsterte ihr fast zärtlich ins Ohr, während die Hand die empfindliche Stelle in ihrem Schritt knetete. »So ganz allein im Dunkeln? Ganz schön unvorsichtig.«

Die Hand fingerte an ihrem Gürtel. Auf Simones Hals lag so viel Druck, dass sie kaum Luft bekam. Sie schmeckte Salz auf ihren Lippen. Sie musste sich wehren.

Etwas leckte ihr übers Ohr. Widerlich warm. Sie roch den Speichel des Angreifers und hörte sich selbst würgen.

Das Pfefferspray! Direkt in seine Fresse! Wo war es? In welche Tasche hatte sie es gesteckt? Sie tastete mit ihrer Rechten danach, während ihre Linke vor Angst und Verzweiflung herumfuchtelte. Rechts? Bitte rechts.

Sie kam nicht dazu, die Dose auch nur zu berühren. Denn in diesem Moment wurde sie zu Boden gestoßen. Mit dem Gesicht voran schlug sie auf. Splitt bohrte sich in ihre Haut, sie schmeckte Dreck und Metall. Wieder fehlte Simone die Luft für einen Schrei. Die Pein schlug über ihr zusammen wie eine schwarze Welle.

Jetzt bohrte sich ein Knie in ihren Rücken und nagelte sie auf dem Pflaster fest. Der Fremde packte ihre Hände und riss sie hoch. Gleich würde er ihr die Arme auskugeln. Sie hörte ein hohes Quieken wie von einem Schwein auf der Schlachtbank. War sie das?

Leder wurde ihr in den Mund getrieben. Sie würgte erneut. Ihr Herz schlug so schnell, dass sie das Blut in ihren Ohren rauschen hörte.

»Hör zu, du Schlampe! Du steckst deine Nase in Dinge, die dich nichts angehen. Neugierige Fotze du! Wenn du meine Freunde fickst, dann fick ich dich. Willst du das, du dumme Sau? Soll ich dich ficken? Meinen Schwanz in ...«

Ihr Magen krampfte sich mit einer Gewalt zusammen, dass sie sich trotz des Peinigers auf ihrem Rücken krümmte. Sie schaffte es, den Lederknebel auszuspucken, bevor die Säure durch ihre Kehle schoss und unter ihr auf den Splitt spritzte. Ein tiefer Atemzug. Dann löste sich ein Schrei aus Sims Kehle. Doch sofort traf ein Fausthieb ihre Schläfe und brachte sie zum Verstummen. Lichter tanzten vor ihren Augen. Jetzt war sie wirklich verloren ...

Eilige Schritte knirschten heran. Ihr Angreifer drehte sich ein wenig. Der Druck auf ihren Rücken verringerte sich.

»He, Sie da!«, tönte es aus dem Dunkel.

Der Kegel einer Taschenlampe waberte unruhig vor Simone über den Boden und verschwand wieder aus ihrem Blickfeld. Die Schritte wurden schneller und plötzlich war das Gewicht auf ihr verschwunden. Sie hörte ein leises Klirren. Mühsam drehte Sim ihren Kopf. Was passierte da?

Ein schwerer Schuh raste auf sie zu. Keine Chance, ihm auszuweichen. Ein Dampfhammer traf ihr Kinn und die Nacht verschluckte sie.

Acht Minuten später heulte die Sirene eines Krankenwagens durch die Straße vor dem Kopula-Institut.

# 58

Verdammt, wo bleibt sie nur?, dachte Kalle. Wir waren doch um sieben verabredet. Und jetzt ist es …

Er griff nach seinem Handy und checkte die Uhrzeit. Gleich acht. Nun saß er schon eine Stunde beim Italiener im Höntroper S-Bahnhof. Erneut prüfte er die Staumeldungen auf seinem iPad. Die üblichen vier bis fünf Kilometer zwischen Duisburg und Wattenscheid. Sein dritter Cappuccino wurde allmählich kalt.

»Schon mal eine kleine Vorspeise?«, fragte ihn der türkischstämmige Kellner und blinzelte ihn dabei mit seinen unglaublich langen Wimpern an, während er den Nebentisch abräumte. »Frauen brauchen manchmal eben etwas länger.«

Trotz seiner aufkeimenden Sorge musste Kalle lachen. Manche Frauen würden für solche Wimpern auch töten. Doch das behielt er lieber für sich. Stattdessen sagte er: »Aber manche Frauen sagen zwischendurch Bescheid, wenn es später wird.«

Lachend hob Aytaç den freien Arm und drehte seine Hand hin und her. »Manchmal ja, manchmal nein. Wie wäre es mit Pizzabrötchen?«

Kalle schüttelte den Kopf. Der Appetit war ihm vergangen. Aber er hatte Lust auf einen Grappa. Zehn Minuten gebe ich ihr noch, dachte er, während er nervös an seinem Daumennagel knibbelte. Wo blieb Sim nur?

Einen Versuch könnte er noch starten. Er nahm sein Handy und wollte per Kurzwahl Simones Nummer wählen – da dudelte das Telefon von sich aus los. Kalle erschrak kurz, dann verspürte er Erleichterung – bis er den Namen las, der im Display aufleuchtete.

»Ja, Mama?«

»Karl, du musst sofort kommen!«

»Warum?«, fragte er.

»Ich habe eine Maus im Keller!«

»Na und? Mäuse beißen nicht. Stell eine Falle auf.«

»Habe ich ja.«

»Und?«

»Da ist jetzt die Maus drin.«

»Fein«, sagte er. »Dann ab in die Tonne mit dem Vieh.«

»Aber sie lebt doch noch!«, rief Mechthild. Ihre Stimme verriet Verzweiflung.

»Dumm gelaufen für die Maus. Im Normalfall bricht so eine Falle dem Tier …«

»Junge«, tönte sie entrüstet. »Das ist eine Lebendfalle. Hältst du mich für eine Mörderin?«

Höchstens für das stumpfe Sägeblatt an meinen Nerven, dachte Kalle. Aytaç brachte den Grappa und entfernte sich wieder diskret. »Mama, trag die Falle raus und lass das Tier am Bahndamm frei!«

»Wie denn?«, jammerte sie. »Ich kann doch den Käfig nicht anfassen. Bitte, hilf mir!«

Kalle stützte die Ellbogen auf den Tisch und schloss die Augen. »Okay, ich komme morgen früh und …«

»Karl, die Maus verhungert mir doch da drin.« Leichte Hysterie mischte sich in den Ton und der Sohn stöhnte nun laut auf. »Was bist du undankbar. Einmal im Jahr, nur ein einziges Mal, bitte ich dich um etwas und dann …«

»Du hast gewonnen. Ich komme.«

Entnervt drückte er das Gespräch weg. Dann stand er auf, packte das Handy ein, sein Portemonnaie aus und legte einen Zehner auf den Tisch. Den Grappa exte er ihm Stehen.

In Dortmund angekommen, stieg er aus dem Wagen und rief noch einmal Simones Handy an. Es läutete zweimal, dann meldete sich unvermittelt eine fremde Männerstimme: »Ja?«

Kalle fühlte sich, als hätte er flüssiges Eisen geschluckt.

## Der zweite Dienstag

### 59

Mitternacht war schon lange vorbei. Oskar Langmann lag in seinem Ehebett und schnarchte so laut, als müsste er die Motorräder einer Kolonne Hells Angels übertönen. Erika, sein treues Weib, wälzte sich schlaflos von einer Seite auf die andere. Selbst die beiden Hunde hatten sich genervt aus dem Schlafzimmer verzogen und lagen weit hinten unter dem Esstisch in der Küche.

Umbringen müsste man diesen Kerl, dachte die Frau. Wenn mir das jemand vor der Hochzeit gesagt hätte …

Mit leisem Ächzen stand sie auf, tastete mit den nackten Füßen nach ihren Filzpantoffeln und schlich in die Küche.

Die Eheleute wohnten hier seit fast dreißig Jahren und Erika kannte alle Wege auf den Zentimeter genau. Zielsicher tippte sie auf den Lichtschalter. Die Sparlampe glomm auf und wurde langsam heller, sodass sich Erikas Augen an die Veränderung der Sichtverhältnisse gewöhnen konnten.

Floh, der kleinere ihrer Lieblinge, sprang auf und tapste hechelnd auf sie zu, leckte ihr die nackten Knöchel und wedelte mit dem Schwänzchen.

»Ist ja gut«, flüsterte sie, während sie nach Elfchen schaute. Der braune Mischling lag ruhig unter dem Tisch, sah sie aber mit halb geöffneten Augen vorwurfsvoll an: Warum lasst ihr mich nicht in Ruhe schlafen?

Erika blickte auf die Küchenuhr. Halb zwei.

Sie fischte einen kleinen Stieltopf aus dem Schrank, spülte ihn mit kaltem Wasser aus, füllte ihn mit einem Becher Milch und stellte den E-Herd auf die zweitniedrigste Stufe. Dann setzte sie sich, um darauf zu warten, dass ihr Schlaftrunk warm wurde. Floh sah bittend zu ihr auf. Sie nahm den Yorkie hoch und kraulte dem Tier den Rücken. Jeder Kater hätte vor Glück geschnurrt, aber Langmanns Hunde wussten: Ruhe ist die oberste Untermieterpflicht.

Plötzlich störte ein kleines, metallisches Kratzen den Frieden der Nacht. Drei Ohrenpaare schalteten auf Empfang.

Die Haustür.

Das Geräusch verstummte, setzte aber kurz darauf wieder ein. Da hatte sich wohl jemand mit dem Schlüssel vertan. Aber als sich dieser Vorgang noch einmal wiederholte, wurde Erika ärgerlich: Ob das Olsoks unverschämter Beischläfer war? Wohl wieder besoffen. Erneut rasselte der Schlüsselbund. Wie lange brauchte der denn noch? Der weckte ja die halbe Nachbarschaft auf. Dem würde sie die Meinung geigen.

Doch als sie gerade ihre Wohnungstür aufreißen wollte, wurde ihr klar, dass etwas nicht stimmte.

Leise Schritte im Hausflur, aber ungewohnte Rhythmen. Zwei Personen. Männlich. Flüsternd.

Flohs Nackenhaare sträubten sich und Elfchen ging mit gespitzten Lauschern in Lauerstellung. Verdammt!

Leise stand die alte Frau auf und bedeutete den Vierbeinern, still zu sein. Dann suchte sie im Korridor nach ihren Socken und nahm den Hausmantel vom Haken. Zog ihren eigenen Wohnungsschlüssel ab, steckte ihn ein und öffnete lautlos die Tür. Horchte.

Wie es schien, hatten die Unbekannten gerade erst ihr Ziel erreicht. Gemessen an der benötigten Zeit war es der zweite Stock. Wohnung Olsok oder Heiermann? Vermutlich Olsok – die Nachbarin der asozialen Punkfrau war schon gegen halb zehn nach Hause gekommen.

Erika Langmann bedeutete Elfchen, im Korridor zu warten, nahm Floh auf und schlich nach oben. Ihre Füße trafen sicher jede Stufe. Sie musste sie nicht zählen. Der Bauplan des Treppenhauses war Teil ihres genetischen Codes geworden.

Ein schmaler Lichtschein drang aus Olsoks geöffneter Tür. Die Besucher mussten sehr sicher sein, dass die Mieterin nicht da war. Das Tier auf Erikas Arm zitterte – das eindeutige Zeichen, dass es sich um Fremde handelte. Waren das etwa Freunde von der Olsok? Hatte sie einfach irgendwelchen Fremden ihren Schlüssel geliehen?

Der schmale Streifen Licht verschwand – die Wohnungstür wurde wieder geschlossen. Schnell stieg Langmann bis zur letzten Stufe hoch und lauschte. Die verschmalzten Ohren ihres Mannes hätten gar nichts vernommen – aber Erikas Gehör funktionierte tadellos. Schubladen wurden geöffnet, eine Schranktür quietschte. Zwei Männerstimmen, leise, im Wechsel. Unmöglich, die Worte zu verstehen. Was suchten diese Typen nur? Rauschgift? Es hätte sie nicht gewundert, wenn dieses Flodderpaar einen Vorrat an verbotenen Substanzen hortete.

Der Hausdrachen schaltete das Flurlicht ein und hastete nach unten. Dabei vergaß sie vor lauter Aufregung sogar, ihre eigene Wohnungstür zu schließen. Das Telefon lag auf der Kommode in der Diele. Die 110 war schnell getippt.

»Polizei Bochum.«

Die alte Frau gab ihren Namen und die Adresse durch und kam zur Sache. »Ich brauche Hilfe. Im zweiten Stock sind Einbrecher in eine Wohnung eingedrungen. Sie sind noch im Haus. Wenn Sie sich beeilen …«

Die Telefonistin der Polizei war offenbar schwer von Begriff. »In Wattenscheid, sagen Sie?«

»Ja.«

»Und Sie sind sicher, dass es nur zwei sind?«

»Ja, ziemlich.«

»Und was tun die Leute da?«

»Verdammt!«, schrie Langmann los. »Wollen Sie die Einbrecher fangen oder nicht?«

Ihr Ausbruch war offenbar auch oben angekommen. Olsoks Wohnungstür wurde aufgerissen, Langmann hörte ein paar Geräusche, die sie nicht einordnen konnte, dann zischte etwas und die Schritte der Fremden polterten herab.

Geistesabwesend drückte Erika den Anruf weg. Elfchen knurrte sehr leise, doch ihre Herrin bedeutete ihr, stehen zu bleiben. Dafür löste sich Floh überraschend aus Langmanns Arm, zwängte sich durch den schmalen Spalt der Wohnungstür, rannte zur untersten Treppenstufe und kläffte, so laut sein Stimmchen es erlaubte.

Zwei Gestalten erschienen in Erikas Blickfeld: schlank, kräftig, schwarz gekleidet wie Leute vom Sondereinsatzkommando, die Gesichter hinter Masken verborgen. Einer von ihnen trug ein dunkles Lederköfferchen bei sich, der andere hielt eine lange Taschenlampe. Als sie die dürre Alte in der geöffneten Wohnungstür sahen, stoppten sie kurz.

»Weg mit dem Köter!«, zischte der Vordere. Aber bevor Erika handeln konnte, lief Floh direkt auf den Mann zu, sprang ihn an und biss ihm in die Wade. Der Angegriffene schien kaum was zu spüren und katapultierte das Hündchen wie einen Squashball gegen die Flurwand. Das Tier prallte auf die Fliesen und fiepte gequält.

Die Mieterin schrie entsetzt auf und sprang einen Schritt nach vorn. »Floooh! Neeein!«

Nun stießen die Einbrecher Langmann brutal zur Seite, um in Richtung Haustür fliehen zu können.

Die alte Frau taumelte zwar, brüllte aber zugleich: »Fass, Elfchen!«

Einer der beiden Schwarzgekleideten drehte sich lachend um und fragte: »Noch 'ne Fußhupe?«

Kaum war er bei dem dritten Wort angekommen, weiteten sich die Augen hinter der Maske. Ein mächtiger brauner Schatten flog auf ihn zu. Mit der Wucht eines Rammbocks stieß der Rottweiler-Mischling gegen die Brust des Fremden und schnappte nach seiner Kehle. Ein Schmerzensschrei hallte durch den Hausflur.

Der andere Typ reagierte augenblicklich: Er trat der Bestie mit voller Wucht gegen den Kopf und traf dabei Auge und Ohr. Jaulen. Kurze Atempause.

»Los!«, schrie er.

Der Gefallene rappelte sich auf und stürzte zur Haustür. Aber auch Elfchen hatte sich wieder erholt und sprang nun den Kofferträger an, Blutdurst in den Augen. Genussvoll verbiss sich das Tier in seinem Oberarm.

»Scheißtöle!«, schrie der Mann und schlug wie besessen mit dem Koffer nach dem Tier. Die metallene Kante traf genau auf die zarte Nase, die Hündin winselte vor Schmerz und lockerte ihren Biss. Der Vermummte schüttelte sie ab und nutzte die Chance, um die rettende Haustür zu erreichen. Doch er war nicht schnell genug: Elfchen stürzte hechelnd hinterher und quetschte sich zusammen mit ihm durch die Tür nach draußen.

Langmann stand keuchend im Hausflur und hörte draußen lautes Bellen und flüchtende Schritte. Erneut ein Schrei, dann eine Wagentür, ein Motor, immer noch das Bellen – diesmal entfernter. Der Rottweiler-Mix nahm die Verfolgung des Wagens auf, während Floh sich noch immer auf dem Boden krümmte.

Erika bückte sich, Tränen im faltigen Gesicht. »Mein armes Flöhchen, Mama hilft dir. Keine Angst.« Da schlug ihr der Geruch verbrannter Milch entgegen. »Nein, nicht auch das noch!«

Sie humpelte mit schmerzender Hüfte in ihre Wohnung zurück, legte das Tier ins Körbchen, stellte den Herd auf null und den verschmierten Topf in die Spüle. Floh blieb zitternd liegen und leckte sich die rechte Vorderpfote. Was waren das nur für Menschen, die einem hilflosen Wesen so etwas antun konnten?

Die Alte riss die Tür zum Schlafzimmer auf, um den Gatten zu wecken, aber das Schnarchen verriet, dass sie keinen Erfolg haben würde. Statt der Ohren des Gatten öffneten sich endlich ein paar Türen im Haus. »Erika?«

»Hier!«

»Was war das für ein Lärm? Wieder die Olsok?«

»Nein, Einbrecher!«

»Soll ich die Polizei anrufen?«

»Hab ich schon ...«

Draußen vor dem Hauseingang kläffte Elfchen. Die alte Frau öffnete und die Hündin trottete in den Hausflur, abgehetzt, mit einer blutenden Nase, aber einem Stück schwarzen Stoff zwischen den Zähnen Gehorsam legte sie die Beute vor ihrer Herrin ab.

»Braves Mädchen!«

Das Telefon in Langmanns Wohnung läutete. Es war noch einmal die Frau von der Polizei, mit der Erika schon gesprochen hatte. »Wurde bei Ihnen wirklich eingebrochen?«

»Ja!«, schrie die alte Frau und kehrte in die Küche zurück. Jetzt brauchte sie einen Eierlikör. Und zwar einen doppelten.

## 60

Du dreckiges Schwein! Du widerliches Stück Scheiße! Wenn ich dich kriege, mach ich dich fertig!

Kalles Augen schwammen, seine Hände waren zu Fäusten geballt. Er konnte nicht länger hinschauen. Die Frau, die er liebte, war so schlimm zugerichtet, dass er sie kaum erkannte, als er ihr Krankenzimmer in der Unfallklinik in Duisburg betrat.

Simones linke Gesichtshälfte war so dick angeschwollen, dass alle Proportionen verschoben waren. Ihr Zustand erinnerte ihn an den Elefantenmenschen aus dem alten Schwarz-Weiß-Film. Wie von selbst lief das Wasser aus seinen Augen. Scheiße. Sim, wer hat dir das angetan?

Die Tür hinter ihm öffnete sich und ein junger Arzt in weißer Kleidung betrat den Raum. »Guten Tag. Sind Sie der Freund?«

Kalle wischte sich mit den Handballen die Tränen aus dem Gesicht und drehte sich um.

Der Weißkittel trat näher. Das Plastikschild auf der Brust verriet, dass es sich um Doktor Andreas Völler handelte. In der Hand hielt er jene kleine orange-gelbe Pappe aus Simones Portemonnaie, auf der Kalle mit dem Zusatz *Bei Unfall informieren* an erster Stelle stand.

»Guten Tag. Ja, das bin ich. Karl-Friedrich Mager.«

»Nur zur Sicherheit: Nennen Sie mir noch die Handynummer, die hier unter Ihrem Namen steht!«

Bis auf einen kleinen Zahlendreher in der Mitte bekam Kalle die zwölf Ziffern richtig hin. Dem Doc genügte der Test und er nickte zufrieden.

»Zu Ihrer Beruhigung: Frau Olsok wird zwar einige Tage nach der OP nicht sprechen können, aber wir kriegen sie wieder hin. Sie ist verletzt, aber es sieht nicht so aus, als würde es bleibende Schäden geben.«

»OP? Warum? Ist es so schlimm?«

»Nun, jemand hat ihr ins Gesicht getreten. Dabei hat sie sich eine einseitige, einfache Fraktur des Unterkiefers zugezogen. Man könnte die Behandlung auch ohne OP durchführen, mit einer Schiene und Verdrahtung. Aber dann könnte Frau Olsok sechs bis acht Wochen nur Flüssignahrung zu sich nehmen und den Mund bloß minimal öffnen. Sie hat sich gestern nach ihrer Einlieferung bereits für die OP entschieden.« Der Arzt warf einen Blick auf seine Uhr. »In zwei Stunden kommt der Anästhesist.«

»Was wird da gemacht?«

»Bei diesem Eingriff werden Metallplättchen implantiert. Danach wird der Kiefer mit einer Schiene ruhiggestellt. Das Ganze hat den Vorteil, dass sie deutlich schneller wieder normal essen und sprechen kann. Der Eingriff selbst dauert etwa eine Stunde.«

Kalle musste schlucken und rieb sich mit der Hand übers Gesicht. »Sie wird also wieder ganz die Alte?«

»Na ja, alt ist sie ja nicht.« Völler zwinkerte ihm zu. »Aber machen Sie sich keine Sorgen. Ihre Freundin ist bei uns in guten Händen, Herr Mager. Falls nichts Überraschendes passiert, können wir sie schon Ende der Woche, spätestens aber am Montag entlassen.«

Das hörte sich besser an als erwartet.

»Aber Sie«, sagte der Doc, »sehen nicht so aus, als ginge es Ihnen gut.«

Kalle lachte auf. »Wie auch? Nachdem Ihr Kollege mich gestern angerufen hat …«

»Das war ich selbst«, sagte der Mann. »Vierundzwanzig-Stunden-Schicht.«

»Oh, das wusste ich nicht.«

»Nicht so schlimm. Ich habe heute Nacht zwischendurch zwei oder drei Stunden schlafen können.«

»Mehr Schlaf hatte ich auch nicht«, sagte Kalle. »Erst ruft meine Mutter von Dortmund aus an, dass sie eine gefährliche Maus im Keller hat, dann erzählen Sie mir von dem Unfall und raten mir ab, nach Duisburg zu kommen.«

Doc Völler blickte ihn mitfühlend an. »Sehen Sie, dort wurden Sie gebraucht und hier hätten Sie gar nichts tun können. Und die Stühle unten in der Rezeption sind viel zu unbequem für eine ganze Nacht. Wir haben Ihrer Freundin nach der Aufnahme ein starkes Schlafmittel gegeben. Sie sehen doch – sie schläft ja jetzt noch.«

Kalles Gesicht verdüsterte sich.

Ein kurzes Klopfen, dann öffnete sich die Tür. Eine Krankenschwester trat ein. Auf dem rechten Unterarm balancierte sie ein Tablett mit Medikamenten und silbern blitzenden Instrumenten.

»Können wir gleich weiterreden?«, fragte Völler. »Wir müssen jetzt noch mal Frau Olsoks Zustand überprüfen.«

Fünf Minuten später saß Kalle mit einem braun geriffelten Plastikbecher vor Sims Zimmer und kämpfte gegen die Müdigkeit. Der Vibrationsalarm seines Handys machte ihn munter: Susanne.

»Wo bist du denn?«

»In Duisburg.«

»Bitte? Wir haben einen Dreh!«

»Ich habe dir einen Zettel an die Wohnungstür gehängt. Nicht gesehen?«

»Nein.«

»Tut mir leid. Hier geht alles drunter und drüber. Simone ist überfallen worden und liegt im Krankenhaus. Ich kann jetzt nicht.«

Kurze Pause, dann fragte Susanne leise: »Geht es ihr gut?«

»Es geht so, sie wird gleich operiert.«

»Ich drücke die Daumen. Trotzdem, Kalle: Du hast mich in eine blöde Lage gebracht. Ich kann es mir nicht erlauben, den Dreh einfach so sausen zu lassen. Du hättest mich anrufen müssen.«

»Sorry, aber ich hab gerade echt andere Sorgen. Es gibt doch genug Kameraleute auf dem Markt. Hol dir am besten einen von denen ran.«

Wortlos legte sie auf – und er fühlte sich unbehaglich. Das Betriebsklima bei PEGASUS wurde frostig.

Endlich öffnete sich die Zimmertür. Doktor Völler winkte ihn herein.

»Sie ist jetzt wach. Im Schrank liegt die Umhängetasche Ihrer Freundin. Sie verzeihen, dass wir hineingeschaut haben. Sie sollten den Laptop besser an sich nehmen. Und ihr einen frischen Schlafanzug und ein paar Toilettenartikel bringen.«

»Mann, ich Honk. Da hätte ich auch selbst dran denken können«, sagte Kalle mit einem Stöhnen.

Sim saß schon halb aufgerichtet in ihrem Bett und erwartete ihn mit einem Block in der Hand. Trotz ihrer Blessuren und ihres müden Gesamteindrucks schien es ihr einigermaßen gut zu gehen. Als er sich ihr näherte, leuchteten ihre Augen auf. Dann hielt sie den Schreibblock hoch, sodass Kalle den Text darauf lesen konnte: *Knutschen fällt heute leider aus.*

Gegen seinen Willen musste er lachen, wurde aber schnell

wieder ernst. »Mensch, Sim, ich bin so froh, dass dir nichts Schlimmeres passiert ist«, flüsterte er ihr ins Ohr. »Hast du große Schmerzen?«

Sie klopfte ihm auf die Schulter, was er korrekt als Zeichen verstand, dass sie ihm etwas mitteilen wollte.

*Ist okay. Kriege Schmerzmittel. Laptop bitte. Damit bin ich schneller,* kritzelte sie auf ihren Block.

Kalle beeilte sich, das Gerät aus dem Schrank zu holen. Er schaltete den Computer ein.

Sie legte direkt los. *Ich glaube nicht an Zufälle. Da steckt Kehlmann hinter.*

»Was ist passiert?«, wollte er wissen.

*Ich glaube, der Ohrplug hat mich verraten. Jabba hat mich komisch angeguckt und den Sicherheitscheck abgebrochen.*

Kalle begutachtete das Ohrläppchen mit dem ausgefransten Loch. Ohne den Plug sah das gruselig aus.

Sim schien den Blick nicht zu bemerken, ihre Finger flogen weiter über die Tastatur. *Der Typ kam aus dem Nichts. Keine Zeit für das Pfefferspray. Hat mich bedroht. Wir sollen unsere Schnüffelei stoppen.*

»Dieser Wichser«, entfuhr es Kalle. »Nur gut, dass dieser Nachtwächter gekommen ist.«

Tastaturklappern: *Stimmt. Hatte allein keine Chance. Bulle von Kerl.*

»Meinst du, wir sollten aufhören, Sim?« Er flüsterte fast. »Ich denke immer noch an Leas Wohnung. Wie es da aussah. Was mit Tim ist, wissen wir auch nicht. Sollen wir wirklich alles riskieren?«

Die Augen der Informatikerin funkelten. *JA!!!,* meißelte sie in das virtuelle Schreibblatt. *Diese Ratte! Der soll im Knast verrotten. Ich will allen zeigen, was für ein widerliches Schwein der Typ ist.*

Kalle schaute das malträtierte Gesicht seiner Liebsten an. Aus der Nähe sahen die Verletzungen noch schlimmer aus. Er seufzte schwer. »Hab ich eine Chance, dich umzustimmen?«

Er wusste, dass sie nun am liebsten gelächelt hätte. Stattdessen tippte sie: *Ich liebe dich.*

Er nahm ihre Hand, streichelte und küsste sie. »Ich weiß. Du machst mich glücklich!« Sims Augen leuchteten und er musste kichern. »Ist ein verdammt romantischer Ort hier für solche Bekenntnisse.«

Simones Augen klimperten.

»Okay. Wie geht es weiter? Was soll ich tun? Denkst du, die Polizei kann uns helfen?«

Die Antwort erschien erneut in Highspeed auf dem LCD-Bildschirm: *Keine Polizei. Prof. K. ist zu clever. Wir stehen dann nur blöd da. Wir haben doch nix Konkretes. Sieht für andere aus wie eine Räuberpistole!* Sim registrierte sein Nicken und schrieb weiter. *Zeige dir jetzt, was ich gefunden habe bei der Postfachanalyse gestern Nacht. Hätte ich dir lieber bei einer Pizza beim Italiener gezeigt. :-( Du musst eine Sache prüfen – muss sicher sein, ob mein Verdacht stimmt.*

In der nächsten Stunde konnte Kalle nur noch darüber staunen, was man mit der passenden Software alles machen konnte. Sim öffnete Balkendiagramme, die anzeigten, welche Mailadressaten am schnellsten von Kehlmann Antwort erhielten, die hundert Personen, die ihm am häufigsten schrieben und denen er schrieb, und filterte Absender und Empfänger aus dem Umfeld der Uni aus. Danach zeigte sie ihm eine Auswahl von Mails aus den Ordnern *Personales* und *Privat.*

»Krass«, entfuhr es ihm und er schüttelte ungläubig den Kopf. Der Mailverkehr mit Kulk-Huhn über ihre Angestellten und die Gefühlskälte, die Kehlmann gegenüber seiner Frau an den Tag legte, zeigten am deutlichsten, aus welchem Material der Professor gestrickt war.

Sim machte weiter und zeigte ihm eine Liste aller Firmen, mit denen Kehlmann in Kontakt gestanden hatte und noch stand. Sie wies ihren Freund auf die unterschiedlichen Absenderadressen im Postfach hin. Eine der häufiger verwendeten lautete Kehlmann@sss-consulting.de.

Dann tippte sie eine kleine Suchanfrage in die Software. Die Ergebnislisten mit relevanten Mailverläufen erschienen in rasender Geschwindigkeit.

»Oh! Ich glaube, ich habe verstanden«, flüsterte Kalle beeindruckt. »Respekt. Das hast du wirklich alles in einer Nacht gemacht?«

Simone wechselte zurück ins Schreibprogramm. *Samstagnacht bis Sonntagmorgen. Du hast ja lange genug geschnarcht. ;-) Kontaktiere Adele. Zeig ihr die Mails über sie. Wir brauchen sie. Muss uns helfen. Ich will Kehlmanns Eier grillen!*

»Machen wir zusammen«, versprach Kalle. » Und wenn wir ihn nicht für den Überfall drankriegen, dann wenigstens für seine krummen Geschäfte.«

*Nimm den Laptop mit. Bring mir dafür iPad und Ladekabel. Auch fürs Handy. Kann dann noch was recherchieren.*

»Klar. Wie ist das, soll ich deine Eltern informieren?«

Ihre steile Stirnfalte sprach Bände. Dann schrieb sie: *WENN DU MEINE MUTTER HIERHERHOLST, KASTRIERE ICH DICH.*

Kalle hütete sich, diesen Satz zu kommentieren. Lästereien über ihre Mutter waren Sims Exklusivrecht.

»Noch was«, sagte er, als er ihr zum Abschied übers Haar strich. »Wir sollten meinen Alten ins Boot holen. Erstens hat er momentan zu viel Zeit und geht allen auf die Nerven. Zweitens können wir jede Hilfe brauchen. Und drittens«, seine Stimme wurde weicher, »solltest du dich etwas schonen. Ich brauche dich noch.«

## 61

Kastens Stimmung wurde langsam gereizter. Die alte Fallakte war noch immer nicht da. Sie hoffte inständig, dass nicht irgendein gedankenloser Bürohengst sie geschreddert hatte. Auch das war schon vorgekommen.

Die Hauptkommissarin griff zum Telefon und rief bei der Staatsanwaltschaft an.

»Herr Kamplade ist in einem Termin«, flötete seine Vorzimmerdame. »Aber er hat eine Nachricht für Sie hinterlassen: Ich soll Ihnen mitteilen, dass die Akte Neuhaus gefunden wurde und sich auf dem Weg zu Ihnen befindet.«

»Wenigstens etwas«, räumte die Hauptkommissarin widerwillig ein.

Die vielen Stunden, in denen die Kollegen nach Zeugen gesucht hatten, waren für den Arsch gewesen – nichts, aber auch gar nichts Neues über Silke Neuhaus und die Kandidaten in dem großen Quiz ›Wem darf ich die Kabelbinder anlegen?‹ Dafür hatten ihre Jungs deutlich an Lebenserfahrung gewonnen. Sie kannten nun mindestens vier Altenheime, in denen sie auf gar keinen Fall sterben wollten.

»Lieber gebe ich mir eine Kugel!«, resümierte Echternach, der Boxer.

Und sein hagerer Kollege Kopitzki kommentierte: »Jetzt weiß ich wenigstens, wo sie *The Walking Dead* gedreht haben.«

Kasten schaute ihn mit leichtem Kopfschütteln an. Es war ihr immer noch ein Rätsel, warum sich erwachsene Menschen diesen Blödsinn ansahen und warum die Kultusminister solch eine Volksverdummung nicht einfach verbieten konnten. Für ihren eigenen Seelenfrieden reichten die *Sportschau*, Serien wie *Um Himmels Willen* und die Liebesdramen am Sonntagabend im Zweiten.

Dann kam Waliszczek und schwenkte das Vernehmungsprotokoll vom Vortag. »Diese Studenten haben damals gevögelt wie die Kaninchen.«

»Und heute vermehren sie sich digital, ja?«, knurrte ihn die Chefin an und befragte demonstrativ ihre Armbanduhr. »Etwas spät heute – oder?«

»Guck auf die Uhrzeiten im Protokoll«, sagte er beleidigt. »Ich bin erst lange nach Feierabend zu Hause gewesen.«

Müller schnappte sich das Schreiben und wandte sich an Waliszczek: »Ich kopiere das Ding mal für alle. Kochst du uns deinen unvergleichlichen Kaffee?«

»In Ordnung«, sagte Wali, hob aber zunächst eine kleine Blechdose, die neben der Kaffeemaschine parkte, und schüttelte sie. Innen klimperte ein einsames Geldstück. »Die Kaffeekasse ist leer. Zehn Euro pro Nase wären nicht schlecht.«

Gut zwanzig Minuten später waren alle mit der Lektüre des Protokolls durch. Kasten sah in die Runde. »Meinungen?«

Kopitzki, der Läufer, meldete sich als Erster: »Frage mich, warum die Kollegen damals in Sachen Mager anscheinend nicht genauer nachgehakt haben.«

Sein Kumpel Echternach hatte eine Erklärung: »Neuhaus war doch nur vermisst. Und keiner konnte ahnen, dass sie gleich hinter dem Haus unter der Erde lag. Sie hätte überall sein können.«

»Ich finde, wir müssten uns um die Bettgeschichten kümmern. Vor allem Fichtel und Elchmaul. Danach sollten wir aber auch diesen Pascha und die anderen Typen von der Uni befragen, von der die Hermann gesprochen hat. So scharf, wie die Jungs auf das Mädchen waren … Und denkt daran, dass Neuhaus nur halb bekleidet beerdigt wurde.«

»Das war eine andere Zeit«, wandte Kasten ein. »Wenn die eine nicht wollte, hatte man schnell eine andere an der Hand.«

»Allerdings gab es damals schon diese Hysterie um Aids«, meinte Müller. »War nicht mehr ganz so wie in dem Song der Toten Hosen: *Als jeder noch mit jeder schlief.*«

»*Und ohne Überzieher*«, zitierte Echternach weiter.

Eine Sekunde Heiterkeit, aber dann meldete sich Müller: »Wir sollten uns jetzt nicht verrennen, sondern abwarten, was mit Magers DNA ist.«

»Ja«, sagte Kasten. »Aber wenn das Ergebnis negativ ist, dann sind die Jungs aus dem Haus Nummer 15 dran. Vor allem dieser Fichtel, der Mager mal beim Bretterschleppen geholfen hat.«

Das Stühlerücken begann, aber Müller hielt noch mal alle zurück. »Wartet. In dem Protokoll fehlt etwas!«

Neugierige Blicke. Alle sahen ihn fragend an.

»Christoph – hast du der Hermann die Fotos nicht gezeigt?«

»Welche ... Verdammt. Die aus dem Garten?«

»Ja, wir wissen noch gar nicht, wer die Männer auf den Bildern sind.«

»Tja«, meinte Wali erfreut. »Dann muss ich noch mal nach Unna.«

Was für ein Knallkopp, dachte Kasten. Steht der jetzt auf ältere Frauen? Oder will er sich nur einen schönen Nachmittag machen?

Sie stand auf, packte ihr Rauchzeug, hielt Wali aber zurück, bis die anderen im Aufzug verschwunden waren. Während sie kurz darauf mit ihm allein nach unten fuhr, legte sie ihm den Zeigefinger auf die Brust. »Vor dem nächsten Außentermin machst du dir Notizen und legst sie mir vor, klar? Und wenn ich dich stattdessen vor dem Schminkspiegel erwische, mach ich dich zur Kommissarin!«

Vor der Tür verschwand Waliszczek in Richtung Pommesbude und Kasten konnte in Ruhe ihr Rauchopfer vollbringen. Wenn Manitu mich liebt, dachte sie, schenkt er mir gleich eine positive Mager-DNA.

## 62

Kalle fühlte sich wie ein alter, ausgebrannter Mann. Das Gespräch bei der Duisburger Kriminalpolizei war frustrierend gewesen. Man hatte ihn zwar zu dem Beamten gebracht, der den ›Fall Olsok‹ bearbeitete. Aber der verweigerte jegliche Auskunft, da Kalle mit Simone weder verwandt noch verheiratet war. Stattdessen hatte der Beamte Kalle ausgequetscht. »Was hat Frau Olsok an der Uni gemacht? Wieso hat sie gestern so lange gearbeitet? Wieso glauben Sie, dass der Angreifer genau auf sie gewartet hat? Und was hat sie mit der vermissten Unimitarbeiterin zu tun? Wer genau hat sie gebeten, in Gelsenkirchen nach Frau Bennsdorf zu suchen? Und warum?«

Der PEGASUS-Mann hatte plötzlich Probleme mit der Wahrheit. Was durfte er sagen – und was sollte er besser verschweigen?

Der Polizist spürte wohl, dass ihm etwas verheimlicht wurde. Sein Ton wurde schärfer, die Fragen bohrender.

Doch dann änderte sich die Stimmung. Ein Anruf ließ den Mann erstaunt aufhorchen. Den Kopf schütteln. Nicken. Zum Kugelschreiber greifen. Und am Ende sah er Kalle ungläubig an. »Wie es aussieht, beschäftigt Ihre Partnerin gerade die Polizei im halben Ruhrgebiet.«

»Bitte?«

Die Finger des Mannes zählten mit. »Wir hier in Duisburg müssen den Mann suchen, der Frau Olsok überfallen hat. In Gelsenkirchen hat sie die Polizei in die Wohnung der vermissten Frau Bennsdorf gerufen. Nach dem Herrn, der Frau Olsok zu dieser Adresse geschickt hat, wird gefahndet. Tim Hoppe heißt er. Und in Bochum suchen meine Kollegen gerade nach Hinweisen auf zwei Männer, die letzte Nacht in die Wohnung Ihrer Freundin eingebrochen sind.«

»Was?«

»Ja. Sie können mir nicht erzählen, dass es da keinen Zusammenhang gibt und Sie von all dem keine Ahnung haben.«

Kalle breitete scheinbar hilflos die Arme aus.

Der Beamte sah auf die Uhr. »Am besten fahren Sie jetzt nach Bochum und helfen den Kollegen dort. Aber spätestens Freitag sind Sie wieder hier und beantworten meine Fragen. Wenn nicht, lass ich Sie vorführen.«

Kalle nickte gehorsam.

»Und noch was!« Der Mann hinter dem Schreibtisch hielt plötzlich einen Wagenschlüssel hoch. »Kennen Sie den? Wurde vor der Uni gefunden.«

»Renault? War ein Wohnungsschlüssel dabei?«

»Nein.«

»Könnte Simone gehören.« Kalle streckte die Hand aus, doch der Beamte schüttelte den Kopf. »Den bekommt die Halterin des Fahrzeugs persönlich. Von uns.«

Klar, dachte Kalle. Damit ihr den Wagen in Ruhe filzen könnt.

Nun kletterte Kalle die Treppen zu Simones Wohnung hoch. Das alles konnte wirklich kein Zufall sein. Dieser Kehlmann hatte offenbar seine Bluthunde von der Kette gelassen. Erstaunlich, was für Leute der Professor kannte.

»Tag, Herr Mager«, sagte ein langer, schlanker Kerl, der Kalle an der Wohnungstür erwartete. »Hardenberg. Wir sind uns schon ein paar Mal begegnet.«

»Stimmt«, bestätigte Kalle. Hardenberg sah immer noch fast jungenhaft aus, obwohl er die vierzig bestimmt schon überschritten hatte. »Damals haben Sie noch mit Lohkamp zusammengearbeitet.«

Die beiden grinsten sich an. Bei der Jagd auf den Mörder eines Punks hatten sie sich alle nicht so ganz an die Gesetze gehalten.

Der Lange deutete auf das Türschild. »Bei dem Namen

Olsok hat es bei mir sofort geklingelt. Ich habe deshalb in Ihrer Firma angerufen, um Frau Olsok oder Sie zu erreichen. Ihr Vater hat mich informiert. Wie geht es ihr?«

»Nicht gut. Aber es wird wieder«, verriet Kalle und versuchte, an dem Polizisten vorbei in die Wohnung zu schauen.

»Sie können gleich rein. Ziemliches Chaos da. Die Kollegen suchen noch nach Spuren. Sieht ganz so aus, als wären Sie mal wieder mitten in einem Haufen Scheiße gelandet.«

»Das ist im Ruhrgebiet nicht besonders schwierig. Sagen Sie mal, wie sind Sie überhaupt hier reingekommen?«

Hardenberg deutete auf den schweren Schlüsselbund, der noch in der Tür steckte. »Den haben die Täter bei ihrer Flucht vergessen.«

»Flucht?«

Hardenberg fasste kurz zusammen, was Frau Langmann ihm über den nächtlichen Aufreger erzählt hatte.

»Respekt«, sagte Kalle. »Die Alte ist eine Nervensäge. Aber sie hat offenbar Eier.«

»Und zwei Hunde«, ergänzte der Polizist. »Haben Sie eine Ahnung, wie die Täter an den Schlüsselbund gekommen sind?«

Kalle nickte. »Die Kripo Duisburg hat Simones Autoschlüssel gefunden. Nehme an, dass man ihr die Hausschlüssel beim Überfall geklaut hat.«

»Kann sein.«

Bestimmt, dachte Kalle. Und Kehlmann steckte hinter all dem. Wer sonst hätte einen Grund, bei Sim einbrechen zu lassen?

Der Bochumer Kripomann sah Kalle abwartend an, aber der zog nur die Schultern hoch.

»Herr Mager, Sie brauchen mir nichts über Berufsgeheimnisse und Quellenschutz zu erzählen. Aber irgendwann müssen Sie Klartext reden. Spätestens dann, wenn unsere Ermittlungen vor einer Wand stehen.«

Kalle nickte wieder, sah dabei aber keineswegs begeistert aus.

Einer der Kriminaltechniker kam heraus und streifte sich die weiße Kapuze vom Kopf. »Wir sind durch. Kevin sammelt noch die letzten Sachen ein.« Und mit Blick auf Kalle fragte er: »Oder brauchen wir zum Vergleich noch die Fingerabdrücke dieses Herrn?«

»Sicher«, sagte Hardenberg und grinste. »Aber die haben wir schon in der Sammlung.«

Als die Polizisten abgezogen waren, begutachtete Kalle den Zustand der Wohnung. Im großen Zimmer waren Schubladen und Schränke durchwühlt, Aktenordner aus den Regalen gerissen, die Papiere auf dem Schreibtisch in eine Plastiktüte gesteckt und der PC abgekabelt. Gut, dass Langmann die Typen gestört hatte! Nur die A4-Ausdrucke und Sims handschriftliche Notizen waren verschwunden. Nicht weiter schlimm, dachte Kalle. Die Auswertungen hatten sie auf dem Notebook. Schlimmer war, dass die Einbrecher nun wussten, woran Simone gearbeitet hatte.

Mitten im Chaos leuchtete auf der Couch Simones roter Flanellschlafanzug mit den weißen Punkten. Und auf dem Tischchen daneben stand noch ein halb geleertes Wasserglas. Ein unfassbar trostloser Anblick.

Kalle trat auf den Balkon und atmete zitternd die frische Luft ein. Dann inhalierte er eine der Blauen, die seine Freundin immer auf der Fensterbank parat hielt. Runterkommen und nachdenken.

Kehlmann. Was noch? Lea verschwunden, Tim verschwunden, Simone überfallen – eine Ereigniskette.

Kalle riss sich los, packte eine Krankenhaustasche für die Freundin und vergaß auch iPad und Ladekabel nicht. Dann stopfte er die von den Einbrechern gebündelten Papiere in Sims alten Rucksack. Der Sex-Pistols-Aufnäher war stummer Zeuge eines ihrer früheren investigativen Wohnungseinbrüche.

Unten wartete der unvermeidliche Hausdrachen auf ihn.

Die Stimme klang nicht ganz so schrill wie sonst, aber ohne Vorwurf ging es nicht: »Junger Mann, können Sie Ihre Partnerin mal darauf hinweisen, dass sie etwas vorsichtiger mit ihren Hausschlüsseln umgehen soll? Letzte Nacht ...«

»Ich weiß, was letzte Nacht war!«, unterbrach Kalle sie. »Frau Olsok hat ihren Hausschlüssel so gut verteidigt, dass sie jetzt mit einem Kieferbruch im Krankenhaus liegt.«

In Langmanns Augen leuchtete etwas auf, das man als einen entfernten Verwandten des Mitgefühls deuten konnte.

Das veranlasste Kalle dazu, sein Gepäck abzusetzen und die Hand der alten Frau zu ergreifen. »Im Übrigen möchte ich mich bei Ihnen und Ihren Hunden für den mutigen Einsatz bedanken. Sie haben uns vor großem Schaden bewahrt. Ich weiß nicht, wie ich es anders ausdrücken kann. Also: In Ihnen steckt ein echter Kerl!«

Er hauchte ihr einen Kuss auf den Handrücken, schnappte sich das Gepäck und machte sich auf in Richtung Duisburg. Würde sportlich werden, aber vielleicht schaffte er es noch rechtzeitig ins Krankenhaus, um dabei zu sein, wenn Sim aus der Narkose erwachte.

## 63

Als Kalle gerade das Duisburger Krankenhaus betrat, bekam das Kopula-Institut ein paar Kilometer weiter seltenen Besuch: Zwei Kriminalbeamte aus Gelsenkirchen kreuzten auf und baten Meike Pastor um ein Gespräch mit dem Chef. Einer von ihnen war so groß wie Kehlmann und trug eine schmale, schwarz gefärbte Rotzbremse unter der Nase. Der andere war deutlich kleiner, hatte einen Bauchansatz und eine Brille mit dünnem schwarzen Rahmen und eckigen Gläsern.

»Momentchen bitte!«

Meike wusste mittlerweile, dass unangemeldeter Besuch dem Chef zuwider war – genau genommen alle Menschen, die für Abweichungen von seinem Zeitplan sorgten. Doch diese beiden konnte man nicht einfach abwimmeln.

»Zwei Herren von der Kriminalpolizei möchten dich sprechen! Es sei dringend.«

Sie merkte, dass der Chef einen Fluch unterdrücken musste. Dann hatte er sich wieder im Griff. »In Ordnung.«

Meike führte die Beamten in die heiligen Gemächer. Nach der Begrüßung versenkte Jabba sie in die bequemen Gästesessel am Besprechungstisch neben der Tür. Er selbst nahm ihnen gegenüber auf einem etwas höheren Polster Platz, schlug die Beine übereinander und musterte die Kripomänner voller Interesse.

»Was kann ich für Sie tun, meine Herren?«

»Herr Professor, wir haben seit einigen Tagen eine Vermisstenmeldung vorliegen.«

»Frau Bennsdorf?«

»Aha. Sie wissen schon Bescheid?«, fragte der schlanke Beamte. Seine Augen funkelten.

»Ich ahnte es. Sie fehlt bereits seit über einer Woche ohne Krankmeldung oder Entschuldigung.«

Die Herren in Uniform sahen ihn aufmerksam an. »Und das besorgt Sie nicht?«

Kehlmann bleckte die Zähne. »Bis gerade eben nicht. Wenn Sie wüssten, was ich hier schon alles erlebt habe.«

»Wie meinen Sie das?«

»Informatiker kann man nicht mit normalen Maßstäben messen. Es gibt eine große Dichte an, ähm, Individualisten, die ihre Verschrobenheit pflegen, seltsamen Hobbys nachgehen und deren Denken man nicht immer logisch nachvollziehen kann. Und es wäre nicht das erste Mal, dass mich ein Mitarbeiter hängen lässt.«

»Und was vermuten Sie in Bezug auf Frau Bennsdorf?«

»Da Sie nun hier stehen, muss ich wohl davon ausgehen, dass hinter ihrem unentschuldigten Fehlen mehr steckt als bloß eine Sinnkrise.«

Kehlmann blickte so ernst, als erwartete er, gleich ein paar Leichenfotos überreicht zu bekommen. Als nichts dergleichen passierte, überbrückte er die kurze Stille im Raum, indem er fragend die Brauen hob und sich an der Brust kratzte, wo sein geöffnetes Hemd das gewohnte V bildete.

Der bebrillte Beamte schien beeindruckt von der Haarfülle, die daraus hervorquoll, bemühte sich aber weiter um Professionalität. So leicht, hieß das wohl, kannst du mich nicht austricksen.

Der Professor fuhr ungerührt fort. »Trotzdem habe ich mich gewundert. Frau Bennsdorf war bisher immer äußerst zuverlässig und korrekt. Sie ist in mehrere Projekte eingebunden und wird dringend gebraucht. Ihr Fehlen bringt einige Prozesse in Unordnung.«

Er stand auf und drückte auf die Taste der Gegensprechanlage. »Meike, haben wir heute eine Nachricht von Lea bekommen?«

»Nein.«

Kehlmann richtete den Blick auf die Uniformierten und ließ die Taste kurz los. »Möchten Sie einen Kaffee oder ein Wasser?«

»Nein, danke.«

Er wandte sich wieder zur Sprechanlage: »Das ist dann alles, danke.«

Der Professor konzentrierte sich erneut auf seine Besucher. »Sie hören es.«

»Haben Sie eine Vermutung, was es mit Frau Bennsdorfs Verschwinden auf sich haben könnte?«, wollte der Ermittler mit dem Lippenbärtchen wissen. Sein Tonfall ließ erahnen, dass er nicht damit rechnete, dass sein Gegenüber etwas Licht ins Dunkel bringen könnte.

Umso überraschter waren er und sein Kollege, als Kehlmann antwortete: »Ja.«

Die beiden Herren sahen erst einander, dann ihn an. »Haben wir Sie richtig verstanden? Sie haben einen Verdacht?«

»Ja.« Kehlmanns Mundwinkel verzogen sich wie unter Schmerzen. »Wir haben gestern auf den PC eines ebenfalls abwesenden Mitarbeiters zugreifen müssen. Dabei haben wir in seinem Postfach Hinweise darauf gefunden, dass dieser Mitarbeiter regelmäßig versucht hat, privat mit Frau Bennsdorf in Kontakt zu kommen.«

»Sie haben einfach so sein Postfach durchsucht?«

»Nicht einfach so«, stellte der Dicke klar. »Jeder Mitarbeiter hat eine Erklärung unterschrieben, dass er Geräte und Postfach ausschließlich zu dienstlichen Zwecken nutzt.«

»Was für eine Art der Korrespondenz hatte der Betroffene denn mit Frau Bennsdorf?«

»Er hat mehrere Male versucht, sich in der Mittagspause mit ihr zum Essen zu verabreden. Sie hat aber stets abgelehnt.«

»Das ist ja erst einmal kein Verbrechen. Frau Bennsdorf ist, wie wir auf der Internetseite Ihres Instituts bemerken konnten, eine attraktive Frau. Es ist zu erwarten, dass andere das auch finden. Haben Sie einen besonderen Grund, warum Sie mehr als Zuneigung hinter der Sache vermuten?«

Kehlmanns Augen nahmen den Glanz von Stahl an. »In der Tat. Das ist kein Verbrechen. Und ja, Frau Bennsdorf ist sehr attraktiv, soweit ich das beurteilen kann. Aber …«, er atmete so tief durch die Nase ein, dass man die Haare darin vibrieren sehen konnte, »… finden Sie es auch normal, dass der Herr eine Sammlung von Fotos der Vermissten gespeichert hat?«

Der Schnauzbartträger schien diese Information noch verdauen zu müssen, aber der Kleinere beugte sich ein Stückchen vor. »Wie bitte? Was denn für Bilder?«

»Fotos aus dem Alltagsleben an der Uni und im Uniumfeld. Nichts Besonderes – bis auf eines: Keines der Bilder sieht so aus, als hätte Frau Bennsdorf gewusst, dass jemand die Kamera auf sie richtet. Seltsam, oder?«

Der bärtige Beamte hatte sich wieder gefasst und notierte

eifrig das Gehörte auf einen Block. »Können Sie uns Namen, Adresse und Telefonnummer des Herrn mitteilen?«

»Selbstverständlich. Der Mitarbeiter heißt Tim Hoppe. Ich werde meine Sekretärin bitten, Ihnen die entsprechenden Informationen auszudrucken.«

Der Professor betätigte wieder seine Sprechanlage und ließ Meike wissen, was die Polizisten benötigten.

Der Lange rückte seine Brille zurecht und stand auf. »Dürften wir uns die Arbeitsplätze der beiden ansehen?«

Das habe ich ja auch schon getan, dachte Kehlmann. Und zwar gründlich. »Natürlich, Sie können den Rechner von Herrn Hoppe gern mitnehmen. Gegen Empfangsbestätigung natürlich. Und Ihre Zusicherung, dass Sie über unsere Forschungs- und Verwaltungsangelegenheiten Verschwiegenheit wahren.«

»Selbstredend«, sagte der Bebrillte. »Letzte Frage: Wo finden wir die Räumlichkeiten von Herrn Köstritz' Arbeitsgruppe?«

Kehlmanns Augenbrauen hoben sich.

»Da arbeitet eine Frau Olsok, die wir heute auch noch befragen möchten.«

Der Adamsapfel des Professors sackte kurz nach unten, bevor ihm entfuhr: »Frau Olsok? Was hat die denn mit Frau Bennsdorf zu tun?«

Die Beamten ignorierten die Frage und warteten.

»Okay. Sie finden sie genau auf der anderen Seite des Fahrstuhlschachtes«, erwiderte der Institutsleiter. »Soll Frau Pastor Sie hinbringen?«

»Nicht nötig. Wir kommen zurecht. Wenn Sie dann schon mal alles für die PC-Übergabe vorbereiten könnten?«

Als die beiden verschwunden waren, wanderte der Dicke eine Weile durch sein Büro. Dachte nach. Dann zückte er sein privates Handy, wählte einen Kontakt aus und textete: *Sei auf der Hut.*

## 64

Ole Rasmusson war wütend. Ich hasse diesen Kerl!, dachte er. Er hatte einen Geschmack im Mund, als läge eine Batterie oder ein Stück Eisen darin.

Der Doktorand las die E-Mail, die er gerade bekommen hatte, zum zehnten Mal, hatte aber Schwierigkeiten, weil fast alles vor seinen Augen verschwamm. *Leider müssen wir Ihnen mitteilen, dass … Die Entscheidung ist uns nicht leichtgefallen … Bitte verstehen Sie unsere Absage nicht als …*

Oles Augen brannten. Dann löschte er die Mail. Die Enttäuschung saß tief. Aber er hätte damit rechnen müssen. Auch wenn sein Profil hundertprozentig auf die Stelle passte. Er lachte bitter. Aber dass die Absage so schnell gekommen war …

Kehlmann, das kriegst du zurück!

Der Wissenschaftler ging in die Küche und goss sich Cola Zero in ein Glas, das er in einem Zug leerte. Dann kehrte er zurück an seinen Arbeitsplatz im Schlafzimmer. Sollte Jabba ruhig den Fehler machen, ihn zu unterschätzen. Das hatten andere vor ihm schon getan und es machte Ole nichts mehr aus. Diesmal war es sogar von Vorteil. Genau wie die Tatsache, dass er aufgrund der beschissenen Flug- und Reisebuchungen, die er für Kehlmann hatte tätigen müssen, etwas über den Professor in Erfahrung gebracht hatte, was kaum ein anderer wusste.

## 65

Was für ein Tag! Kalle saß in seiner Dachgeschosswohnung über dem PEGASUS-Hauptquartier am Küchentisch und fühlte sich völlig ausgebrannt. Am liebsten wäre er ins Bett gekrochen, um auszuschlafen – aber da lagen noch Simones neu ausgedruckte Unterlagen und seine eigenen Notizen. Und er selbst war Sportler. Eine Aufgabe wollte, nein *musste* er noch erledigen …

Die Pendelfahrten zwischen Dortmund und Duisburg hatten Zeit und Nerven gekostet. Nicht zu Unrecht trug die A 40 den Beinamen ›Ruhrschleichweg‹.

Bei seinem zweiten Krankenhausbesuch des Tages hatte er Sim die benötigten Sachen gebracht und es sogar noch rechtzeitig geschafft, um ihr beim Aufwachen aus der Narkose die Hand zu halten. Simones Lächeln hatte ihm gezeigt, wie wichtig ihr das war.

Von dem nächtlichen Einbruch in ihre Wohnung erzählte er lieber nichts – Sim hätte sich nur aufgeregt. Stattdessen versuchte er, seine Freundin mit der Geschichte von Mechthilds Maus ein wenig aufzuheitern. Aber Sim dämmerte immer wieder weg.

Die Stationsschwester schickte Kalle schließlich nach Hause. »Die OP ist gut verlaufen, der Unterkiefer stabilisiert. Alles, was Ihre Frau heute noch braucht, ist Ruhe. Kommen Sie morgen wieder, dann kann sie sich richtig freuen.«

*Ihre Frau …* Während der Rückfahrt wiederholte Kalle diese beiden Wörter ungefähr ein halbes Dutzend Mal – zuerst in Gedanken, dann laut. Hört sich nicht schlecht an, dachte er. Ich könnte mich daran gewöhnen.

Kurz hinter dem Bochumer Tunnel meldete sich Kalles Magen. Das karge Frühstück von einer Scheibe Toast und einem kleinen Becher Sahnejoghurt lag schon viel zu lange zurück. Sollte er seine Mutter fragen? Die kochte meist für zwei Tage und hatte immer einen kleinen Vorrat im Kühlschrank. Auf der anderen Seite war die Gefahr groß, dass sie ihm eine Kreation mit Hirsebrei oder Sesamsaat kredenzte.

Also bog er an der Provinzialstraße ab und suchte sich eine Dönerbude. »Dönerteller groß mit Fritten und Zaziki!«

Gegen halb vier kletterte er endlich hinauf ins Dachgeschoss, rülpste ein wenig, rief sich selbst zur Ordnung, kochte ein Tässchen Kaffee, setzte sich an den Küchentisch mit den Unterlagen und warf sein Tablet an. Bald leuchtete die Webseite der *SSS Consulting GmbH* auf, ganz in seriösem Weiß und Blau gehalten.

Laut Selbstauskunft handelte es sich um ein Beratungsunternehmen in Sachen Software Security, Software-Qualitätssicherung und Security Engineering. Schwerpunkte lagen in der Schwachstellenanalyse von Software und Softwaresystemen, Coachings und Schulungsdienstleitungen. Auch als Laie war Kalle klar, dass dies eine beachtliche Menge an Schwerpunkten war – die Firma musste richtig etwas draufhaben. Dazu gab es zahlreiche Kundenreferenzen von renommierten Firmen, die er bereits von einer anderen Homepage kannte. Wie passte das wohl zusammen?

Kalle blickt auf die Uhr – bald fünf. Aber er wusste von Simone, dass diese IT-Leute anders gestrickt waren als die Beschäftigten in irgendeinem statistischen Landesamt. Bei denen fiel der Bleistift nicht spätestens um halb fünf.

Bevor er die Nummer der *SSS Consulting* wählte, rief er zunächst seinen eigenen Festnetzanschluss an. Er wollte sichergehen, dass seine Rufnummer bei einem Anruf vom Handy aus nicht angezeigt wurde. Das Display leuchtete auf und meldete einen anonymen Anrufer.

Wunderbar, also los. Kalle drückte die rote Taste des Mobilgerätes, atmete zweimal tief durch und rief dann an. Eine Essener Festnetznummer. Es tutete. Kein Jingle, keine Ansage nach dem Motto: »Bitte haben Sie einen Augenblick Geduld …«

Zweites Tut, das dritte. Dann wurde am anderen Ende abgehoben. Eine Frauenstimme meldete sich. »Kehlmann.«

»Guten Tag, Dombrowski mein Name, vom *IIB Institut für berufliche Bildung.* Spreche ich nicht mit der *SSS Consulting GmbH?*«

»Doch, doch. Worum geht es denn?«

»Ach, wir hätten Herrn Professor Kehlmann gerne für einen Vortrag engagiert.«

»Geben Sie mir einfach Ihre Nummer. Dann richte ich ihm aus, dass er Sie zurückrufen soll.«

»Nein, danke. Das ist nicht nötig. Aktuell bin ich viel unterwegs und schwer erreichbar. Ich melde mich einfach später noch mal.«

Bingo. Nach dem Telefonat war sich Kalle sicher, dass Simone den richtigen Riecher hatte: Kehlmanns Firma bestand aus einem Telefon und seine Frau als Chefin war die Tarnung. Sollte er darüber auch mit Adele Klawitter reden?

Das würde er morgen klären. Wenn er ausgeschlafen war.

## 66

Der große Manitu liebte die Hauptkommissarin nicht. Als sie im Büro ihren PC aus dem Energiesparmodus aufweckte, zeigte er ihr den Eingang einer neuen Nachricht an. Das LKA hatte die beiden genetischen Fingerabdrücke analysiert und schickte ihr nun die zwei Reihen mit dem Vergleich der dreiundzwanzig Chromosomenpaare.

Der winzige Hautpartikel, der in dem Ohrring einen Schutzraum gefunden hatte, stammte eindeutig weder von Klaus-Ulrich Mager noch von einem seiner Verwandten – überhaupt von niemandem, den sie in ihrer Datenbank hatten.

»Verdammter Bockmist!«, fluchte Kasten.

»Chefin?« Müller sah gespannt zu ihr herüber.

»Familie Mager ist raus!«, sagte sie unwillig.

»Ist er dir so unsympathisch, dass du ihn unbedingt einfahren lassen willst?«

Sie sah Müller nachdenklich an. »Nö. Mal abgesehen davon, dass mir sein grundsätzliches Misstrauen gegenüber der Polizei nicht gefällt. Aber mir ist es eigentlich egal, wer's getan hat – ich hätte diesen elenden Fall nur gerne bald vom

Tisch. Mager wäre die bequemste und schnellste Lösung gewesen. Shit happens. Suchen wir also weiter nach dem Mörder. Und schicken ihn dann nach Werl und werfen die Schlüssel in die Ruhr.«

Das frühere Zuchthaus in dem niedlichen Städtchen zwischen Unna und Soest war noch immer ein Knast für die schweren Jungs, die mehr als fünf Jahre absitzen mussten – viele der Gefangenen verbüßten eine lebenslängliche Haftstrafe und etliche würden wegen der besonderen Schwere der Schuld nie die Chance auf eine Rückfahrkarte ins normale Leben erhalten.

»Und jetzt?«

Kasten ertappte sich dabei, dass sie kurz davorstand, die Geduld zu verlieren. »Was schon? Wir brauchen die DNA von allen Männern auf der alten Mieterliste aus Haus 15. Kannst du mir die Namen zusammenstellen? Die faxen wir zur Staatsanwaltschaft – die Genehmigung dürfte kein Problem sein. Wir können dann gleich morgen anfangen.«

»Mach ich«, sagte Müller und nickte. »Aber noch was ...«

Die Stimme des Kollegen klang viel zu harmlos, um Kasten in den Zustand der Ruhe zu versetzen. Er hatte also noch ein Loch in der Ermittlungskette ausgemacht. »Schieß los!«

»Was ist mit den anderen Häusern auf derselben Straßenseite?«

Kasten schüttelte ihr Haupt. »Niete. Es gab nur zwei Häuser, von denen aus man 1985 Magers Garten sehen und auch gut erreichen konnte – Nummer 13, wo Magers wohnten, und Haus Nummer 15 mit den Studentenappartements. Im Haus Nummer 11 lebten nur zwei uralte Frauen. Deren Hinterhof war von hohen Mauern umgeben, sodass sie kaum etwas von dem mitbekommen konnten, was in den Gärten passierte. Erst vor zehn oder fünfzehn Jahren haben neue Bewohner das Haus aufgestockt und die Hofmauern abgerissen.«

»Und Haus 13?«

Die Kommissarin sah ihren Mitarbeiter überrascht an. »Die sind doch fast alle tot!«

»Hulda Grotes Sohn lebt noch. Ihre direkte Nachbarin …«

»Die mit dem lärmempfindlichen Mann?«

»Genau. Die hatten doch auch ein Kind. Und Magers damalige Nachbarn im ersten Stock?«

»Du meinst …?«

Kasten verstummte. Verdammt, Kollege Müller hatte recht. Wenn jemand die Hütte des alten Mager und seine Aktionen genau beobachten konnte, dann waren es die Bewohner aus Haus 13 gewesen – vor allem der Nachbar, der auf Magers Seite im Erdgeschoss gewohnt hatte und ohnehin etwas durchgeknallt war.

»Kacke, das ist wahr!«

»Dann brauchen wir also auch die DNA der Kinder oder Enkelkinder aus Haus 13.«

Kasten stöhnte leise auf. »Die müssen wir erst ermitteln. Dauert ewig.«

»Falsch«, widersprach Müller und schob ihr einen Bogen Papier zu. »Hier ist die Liste.«

## 67

Der Überfall auf Sim hatte sich an der Uni schnell herumgesprochen und die Aufmerksamkeit der Mitarbeiter sowie des Sicherheitsdienstes erhöht. Demzufolge war es keine gute Idee, in der Nähe des Kopula-Gebäudes herumzulungern, um jemanden abzupassen.

Schade, dass ihm das nicht eher eingefallen war – denn noch knapp fünfzig Meter vom Eingang der Keksdose entfernt, blickte Kalle jetzt in ein Gesicht, das von Misstrauen geprägt war.

Der mittelgroße Mann mit den ergrauten Locken und einem übergroßen Brillenmodell, Marke Dalai-Lama, stand direkt vor ihm. In der Hand ein langes Samuraischwert, das aktuell noch mit der Spitze nach unten zeigte. »Darf ich fragen, wen oder was Sie hier suchen? Ich sehe Sie nun zum dritten Mal um das Gebäude schleichen.«

Kalle schluckte und lief rot an. Gleichzeitig registrierte er im Funzellicht der Straßenlaternen, dass die Knöchel der Hand, die den Schwertgriff umklammerte, weiß hervortraten. »Es ist nicht so, wie Sie denken.«

»Und was denke ich Ihrer Meinung nach?«

»Möglicherweise haben Sie den Verdacht, ich könnte nicht vertrauenswürdig sein.«

Der Schwertkämpfer schnaubte verächtlich. »›Nicht vertrauenswürdig‹, das ist gut. Genau so schaut es nämlich aus. Also, wie kann man Ihnen helfen?«

»Äh, darf ich Ihnen kurz meinen Presseausweis zeigen? Ich müsste dazu aber in meine Innentasche greifen. Nicht, dass Sie …«

»Nur zu. Ich bin sicher, dass ich Ihnen die Hausordnung nicht näher erläutern muss«, sagte der Sicherheitsmann und hob zur Verdeutlichung sein Samuraischwert etwas an.

»Nein. Das heißt: Ja.«

Vorsichtig fummelte Kalle sein Portemonnaie heraus und klappte es an der Stelle auf, an der sein Presseausweis hinter durchsichtigem Plastik zu sehen war.

Der Mann in der blauen Uniform – *Kötzler Sicherheitsdienst* war auf der rechten Brustseite eingestickt – schien sich etwas zu entspannen und schob die schwere Brille ein Stück die Nase hoch. »Und wen suchen Sie?«

In diesem Moment verließ eine hochgewachsene Frau mit hellem Haar das Gebäude und kam eiligen Schrittes näher. Für Diskretion war das nicht der richtige Zeitpunkt. Kalle deutete nur mit Nase und Augen auf die Blondine. Als sie nahe genug war, rief er: »Frau Klawitter?«

Die Blonde blickte neugierig herüber, dann verlangsamte sich ihr Tempo. »Guten Abend, Herr Pradtke«, begrüßte sie den Schwertmann lächelnd und deutete mit dem Kopf auf Kalle Mager. »Heute Iaidō-Training am lebenden Objekt?«

Der Sicherheitsmann bleckte eine Reihe ebenmäßiger Zähne. »Das Bürschchen hier ist von der Presse.«

»Frau Klawitter, ich muss dringend …«

»Sie warten, bis Sie gefragt werden«, unterbrach ihn Pradtke.

»Aber …«

Adele hob beschwichtigend die Hand. »Lassen Sie ihn ruhig sagen, was er zu sagen hat.«

»Es geht um Tim.«

Die Augenbrauen der Frau hoben sich und Kalle opferte den zweiten Joker: »Und um Lea.«

Klawitter wirkte mit einem Mal sehr interessiert. Sie nickte dem grauhaarigen Kämpfer zu. »Vielen Dank, dass Sie so aufmerksam sind, Herr Pradtke. Ich glaube, ich würde mich gern mit dem jungen Mann unterhalten. Seine Personalien haben Sie ja.« Sie zwinkerte dem Mittfünfziger zu. »Ich denke nicht, dass er riskieren möchte, Sie bei Mondschein zu treffen, falls ich mich nicht bei Ihnen zurückmelde, stimmt's?«

Pradtke lachte schallend und steckte das Schwert in die Scheide, die er um die Hüfte gebunden trug. »Nicht, wenn er schlau ist. Falls was ist, ich bin in der Nähe.« Mit diesen Worten entfernte er sich in Richtung Lotharstraße, um seinen Rundgang fortzusetzen.

»Die Uni hat einen Samurai als Wächter engagiert?«, eröffnete Kalle das Gespräch. »Mit einem Schwert auf Patrouille? Das glaubt mir kein Mensch.«

Klawitter ging auf den scherzhaften Ton nicht ein. »Muss auch niemanden interessieren. Der Mann betreibt den Iaidō-Sport privat seit einigen Jahren und macht gelegentlich ein paar Übungen hier. Mich stört es nicht, im Gegenteil. Und wenn Sie möchten, dass wir uns weiter unterhalten, sollten Sie das nicht laut in die Welt posaunen, klar?«

»Klar wie eine Watschen.«

»Bitte?«

»Ist ein Spruch von Wittgenstein. Egal, ich meinte damit nur, dass ich keinem von dem Schwert erzählen werde.«

»Gut. Dann nun zu Ihnen: Ich möchte gern wissen, wer Sie überhaupt sind und was Sie über meine beiden Kollegen zu wissen glauben.«

Die Frau ist direkt, dachte Kalle.

»Ich heiße Karl-Friedrich Mager und arbeite bei PEGASUS. Wir produzieren Nachrichtenfilme.«

Die Doktorin verzog den Mund.

Kalle ergänzte: »Aber ich bin nicht hier, weil ich ein Interview führen oder einen Film drehen möchte.«

»Sondern?«

Er trat einen halben Schritt näher und senkte seine Stimme. »Ich bin hier, weil ich Sie um Hilfe bitten möchte. Meine Freundin Simone Olsok wurde gestern Abend an diesem Ort überfallen und ich glaube, dass das in Verbindung mit dem Verschwinden Ihrer beiden Kollegen steht.«

Jetzt hatte er sie. Aufmerksam schaute Klawitter sich um. Die Tür der Kopula-Keksdose öffnete sich erneut und eine kleinere dunkelhaarige Frau blickte zu ihnen herüber, bevor sie ihren Weg in Richtung der Hauptstraße fortsetzte. Adeles Augen folgten ihr.

Kalle räusperte sich. »Können wir uns irgendwo hinsetzen und in Ruhe reden? Ich stehe schon eine ganze Weile in der Kälte und …«

Eine Stunde später saßen die beiden immer noch im *Finkenkrug,* einer Studentenkneipe, die am Eingang mit der Aufschrift warb: *222 Biersorten – 1 Kneipe.*

Kalle hatte seinen Bericht beendet und wartete auf Adeles Statement.

»Offiziell weiß ich von nichts – inoffiziell habe ich vom leer stehenden Nachbarbüro aus an der Wand gelauscht.« Sie schien kurz abzuwarten, wie ihr Gegenüber reagierte, und fuhr dann fort. »Kehlmann hat Tims PC durchsucht und darauf offenbar Bilder von Lea gefunden, wie sie auch von einem Stalker stammen könnten. Als die Polizei nach Lea fragte, hat der Chef das ausgenutzt, um den Verdacht auf Tim zu lenken. Er nehme aufgrund der Fotos an, dass Hoppe mit Leas Verschwinden zu tun habe. Jetzt wird nach Tim gefahndet.«

Kalle stürzte den Rest seines australischen Ginger Brews hinunter. Damit hatte er nicht gerechnet.

Adele hingegen nippte an ihrem Mineralwasser, als wollte sie lediglich die Lippen befeuchten. Dabei ließ die Kopula-Mitarbeitein ihren Blick nachdenklich über die Köpfe der lärmenden Gäste wandern und wandte sich wieder in Kalles Richtung: »Ich gebe zu, was Sie erzählen, klingt in der Tat sehr suspekt. Möglicherweise habe ich Informationen, die Ihnen helfen könnten.« Sie atmete tief ein und wieder aus. »Aber … ich weiß nicht. Das kann und will ich hier und heute nicht entscheiden.«

Kalle straffte sich und legte alle Überzeugungskraft, die er aufbringen konnte, in seine Stimme: »Wir brauchen Sie. Dieser Professor ist nicht Ihr Freund. War er nie. Ich möchte Ihnen etwas hierlassen, damit Sie mir glauben.«

Er kramte eine Plastikhülle mit zwei zusammengehefteten Seiten aus seiner Umhängetasche hervor und überreichte sie ihr. Adeles Hand, perfekt manikürt, nahm die Schriftstücke aus der Verpackung und überflog die erste Seite. Sie wurde blass, als sie las, was dort über sie stand. Dann trank auch sie ihr Glas in einem Zug leer und studierte sehr aufmerksam den vollständigen Inhalt der ausgedruckten Texte. Kalle sah, dass ihre Unterlippe zuckte. Hatte sie angebissen?

Als sie fertig war, wirkte sie deutlich weniger taff als zuvor. Ihre Stimme zitterte ein wenig, als sie fragte: »Haben Sie vielleicht eine Zigarette für mich?«

»Sie rauchen?«

»Nein. Nicht mehr. Aber jetzt will ich eine. Kann ich die Ausdrucke behalten?«

Kalle nickte und warf einen Zehneuroschein auf den Tisch. Draußen vor dem Eingang bliesen sie schweigend den Qualm in die Dunkelheit und beobachteten die vorbeifahrenden Autos.

Dann warf die Blonde den Stummel auf den Boden und drückte die Glut mit dem Absatz aus. Sie wirkte nun wieder gefasster. »Es bleibt dabei. Ich muss ein bis zwei Nächte darüber schlafen.«

Mager junior gab ihr seine Visitenkarte. »Bitte melden Sie sich so schnell wie möglich. Egal wann. Vielleicht geht es um Leben und Tod.«

Klawitter nickte kaum merklich und reichte Kalle mit festem Druck die Hand. »Ich heiße übrigens Adele.«

## 68

Krasse Sache. Damit hatte Ole Rasmusson nicht gerechnet, als er mit seinen Recherchen begonnen hatte. Wenn man ein paar Tage im Netz grub, förderte man die widerlichsten Leichen aus der Versenkung. Das Internet vergisst nie, dachte er. Man musste die Vorteile des digitalen Zeitalters nur zu nutzen wissen.

Der Mann mit dem kindlichen Gesicht lehnte sich zufrieden in seinem Schreibtischstuhl zurück. Die Spur, der er gefolgt war, hatte ihn zunächst nach Freiburg geführt, an Kehlmanns Geburtsort. Erster Volltreffer im Archiv der *Badischen Zeitung*. Die Recherche hatte ihn zwar ein paar Euro gekostet, aber das Ergebnis war jeden einzelnen Cent wert.

Man hätte Mitleid haben können. Nicht mit dem erwachsenen, aber mit dem jungen Paul. Der Artikel, den Rasmusson für sein Geld als PDF bekommen hatte, nannte zwar nicht viele Details, aber die Hauptfakten reichten schon.

Ole stand auf und schlurfte vom Schlafzimmer in die kleine Küche, die man auch zwei Jahre nach dem Einzug allenfalls als Provisorium bezeichnen konnte. Es würde nicht schaden, eine Kleinigkeit zu essen. Er entschied sich für eine Birne, die er gründlich abspülte. Doch sein Magen knurrte sehr laut. Okay, zum Nachtisch noch eine Banane. Später am Abend würde er noch eine Runde walken.

Seine Zähne versanken in der weichen Birne und das süße Aroma breitete sich in seinem Mund aus. Er überflog die beiden Artikel ein zweites Mal.

Kehlmanns Vater, Leiter einer Kinder- und Jugendeinrichtung in Freiburg, war 1983 wegen insgesamt dreiundzwanzig sexueller Vergehen an fünf Minderjährigen, darunter Jungen und Mädchen im Alter von neun bis dreizehn Jahren, zu einer Haftstrafe von insgesamt vierzehn Jahren verurteilt worden.

Rasmusson nagte die Reste um das Kerngehäuse ab und dachte nach. Ein Riesenskandal musste das damals gewesen sein. Und wie viele Jahre hatte sich der Pädophile unbemerkt an Kindern vergangen?

Der erste Fall, der zur Verhandlung kam, lag beim Erscheinen dieses Artikels fünf Jahre zurück. Damals war Kehlmann vierzehn. Die Opfer waren sicher mit Bedacht gewählt worden. Und trotzdem. Es schien fast, als würden die Mitarbeiter bestimmter Institutionen lieber die Augen schließen, als zu handeln. Hatten sie Angst, der Schmutz könnte auf sie abfärben, wenn sie ihn ans Tageslicht beförderten?

Nach seiner Verurteilung war der Kinderschänder in der JVA Freiburg eingebuchtet worden. Ole schüttelte sich. Gemessen an Jabbas Altem war sein eigener Erzeuger wahrer Heiliger.

Rasmusson wechselte zum zweiten PDF. Dieser Artikel stammte aus dem Jahr 1984. Er informierte darüber, dass der Sexualstraftäter sich im Duschraum des Gefängnisses erhängt hatte. Kinderficker, dachte Ole, waren bei den anderen Knackis so beliebt wie Sackratten. Daher war es vermutlich kein Wunder, dass Kehlmanns Vater nach einem knappen Jahr den Selbstmord gewählt hatte, um den Schikanen der anderen Insassen zu entkommen.

Ekelhaftes Schwein. Ole gönnte ihm dieses Ende von ganzem Herzen. War Kehlmann als Kind ebenfalls missbraucht worden? War er deshalb so ein gefühlskaltes, manipulierendes Arschloch geworden?

Der Doktorand dachte nach. Schaute aus dem kleinen Fenster und betrachtete die Konturen der Tannen, die man im Licht des Halbmondes noch gut erkennen konnte. Nein, so einfach war das nicht. Er war zwar kein Psychologe, aber eines wusste Ole: Jeder Mensch musste irgendwann die Verantwortung für sein Leben übernehmen und sich entscheiden, wer er sein wollte. Kehlmann hatte sich entschieden. Und Ole jetzt auch.

Entschlossen tippte er *www.wikipedia.de* in seinen *Tor*-Browser. Bevor der frühe Mond aus seinem Sichtfeld gewandert war, hatte Ole das Profil von Professor Doktor Paul Kehlmann um einige Informationen erweitert. Aber Wikipedia legte mittlerweile Wert darauf, dass keine unbewiesenen Behauptungen in die Artikel Einzug fanden. Deshalb nutzte Ole die Zusammenfassungszeile unter dem Bearbeitungsfenster dazu, seine Infos mit genauen Quellenangaben zu belegen. Dazu fügte er unter anderem einen Link zu der Alumni-Seite von Kehlmanns erster Uni ein – dort war auch das Konterfei des jüngeren Paul zu sehen.

Ole war mit sich zufrieden. Heute würde er gut schlafen. Um die zweite Spur, die er verfolgen wollte, würde er sich morgen kümmern.

## 69

»Seid ihr eigentlich von allen guten Geistern verlassen?«

Karin Jacobmayer hatte schweigend zugehört, während Kalle den Familienrat auf den aktuellen Stand der Dinge brachte. Aber jetzt war ihre Selbstbeherrschung am Ende. Sogar Theo, der halb versteckt auf dem Boden neben der Couch saß und sich mit den Spielen auf Kalles iPad vergnügt hatte, hielt inne. Es war längst Schlafenszeit, aber die Erwachsenen hatten wohl vergessen, dass er auch noch da war. So blieb er – taktisch klug – schweigend sitzen.

»Ihr seid total behämmert!«

Karins Stimme klang fast genauso aufgebracht wie letztes Jahr, als sie Theo im Hinterhof bei einem gewagten Experiment erwischt hatte. Mithilfe von Chlorreiniger und Alufolie hatte er eine Plastikflasche explodieren lassen und seine Erziehungsberechtigten an den Rand des Wahnsinns getrieben. Diesmal war der Zorn seiner Mutter jedoch gegen den älteren Halbbruder gerichtet.

»Zwei Frauen sind schon Opfer eines Gewaltverbrechens geworden. Erst diese Lea, jetzt Sim. Und ihr habt der Polizei nichts von euren Vermutungen und Funden erzählt?«

Kalle ging zur Verteidigung über. »Was hätten wir denn tun sollen? Uns selbst bezichtigen, dass wir in Kehlmanns Postfach geschnüffelt haben? Oder dass wir eine Mailbombe und einen Trojaner auf ihn losgelassen haben? Wer steht da wohl am Ende schlechter da? Der vorbestrafte Kalle Mager oder der renommierte Professor?«

Sein Vater nickte heftig und spielte ungeduldig mit seiner Schachtel Zigaretten.

»Auch wenn meine Recherche heute Sims Verdacht wegen Kehlmanns Privatfirma erhärtet hat – wir haben keinen einzigen Beweis, dass der Typ etwas mit Leas Verschwinden zu tun hat. Und Sim ist nicht von ihm persönlich angegriffen worden, sondern von einem Hundert-Kilo-Kraftpaket. Dazu kommt noch, dass für die Polizei Tim der Hauptverdächtige ist. Also?«

Alles schwieg und sah zu, wie Kalle mit einem Feuerzeug eine Flasche Bier öffnete und einen großen Schluck trank.

»Wir hätten mit einer Aussage nur erreicht, dass Kehlmann genau wüsste, was wir über ihn herausgefunden haben. Statt einem wäre er uns dann zwei Schritte voraus.«

»Aber ...«

Klaus-Ulrich legte seine Hand auf den Unterarm seiner Frau. »Karin, ich glaube auch nicht, dass uns das weiterbrächte. Die Bullen sind doch nur dann nützlich, wenn sie ausnahmsweise ein paar Nazis verprügeln. Und wenn Simone selbst entschieden hat, dass ...«

»Wie weise Simones Entscheidungen sind, kann man im Krankenhaus besichtigen«, fiel ihm Karin ins Wort. »Wenn dieser ... dieser Professor des Bösen tatsächlich hinter all dem steckt, dann ist das ein zu großes Kaliber für uns.«

Professor des Bösen, dachte Theo. Das klang interessant. Wie dieser Film mit Doktor Mabuse, den Tante Mechthild so gut fand. Ob dieser Kehlmann auch so aussah wie Mabuse? Während der Disput zwischen seinen Eltern und Kalle weiterging, suchte Theo im Netz und wurde schnell bei Wikipedia fündig. Boah, war der fett. Mit den roten Haaren, den dicken Lippen und dem komischen Grinsen, das er auf dem Bild trug, erinnerte er ihn an Alfred E. Neumann. Das war dieser bekloppte Junge in den alten MAD-Magazinen, die Kalle in einer Kiste auf dem Dachboden lagerte. Der Name passte auch. Theo kicherte leise.

Das brachte leider seine Mutter auf den Plan. »Was? Du bist immer noch wach? Es ist bald zehn! Zähne putzen und Abmarsch ins Bett. Um halb sieben ist für dich die Nacht rum!«

Da war Widerstand wohl zwecklos. Theo klappte die Hülle des iPads zu und überreichte es Kalle. Dann wünschte er allen eine gute Nacht. Solange die Alten hier unten mit ihren Streitereien beschäftigt waren, konnte er oben noch ungestört lesen.

Eine Stunde später hatten die Männer des Hauses Karin zwar nicht überzeugt, aber sie akzeptierte – wenn auch mit besorgtem Protest –, dass Vater und Sohn eine Aktion gegen

Kehlmann starten würden. Magers Plan beeindruckte sie und am Ende gab sie zu: »Klaus-Ulrich, du treibst mich in den Wahnsinn, aber manchmal bist du genial.«

Kalle entschied sich dafür, die Eitelkeit seines Alten nicht übers Maß zu befeuern. »Die Idee ist wirklich brauchbar. Kriegen wir das bis Ende der Woche hin?«

Der Bärtige wickelte ein *Schoko-Bon* aus dem Papier und schob es sich in den Mund. Genüsslich ließ er die Milchpraline schmelzen. »Und wie wir das hinkriegen«, freute er sich. »Dieser Professor wird noch bereuen, dass er sich mit uns angelegt hat.«

Bevor Kalle sich in der Dachwohnung ins Bett legte, wollte er Sim noch einen kurzen Bericht zukommen lassen. Als er die iPad-Hülle aufklappte, sah er auf die Wikipedia-Seite, die sein Halbbruder zuvor geöffnet hatte. Jetzt ahnte er, warum Theo gekichert hatte.

## Der zweite Mittwoch

### 70

»Und? Was hat Anja Hermann zu den Fotos gesagt?«, fragte Kasten in der Frühbesprechung.

Waliszczek klappte eifrig sein Notizbuch auf und strahlte. Offenbar hatte er den Anschiss überwunden, den er wegen des Versäumnisses bei seinem ersten Besuch in Kamen bekommen hatte, und zum Ausgleich etwas Hilfreiches zu Tage gefördert.

Damit auch alle seinen Erfolg bewundern konnten, hatte er einen Beamer an seinen Laptop angeschlossen, um die Fotos aus Magers Archiv an die Wand zu werfen.

Als Projektionsfläche brauchte er allerdings den Platz an der Wand hinter der Chefin, wo ein Poster hing. Vorsichtig nahm Waliszczek es ab und rollte es mit Sorgfalt zusammen. Nur ein Knick und Kasten würde ihn mit einem Kehrbesen über den Hof jagen. Es war das Mannschaftsfoto von Borussia Dortmund.

»Nummer eins: Wie wir alle vermutet haben, zeigt dieses Freundschaftsfoto Silke Neuhaus und den damaligen Gartenbesitzer Heinz Mager.«

Echternach, der Boxertyp, unterbrach ihn. »Weiß eigentlich jemand, warum diese junge Frau den alten Kerl so anhimmelt? Ist ja schon seltsam.«

Allgemeines Achselzucken – diese Frage hatte sich noch niemand gestellt.

»Mach weiter!«, drängelte die Chefin. »Wenn's wichtig wird, klären wir das noch.«

Das zweite Foto zeigte die Fünfergruppe: Mager und Neuhaus mit den drei jungen Männern.

»Der schüchterne Schmale mit der John-Lennon-Brille ist

der heutige Diplom-Ingenieur Rudolf Bertram, wohnhaft in Aachen. Nach Aussage von Anja Hermann …«

»Die hat doch mal mit ihm gevögelt, oder?«, fragte Kopitzki.

»Nein, das war Henry Fichtel, der Klimaforscher. Zu dem kommen wir gleich«, korrigierte Wali und fuhr fort: »Bertram war wohl ein sehr zurückhaltender Typ, gegenüber Frauen äußerst höflich.«

»Stille Wasser sind tief«, zitierte Kopitzki, aber Müller widersprach: »Kannst du dir vorstellen, dass dieses schwindsüchtige Kerlchen eine Frau umbringt, in den Garten schleppt, eine Nacht lang ein Grab schaufelt und wieder zuschüttet?«

»Das nicht, aber …«

»Weiter!«, befahl Kasten.

»Okay. Hier, dieser Schönling, das ist Fichtel. Geiler Typ, Handballstar in Essen, als die noch ganz oben spielten. Die Damenwelt stand bei ihm Schlange und er hat – wie man hört – nicht allzu oft Nein gesagt.«

»Und jetzt ist der Klimaforscher in Thule?«, fragte Kopitzki noch mal nach.

»Genau.«

»Vielleicht wurde es ihm mit den vielen Frauen zu heiß«, scherzte Echternach.

»Scht«, machte Kasten und augenblicklich trat Ruhe ein.

Waliszczek nickte seiner Chefin dankbar zu und nahm den Faden wieder auf. »Nun zu diesem tapsigen Zottelbär. Das ist nicht Peter Elchmaul, sondern der Bruder, von dem die Hermann gesprochen hat. Der Name Pascha entbehrt ja nicht einer gewissen Ironie, wenn man sich den so anguckt.«

Eine Pause trat ein – alle grübelten.

Kasten unterbrach die Stille, indem sie mit der Hand auf ihren Oberschenkel schlug. »Leute, wir machen zwanzig Minuten Pause. Zeit zum Nachdenken. Und dann entscheiden wir.« Damit verschwand sie in Richtung Ausgang und die anderen machten sich auf den Weg zur Kantine.

»Mann«, sagte Waliszczek unterwegs zu Müller, »hat sie gerade ›wir‹ gesagt? Das gleicht einer Sensation.«

»Altersweisheit«, konterte der Betrugsexperte und die beiden gaben sich fünf.

Nach der Pause ging alles schnell: Auf Kastens Vorschlag beschlossen sie, die genetischen Fingerabdrücke von allen Männern aus Haus Nummer 15 zu nehmen. Wer am nächsten wohnte, war zuerst dran. Noch am selben Tag wollte man zu Rechtsanwalt Jendritzky nach Dortmund fahren. Und morgen früh war Peter Elchmaul in Hattingen dran.

»Was ist mit den Verwandten der Exbewohner aus der 13?«

Kasten wiegte ihren Schädel hin und her. »Der Staatsanwalt zögert. Zweiundzwanzig Leute? Ein Riesenaufwand …«

»Falsch«, korrigierte Müller. »Wir brauchen nur drei. Pro Vererbungslinie eine Probe: von Grotes Kindern oder Enkeln, von Stumpfs erstem Mann und von diesem Psycho aus dem Erdgeschoss. Wir fragen zuerst bei den nächsten Verwandten an …«

»Einverstanden«, sagte Kasten. »Das kriegen wir durch.«

Als alle die Stühle rückten, hatte Müller noch eine Frage: »Weiß dieser Mager eigentlich schon Bescheid, dass er raus ist?«

Kasten antwortete erst mit Verzögerung: »Lass diesen Bullenfresser ruhig noch ein wenig schmoren.«

»Herta!«, sagte Kopitzki mit deutlichem Nachdruck.

»Na schön, du Spaßbremse. Ich rufe ihn an. Aber erst nach dem Mittagessen.«

Die nächste gute Nachricht kam per Telefonanruf aus der Poststelle. »Hier wurde eine alte Akte für euch abgegeben. Kann die mal einer abholen?«

Eine Stunde später schob Kasten den Stapel Papier mit einem anerkennenden Pfiff ein wenig zur Seite. Vor siebenundzwanzig Jahren hatten die Kollegen Neuhaus' Zimmer durchsucht und Zeugen aus der Nachbarschaft darüber befragt, was sie um Ostern herum getan und wo sie sich aufgehalten hatten.

Auch die Kontakte aus dem Notizbuch waren akribisch kontrolliert worden. Fast siebzig Menschen wurden interviewt und es lief eine bundesweite Fahndung nach der Vermissten. Außerdem hatten die Kollegen die *Rijkspolitie* in Egmond aan Zee eingeschaltet, wo Silkes Eltern einen Wohnwagen geparkt hatten – alles erfolglos. Das Wertvollste war immer noch die Bürste mit den Haaren.

Ja, es gab keinen Widerspruch in den Akten und nur eine kleine Lücke: Elchmauls Bruder tauchte darin nicht auf.

## 71

Als Sim aufwachte, spürte sie zum ersten Mal wirklich die Auswirkungen des nächtlichen Überfalls. Es gab kaum einen Teil ihres Kopfes, der nicht schmerzte. Ihre Gesichtshaut fühlte sich links so gespannt an wie das Gummi eines Luftballons kurz vor dem Platzen. Sie tastete vorsichtig danach. Geschwollen, heiß und pochend. Scheiße, tat das weh! Waren die Schmerzmittel zu niedrig dosiert oder die letzte Einnahme zu lange her?

Durst.

Sie richtete sich in ihrem Bett auf und wartete, bis das Schwindelgefühl etwas abklang. Kurzer Scan des Raumes. Das Bett neben ihr war immer noch leer, aber ihr gegenüber lag jetzt eine ältere, leise schnarchende Frau mit verstrubbelter Dauerwelle, die am Morgen noch nicht da gewesen war.

Auf dem Rollwägelchen neben dem Bett standen eine Flasche stilles Wasser und ein leeres Glas. Die Schwester hatte Sim freundlicherweise einige Strohhalme dagelassen. Nicht nur für die Getränke, auch Nahrung würde sie in den nächsten Tagen mit diesem Behelf zu sich nehmen. Die Schiene und Drähte in ihrem Mund verhinderten, dass sie den Mund weiter als ein paar Millimeter öffnen konnte.

Simone schüttete vorsichtig etwas von dem Wasser ins Glas. Behutsam führte sie das Trinkröhrchen zwischen ihre Lippen. Kleine Schlucke. Ganz schön mühsam.

Kalle gegenüber hatte sie taff getan. Wahrscheinlich dachte er, sie hätte nicht bemerkt, wie er auf ihr entstelltes Gesicht reagiert hatte. Es sah wirklich schrecklich aus. Und mit dem vielen Draht im Mund kam sie sich vor wie Frankensteins Monster. Ihr Kopf dröhnte wie eine alte Propellermaschine. Bloß nicht heulen. Das tat nur weh.

Sie tauchte ihren Strohhalm in das zweite Glas auf ihrer Ablage und trank den Inhalt komplett aus. »Da sind Tramaltropfen drin«, hatte ihr die Schwester erklärt. Damit würden die Schmerzen bald verschwinden.

Simones Hass auf Kehlmann loderte hell. Aber, und das war für sie viel schwieriger zu akzeptieren, sie hatte auch eine Heidenangst. Niemals hätte Sim gedacht, dass sie sich einmal in einer Situation befinden würde, in der sie so schwach und hilflos war wie vorgestern Abend. Dieser Kerl schien vor nichts zurückzuschrecken.

Der Schock saß tiefer als ein Virus im Bootsektor. Sie dachte an das Blut in Leas Badezimmer. Ein Teil von ihr wollte alle Recherchen abbrechen. Verkriechen, ausruhen. Nicht noch mal so etwas erleben, flüsterte eine Stimme in ihr. Weglaufen.

Aber Simone wollte nicht auf diese Stimme hören. Sie wollte kein Opfer sein. Und das würde sie auch nicht. Diese Entscheidung war gefallen, als Kalle bei ihr am Bett gestanden und sie so mitleidvoll angesehen hatte. Zieh dich warm an, Jabba, dachte sie. Das wirst du noch bereuen. Dass Kehlmann hinter dem Angriff steckte, bezweifelte sie nicht eine Sekunde.

Um sich von den Schmerzen abzulenken, schnappte sich die Patientin das iPad, das Kalle ihr gebracht hatte. Einige

Runden *Angry Birds* später tat die Medizin die gewünschte Wirkung und auch das Flugzeug in ihrem Kopf wurde leiser.

Pling. Eine Nachricht traf ein.

Sie und Kalle nutzten *iPGMail*, um verschlüsselt mit ihren iPads zu mailen. Sie gab das lange Passwort ein und achtete darauf, sich nicht zu vertippen. Die Nachricht mit dem Betreff *Du hattest recht :-)* war nun lesbar.

Simone überflog den Dreizeiler. Gut gemacht, Kalle, dachte sie und verfasste ihre Antwort: *Ich hoffe, Adele wird dir weiterhelfen. Ich liebe dich. Deine Franken-Sim.*

Zuusch. Mail verschickt. Und nur zwei Minuten später ein neues Pling.

Betreff: *Sag mal …*

Der Inhalt lautete: *Kannst du eigentlich vom iPad aus checken, ob dein Trojaner überlebt hat? Ich liebe dich auch, meine tapfere Haeckse. Dein Karl-Friedrich, seit vorgestern in der Special Force ›Save the mouse‹ (Das erkläre ich dir später – nach der OP konntest du ja kaum fünf Minuten am Stück die Augen aufhalten. ;-))*

Plötzlich war Simone hellwach. Ja doch, der Trojaner. Die Chance war zwar gering, dass Kehlmann mit dem Laptop noch mal gearbeitet hatte, aber … wer weiß?

Sie startete ihren *Tor*-Browser. Kalle hielt sie für paranoid, aber Sim wusste es besser. Es ging nicht darum, ob man was zu verbergen hatte oder nicht. Es ging einfach darum, dass es niemanden etwas anging, welche Seiten sie ansurfte. Egal, worum es dabei ging. Mehr Überwachung bedeutete nicht mehr Sicherheit – davon war sie überzeugt. Nicht nur aus diesem Grund betreute sie selbst einen Knotenpunkt in dem Netzwerk, das Menschen ermöglichte, sich anonym und ohne Routenverfolgung im Internet zu bewegen. Bei heiklen Angelegenheiten wie dem Einsatz ihres hübschen kleinen Trojaners waren Anonymität und diskretes Vorgehen Pflicht – andernfalls saß man schneller im Knast als ein korrupter FIFA-Funktionär.

Der Trojaner auf Kehlmanns Laptop war eine Entwicklung von Simone und einer Freundin aus dem Haecksenklub des *Chaos Computer Clubs.* ›Sniffi‹ hatten sie ihn genannt. Weil er schnuckelig klein und unauffällig war und trotzdem jede noch so schmutzige Computerritze ausschnüffelte.

Sim wählte sich per SSH-Protokoll auf einer Seite in Russland ein, die sie als Ablage für ihren Sniffi eingerichtet hatte. Jetzt raste ihr Puls.

Tatsächlich. Der Professor war noch mal online gewesen. Ihr wurden etliche Textdateien angezeigt, die Kehlmanns Aktivitäten protokollierten. Und Dateien in einem Ordner namens *Clipboard!*

Simone wurde schwindelig. In diesen Ordner kopierte ihr Sniffi Dateien aus der Zwischenablage des infiltrierten Computers.

Hoffentlich hat es geklappt. Bitte, bitte.

Sie navigierte mit zittrigen Händen zu dem Ordner.

Heilige Medusa! Die Hackerin klatschte mit der flachen Hand auf die Matratze. Ihre Zimmergenossin schreckte auf und sah erschrocken zu ihr herüber.

Simone winkte ab. Alles gut, bedeutete sie ihr.

In der Tat. Das war sogar mehr als gut. Das war fantastisch. Das Arschloch hatte tatsächlich noch ein Back-up seiner wertvollsten Dateien gemacht. Wenn sie Glück hatte, wüsste sie bald, was der Professor zu verbergen hatte. Und könnte ihm damit hoffentlich das Handwerk legen.

Dann fiel ihr etwas ein. Mist! Warum hatte sie Kalle ihr Notebook mitgegeben? Mit dem iPad konnte sie nicht viel machen. Und das Wenige würde sehr mühselig werden. Ihr Freund würde heute nicht mehr reinkommen. Simone hatte ihm verboten, im Krankenhaus aufzukreuzen. Die Gurkerei zwischen Dortmund und Duisburg war ätzend. Zwischendurch musste er auch mal arbeiten und schlafen.

Sie sicherte zunächst alle Dateien auf ihr Tablet und beschloss dann, sich wenigstens einige Protokolldateien vorzunehmen. Die waren auch auf dem iPad lesbar. Und morgen, ja morgen müsste Kalle ihr den Laptop bringen. Das iPad könnte sie als WLAN-Hotspot nutzen. So würde es gehen.

Simone hatte den Professor einmal unterschätzt – und die Quittung dafür bekommen. Mal sehen, ob er umgekehrt den gleichen Fehler machte.

## 72

Wann hatte er die Pflanzen eigentlich zum letzten Mal gegossen? Der kleine Drachenbaum auf der Ecke seines Schreibtischs hatte sich bereits ergeben und einen Großteil der Blätter erst braun werden lassen und dann resigniert abgeworfen. Rasmusson befühlte die Erde in dem Töpfchen. Staubtrocken.

Während er das Pflanzenopfer mit Wasser aus einer Plastikgießkanne versorgte, beobachtete er seinen Bürokollegen.

Jan Mruzek hackte wie besessen auf der Tastatur herum und schien kaum etwas von der Außenwelt wahrzunehmen. Jabba hatte ihn dazu verdonnert, den Artikel für die Fachzeitschrift *Computer Science and Technology* komplett umzuschreiben. Das würde nur einer von etlichen Durchläufen sein, wie Ole aus eigener Erfahrung wusste. Der Halbgott an der Institutsspitze hatte Jans Entwurf gründlich mit Rotstift bearbeitet.

Die sieben Eskalationsstufen des Durchstreichens fielen Ole ein. So hatten die Kopula-Mitarbeiter Kehlmanns Korrekturen getauft. Dies hier war Stufe sieben. Einige Blätter waren an den entsprechenden Stellen eingerissen, so nachdrücklich hatte Jabba mit dem Rotstift gearbeitet. Zudem waren auf fast jeder Seite etliche Passagen mit hilfreichen Kommentaren versehen, wie zum Beispiel *Bullshit!*, *Schwachsinn!* oder *Lächerlich!*

Ein Seufzer entfuhr dem Kollegen. Rasmusson konnte Jan

gut verstehen. Auch Mruzek träumte den Traum vom Doktortitel. So wie fast alle, die hier arbeiteten.

War es für Ole schon zu spät? Sollte er es vielleicht doch noch mal in Karlskrona probieren? Die Zeit an der Uni hatte ihm gefallen.

Momentan nervte Jabba extrem mit den albernen PowerPoint-Folien für Thailand. Gerade erst war wieder eine Mail in Rasmussons Postfach eingetrudelt. Die zweite an diesem Tag. Ole dachte gar nicht daran, seine Zeit weiter damit zu verschwenden. Angesichts der Überstunden, die er für seinen eigenen Überblick sorgfältig in einer Excel-Tabelle erfasst hatte, könnte er eigentlich ein halbes Jahr komplett an der Uni fehlen. Doch von der offiziellen Zeiterfassung waren leider diejenigen ausgeschlossen, die am schlimmsten ausgebeutet wurden. Stempeln durften nur die nicht wissenschaftlichen Angestellten. So konnten die Profs ihre wissenschaftlichen Mitarbeiter weiter nach Lust und Laune ausnutzen. Sklaventum 2.0 – featured by öffentlicher Dienst, dachte Ole wütend. Wie sollte man das sonst nennen?

Hinzukam, dass es keine Trennung zwischen der Betreuung und der Begutachtung einer Dissertation gab. Diese gesetzlichen Regelungen erlaubten den Professoren eine Willkür, wie man sie nur selten fand. Man war ihnen auf Gedeih und Verderb ausgeliefert. Spurte man nicht, fiel man durch. Es war schreiend ungerecht. Ole schüttelte den Kopf und nahm einen Schluck Cola Zero aus der Blechdose, die vor ihm stand.

Er würde zumindest offenlegen, was Kehlmann wirklich war: ein dummes Arschloch. Und dafür benötigte er dessen Dissertation. Seltsamerweise gab es ausgerechnet diese Veröffentlichung weder in der Hausbücherei des Instituts noch in einer der zentralen Unibibliotheken in Duisburg oder Essen. Ein Schelm, der Böses dabei denkt, dachte Rasmusson und befand, dass er einen guten Schelm abgab.

Er schaltete seinen Browser ein und ging auf Expertensuche.

Da er wusste, wonach er Ausschau halten musste, wurde er direkt fündig: im Katalog der Deutschen Nationalbibliothek. Doch deren Webseite verriet: *Eine Ausleihe außer Haus ist nicht möglich. Medien, die Sie in unserem Bestand recherchieren, können Sie nur vor Ort einsehen.*

Das passte. Irgendwie hatte der notorische Angeber und Besserwisser Kehlmann wohl dafür gesorgt, dass man nach Frankfurt oder Leipzig fahren musste, um seine Arbeit einsehen zu können. Es gab nur zwei Erklärungen: Entweder schämte er sich oder er hatte etwas zu verbergen.

Ein Blick auf die Computeruhr auf seinem Monitor verriet Rasmusson, dass gleich Mittagspause war. Gut. Er pflückte einen gelben Post-it aus der obersten Schublade seines Schreibtischcontainers und notierte sich zwei Telefonnummern. Im Notfall würde er auf Reisen gehen und das Nützliche mit dem Angenehmen verbinden. In Leipzig war er noch nie gewesen. Und vielleicht würde er von dort aus einen Flug nach Schweden buchen. Seine Mutter würde sich sicher freuen, ihn wiederzusehen.

## 73

Der Anruf kam um zwei. Theo, den Tornister noch in der Hand, war zuerst am Telefon. »Theo Mager!«

»Tag, hier ist Frau Kasten. Ist dein Papa in der Nähe?«

Wortlos reichte der Sohn den Hörer weiter.

»Hallo, Herr Mager, eine gute Nachricht für Sie: Der DNA-Vergleich war negativ.«

»Schön. Aber das habe ich Ihnen doch gleich gesagt!«, posaunte Mager.

»Na, bleiben Sie mal auf dem Teppich! So ganz sicher waren Sie bei der Feuerprobe doch auch nicht.«

»Hexenprozesse sind immer riskant«, erwiderte er. »Zumindest für die Angeschuldigten.«

»Das diskutieren wir besser ein anderes Mal aus. Auf jeden Fall ist der Name Mager auf der Verdächtigenliste ganz weit nach unten gerutscht. Schönen Tag auch!«

Bevor dem Bärtigen noch eine passende Antwort einfallen konnte, legte die Kommissarin auf. Aber das war ihm jetzt egal, denn ein wohliges Gefühl von Erleichterung überschwemmte sein Herz. Erst jetzt wurde ihm klar, wie sehr der vage Verdacht gegen seinen Vater an seinem Selbstverständnis genagt hatte.

»Wer war das, Papa?«

»Die Kriminalpolizei. Sie haben herausgefunden, dass Opa Heinz mit dem Tod der Frau in seiner Gartenlaube nichts zu tun hatte. Und jetzt wasch deine Hände, iss und mach deine Hausaufgaben.«

»Was gibt es denn?«

»Gemischten Salat mit Hähnchenbrust.«

Der Kurze sah ihn prüfend an. Eine solche Bereicherung der Speisekarte hatte er nicht erwartet.

Gehorsam setzte er sich an den Tisch und pickte sich zuerst die Fleischstückchen vom Teller. Dann legte er sich den ersten Winnetou-Band zurecht und schaufelte das Grünzeug in sich hinein. Die Jagd nach dem Mörder von Nscho-tschi und Intschu tschuna war interessanter als eine Tischkonversation mit seinem Alten.

Mager ließ ihn schmökern und verzog sich mit seiner Verdauungszigarette vor die Haustür. Diesmal war Mechthilds Wagen weg, aber der PEGASUS-Skoda stand auf seinem Platz – die beste Gelegenheit, den Streit mit Susanne zu klären. Immerhin war er nun vollständig rehabilitiert.

Hastig rauchte er auf und warf die Kippe in die verbeulte Tomatendose auf dem Mäuerchen. Die wenigen Schritte bis zum Firmensitz waren schnell getan. Wie üblich war die Haustür tagsüber nicht verriegelt. Mager stürmte in den Hausflur, zog den Büroschlüssel aus der Tasche und verschaffte sich Einlass. Susanne saß hinter dem Schreibtisch und tippte etwas in ihren Rechner. Als Mager eintrat, schien sie nicht überrascht zu sein. Sie sah ziemlich abgekämpft aus.

Gut so, dachte der beurlaubte Kameramann. Ohne sich mit einem Gruß oder einer Vorrede aufzuhalten, platzte er heraus: »Wir müssen reden!«

Die Stimme seiner Chefin klang müde. »Dir auch einen guten Tag, Klaus-Ulrich. Du hast vollkommen recht, das müssen wir wirklich.« Sie stand auf, fasste ihn beinahe freundschaftlich an der Schulter und dirigierte ihn auf den Besuchersessel. »Komm, ich hab frischen Kaffee.«

Der Dicke ließ sich von seiner Verwunderung nichts anmerken und setzte erneut an. »Also, was du da mit mir …«

»Zwei Löffel Zucker, wie immer?«

»Äh, ja.«

»Alles klar bei Kalle?«

»Hä?«

»Dass er gestern unseren Termin hat platzen lassen und lieber ins Krankenhaus gefahren ist, kann ich ja verstehen. Wirklich schrecklich, der Überfall auf Simone. Hoffentlich schnappen sie den Täter bald. Aber heute Morgen hat dein Sohn mich schon wieder mit einem Ersatzmann drehen lassen. Und das finde ich nicht besonders lustig.«

»Da siehst du mal, wie das ist«, frohlockte Mager und dachte gar nicht daran, ihr den Grund für Kalles Fernbleiben mitzuteilen. »Warum erzählst du mir diesen Scheiß überhaupt? Du weißt doch, wie es Simone geht und dass er sich um sie kümmert.«

»Weißt du, was ich gerade nicht gut haben kann, Klaus-Ulrich?« Sie wartete seine Antwort nicht ab und redete weiter, während sie die Kanne in die Maschine zurückstellte. »Verarscht zu werden. Ich war heute Morgen noch vor dem Dreh im Krankenhaus und habe Sim Blumen gebracht. Sie hat mir geschrieben, dass sie sich sehr über meinen Besuch freut und dass Kalle heute keine Zeit für sie hat. Witzig, was?«

Mager erkannte an Susannes Miene, dass sie es in Wirklichkeit nicht witzig fand. Bevor ihm eine gescheite Antwort eingefallen war, fuhr sie fort.

»Und weißt du, was mir auch nicht gefällt? Deine arrogante Art und deine unglaubliche Ignoranz. Denkst du, du bist der Einzige mit Problemen? Hast du eine Idee, wie viel Arbeit hier an mir hängen bleibt, oder auch nur die leiseste Ahnung, wie es um die PEGASUS-Finanzen steht?« Sie knallte seine Kaffeetasse mit so viel Schmackes auf den kleinen Besuchertisch, dass der Inhalt überschwappte, und wurde lauter: »Dein Familienskandal hat uns noch tiefer runtergezogen. Aber auch das interessiert dich nicht. Es geht immer nur um dich, dich, dich. Und Kalle tritt jetzt in die gleichen Fußstapfen. Ich hab die Nase gestrichen voll von diesem Egoismus.«

Der Kameramann schaute betreten. Die Rede, die er ursprünglich hatte halten wollen, schien ihm nicht mehr angemessen.

Susanne wirkte nun wie ein Ballon, aus dem alle Luft gewichen war. Mit nach vorn gebeugten Schultern und den Unterarmen auf dem Tisch nahm sie einen Schluck aus dem eigenen Kaffeepott und schaute den Bärtigen an. »Warum bist du überhaupt gekommen?«

»Weil der DNA-Abgleich meinen Vater und mich im Mordfall Silke Neuhaus entlastet hat. Damit bin ich rehabilitiert. Wann kann ich wieder anfangen? Du hast ja gerade selbst gesagt, dass du viel Arbeit hast.«

Sie deutete auf die Kladden und Aktenordner neben ihrer Tastatur. »Wann du wieder anfangen kannst? Wenn ich mit meiner Bilanz fertig bin und sich herausstellt, dass ich dir noch dein Gehalt zahlen kann. Aber ich sage dir gleich: Ohne Abstriche wird es nicht gehen. Und deinem Sohn kannst du ausrichten, dass ich ihn fristlos kündige, wenn er mich noch mal hängen lässt.«

»Dazu müsstest du ihm zunächst eine Abmahnung schicken.«

»Was meinst du, was ich hier gerade tippe? Und seine Miete für das Dachzimmer sollte er auch pünktlicher zahlen. Sonst bekommt er gleich zwei Kündigungen!«

Mager schluckte. Die hatte sie doch nicht mehr alle!

Doch es kam noch schlimmer: Susanne hatte feuchte Augen, als sie die Hand ausstreckte. »Den Büroschlüssel!«

Verdutzt schaute er sie an.

Ihre Stimme drohte zu kippen, als sie ihn aufforderte: »Mach schon! Ich habe zu tun!«

Mit zitternden Händen fummelte er den Büroschlüssel von dem Schlüsselbund und knallte ihn auf den Tisch.

»Und jetzt – raus!«

Weinte sie etwa? Er stand auf, innerlich aufgewühlt und in seinem Stolz gekränkt. Nach rund dreißig Jahren gemeinsamer Arbeit an der Nachrichtenfront nahm sie ihm den Büroschlüssel ab!

Fast wäre ihm der Satz rausgerutscht: »Dann schieb dir dein PEGASUS doch in den Arsch!« Aber er konnte sich noch rechtzeitig auf die Zunge beißen.

So steckte Mager sich lediglich demonstrativ eine Zigarette mitten im Büro an und marschierte grußlos hinaus – aufgebracht, betroffen und verwirrt. Was war da gerade passiert? Und warum fühlte es sich so an, als wäre er das Arschloch?

## 74

Abendessen: fette Hühnerbrühe, die mit einer undefinierbaren Substanz angedickt worden war.

Sim schlürfte den Becher bis zum letzten Tropfen aus, als Doktor Völler noch einmal hereinkam: »Brav, brav. Es gibt nicht viele Patienten, die so tapfer sind.«

Simone zeigte erst auf ihr geflicktes Ohrläppchen, dann zog sie mit den Fingern vorsichtig ihre Mundwinkel nach oben, um ein Lächeln zu simulieren. Mit ihrem Schreibblock ließ sie ihn wissen: *Danke fürs Zunähen. Ich konnte das Loch nicht mehr sehen.*

Der Arzt winkte ab. »Wenn man schon mal in der Chirurgie ist …«

Sie überlegte kurz. Dann schrieb sie einen weiteren Satz auf das Papier. *Aber der Flüssigfraß bei euch ist ekelhaft.*

»Kann sein«, gestand Völler. »Aber Sie müssen ausreichend Kalorien zu sich nehmen. Die meisten Patienten mit Kieferbruch verlieren bis zur Genesung mehrere Kilo Körpergewicht.«

Oje, dachte Sim. Suppen, Babybrei und – etwas später – zermatschte Bananen. Diäten wollte sie eigentlich nicht. Kalle mochte sie so, wie sie war. Ihre Formen gefielen ihm.

Sie kritzelte: *Schöner Mist. Mein Freund mag weder Magermodels noch Knochengerippe.*

Der Doc lachte. »Ich habe den Eindruck, dass er Sie wirklich liebt. Warten Sie ab – er wird Sie zu Hause mit Käsebrötchen, Eisbein und Sahnetörtchen wieder aufpäppeln.«

Ihre Augen zeigten Protest an.

»Schon gut, ich hör ja schon auf«, meinte Völler. »Und jetzt ruhen Sie sich aus. Surfen bis Mitternacht ist auch nicht gerade heilsam!«

Sie seufzte übertrieben und nickte gehorsam.

Nachdem der Mediziner das Zimmer verlassen hatte, war es sehr still im Raum.

Ach, Kalle. Sie vermisste ihn. Der Geschmack der fast ungesalzenen Brühe war wirklich widerlich. Sie spülte mit etwas Kamillentee nach und schüttelte sich kurz.

Ein Blick auf die Uhr. Gleich würde das Zeug abgeräumt werden. Sie schaute zu der alten Patientin im Nachbarbett hinüber. Hildegard Droste war ihr Name, wie Sim inzwischen wusste. Die Zimmergenossin hatte sich wohl damit abgefunden, dass eine echte Konversation mit Simone nicht möglich war, und ihre Kopfhörer aufgesetzt, um sich vom RTL-Abendprogramm berieseln zu lassen. Gut so.

Simone griff zum iPad. Auf jeden Fall musste sie noch zwei Mails schreiben. Eine an Kalle und eine an Tim. Ihr Studienfreund machte ihr immer mehr Sorgen. Hatte er sich wirklich selbst krankgemeldet oder hatte Kehlmann was mit seinem Verschwinden zu tun? Immerhin – es bestand eine kleine Chance, dass er ›nur‹ abgetaucht war. Falls er diese Mail auch nicht beantwortete, mussten sie sich überlegen, ob sie sich der Polizei offenbaren sollten. Immerhin würden sie bald endlich handfeste Beweise in der Hand halten. Kalle würde sich ein Bein abfreuen.

## 75

»Gute Arbeit!«, lobte Klaus-Ulrich seinen Ältesten. »Wenn dieser Prof das mitkriegt, wird das 'ne Schwitzkur vom Feinsten.«

Kalle strich über das Papier, das auf dem Küchentisch der Villa Mager lag. Das DIN-A4-Blatt war in der Mitte gefaltet, sodass daraus ein handlicher vierseitiger Flyer im DIN-A5-Format entstanden war.

Zwei Seiten enthielten die pikantesten Passagen aus den Mails, die Simone aus Kehlmanns Postfach zusammengetragen hatte. Nach der Lektüre dieser herabwürdigenden Beurteilungen ihrer Arbeit würden mindestens sechs von Jabbas Mitarbeitern ihren Chef bis an ihr Lebensende hassen und andere Leser würden den Professor sicher mit anderen Augen sehen.

Auf den beiden anderen Seiten hatte Magers Ältester eine Liste mit den wichtigsten Geschäftskontakten des Kopula-Institus zusammengestellt, zu der auch Kehlmanns *SSS Consulting* gehörte. Dass die Frau des Institutschefs dort als Geschäftsführerin fungierte, war deutlich genug vermerkt. Der ein oder andere würde vielleicht stutzig werden und sich – oder besser noch Kehlmann – ein paar Fragen stellen. Kalle hoffte auf sehr viele Nachfragen zum Inhalt des Flyers. Und er freute sich jetzt schon auf Kehlmanns Reaktion und auf die Antworten, die er in aller Öffentlichkeit und völlig unvorbereitet geben würde.

»Und der hält wirklich in der vorlesungsfreien Zeit einen Vortrag?«, fragte Mager nach.

»Ja. Angeblich zum Semesterabschluss – etwas Besonderes für die treuesten der treuen Studenten des Kopula-Instituts. Und die Bude soll dann immer rappelvoll sein.«

Der alte Mager schüttelte nur den Kopf. Zu seiner Zeit hätten sich nur ein paar unverbesserliche Streber zum Besuch einer solchen Veranstaltung aufgerafft. Aber heute würde das für den Professor eine verdammt wackelige Gratwanderung zwischen Wahrheit und Leugnung werden. Würde man ihn beim Lügen erwischen, verlöre er jegliche Glaubwürdigkeit.

»Wirklich schön!«, wiederholte Mager sein Lob.

Kalle nickte erfreut. Es war eine ziemliche Fummelei gewesen, alle Informationen auf den vier DIN-A5-Seiten unterzubringen. Die Schrift durfte nicht zu klein sein und ein paar knackige Überschriften sollten zum Lesen animieren. Das Ding war ein Kracher geworden.

»Wie viele Exemplare wollen wir drucken? Zweihundert?«

»Klotzen statt kleckern«, beschied das Familienoberhaupt. »Fünfhundert.« Er gackerte schadenfroh. »Dann kann jeder Anwesende noch ein paar Exemplare an Studienkollegen verteilen.«

»Meinst du, ich kann Susanne …?«

Magers Augenbrauen zogen sich zusammen. »Susanne bitte ich um keinen Gefallen mehr. Und du besser auch nicht.«

»So schlimm?«

Sein Vater machte ein Geräusch, als hätte man ihm statt eines Schnitzels ein Tofusteak serviert. »Ich musste meinen Büroschlüssel abgeben – noch Fragen?« Er wandte seine Augen ab, bevor er fortfuhr. »Hast du eigentlich schon nach deiner Post geguckt?«

»Hä? Was hat denn meine Post …?«

Mager seufzte. »Ach, vergiss es. Vielleicht hat sie es sich ja doch noch mal überlegt.«

»Du sprichst in Rätseln, alter Mann«, meinte Kalle. Dann wurde er sachlich. »Also – soll ich zum Copyshop fahren?«

»Nö«, meinte Mager lapidar. »Susanne schläft wie deine Mutter immer mit Ohrstöpseln. Und der Drucker im Büro ist superleise.«

Du musst es ja wissen, dachte Kalle. »Aber was war das jetzt mit deinem Schlüssel – hat sie den wirklich einkassiert?«

Der Dicke nickte. »Meinen schon. Aber deinen nicht.«

Ein deutliches »Pling!« unterbrach das Gespräch.

»Warte mal«, sagte Kalle und griff nach seiner olivgrünen Umhängetasche. »Vielleicht ist das Sim.«

Er kramte sein iPad heraus und entschlüsselte die Mail mit dem Betreff *Wichtige Neuigkeiten.* Dann überflog er den Text und fuhr sich aufgeregt durchs Haar.

»Vadda, hör dir das an!«

*Hey, es gibt aufregende Neuigkeiten!*
*Kehlmann war noch mal kurz mit dem infizierten Gerät online. Ich hab bis gerade gebraucht, um mit dem verflixten iPad die Logs auszuwerten. Umständlich! Brauche dringend meinen Laptop zurück.*
*Was ich bis jetzt herausgefunden habe:*

- *Kehlmann hat am Montag nach meinem angeblichen Sicherheitscheck den Laptop noch mal hochgefahren. Hatte wohl nicht auf dem Schirm, dass sich das Gerät automatisch ins WLAN wählt.*
- *Er hat sich mit seinem Domainaccount kopula\p.kehlmann angemeldet. Das Passwort lautet* 00BMWf11§T.
- *Es wurde ein Datenträger mit der Bezeichnung* Corsair *per USB angeschlossen. Der Datenträger war per* Bitlocker *verschlüsselt und wurde mit einem Passwort*

*entschlüsselt. Das Passwort hat mein Sniffi auch mitgeloggt. Es lautet* *k.14$2P*#!*.

- *Er hat folgende Dateien in seinen Zwischenspeicher geladen und dann auf seinen Stick kopiert. Anbei ein Bild aus meiner Kommandozeile*

Kalle betrachtete die Textzeilen, die sich weiß auf schwarz vom Screenshot abhoben und las:

*1. HXX, 45 MB*
*2. HXX, 12 KB*
*3. HXX, 1,2MB*
*4. HXX, 58 KB*
*5. HXX, 32 MB*
*Kehlm.hxp, 4 KB*

- *Zum Schluss hat er die* Bitlocker-*Verschlüsselung mit dem gleichen Passwort wieder eingerichtet.*

Ratlos zuckte Kalle mit den Schultern. Was sollte ihm das sagen? Glücklicherweise folgte eine Erklärung:

*Siehst du, was ich sehe? Das ist der absolute Hammer! Er hat sich alle verschlüsselten Dateien, die schon auf dem alten Laptop waren, vom neuen Gerät auf einen Stick gesichert UND offenbar den passenden privaten Schlüssel aus der Software exportiert. Verstehst du? Das ist ALLES, was ich brauche, um die Dateien zu entschlüsseln.*
*Mein Sniffi kennt ein paar nette Kunststücke und hat alle Dateien aus dem Zwischenspeicher auf meinen russischen Server kopiert.*
*Bitte, bitte, bitte komm morgen ganz früh mit meinem Laptop, damit ich das prüfen kann. Es sieht nämlich ganz so aus, als ob Jabba alle Beweise verschwinden lassen will. Die letzten Aktionen, die mitgeloggt wurde, waren folgende:*

- *Es wurde eine CD mit der Datenträgerbezeichnung* Boot&Nu~ *eingelegt.*
- *Der Rechner wurde neu gestartet.*

*Ich vermute, dass er* Boot&Nuke *eingelegt hat. Das ist eine Software, die man per CD beim Booten startet und mit deren Hilfe man Festplatten mehrfach überschreiben kann. Wenn ich damit richtigliege, wird man jetzt kein einziges verwertbares altes Byte mehr auf der Kiste finden. Wenn der wüsste, dass wir schon ein schönes Back-up von allem haben … :-)*
*Ich glaube, wir kriegen den Kerl jetzt. Ich warte auf dich. Ungeduldig.*
*In Liebe*
*deine Sim :-**

»Simone ist wirklich ein Ass!«, lobte Mager. »Müssen wir das Flugblatt jetzt neu schreiben?«

Kalle grinste. Das neumodische Wort ›Flyer‹ ging dem Bärtigen nicht über die Lippen. »Nein«, sagte er dann. »Was wir haben, wird Kehlmann schon genug ärgern.«

## Der zweite Donnerstag

### 76

»Hört mal, Jungs, ich habe einen schönen Job für euch!«

Haggeney und Augstein bauten sich vor ihrem Dienststellenleiter auf. Seit der großen Polizeireform, bei der die unteren Dienstränge abgeschafft worden waren, fuhren sie nicht mehr als lumpige Haupt- und Obermeister durch Hattingen, sondern – ihren Dienstjahren entsprechend – als Haupt- und Oberkommissar.

Das gab deutlich mehr Gehalt und brachte höhere Pensionsansprüche für die gleiche Arbeit. Außerdem machten sich die dicken silbernen Sterne auf den Schultern der neuen blauen Uniformen besonders gut. Nach vielen Jahren als Knappen hatten sie endlich den Ritterschlag bekommen – und alle Leute konnten es sehen.

»Ein Auftrag für Leute mit Erfahrung«, ergänzte der Chef und zog einen abgewetzten roten Schnellhefter aus der untersten Schublade seines Schreibtisches. Auf dem Deckel stand, mit schwarzem Filzstift in akkurat gemalten Buchstaben: *Unsere Stadt soll schöner werden.*

Während Haggeney verständnislos auf diesen Titel starrte, bekam Augstein leuchtende Augen. »Ja. Und wer?«

»Hä?«, fragte der kantige Haggeney. »Sollen wir was spenden?«

Die beiden anderen rollten nur die Augen. Diese Datensammlung war in keiner Dienstvorschrift vorgesehen, zur Sicherheit in keinem Computer gespeichert und nur einem ausgewählten Kreis von Polizisten bekannt. Der brave Haggeney gehörte bislang nicht dazu.

»Mann«, erklärte der Dienststellenleiter, »du kapierst wieder gar nichts. Hier drin stehen unsere liebsten Feinde: Großschnauzen, Randalierer, Bullenhasser und unverbesserliche Kommunisten. Leute, die man dringend wegschließen sollte, aber die wir mangels an Beweisen noch nicht bei den Eiern packen konnten.«

»Und heute«, ergänzte Augstein, »haben wir die Chance, einem von denen richtig in den Arsch zu treten.«

So ganz verstand Haggeney dieses Verfahren immer noch nicht, aber es hörte sich gut an. »Und wen sollen wir verhaften?«

»Peter Elchmaul«, sagte der Chef.

Jetzt wurde auch Haggeney von Vorfreude ergriffen.

Elchmaul war ein Arschloch: ein stadtbekannter Quartalssäufer und nächtlicher Ruhestörer, ein heruntergekommener Studierter, der sich als Fitnesstrainer über Wasser hielt. Mehrere Male war er Vereinsmeister der örtlichen Sportschützen gewesen und trat den Kollegen stets mit hämischer Arroganz und Klugscheißerei entgegen. Ungezählte Male hatte er Bußgelder wegen Ordnungswidrigkeiten zahlen müssen, war aber immer ohne Vorstrafe davongekommen. Jetzt war er endlich reif.

»Passt auf, ihr bleibt aber nur im Hintergrund und sichert eine Aktion der Dortmunder Kripo ab. Die wollen von ihm eine DNA-Probe haben«, erklärte der Dienststellenleiter.

»Wow«, entfuhr es Augstein. »Dann liegt ja wohl was Heißes vor. Mit etwas Glück werden wir ihn für ein paar Jahre los.«

»Ja.« Der Chef nickte und fragte Haggeney: »Verstehst du jetzt, was auf der Akte steht?«

Zehn Minuten später glitt der Streifenwagen der beiden über die Marxstraße nach Welper hoch – einer einst selbstständigen Ortschaft, die 1975 nach Hattingen eingemeindet worden war. Sie bogen nach links in die Ringstraße ab, die von wunderschönen alten Zechenhäuschen flankiert wurde. Schon vor der zweiten Haustür befahl Haggeney zu stoppen.

»Der Typ wohnt hier doch gar nicht!«, räsonierte Augstein.

»Warte ab!«, meinte Haggeney. Er zog sein privates Handy und wählte eine eingespeicherte Nummer.

Der Teilnehmer brauchte eine halbe Minute, um aus dem Bett zu klettern, und meldete sich mit verschlafener Stimme: »Was?«

Haggeney empfahl: »Guck mal aus dem Fenster!«

Ein Rollladen wurde hochgezogen, dann schob der Bewohner des Hauses Vorhänge und Gardine beiseite. Die Hand, die den Hörer hielt, steckte in einem grün-weiß gestreiften Schlafanzug.

»Bist du bescheuert?«, fragte Lusebrink. »Mitten in der Nacht bei einem Rentner anrufen?«

»Gustav«, maulte Haggeney, »ich wollte meinem ehemaligen Streifenführer nur ein Geschenk machen!«

»Blumen oder Schnaps?«

»Nix da. Elchmaul.«

Einen Moment verstummte der Mann hinter dem Fenster, dann wurde er laut. »Festnahme? Seid ihr bekloppt? Zu zweit? Der macht euch alle!«

»Keine Angst! Nur 'ne DNA-Probe, die wir abholen wollen. Wir kriegen auch gleich Verstärkung aus Dortmund!«

»Dann wartet ab, bis die da ist!«

»Tun wir«, beschwichtigte ihn Haggeney, aber sein Fahrer ließ den Wagen langsam anrollen, während er auf die Uhr am Armaturenbrett zeigte.

»Zehn nach. Die sind bestimmt schon da!«

»Dann mach!«, befahl der Polizeihauptkommissar und Augstein drückte das Gaspedal durch. Dass sie sich in einer Tempo-30-Zone befanden, interessierte ihn nicht, schließlich waren sie im Einsatz. Nur die eingebauten Huckel hinderten ihn daran, volle Pulle zu fahren. Bald legte sich der Wagen in eine lang gezogene Kurve nach Westen – nicht umsonst hieß die Straße ›Ring‹.

»Mensch, mach die Karre nicht kaputt«, schimpfte Haggeney, der auf der rechten Seite nach den ansteigenden Hausnummern spähte. 12, 14, 16. Einige waren deutlich zu klein, andere verschwammen hinter dem lichten Grün der ersten Blätter, dann kam ein verwilderter Vorgarten, der so zugewuchert war, dass für den Fußweg zur Haustür nur ein schmaler Gang blieb. Aus den Augenwinkeln erkannte der Hauptkommissar, dass dort ein bulliger Mann mit kurzem Haar eine Zeitung aus dem Briefkasten zog.

»Halt!«, schrie Haggeney. Mit kreischenden Bremsen stoppte der Wagen vor dem Haus mit der Nummer 28. Eine Sekunde flackerte das Bild von dem Mann in Trainingshose und Muskelshirt noch mal vor den Augen des Polizisten auf. Das war er!

»Zu weit, du Idiot! Nummer 24, nicht 42!«

Augstein stellte den Automatikhebel auf *R* und rauschte mit aufheulendem Motor zurück zu dem Haus mit dem Urwaldpfad.

Der muskulöse Typ mit dem Stoppelhaar stand jetzt in der geöffneten Haustür. Als er den silber-blauen Streifenwagen sah, schmetterte er die Tür ins Schloss.

»Scheiße!«, brüllte Haggeney. Er wälzte sich aus dem Fahrzeug und rannte auf den Eingang zu. Mit der rechten Hand zog er seine P99, mit der Linken wummerte er gegen die Tür. »Aufmachen! Polizei!«

»Hau ab, du Arschloch!«, dröhnte es von drinnen. »Oder hast du einen Haftbefehl?«

»Brauch ich nicht!«, schrie Haggeney und trat mit Anlauf gegen das Holz. Die Tür ächzte, hielt dem Angriff aber stand.

»Weg da!« Augstein wieselte heran und hob seine Waffe. »Mach Platz, Kalla, der geht uns sonst noch durch die Lappen!«

Haggeney drückte sich erschrocken zur Seite, dann knallten drei, vier Schüsse. Rings um das Schloss splitterte das trockene Holz. Ein fünfter Schuss traf den Türknauf und heulte als Querschläger zurück in Haggeneys linken Unterarm. Der Kantige schrie auf. Seine Waffe fiel.

»Scheiße«, brüllte Augstein und drehte sich – noch immer

die Pistole in der Hand – zu seinem Kollegen um. Der lag am Boden und hielt sich schreiend den blutenden Arm.

Im selben Moment wurde mit lautem Krachen ein Fenster aufgerissen. Eine Sekunde später fiel ein sechster Schuss. Augstein sprang in Richtung Tür. Der Schrothagel verfehlte ihn knapp. Aber die Geschosse fanden ein anderes Ziel – den am Boden liegenden Streifenführer. Ein hohes Quieken durchbrach die Morgenstille. Dann ein noch schrecklicheres Gurgeln. Haggeneys Gesicht und Hals hatten sich in eine wabernde rote Masse verwandelt. Der Körper zuckte unkontrolliert.

Die massive Gestalt Elchmauls füllte das gesamte Fenster aus. In den Händen hielt er eine Waffe mit kurzem Lauf und gekrümmtem Schaft.

Nun drehte er sich zur Seite in Richtung des anderen Uniformierten und lud nach. Ratsch.

Augsteins Starre löste sich. Er taumelte einen Schritt nach hinten, weg von der Tür, und riss im gleichen Augenblick die Knarre nach oben.

Wieder ein Knall. Die Kugel traf Elchmauls Kopf, bevor er den Abzug zum zweiten Mal betätigen konnte. Ein blutiges Airbrush auf dem Glas dahinter. Die Gestalt am Fenster brach zusammen.

Augstein hörte den dumpfen Aufprall des Körpers und das Scheppern der Waffe, als diese zu Boden fiel. Seine Hände zitterten unkontrolliert. Er atmete stoßweise. Scheiße. Scheiße. Scheiße.

Der Todesschütze hielt die Waffe weiter umklammert und stürzte zu seinem Kollegen. Haggeney zuckte nicht mehr. Das Blut aus seinem Hals pulsierte kaum noch.

»Kalla«, krächzte Augstein. »Bleib bei mir!«

Auf dem Bürgersteig näherten sich patschende Schritte. Jemand keuchte heran. Augstein fuhr hektisch herum und riss die Waffe wieder hoch.

Es war Lusebrink. Das Gesicht gerötet, asthmatisch hustend, mit letzter Kraft. Er war barfuß und hatte sich lediglich eine weite Jogginghose übergezogen. Fassungslos starrte er auf den Toten.

»Verdammt, was habt ihr gemacht!«, japste er. »Ihr solltet auf Verstärkung warten.«

»Scheiße«, heulte Augstein. »Er atmet nicht mehr. Was soll ich denn jetzt tun?«

Lusebrink brüllte: »Idiot! Ruf endlich den Notarzt!«

Die Verstärkung, auf die das Polizistenduo hatte warten sollen, traf eine Minute später ein. Herta Kasten sprang aus dem Wagen und starrte fassungslos auf das Schlachtfeld.

## 77

»Kalle, das ist was für uns! Los, steh auf!«

Wieso hatte er nur die Tür nicht abgeschlossen? Was wollte sie? Mit ihm drehen?

»Du hast fünf Minuten! Und wehe, du kommst nicht mit!«

Mühsam wälzte sich Susannes Mieter aus dem Bett. Spinne ich?, dachte er. Das ist wie in den alten …

»Beeil dich! Schießerei in Hattingen mit zwei Toten. Einer davon ist Polizist.«

Kalle steckte den Kopf unter die Brause, wusch sich den Schweiß unter den Achseln weg und ersetzte das Zähneputzen durch ein Kaugummi. Schnell frische Unterhosen und Socken. Die restlichen Klamotten – T-Shirt, Pulli und Jeans – klaubte er vom Boden auf, wo er sie gestern hatte fallen lassen.

Vier Minuten nachdem Susanne ihn geweckt hatte, raste er, in Turnschuhen und mit einer Windjacke bekleidet, die Treppe runter.

Susanne hatte bereits die Ausrüstung verladen und stand mit einer Thermoskanne in der Tür. »Hopp, hopp. Du fährst! Hattingen-Welper!«

»Moment!«, schrie er. »Ich habe was vergessen.«

Er hetzte zurück, griff sich Simones Laptoptasche, flog wieder die Treppe hinunter und stürmte über den Hof zur Villa Mager hinüber. Ungeduldig drückte er gleich mehrfach auf die Klingel.

Theo öffnete. »He, was …?«

Sein Halbbruder drückte ihm die Tasche mit dem Computer in die Hand. »Gib ihn Vadda. Er muss das Ding unbedingt zu Simone ins Krankenhaus bringen!«

»Ja, aber …«

»Die Adresse simse ich ihm. Und nicht vergessen! Klar?«

Mit aufgeblasenen Backen stand Susanne neben dem Skoda. »Das waren sieben Minuten!«

»Die holen wir auf!«

Sie stiegen ein und Kalle gab Gas. Die Straße runter, an der Ampel bei gelb-rot nach links, gleich darauf rechts Richtung Essen.

Die PEGASUS-Chefin goss Kaffee in den Thermobecher und reichte ihn an Kalle weiter. Bis zum Bochumer Kreuz, wo es nach Süden ging, hatte sie Kalle die wenigen Fakten, die sie kannte, mitgeteilt. Es war kaum mehr als das, was sie ihm zugerufen hatte, als er noch im Halbschlaf lag.

»Darf ich rauchen?«

»Wenn's sein muss. Aber mach das Fenster auf.«

Er stopfte den Kaffeebecher in die Halterung zwischen den Sitzen und tat wie geheißen. Mit rechts fummelte er seine Zigarettenpackung aus der Jackentasche und zog mit den Lippen einen Seelentröster heraus. Besser als gar kein Frühstück, dachte er und schwieg. Den Weg kannte Kalle im Schlaf und der Berufsverkehr staute sich zum Glück nur auf der anderen Seite. PEGASUS fuhr mal wieder gegen den Strom.

Genau dreiundzwanzig Minuten später setzte er den Blinker, um nach rechts in die Ringstraße einzubiegen. Ein Polizist stand mitten auf der Straße und signalisierte ihnen, dass sie anhalten sollten. Susanne klappte die Sonnenblende auf der Beifahrerseite herunter. Ausnahmsweise funktionierte das Schild mit den drei Buchstaben des Senders. Aber der Bulle deutete auf den Bürgersteig. »Fahren Sie halb drauf, damit Sie die Rettungskräfte nicht blockieren. Und den Rest zu Fuß.«

Gehorsam lenkte Kalle den Wagen über die Bordsteinkante und stoppte einen halben Meter hinter einem wuchtigen Geländewagen, auf dessen Heckscheibe das Firmenschild von *Broadfacts.TV* klebte. Balzack war schon wieder schneller gewesen als sie.

»Der hat einen noch besseren Draht zu den Bullen«, maulte Susanne.

»Kein Wunder. Der prüft ja auch nie ihre Pressemeldungen nach!«, zischte Kalle und lud sich die Ausrüstung auf die Schulter.

Keuchend trabten sie an den gepflegten Einfamilienhäusern vorbei. Vom Dachfirst bis zu den Rasenkanten der Vorgärten deutsche Leitkultur. Aber heute hatte Kalle weder Zeit noch Lust, darüber zu lästern.

An der Linkskurve stoppten sie. Ein Pulk von Presseleuten drängte sich vor dem Kordon, der aus einem Dutzend blauer Uniformen bestand. Dahinter mehrere Streifenwagen mit blinkenden Dachlichtern, zwei Krankentransporter, zwei Notarztflitzer. Vom Tatort selbst war nichts zu sehen. Die Blechkisten und wuchernde Büsche versperrten die Sicht.

»Moin!«, grüßte Kalle, nachdem sie sich durch einige Dutzend Gaffer gedrängt hatten. Die meisten von ihnen waren Männer im Rentenalter. Manche Gesichter sahen aus, als wären sie viele Jahre lang an den Hochöfen der Henrichshütte in dem ständigen Wechselbad aus glühender Hitze und Arscheskälte gegerbt worden. Einige hatten sich lediglich eine Jacke und eine Jogginghose über den Schlafanzug gezogen. In der einen oder anderen Hand dampften Kaffeepötte oder Zigaretten. Verbissen schweigend, blickten sie zum Tatort hinüber.

Balzacks Kameramann stand auf einer klappbaren Minitreppe und ließ die Mühle laufen, sein Sohn hielt den Staubwedel mit dem Mikro, der Chef selbst stand in seiner abgewetzten Lederjacke daneben und hielt sich an seinem Zigarillo fest. Neben ihnen arbeiteten der Trupp vom Bällchensender und ein paar Zeitungsfotografen. Aber zufrieden sah niemand aus. Am spannendsten waren noch die debil lachenden Gartenzwerge vor den Häusern. Aber keine Chance, irgendwo an ein Dachfenster oder auf einen Balkon zu kommen, von dem aus man bessere Sicht hatte; die Bullen hatten den Ort des Showdowns weit genug abgesperrt.

Als der Witwenschüttler von RTL das PEGASUS-Team bemerkte, flachste er: »Ihr wart auch schon mal schneller.«

Susanne zog die Schultern hoch.

»Wie man hört, kriselt es bei euch!«

»Ach«, machte Susanne. »Da weißt du mehr als ich.«

»Und wo ist sein Alter?«, fragte Balzack und deutete auf Kalle.

Der verzog leicht den Mund. »Wenn du sagst, wen sie da umgenietet haben, verrate ich dir, dass mein Vadda Hexenschuss hat.«

Der andere zog die Schultern hoch, doch sein Sohn tippte fleißig auf dem Smartphone herum. »Hier! Laut Telefonbuch wohnt in Nummer 24 ein Typ namens Elchmaul.«

Kalle Mager blinzelte und glaubte einen Moment lang, sich verhört zu haben. »Hast du gerade Elchmaul gesagt?« Ausgerechnet dieser Name – das konnte kein Zufall sein …

Weiter vorne waren Motorengeräusche zu hören. Die Besatzungen der beiden Krankenwagen hatten Platz genommen, ohne hinten eine Trage in die Transporter zu schieben. Auch das war eine Botschaft: Tote durften nur in Leichenwagen transportiert werden.

Die Fahrzeuge setzten sich in Bewegung und rollten im Schritttempo an dem Gewusel vor dem Tatort vorbei auf das andere Ende der Ringstraße zu. Fotoapparate und Kameras surrten und klackten und schossen Bilder ohne besonderen

Wert – die Redaktionen der Privaten wurden geizig, wenn es kein Blut, keine Blessuren und nicht einmal zerbeultes Blech zu sehen gab.

Kurz darauf näherte sich von der anderen Seite ein Kleinbus. Mehrere Gestalten in weißen Anzügen stiegen aus, einige schleppten Köfferchen mit.

Wieder wurden Dutzende Fotos geschossen und Fünfzig- oder Sechzig-Sekunden-Filme auf die Blu-ray-Discs gebannt. Dann verschwanden die Vermummten im toten Winkel der Büsche vor Nummer 24.

»Die Hausnummer ist noch das Spektakulärste«, meinte Balzacks Sohn. »Als ob da Kiefer Sutherland wohnte.«

Kalle war in Gedanken woanders, grinste aber müde mit. Dann verzog er das Gesicht. Der Kaffee aus Susannes Thermoskanne drängte ans Tageslicht.

»Muss mal«, sagte er und deutete mit dem Kopf in die Richtung, in der ihr Wagen stand. »Ich frage mal bei den Bewohnern nach.«

Susanne gab ihr Okay und Kalle zog los. Nach dem zweiten Klingeln fand er Einlass und wurde von einer älteren Frau mit Lockenwicklern zu dem engen Gästeklo gelotst. »Aber nur im Sitzen pinkeln!«

Kalle nickte – darauf war er schon länger gedrillt. Als er fertig war, fragte er die Bewohnerin: »Stimmt das? Elchmaul?«

»Kann sein.«

»Guter Nachbar?«

Die Dame lachte bitter. »Dem weint keiner eine Träne nach. Randalierte viel herum. Sein Vorgarten ist ein Schandfleck. Und dann immer diese laute Musik. Kantstein oder so.«

»Rammstein?«

»Muss wohl.«

»Würden Sie das auch vor der Kamera sagen?«

»Fernsehen? Nee.«

Die Tür schlug hinter ihm zu. Kalle stand ratlos auf der Straße und spähte zu seinem temporären Einsatzplatz hinüber.

Offenbar nichts Neues. Aber vom Straßenanfang näherte sich, inzwischen korrekt bekleidet, schleifenden Schrittes eine hochgewachsene Gestalt. Kalle erkannte den Mann erst auf den zweiten Blick. Lusebrink. Seit ihrem letzten Zusammentreffen war der Mann deutlich schmaler geworden, seine Schritte greisenhafter und das nasse Gesicht von Schmerz zerfurcht.

»Du hast hier gerade noch gefehlt.« Der Mann unterdrückte ein Schluchzen und hielt Kalle die Pranke hin. »Ja, dein Lieblingsbulle heult. Freust du dich?«

Kalle schüttelte den Kopf und deutete zum Tatort. »Kollege?«

Lusebrink wischte sich mit zwei Fingern über die Augen. »Mein bester Kumpel.«

»Haggeney?«

»Ja. Und dieser Arsch von Augstein hat ihn in die Scheiße geritten. Hat ohne Not 'ne Schießerei angefangen. Zurückhalten sollte er sich. Verstehst du?«

Kalle nickte betroffen.

»Aber das hast du nicht von mir.«

»Natürlich nicht.« Der PEGASUS-Mann schluckte. »Mein aufrichtiges Beileid.«

Einen Augenblick lang sah es so aus, als wollte Lusebrink ihn auf der Suche nach Trost umarmen, aber seine berufsbedingte Kontaktbremse funktionierte noch im Rentenalter. »Und das alles nur, weil die Dortmunder Bullen sich die DNA von diesem Scheißkerl holen wollten.«

»Woher weißt du das?«

Lusebrink reagierte auf Kalles Wechsel zum Du nur mit einem Wimpernschlag. »Ich hatte sie vorher noch gewarnt und hatte so ein doofes Gefühl. Wollte nach dem Rechten sehen, war als Erster vor Ort. Ich habe die Schüsse gehört. Als ich kam, stand Augstein jammernd bei Kalla und wusste nicht, was er tun sollte. Hat vor allem Schiss, seine Pension zu verlieren, die dumme Sau.«

Beide Männer schwiegen für ein paar Sekunden. Kalle gab erneut einen Laut des Bedauerns von sich und fragte: »Und was ist mit dir? Du bist ja auf die Hälfte geschrumpft.«

Lusebrinks Augen verdüsterten sich noch ein wenig mehr. »Krebs.«

»Ach du Scheiße.«

»Lass mal, bin schon fast drüber weg. Hab zumindest Zeit, alles zu regeln. Tusse mir 'nen Gefallen, Junge?«

»Jeden«, sagte Kalle und wunderte sich selbst über seine Antwort.

»Besuch mich mal, wenn du Zeit hast. Oben, Nummer 4.«

Kalle versprach es.

»Aber tu es bald!«

Kalle nickte und verabschiedete sich. Ein paar Meter weiter lehnte er sich an eine Straßenlaterne und holte tief Luft. Er musste dringend mit seinem Alten telefonieren.

## 78

Wann Kalle wohl mit dem Laptop rumkam? Frühstück war schon vorbei. Auf dem heutigen Speiseplan hatte doppelt gesüßter Babybrei mit Erdbeergeschmack gestanden. Das war gerade der dritte Tag im Krankenhaus und Simone sehnte sich bereits jetzt nach einer herzhaften Mahlzeit, die man kauen konnte. Sie hatte keine Ahnung, wie sie die nächste Zeit überstehen sollte.

Jemand klopfte an die Tür. Juhu. Das würde Kalle sein. Sim und die alte Frau von Gegenüber richteten sich gleichzeitig in freudiger Erwartung auf. Auch sie schien Besuch zu erwarten. Beide wurden enttäuscht. Denn in der Tür stand Mager senior.

»Ach du Kacke!«, entfuhr es ihm, als er Simone zum ersten Mal seit ihrem Unfall sah. Dann fielen ihm seine guten Manieren wieder ein. Zur Zimmernachbarin gewandt, grüßte er:

»Guten Tag.« Dann ging er direkt zu Sims Bett und fasste sie sanft am Arm. »Hey, Sim! Tut mir leid, dass ich mich jetzt erst blicken lasse. Wie geht es dir?«

Sie zuckte mit den Schultern und tippte leicht auf ihren Mund.

»Ich bin ein Trottel. Sorry. Natürlich kannst du nicht antworten.«

Der Dicke blickte sich um und stellte die mitgebrachte Tasche auf einem der freien Stühle ab.

Geräuschvoll zog er eines der Sitzmöbel neben Sims Bett. »Kalle hat mich angerufen – er meinte, du brauchst deinen Laptop.«

Sie nickte.

»Soll ich ihn dir anschließen?«

Sie gab einen zustimmenden Laut von sich. Klaus-Ulrich zog die abgewetzte Lederjacke aus und machte sich an die Arbeit. Kalle hatte beim Einpacken an alles gedacht. Verlängerungsschnur, Maus, Ersatzakku. Sogar das Cooling Pad war dabei. Sehr gut.

Als Mager alles ordentlich verkabelt aufgebaut hatte, zeichneten sich Schweißflecken unter seinem T-Shirt ab. »Puh, ganz schön warm hier drin.«

Er drehte seinen Kopf in Richtung der alten Dame. Die schien froh über die Abwechslung vom Krankenhausalltag und strahlte den Bärtigen an. Hatte die ihre Prothese im Bad vergessen?

Mager hustete verlegen und wandte sich wieder Sim zu. »Äh, sag mal, kannst du mit vor die Tür kommen? Dann kann ich eine rauchen. Außerdem hat Kalle mich nicht nur wegen des Laptops angerufen. Dir wird die Kinnlade runterf…« Er stockte, aber Simones Augen lächelten. »Äh, ich meine, da wirst du staunen. Willst du's hören?«

Statt einer Antwort kletterte Sim aus dem Bett, zog eine Jogginghose und einen Bademantel über und schlüpfte in ihre Pantoffeln. Zuletzt schnappte sie sich ihr iPad, das noch auf den Kissen lag. Mit einem erhobenen Daumen signalisierte sie, dass sie bereit war.

Zwanzig Minuten und zwei Filterlose später hatte ihr Quasischwiegervater seinen Bericht beendet und Sims ins Tablet getippte Nachfragen beantwortet. Sie war aufgeregt. Wenn stimmte, was Mager an diesem Morgen telefonisch von Kalle erfahren hatte, dann konnte das kein Zufall sein. Kehlmann, du bist am Arsch, dachte sie. Wenn sie jetzt noch die Dateien entschlüsseln könnte …

Der Abschied fiel kurz aus. Kalles Vater schien ebenso dem typischen Krankenhausgeruch entkommen zu wollen, wie sie sich endlich an die Arbeit machen wollte.

Nachdem Simone Bademantel und Hose wieder verstaut hatte, besuchte sie das Bad. Schnell noch mal Pipi. Das Gesicht, das ihr im Vorbeigehen im Spiegel entgegenblickte, schillerte in allen Abstufungen der Farben Grün, Blau und Violett. Aber es wirkte auch sehr entschlossen. So sah kein Opfer aus. »Grrr«, gurgelte sie ihrem Spiegelbild zu. Dann Spülung betätigen, Hände waschen, abtrocknen. Und zurück ins warme Bett.

»Frau Olsok …«, meldete sich die Dame von gegenüber.

Sim blickte sie fragend an.

»Da hat gerade wieder diese Maschine gepiept«, nuschelte sie.

Simone zeigte mit erhobenen Brauen auf den Überwachungsmonitor der Zimmernachbarin.

»Nein, nein«, entgegnete die Alte. »Die kleine braune Maschine auf Ihrem Bett.«

Hätte die Jüngere gekonnt, hätte sie sich verbal bedankt. Die Rentnerin war echt knuffig. Sie hob ihr iPad in die Luft.

»Ja, genau. Diese Maschine.«

Sim klappte die Hülle auf und wollte der Dame zeigen, was es mit der »braunen Maschine« auf sich hatte. Doch dann stockte ihr der Atem. Sie hatte Post. Von Tim.

## 79

Kasten und Wali hatten Schwein gehabt und waren zur Mittagspause wieder im Präsidium. Die Kollegen aus Hagen, die wegen des Schusswechsels in Hattingen zuständig waren, hatten sie nur zu einer kurzen Befragung festgehalten – die beiden Dortmunder waren ja nicht mal Augenzeugen der Vorkommnisse gewesen.

»Manchmal hat es auch sein Gutes, wenn man zu spät kommt«, resümierte Waliszczek, als er Kasten nach dem Mittagessen mit dem Verdauungskaffee vor der Tür Gesellschaft leistete.

»Stimmt schon«, knurrte sie. »Trotzdem hätte ich diesen Elchmaul gerne lebend angetroffen.«

Wali schniefte. »Aber dann nur ohne diese Pistoleros aus Hattingen.«

Kastens Miene verdüsterte sich.

Wären sie in diese sinnlose Ballerei geraten, hätten sie ihre Waffen abgeben und sich internen Untersuchungen stellen müssen. Das blühte nun dem schießwütigen Wiesel namens Augstein. Sie war sich sicher, dass er das nicht unbeschadet überstehen würde.

Im Büro warteten bereits die anderen Kollegen aus ihrer kleinen Arbeitsgruppe, die den Namen ›Mordkommission‹ eigentlich nicht verdient hatte.

Neugierig erkundigten sich die drei nach den Ergebnissen der Expedition nach Hattingen.

Kasten ließ Wali erzählen. In ihr brodelte es noch zu sehr. Aber nach zehn Minuten war ihre Geduld aufgebraucht. »Und jetzt ihr!«

Der Boxer und der Marathonspezialist sahen zufrieden aus. Sie hatten dem Knast für schwere Jungs in Werl einen

Besuch abgestattet. Genauer gesagt, dem Exrechtsanwalt Doktor Ahlmann.

»Seltsamer Vogel«, erzählte Echternach, der Mann mit der Boxerfigur. »Hat seinen Doktor gemacht, 'ne Kanzlei eröffnet, Mandantengelder in einen Jaguar investiert und in Geldnot versucht, eine Bank zu überfallen. Fuhr im Uni-Center Bochum mit dem Fahrrad vor der Volksbank vor …«

Kasten winkte ab. Den Namen hatte sie vergessen, aber die Geschichte nicht. Der erste Überfall hatte noch gut geklappt, der zweite auch. Beim dritten Mal empfingen ihn die Bochumer Kollegen direkt nach der Tat neben seinem Rennrad.

»Zu der Vermisstensache Neuhaus konnte er nicht viel sagen. Hat sich aus dem Fetenbetrieb in der Pulverstraße herausgehalten, um schnell zu Ende zu studieren. DNA war kein Problem, hat er bereitwillig abgegeben. War 'ne schöne Abwechslung für ihn.«

»Wie geht's so einem Rechtsanwalt denn im Knast?«

Kopitzki war beeindruckt. »Deutlich besser als einem Bullen. Schreibt für die anderen Knackis Beschwerden und Eingaben – und das nicht ohne Erfolg.«

»Was ist mit Thule?«, fragte Kasten.

»Geläufiger ist mittlerweile übrigens Qaanaaq«, meinte Müller. »Schwierig – habe in Kopenhagen angerufen. Die Dänen sind dafür zuständig und möchten das gerne auf dem offiziellen Dienstweg regeln. Ich habe mal einen Entwurf geschrieben …«

Das Klingeln des Telefons auf Kastens Schreibtisch unterbrach ihn.

Die Chefin nahm ab, hörte zu, knallte mit resigniertem Gesichtsausdruck den Hörer wieder auf den Apparat. »Verdammter Mist! Elcharsch war's auch nicht.«

Die Runde staunte. Müller fasste sich als Erster. »So schnell der DNA-Vergleich?«

Kasten schüttelte den Kopf. »Die alte Methode: Blutgruppenvergleich. Reicht nicht zur Überführung, aber zum Täterausschluss.«

»Und?«

»Im Ohrring war Gruppe 0, der Elch hatte A.«

»Und nun?«

Diesmal hatte Waliszczek die Zauberformel parat: »Dann sollten wir Elchmauls Bruder auftreiben! Der hatte laut Anja Hermann ja eventuell auch was mit der hübschen Silke.«

»Reicht doch, wenn wir auf die DNA-Analyse warten«, wandte Echternach ein. »Wenn es der Bruder war, finden wir genug Übereinstimmungen.«

Müller nahm ihm die Illusion. »Theoretisch ja – praktisch nein. Ich habe telefoniert. Peter Elchmaul war ein Waisenkind und wurde adoptiert. Genau wie sein Bruder. Dessen richtiger Name ist übrigens nicht …«

Kastens Apparat störte schon wieder das Gespräch. Eine Handynummer erschien auf dem Display. »Geh du ran. Ich hab jetzt keinen Bock auf einen dieser Pressegeier.«

Der Kollege tat ihr den Gefallen und übernahm per Tastendruck den Anruf. »Kripo Dortmund, Waliszczek.«

Kasten beobachtete, wie sich der Gesichtsausdruck des Telefonisten änderte. Erst war er ablehnend, dann interessiert.

»Ja, Ihnen auch einen guten Tag. – Aha. Und woher wollen Sie das wissen? – Ja, ja, natürlich sind das wichtige Informationen für uns.« Er kritzelte etwas auf einen der neuen Klebezettel, die mit einem blauen Rand und dem Wappen der Polizei verziert waren. »Wir werden das prüfen. Danke!«

Wali legte den Hörer fast zärtlich auf und blickte seine Kollegen, breit grinsend, an. »Die Recherche nach dem Bruder hat sich vielleicht gerade erledigt.«

## 80

Sim starrte ungläubig auf die Mail ihres alten Freundes. Ihre erste Reaktion war grenzenlose Erleichterung. Ihr war, als wären zehn Kilo Bleigewichte von ihrer Brust gerutscht. Tim lebte. Es ging ihm gut und er hatte Lea gefunden. Sie schloss die Augen und atmete befreit auf.

Dann las sie weiter. Jetzt machten sich andere Gefühle breit. Staunen, Freude, dann Angst, Entsetzen, aber auch Unverständnis und Ärger. Ärger? Nein, Wut.

Du blöder Arsch, dachte sie. Warum hast du dich nicht früher gemeldet? Vielleicht wäre mir dieser ganze Scheiß erspart geblieben. Warum hast du mir nicht vertraut?

Ihr erster Impuls war es, eine böse Antwort zu verfassen, aber dann bremste sie sich.

Sie las die Passage, die sie am meisten geschockt hatte, noch einmal. Simone hätte nie gedacht, dass Paul Kehlmann so weit gehen würde. Nun verstand sie, warum Lea von der Bildfläche verschwunden war. Hätte sie selbst anders reagiert? Sie wusste es nicht. Wichtig war, dass Kalle Tims Mail bekam.

Simone leitete sie verschlüsselt weiter und ergänzte sicherheitshalber:

*Ihr müsst vorerst alle Aktionen gegen Kehlmann stoppen. Es ist wichtig, dass wir uns beraten. Es dürfen nicht noch mehr Unschuldige in Gefahr geraten.*

An Tim schrieb sie nur eine kurze Antwort.

*Ich war halb tot vor Sorge, du Blödmann. Am liebsten würde ich dir in den Hintern treten. Hole ich vielleicht später nach. Jetzt bin ich erst mal froh, ein Lebenszeichen*

*erhalten zu haben. Ich melde mich später am Abend bei dir mit hoffentlich guten Neuigkeiten.*
*Sim*
*P.S.: Alles Gute für Lea!*

Sie legte das iPad beiseite, saugte einen Schluck Wasser aus ihrem Glas und blickte zum Nachbarbett. Die alte Frau Droste war mit einem Kreuzworträtsel beschäftigt. Simone hatte auch noch ein Rätsel zu lösen. Sie zog den Laptop mitsamt der kühlenden Unterlage vom Stuhl auf ihr Bett.

Eine knappe Stunde später schrak die alte Frau aus dem Halbschlaf.

»Häärrrhooow!« Ein Geräusch wie von einem Tier. Was war das? Sie blickte verwirrt umher.

Kein Tier. Die junge Frau von Gegenüber hatte diesen merkwürdigen Ton produziert. Ging es ihr nicht gut? Hatte die sich etwa verschluckt? Droste hatte schon den Klingelknopf in der Hand, mit dem sie im Schwesternzimmer Alarm schlagen konnte. Aber zur Sicherheit fragte sie noch: »Alles in Ordnung bei Ihnen, Frau Olsok? Soll ich die Schwester rufen?«

Die Frau mit dem kaputten Kiefer schüttelte den Kopf, sachte, aber deutlich genug, und klappte mit Wucht ihren Computer zu. Sie schien sehr wütend zu sein.

Droste hatte mal gelesen, dass manche Computerspiele süchtig machen konnten. Vielleicht war die Frau ja auch abhängig. Und wenn man dann verlor …

»Aber, aber, Frau Olsok, ist doch nur ein Spiel«, versuchte sie zu beschwichtigen.

Die Zimmergenossin riss ihren Block vom Nachttisch und kritzelte in Großbuchstaben eine Nachricht darauf: *KEIN SPIEL!* Und dann blätterte sie zur nächsten Seite: *Mieser Tag!*

Else Droste nickte verständnisvoll. Ja, das kannte sie. Aber wenn die junge Frau jetzt schon so in Rage geriet, dann würde sie im Alter nichts zu lachen haben.

Simone schob alle Elektronik auf den Stuhl neben ihrem Bett. Sie hätte heulen könne. Sie war so nah dran gewesen. So nah! Doch eine der übertragenen Dateien war nicht vollständig. Ausgerechnet die, auf die sie auf keinen Fall verzichten konnte: Kehlmanns private Schlüsseldatei.

Sie checkte das entsprechende Logfile.

Es gab nichts an der Wahrheit zu rütteln. Die FTP-Verbindung war getrennt worden, bevor alle Bytes auf das Zielverzeichnis geschrieben waren. Am liebsten hätte sie geschrien.

Mit dem Fragment, das auf dem Server gespeichert war, konnte sie nichts anfangen. Alles für den Teufel! Die Datenübertragung war nicht schnell genug gewesen. Und dafür hatte sie Kopf und Kragen riskiert. Ihre Kehle schmerzte. Die Enttäuschung war ein Klumpen, den sie so schnell nicht herunterschlucken konnte.

Jetzt gab es nur noch eine, die allerletzte Möglichkeit, die geheimen Dateien zu entschlüsseln. Aber die befand sich auf dem Stick, auf den Kehlmann sie übertragen hatte. So viel hatte Simone aus den Logs lesen können. Und diesen Datenträger – da war Sim sich sicher – würde er besser bewachen als ein Pitbull seinen Lieblingsknochen.

## 81

Interessanter Schuppen, dachte Kalle, als er abends das *Panoptikum* enterte und sich neugierig umschaute. Warum hatte Adele wohl ausgerechnet diese Kneipe in Essen ausgesucht? Laute Musik aus zwei großen schwarzen Boxen, die an der Decke hingen. Vertraute Klänge aus seiner Jugendzeit. *Don't Fear The Reaper.* War das von Blue Öyster Cult? Das letzte

Mal hatte er den Klassiker vermutlich in seiner Discozeit im Dortmunder *Soundgarden* gehört.

Kalles übliches Outfit war hier goldrichtig: Lederjacke und gebleichte Jeans bildeten keinen Kontrast zu den Holztischen, mit denen die Gäste nie besonders zärtlich umgegangen waren. An den Wänden klebte die Patina, die mehrere Generationen Raucher hinterlassen hatten, und Krawatten schienen hier genauso selten aufzutauchen wie Zuhälter in einem Nonnenkloster.

Der Laden war rappelvoll und das Gewirr der Stimmen kämpfte mit der Musik um die akustische Vormachtstellung – für Menschen mit Hörsturz und Tinnitus war das der Vorhof zur Hölle.

Am hinteren Ende der Kneipe, halb von der Theke verdeckt, winkte ein Arm in seine Richtung. Gleich darauf erkannte Kalle den dazugehörenden Blondschopf und schlängelte sich an einer Gruppe Studenten vorbei, die an der Theke abhingen. Hinter Adele tobten sich vier junge Kerle an einem ächzenden Kicker aus.

»Hey! Ganz schön laut hier.«

Die Frau lächelte ihn an. »Hi! Das nennt man abhörsicher. Setz dich doch. Ingo kommt gleich und nimmt die Bestellung auf.«

Als hätte der Wirt – ein mageres Kerlchen mit schmalen Wangen und Spott in den Augen – seinen Namen gehört, stand er mit einem Tablett unterm Arm vor dem Tisch. »Was darf's sein?«

Kalle bestellte eine Cola und auf Empfehlung von Klawitter eine Soljanka. Die säuerlich-scharfe russische Suppe mit viel Fleisch und Roter Bete sei eine Spezialität des Koches, ließ sie ihn wissen.

»Wir sind dir sehr dankbar, dass du uns hilfst!«, eröffnete Kalle das Gespräch, nachdem er den Stuhl so zurechtgerückt hatte, dass seine langen Beine nicht Adeles Füße berührten.

Ihr Blick schien für einen Moment nach innen gerichtet,

bevor sie antwortete: »Eigentlich habe ich keine andere Wahl – zumindest, wenn ich noch in den Spiegel gucken möchte. Davon ab – hast du den Film *Matrix* gesehen?«

Er nickte.

»Es geht mir wie Neo. Nachdem ich die Mails gelesen habe, die ihr aus Kehlmanns Postfach über mich gesammelt habt, musste ich mich entscheiden. Rote oder blaue Pille. Ich hab die rote geschluckt. Und um ehrlich zu sein …« Die nächsten Worte bereiteten ihr Schwierigkeiten. Sie stockte. »Um ehrlich zu sein, hab ich die ganze Zeit geahnt, dass Leas Verschwinden mit ihm zu tun hat. Ich wusste, dass sie was miteinander hatten. Es war auch nicht zu übersehen, dass es ihr immer schlechter ging.«

Die Getränke kamen.

Kalle nahm einen großen Schluck und musterte Kehlmanns Angestellte. Ihre Augen waren von feinen Fältchen umgeben, die sie etwas älter wirken ließen, als sie war. Kalle konnte sich nicht entscheiden, ob sie eher bedrückt oder entschlossen aussah.

»Paul ist ein guter Schauspieler. Bevor er dich zum Sklaven macht, wickelt er dich mit Charme und Komplimenten ein. Ist aber reine Show. Er kennt kein Gut und kein Böse, sondern nur die Frage, was ihm nützt und was ihm schadet.« In Adeles Augen blitzte Zorn auf. »Dieser Kerl ist ein Manipulator. Das Schlimme ist: Die Vorwürfe, die er in seinen Mails an den Personalrat gegen mich richtet, sind nicht mal aus der Luft gegriffen.«

Kalle verschluckte sich fast an seiner Cola. »Wie bitte? Es stimmt? Du hast eine Sekretärin und einen Admin so lange gemobbt, bis sie krank wurden und gekündigt haben?«

»Ja.«

»Ach du Scheiße. Warum das denn?«

Ein entgleister Schuss am Kicker stoppte ihre Unterhaltung. Der hölzerne Ball flog über die Bande und rollte unter Kalles Stuhl. Er bückte sich und reichte die Kugel an einen Jungen mit Würfel-Tattoo am Unterarm zurück. Dann schaute er Adele mit gerunzelter Stirn an.

Sie nahm den Faden wieder auf. »Weil ich dumm war. Und anfangs auch – wie soll ich sagen? – blind und gleichgültig. Ich hatte genug mit meinen eigenen Problemen zu tun und kein Gefühl mehr dafür, was ich bei anderen anrichtete.«

»Ich verstehe immer noch nicht. Warum hast du sie rausgeekelt?«

»Paul persönlich hatte mir den Auftrag gegeben.«

Kalles Augen weiteten sich. »Was?«

»Die Leute passten ihm nicht. Der Admin war ihm zu aufmüpfig und die Sekretärin machte für seinen Geschmack nicht genug Überstunden. An der Uni ist es nicht ganz leicht, jemanden nach der Probezeit wieder loszuwerden. Ich sollte so viel Druck aufbauen, dass die beiden von sich aus aufgaben. Mit Meike, die seit zehn Tagen bei uns ist, soll ich jetzt ›rechtzeitig‹ während der Probezeit herausfinden, ob sie ›belastbar‹ ist.«

Kalle schüttelte den Kopf. »Unfassbar. Und dann schwärzt er dich an. Aber warum machst du da mit?«

Die Blonde lehnte sich kurz in ihren Stuhl zurück und legte den Kopf in den Nacken. Dann atmete sie tief ein, als müsste sie Kraft tanken. »Weil ich im Grunde genommen nicht besser war als Kehlmann.«

Jetzt wurde es interessant. Der PEGASUS-Mann wartete ab, bis die blonde Frau weitersprach.

»Hör zu, ich will mich weder rausreden noch dein Gewissen belasten. Ich könnte meinen Job verlieren, wenn das rauskommt. Vielleicht reicht es, wenn ich dir sage, dass Kehlmann mich für ein nicht ganz legales Geschäft brauchte und ich dabei geholfen habe.« Sie senkte den Blick. »Und ich habe davon in mehr als einer Hinsicht profitiert.«

»Wow.«

»Ich möchte darüber nicht noch mehr sagen.«

Adeles Wangen hatten sich rötlich gefärbt. War es Scham –

oder die Hitze in diesem überfüllten Raum? Kalle konnte es nicht sagen. Eine unangenehme Pause trat ein, in der er verlegen mit dem fast leeren Cola-Glas spielte.

Schließlich ergriff die Kopula-Mitarbeiterin wieder das Wort. »Entscheidend für dich sind zwei Dinge. Erstens: Kehlmann hat mir aufgrund meiner Mittäterschaft lange Zeit vertraut. Auch wenn er mich jetzt offenbar loswerden will.« Sie zuckte mit den Schultern.

»Aber er weiß doch, dass du auch auspacken kannst.«

»Klar, bei einer direkten Attacke muss er das befürchten. Aber deswegen hat er ja andere vorgeschickt. Ohne Kenntnis der Mails, die ihr entdeckt habt, wüsste ich doch gar nicht, dass der Angriff auf ihn zurückgeht.«

»Und warum will er dich loswerden?«

Sie zog die Schultern hoch. »Vielleicht gefällt es ihm nicht, dass ich so viel über ihn weiß. Vielleicht fürchtet er, dass ich doch noch rede. Je höher er aufsteigt, desto größer die Angst vor Kontrollverlust – das ist bei ihm schon fast krankhaft. Und ich weiß tatsächlich verdammt viel über ihn. Mehr als jeder andere. Vielleicht sogar mehr als seine Frau.«

»Zum Beispiel?«

»Die schwarze Kasse, die er noch in seiner Zeit vor der Institutsgründung angelegt hat. Über zwanzigtausend Euro, die er im Laufe der Jahre beiseitegeschafft hat.«

»Nicht schlecht.« Kalle nickte anerkennend. »Wobei – für einen wie Kehlmann sind das doch Peanuts. Dass der für so was seinen Kopf riskiert, hätte ich nicht gedacht.«

Adele winkte ab. »Das sind auch Peanuts für ihn. Quasi ein kleiner Notgroschen, wenn mal eine interne Firmenfeier ansteht wie neulich. Die Kosten für das Catering übernimmt in einem solchen Fall nämlich nicht die Uni. Aber riskant? Nicht wirklich – ist ein idiotensicheres System.«

»Inwiefern?«, wollte Kalle wissen.

»Man organisiert ein paar Konferenzen in Duisburg. Je öfter, desto besser. Von den eigenen Mitarbeitern kassiert man angeblich Teilnahmebeiträge – völlig unsinnig natürlich. Und die Univerwaltung erstattet ihnen die Beträge, die sie faktisch nie bezahlt haben, zurück. Sind ja reguläre Teilnahmegebühren. Wohin die Gelder fließen, verfolgt niemand mehr. Das Geld wird von den Mitarbeitern an Kehlmann beziehungsweise seine Vertreter übergeben. Dafür sieht natürlich keiner eine Quittung.«

»Das ist ja unglaublich. So einfach lässt sich die Uni bescheißen? Fällt das nicht auf?«

Adele winkte ab.

»Aber trotzdem, er würde doch auch ohne diese schwarze Kasse nicht verhungern.«

»Darum geht's doch nicht. Die Reichen und Mächtigen kriegen den Hals nicht voll. Das ist fast schon ein Sport. Weil es so einfach ist zu betuppen, tut man's eben. Und die Profs machen fast alle ihre Geschäfte.«

Kalle musste einen Moment nachdenken. Er hatte nie zu den Reichen gehalten. Der Begriff ›Ausbeutung‹ war für ihn keine Verleumdung, sondern ein realer Vorgang. Darum hatte er über Rebellen promoviert, darum liebte er Georg Büchners Forderung *Friede den Hütten, Krieg den Palästen.* Aber dass diese Typen auch noch den Staat beschissen, der ihnen die gut dotierten Jobs verschafft hatte …

Offenbar ahnte Adele seine Zweifel. »Kehlmann ist wirklich nicht allein. Der Kulk-Huhn von nebenan macht demnächst fette Kohle mit dem *Campus-Biz*-Projekt. Da steckt Kehlmann auch mit drin. Und es geht ihnen dabei nicht um die Uni, sondern nur ums eigene Geschäft.«

»Saubande. Kriegen wir Kehlmann mit der schwarzen Kasse am Schlafittchen?«, fragte Kalle hoffnungsvoll.

»Damit nicht.«

»Sondern?«

Sie griff in ihre Hosentasche und schob ihm diskret einen USB-Stick neben die linke Hand. »Darauf findest du ein Gutachten, das Paul über das Mautsystem von *Knoll Connect* geschrieben hat – und zwar die ursprüngliche Version. Das System ist unsicher und birgt viele Risiken. Genau so stand es auch in dem Schriftstück. Ein Milliardenauftrag war in Gefahr.«

Der PEGASUS-Gehilfe pfiff leise durch die Zähne. »Dein Chef hat ja wirklich mit den ganz dicken Fischen zu tun. Wie lange laborieren die jetzt schon an dem Mautsystem?«

»Seit 1999, glaube ich. Fast einhundert Millionen Euro sollen da bereits allein an Beraterverträgen geflossen sein.«

»Und Kehlmann hat ein paar Scheinchen abbekommen?«

»Du hast es erraten.«

»Aber warum brauchen die für die Lkw-Maut IT-Leute wie euch?«

»Für die Sicherheit der Systeme. Datenschutz, Hackerangriffe, Blockade von Manipulation. Und jetzt pass auf.« Die Blonde vergewisserte sich kurz, dass alle Gäste des Lokals anderweitig beschäftigt waren. Dann kramte sie eine Wochenendausgabe der *Süddeutschen* aus ihrer Umhängetasche und schob sie auf den Tisch. »Lass die Zeitung zu. Darin findest du ein zweites Gutachten. Sehr positiv – und erfolgreich. *Knoll Connect* bekam dadurch doch den Zuschlag. Auch diese Expertise stammt von Herrn Professor Paul Kehlmann.«

Kalle sah sie ungläubig an. »Einfach so?«

»Natürlich nicht. Wenn du nämlich noch etwas tiefer buddeln würdest, fändest du heraus, dass ein gewisser Professor mit seiner Familie drei Monate nach dem positiven Gutachten eine Villa mit Ruhrblick bezogen hat. Eine Bekannte von mir sitzt im Katasteramt. Allein das Grundstück ist anderthalb Millionen Euro wert.«

»Du meinst ...?«

»Nein, ich weiß.« Sie starrte Kalle mit der Intensität einer Xenon-Lampe an.

»Und wie genau ...?«

»Einzelheiten kann ich dir nicht nennen. Aber das Ganze ist über einen der Manager von *Knoll Connect* gelaufen.

Inzwischen ist der leitender Regierungsrat im Verkehrsministerium.«

Kalles Mund wurde plötzlich trocken. In solche Höhen der Korruption war PEGASUS nicht mehr vorgedrungen, seit die Firma einmal illegalen Waffengeschäften auf die Spur gekommen war. Er selbst war damals noch Schüler gewesen und kannte die Story nur aus den Heldensagen seines Vaters.

»Und diese brisanten Dokumente liegen bei Kopula frei zugänglich herum?«

»Natürlich nicht. Das erste hatte ich auf dem Stick, weil ich es tippen musste. In meiner normalen Arbeitszeit natürlich. Und das zweite war im Tresor.«

»›Lag‹?«

»Jetzt hast du es.«

»Das Original?«

»Ja.«

Kalle musste schlucken. »Und du kannst den Safe einfach so öffnen?«

»Ja, ich kenne den Code. Paul kam anfangs mit dem Tresor nicht klar. Ist so ein graues Monsterteil, das aussieht wie aus dem zweiten Weltkrieg. Mit einem mechanischen Zahlenkombinationsschloss und einem Rad, um die Tür zu öffnen. Er wollte die alte Kombination ändern und hat mich hinzugezogen und trainiert. Das alte Ding kriegt kaum einer bedient. Sobald man minimal pausiert, muss man wieder von vorn anfangen. Das merkt man aber erst, wenn man am Ende das Rad betätigt. Paul ist fast verrückt geworden, weil der Tresor sich bei ihm nicht öffnen ließ. Es hat eine ganze Weile gedauert, bis er den Dreh raus hatte. Und ich stand dabei und musste es ihm immer wieder zeigen. Die Zahlenfolge hat sich in mein Gedächtnis eingebrannt und Paul hat sie nie mehr geändert. Damals lag ja auch nichts drin, was ich nicht eh gekannt hätte.«

Kalle legte seine Hand auf die Zeitung. »Danke. Aber sag mal: Ist das nicht gefährlich für dich?«

Adele zuckte mit den Schultern. »Das Risiko gehe ich ein. Wird Paul zumindest schwerfallen, mich zu beschuldigen, ohne sich selbst reinzureiten. Bei einem Rausschmiss muss zudem der Personalrat zustimmen. Soll er den Kollegen erklären, dass ich zusammen mit ihm jenseits der Legalität operiert habe? Dann kann er gleich sagen, dass er korrupt ist und seine schwarze Kasse im Tresor liegt.«

»Und wenn er den Safe öffnet?«

»Sieht alles so aus wie gehabt. Der Umschlag mit dem Gutachten ist genauso dick wie vorher. Nur wenn er ihn öffnet, erlebt er eine Überraschung. Und dann trifft ihn, hoffe ich, der Schlag.«

Ingo schlängelte sich zu ihrem Tisch durch und brachte die Soljanka. »Sorry, hat etwas länger gedauert.«

Kalle nutzte die Gelegenheit, um zu zahlen, und schaute auf sein Handydisplay. Zu Adele gewandt, sagte er. »Ich würde gern noch zu meiner Freundin flitzen. Magst du die Suppe essen?«

Sie mochte und nickte dankbar.

Als der PEGASUS-Mann die Kneipe verließ, war Adele schon damit beschäftigt, ganz sachte auf einen Löffel mit heißer Suppe zu pusten. Heute hatte sie sich sicher noch nicht den Mund verbrannt – und das sollte auch so bleiben. So auf die Speise konzentriert, bemerkte sie nicht, dass zwei Kerle wenige Sekunden nach Kalle das Lokal verließen. Zwei Typen, bei denen sich Ingo, der Wirt, schon gefragt hatte, ob sie sich im Laden geirrt hatten. Wie Studenten sahen die nämlich nicht aus – nicht mal wie solche, die gerne Studenten wären.

## 82

»Bis spätestens einundzwanzig Uhr schickst du mir die fertigen Folien zur Durchsicht.«

»Aber Paul, ich …«

»Kein Aber! Was ist eigentlich los mit dir? Du hattest lange genug Zeit. Ich will, dass die Thais morgen um Punkt 08:00 Uhr Ortszeit ihre Schulungsunterlagen haben. So wie ich es mit denen vereinbart habe. Ist das klar?«

Rasmusson senkte den Kopf und bemühte sich, demütig auszusehen. Wie das ging, wusste er. Was er in Wirklichkeit dachte, sah man ihm nicht an. Tatsächlich rechnete er gerade aus, wie viel Zeit Jabba für eine Durchsicht der Folien haben würde, wenn er sie um einundzwanzig Uhr bekäme. Die Zeitverschiebung sorgte dafür, dass die Thailänder bereits fünf Stunden weiter waren. Also hätte der Chef sechs Stunden Zeit, um die in englischer Sprache verfassten Folien durchzusehen und zu korrigieren. Vorausgesetzt, er wäre bereit, auf seine Nachtruhe zu verzichten und jede der 1.527 Folien in weniger als fünfzehn Sekunden zu bearbeiten.

Je länger Ole die Abgabe der Folien verzögerte, desto sportlicher würde die Aufgabe für den Professor werden. Rasmusson presste die Lippen zusammen, damit sie nicht verrieten, dass er innerlich schadenfroh grinste.

»Ich werde mein Bestes geben, Paul«, heuchelte er, ohne sich aus Kehlmanns Besuchersessel zu erheben.

Das veranlasste den Professor, sich in voller Größe vor ihm aufzubauen und seinen Stoppelschädel über den Sünder zu senken. »So was hätte ich mir als wissenschaftlicher Mitarbeiter damals nicht erlauben dürfen.«

Jaja, dachte Rasmusson und nickte.

»Sieh zu, dass du endlich an die Arbeit gehst«, blaffte Kehlmann und trieb ihn mit seinem fetten Bauch, Körper an Körper, in Richtung Tür. »In einer Stunde!«

Gehorsam nickend, ließ Ole sich ins Vorzimmer bugsieren. Trotz der fortgeschrittenen Stunde saß auch Meike noch an ihrem Platz. Sie brütete über einem Stapel zerknitterter Quittungen und einem Formular zur Reisekostenabrechnung – einem Musterprodukt deutscher Bürokratie, das jeden normalen Menschen in den Wahnsinn treiben konnte.

»Mit dir muss ich auch noch reden!«, kündigte Jabba ihr an, wandte sich dann aber noch mal an Ole: »Und ändere endlich den Masterfoliensatz. Da soll was Neutrales rein.«

Auf dem Korridor atmete Rasmusson befreit auf. Rutsch mir den Buckel runter, dachte er und lächelte. Kehlmann würde einen Tobsuchtsanfall bekommen, wenn er von dem wunderbaren Telefonat erführe, das Ole am Mittag mit der Universität Karlskrona in Schweden geführt hatte. Dort saß nämlich immer noch sein ehemaliger Professor Edvin Öberg, der Oles Arbeit schätzte und ihn auf eine freie Stelle setzen wollte. Tschüss, Jabba!

## 83

Der schwarze Wagen mit den getönten Fenstern war Kalle schon auf dem Weg vom *Panoptikum* zur Autobahn aufgefallen. Ein moderner SUV mit markanter Schnauze, großen Rädern auf Alufelgen und vermutlich ordentlich PS unter der Haube. Eines dieser Angeberautos, deren Besitzer damit ein körperliches Defizit zwischen den Beinen kompensieren wollten. Das redete Kalle sich zumindest ein, denn die Karre hätte ihm durchaus gefallen können. Sein altes Golf Cabrio fuhr zwar noch ganz zuverlässig, aber das Verdeck war mittlerweile so marode, dass der Innenraum inzwischen eher einem Feuchtbiotop glich. Nach jedem starken Regen hatte er hinter dem Steuer das Gefühl, auf einem Schwamm zu sitzen. Ohne Plastiktüte unterm Hintern ging dann gar nichts mehr. Deshalb musste bald etwas Neues her. Zu dumm, dass er dafür kein Geld hatte.

Auf der A 40 sah er den Suzuki mit der grellen Frontbeleuchtung erneut im Rückspiegel. Der Wagen wurde schnell größer. Zu schnell. Hatte der Typ einen Stich? Hier gab es einen Starenkasten nach dem anderen.

Kalle gab Gas und scherte vor einem gelben Lupo rechts

ein. Wenn der Hirni im SUV meinte, er käme durch Raserei schneller ans Ziel, dann wollte Kalle ihm nicht den Weg verbauen. Hoffentlich würde der Blödmann geblitzt.

Jetzt war der große Wagen direkt neben ihm. Durch die dunkle Scheibe konnte Kalle nichts erkennen. Warum überholte der nicht? Er ging ein wenig vom Gas. Der Suzuki blieb auf gleicher Höhe.

Was will der Arsch? Mager junior spürte, dass es unter seiner Kopfhaut kribbelte. Etwas stimmte nicht. Gefahr, flüsterte sein Instinkt.

Er trat leicht aufs Gaspedal. Das andere Fahrzeug fiel zurück. Erleichterung. Magers Sohn lachte kurz auf und schüttelte den Kopf. Er sah wirklich schon Gespenster.

Dann hörte er einen Motor aufheulen. Der Japaner nahm Fahrt auf, drängelte sich hinter ihn und fuhr so dicht auf, dass seine Scheinwerfer bereits im toten Winkel hinter dem Golf verschwanden. Was für ein Penner!

Mit einem Ruck schwenkte Kalle erst nach links auf die zweite Spur, dann mit einem Satz wieder nach rechts – in die enge Lücke zwischen zwei Vierzigtonnern. Herzrasen. Dazu der Trompetenstoß des Truckers hinter ihm. In derselben Sekunde reckte sich vor ihm der Auflieger des Vordermanns in die Höhe. Noch mal bremsen! Scheiße! Spielten die Jungs *Zwei Katzen gegen eine Maus?* Und wo war jetzt der SUV?

Neben ihm – und verdammt nah. Der helle Wahnsinn. Noch zehn Zentimeter und die Außenspiegel wären weg. Blech würde kreischen und Glas knirschen. Verdammt, verdammt!

Vorsichtig zog Kalle sein Cabrio ein paar Handbreit näher in Richtung Standspur. Doch das schwarze Monster rückte näher, nötigte ihn noch weiter nach rechts. Ein blaues Ausfahrtsschild huschte vorbei. *Wattenscheid-West.* Schon?

Sein Nebenmann rückte ihm nicht von der Pelle, drängte ihn näher an die Leitplanke. Kalle spürte den Schweiß auf seinem Rücken.

Ein letztes Zögern, dann riss er im selben Moment wie der

andere das Lenkrad nach rechts. Der Golf scherte aus. Gegenlenken. Vorderräder wieder geradeaus. Gas. Hinter ihm ein neues Hupkonzert, als ein Schatten für einen Moment die Lichter des Lkws verdeckte und schnell näher kam. Wollte der ihn rammen? Hier?

Ohne den rechten Fuß vom Gas zu nehmen, drückte Kalle mit Links sacht auf das zweite Pedal – gerade so weit, dass die Bremsleuchten rot aufblitzten. In einem Reflex trat sein Verfolger richtig auf die Bremse – jedenfalls wurde der Abstand jäh ein Stück größer.

Dreckskerl, dachte Kalle und zog sein Cabrio, ohne die Blinker zu setzen, in die Ausfahrt. Tempo achtzig. Zu schnell. Verdammt eng, diese Kurve. Bremsen und loslassen! Der Wagen schlingerte, gehorchte aber.

Blick in den Rückspiegel. Da war es wieder. Das schwarze Auto. Adrenalin. Kalle trat erneut aufs Gas, die Hände fest ans Lenkrad geklammert. Verdammt, die wollten ihn umbringen!

Vor ihm tauchte die graue Mauer eines Bahndamms auf. Links ging es nach Wattenscheid. Autokolonne. Nach rechts zu einem großen Einkaufszentrum. Spitzkurve. Egal …

Zu spät.

Der SUV knallte mit Wucht hinten links auf seine Stoßstange. Kalles Körper ruckte nach vorn, der Gurt schnitt in sein Fleisch. Das Heck drohte auszubrechen. Kalle fing den Wagen ab und riss den Golf sofort wieder nach rechts. Die Reifen drehten kurz durch, aber er hielt das Steuer fest in den nassen Händen. Klappt, durchzuckte es ihn.

Dann ohrenbetäubender Krach. Volltreffer. Direkt in die rechte Flanke. Kalle spürte den Aufprall bis in die Plomben. Schock. Eine Hand löste sich vom Lenkrad. Der Golf schleuderte, drehte sich, hinter ihm wuchs die Mauer des Bahndamms in den Himmel. Der Airbag detonierte. Schmerz. Dampf, das Zischen giftiger Schlangen. Tempo null.

Ein Fremder huschte im Laternenlicht zu dem Autowrack.

Kalle klebte mit hängenden Armen auf seinem Sitz. Regungslos wie ein Dummy. Der Mann erledigte seinen Auftrag.

## 84

Ole rümpfte die Nase. Hätte Kehlmann den Charmanten gegeben, vielleicht hätte man sich im Guten trennen können. Aber sein Kommandoton hatte signalisiert, dass Ole bei dem Dickkopf endgültig verschissen hatte.

Der Doktorand stand auf, packte seine Sachen zusammen und fuhr ohne Abschied nach Hause. Dort startete er als Erstes seinen PC und schickte eine kurze Mail an den Professor.

*Ich arbeite lieber von zu Hause aus. Hier kann ich mich besser konzentrieren. Melde mich später.*

Es dauerte keine Minute, bis sich sein Handy mit dem *Cantina*-Thema aus *Star Wars* meldete. Ole grinste und ließ das Smartphone liegen. Diesen Klingelton hatte er exklusiv für Jabbas Anrufe hinterlegt.

Rasmusson wippte zum Takt der fröhlichen Musik, bis sie nach knapp dreißig Sekunden abrupt abbrach. Dir auch einen schönen Abend, Paul, dachte er.

Zehn Minuten später ratterte sein Drucker und spuckte ein Flugticket aus. Monatelang war Ole wegen der vielen Überstunden nicht dazu gekommen, sich etwas Besonderes zu gönnen. Aber morgen früh um 07:50 Uhr würde er in Leipzig landen. Sollte eine schöne Stadt sein. Völkerschlachtdenkmal, Altstadt, *Auerbachs Keller.* Und die Deutsche Nationalbibliothek. Dort war alles bereits für ihn angerichtet.

»Mein Gott«, hatte die Mitarbeiterin gesagt. »Können Sie den Titel dieser Dissertation noch mal durchgeben? Langsam, zum Mitschreiben?«

»Klar doch«, hatte Ole geantwortet. »*Design eines Programminterfaces für RFID-Applikationen nach Analyse und Auswertung kryptografischer Algorithmen im Kontext der Komplexitätsklassen P und NP.*«

»Hört sich an wie eine intergalaktische Verschwörung gegen das irdische Internet«, kommentierte die Dame dieses Ungeheuer an Fremdwörtern.

»Ja«, sagte Ole. »Hätte ich vor dem Studium auch gesagt. Aber jetzt brauche ich den Text dringend für meine Doktorarbeit.«

»Ich sehe nach. Bleiben Sie dran.«

Ole blieb dran, aber sein Herz verzehrte sich vor Ungeduld. Ursprünglich hatte es ein Exemplar der Arbeit auch in Frankfurt gegeben, aber dort war es aus unerklärlichen Gründen verschwunden. Doch schon zu DDR-Zeiten hatten die Leipziger auch alle Publikationen aus dem Westen gesammelt.

»Sie haben Glück«, sagte die Dame aus Sachsen nach einer halben Ewigkeit. »Wir haben ein Exemplar. Ist erst kürzlich wiederaufgetaucht. Die Kollegen aus dem Archiv haben es vor vier Wochen hinter einer Reihe von Büchern über Religionswissenschaft gefunden.«

»Ausgerechnet!«, meinte Ole lachend.

»War bestimmt so etwas wie eine göttliche Fügung«, scherzte die Leipzigerin. »Der Allmächtige hat wohl gewusst, dass Sie die Dissertation brauchen würden, und war Ihnen gewogen.«

»Ich habe auch immer brav meine Kirchensteuer gezahlt«, versicherte Ole.

»Oh«, sagte die Dame am anderen Ende der Leitung. »Darum sieht es hier im Osten so duster aus. Also, die Druckschrift liegt am Freitag für Sie bereit. Zehn Cent kostet eine Kopie. Sie können Ihren Benutzerausweis mit Guthaben aufladen. Dann können Sie im Lesesaal nach Herzenslust kopieren.«

Schönes Gespräch, dachte Ole, als er seine Sachen packte. Ein Hotel würde er sich vor Ort suchen. Er machte sich auf die Suche nach etwas Essbarem. Im Gemüsefach des Kühlschranks fand er noch zwei Kinderriegel. War zwar nichts zum Abnehmen – aber er hatte den ganzen Abend noch nichts gegessen. So verspeiste er die Süßigkeiten ganz langsam, jeden Happen genießend.

Und jetzt zu Jabba!

Ole erlöste seinen PC aus dem Schlafmodus und knöpfte sich die Thailand-Folien vor. Welch eine Heidenarbeit steckte darin! Und es gab sicher noch die eine oder andere Kleinigkeit, die verbessert werden konnte.

Die Seiten für die letzte Lehreinheit fehlten sogar komplett. Aber damit sollte sich dieses Ungeheuer von Chef herumschlagen.

Rasmusson speicherte lediglich alles mit einem anderen Folienmaster ab. Sollte niemand sagen, er wäre seiner Verpflichtung nicht nachgekommen.

Um drei nach elf schickte er die Folien ab und stellte seinen Wecker auf vier Uhr. Morgen würde er sich krankmelden, von Leipzig aus. Endlich alles richtig gemacht, dachte Ole und schlief ein. Mit einem zufriedenen Lächeln im Gesicht.

## 85

Ein Rauschen in den Ohren. Dann kamen dumpfe Motorengeräusche dazu, langsam anschwellend, fast an der Schmerzgrenze. Fremde Hände machten sich an seinem Kopf zu schaffen. Etwas wurde um Stirn und Hinterkopf gewickelt. Stimmen. Eine sagte: »Ich glaube, er wacht auf!«

Kalle zwang sich, die Augen zu öffnen. Über ihm, verschwommen, ein fremdes Gesicht. Langsam wurde das Bild schärfer. Blaues Licht huschte von links nach rechts über die Züge.

Eine freundliche Männerstimme fragte: »Können Sie mich hören?«

Kalle wollte nicken, aber die Hände des Fremden hielten ihn fest. »Ja«, flüsterte er.

»Sagen Sie mir bitte Ihren Namen.«

»Kalle Mager«, murmelte er.

»Bitte etwas lauter«, sagte der andere, während er den weißen Verband noch einmal um Kalles Stirn wickelte und ihn dann festklebte.

»Karl-Friedrich Mager!«

»Gut. Wo wohnen Sie?«

Kalle nannte seine Dortmunder Heimatadresse.

»Wissen Sie, wo Sie hier sind?«

Der Gefragte wollte seinen Kopf heben, aber das tat zu weh. Stattdessen versuchte er, ihn ein wenig zur Seite zu drehen. Aus den Augenwinkeln erkannte er einen roten Rettungswagen, auf dem sich noch die Blaulichter drehten, zwei Polizeimützen und in einigem Abstand die Köpfe etlicher Menschen.

»Nein«, flüsterte Kalle. »Was ist passiert?«

»Sie wissen es nicht?«

»Nein.«

»Sie hatten einen Unfall. Sie sind mit Ihrem Wagen gegen die Mauer am Bahndamm gefahren!«

Mauer? Der Verletzte mühte sich die nächste Frage ab: »Welcher Bahndamm?«

»Essen-Bochum. Kurz vor dem Bahnhof Wattenscheid, A 40, Ausfahrt Wattenscheid-West. Wollten Sie zu Real?«

Real? Hatte er da etwas gewollt? Dann fiel Kalle etwas ein. »Da war ein schwarzer Wagen. Er hat mich gerammt.«

»Sind Sie sich sicher?«

Er war sich ganz und gar nicht sicher. Aber in seinem Traum war er wirklich gerammt worden. Von … ja, von wem? »Ein schwarzer Suzuki. Der hat mich verfolgt. Und immer wieder zur Seite gedrängt.«

Der Mann, der mit ihm gesprochen hatte, wandte seinen Kopf ab und wiederholte Kalles Antwort für jemanden außerhalb des Blickfeldes.

Nun beugte sich eine Frau über Kalle, auf dem Kopf ein Polizeikäppi. »Herr Mager, sind Sie sicher, dass Sie verfolgt und gerammt wurden?«

Schwerer Atemzug. »Ja.«

Dann die Männerstimme: »Er muss ins Krankenhaus!«

»Nein!«, bockte Kalle. »Nicht nötig!«

Er versuchte, sich aufzurichten, aber ein Schwindelanfall ließ ihn auf die Trage zurücksinken. Scheiße auch!

»Haben Sie die Personalien?«, fragte der Mann zur Seite.

»Ja«, sagte die Polizistin.

»Gut. Dann fahren wir jetzt zum Martin Luther. Informieren Sie den Vater von Herrn Mager? Die Nummer steht auf dem Organspenderausweis.«

Die Polizistin nahm das Kärtchen mit den Kontaktdaten entgegen. »Ich kümmere mich darum.«

Zwei Männer hoben die Trage an, doch Kalle protestierte: »Nein! Die Zeitung auf dem Beifahrersitz! Bitte …«

Die Sanis setzten ihn wieder ab, einer entfernte sich, kam aber bald zurück. »Da ist nichts. Nicht ein einziges Stück Papier!«

Alles umsonst, durchzuckte es Kalle. Dieser Gedanke raubte ihm den letzten Rest Kampfgeist. Alles umsonst.

## Der zweite Freitag

### 86

War das eine beschissene Nacht, dachte Mager, als er morgens um halb sieben vor die Tür trat, um sich die erste Rate der täglichen Tabaksteuer in die Lunge zu jagen.

Um neun Uhr abends hatte ihn die Polizei aus Wattenscheid angerufen: »Herr Mager, es geht um Ihren Sohn Karl-Friedrich.«

Einen Moment lang schien sein Herzschlag auszusetzen. Doch dann fasste der Bärtige sich: Wäre der Sohn tot, kämen die Bullen persönlich vorbei.

Die Beamtin brauchte drei Minuten, um ihn über den Unfall zu informieren. Auto kaputt? Die Schrottkiste war sowieso fällig. Sohn verletzt – schon schlimmer. Schwer?

»Es sieht so aus, als hätte Ihr Sohn einen richtig guten Schutzengel«, beruhigte ihn die Frau. »Aber mehr erfahren Sie im Krankenhaus.«

Schutzengel – was für ein Quatsch, dachte Mager, notierte aber brav die Adresse des Hospitals, wo er dann zweieinhalb Stunden in der Notaufnahme warten musste.

Schließlich erschien der Sohn persönlich, einen weißen Turban auf dem Kopf, leicht gebückt, von einem besorgt blickenden Arzt begleitet.

»Ihr Sohn kommt auf eigene Verantwortung mit«, warnte der Mediziner. »Es ist absolut unvernünftig. Rippen angebrochen, Hämatome auf der Brust, Platzwunde an der Schläfe, leichte Gehirnerschütterung …«

Kalle zwinkerte dem Vater zu, aber schmerzfrei sah anders aus. Die Besorgnis des Alten wurde von einem Anflug des Stolzes überlagert. Harter Bursche, mein Sohn, ein echter Mager!

Die Nacht hatte Kalle dann auf der Couch in Magers Revolutionsarchiv verbracht. Der Vater hatte mehrfach nach ihm gesehen. Der Sohn schlief sich offenbar gesund, während der Alte sich endgültig reif für die Rente fühlte. Was für eine Ungerechtigkeit!

Theo erschien in der Tür. »Papa, wo bleibt die Zeitung?«

»Bitte?«

»Wir warten!«, empörte sich der Knirps. »Und Mama muss heute früher weg. Wird Zeit, dass du dich in Schale wirfst …«

»Geh du erst mal nach oben, um Kalle zu wecken!«, bestimmte Mager.

»Wieso ich? Bin ich der Vater?«

Es gab Momente, in denen der Bärtige zutiefst bedauerte, dass man seine Kinder nicht mehr hauen durfte. Dies war so einer.

## 87

Kehlmann kochte schon, als er sein Büro betrat. Am liebsten würde er dem Riesenbaby den Hals umdrehen! Der sollte sich blicken lassen. Die nächste Vertragsverlängerung konnte Ole sich knicken.

Der Professor hatte eine besonders beschissene Nacht hinter sich. Zuerst hatte seine Frau genervt. Sie müssten reden. So könne es nicht weitergehen. Bla bla bla. Der übliche Mist. Über die Urlaube auf Bali, Mauritius oder Tahiti hatte sie sich noch nie beschwert. Auch nicht über die Luxusvilla, in der sie wohnten, oder über die Tatsache, dass sie sich nur um das bisschen Haushalt und die Kindererziehung kümmern musste – von dem winzigen Nebenjob abgesehen, der vor allem aus ein paar Telefonaten und Unterschriften bestand. »Nie hast du Zeit. Du musst dich mehr mit den Kindern beschäftigen.« Bla. Das Leben, das sie führten, musste finanziert werden. Gerade aktuell hatte er Besseres zu tun, als sich das Geschwätz einer frustrierten Hausfrau anzuhören.

Danach hatte Kehlmann mehrfach bei Ole angerufen, um ihn auf Tempo zu bringen. Aber Rasmusson ging einfach nicht ans Telefon. Also versuchte Jabba, ein paar Mails abzuarbeiten. Erfolglos, denn seine Tochter Carla platzte immer wieder in sein Arbeitszimmer, um ihm die neueste Barbie-Mode vorzuführen. Als er sie zum dritten Mal unwirsch aus dem Zimmer warf, heulte sie beleidigt los und brauchte ein halbe Stunde, um sich abzureagieren.

Sohn Anton spielte sowieso schon seit über zwei Wochen die beleidigte Leberwurst. Etwa immer noch wegen der kleinen Ohrfeige? Jabba wusste es nicht. Was für ein Affenzirkus!

Um zehn war endlich Ruhe ins Haus eingekehrt. Der Professor hatte die Gelegenheit genutzt und Peters Nummer gewählt. Ebenfalls kein Glück. Peter ging einfach nicht ran. Das war gar nicht gut. Fehlanzeige auf der ganzen Linie …

Der Koloss rieb sich erst den Nacken, dann die unrasierten Wangen. Kaum zwei Stunden hatte er geschlafen. In weiteren zwei Stunden musste er zur Vorlesung. Wie er das hasste.

Die Folien von Rasmusson waren erst nach elf gekommen. Katastrophal – unvollständig und fehlerhaft. Knapp die Hälfte hatte Kehlmann noch in der Nacht korrigiert und dann entschieden, dass der Termin acht Uhr Ortszeit nicht zu halten war. Stattdessen hatte er den redigierten ersten Teil abgeschickt und angekündigt, dass der zweite Teil im Laufe des heutigen Tages käme. Aber wie sollte das klappen?

Kehlmann schnaufte. Dann entschied er: Das war ein Job für Rudabeh Benari. Die Kopftuchmaus war für seinen Geschmack zu religiös, aber wenigstens konnte sie gut Englisch und machte, was man ihr sagte.

Er griff sich den Hörer. »Morgen, Rudabeh. Ich schicke dir gleich eine PowerPoint-Präsentation. Ich brauche sie bis heute Mittag korrigiert.«

»Okay, aber was ist mit dem Projektantrag für …?«

»Kann warten. Die Folien sind jetzt wichtiger. Danke.«

Er legte auf und jagte die große Datei sofort als Mailanhang an das Postfach der Iranerin.

Jemand klopfte.

»Ja?«

Meike Pastor öffnete die Bürotür einen Spalt. »Ich habe gerade eine Mail von Ole bekommen. Er fühlt sich nicht wohl und bleibt heute im Bett.«

Der Professor schnaubte und ließ kurz einen Eckzahn aufblitzen. War ja klar. Dieser verweichlichte Wichtel wusste genau, was ihm blühte. Der konnte gerne ganz zu Hause bleiben. In Meikes Richtung nickte Kehlmann nur. Aber kurz bevor die Assistentin die Tür schloss, meldete er sich noch mal.

»Meike!«

Sie trat in sein Büro. Wie aus dem Ei gepellt sah sie aus. Kehlmann nickte anerkennend. Er wusste eine gepflegte Erscheinung bei seinen Mitarbeiterinnen zu schätzen. Schade, dass sie nicht zehn Jahre jünger war. Aber sie funktionierte offenbar. Ganz im Gegensatz zu Lea, Hoppe, Rasmusson und Adele. Seit Klawitters Gezeter um Hoppes PC traute er ihr endgültig nicht mehr …

»Ja, Paul?«

»Wir haben doch neulich über Adele gesprochen.«

Leichte Unsicherheit huschte über das Gesicht der Frau. Sie nickte und schaute ihn mit ihren grauen Augen an.

»Drangsaliert sie dich immer noch?«

Das Gesicht unter der gebräunten Haut wurde etwas blasser. Meike räusperte sich. »Es ist besser geworden.«

Kehlmann lehnte sich in seinem Chefsessel zurück und setzte die Maske des Besorgten auf. »Adele hat sich über dich beschwert. Sie sagt, du tust dich sehr schwer mit den Finanzen und machst die Ablage nicht ordentlich.«

»Wie bitte?!« Die Augen der Sekretärin flackerten kurz.

»Keine Sorge«, sagte er freundlich. »Ich sehe das anders. Du leistest gute Arbeit.«

Kehlmann sah, dass Pastor eine Bemerkung hinunterschluckte. Was für eine Selbstbeherrschung, dachte er. Dann beugte er sich etwas vor. »Was ich dir jetzt sage, bleibt unter uns. Okay?«

»Selbstverständlich.«

»Du bist nicht die Erste, die Mobbingvorwürfe gegen Adele erhoben hat. Es gab auch schon mehrere Gespräche deswegen. Um ehrlich zu sein, ist sie für mich als Mitarbeiterin nicht mehr tragbar.«

Meike holt tief Luft. »Verstehe.«

»Es ist nur so: Wenn man so viele Jahre an der Uni angestellt ist wie sie, ist man quasi unkündbar. Es sei denn ...«

»Ja?«

Der rothaarige Grizzly stand auf und machte eine einladende Geste in Richtung des Besprechungstisches. »Setz dich doch erst mal. Aber mach bitte die Tür hinter dir zu.«

Als sie einander gegenüber Platz genommen hatten, schaute Kehlmann der dunkelhaarigen Frau fest in die Augen. Dann stellte er seine Fragen.

## 88

Keine Mail von Kalle. Simone legte das iPad wieder weg. Seltsam. Er hatte ihr doch noch getextet, dass er von Adele alles bekommen habe, was sie brauchten, um Kehlmann in Teufels Küche zu bringen. Spätestens nach der weitergeleiteten Mail von Tim hätte sie eine Antwort erwartet.

Eines stand fest: Das Wochenende würde sie nicht im Krankenhaus verbringen.

Doktor Völler las den Text auf ihrem iPad und schüttelte den Kopf. Er hätte sie gern noch dabehalten. Aber sie streckte ihm den Monitor so lange hin, bis er merkte, dass sie nicht umzustimmen war. Zwingen konnte er sie ohnehin nicht.

»Momentchen«, sagte er, verschwand und kam tatsächlich

nach Minutenfrist mit einem Formblatt zurück. »Das ist die Erklärung, dass Sie auf eigene Verantwortung eine Entlassung wünschen. Sie müssen unterschreiben, bevor wir alles Weitere einleiten.«

Jetzt fehlten nur noch die Entlassungsdokumente und die Überweisung für den Hausarzt. Bis zum Mittag müsse sie sich noch gedulden.

Prima, dachte Sim. Sie hatte inzwischen vier der Suppen schlürfen dürfen, die das Krankenhaus im Angebot hatte. Schlimmer als die Brokkolicreme vom Vortag konnte es eigentlich nicht kommen, aber man wusste ja nie.

Zuerst musste sie ihre Abholung organisieren. Simone setzte sich auf die Kante des Krankenhausbettes und tippte eine Nachricht für Kalle in ihr Handy: *Hurra! Heute gegen Mittag werde ich entlassen. Wann kannst du mich abholen? Deine Sim.*

Knapp fünf Minuten später klingelte ihr Handy. Simones Augen funkelten vor Freude. Es war Kalle.

»Hey, meine Süße! Schön, dass du bald wieder zu Hause bist. Du glaubst gar nicht, wie froh ich bin. Hör zu!«

Er lachte verlegen, als ihm bewusst wurde, dass Sim ihn ohnehin nicht unterbrechen konnte. Aber seine Stimme gefiel ihr nicht. Diese Munterkeit wirkte zu gekünstelt. So, als wollte er etwas anderes überdecken.

»Also, äh, gestern war ein harter Tag. Erzähle ich dir später. Ich will nicht, dass du dich jetzt unnötig aufregst.«

Na toll, dachte Sim. Irgendwas war mit ihm passiert und sie sollte sich nicht aufregen. Nicht mal protestieren konnte sie. Simone runzelte die Stirn, als ihr Freund weitersprach.

»Vadda und ich sind gerade in Duisburg bei Kopula angekommen. Mein Alter legt gleich die Flyer aus. Ich hab 'ne Handycam dabei, damit du dir später alles in Ruhe angucken kannst.«

Sim erschrak. Das Blut pumpte automatisch schneller durch ihre Adern. »Seid ihr wahnsinnig?«, wollte sie in ihr

Handymikrofon schreien. »Hast du deine Mails gestern nicht mehr gecheckt?« Aber sie presste nur einen röhrenden Laut durch das Drahtgeflecht in ihrem Mund.

Kalle stockte kurz. Seltsames Geräusch. War wohl eine Empfangsstörung. »Also«, fuhr er fort, »in genau dreißig Minuten fängt die Vorlesung an. Ich bin zu gespannt, was für eine Fresse der Typ ziehen wird.«

Verflucht! Sie musste Kalle dringend eine Nachricht schicken. Die Flugzettelaktion durften sie nicht durchziehen! Kalle wusste wohl wirklich nichts von dem, was sie gestern von Tim erfahren hatte. Sonst würde er doch nicht in aller Seelenruhe …

»Pass auf, ich denke, dass wir gegen ein oder spätestens zwei Uhr hier fertig sind. Direkt danach holen wir dich ab. Ich stell mein Handy jetzt lautlos.« Er lachte. »Wir wollen doch nicht die schöne Vorlesung stören, oder? Du, ich liebe dich.«

Das Letzte, das Sim hörte, waren drei Schmatzgeräusche. Dann wurde die Verbindung unterbrochen.

Verdammte Kacke! Kalle, du Idiot, warum hast du meine Mail nicht gelesen? Wir dürfen Kehlmann nicht noch weiter provozieren! Ihr dürft nicht!

Sie hämmerte eine Warnung in die Tastatur. *Dringend! Lies deine Mails!!!* Dann drückte sie auf *Senden.* Vielleicht war sie ja schneller als Kalle beim Ausstellen des Handys.

Zur Kontrolle prüfte Sim den Ordner *Gesendete Objekte.* Die Mails waren definitiv rausgegangen. Aber sicher war sicher. Sie markierte erst die eine, dann die andere Nachricht und wählte *Erneut senden* aus.

Bitte, Kalle, dachte Sim, guck auf dein Handy! Sie schloss die Augen und konzentrierte sich auf den Gedanken. Fast so, als ob sie ihren Freund dadurch erreichen könnte.

Als sie ihre Augen wieder öffnete, lagen Schatten unter den Dateinamen. Zufällig fiel ihr Blick auf ihren *Junkmail*-Ordner. Statt achthundertvierundzwanzig, wie gerade noch, zeigte er nun zwei Objekte mehr an. Ein Klick und sie verstand.

Insgesamt vier Nachrichten in dem Ordner hatten denselben Betreff und Text.

*Undelivered Mail Returned to Sender.*

*550 Mailbox quota exceeded.*

Kalles Postfach war voll!

## 89

»Müller, KK 11. Sagt mal …«

»Beim KK 11 gibt es keinen Müller!«, gellte es ihm aus der Pressestelle der Dortmunder Polizei entgegen. »Gerade ihr vom Betrug solltet nicht auf Betrüger umsatteln.«

Der Unauffällige atmete durch. »Otto, du Blödmann, so früh am Morgen bin ich für Kalauer nicht empfänglich. Außerdem ist es eilig.«

»Schieß los!«

»Ihr habt heute im 24-Stunden-Rückblick einen Verkehrsunfall beim Real in Wattenscheid gemeldet.«

»Stimmt. Mysteriöse Sache. Da ist einer gegen eine Wand gefahren und hat behauptet, er sei gerammt worden. Die Kollegen vor Ort haben ihm das aber nicht abgenommen. Der Typ war zwar nicht besoffen, aber …«

»Hat jemand die Spurensicherung hingeschickt?«

»Wieso?«

»Vielleicht, weil da Lackspuren von zwei verschiedenen Autos zu finden sein könnten?«

»Keine Ahnung. Da musst du in Wattenscheid nachfragen.«

»Mache ich. Aber in der Mitteilung stand der Name des Verunfallten nur abgekürzt. Kannst du mir den vollen Namen nennen?«

»Mann, hast du Wünsche …« Einige Sekunden lang raschelte auf der anderen Seite Papier. Dann meldete sich der Kollege wieder: »Karl-Friedrich Mager, sechsunddreißig, Steinhammer Straße …«

»Danke!« Müller legte auf und wandte sich an seine Chefin: »Du hattest recht. Der junge Mager.«

Kasten schnaubte und dachte nach. Die Namen der Mitglieder der Filmtruppe waren diese Woche etwas zu oft gefallen. Zuerst die Zickereien des alten Magers wegen der DNA-Probe. Dann der Überfall auf diese Simone Dingsda in Duisburg, drei Tage nachdem sie eine Vermisstenmeldung in Gelsenkirchen erstattet hatte. Kurz vor Dienstschluss der Anruf des alten Magers und jetzt der Unfall seines Sohnes …

»Was war mit der Spusi?«

»Keine Ahnung.«

»Klär das!«

Zwei Minuten später wussten sie, dass niemand die Spurensicherung gerufen hatte. Stattdessen hatten Angestellte der Stadtreinigung die Straße gefegt und den gesamten Unfallschrott aufgeladen. Dieses Zeug auf einer städtischen Deponie wiederzufinden, war schwieriger als die Suche nach dem Schatz der Nibelungen.

»Darum kümmere ich mich«, bestimmte Kasten. »Und dann rufe ich den Staatsanwalt an. Der soll sich mal all diese Fälle heranziehen.«

Müller nickte, während seine Chefin auf die Uhr sah. »Wird Zeit. Fahr los. Viel Glück.«

## 90

Kalle war überrascht. Bis zum letzten Moment hatte er daran gezweifelt, dass mehr als zwei Dutzend übereifrige Studierende mitten in der vorlesungsfreien Zeit zu Kehlmanns Semesterabschlussshow kommen würden. Aber zehn Minuten vor Beginn des Vortrags waren im großen Hörsaal der Informatiker nur noch wenige Plätze frei. Jetzt studiert die Generation Streber, dachte er. Und solch ein Flugblatt hatten die wohl alle noch nicht gesehen …

»Boah, wenn die Mails hier echt sind, ist Kehlmann das größte Arschloch an der gesamten Uni.«

»Komm, der Typ ist doch in Ordnung. Das muss ein Fake sein!«

»Hast du gelesen, was hier über Rudabeh Benari steht?

»Ja, aber ich weiß nicht. Bei der hatte ich mal 'ne Übung. Die ist super. Wenn der Kehlmann wirklich glaubt, dass Benari ›mit ihrem Kopftuch eine peinliche Nummer für die Wissenschaft‹ ist, dann hätte er sie wohl kaum eingestellt.«

»Hmm. Für mich ist der Typ nicht echt. Hier hält er kluge Vorlesungen und tut, als wäre er der Gott der Informatik. Aber in Göteborg hacken sie seinen Rechner.«

»*Anonymous.* Gegen die hilft gar nichts.«

»Und warum halten die keine Vorlesungen?«

Gelächter.

Mager senior musste grinsen, während er langsam die Stufen des Hörsaals hinabstieg und Reihe für Reihe Flugblätter von den Studenten weiterreichen ließ. Allein die Überschrift war Gold wert und animierte zum Weiterlesen:

PROFESSOR MOBBING
DIE WAHRHEIT ÜBER PROF. DR. PAUL KEHLMANN

Je tiefer Mager kletterte, desto größer wurde die Unruhe in seinem Rücken. So ungefähr war das in den Siebzigern an der Ruhr-Uni Bochum gewesen. Damals hatte ein anonymer ›Wohlfahrtsausschuss‹ die Bürotür des faschistischen Soziologieprofessors Papalekas geknackt und dessen Aktenordner durchforstet. Anschließend kursierten dicke Hefte mit Kopien von Briefen, die deutlich machten: Die Profs verbauten und öffneten Karrieren, so wie es ihnen gerade Freude bereitete.

Auch Kalle fand das Revival dieser Art von Enthüllung gut. Er saß in der obersten Reihe und filmte trotz seiner Schmerzen im Nacken die Szenerie mit seiner Handycam. Vielleicht hätte er ja doch diese Halskrause annehmen sollen – aber dann wäre er hier mit Sicherheit aufgefallen. Das dicke Pflaster auf der Schläfe reichte schon für manchen neugierigen Blick.

Seine Kameraposition war ideal. Er hatte den ganzen Saal im Blick, aber von seinem Vater war nur der Rücken zu sehen. Kalle hörte erst auf zu filmen, als Klaus-Ulrich unten angekommen war, nach oben stieg und den Saal wieder verließ.

»Interessante Sache«, sagte der Mann neben ihm. Kalle sah kurz rüber. Ein unscheinbarer Typ, der ebenfalls das Studentenalter schon deutlich hinter sich gelassen hatte.

»Wat mutt, dat mutt!«, zitierte der junge Mager eine alte westfälische Volksweisheit und nahm die Kamera wieder hoch. Kehlmann hatte den Saal betreten. Kalle sah ihn zum ersten Mal live. Imposant, dachte er. Ein Kerl wie ein Grizzlybär. Nur sein Anzug passte nicht ins Bild.

Der Professor wirkte, als hätte er an diesem Morgen seine Betablocker vergessen. Wenn sein Bluthochdruck noch weiter steigt, platzt ihm die Birne, vermutete der Kameramann. Kehlmann hielt in der einen Hand einen Schnellhefter, in der anderen eines der Flugblätter. Was er auf den Seiten las, schien ihm nicht zu gefallen.

Hinter ihm folgte sein Hofstaat, drei männliche und zwei weibliche Mitarbeiter. Alle jung genug, um studentische Hilfskräfte zu sein. Vermutlich wollten sie ein paar Pluspunkte für ihren Bachelor oder Master sammeln. Darum hatten sie auch rechtzeitig mit Jacken und Schals ein paar Plätze in der ersten Reihe für sich blockiert.

Als der Professor ans Pult trat, schien eine Verwandlung mit ihm vorzugehen. Die Gesichtsfarbe normalisierte sich. Er strahlte plötzlich Selbstsicherheit und Ruhe aus.

»So«, dröhnte der Grizzly und befestigte mit geübtem Griff ein tragbares Mikro am Revers seiner Anzugjacke. Mit dieser Stimme hätte er in normalen Zeiten kein Mikro gebraucht, aber jetzt half es ihm, das Gelächter und einige Pfiffe zu übertönen.

»So«, wiederholte Kehlmann und hielt den gefalteten Flyer

hoch. »Eigentlich wollte ich heute über die Grundlagen der symmetrischen und asymmetrischen Verschlüsselung sprechen. Aber das hier«, er wedelte mit dem Flugblatt, »ist viel spannender als graue Theorie.«

Der Kerl hatte Nerven. Das musste man ihm lassen. Kalle nickte beeindruckt. So viel Souveränität hätte er ihm nicht zugetraut.

»Ich hoffe«, fuhr Kehlmann in gleicher Lautstärke fort, »dass Sie alle diese Bierzeitung gelesen haben. Hat jeder ein Exemplar? Nicht?« Sein Zeigefinger, dick wie eine Zigarre, deutete auf eine der ersten Reihen. »Da vorn liegen noch ein paar Stück.«

Der Kameramann hörte, dass viele Studenten kicherten, und schüttelte den Kopf. Irgendwie lief das nicht wie erwartet. Was hatte der Professor vor? Trotzig hielt Kalle die Handycam weiter auf Kehlmann gerichtet.

»Wenn Sie nicht wissen sollten, was das ist: Wir haben früher zum Abi sogenannte ›Bierzeitungen‹ verfasst, in denen wir ein paar wahre und eine Menge erfundener Anekdoten aus unserer Schulzeit veröffentlichten. Und ich darf versichern: Wenn man erst mal ein paar Bierchen weg hat, ist es richtig geil, den Lügenbaron zu spielen.«

Die anfänglichen Pfiffe verstummten, das Lachen wurde lauter.

Verdammte Scheiße, dachte Kalle, der Typ hat's drauf.

»Die Verfasser dieses Blättchens«, fuhr Kehlmann fort, »müssen völlig blau gewesen sein. Das erfüllt mich fast mit Bewunderung: total besoffen ein solches Layout entwerfen und dann noch mit der Überschrift auf Heinrich Manns Roman *Professor Unrat* anzuspielen – Respekt. Die Damen und Herren, die das geschrieben haben, haben mindestens Abitur.«

Jetzt hatte er das Publikum. Gejohle. Einige klatschten, als wären sie im Kabarett.

»Bevor Sie fragen: Der Wahrheitsgehalt ist gleich null. Diese angeblichen Mails sind frei erfunden. Ich verfüge über hochqualifizierte Mitarbeiterinnen und Mitarbeiter, die man nicht genug loben kann. Und diese beleidigenden, ekelhaften und sogar rassistischen Äußerungen zeugen nicht nur von schlechtem Geschmack. Falls der oder die Autoren dieses Pamphlets anwesend sind, möchte ich euch eines sagen: Ihr solltet euch schämen. Wenn ihr mich angreifen wollt, bitte schön. Wie man sieht, hab ich nicht nur eine dicke Haut.« Er rieb sich theatralisch den ausladenden Bauch und erntete einmal mehr Johlen und Applaus. »Aber denkt bitte mal eine Sekunde nach, wie verletzend das für die Menschen sein muss, über die ihr herzieht. Meine Mitarbeiter sind weder – ich zitiere – ›Schwachmaten‹ noch ›faul‹. Und was gar nicht geht …«, jetzt wurde Kehlmann sichtlich wütend, »… was gar nicht geht, ist, Mitarbeiterinnen zu demütigen, indem man so tut, als tauschten sich die Vorgesetzten über deren hypothetische sexuelle Vorzüge aus oder hätten gar ein Verhältnis mit den jungen Frauen. Das ist wirklich widerlich!«

Kalle war sprachlos und ließ für einen Moment die Kamera sinken. Unglaublich. Empörte Stimmen im Hörsaal. Er filmte weiter.

Kehlmann bat die Studierenden, sich zu beruhigen.

Doch da meldete sich eine Stimme aus dem Hörsaal: »Es ist also alles frei erfunden?«

Kehlmann lächelte grimmig. »Nein, nicht alles. Ich verfüge tatsächlich über ein Mailpostfach. Und die erwähnten Mitarbeiter gibt es auch. Aber der Rest … Märchenstunde.«

»Und was ist mit der Firmenliste auf der dritten Seite? Und den Schwarzgeldvorwürfen?«

Ein spöttischer Aufschrei. Diesmal vom Rednerpult. »Wenn ich so viel Schwarzgeld verdienen würde, hätte ich einen schönen roten Sportflitzer in der Garage. Ja, mit einigen dieser Firmen hatten oder haben wir Kooperationen. Wir beraten sie und können unsere Theorien in der harten Praxis erproben. Nicht umsonst darf ich morgen, stellvertretend für das gesamte Kopula-Institut, aus der Hand unserer Bundeswissenschaftsministerin die begehrte Auszeichnung ›IT-Genie NRW‹ entgegennehmen.«

Kehlmanns studentische Hilfskräfte in der ersten Reihe applaudierten frenetisch. Mehrere andere schlossen sich an. Der Professor nutzte die kleine Pause, um einen Schluck Wasser aus dem Glas zu trinken, das für ihn auf dem Pult bereitstand.

»Wie Sie richtig vermuten«, fuhr er dann mit einem Blick nach oben fort, »bringt der Preis nicht nur mehr Anerkennung, sondern auch bares Geld. Geld, mit dem wir die Qualität unserer Lehre und unserer Forschung noch weiter verbessern können. An alle Menschen, die bei Kopula arbeiten, mein herzlicher Dank!«

Er verneigte sich, die rechte Pranke ans Herz gedrückt, vor seinem Hofstaat.

Kalle warf einen Blick nach links. Sein Erzeuger lehnte jetzt, nur scheinbar lässig, an der Wand, gleich neben der Tür. Ihre Blicke begegneten sich.

Der Alte zuckte hilflos mit den Schultern. Die Mundwinkel hatte er nach unten gezogen.

Dann eine weitere männliche Stimme. Diesmal aus der Mitte. »Und was war in Göteborg?«

Kehlmann breitete seine Bärentatzen aus. »Touché! Auf die Frage hab ich gewartet. Für alle, die es noch nicht wissen: Ausgerechnet der Leiter eines Instituts, das für Computersicherheit steht, führt einen Laptop mit Trojaner mit sich. Und das fällt mitten in einer Präsentation vor Fachkollegen auf. Ganz schön doof.« Er schüttelte bedauernd den Kopf. »Wir haben ein einzelnes schwarzes Schaf an Bord. Gehabt! Einer meiner Mitarbeiter hat mein Vertrauen schändlich missbraucht, sich Zugriff zu meinem Laptop verschafft und ihn von innen heraus infiziert. Dieser ehemalige Mitarbeiter wird – auch aus anderen Gründen – inzwischen von der Kripo gesucht.«

Aufgeregtes Gemurmel im Saal. Der ältere Typ neben Kalle murmelte leise: »Tim Hoppe.«

Der PEGASUS-Mann zuckte zusammen. Der Professor schien nun direkt in die Handycam zu schauen.

»Ich habe im Übrigen bereits Anzeige erstattet. Die Polizei wird das klären. Und Ihnen, mein Freund«, er zeigte auf den Zwischenrufer, »kann ich nur raten: Studieren Sie fleißig und prüfen Sie, wenn Sie mal eine eigene Firma haben, Ihre Mitarbeiter misstrauischer als ich. Nur dann sind Sie auf der sicheren Seite.«

Amüsement in allen Reihen.

Kalle schaltete die Kamera aus. Ich kotze mir gleich auf die Schuhe, dachte er. Wie konnte die ganze Aktion so dermaßen danebengehen?

»Im Übrigen«, tönte die Bärenstimme noch einmal ins Mikro, »ist bei uns nun eine Stelle frei geworden. Wenn Sie Ihre Programmierkünste ausprobieren wollen, um weitere Sicherheitslücken zu finden, sind Sie herzlich eingeladen. Wer es schafft, sich bei Kopula reinzuhacken, soll sich bitte melden. Ich stelle ihn sofort als wissenschaftlichen Mitarbeiter ein.«

Das Gejohle und der Applaus wurden frenetisch.

»Aber ich sage Ihnen gleich: Sie bekommen den Job nicht dafür, sich im Büro von nächtlichen Kneipentouren auszuschlafen. Es wäre Betrug an den fleißigen Menschen im Land, an der Uni ein paar Faulenzer durchzufüttern. Das kann und werde ich nicht dulden.« Kehlmanns Stimme schwoll an. »Und das, liebe Kommilitonen und Kommilitoninnen, hat nichts mit Mobbing zu tun, sondern mit Arbeitsrecht und Anstand.«

Standing Ovations. Der Professor genoss den Beifall und verbeugte sich knapp. Dann hob er beide Arme und zerriss das Flugblatt in seinen Händen. Während die Fetzen zu Boden segelten, trank Kehlmann noch einen Schluck und machte sich auf den Weg nach draußen. Sein Hofstaat folgte ihm – Stolz und Freude auf den Gesichtern. Bevor Kalle und sein Vater aus ihrer Ecke herauskamen, drängten die Leute im Saal mit lautem Gemurmel nach draußen.

Ganz zum Schluss erhob sich auch Kalles Nachbar. Gelassen ging er nach unten, wo bereits ein eifriger Student die Fernbedienungen für den Beamer und das Mikro einsammelte.

Kurz bevor er und sein Vater den Ausgang erreichten, drehte sich Kalle noch mal um und blickte nach unten. Was machte sein Sitznachbar am Podium? Er klopfte seinem Vater mit der flachen Hand auf den Arm. »Guck mal. Schnell.«

Der Dicke drehte sich einmal im Kreis. »Hä? Was meinst du?«

Zu spät. Der Mann war bereits fertig und packte seine Beute ein.

Dann kapierte Kalle. Er schlug sich mit der flachen Hand gegen die Stirn. »Hast du das gesehen?«, raunte er.

Der Bärtige sah ihn verständnislos an.

Er wird alt, dachte Kalle. Oder blind. Oder beides. Dann flüsterte er: »Erzähle ich dir gleich. Komm, eine Zigarette, einen Kaffee und dann los. Simone wartet.«

Als sie die Keksdose verließen, stand Kehlmann zwei Etagen höher am geöffneten Fenster des Nebengebäudes, ein Whiskyglas in der Hand. Sein Siegerlächeln war verschwunden. Jetzt sah er sehr abgekämpft und übermüdet aus.

Unten blieben Kalle und sein Vater stehen, um sich eine anzustecken. Rein optisch hoben sie sich in ihren typischen Reporterlumpen deutlich von den Umstehenden ab.

Der Professor sah nachdenklich auf sie hinab.

Ja, die Schlacht hatte er gewonnen, aber der Krieg war noch nicht vorbei. Zeit für einen Plan B – die Luft wurde allmählich dünn.

# 91

Wenige Minuten vor eins kam Mechthild nach Hause. Exakt auf dem mit Farbe markierten Platz stellte sie ihren roten Polo ab und öffnete zunächst die Haustür. Dann kehrte sie zum Wagen zurück und hob zwei schwere weiß-blaue Einkaufstüten aus dem Kofferraum, trug sie in die Küche und lief zurück, um ihr Gefährt sorgsam zu verschließen. Als sie wieder im Eingang stand, nahm sie schräg hinter sich eine Bewegung war. Sie drehte sich um.

Ein fremder Mann auf dem Hof! Was machte der sich denn am Briefkasten von Klaus-Ulrich und Karin zu schaffen?

Ein Postbote war das jedenfalls nicht, sondern ein gewöhnlicher Mann um die vierzig mit einer Baseballkappe auf dem Kopf, die ihn vor dem Wind schützte – und zugleich einen leichten Schatten auf sein Gesicht warf.

Mechthild kniff angestrengt die Augen zusammen. Jetzt setzte der Fremde seinen Rucksack ab, öffnete ihn und zog eine recht große Mappe mit festem Deckel heraus, der er ein einzelnes Blatt entnahm, so groß wie Schreibpapier, aber offensichtlich dicker und unhandlicher.

Dann drückte er die halb geöffnete Klappe des Briefkastens, aus dem bereits eine Zeitung herausragte, weiter nach hinten, um auch noch seine Botschaft hineinzustecken. Als das misslang, schob er sein Mitbringsel leicht schräg zwischen die Zeitungsblätter. Kurze Probe – gut, das Blatt flog nicht weg.

Zufrieden schloss der Unbekannte seinen Rucksack, schwang ihn über die Schulter und setzte sich in Bewegung. Mechthild nahm er offenbar nicht wahr oder ignorierte sie, bevor er in der Ausfahrt verschwand. Sein Gesicht hatte Mechthild noch immer nicht erkennen können.

Wie angewurzelt blieb Magers Exfrau stehen. Ihr tiefes

Misstrauen gegenüber fremden Männern war erwacht. Da stimmte doch was nicht!

Zur Sicherheit tastete sie nach dem Hausschlüssel in ihrer Hosentasche und lief hinüber, blickte einmal über ihre Schulter und fischte die geheimnisvolle Post aus dem Briefkasten. Es war ein Foto. Gestochen scharf. Auf diesem Hinterhof geschossen.

Die Angst trocknete ihren Mund aus. Dann rannte sie zum Telefon.

Ziemlich genau um eins saß Kalle, immer noch frustriert, in einem Kneipchen in der Nähe der Kopula-Mensa vor einem Cappuccino, den man ihm mit Sahne statt Milchschaum serviert hatte.

Ekelhaft. Mindestens so ekelhaft wie das Gesülze dieses Professors auf dem Chip des Camcorders, der vor ihm auf dem Tisch lag.

In Kalles Hirn spukten Mordvisionen umher. Und noch schlimmer war, dass sein Alter schon mindestens fünf Minuten auf dem einzigen Klo des Kneipchens saß. Wahrscheinlich bekam er mit seinen Wurstfingern wieder mal die Knöpfe der Jeans nicht zu. Und Kalle musste auch. Dringend.

In diesem Augenblick rief seine Mutter an. »Ihr müsst sofort kommen! Theo ist in Gefahr!«

»Bitte?«

»Da war ein Mann auf dem Hof, der hat bei Klaus und Karin ein Foto in den Briefkasten gesteckt. Ein Foto von Theo. Heimlich aufgenommen. Vom Bahndamm aus.« Mechthild hyperventilierte. »Das ist eine Drohung. Erst Simone. Dann du. Jetzt Theo …«

»Scheiße! Aber warum rufst du mich an, Mama? Wir sind in Duisburg. Und wir müssen gleich Simone vom Krankenhaus abholen.«

»Karins Nummer habe ich nicht.«

»Mist!« Der Sohn überlegte. »Hör mal, Mama, die Zeit wird

zu knapp. Lass alles stehen und liegen. Hast du Pfefferspray oder so was?«

»So was Ähnliches, ja!«

»Gut. Fahr zur Schule. Die haben in zwanzig Minuten Schluss. Hol Theo an der Tür ab, fahrt nach Hause und schließt euch ein. Wir kommen so schnell wie …«

Da hatte sie schon aufgelegt.

»Verdammt, verdammt.«

»Was ist verdammt?«, wollte sein Vater wissen, der sichtbar erleichtert von der Toilette zurückgekehrt war. »Träumst du immer noch von einer Kalaschnikow?«

»Quatsch. Es geht um Theo.«

In drei Sätzen informierte Kalle seinen Alten über den Stand der Dinge. Dann verschwand er selbst im Höchsttempo dorthin, wo sein Vater gerade hergekommen war.

Was für eine hirnverbrannte Idee, dachte Mager. Mechthild ist als Bodyguard so effektiv wie Inge Meysel – nach ihrem Tod! Die einzige Waffe, mit der seine Ex umgehen konnte, war ihre Bratpfanne. Aber die Gusseiserne passte wohl kaum in eine Handtasche. Ganz abgesehen von Mechthilds unzähligen Phobien: Mäuse, Spinnen, Bakterien, Gewitter, Dunkelheit …

Dieses Risiko konnte Mager nicht eingehen. Aber er saß in Duisburg fest. Wer konnte jetzt helfen? Karin? Die war mit ihrem Chef unterwegs. Da blieb nur ein einziger Rettungsanker.

Schon zog er sein Handy und wählte die Nummer seiner Lieblingskommissarin. Gut, dass sie nicht gerade beim Mittagessen saß!

»Tach, Herr Mager. Sie haben ja eine schöne Show abgezogen.«

»Bitte?«

»Manchmal geht der Schuss nach hinten los. Schade auch.«

Die nächste Frage wäre gewesen: »Woher wissen Sie das?« Aber es gab Eiligeres. »Hören Sie, mein Sohn Theo ist in

Gefahr. Meine Exfrau hat gerade eine Drohung in unserer Post gefunden.«

»Was macht Ihre Exfrau …?«

»Ist jetzt egal. Sie haben genau fünfzehn Minuten, um selbst eine Show abzuziehen.«

»Wie?«

»Theo hat gleich Schulschluss. Reinoldus-Schiller in Dorstfeld. Wir haben Angst, dass er entführt wird. Können Sie eine Streife alarmieren, die ihn im Sekretariat abholt?«

»Mensch, Mager, wir sind kein Taxidienst.«

»Frau Kasten, erst meine Schwiegertochter, dann mein Sohn, trotzdem haben wir uns nicht einschüchtern lassen. Wenn jetzt …«

»Schon gut, schon gut. Ich organisiere das. Wann sind Sie selbst wieder zu Hause?«

»Um drei.«

»Ich komme vorbei. Dann reden wir Tacheles. Und wehe, das war jetzt falscher Alarm!«

Mager atmete erleichtert durch und stellte sich mit einer Zigarette vor die Tür. Dort fand ihn zwei Minuten später sein Ältester.

»Hör mal, Kalle, wir müssen Mechthild erreichen. Ich habe die Kripo angerufen. Die wollen Theo abholen. Hast du ihre Handynummer?«

»Mann!« Kalle fasste sich an die Stirn. »Mama und Handy? Die hat doch sogar Angst vor den Strahlen des Fernsehers!«

Mager unterdrückte ein Stöhnen, dann zog er die Schultern hoch. »Okay, dann hat Theo eben doppelten Schutz. Kann ja nicht schaden. Bin gespannt, wer zuerst da ist.«

»Vadda, das ist keine Olympiade. Hast du keine Angst um Theo?«

»Weniger als vorhin. Polizei plus deine Mutter? Falls jetzt ein Entführer kommt, dann kann er schreiend wieder weglaufen!«

## 92

Was für ein Driss, dachte Herta Kasten. Diese Hektik war nichts mehr für sie. Freitags um eins stand ihr eigentlich ein geordneter Schichtschluss zu. Einstimmung auf die Altersteilzeit. Höchstens fünf Jahre wollte sie den Job noch in Vollzeit machen. Und die wollte sie ohne Burn-out, Magengeschwüre und Herztabletten überstehen. Aber wenn das so weiterging …

Zuerst hatte Müller angerufen. »Auftrag erledigt. Bin jetzt auf dem Weg nach Düsseldorf!«

Schön, hatte sie noch gedacht und begonnen, alles Schriftliche wegzuschließen. Die meisten Reinigungskräfte konnten zwar kaum Deutsch, aber fix mit dem Smartphone waren sie alle. Das Wochenende rückte näher!

Doch dann hatte sich der alte Mager gemeldet und Geleitschutz für seinen Sohn gefordert. Drohende Kindesentführung! Auch das noch!

Kurzer Blick in das interne Telefonbuch, dann rief sie die Wache in Lütgendortmund an. Dort erwischte sie ausgerechnet den Dorftrottel Nummer eins. Geschlagene drei Minuten dauerte es, bis der Pannekopp endlich begriff, um was es ging. »Ja, äh, eine Streife zum Gymmi. Doch, ich sehe gerade, da ist jemand in der Nähe. Wird erledigt. – Ja, sofort.«

Wer hat denn den eingestellt?, fragte sich Kasten und griff automatisch zu ihren Zigarillos. Der Nachmittag war im Eimer.

Als sie aufstand, fiel ihr Blick auf einen gelben Zettel, der auf dem Boden klebte. Ächzend bückte sie sich und klaubte ihn auf. Was stand da? *Kamplade*? Au, verdammt. Aber besser jetzt als später, dachte sie und griff erneut zum Telefon. Wenn das so weiterging, konnte sie sich das Hanteltraining für den linken Arm sparen.

»Die Schießerei gut überstanden?«, fragte der Staatsanwalt.

»Hören Sie auf«, sagte Kasten. »Bin froh, dass wir zu spät gekommen sind. Hätte keine Lust gehabt, mich als Sandsack in den Feuerwechsel zu schmeißen. Hoffentlich ziehen sie diesen Idioten bald aus dem Verkehr.«

Dann berichtete sie von den Weiterungen des Falls Neuhaus, den man bald in ›Fall PEGASUS‹ umbenennen konnte.

»Wäre sinnvoll«, schloss sie, »wenn Sie all diese Sachen an sich ziehen könnten. Ich bin sicher, dass das alles zusammenhängt.«

»Klingt so. Aber das muss der Leitende machen. Dürfte noch im Haus sein. Ich rufe gleich an.«

Zufrieden legte Kasten auf und blickte forschend auf Waliszczek, der gerade hereinkam. Frisch gestylt. Auch er schien sich schon auf das Wochenende einzurichten. Würde nicht mehr lange dauern, dann käme er freitags mit einem Beautycase zum Dienst. Aber so lief der Hase nicht.

»Wali«, fragte sie harmlos. »Das Wochenende naht. Für heute schon ein Zicklein klargemacht?«

Seine Augen flackerten kurz. Was wollte die Alte? Wenn sie sich so lässig gab, war immer ein Unwetter unterwegs.

»Versteh schon«, sagte Kasten. »Aber wir haben um drei noch einen Außentermin.«

Er drehte sich halb ab und stieß die Luft aus – zischend, als hätte man das Ventil von einem Fahrradreifen gedreht. Dann aber fasste er sich und nickte der Chefin ergeben zu.

Diese warf einen prüfenden Blick auf die Uhr, während sie sich ein spöttisches Lächeln verkniff. »Wir haben noch genug Zeit für eine schnelle Pizza. Kommst du mit?«

Kasten wartete die Antwort ihres Kollegen nicht ab und warf den Anorak über, da klingelte das Telefon noch mal.

Es war einer der Polizisten, die Theo abholen sollten. Sie hatten das Kind und waren im Aufbruch. »Danke, gut gemacht!«

Zehn Minuten später saßen sie unweit des Präsidiums in der *Trattoria,* wo es nach Kastens Ansicht die beste Pizza nördlich der Alpen gab. Amüsiert betrachtete sie die Aufschrift an einem Querbalken unter der Decke: *Dortmund ist zwar nicht der Arsch der Welt, aber man kann ihn von hier aus sehen*. Klar, dachte sie, wenn man nach Nordwesten guckt.

## 93

Paul Kehlmann hatte seit fast vierzig Jahre nicht mehr geweint. Auch jetzt waren seine Augen trocken. Tränen überließ er den Schwächlingen. Wie diesem Rasmusson. Er verzog den Mund. In diesem Punkt stimmte er seinem verstorbenen Adoptivvater zu. Ansonsten war er froh, dass der stinkende Dreckskerl tot war.

Aber jetzt spürte der Professor einen tiefen Stich an einer Stelle, die er lange nicht mehr wahrgenommen hatte. Peter …

Pitt hatte er ihn als Kind genannt. Pitt und Pascha. Wie die Brüder Löwenherz. Nie wieder würde es einen Menschen geben, der ihm so nahestehen würde.

Die Nachricht war aus ihrer alten Heimat gekommen. Nur eine Person dort kannte Kehlmanns private Handynummer. Er fühlte Leere. Und Zorn.

Kehlmann atmete tief durch und strich sein Hemd glatt. Keine Zeit für Gefühle. Die Flugzettelaktion und das Gespräch mit Meike hatten ihm endgültig bestätigt, dass es mehr als einen Verräter in seinem Institut gab. Jetzt galt es, besonnen vorzugehen. Nicht die Nerven verlieren. Vielleicht wäre es besser, einen Freund hinzuzuziehen. Jemanden, der ihm einen Gefallen schuldete. Nur für den Fall der Fälle. Er wusste auch schon wen. Den Anruf würde er gleich erledigen.

Es klopfte an der Tür. Meike. Sie stand in dem schmalen Spalt und schien unangenehm berührt. »Paul, es tut mir leid, dass ich dich stören muss, aber hier sind …«

Bevor sie den Satz zu Ende sprechen konnte, wurde die Tür vollständig geöffnet. Hinter der schlanken Gestalt seiner

Assistentin erschienen zwei elegant gekleidete Herren in Anzug und polierten Schuhen. Einer trug einen Aktenkoffer bei sich. Die beiden lächelten kalt.

Es war nicht nötig, sich vorzustellen. Eines der Gesichter war Kehlmann wohlbekannt. Er nickte knapp. »Schon gut, Meike. Das sind meine Gäste. Sorg bitte dafür, dass wir von niemandem gestört werden.«

Sie räusperte sich. »Was ist mit Rudabeh? Du hast gesagt …«

»Ganz egal. Wenn ich niemand sage, dann meine ich das auch so. Die Benari soll mir das Zeug schicken, wenn sie fertig ist. Alles klar?«

»Okay. Brauchst du noch etwas? Kaffee, Wasser …«

Der Größere der beiden Anzugträger meldete sich nun. Die kräftigen Kiefer bewegten sich beim Sprechen so kantig, als müssten sie gleichzeitig Käfer zermalmen. »Nicht nötig, danke, Frau Pastor. Wir haben alles, was wir brauchen. Stimmt's, Professor Kehlmann?«

Zustimmung fordernd, blickte der Besucher auf den Kopula-Chef und schaute dann zu Meike. Seine Augen stachen wie die eines Exorzisten beim Verhör.

Die Sekretärin wartete Kehlmanns Antwort gar nicht mehr ab, sondern schloss leise die Tür hinter sich.

Kehlmann erhob sich. Es behagte ihm nicht, dass die Gesandten von *Knoll Connect* und dem Verkehrsministerium auf ihn herabblickten. Beide waren näher herangerückt.

»Paul, Paul, Paul. Unsere gemeinsamen Freunde sind sehr besorgt«, erklärte der Kleinere, ein gut aussehender Kerl mit sanften blauen Augen. Er schüttelte bedauernd den Kopf, aber die Sehnen an seinem Hals spannten sich leicht.

Kehlmann pumpte Luft in seinen Brustkorb und breitete seine Pranken aus. Eine Geste, von der er hoffte, dass sie entspannt wirkte. »Niemand muss übers Maß besorgt sein, Jorge«, setzte er an. »Was diese Flyeraktion vorhin betrifft …«

»›Flyeraktion‹?«

Die Besucher wechselten einen knappen Blick. Jorges blaue

Augen verdüsterten sich und der Mann mit dem Beißkiefer strich sich nachdenklich übers Kinn. »Das wird ja immer interessanter. Darüber reden wir gleich am besten auch noch.«

Verdammt! Kehlmann hätte sich am liebsten die Zunge abgebissen. Aber warum waren die zwei hier, wenn es nicht um diese Diffamierungsaktion ging? Hinter seinen Schläfen pochte es.

Der Blonde fuhr fort: »Es gibt Leute, die den Eindruck haben, dass Sie Ihrer Verpflichtung auf Diskretion und Verschwiegenheit nicht nachkommen.«

»Blödsinn«, entfuhr es Kehlmann. »Ich streite ja gar nicht ab, dass hier jemand schnüffelt. Ich hab euch immerhin selbst sofort informiert. Ich habe mir nichts …«

Der Mann mit den blauen Augen knallte seinen Aktenkoffer mit Wucht auf den Schreibtisch.

Der Professor zuckte zusammen.

Dann drehte Jorge an dem Zahlenschloss und ließ die beiden Verschlüsse aufschnappen. »Vielleicht sollten Sie einen Blick hierauf werfen, bevor Sie weiteren Blödsinn erzählen.«

Das ›Sie‹ traf Kehlmann wie ein Elektroschock. Die Zeiten, in denen man beim vertraulichen Du in der *Erbse* Champagner trank, waren wohl beendet. Nicht umsonst hatte Jorge sich diesen Knochenbrecher von *Knoll Connect* mitgebracht.

Der Koffer wurde aufgeklappt. Der Professor wich instinktiv zurück, als erwartete er, dass aus dem Inneren eine Giftschlange emporschnellte. In dem Lederbehälter lag aber nur ein dicker Stapel Papier, der von dehnbaren Bändern auf dem Boden festgehalten wurde.

»Bitte!«

Kehlmann näherte sich dem Tisch und betrachtete den Inhalt. Schob einen der Sicherheitsgurte zur Seite, um den ganzen Titel lesen zu können. Riss sich zusammen, um seine Überraschung zu verbergen. Lapidar sagte er: »Das ist das Gutachten, das ich für euch erstellt habe. Ich dachte, es liegt gut gesichert in eurem Safe.«

»Korrekt«, bestätigte ihm der Kiefermann. »Unser Exemplar ist nach wie vor gut gesichert.«

In Kehlmanns Bauch rührte sich ein dumpfer Schmerz.

»Das hier ist nämlich Ihr Exemplar, Professor. Und mehr als diese beiden gibt es nicht.«

»Unmöglich«, fuhr Kehlmann auf. »Ihr müsst euch täuschen.«

Er griff in den Koffer, löste das Sicherheitsband und blätterte die Unterlagen durch, bis er seine eigene Unterschrift und den Stempel der Universität Duisburg-Essen sowie der *SSS Consulting* fand – seiner eigenen Firma.

»Entweder handelt es sich hierbei um eine geschickte Fälschung oder aber um euer eigenes Exemplar. Meines liegt sicher verwahrt in einem Safe. Den müsste man aufbomben, wenn man da ran will.« Zur Verdeutlichung schlug er seine riesigen Fäuste zusammen, aber das schien die beiden Männer im Anzug nicht zu beeindrucken. Der Professor setzte nach: »Woher habt ihr die Unterlagen überhaupt?«

»Aus einem Autowrack. Der Wagen gehörte einem gewissen Karl-Friedrich Mager«, antwortete Jorge. »Angestellter der PEGASUS GbR. Diese Namen müssten Ihnen bekannt vorkommen.«

Außer Kehlmanns Magen meldete sich nun auch das Herz. Es pumpte wie verrückt. Unvorstellbar, dass ihm diese dreckigen Schnüffler so nahegekommen waren. »Unmöglich.« Niemand außer ihm kannte die Kombination des Safes. Das alles *konnte* nicht sein. Es sei denn …

»Überprüfen wir's!« Jetzt wollte er es selbst wissen. Um sich Mut zu machen, straffte er sich und ging in Richtung Tür. »Der Safe steht unten im Serverraum. Überzeugt euch selbst!«

Der große Blonde klappte die beiden Kofferhäften in einer einzigen fließenden Bewegung zusammen und ließ die Verschlüsse zuschnappen. »Dann man tau. Wir sind sehr gespannt.«

Das Trio ignorierte den neugierigen Blick der Sekretärin, als es durch den Vorraum marschierte, Kehlmann allen voran, mit einer steilen Falte zwischen den Augen. Sie hatten gerade den halbrunden Korridor durchquert und waren am Fahrstuhl angelangt, als ihnen eine hochgewachsene blonde Frau entgegenkam und mitten im Lauf anhielt. Adele.

Sie blickte kurz in die Runde. »Guten Tag.« Dann wandte sie sich an Kehlmann. »Hast du gleich ein paar Minuten für mich? Du weißt doch, ab nächster Woche habe ich Urlaub.«

Der Institutsleiter fixierte sie mit einem solchen Hass, dass sie um ihr Augenlicht fürchtete. Dann blaffte er: »Wir reden gleich. Warte im Sekretariat. Jetzt hab ich zu tun.«

Der Fahrstuhl öffnete sich und schon war die Troika verschwunden.

Klawitters Nackenhaare sträubten sich noch, als die Aufzugtüren längst geschlossen waren. Das sah nicht nach einer kleinen Besichtigungstour unter ewigen Freunden aus.

Aufmerksam verfolgte Adele die rote LED-Anzeige. Kehlmann und seine Besucher fuhren bis nach ganz unten. Ohne Jacke? Bei den kühlen Temperaturen? Dann schwante es ihr: Sie wollten in den Serverraum, in dem auch der heilige Safe stand. Was dort passieren würde, war ihr klar. Die Krawattenkerle sahen nicht so aus, als wären sie an den neuesten Serversystemen interessiert. Alarmstufe Rot!

Adele eilte noch einmal in ihr Büro zurück, um ein paar persönliche Notizen in ihre Tasche zu packen. Auf dem Weg nach unten wählte sie lieber das Treppenhaus. Gut, dass heute der letzte Tag vor ihrem Urlaub war. Es war wohl besser, für eine paar Tage nicht in Jabbas Schussfeld zu geraten.

## 94

Mechthild war eigentlich eine besonnene Fahrerin. Zumindest beschrieb sie sich selbst so. Ihr Sohn schüttelte bei gemeinsamen Fahrten stets den Kopf und fand, dass sie »wie eine Omma« fuhr. Heute hätten Außenstehende jedoch eher ihrem Exmann Klaus-Ulrich recht gegeben. »Frau am Steuer – Ungeheuer.«

Mit quietschenden Reifen bog die Fünfundfünfzigjährige auf den Parkplatz des Reinoldus-und-Schiller-Gymnasiums und stoppte abrupt. Genau im selben Moment, als die viertönige Schulglocke das Ende des Unterrichts einläutete.

Mechthild fühlte sich, als stünde sie unter Starkstrom. So sahen auch ihre schwarz-grau melierten Haare aus. Während der Fahrt hatte sie das Fenster bis zum Anschlag nach unten gekurbelt. Sauerstoff! Die Sorge um Theo schnürte ihr regelrecht die Luft ab. Sie könnte es nicht ertragen, noch ein Kind zu verlieren – auch wenn es nicht ihr eigenes war. Der Junge hatte in den letzten Wochen an etwas in ihr gerührt, von dem sie dachte, dass es tot wäre. Seit Aurelius von ihr gegangen war. Aber Theo war nun Teil ihres Lebens. Ihr Sonnenschein. Er war ein guter Junge. Unter keinen Umständen durfte ihm etwas passieren.

Gehetzt blickte sie sich um. Alle Parkboxen – etwa dreißig an der Zahl – waren bereits mit den Fahrzeugen anderer Eltern belegt. Sie stand mitten im Weg. Wohin? Sie hatte keine Zeit zu vergeuden.

Hinter ihr hupte die Fahrerin eines weißen Kias.

»Pissnelke«, brüllte Mechthild aus dem Fenster. Die ersten Schülerstimmen waren zu hören. Sie musste jetzt schnell sein und traf eine Entscheidung. Dieser Platz war ebenso gut wie jeder andere. Theos Sicherheit war das Wichtigste. Nicht auszudenken, wenn dieser Mann …

Sie riss den Schlüssel aus dem Zündschloss und stieß die Wagentür mit dem Fuß auf. Leider hatte sich die Kia-Fahrerin nur wenige Sekunden vorher dazu entschieden, der unverschämten Frau im Polo ordentlich die Meinung zu geigen. Dazu kam es nicht mehr.

Der metallene Türrahmen traf sie genau in dem Moment,

als sie mit anklagendem Zeigefinger auf der Fahrerseite auftauchte. Der Knochen der Kia-Tante brach wie ein Stück Kreide. Sie schrie los, als hätte Mechthild ihr den Arm amputiert.

Magers Ex nahm sich keine Zeit für das Geplärre. Stattdessen schnappte sie sich mit rechts ihre Handtasche vom Beifahrersitz und sprang mit einem Satz aus dem Auto.

Die Frau hielt heulend ihren Finger. »Sie haben …«

»Selber schuld!«, schnauzte Mechthild die Verletzte an. Und überhaupt: Auf Einzelschicksale konnte sie jetzt keine Rücksicht nehmen. Sie rannte los. Durch das stählerne Tor hindurch ging es zum Schulhof. Die ersten Schüler kamen ihr bereits entgegen.

Mechthild hetzte weiter. Der Hof füllte sich jetzt schnell mit Jungen und Mädchen unterschiedlichen Alters. Die meisten machten sich sofort auf den Weg in die Freiheit, andere zückten erst einmal ihre Handys oder warteten offenbar noch auf Freunde.

Mechthilds Augen frästen sich durch die lärmende Menge. Würde schwierig, den Kleinen inmitten der Großen zu entdecken. Aber sie baute darauf, dass eine Mittfünfzigerin in Rock und Turnschuhen auffällig genug war, dass Theo sie sah. Wo war er bloß?

Endlich hatte sie die letzte Biegung erreicht. Ruhig, ermahnte sie sich, schwer atmend. Das hier ist ein öffentlicher Ort. Eigentlich kann nichts passieren. Sie wischte sich den Schweiß von der Stirn. Bestimmt war alles gut.

Sie stand jetzt etwa zwölf Meter vor den blauen Türen des Hauptportals. Noch immer wurden zahlreiche Kinder und Jugendliche aus der Öffnung ungeordnet ins Tageslicht gespuckt. Ein unübersichtliches Gewusel.

Links neben dem Portal, weit weg von den Parkplätzen, schimmerte silberfarbenes Blech. Ein Mercedes, offenbar in aller Eile dort abgestellt. Zwei Männer in dunklen Jacken. Das waren keine Lehrer! Und bei ihnen: Theo. Nur von schräg hinten zu sehen, aber der Wuschelkopf war unverkennbar. Und einer der Kerle öffnete gerade die Autotür.

Schock. Mechthild stockte der Atem. Wollte der Junge etwa zu den Fremden ins Auto steigen? Das würde sie nicht zulassen. Entschlossen griff sie in die Handtasche, deren Gurt wie ein Patronengürtel über ihrer Brust lag. Hand wieder nach unten – nicht auffallen jetzt. Sie musste die Kerle eiskalt erwischen, sonst hätte sie keine Chance. Ihr Herz wummerte gegen die Rippen, aber der pinkfarbene Gegenstand in ihrer Hand verlieh Mechthild Kraft und Mut.

Sieben Meter. Fünf. Drei. Theo saß schon auf dem Rücksitz. Seiner Beschützerin brach der Schweiß aus. Der Mann auf der rechten Seite öffnete die Beifahrertür und grinste zufrieden. Auch der Fahrer machte Anstalten, in den Benz zu klettern.

Jetzt!

Michael Ridder, zweiunddreißig Jahre alt, Kriminalbeamter, hatte in Dortmund schon vieles erlebt. Aber das nicht. Eigentlich ein harmloser Auftrag für eine Zivilstreife. Eine kleine Taxifahrt für einen Minderjährigen, der angeblich bedroht wurde. Alles im grünen Bereich. Der Junge saß wohlbehalten im Auto.

Gerade wollten er und sein Kollege Martin losfahren und den Knaben bei dieser schrulligen Kasten abliefern. Da hörte er den Schrei. Wie von einer Furie. Direkt hinter ihm. Er schnellte instinktiv um die eigene Achse. Irrenanstalt. Entlaufen. Diese beiden Worte blitzten ihm noch durch den Kopf. Dann trafen ihn zweihunderttausend Volt. Direkt am Hals. Ein Schrei, der alles übertönte.

Oberkommissar Martin Althoff traute seinen Augen nicht. Sein Einsatzgefährte lag zuckend am Boden. Eine Frau mit einer Frisur wie von einem Hexensabbat presste den Elektroschocker in sein Gesicht. Dann riss die Furie die hintere Tür auf und schrie dem Jungen zu: »Lauf! Parkplatz!«

Das Kind tat, wie die Wahnsinnige ihn geheißen hatte, und rannte weg. Althoff musste schnell handeln. Die Frau unschädlich machen, den Jungen einfangen, seinem Kollegen helfen. Der sportliche Mann zog seine Dienstwaffe und machte einen Satz nach vorn. »Stopp!«

Gisela Klapp-Kotte war Geschichtslehrerin am Reinoldus-und-Schiller-Gymnasium. Gerade wollte sie das Gebäude verlassen. Sie wunderte sich, warum eine Traube von Schülern den erhöhten Platz vor der Glastür verstopfte. Alle hielten ihre Handys vor die Augen und filmten. Missbilligend schüttelte die Pädagogin den Kopf. Prügelten sich da etwa wieder die Rabauken aus der Sieben?

Nein, schlimmer! Klapp-Kotte wurde blass. Am Boden lag ein Mann mit Schaum vorm Mund neben einem Auto. Bewusstlos. Ein zweiter Mann schien gerade eine ältere Frau angreifen zu wollen. Mit einer Waffe! Die Bedrohte holte aus und schleuderte einen Gegenstand auf ihn. Etwas Pinkfarbenes mit einer Handschlaufe wirbelte durch die Luft. Volltreffer! Die Nase des Pistolenmannes schien zu explodieren. Das Blut spritzte wie aus einem aufgeschlagenen Farbprojektil.

Mit zitternden Händen fingerte die Lehrerin ihr Handy aus der Tasche und wählte die 110.

Mechthild war in Schweiß gebadet, als sie den Polo erreichte. Die Fahrertür war noch immer weit geöffnet. Und Theo saß brav auf dem Beifahrersitz. Fertig angegurtet. Bevor sie selbst einstieg, blickte sie noch einmal über ihre Schulter zurück. Keine Spur von den Verfolgern.

Sie rutschte hinter das Steuer, fummelte mit zitternder Hand den Zündschlüssel in den passenden Schlitz und startete den Wagen.

Plötzlich klatschte jemand mit der flachen Hand gegen ihre Scheibe. Sie zuckte zusammen. Die Frau aus dem weißen

Kia stand da und hielt ihr einen rot geschwollenen Zeigefinger obszön vors Gesicht. »Ich habe die Polizei angerufen. Das ist schwere Körperverletzung.«

Mechthild ließ das Fenster einen Spalt weit nach unten rutschen, die Augen weit aufgerissen. »Nimm den Pimmelfinger weg oder es passiert was Schlimmeres!«

Dann gab sie Gas. Von draußen drang noch ein Aufschrei herein, aber Mechthild steuerte unbeirrt in Richtung Ausfahrt. Dann aber warf sie wie Theo noch einen Blick zurück. Im Spiegel hüpfte die Kia-Tante wie ein Schamane beim Regentanz auf einem Bein herum und hielt sich den linken Fuß.

Magers Jüngster war begeistert. »Wow, Tante Hilde! Ganz großes Kino!«

## 95

23 links, 14 rechts, 38 links, 42 rechts, 42 links, 17 rechts.

Kehlmann schwitzte unter den Achseln. Er benötigte drei Versuche, bis das vermaledeite Ding endlich einrastete und der Safe sich mittels Drehrad öffnen ließ.

Dieselben Probleme wie damals, als er seinen persönlichen neuen Code ausprobiert hatte.

Adele.

Ja, Adele hatte ihm damals geholfen. Konnte es möglich sein, dass …?

Doch, so musste es gewesen sein. Wenn die wahnwitzige Behauptung seiner Besucher stimmte, konnte es keine andere Schlussfolgerung geben als die, dass sie sein Exemplar des Vertrages gestohlen hatte.

Hoffentlich täuschten die Gesandten sich.

Die beiden Krawattenträger standen stumm hinter Paul und ließen ihn leiden. Die geringschätzigen Blicke, die sie dabei austauschten, konnte er nicht bemerken.

Außer dem Rauschen der Klimaanlage sowie dem Surren

der Servernetzteile und Lüfter war nichts zu hören. Dieser Raum war von der Außenwelt abgeschottet. Es war kalt wie in einer Gruft.

Peter.

Kehlmann fröstelte jetzt.

Die schwere Stahltür quietschte leise, als er sie öffnete. Jorge und sein kantiger Kollege standen stumm hinter ihm und rührten sich nicht.

»Bitte sehr!«, sagte Kehlmann erleichtert. Alles sah aus, wie es aussehen sollte. Oben ein paar Akten, ein Fach tiefer die Schatulle mit dem Schwarzgeld. Und darunter der Umschlag mit dem Vertrag.

Triumphierend zerrte Kehlmann ihn heraus. Jetzt konnte man auch die beiden Buchstaben auf dem Kuvert sehen. Mit schwarzem Edding geschrieben, stand dort ganz schlicht: *K. C.*

»Sehen Sie? Genau, wie ich es gesagt habe.« Kehlmann hielt den Männern triumphierend den braunen Umschlag hin. »Alles noch da.«

»Aufmachen!«, kommandierte Jorge.

Der Umschlag knisterte, als der Professor den Stapel Papier hervorzog. Auf der ersten Seite stand: *Gutachten.*

Jorge hielt den Kopf schräg. Er streckte die Hand aus. »Darf ich?«

Die kalte Luft schmeckte abgestanden und staubig.

»Selbstverständlich.«

Der schöne Mann im Anzug blätterte durch den Papierberg und stockte. Er hob das Deckblatt an und blies mehrmals etwas Luft durch die Nase. Es klang fast nach einem Lachen, aber in seinen Augen war keine Wärme erkennbar, als er den Stapel dem Kantigen ohne Namen übergab.

Dieser warf nur einen kurzen Blick darauf und biss seinen Kommentar förmlich in den kalten Raum. »Wir haben ein Problem.«

Er hielt Kehlmann einen einzelnen DIN-A4-Bogen vor die Nase, den er hinter dem Deckblatt hervorgezogen hatte.

Darauf stand nur eine einzige Zeile, seelenlos in den Computer getippt.

*I fucked your safe. Anonymous.*

## 96

Das Erste, was Kalle auffiel, als er das Krankenhauszimmer betrat, waren zwei leere Betten. Das Zweite war Simones vollgepackter Rucksack. Er hörte die Klospülung rauschen. »Hey, Liebes! Ich bin's!«, machte er sich bemerkbar.

Das Geplätscher eines Wasserhahns. Dann stürmte Sim aus der Nasszelle. Die Augen ungeschminkt und von Sorgen verdüstert. Als sie das Pflaster an seinem Kopf wahrnahm, bremste sie und deutete mit dem Finger auf die Verletzung.

Er winkte ab. »Lange Geschichte. Erzähl ich dir im Auto.«

Dann wurden ihre Augen feucht.

»Was 'n? Ist wirklich nicht so schlimm«, setzte er an.

Bevor Kalle sie daran hindern konnte, schmiss sie sich regelrecht in seine Arme.

»Hmmpf!«, stöhnte er auf, als sie sich gegen seinen malträtierten Brustkorb drückte.

Erschrocken ließ sie los.

»Rippe gebrochen«, keuchte er.

Ungläubig bewegte Sim den Kopf hin und her. Dann flossen ihre Tränen.

Kalle nahm sie sanft in den Arm und streichelte ihr Haar. »Komm, es wird alles wieder gut.«

Erneut schüttelte sie den Kopf. Dann stand sie, durch die Nase schniefend, auf und zog ihr iPad aus dem Rucksack.

Verdammt, sie weiß ja gar nicht, dass wir keine Zeit mehr haben! Vorsichtig wandte er ein: »Mein Alter wartet unten auf uns, sollen wir nicht lieber …?«

Sie reichte ihm trotzdem das Gerät und tippte mit einem Finger auf Tims Mail.

Er begann zu lesen und sah dann überrascht auf. »Lea lebt? Und Tim ist bei ihr?«

»Umpf!«

Kalles Miene erhellte sich. Er las weiter – aber seine Freude starb schneller als eine zertrampelte Ameise. »Scheiße auch …«

Simone glaubte zu wissen, an welcher Stelle er gerade war.

*Kehlmann hat ihr nach der Vergewaltigung gedroht. Sollte sie auch nur ein Sterbenswörtchen darüber verlauten lassen, was passiert ist, würde er ihrer kleinen Schwester ebenfalls ›eine Lektion‹ erteilen lassen. Auch die Polizei könne ein kleines Mädchen nicht rund um die Uhr bewachen. Ich neige dazu, dem zuzustimmen. Also: Bevor wir keine Mittel und Wege haben, Kehlmann endgültig hinter Gitter zu bringen, darf AUF KEINEN FALL etwas von der Geschichte nach außen dringen.*

Kalle hatte seine Lektüre beendet und ließ das Tablet sinken. »Kacke! Immer, wenn du denkst, es kann nicht schlimmer kommen …«

… dann kommt es schlimmer, dachte Sim den Satz zu Ende. Sie pflückte das iPad wieder aus den Händen ihres Freundes. Dann tippte sie: *Wenn noch jemandem was passiert, ist das auch unsere Schuld!*

Klaus-Ulrich Mager zündete sich die zweite Filterlose an und griff danach zu seinem Handy. Kastens Nummer hatte er unter dem Namen *Lady Holzhammer* abgespeichert.

»Tach, Mager hier. Ich wollte nur mal nachfragen, ob alles in Ordnung ist.«

»Hallo, Herr Mager. Sie gönnen einer alten Frau nicht mal eine halbe Stunde Mittagspause, oder?«

»Ihnen gönne ich sogar die Rente, die ich mit meinen Steuern bezahle«, konterte der Dicke. »Aber jetzt will ich erst mal wissen, ob es meinem Sohn gut geht.«

Sie lachte. »Keine Sorge. Schaut bestens aus. Vor zehn Minuten hat mich der Kollege angerufen und gemeldet, dass sie den Jungen haben und losfahren. Sie müssten gleich bei mir sein.«

Der Bärtige blies den Qualm aus und nickte. Dann fiel ihm ein, dass die Kommissarin ihn nicht sehen konnte. »Das ist gut. Danke.«

»Ob es mit einem Dank getan ist, werden wir noch sehen, Herr Mager.«

»Hä?«

»Ich möchte gleich ein paar Antworten hören. Um kurz vor drei bin ich bei Ihnen. Ich bringe Ihnen Theo dann mit. Und kommen Sie nicht auf die Idee, mir Kacke mit Senf zu verkaufen. Sie werden mir alles erzählen, was Sie wissen oder zu wissen glauben. Ist das klar?«

»Jaja, aber vor drei wird das nix. Wir sind noch in Duisburg«, verdeutlichte der Dicke.

»Dann sehen Sie mal zu, dass Sie sich auf den Weg machen.«

»Ich mag Sie auch!«, knurrte er. Aber da hatte Kasten schon aufgelegt.

Kurz darauf kamen Kalle und Simone auf Magers Wagen zu. Ganz Kavalier trug Kalle ihren Rucksack auf dem Buckel, aber seinem Gesicht sah man an, dass seine Rippen ihm doch zu schaffen machten.

Sims Augen waren noch immer gerötet und sie zog eine Miene, als hätte sie Glasscherben geschluckt.

Armes Mädchen, dachte Mager. So einen Tritt ins Gesicht verschmerzt niemand in ein paar Tagen. Dazu musste sie seitdem ohne Kippen auskommen. Grausam! Anstandshalber warf er den Zigarettenstummel weg. Das Mitleid in seinen Augen war echt, als er seine zukünftige Schwiegertochter begrüßte.

»Was ist mit Theo?«, fragte Kalle, noch bevor er sich von Sims Rucksack befreite.

»In Sicherheit.«

Simone sah die beiden verwundert an und gab einen dieser undefinierbaren Laute von sich.

»Erzähle ich dir unterwegs«, beruhigte Kalle die Freundin.

Dann machten sie sich auf den Weg.

Klaus-Ulrich Mager hatte schon an Beerdigungen teilgenommen, die heiterer waren als die Stimmung jetzt. Nicht mal die Nachricht, dass Theo in Sicherheit war, schien die beiden aufzumuntern. Was war mit denen los?

Simone starrte wie eine Autistin aus dem Fenster, die Gedanken weit weg.

Kalle steuerte den Passat scheinbar konzentriert, richtete seine Augen aber immer wieder auf den Rückspiegel. Sein Sohn hatte Sim zwar einen kurzen Abriss der letzten Ereignisse gegeben, war aber danach auch in Schweigen verfallen. Es war totenstill im Auto.

Mager stöhnte. Der Tag war noch nicht zu Ende. In Dortmund wartete bestimmt schon der Holzhammer namens Kasten.

## 97

Nach dem Adrenalin-Tsunami meldete sich die Hysterie: Bereits zum dritten Mal in fünf Minuten prüfte Mechthild, ob im Hinterhaus die Fenster und die Haustür verschlossen waren. Nur gut, dachte sie, dass auf dem Klingelschild wieder ihr Mädchenname *Brause* stand – so würde man Theos Retterin wohl zuerst in der Villa Mager suchen.

»Soll ich im Keller nachschauen, ob da alles zu ist?«, bot der Kurze seine Hilfe an.

»Bleib hier!«, schrie sie, als drohte ihnen dann eine Invasion von Spinnen und Mäusen.

Theo betrachtete Mechthild. Ihre Augen glühten in einer Weise, die ihm unbekannt war. Hätte er gewusst, was er da sah, hätte er Mechthild in dem gefährlichen Stadium zwischen Angst, Panik und Wahnsinn angesiedelt.

»Ob die Kia-Frau wirklich die Polizei angerufen hat?«, fragte Magers Ex und knabberte an der Haut neben dem Nagel ihres Mittelfingers.

»Keine Ahnung. Aber warum rufst du die Polizei nicht an?«

Mechthild schwankte. Klar, eigentlich musste sie die versuchte Kindesentführung melden. Aber Theo war ja vorerst in Sicherheit. Und wenn sie selbst die Polizei anriefe, dann bekäme sie vermutlich jede Menge Ärger wegen der Verletzungen, die sie der Kia-Zicke versehentlich zugefügt hatte.

Diese Befürchtung trieb ihren Puls wieder in die Höhe. Vielleicht sollte sie doch lieber erst ihren Sohn informieren.

Mechthild wählte Kalles Nummer. Grüne Taste. Es tutete. Mehrmals. Quälende Sekunden, dann sprang die Mailbox an. Wahrscheinlich hörte der Große sein Handy im Auto nicht.

Ärgerlich drückte sie die rote Taste und wandte sich Theo zu. Der war ja auch nicht so ganz unschuldig. »Ich verstehe immer noch nicht, wie du einfach so zu zwei Fremden ins Auto steigen konntest.«

»Mann, was sollte ich sonst tun? Die im Sekretariat haben gesagt, die beiden wären Polizisten. Ich hab auch einen Ausweis gesehen.«

Mechthilds Stimme stieg unwillkürlich um eine halbe Oktave. »Ich fasse es einfach nicht. Solche Ausweise findet man in jedem Micky-Maus-Heft. Da kommen zwei Kindermörder in die Schule und du steigst bereitwillig in das Auto. Wieso hast du nicht erst deine Eltern oder mich angerufen?«

»Wir dürfen doch keine Handys mit in die Schule nehmen.«

»Aber du hättest im Sekretariat fragen können.«

»Mann, das ging einfach alles viel zu schnell!«

Jetzt sah Theo richtig unglücklich aus und sie schloss ihn in einem Anfall von Mütterlichkeit in die Arme. »Ich darf gar nicht daran denken, was die mit dir gemacht hätten.«

Ihr Schluchzen trieb auch dem Jungen die Tränen in die

Augen. Einige Augenblicke gaben sich beide ihrem Kummer hin. Dann wischte Mechthild sich über das Gesicht und blickte wieder zu der engen Durchfahrt zwischen den beiden Vorderhäusern hinüber. Das Ticken der Pendeluhr im Wohnzimmer drang bis in die Küche. Tick. Tack. Tick. Tack. Aber nichts geschah. Niemand kam.

Schließlich befüllte Magers Ex den Wasserkocher und durchkämmte mit zitternden Fingern ihre Sammlung Rooibostee auf dem Regalbrett.

»Wo ist denn nur der Beruhigungs…«

»Da sind sie!«, schrie Theo.

Mechthild wurde vom Horror gepackt. »Die Mörder? Runter! Auf den Boden!«

Der Junge blieb stehen. »Die doch nicht. Zwei andere Leute. Ist sogar eine Frau dabei! Die sieht aus wie Bibo aus der *Sesamstraße.*«

Mechthild schob die Gardine zwei Zentimeter zur Seite und riskierte einen Blick. Tatsächlich. Eine Frau in ihrem Alter, nicht gerade unterernährt, die einen auffälligen gelben Anorak trug. Neben ihr ein junger Spund, schick gekleidet wie zu einem Rendezvous. Nach einem Rundumblick über den Hof marschierten sie auf die einzige Haustür zu, vor der ein Auto stand – genau in Mechthilds Richtung.

Magers Ex erschrak. Hatten sie die Bewegung der Gardine gesehen? Oder suchten sie die Halterin eines roten Polos?

Unter dem Wohnzimmerfenster blieben die beiden Unbekannten stehen. Die Frau hob den linken Arm und drückte von außen eine blaue Plastikkarte gegen die Scheibe.

Mechthild kniff die Augen zusammen. Das Wort *Polizei* war unübersehbar, daneben prangte der vielfach gezackte weiße Stern, in dessen Mitte sich das weiß-rot-grüne Wappen des Bundeslandes Nordrhein-Westfalen befand. Und unten rechts erkannte Mechthild ein Porträtfoto, das der Frau vor dem Fenster nicht unähnlich war.

Mit bangem Gefühl, aber auch erleichtert, verließ sie ihren

Ausguck und entriegelte die Haustür. »Schön, dass Sie kommen!«

»Abwarten, ob das schön ist!«, knurrte die Frau in Gelb und musterte die Hausherrin. Diese sah genauso aus wie die Amokläuferin, die Kollege Ridder auf der Polizeiwache Lütgendortmund beschrieben hatte. Auch die Knochenbrecherin, von der die Kia-Fahrerin erzählt hatte, passte ins Bild und der rote Polo sowieso. Eins plus zwei ergab in diesem Fall nicht drei, sondern Mechthild Brause. Herta fragte sich, wie lange die Kollegen aus Lütgendortmund wohl brauchen würden, um aufzukreuzen.

Die Kommissarin steckte ihren Dienstausweis weg und kramte stattdessen eine durchsichtige Plastiktüte aus der linken Tasche ihres Anoraks. Darin erblickte Mechthild etwas, das sie verloren hatte. Pink, ergonomisch geformt. Ihren Elektroschocker, Modell *Lady Power PTB.*

Kasten sah sie prüfend an. »Gehört der zufällig Ihnen?«

## 98

Halb drei. Adele saß im Düsseldorfer Flughafen und wartete bei einem Kaffee auf das Boarding. Ganz spontan hatte sie ein Ticket nach Berlin gekauft, das Nötigste in eine Tasche gepackt und sich in die S-Bahn zum Airport gestürzt. Sie brauchte Abstand von Duisburg, von der Uni und vor allem von ihrem Chef. Ob er schon entdeckt hat, dass etwas in seinem Safe fehlt?, fragte sie sich. Falls dem so war, würde es nicht lange dauern, bis Paul eins und eins zusammenzählte. Er würde sich für diesen Verrat an ihr rächen. Das war so garantiert wie die Blähungen nach einem Teller Rosenkohl.

Sie dachte mit einem Schaudern daran, wie er Tim auf die Abschussliste gesetzt hatte. Und Lea? Adele hatte noch nichts Neues gehört. Sie war auf sich allein gestellt. Was hatte Paul konkret gegen sie in der Hand?

Adele dachte angestrengt nach. Einige Male hatte sie Jobs für Kehlmanns *SSS Consulting* übernommen. Dafür hatte sie aber einen separaten Vertrag und sie würde niemandem auf die Nase binden, dass sie während der Arbeitszeit am Institut für diese Firma tätig gewesen war. Hatte Kehlmann sonst eine Möglichkeit, sie zu belasten, ohne sich selbst reinzureißen? So dumm war er doch sicher nicht …

Doch Adele kannte ihren Chef gut genug, um zu wissen, dass er auch andere Methoden hatte. Sollte sie kündigen? Bei dem Gedanken wurde ihr flau im Magen. Nein! Besser wäre es, den Mann loszuwerden. Kalle hatte alles in der Hand. Sie musste darauf vertrauen, dass er das Richtige anstellte.

Die blonde Frau nippte an ihrem Kaffee, der nur noch lauwarm war. Ein weiterer Abdruck ihres Lippenstiftes blieb auf dem weißen Porzellan zurück. Die ganze Situation war vertrackt. Sie seufzte. Berlin würde ihr guttun. Saskia wohnte dort. Eine alte Freundin, die sie während ihres Erasmus-Jahres in Barcelona kennengelernt hatte. Konnte sie sich ihr anvertrauen?

In Adeles Blickfeld wimmelte es von Menschen, die es entweder furchtbar eilig hatten oder sich langweilten. Ein dicker Junge, vielleicht zwölf oder dreizehn Jahre alt, stand in der Nähe und mampfte gierig einen fettigen Donut mit einer rosa Zuckerschicht. Ihr kam eine Idee. Einen kleinen Trumpf konnte sie vielleicht doch noch ausspielen. Aber ob diese Karte wirklich stechen würde?

Sie schob den Gedanken weg. Darüber würde sie in Berlin nachdenken. Ihren Laptop hatte Klawitter dabei. Sie konnte sich also jederzeit per VPN auf ihrem heimischen Speicher einwählen. Dort lag alles gesichert, was sie vielleicht mal brauchen konnte und was sie im Laufe der letzten Jahre zu ihrer eigenen Versicherung gesammelt hatte.

Ein Blick auf die Uhr verriet ihr, dass der Flug in einer guten Stunde starten würde. Unkonzentriert blätterte Adele im *Stern* und blickte immer wieder ungeduldig auf die Anzeigetafel mit den nächsten Starts. Sie würde sich erst wohler fühlen, wenn ihre Maschine abhob.

»Dürfen wir?«

Ohne eine Antwort abzuwarten, setzten sich zwei gut gekleidete Herren zu Klawitter an den kleinen Tisch. Einer von ihnen ließ kurz eine Plastikkarte sehen, auf der ein Bundesadler prangte. Der Ausweis war schneller wieder verschwunden, als Adele lesen konnte. Überrascht sah die Blonde zu dem anderen Mann. An den Oberarmen wölbten beachtliche Muskelpakete den Stoff seines Blazers.

»Um was geht's denn?«, fragte sie wachsam.

Der Ausweisbesitzer sah sie einen Augenblick lang durchdringend an. Blaues Eis, dachte sie. Die Stimme passte zu den Augen: »›I fucked your safe.‹ Schon mal gehört?«

Ein Kälteschauer lief ihr über den Rücken und sie zog unwillkürlich die Schultern zusammen.

»Um es kurz zu machen: Professor Kehlmann lässt gerade die Türprotokolle zum Serverraum auslesen. Wir sind uns sicher, dass Ihr Name dabei auftauchen wird.«

»Und?«

Mister Muskelmann verzog kurz die Mundwinkel. Sein Kiefer spannte sich. Dann griff er in die rechte Innentasche seiner Jacke und zog die Kopie eines Zeitungsartikels sowie mehrere Fotos heraus. Nacheinander blätterte er sie auf den Tisch.

Den Artikel kannte sie: *Überfall mit Körperverletzung* lautete die Headline, darunter befand sich ein Foto von Simone auf einer Krankentrage.

Die folgenden Bilder schockierten Klawitter noch mehr. Kalle bewusstlos in einem Autowrack. Dann Adeles kleine Nichte Sara an der Hand von Schwester Marion vor dem Kindergarten. Zuletzt ein Foto, das sie selbst in ihrer Wohnung zeigte – nur mit einem Bademantel bekleidet. Ein wenig körnig, aber deutlich genug erkennbar.

Ihr war, als zöge eine spitze Kralle ihre Wirbelsäule entlang.

Dem Mann schien klar zu sein, was sie empfand – zumindest nickte er leicht und schob die Aufnahmen etwas zur Seite. Aus der anderen Jackentasche fischte er zwei weitere Fotos heraus, beide ohne Zweifel im *Panoptikum* aufgenommen. Auf dem ersten sah man Adele, die Kalle eine überproportional dicke Zeitung auf die Tischplatte legte, auf der zweiten berührten sich ihre Hände. Ein körniger, schmaler Schatten war zwischen ihren Fingern zu erkennen.

»War das ein Stick?«

»Nein«, log sie. Ihre Kopfhaut kribbelte.

»Bitte!« Der Mann mit den blauen Augen lächelte leicht und beugte den Kopf vertraulich vor. »Lassen wir das doch. Was ist da drauf?«

Klawitter zögerte. Sie wollte Kalle nicht ans Messer liefern. Und Kehlmann sollte nicht schon wieder triumphieren.

»Simone«, sagte der zweite Mann leise. Sein Kiefer war so ausgeprägt, als hätte er einen Mastiff im Stammbaum. »Karl-Friedrich. Welcher Name ist der nächste? Marion? Sara? Adele? Oder alle drei? Hängt ganz von Ihnen ab.«

Sie schluckte. »Sie drohen mir?« Ihr Kopf schwenkte wie ein Suchscheinwerfer erst nach links, dann nach rechts – als hoffte sie, dass ihr jemand zu Hilfe eilen würde.

»Aber nicht doch. Wir wollen für alle Beteiligten nur das Beste. Kennen Sie das Thomas-Theorem? Jedes menschliche Handeln zieht reale Konsequenzen nach sich. Ganz egal, wie irreal die Situation auch scheinen mag.«

»Ich verstehe nicht …?«

»Doktor Klawitter, Sie sind eine intelligente Frau. Was ich sagen möchte ist, dass Sie die Dinge sehen sollten, wie sie sind. Dass Sie klug handeln sollten. Dass Sie die Konsequenzen Ihres Tuns tragen müssen. Verstehen Sie?«

Ein letztes Schwanken. Ein zittriger Atemzug. Ein schmerzhaftes Schlucken. Dann öffneten sich Adeles Lippen. »Auf dem Stick befindet sich Kehlmanns erstes Gutachten. Das negative.«

Der Mann nickte leicht, offenbar zufrieden. »Woher haben Sie es?«

»Ich habe damals bei der Erstellung mitgeholfen«, gab sie zu.

»Und Sie haben doch sicher auch davon profitiert, dass Sie Stillschweigen über das Zweitgutachten gewahrt haben, oder?«

»Davon wusste ich n...«

Der gut aussehende Agent schaltete sich wieder ein. Schmale Augen. Die markanten Linien im Gesicht nun etwas tiefer. »Ach, bitte! Hören Sie auf, uns wie geistig Minderbemittelte zu behandeln. Sie sind nichts weiter als eine Hure, deren Dienstleistung man sich erkauft. Glauben Sie uns, wir wissen, warum Sie besser bezahlt werden als andere in Ihrer Position. Wir wissen, wann und wie oft Sie die Hand aufgehalten haben, und wir wissen auch, warum zwei Ihrer Kollegen ihre Stelle aufgegeben haben.«

Adele lief rot an. Sie fühlte sich, als hätte ihr jemand die Bluse vom Leib gerissen. Die Scham war heiß und pochte in ihren Schläfen.

Der Blauäugige deutete ihren Gesichtsausdruck korrekt. »Jetzt verstehen wir uns«, sagte er leise, aber eindringlich. »Sie werden dafür sorgen, dass dieses erste Gutachten für immer verschwindet. Von allen Servern, allen Back-ups, ja sogar aus Ihrem Gedächtnis. Andernfalls ...«

Der große Blonde bekräftigte die unausgesprochene Drohung seines Kollegen und schob ihr noch einmal das Foto ihrer Schwester mit der kleinen Sara hin.

»Vergessen Sie bitte nie, dass wir eine große Organisation sind. Wie hätten wir Sie sonst so schnell hier auf dem Airport finden können?«

Wer ist ›wir‹?, hätte sie gerne fragt, aber ihr war klar, dass sie keine Antwort bekommen würde. Ein tiefer Atemzug, dann nickte Adele Klawitter und hasste sich dafür.

Als die Männer verschwunden waren, drang ein Schluchzen aus ihrer Kehle.

Sie hatte alles riskiert – und verloren. Kehlmann würde

davonkommen. Diese Männer würden sie vielleicht in Ruhe lassen. Aber ihr Chef sicher nicht.

Als ein lockiges Mädchen sich von der Hand seiner Mutter losriss und Adele fast vor die Füße stolperte, löste sie sich aus ihrer Beklemmung. Sie half dem Kind auf und nickte der Mutter steif zu, die sich lächelnd bedankte, aber gleich darauf ihre Tochter schalt. Dann zog Klawitter mit zittrigen Händen ihr Smartphone aus der Tasche und wählte Kalles Nummer. »Adele hier.«

»Ungünstig. Wir haben gleich einen Termin mit der Polizei.«

»Verstehe. Hör einfach zu. Ich fasse mich kurz!«

Kalle Mager wusste nun Bescheid. Erst jetzt begriff Klawitter die volle Größe der Lawine, die sie losgetreten hatte. Sie saß da, bis ihr Flug aufgerufen wurde. Dann stand sie auf und nahm ihre Reisetasche. Die Maschine würde ohne sie starten.

## 99

»Papa, Papa!«, brüllte ihnen Theo auf dem Hof entgegen. »Tante Hilde hat zwei Polizisten plattgemacht! Rattata, rattata, zack und au!« Er imitierte den Sturmlauf eines Soldaten, der sich den Weg mit einer AK47 freischießt.

»Hä? Mechthild hat 'ne Knarre?«

»Nein, nur so ein Elektrodings«, erklärte der Sohn. »Brizz! Brr! Mitten ins Gesicht!«

»Komm schon, du sollst dir nicht immer solche Geschichten ausdenken!«

»Hat er nicht«, hörte Mager plötzlich Kastens Raucherstimme. Sie kam ihm entgegen, gefolgt von Mechthild, die einen großen Briefumschlag in der Hand trug.

»Mannomann«, sagte Mager. »Aber erst mal guten Tag.«

»Tag. Können wir bei Ihnen reden?«

Als sie die drei Stufen zur Villa Mager hinaufgingen, blieb Magers Ex zögernd stehen.

»Was ist?«, fragte die Polizistin. »Haben Sie da etwa Hausverbot?«

Die Blicke des Bärtigen und seiner Ehemaligen waren eindeutig.

»Was ist? Muss ich Sie alle ins Präsidium bestellen?«

Verdammte Hexe, ging es Mager durch den Kopf, doch Simone ergriff Mechthilds Hand und sah Mager bittend an.

»Ausnahmsweise!«, schnaubte er. »Mit Polizeischutz kann man's ja wagen!«

Gut zehn Minuten später kam Karin von der Arbeit und musterte erstaunt die große Runde am Küchentisch. »Friedensverhandlungen unter UNO-Aufsicht?«

Kasten, Waliszczek und Kalle grienten, Sim reckte stumm den Daumen in die Luft und Mager deutete mit großer Geste seine Hilflosigkeit an.

»Mamaaa!«, begann Theo und wollte die Chance nutzen, um seine Version des großen Showdowns zu erzählen.

Doch die Polizistin bremste ihn: »Jetzt mal stopp, junger Mann!« Kasten stellte sich und Waliszczek vor und erläuterte: »Wir müssen zuerst noch ein Missverständnis klären.«

Karin sah sie verunsichert an.

»Frau Brause hat eine unserer Zivilstreifen für Kindesentführer gehalten und sie tätlich angegriffen. Irrtümlich.«

»Und wer hat gewonnen?«, rutschte es Karin heraus.

»Wer schon?« Theo platzte vor Stolz. »Tante Hilde natürlich.«

Karin blickte Mechthild entsetzt an. Deren Miene verriet den Ansatz von Schuldbewusstsein, aber tief in ihren Augen glänzte eine Spur von Triumph.

»Die Beweise können Sie sich schon auf *YouTube* ansehen: *Das Reinoldus-Massaker* oder *Teufelstanz in Dorstfeld.* Ein paar Schüler haben Frau Brauses Chuck-Norris-Aktion gefilmt.«

Theo tippte bereits auf Kalles Tablet herum. »Hier!«

Fassungslos starrte die Familie auf die Videos. Nur der jüngste Mager durchlebte die Szenen mit sichtlichem Vergnügen.

Die Kindsmutter hatte beide Hände vor den Mund geschlagen. Trotzdem überwand sie die Sprachstörung als Erste: »Und wie kam es dazu?«

»Gleich!« Kasten winkte ab und wandte sich an Magers Ex: »Das wird leider ein Nachspiel haben. Lassen Sie sich am besten von einem Anwalt erklären, was putative Notwehr ist.« Wali hüstelte verlegen, doch Kasten winkte ab. »Lass mal. Die Bösen buchten wir ein und die Guten beschützen wir. So geht Polizei. Und im Moment sind wir bei Teil zwei.«

Sie grinste leicht, als ob ihr der unfreiwillige Reim gefallen hätte.

»Wäre schön, wenn wir jetzt bei einem Kaffee über die Ereignisse dieser Woche reden könnten – Theo, musst du nicht noch ein paar Vokabeln lernen?«

»Manno!«, maulte der Junge, stand umständlich auf und setzte sich im Zeitlupentempo in Richtung Treppe ab. Jeder Schiedsrichter hätte ihm dafür bei einer Auswechslung in der Nachspielzeit die Gelbe Karte gezeigt.

»Gut. Zur Sache. Um was geht es?«

Mechthild öffnete den Umschlag, fummelte das Foto heraus, das mittags im Briefkasten gesteckt hatte, und legte es auf den Tisch.

Von der Tür aus warf Theo einen Blick darauf und schrie: »He, Klasse. Der Mann hat Wort gehalten!«

Erneut allgemeine Starre.

»Was für ein Mann?«, fragte Kasten.

»Der lief gestern oder vorgestern auf dem Bahndamm herum. Hat mich sogar gefragt, ob ich noch ein paar Würfe mit dem Basketball machen kann. Am besten von der Seite, damit er auch mein Gesicht aufs Foto bekommt. Und das schönste wollte er mir schenken.«

»Toll! Und wofür braucht er die Bilder?«

»Och, er will einen Kalender machen. ›Hinterhöfe an der Steinhammer Straße‹ oder so. Die will er dann im Internet …«

Mann, Foto, Internet – das waren für Karin die falschen Stichwörter. »Wie bitte? Was ist in dich gefahren? Du redest mit fremden Kerlen?«

»Mama, der Mann ist harmlos. Fotografiert sogar für den *Stadtspiegel.*«

»Woher weißt du das?«, fragte der Vater.

»Hat er gesagt.«

»Und du? Hast du es überprüft?«

Theo schwieg betreten.

Da grabschte sich Kasten das Foto und drehte es um. Auf der Rückseite befand sich ein Stempel: *Tomas Bange. Stadtspiegel Dortmund.*

## 100

»Was ist mit deinen Fingern passiert?«

»In der Tür eingeklemmt.«

»Hast du sie röntgen lassen?«

»Herrgott noch mal! Ja, natürlich. Oder meinst du, ich hätte sie mir selbst eingegipst?«

Gaby Kehlmann kannte diese Stimmung ihres Gatten. Irgendwas lief nicht so, wie er sich das wünschte. Ob die Blonde, mit der sie ihn mal gesehen hatte, Schluss gemacht hatte? Sie hoffte es von ganzem Herzen. Das Goldlöckchen war nicht die Erste.

Sie dachte an die E-Mail, die sie heute über ihre persönliche *SSS-Consulting*-Adresse erhalten hatte. Jemand hatte ihr einen seltsamen Tipp gegeben. Stammte dieser vielleicht von seinem Liebchen? Bloß: Warum?

Sie würde Paul nichts davon erzählen. Als seine Gattin musste man lernen, wie man etwas für sich behielt. Er hatte auch keinen Schimmer, dass sie von seinem geheimen Appartement wusste – fast ein ganzes Jahr schon. Sie war ihm abends mal vom Institut aus hinterhergefahren, als die Kinder an einer Jugendfreizeit teilnahmen. Da hatte ihn noch eine Brünette in die Wohnung begleitet.

Gaby unterdrückte ihren Ärger darüber, dass er seine Launen wieder an ihr ausließ. Der hatte es nötig. Sie war es so leid. Mühsam öffnete sie die zusammengepressten Lippen. »Möchtest du einen Kaffee?«

»Danke, nein. Es würde mir reichen, wenn du aufhörst, mich mit Fragen zu löchern. Ich hab für die Preisverleihung morgen noch was vorzubereiten.«

Aber sicher doch, dachte sie.

»Kannst du vielleicht einfach dafür sorgen, dass die Kinder nicht ständig in mein Büro rennen? Oder ist das zu viel verlangt?«

Welchen Sinn hatte diese Ehe? Lange Zeit hatte sie sich eingeredet, sie täte es für die Kinder. Gaby biss sich auf die Unterlippe, nickte aber und ließ ihren Mann allein. Kaffee, Tee, egal was – nur raus aus seinem Arbeitszimmer.

Auf dem Weg in die Küche dachte sie nach. In diesem Haus war niemand glücklich. Die Kinder nicht, sie nicht – und Paul schon gar nicht.

Sie legte eine Kapsel in den Kaffeeautomaten und prüfte den Wasserstand. Während das Gerät aufheizte, dachte sie an die beiden Schlüssel, die sie in ihrer Handtasche verbarg. Der Familienchef hatte sie nach der missglückten Konferenz in seiner Anzughose vergessen. Dort hatte seine Frau sie gefunden, als sie die Kleidungsstücke für die Reinigung einsammeln wollte. Ohne lange nachzudenken, hatte Gaby sie eingesteckt und nach dem Einkaufen Duplikate anfertigen lassen.

Sie ahnte ja, zu welcher Tür die Schlüssel passten, aber sie musste es mit eigenen Augen sehen. Würde sie einen Beweis dafür finden, dass er sie seit Jahren betrog? Und würde ihr das unter gewissen Umständen nutzen?

Scheidung. Gaby verbot sich jeden Gedanken daran. Es würde so viel nach sich ziehen …

Sie seufzte und stellte die Porzellantasse unter die Düse. *Ich hab dich lieb, Mami* stand darauf. Umrahmt von kitschigen Blumen. Ja, die Kinder. Das Gute in ihrem Leben.

Die Maschine tat röchelnd und schnaufend ihre Arbeit.

Der Gedanke an Anton und Clara ließ Gaby lächeln, als sie sich an den großen Esstisch der hellen Küche setzte. Von dort aus hatte man einen großartigen Blick in den Garten. Die ersten Blumen reckten ihre Köpfe. Die Narzissen leuchteten strahlend gelb in der noch farblosen Frühlingswelt. Ein verlogenes Paradies.

Vorsichtig trank sie einen Schluck. Der Kaffee war noch sehr heiß. Ja, es hatte auch schöne Tage gegeben. Anfangs. Meine Güte, was war sie verliebt gewesen. Und wie zärtlich er damals war. Nie würde sie vergessen, wie Paul um ihre Hand angehalten hatte. Im Restaurant. Vor allen Gästen. Naiv und dumm war sie gewesen.

Gaby atmete schwer. Unglaublich, wie sehr Menschen sich verändern konnten. Nicht nur Paul. Auch sie.

Von oben Lärm. Dann polterten Schritte. Die Kinder. »Maaami!«

Carla, ihre Jüngste, heulte.

»Hier unten, Schätzchen. Hat Anton dich wieder geärgert?«

Die Kleine kam die letzten Meter angerannt und warf sich ihr in die Arme. Völlig aufgelöst. Die Augen verheult, die Haare zerzaust. Eine Hand an die Wange gedrückt. Gaby umfing sie mit beiden Armen und streichelte ihr das Haar.

Von oben dröhnte Pauls Stimme. Wütend. »Es reicht. Bin ich hier im Affenhaus?«

Die Tür knallte. Sie erschrak. Was war passiert? Carla war kaum zu beruhigen. »Liebling, was hast du?«

Mach dir nichts mehr vor, wisperte eine Stimme in ihr. Du weißt es doch.

Ein Stockwerk höher wurde die Tür wieder aufgerissen.

Ihr Mann, der Fremde, stampfte die Stufen regelrecht ein. In der Hand hielt er eine Laptoptasche. Er riss die Jacke vom Haken und nahm den BMW-Schlüssel an sich. Dann funkelte er seine Frau wild an. Als ob sie ihm eine unziemliche Frage gestellt hätte.

»Ich muss hier raus!«

Ein letztes Türknallen. Dann war er verschwunden.

Die Kleine wimmerte noch. Gaby fasste sie an den Armen, um sie sanft ein Stück von sich wegzuschieben. Dann betrachtete sie Carlas Gesicht. Drei riesige Fingerabdrücke hatten sich auf der Haut eingebrannt. Der Mutter schossen die Tränen in die Augen.

Plötzlich stand ihr Sohn Anton neben Gaby. Fünf Jahre älter als Carla, blass wie ein Geist. »Ich hasse ihn, Mama.«

Die Erkenntnis kam nicht überraschend, aber umso deutlicher. Sie hing wie ein giftiger Dunst im Raum. Die Mutter hielt unwillkürlich die Luft an. Es war, als hätte Anton ihr einen Spiegel hingehalten.

Gaby Kehlmann ließ langsam die Luft aus ihren Lungen entweichen. Dann sagte sie mit erstaunlich fester Stimme: »Ich auch, Schätzchen, ich auch.«

## 101

»Wird 'ne lustige Geschichte«, meinte Mager. »Eine vermeintliche Drohung mit Kindesentführung. Zwei vermeintliche Entführer. Und eine vermeintliche Verhinderung der vermeintlichen …«

Kasten zog die Nase hoch. »Richtig lustig wird das wohl kaum. Hängt ganz davon ab, wie der Richter gelaunt ist, der über diesen Irrsinn entscheiden soll. Und wenn am Tag davor sein Hund gestorben ist …«

Es klingelte. Karin saß der Tür am nächsten und ging los, um zu öffnen.

Vor ihr ein Mann und eine Frau in blau-schwarzen Uniformen, Pistolen, Schlagstöcke und chemische Keulen an den Gürteln. Und mitten im Hof ein blau-silberner Passat mit der Aufschrift *Polizei.*

»Entschuldigen Sie«, sagte die Beamtin. »Wir suchen die Besitzerin des roten Polos da drüben. Wissen Sie vielleicht ...?«

»Moment«, hörte Karin Kastens Reibeisenstimme. »Ich komme.«

Die Hauptkommissarin erhob sich und sah Mechthild an. »Sorry, da ist etwas schiefgelaufen.« Dann marschierte sie in Richtung Haustür und hielt den Uniformierten ihren Dienstausweis unter die Nase. »Was gibt's, Kollegen?«

»Wir suchen eine Frau Brause. Uns liegt eine Anzeige vor. Vorsätzliche schwere Körperverletzung – sie hat einer anderen Autofahrerin den Finger gebrochen. Dazu kommen Sachbeschädigung, Verkehrsgefährdung, Fahrerflucht. Ist sie ...?«

»Verdammt«, sagte Kasten. »Verdammt. Ich hab eurem Chef doch gesagt, dass ich mich um die Frau kümmere. Er wollte die Fahndung abblasen.«

»Hat er nicht.«

In der Küche war es still wie in einem Grab, als die Uniformierten eintraten. »Wer von Ihnen ist Frau Brause?«

Mechthild stand auf.

»Gegen Sie läuft ...«

»Ich weiß«, sagte sie. »Wir konnten hier jedes Wort verstehen.«

»Schön. Wir müssen Sie leider mitnehmen.«

»Dafür?«

»Sie sind zur Fahndung ausgeschrieben. Sie wissen, was das heißt?«

Kasten nickte und Mechthild fragte: »Wie lange werde ich weg sein?«

»Keine Ahnung«, erwiderte Kasten. »Aber spätestens morgen werden Sie dem Haftrichter vorgeführt.«

»Moment«, mischte sich Mager ein. »Mechthild, soll ich dir einen Anwalt besorgen?«

Sie schaute ihren Ex skeptisch an, doch Kalle half ihr: »Mama, das ist jetzt keine Scheidungssache. Ich weiß, wen Papa im Sinn hat. Der Mann ist wirklich gut.«

»Okay«, nuschelte sie.

»Und bevor er mit dir gesprochen hat, machst du keine Aussage. Zur Person ja, aber nicht zur Sache. Verstanden? Kein Wort, Mama. Das ist wichtig!«

Karin erhob sich. »Ich helfe dir packen.«

Kalle umarmte seine Mutter und zum Schluss kam sogar Theo noch mal die Treppe herunter. »Tante Hilde, wir lassen dich nicht im Stich. Ich schwöre.«

Betretenes Schweigen in Magers Küche. Waliszczek rührte sich als Erster: »Tja, Chefin, so geht Polizei. Das war jetzt wohl der andere Teil.«

»Läster nicht«, brummte Kasten. Die Verärgerung war ihr deutlich anzusehen. »Eigentlich wollte ich von Ihnen ja nur ein paar Informationen. Noch jemand, nach dem gefahndet wird?«

Niemand meldete sich.

»Gut. Also, um was geht es denn eigentlich?«

»Tja«, sagte Kalle und schaute zu Sim hinüber. »Ich denke, wir müssen die ganze Geschichte erzählen.«

Sim tippte schnell etwas auf ihrem iPad und zeigte es ihrem Freund. Da stand: *Okay. Alles bis auf Göteborg, meinen Sniffi und Knoll C.*

Kalle verstand. Adeles Warnung musste man ernst nehmen. Der Gegner war zu groß – und sie hatten ohnehin keine Beweise mehr. Simone sollte sich auch nicht selbst belasten müssen.

»Zur Sicherheit: Werden Sie dafür sorgen, dass gefährdete Personen geschützt werden?«, wollte er wissen.

Kasten streckte den Kopf nach vorn. »Sie haben mein Wort.

Überzeugen Sie mich, dass Menschen in Gefahr sind, und ich werde alle Hebel in Bewegung setzen.« Sie zögerte kurz und wandte sich dann grinsend Kalles Vater zu. »Ihre Ex hat mich ja bisher nur davon überzeugt, dass andere vor ihr geschützt werden müssen. Also, geben Sie sich Mühe.«

Mager junior gab sein Bestes – was den Kopula-Chef betraf. Er erzählte von Leas Verschwinden, den Bildern aus Kehlmanns *Content.IE5*-Ordner, ihren Nachforschungen, Tims Mail, Kehlmanns Reaktionen, dem Überfall, dem Unfall …

Herta Kasten hörte zu, Waliszczek schrieb mit.

Am Ende sagte die Kommissarin: »Verdammt! So was lieb ich: Leute, die meinen, dass sie unseren Job besser machen können. Sie hätten eher reden müssen. Ach, wem erzähle ich das?« Kasten winkte ab und sah Sim an, als wollte sie sagen: Gucken Sie sich mal im Spiegel an, dann wissen Sie, was ich meine. Dann holte sie tief Luft, schien zu überlegen, ob sie etwas vergessen hatte. »Ich möchte Sie, Frau Olsok, und Ihren Freund am Montag auf dem Präsidium sehen, damit wir das alles protokollieren können. Wir geben die Sachen dann an die Staatsanwaltschaft weiter.«

Kalle und Sim signalisierten Zustimmung.

»Und noch etwas: Wenn Frau Bennsdorf wirklich noch lebt, wie Herr Hoppe in seiner Mail behauptet, dann brauchen wir ihre und auch seine Aussage. Zwingend! Tun Sie alles, damit sie bei uns erscheinen. Schnellstens! Immerhin wird noch nach Herrn Hoppe gefahndet. Ohne eine offizielle Aussage kommt er aus der Nummer nicht heraus. Und die Mail Ihres Kollegen brauche ich auch.«

Kasten wühlte eine Visitenkarte aus der Brusttasche ihres Anoraks und warf sie auf den Tisch. Dann sah sie ihren Protokollführer an. »Hast du alles? Gut. Lass schon mal den Motor an.«

Etwas unsicher gab Wali den anwesenden Mitgliedern des Clans die Hand und sah sich nach Kasten um.

»Geh schon, ich muss noch mal meine Nase pudern.«

Als ihr Kollege weg war, beugte sich die Kommissarin zu Simone vor. »Wenn Frau Bennsdorf und Herr Hoppe wieder auftauchen, müssen wir vielleicht gar nicht mehr nachforschen, wie Sie an Ihre Informationen gekommen sind.« Sim nickte leicht und Kasten berührte ihre Schulter. »Und werden Sie wieder gesund, Mädchen!«

Es dämmerte. Mager und sein Erstgeborener standen auf dem Hof und rauchten. Die Ereignisse der letzten Tage hatten ihnen beiden zugesetzt.

Schließlich sagte der Bärtige: »Das ist die verrückteste Geschichte, die wir zusammen erlebt haben.«

Kalle nickte. »Wenn alles vorbei ist, sollten wir mal einen Schnaps darauf trinken gehen.«

»Ja«, meinte der Alte. »Aber da kommen wir wohl mit einem nicht aus.«

Dann erklangen Schritte in der Durchfahrt. Zwei gut gekleidete Männer betraten den Hof. Sie kamen auf die beiden Magers zu und sahen Kalle an. Einer zog einen Ausweis, auf dem ein Bundesadler prangte, und fragte: »Können wir Sie mal unter vier Augen sprechen?«

Misstrauisch sah der Dicke erst die Fremden, dann den Sohn an.

»Ist okay, Vadda. Ich hab den Besuch schon erwartet. Wir gehen rüber zu mir. Wartest du hier unten im Hof?«

Oben, in der Dachstube, sahen sich die beiden Männer flüchtig um und nahmen an Kalles Esstisch Platz. »Wie geht es Ihnen und Frau Olsok?«

»Besser.«

»Freut uns. Wir hoffen, dass Ihnen nicht noch mehr zustößt.«

Kalle musste sich beherrschen, um seine Hände nicht zu Fäusten zu ballen. »Was soll passieren?«

Schweigend zog der Kerl mit dem Granitkinn ein paar Fotos aus der Tasche und reihte sie auf seiner Seite des Tisches auf: Theo vor der Schule, Theo mit Vater Mager auf dem Hinterhof, Theo mit zwei Klassenkameraden an der Pommesbude …

Diese Schweine, dachte Kalle, genau wie es Adele gesagt hat. Er legte seine sehnigen Hände ebenfalls auf die Tischplatte.

Der Kantige gönnte ihnen nur einen kurzen Blick und sah Magers Ältesten dann ernst an. »Falls das eine Demonstration sein soll – ich weiß, dass Sie den Schwarzen Gürtel im Taekwondo haben. Dritter Dan, richtig?« Für eine Sekunde verzog er verächtlich seine Lippen. »Lästige Regeln gibt es für mich nicht. Bei Gott, ich zerschlage dickere Bretter als Sie.«

Ja, Adele, dachte Kalle. Gut, dass ich nichts gesagt habe. Gegen die kommen wir nicht an. Die sind zu allem bereit.

»Botschaft verstanden.« Ein letztes Zögern, dann kapitulierte Kalle. »Ich habe was für Sie.«

Die Kerle musterten ihn misstrauisch.

»Drüben im Schreibtisch.«

Er erhob sich ohne Hast und ging in einem kleinen Bogen hinüber, sodass sie seine Hände und den Schreibtisch im Blick behalten konnten. Langsam zog er die Schublade auf. Die Sehnen seiner Besucher spannten sich wie bei Panthern vor dem Sprung. Mit spitzen Fingern zog Kalle Adeles Stick heraus, schloss die Lade wieder und kehrte zurück. Sachte legte er den Datenträger auf den Tisch.

Einer der Männer lächelte schwach. »Hat Frau Klawitter Sie etwa vorgewarnt?«

Kalle antwortete nicht.

»Okay. Haben Sie das, was auf dem Stick ist, jemandem gezeigt, es ausgedruckt oder auf einen anderen Datenträger kopiert?«

»Dreimal nein.«

Nach einem Blick in Kalles Augen sammelte der Kantige die Fotos wieder ein, der andere nahm den Stick. »Sie wissen, was passiert, wenn …«

»Sie haben sich deutlich genug ausgedrückt.«

Er folgte den Männern bis auf den Hof und sah ihnen nach, wie sie durch die enge Passage zur Straße liefen.

»Und?«, fragte Mager, der gerade die dritte Zigarette in Kette rauchte.

»Sie haben, was sie wollten.«

»Und womit haben sie gedroht?«

»Das willst du nicht wissen.«

Beide schwiegen.

Schließlich resümierte Mager: »Dieses Pack bekommst du nur mit einer Revolution weg.«

»Ja«, sagte Kalle. »Aber nicht mehr heute Abend.«

## 102

Das letzte Mal, als er sich so gefühlt hatte wie jetzt, war er acht Jahre alt gewesen. Er stand nackt in einer Ecke. Das Gesicht zum Boden gerichtet. Die Hände auf den Oberschenkeln abgestützt, den Hintern rausgestreckt. Die Wangen tränennass.

Klatsch. Leder auf Haut. Schmerzende Striemen. Klatsch.

Seine weinerliche Stimme. Bettelnd. »Bitte …«

Das Knurren seines Adoptivvaters. Wie von einem tollwütigen Hund. Dann seine rauen Hände.

Mit neun hatte er nicht mehr geweint. Schwäche war ekelhaft. Der Junge in der Ecke war ekelhaft.

Kehlmann wischte das Bild weg. Es widerte ihn an. Er hatte gedacht, dass dieser Junge schon lange tot war. Tot wie Pitt.

Paul saß in seinem Appartement. In demselben Sessel wie noch vor … War das wirklich keine zwei Wochen her?

In der unverletzten Hand hielt er ein Glas Whisky. Durch das Gefäß hindurch betrachtete er die drei zusammengegipsten Finger seiner linken Hand.

Einen Finger für seine Nachlässigkeit.

Einen für seine Dummheit.

Und einen, weil er das Vertrauen seiner ›Freunde‹ missbraucht hatte. Pah!

Kehlmann hatte sich nicht gewehrt. Die Schreie unterdrückt, so gut es ging. Situationen, denen man nicht ausweichen konnte, musste man ertragen.

Doch der Schmerz hatte ihn für einen Moment ohnmächtig werden lassen. Auf dem Boden liegend, war er wieder zu sich gekommen. Mit einer Beule am Kopf. Er sah immer noch Jorge vor sich, wie er sich über ihn beugte. »Falls die Sache mit dem Gutachten rauskommt, zahlst du einen höheren Preis.«

Das Bedauern in Jorges Stimme hatte nicht mal falsch geklungen. Die gebrochenen Finger gehörten zu ihrem Deal. Zu den Regeln. Und Jorge machte nur seinen Job.

Also hatte Paul die Pranke ergriffen, mit der ihm der kräftige zweite Mann wieder auf die Beine half. Und so fest, wie der Kerl zugriff, so sicher hielten seine ›Freunde‹ bei der *Knoll Connect* und im Verkehrsministerium alle Fäden in der Hand.

Situationen, denen man nicht ausweichen konnte, musste man ertragen. Eines seiner Mantras. Aber noch konnte er ausweichen. Paul würde das Risiko nicht eingehen, dass seine ›Freunde‹ sich um die Verräter in seinem Kreis kümmerten und diese zum Schweigen brachten. Er durfte sich nicht von anderen abhängig machen.

Bedächtig nahm er noch einen kleinen Schluck der braungoldenen Flüssigkeit. *Breath of the Isles* hieß dieses Tröpfchen. 1995. Das Jahr seiner Promotion. Kurz zuvor hatte er geheiratet und war dadurch seinen verhassten Namen losgeworden. Hatte ein neues Leben begonnen.

Kehlmann stellte das Glas ab. Er würde es wieder tun. Neu starten. Sein Plan B. Die Entscheidung war gefallen. Mit Peter war die wichtigste Person aus seinem alten Leben verschwunden. Seine Ehe existierte nur noch auf dem Papier.

Und die Kinder? Er spürte einen Stich. Er würde sich nicht mal mehr verabschieden können. Er würde sie vermissen …

Der Koloss hievte sich mit den Ellenbogen aus dem Ledersessel und verharrte. Etwas war noch zu erledigen. Er packte seinen Laptop aus, suchte im Postfach die von Rudabeh geschickten Folien und schickte sie los, ohne diese noch einmal zu prüfen. Das Honorar aus Thailand würde er gut gebrauchen können.

Erledigt. Nun schritt er zur Regalwand und zog einen Müllbeutel aus einer Schublade. Nur einen halben Meter weiter rechts schob er zwei Bücher zur Seite. Da stand sie. Die Kamera, die so viele Erinnerungen für ihn festgehalten hatte. Paul brauchte sie nicht mehr. Die Speicherkarte darin hatte er bereits vor knapp zwei Wochen durch eine neue ersetzt. Darum musste er sich nicht mehr kümmern. Sie wanderte gemeinsam mit dem Aufnahmegerät in den Müllbeutel. Das Gleiche passierte mit den Lebensmitteln in der kleinen Küche. Dann zog er den Kühlschrankstecker ab.

Zuletzt öffnete Kehlmann den Wandschrank in der Diele. Dort stand sein Reisekoffer. Alle Kleidungsstücke, die sich in der Zweitwohnung befanden, passten hinein. Genug, um ein paar Tage damit auszukommen, dachte der Professor. Alles andere konnte er neu kaufen. Kreditkarte, Reisepass, Ausweis hatte er dabei. Den Pass steckte er in das Außenfach des Koffers.

Jetzt hatte er noch drei Dinge zu erledigen. Erstens eine Flugbuchung – Bali. Zweitens die Preisverleihung am morgigen Tag. Die müsste er noch hinter sich bringen, damit sein Verschwinden nicht sofort auffiel. Und drittens würde er vorher einen Abstecher in den Kopula-Serverraum machen. Da lagerte noch etwas, das ihm gehörte.

Es war spät, als Paul Kehlmann erschöpft, aber zufrieden mit sich und seiner Planung die Laptoptasche aufschulterte und die Tür hinter sich zuzog. Noch eine Nacht in der schönen Villa. Die letzte.

Auf dem Weg zum Auto fiel ihm etwas ein. Er drehte um und betrat erneut sein privates kleines Refugium. Mit nur einer funktionierenden Hand gestaltete es sich sehr schwierig, aber dann schaffte er es doch, den Speicherstick mit der Aufschrift *Corsair* von seinem Schlüsselbund zu lösen. Nur ein Gefühl. Eine Sicherheitsmaßnahme. Das Speichermedium wanderte in den Koffer zwischen Unterwäsche und Socken.

# Der zweite Samstag

## 103

*Westdeutsche Allgemeine Zeitung, Duisburg*

Nicht alle Streiche sind lustig – Humor ist, wenn man trotzdem lacht. Dieses Motto hat Professor Dr. Paul Kehlmann, Leiter des Kopula-Instituts der Uni Duisburg-Essen, gestern eindrucksvoll demonstriert.

Während eines Vortrags tauchten mehrere Hundert Flugblätter auf, die ankündigten, die Wahrheit über ›Professor Mobbing‹ zu offenbaren. Tatsächlich hatten sie aber nur ein Ziel: den geachteten Informatikexperten zu diffamieren.

Üble Nachrede und Mobbing gegenüber seinen Mitarbeitern, ein Verhältnis mit einer Angestellten und sogar unlautere Geschäfte mit verschiedenen Firmen wurden teils angedeutet, teils offen vorgeworfen.

Kehlmann blieb gelassen und lachte. Er zollte dem gelungenen Layout der »Bierzeitung« Respekt und nutzte die Aktion, um seinen treuen Mitarbeitern zu danken und weiteres geeignetes Personal anzuwerben.

Bereits vergangene Woche war der Professor Opfer eines Cyberangriffs auf einer Konferenz in Göteborg geworden. Man vermutet, dass ein Mitarbeiter des Instituts, Tim H., für die Aktionen verantwortlich ist. Die Polizei ermittelt gegen den Mann. Auf dessen PC seien nicht nur Stalkingfotos der vermissten Studentin Lea B. gefunden worden, sondern auch Hinweise darauf, dass H. sich Zugriff auf das Postfach seines Vorgesetzten verschafft hat, wie der Professor uns in einem telefonischen Interview bestätigte.

Wer den coolen Professor mal live erleben möchte, kann eine seiner Vorlesungen besuchen. Heute bekommt er stellvertretend für das gesamte Kopula-Institut in einer nicht öffentlichen Veranstaltung den hoch dotierten Preis ›IT-Genie NRW‹ durch unsere Bundesministerin für Bildung und Forschung, Frau Bernadette Pavian, verliehen. Wir gratulieren!

## 104

Sie hatte lange wach im Bett gelegen und gewartet. Durch das Rollo schimmerten schwach die Laternen der kleinen Zufahrtsstraße zu ihrem Haus. Immer wieder suchten Gabys Augen die rote Digitalanzeige des Radioweckers. Hoffentlich hatte er einen über den Durst getrunken. Dann schlief er immer besonders tief. Wo blieb er nur so lange? Warten, wälzen, warten …

2:11 Uhr. Endlich. Geräuschvoll öffnete er die Tür und kleidete sich aus. Hart knallte seine Gürtelschnalle auf das Parkett. Dann verließ er den Raum noch einmal. Sie hörte, wie seine Schritte sich in Richtung der beiden Kinderzimmer bewegten. Sie hielt die Luft an. Was wollte er dort? Hatte er vergessen, dass die Kinder bei ihrer Schwester waren? Die Mutter lauschte angestrengt. Leises Türöffnen. Kein weiterer Laut. Kurz darauf wieder Schritte. Erneut der Ton einer Klinke, die heruntergedrückt wird. Ahnte er, dass etwas nicht stimmte? Dass sie den Entschluss gefasst hatte, ihn zu verlassen? Gabys Mund wurde trocken vor Nervosität.

Dann, nach einer gefühlten Ewigkeit, hörte sie ihn zurückkehren. Sie drehte sich schnell auf die Seite und täuschte tiefen Schlaf vor. Endlich legte der Gatte sich ins Bett. Der Lattenrost quietschte und die Matratze neben ihr sank um mehrere Zentimeter ein. Pauls Atem verströmte Whiskydunst. Viel stärker als in den letzten Nächten.

2:19 Uhr. Seine Atemzüge gingen in ein Schnarchen über, das deutlich anschwoll. Diesen Zustand kannte sie. Jetzt konnte man vor dem Zimmer eine Bombe zünden, ohne Paul aus dem Schlaf zu reißen. Selbst das Erdbeben von 1992 hatte er in Köln komplett verschlafen, obwohl in ihrer damaligen Wohnung ein Geschirrschrank umgekippt war.

2:24 Uhr. Er grunzte wie ein ganzer Schweinestall. Jetzt oder nie!

Gegen sechs war Gaby Kehlmann bereits seit einer knappen Stunde wieder zu Hause und aufgewühlt wie noch nie in ihrem Leben. An Schlaf war nicht mehr zu denken. Sie hatte etwas gefunden – aber nicht das, was sie erwartet hatte. Nein, das hätte niemand erwarten können.

Wer wusste noch davon?

Gaby fröstelte. Sie ging nach oben ins gemeinschaftliche Schlafzimmer und lugte durch den Türspalt. Paul schlief tief und fest. Das Zittern in ihrem Körper wollte nicht nachlassen. Sie musste nachdenken.

Der Tag versprach, warm und sonnig zu werden. Gaby saß mit ihrem Mann am Tisch. Der war missgelaunt wie üblich, aber immerhin fielen heute keine scharfen Anweisungen in Richtung der Kinder, sie sollten leiser sein, ruhig sitzen bleiben und den Mund beim Essen geschlossen halten.

Carla und Anton waren mit Gabys Schwester Iris unterwegs nach *Efteling*. In Sicherheit. Was für ein Glück, dass der Termin schon länger stand. Hollands beliebtester Freizeitpark feierte Saisoneröffnung. Wenn das Wetter bei Eindhoven so gut war, wie es in Duisburg aussah, würden sie jede Menge Spaß haben. Vor allem aber waren sie aus der Schusslinie.

Paul Kehlmann verschanzte sich hinter der Zeitung und kam nur aus seiner Deckung hervor, wenn er einen Schluck Kaffee trank. Und ebenfalls wie üblich zermalmte er seine Frühstücksbrötchen, als hätte er ihnen den Krieg erklärt. Genauso sah bald auch die Tischdecke aus. Die Krümel lagen um den Teller verteilt wie nach einer Detonation.

Gaby selbst bekam keinen Bissen herunter. Ihr war so

schlecht, dass sie Angst hatte, Paul könnte die blassgrüne Farbe ihres Gesichtes bemerken.

Zum Glück war ihr Gatte nicht ganz bei der Sache. Das sah sie an der Art, wie er die Zeitung immer wieder sinken ließ. So als ob er vergessen hätte, dass er sie lesen wollte. Auch dass sie mehrfach gähnen musste, entging Paul. Dafür war Gaby dankbar. Sie wäre nicht in der Lage, ihm Rede und Antwort zu stehen.

Reiß dich zusammen, ermahnte sie sich. Bald ist es vorbei.

Als Gaby aufstand, um sich einen Tee aufzubrühen, ging ein Ruck durch Kehlmanns Körper. »Ha!«

Sie zuckte zusammen.

Er ließ die Zeitung sinken und tippte mit dem heilen Zeigefinger auf eine für sie nicht sichtbare Stelle. »Hier! Der Helmholtz von der WAZ hat Wort gehalten. Auf den ist noch Verlass!«

Sie entspannte sich wieder etwas.

»Wieso?«

»Der hat es diesen Lügenbolden von gestern ordentlich gegeben«, erklärte ihr Gatte. »Hör mal.«

Voller Genugtuung las er ihr den gesamten Artikel vor. Gaby hörte ihm mit gespielter Andacht zu.

»Schön«, sagte sie anschließend. »Die richtige Einstimmung auf die Preisverleihung heute Mittag. Aber du hast dem Mann auch oft genug einen ausgegeben.«

Kehlmann nickte zufrieden. »Apropos, Roman Witzler und seine Frau haben zugesagt, zu kommen und beim anschließenden Bankett dabei zu sein.«

Sie atmete einmal durch. »Was für ein Zufall.«

»Bitte?«

»Dann haben wir ja zwei Juristen am Tisch.«

Er zog die buschigen Augenbrauen hoch. »Wen denn noch?«

»Heidrun kommt doch mit.«

»Und?«

»Ihr Mann Robert ist Rechtsanwalt.«

Kehlmann überlegte, ob sie das vorher mit ihm abgesprochen hatte, entschied dann aber, das Thema fallen zu lassen. Das war sein letzter Tag mit Gaby. Den wollte er friedlich verleben.

Es war auch nicht nötig, die letzten Fotos zu verschandeln, auf denen man sie beide sehen würde. Zu einem erfolgreichen Wissenschaftler passte keine schlecht gelaunte, frustrierte Hausfrau. Außerdem hatte er andere Sorgen. Er musste noch das Geld holen und für Roman ein paar Unterschriften leisten.

Er schaute auf die Uhr. Keine elf Stunden mehr, bis sein Flieger nach Jakarta ging, von wo aus er weiter nach Denpasar flog. One Way.

Er nickte in Gabys Richtung und hielt seine leere Kaffeetasse hoch. »Ist noch welcher da? War irgendwie ein Glas zu viel gestern.«

Zwei oder drei, dachte sie. Zum Glück.

Dann stand sie auf, verschwand kurz in der Küche und kam mit der halb vollen Kanne zurück. Schweigend goss sie ihm ein. Ihre Hand zitterte ein wenig.

»Pass doch auf!«, knurrte er. »Ich habe schon meine gute Anzughose an.«

»Entschuldige. Warum bist du denn jetzt schon aufbruchbereit?«, wagte sie zu fragen.

»Muss vorher noch mal ins Institut«, grunzte er und nahm die Zeitung wieder auf.

Der Zeiger der antiken Wanduhr im Essbereich kroch quälend langsam über die Keramikscheibe. Endlich stand Paul auf, blickte in den sonnigen Garten und nahm dann, wohl eher aus Versehen, seinen Teller mit, um ihn in der Küche abzustellen. Auch von dort aus warf er einen Blick hinaus, in den Vorgarten, auf die Straße.

»Wieso steht mein Wagen jetzt mit dem Motor zum Bürgersteig? Ich habe ihn doch gestern Abend andersherum abgestellt.«

Einen Moment setzte Gabys Herzschlag aus. Dann sagte sie: »Oh, ich war heute zu faul, um mit dem Rad zu fahren. Bin mit dem Auto zum Bäcker.«

Er schniefte.

Und sie hoffte, dass ihre Stimme gleichgültig genug geklungen hatte.

## 105

Die letzte Seite. Enttäuscht ließ Ole das Blatt auf den Boden neben dem Hotelbett fallen. Dort lag schon ein beachtlicher Stapel bedrucktes Papier.

Langweilig und einfallslos, ja. Aber er hatte etwas anderes erwartet. Was eigentlich?, fragte er sich.

Der Wissenschaftler schwang sich aus seiner bequemen horizontalen Seitenlage in eine sitzende Position, reckte sich ausgiebig, bis es mehrmals in den Knochen knackte, und gähnte herzhaft.

Etwas war schon merkwürdig. Der mathematische Teil der Arbeit war gut, fast schon brillant. Ole kannte sich gut genug aus, um die Eleganz zu erkennen, mit der dieser Kernalgorithmus konzipiert war.

Aber Kehlmann und Mathe? Das war nicht gerade sein Fachgebiet. Ole hatte mal einen Prototypen zur Berechnung von Zustandswahrscheinlichkeiten entwickelt. Der Professor hatte nicht mal im Ansatz verstanden, worum es bei den Berechnungen ging. Lag hier das faule Ei begraben? Konnte er wirklich nichts anderes gut als täuschen, einwickeln und kommandieren?

Hmm, darüber musste Ole noch mal nachdenken. Aber nicht jetzt. Er war hundemüde. Wie viele Stunden hatte er nicht geschlafen?

Duschen, Frühstück und dann die Augen zu. Guter Plan, dachte er. Und Mails checken.

Rasmusson hievte sich hoch und tapste mit steifen Schritten zur Anrichte gegenüber dem Bett, auf der sein Smartphone lag. Einmal gucken, ob Kehlmann ihm noch ein paar Wutmails geschrieben hatte? Per Web-Access loggte er sich in sein Unipostfach ein.

Meike und sein Kollege Jan wünschten gute Besserung. Mehrere Mails aus Verteilern, in denen er Mitglied war. Und – oh, das war interessant. Rudabeh hatte die Folien für die Uni Bangkok geschickt. Eigentlich an Kehlmann, aber mit Blindkopie an ihn. Dann hatte also sie den Job geerbt. Arme Frau. Kehlmanns wehrlosester Packesel.

Ole prüfte auch sein privates Postfach und war plötzlich wieder sehr aufmerksam. Nachricht von einer unbekannten Adresse, Betreff: *Weißt du eigentlich, für wen du arbeitest?*

Gestern Abend abgeschickt.

Die Mail enthielt keinen weiteren Text. Es war lediglich ein PDF-Dokument angehängt. Die entscheidenden Zeilen stachen Ole sofort ins Auge. Ganz oben las er: *Auftragsbestätigung zu AG14/2012 – Erstellung von Schulungsfolien in englischer Sprache für Studiengang im Bereich Software System Security und AG15/2012 – Coaching für Schulungsangebot.*

Weiter unten fand er die irrwitzigen Summen von einhundertfünfzigtausend Euro für die Schulungsfolien und weiteren einhunderttausend Euro für Beratung und Coaching.

Rasmusson kniff die Augen zusammen, weil er nicht glauben konnte, was er las. Auftraggeber war das Kopula-Institut und Auftragnehmer eine Firma namens *SSS Consulting GmbH.* Wenn das stimmte …

Er war nun hellwach. Schnell suchte er im Internet nach der angegebenen Firma. Checkte die Inhaberin, las, welches Dienstleistungsangebot die Firma offerierte und welche Partner als Referenz genannt wurden. Danach schüttelte er den Kopf. Unglaublich! Wie dreist musste man sein? Das war ein echter Hammer!

Oles Antwort an den unbekannten Absender war schnell

getippt. *Wer immer du bist, danke für den Hinweis. Ich hab ihn verstanden.*

Dann sprang er unter die Dusche.

Die Reinigungskraft, die kurz darauf den Gang entlanglief, blieb stehen, als sie jemanden in Zimmer 101 – offenbar unter der Dusche – singen hörte. Das klang richtig gut. War das *Cry me a river* von Justin Timberlake?

Sie lauschte dem Text, den die hohe Stimme intonierte.

*»Your bridges were burned, and now it's your turn to cry, cry me a river, cry me a river, Paul.«*

Was für eine zauberhafte Stimme, dachte sie. Dass der Text nicht ganz stimmte, störte nicht.

## 106

Ich bring die Schlampe um!

Am liebsten hätte der Professor diesen Satz geschrien. Aber noch hatte Kehlmann sich so weit unter Kontrolle, dass er es nicht tat. Der Serverraum war zwar mit schwerer Stahltür und dicken Betonwänden gesichert, aber er hatte noch niemals überprüft, wie es um die Schallisolierung stand. Konnte gut sein, dass die Kabelschächte Geräusche nach oben transportierten. Niemand sollte Zeuge seiner Niederlage sein.

Der Hass, den er empfand, schmerzte wie Stacheldraht. Eng um den Hals gewickelt. Diese Natter! Dieses miese Stück Scheiße!

Das Rauschen der Klimaanlage und der zahlreichen Server pfiff höhnisch in seinen Ohren.

Sie hat dich reingelegt! Vorgeführt. Ausgelacht.

Kehlmann schnaufte. Er hatte es befürchtet, bevor er das Blatt Papier auseinandergefaltet hatte. Schon als er die Geldkassette in die Hand nahm. Etwas leichter als sonst. Hatte geahnt, dass er in dem Hohlraum unter der metallenen Einlage für Münzen nichts mehr finden würde. Nein, er hatte es gewusst.

In der unverletzten Hand hielt er noch immer den Gruß, den Adele dort für ihn hinterlassen hatte und den er jetzt zum dritten Mal las: *I fucked you. Anonymous.*

Die Wut fraß ihn von innen auf wie ein aggressiver Parasit. Sein Gesicht war fleckig, als hätte er Ausschlag. Sein Puls raste wie nach einem Geländelauf.

Für einen Moment schwankte er und musste sich an der Kante des einzigen Tisches festhalten, der im Raum zu finden war. Am liebsten hätte er die Computermaus gepackt und an die Wand geklatscht.

Das wirst du mir büßen, schwor er. Ich lass dich von einem Rudel Hunde ficken. Oder einem Deckhengst. Und wenn es das Letzte ist, was ich im Leben genießen kann!

Kehlmanns Faust zerknüllte den weißen Bogen Papier mit der Rechten und ließ ihn auf den Boden fallen. Hätte er einen Spiegel gehabt, hätte er die gleiche Fratze darin gesehen, die sein Adoptivvater trug, wenn er den Ledergürtel schwang.

Mehr als zwanzigtausend Euro! Alles an Geldern, die er im Laufe der Jahre mühsam zusammengespart hatte. Über zehn Jahre Einnahmen – auch aus der Zeit vor der Institutsgründung, als er nur eine kleine Arbeitsgruppe geleitet hatte. Geld, das in keiner Bilanz auftauchte. Geld, das ihm zustand, das er jetzt gut hätte gebrauchen können. Geld, das jetzt diese Schlampe besaß!

Er biss die Zähne fest zusammen und hörte es knirschen. Die Oberlippe war so weit nach oben gezogen, dass seine Zähne in dem künstlichen Licht glänzten. Sein Atem ging flach.

Kontrolle. Du musst dich unter Kontrolle bringen!

Er entnahm dem Safe alle Magnetbänder, die sich darin befanden, und warf sie in einen Stoffbeutel mit der Aufschrift *Security Software Engineering 2007.* Die Kassetten enthielten Momentaufnahmen der Jahre, in denen er an dieser Uni als Professor tätig war. Er würde sie alle vernichten.

Dann klappte er den leeren Metallbehälter zu und drückte mit Krachen die schwere Stahltür ins Schloss.

Hass. Lodernd. Verzehrend. Tödlich.

Er zwang seine Augen auf das Ziffernblatt seiner Uhr. Eineinhalb Stunden noch. Um elf würde es losgehen. Noch schnell zum Geldautomaten, bevor der Rummel begann. Den Rest musste er eben im Ausland abheben.

Und du, Adele, versprach er in Gedanken, wirst mich noch richtig kennenlernen. Egal, wann und wo. Aber dieses Versprechen würde Paul Kehlmann halten.

## 107

Simone fand sich so hässlich, dass sie sich bei jedem Casting für einen Monsterfilm die Hauptrolle gegeben hätte. Rund vier Tage nach der Operation ähnelte ihre Wange immer noch einer gut gefüllten Hamsterbacke, andererseits hatte die Zeit ohne feste Nahrung sie magerer werden lassen. Als sie sich nach dem Duschen unbekleidet im Spiegel sah, seufzte sie. Gut zwei Kilo hatte sie sicher schon abgenommen und besonders die Brüste schienen an Substanz verloren zu haben. Als sie Kalles Blick bemerkte, griff sie zu ihrem Schreibblock. Sie wirkte sehr unglücklich, als sie ihm den gekritzelten Satz hinhielt: *Magst du mich überhaupt noch?*

»Kein Stück, du dumme Nuss«, antwortete er und küsste sie vorsichtig auf die Stirn.

Während sie beim Frühstück an ihrem verdünnten Babybrei saugte – diesmal gab es Schoko –, schrieb sie die nächste Frage auf: *Was passiert heute?*

Kalle löffelte, wie sie neidvoll sah, genussvoll sein Sportlermüsli. Er deutete stumm auf seinen vollen Mund und zog die Schultern hoch. Erst zehn Sekunden später konnte er wieder sprechen: »Ich hoffe, dass gleich alles nach Plan läuft. Aber letztlich hängt das von Lea ab. Sie ist die große Wackelkandidatin. Im schlimmsten Fall bekommt Kehlmann heute seinen Preis als IT-Genie und lässt sich feiern.«

*Dreht ihr?*

»Nee«, sagte er. »Mein Väterchen will nicht mit Susanne verhandeln. Drehen ohne Auftrag bringt sowieso kaum Geld. Vom Hattingen-Dreh hat man uns gerade mal fünfundzwanzig Sekunden abgekauft – nach einer Schießerei mit zwei Toten! Außerdem hat diese Kasten sehr deutlich gemacht, dass PEGASUS sich von Kehlmann fernhalten und die Polizeiarbeit ihr überlassen soll.«

*Und du?*

»Ich fahr allein hin …« Er verstummte, dachte nach, seufzte. »PEGASUS ist nicht mehr das, was es einmal war.«

*Du bist zu pessimistisch!*, schrieb sie. *Möglicherweise habe ich auch noch ein Eisen im Feuer.*

»Wie jetzt?«, wollte er wissen. »Was hast du ausgeheckt?«

*Vielleicht eine blöde Idee. Erzähl ich dir eventuell später*, tippte sie.

Kalle runzelte kurz die Stirn, nahm dann aber ihre Hand. Sim hatte einen Dickschädel. Er hatte gelernt, das zu akzeptieren. Deshalb sagte er nur: »Du musst jetzt erst mal wieder gesund werden. Alles andere sollte hintenan stehen.« Ihre Augen hellten sich etwas auf, als er einen Kuss auf ihren Handrücken drückte. »Bis später. Wird schon alles gut ausgehen. Weißt du, mein Opa hat unter der Dusche oft so ein altes *Wandervogel*-Lied gesungen. Da hieß es am Ende: *Uns geht die Sonne nicht unter!*«

Genau das aber geschah im selben Moment eine Etage tiefer. Susannes Wohnungstür schepperte so heftig ins Schloss, dass im Dachgeschoss die Dielenbretter bebten. Und schon ächzten die alten Holzstufen im Hausflur unter schweren Schritten, die sich eilig näherten. Es klopfte, doch der Besucher stieß die Tür auf, bevor Kalle reagieren konnte.

»Diese blöde Kuh«, keuchte Mager.

Sim zog erschrocken ihren Bademantel über der Brust zusammen und ihr Freund schimpfte: »Boah, Vadda, schon mal was von Anklopfen gehört? Hast du keine Manieren?«

»Dasselbe habe ich Susanne gerade auch gefragt!«, polterte der Alte, sah sich suchend um und zog eine Tasse aus dem Regal. »Habt ihr noch 'nen Schluck für mich?«

Der Sohn war zwar nicht der Ansicht, dass sein Alter noch mehr Aufputschmittel brauchte, goss ihm aber trotzdem ein.

Die Frage, was unten passiert war, erübrigte sich – der Vater legte von sich aus los: »Alles Scheiße! Ich fass es nicht. Susanne löst PEGASUS zum Monatsende auf! Könnt ihr euch das vorstellen? Sie hat jetzt einen festen Job beim Sender. Und wir sind am Arsch!«

Stille.

In Kalles Kopf fuhren die Gedanken Karussell: Arbeitslos. Umzug. Teure Wohnung. Kein Startkapital für etwas anderes. Er schluckte schwer.

»Und das weiß sie erst seit heute Morgen?«, hakte er nach.

Der Kameramann machte eine Armbewegung, als müsse er eine Handvoll Dreck über seine Schulter werfen. »Alles schon länger eingestielt. Mann, die benimmt sich wie diese Kaufhausmanager, die ihre Buden ohne Rücksicht auf die Beschäftigten verhökern oder schließen. Am liebsten würde ich sie erwürgen!«

Ohne dass es ihm bewusst war, hielt er plötzlich ein rotes Päckchen in der Hand und zog eine Zigarette heraus. Bevor er sie anstecken konnte, legte Kalle seine Hand auf die des Alten und deutete mit dem Kopf in Simones Richtung: »Nur noch im Hausflur unter der offenen Dachluke, bitte.«

»Sorry«, sagte er und steckte sein Rauchzeug wieder weg. Sim warf ihm einen dankbaren Blick zu.

»Ich kriege doch meine Rente noch nicht durch«, jammerte der Dicke weiter. »Und wenn ja – jede Menge Abzug.«

»Und wir?«, fuhr der Sohn auf. »Wir haben schon den

Mietvertrag für die neue Bude unterschrieben. Umzug, neue Möbel, mehr Miete. Wie sollen wir das stemmen?«

Auch Simone war deutlich blasser geworden, doch sie zog ihren Schreibblock heran: *Nur Mut! Eure Frauen haben doch Arbeit. Wir lassen euch nicht verhungern.*

Verdutzt sah Mager seine potenzielle Schwiegertochter an. Dann fand er den Fehler. »Karin – ja. Aber du? Glaubst du, dieser Kehlmann wird das alles auf sich beruhen lassen? Der wird garantiert dafür sorgen, dass du rausfliegst. Dieses Professorenpack hält doch zusammen.«

Simone hielt den Kopf schräg und blinzelte zweimal. Dann huschte ihr Kugelschreiber wieder über den Block: *Das wollen wir doch erst mal sehen. Der Tag ist noch nicht vorbei!*

## 108

Die Mercatorhalle war über viele Jahre hinweg ein gediegener Ort für festliche Veranstaltungen gewesen, dessen Renommee weit über die Grenzen der Stadt Duisburg hinausreichte.

Doch man wollte mehr. Trotz zahlreicher Proteste in der Bevölkerung wurde der traditionsreiche Saalbau abgerissen. An seine Stelle trat der Entertainment-Komplex CityPalais. Unter einem Dach ein Dutzend teurer Läden an der Haupteinkaufsstraße, ein weitläufiges Restaurant mit Terrasse am König-Heinrich-Platz, gleich daneben der Eingang zum Prunkstück, nämlich der neuen Mercatorhalle. Finanziert werden sollte sie durch eine echte Gelddruckmaschine: ein Spielkasino am Nordende des Komplexes, moderner als die Konkurrenz in Dortmund und mitten in der Großstadt.

Die vornehmeren Duisburger rümpften zwar die Nase, aber das Konzept schien zum Teil aufzugehen: Planer und Bauunternehmer wurden reich, die Stadt noch ärmer als bislang. Jede Menge Pfusch am Bau durch Firmen, die es schon nicht mehr gab. Bereits im März 2012 war es ein offenes Geheimnis, dass man den großen Saal wieder schließen und völlig neu errichten musste.

In anderen Zeiten hätte allein der Ort der Ehrung Kehlmann das Gefühl gegeben, auf dem Olymp der Wissenschaft angekommen zu sein.

Fast dreihundert geladene Gäste saßen an den festlich gedeckten runden Tischen und rückten die Sessel so zurecht, dass jeder ohne Schäden für seine Halswirbel die Bühne beobachten konnte. Dort sprach gerade die Bundesministerin für Bildung und Forschung – eine Frau, von der böse Zungen behaupteten, sie lasse sich ihre Haare beim Hundefrisör ondulieren.

Kehlmann saß mit Gaby auf dem Ehrenplatz direkt vor dem Podest, flankiert von seinem Freund Rudolf Witzel und dessen farbloser Gattin. Gabys Freundin Heidrun war allein gekommen – ihr Mann ließ sich wegen eines Bandscheibenvorfalls entschuldigen. Ein freier Platz gleich neben dem Tisch der Ministerin? Kehlmann hatte nur mit den Achseln gezuckt.

Jetzt schaute er hoch zur Bühne, während seine Fingerkuppen mit rhythmischen Schlägen die Tischdecke bearbeiteten. Komm endlich zum Punkt, dachte er und sondierte die Kostümjacke der Rednerin. Waren da wirklich kleine Handtaschen, Pumps und Lippenstifte aufgedruckt?

»Unserem Preisträger … kunstvolle Pause … gebührt besonderes Lob«, verkündete die Laudatorin gerade. »Er hat nicht nur … Pause … ein Institut aufgebaut, das der modernsten aller Wissenschaften … Pause … zu wahren Quantensprüngen verholfen hat«, sie malte mit Zeigefinger und Daumen ein Ausrufezeichen in die Luft, »nein … Pause … er hat auch dem Label ›Made in Germany‹ … Pause … eine neue Bedeutung in der Welt der Informatikforschung verschafft.«

In Kehlmann brodelte die Ungeduld. Er unterdrückte den

Impuls, Messer und Gabel als Trommelstöcke zu missbrauchen, und tastete stattdessen nach der Hand seiner Frau. Doch die zog ihre Rechte im selben Moment weg und flüsterte ihrer Freundin etwas zu.

Blöde Ziege, dachte er zornig.

Die Ministerin klammerte sich jetzt mit der freien Hand fester an das Rednerpult und beugte sich weiter vor. »Professor Doktor Paul Kehlmann«, sagte sie laut und baute eine noch längere Pause ein, um ihren Blick über die versammelten Gäste wandern zu lassen. »Professor Doktor Paul Kehlmann, Sie haben dieser Stadt ... Pause ... die fünfhundert Jahre auf eine Universität warten musste ... Pause ... zu neuem Ruhm verholfen.«

Sie strahlte, streckte beide Arme aus und drehte sie wie Wegweiser in Kehlmanns Richtung.

Lächerlich, dachte er. Wie hieß noch diese Frau, die im Fernsehen Reklame für *Ariel* gemacht hatte? Richtig: Clementine. Die war deutlich besser als die Ministerin.

Der Professor verzog seine Lippen zu etwas, das wie ein Lächeln aussehen sollte, und nickte erst ihr, dann den Gästen an den benachbarten Tischen zu.

Freundlicher Beifall ertönte. Der neue Kandidat für das Amt des Oberbürgermeisters stand sogar auf und applaudierte mit Begeisterung: Seht, ich nehme am Leben teil. Bin eben anders als mein Vorgänger. Der hatte nämlich nach der *Loveparade* mit einundzwanzig Toten einen fetten Arschtritt bekommen, weil er die Schuld an der Katastrophe untergeordneten Bediensteten der Stadt in die Schuhe schieben wollte. Diese Selbstherrlichkeit hatten die Duisburger ihm nie verziehen.

Und der Neue? Auch nur ein Schaumschläger, dachte Kehlmann und wandte sich wieder der Ministerin zu. Diese Kostümierung! Unfasslich. Wie eine der dämlichen Barbiepuppen seiner Tochter. Wenn die Schrappnelle da oben noch lange weiterredete, würde er womöglich seinen Flug verschlafen. Gute sieben Stunden noch. Im alten Rom hätten solche Weiber als Tierfutter geendet.

Er blickte zur Seite. Freund Witzler, der Routinier, hörte scheinbar interessiert zu. Dessen dämliche Frau hing geradezu begeistert an den Lippen der Ministerin. Und Gaby? Die saß steif wie ein gestärktes Handtuch auf ihrem Stuhl. Sie hatten kaum drei Worte gewechselt, seit sie sich am Eingang getroffen hatten, und sie zeigte ihm, ihrer Freundin Heidrun zugewandt, permanent die kalte Schulter. Hatte die ihre Tage oder stimmte was anderes nicht?

»Modernste Wissenschaft ... Pause ... dafür braucht man ein besonders starkes Team ... Pause ... kluge und innovative Köpfe ... Pause ... Zielbewusstsein und eine weise Menschenführung ... Pause ... Mit Ihrer Person, Herr Professor Kehlmann ... Pause ... haben Sie diese Grundvoraussetzungen in Duisburg vereinigt.« Die Ministerin richtete sich nun zu ihrer stattlichen Größe von einhundertfünfundsechzig Zentimetern auf. »Und dafür sind wir alle Ihnen dankbar.«

Noch vor einem Monat hätte Kehlmann jetzt seine Brust gewölbt und in die Kameralinsen gestrahlt. Doch nun konnte er es kaum erwarten, die Zirkusvorstellung zu verlassen. Wie gern würde er sich jetzt um Adele und die anderen Saboteure in seinem Institut kümmern. Stattdessen saß er hier fest.

Forschungsministerin, dachte er spöttisch. Ob die für diese Bullshitrede wohl ihren persönlichen Referenten eingespannt hatte? Oder doch eher ihren minderbegabten Frisör? Einfach nur lächerlich.

Dem Publikum und den Kameras präsentierte er weiter seine lächelnde Maske. Er verneigte den Kopf und schloss kurz die Augen. Eine Geste, von der er meinte, sie wirke demütig.

Einer der Fotografen kniete sich mit seiner Spiegelreflex direkt neben ihn. Die Ministerin ließ den Beifall abklingen. Während Paul seine verletzten Finger unter dem Tisch versteckte, suchte seine rechte Pranke die schlanke Hand seiner

Gattin. Eine glückliche Ehe gehörte zum Pflichtimage eines erfolgreichen Mannes. Der Reporter drückte auf den Auslöser. Und wieder zog Gaby ihre Hand weg. Wie bitte?

Entgeistert wandte Kehlmann sich ihr zu. Seine Frau sah ihn an, als hätte sie gerade einen toten Weberknecht in ihrem Sektglas entdeckt.

Dreckstück, du kriegst auch noch, was du brauchst, dachte Paul und tarnte seine Niederlage mit einem Blick auf die Uhr. Nicht mehr lange, munterte er sich auf.

Zum Glück kam die Rednerin nun zum Ende. »Lieber Herr Professor, wenn ich Sie nun bitten darf … Pause … hier auf der Bühne, stellvertretend für das Kopula-Institut … Pause … den Preis für das IT-Genie des Jahres 2012 abzuholen. Herzlichen Glückwunsch!«

Breiter Applaus tönte durch den Saal.

»Komm«, zischte Kehlmann seine Frau an, als er sich erhob. Doch die Gattin streikte.

Sie bückte sich halb unter den Tisch, als ob sie etwas an ihrem Schuhwerk richten müsse, und ließ ihn einfach stehen.

Na warte, dachte er und stampfte alleine los, bevor es peinlich würde. Das wirst du mir büßen.

Mit der gesunden Hand winkte er in den Saal. Kontrolle. Atmen. Disziplin. Keines der auf ihn gerichteten Kameraobjektive entdeckte eine Spur von Verärgerung in seinem Gesicht.

Bald, dachte er, habe ich diese Scheiße hinter mir. In genau fünf Stunden würde das Taxi ihn von seinem Appartement abholen. Bali, ich komme.

## 109

»Wer ist eigentlich dieser Mercator?«, flüsterte Waliszczek, der hinter seiner Chefin stand und über sie hinweg in den Saal sehen konnte. Hin und wieder drängten ihn mal der sportliche Kopitzki, mal der bullige Echternach ein Stückchen zur Seite, damit auch sie durch den schmalen Türspalt lugen konnten. Aber der schönste Schürzenjäger des Präsidiums ließ sich seinen Platz nicht auf Dauer nehmen.

»Ein Geograf«, raunte der Marathonläufer. »Hat schon vor fünfhundert Jahren Landkarten erstellt. So genau, dass sich sogar arabische Seefahrer um sie geprügelt haben.«

»Scht!«, machte Kasten und setzte eine böse Miene auf. Suchend blickte sie sich im Foyer um. Hoffentlich ging die Rechnung auf. Der alte Mager hatte doch versprochen, alle würden pünktlich sein.

Kehlmann stand jetzt mitten auf der Bühne. Wie ein Triumphator den Kopf seines Feindes so hielt er nun mit der rechten Hand ein Plakat hoch, das einen überdimensionalen Scheck zeigte. In der Mitte stand, selbst für die Polizistin lesbar, der Betrag 50.000,- Euro.

»Wann geht's los?«, fragte Echternach. Der Boxer scharrte schon seit zehn Minuten mit den Füßen und wollte endlich in den Ring klettern.

Kopitzki legte ihm beruhigend die Hand auf die Schulter. »Der muss erst noch seiner Kindergärtnerin und seinem Pfarrer für diesen Preis danken.«

»Hä?«, machte Wali, doch der Langstreckenläufer winkte ab. Das Jagdfieber hatte auch ihn gepackt – aber er war es gewohnt, geduldig auf den rechten Zeitpunkt für den Endspurt zu warten.

Dann, endlich, schwappte die nächste Welle des Beifalls auf. Kehlmann verließ die Bühne, winkte wieder mit einem Arm ins Publikum und steuerte seinen Platz an.

»Haste den Gips gesehen?«, flüsterte Kopitzki. »Hat der sich geprügelt?«

»Die meisten Unfälle passieren beim Kartoffelschälen«, raunte sein Partner.

Der Beifall im Saal wurde nun von der Musik eines Streichquartetts abgelöst. Kasten stöhnte leise und atmete tief durch. Ein Blick auf die Uhr, auf das Display ihres Handys und dann noch mal nach hinten ins Foyer. Wo blieb dieser Kalle Mager nur?

An einer der Seiten des Saales stehend, war Tom Balzack einem Wutanfall nahe. Wieso hatte ihm Kalle Mager nur dieses Kasperletheater empfohlen? Wo war der versprochene Clou? Für diesen Scheiß zahlt ihm der Sender keinen Groschen.

Er bedeutete seinem Kameramann, die Aufnahme zu stoppen. »Wir warten noch fünf Minuten. Wenn bis dahin nichts passiert ...«

Erleichtert legte Harry das Arbeitsgerät ab, lockerte seine Armmuskeln und dachte sehnsüchtig an die Vorteile eines Jobs mit Fünf-Tage-Woche ...

Verdammt, verdammt! Aber noch länger durfte sie nicht warten. Und eigentlich müsste auch so alles gut gehen. Immerhin hatte sie die Anordnung des Staatsanwalts zur Entnahme einer DNA-Probe bei Kehlmann.

»Herta!«, zischte der Boxer.

Kasten zögerte noch. Der zuständige Richter hatte nicht mitgespielt. Haftbefehl? Papa Freispruch hatte nur genervt gefragt: »Kennen Sie den Unterschied zwischen einem dringlichen und einem nicht dringlichen Fall?«

Müllers Einsatz im Hörsaal und die Entwendung des Wasserglases mit Kehlmanns DNA hatten ihn erst recht nicht begeistert. »Halten Sie sich für Schimanski?«, hatte er gefragt. »Oder haben Sie vergessen, wie man korrekt arbeitet? Kommen Sie am Montag wieder. Wenn's geht mit echten Beweisen!«

Arsch, dachte Kasten. Vielleicht hätte sie den Richter doch erst nach dem Frühstück anrufen sollen. Vielleicht hatte der um halb acht einfach noch nicht geschissen.

»Chefin!«, quengelte jetzt auch Waliszczek.

Vorne gab Kehlmann immer noch den ruhmreichen Sieger.

Zeit für Action! Darauf hatte sie sich schon den ganzen Morgen gefreut. Das würde sie sich nicht nehmen lassen.

»Los«, sagte Kasten und öffnete die Saaltür gerade weit genug, dass auch die Kollegen hindurchkonnten. »Ihr bleibt aber an der Tür!«

Sie tastete noch einmal nach der Pistole in der Tasche ihres Anoraks und trat den Weg nach vorne an. Schimanski? Warum nicht? Der hatte Duisburg schließlich berühmt gemacht.

Die Hauptkommissarin richtete den Blick voraus.

Kehlmann hatte sich gerade gesetzt und hob bereits das Champagnerglas, um mit seiner Frau und den Gästen anzustoßen. Ein bis zwei Stündchen noch, dann hätte er seine Pflicht getan und könnte einen Termin vortäuschen.

Aber das Glas seiner Ehefrau war leer. Gerade wollte er sie anfauchen, als sie aufstand und murmelte, dass sie sich kurz frisch machen wolle.

Nur Sekunden später stand plötzlich eine untersetzte Alte schräg neben Paul. Was war das denn für ein Vogel? ADAC?

»Herr Kehlmann?«

Eine Erinnerung drängte sich nach vorn: Beerdigung seines Kumpels Benno. Irgendein Idiot hatte sein Handy nicht lautlos gestellt. Als der Sarg hinabgelassen wurde, tönte, für alle gut hörbar, eine bekannte Melodie über das offene Grab. Beethovens *Freude schöner Götterfunken.* Peinlich.

Genauso peinlich fand er den schmuddeligen Anorak, der ihm mittlerweile komplett die Sicht versperrte. Hatte das Weib keine Bluse im Schrank? Oder zumindest eine Jacke, die von ihrer Figur ablenkte?

Mehrere Augenpaare waren nun auf sie gerichtet, aber was die Flodderfrau ihm zu sagen hatte, ging noch in der Musik unter.

»Kasten, Kripo Dortmund!« Sie lächelte und zeigte ihm ihren blauen Dienstausweis. »Tut mir leid, wenn ich ungelegen komme, aber ich brauche Ihre DNA!« Gleichzeitig kniff sie die Augen zusammen und starrte auf Kehlmanns linkes Ohrläppchen. »Ist das eine Narbe?«

Hätte Gaby am Tisch gesessen, hätte sie zum ersten Mal in ihrem Leben gesehen, dass ihr Ehemann kreidebleich wurde.

Paul starrte die Kommissarin an, doch nach zwei Atemzügen gewann er seine Fassung zurück. »DNA? Ich habe mich wohl verhört. Worum geht es überhaupt?«

Kasten genoss ihren Auftritt. Sie wartete eine Sekunde, um sicher zu sein, dass sie die volle Aufmerksamkeit am Professorentisch genoss. Ihr Tonfall war eine Mischung aus Anklage und Urteilsverkündung in einem. »Wir ermitteln in einem Mordfall!«

Der gewünschte Effekt trat ein. Der letzte Hauch von Farbe wich aus den Wangen des Professors.

Gesund sieht anders aus, freute sich Kasten heimlich und wollte gerade den Namen ›Silke Neuhaus‹ nachschieben.

Dazu kam sie nicht. Kehlmanns männlicher Tischgenosse baute sich vor ihr auf. Witzler war zwar nicht so breit wie sie, aber dafür knapp zwei Köpfe größer. »Aus! Setzen Sie sich erst einmal!«

Die Kommissarin schaute ihn überrascht an. Der Mann war es offenbar gewohnt, dass alle Leute auf sein Kommando hörten. Ungeduldig zeigt er nun auf den freien Stuhl. »Da!«

Noch immer stand Kasten wie angewurzelt. Was fiel dem Fatzke mit der Fliege ein? »Ich glaube, Sie halten sich da besser …«

Weiter kam sie nicht.

»Staatsanwaltschaft Duisburg«, zischte der Mann und hielt ihr seinen Ausweis vors Gesicht. »Und jetzt setzen Sie sich. Sofort. Und wehe, Sie veranstalten einen Skandal!«

An den Nachbartischen verstummten die ersten Gespräche. Kacke, dachte die Kommissarin. Jetzt hat er mir den Auftritt versaut. Ging also nicht so schnell wie geplant.

Sie seufzte, als ob ihre Fußpflegerin mal wieder einen Termin verschieben wollte. Manchmal musste man Kompromisse eingehen. Um nicht den falschen Leuten auf die Füße zu treten.

Kaum dass sie saß, kam der nächste Schlag. »Um Missverständnisse auszuschließen: Ich bin hier in Duisburg Leitender Oberstaatsanwalt, Frau Kommissarin. Und ein Freund von Professor Kehlmann. Ihr Benehmen ist nicht nur ungehörig, sondern auch rechtswidrig.«

Die Augen des Juristen glühten. Kehlmann hatte etwas Farbe zurückgewonnen und holte Luft, um sich einzuklinken, doch Witzler hob die Hand. »Paul, das überlässt du besser mir.«

Kasten grinste.

»Hören Sie mir überhaupt zu?«, fauchte der Leitende.

»Ja. Aber die Musik ist zu laut. Mein Tinnitus.«

»Also, was soll dieser lächerliche Vorwurf? Wollen Sie allen Ernstes andeuten, dass Herr Kehlmann in einen Mordfall verwickelt ist?«

Gedämpftes Gemurmel am Tisch nebenan. Der eine oder andere Gesprächsfetzen war doch dort angekommen.

Herta straffte sich. »Ich deute gar nichts an. Ich sage Ihnen nur, wie es ist.« Sie wühlte in ihrer linken Jackentasche und zog ein zerknittertes Stück Papier hervor. »Hier, bitte schön, sehen Sie selbst.«

Jetzt war Witzler aus dem Konzept gebracht. Er sah Kasten so ungläubig an, als hätte sie ihn in die Sauna eingeladen.

Die Kommissarin setzte nach: »Die Anordnung hat Staatsanwalt Kamplade persönlich unterschrieben.«

»Kamplade? Dortmund? Kenne ich nicht.«

»Völlig egal. Wie Sie sehen, ist das eine gültige Anordnung, Herrn Kehlmann zwecks Sicherstellung des genetischen Fingerabdruckes in Gewahrsam zu nehmen. Ich fordere ihn also auf, mit uns zu kommen.«

Witzler schnaubte leise. »So schnell schießen die Preußen nicht! Schon gar nicht hier im Rheinland. Wann genau soll Herr Kehlmann jemanden ermordet haben?«

»Da tut sich doch was!«, raunte Balzack von *Broadfacts.TV*. Aufgeregt deutete er mit dem Kopf auf die Mitte der ersten Tischreihe. »Action!«

Harry erwachte sofort zu neuem Leben und Sohn Chris hob den Galgen mit dem Mikrofon.

Der Kameramann zoomte die Szene so nah heran, dass Kehlmanns krankhaft glänzendes Gesicht voll ins Bild kam. Dann fuhr er das Objektiv zurück, bis es auch die Umgebung des Professors erfasste. Am rechten Rand deutete die Ministerin gerade zu dem Helden des Tages hinüber und schickte einen Mann aus ihrer Begleitung los.

Kasten überhörte die Frage des Juristen. Mit der Unschuld einer weißen Taube, die niemandem auf den Kopf scheißen möchte, erklärte sie: »Ich verstehe Ihre Aufregung nicht. Herr Kehlmann könnte sich mit Abgabe einer winzigen Speichelprobe innerhalb von vierundzwanzig Stunden von jedem Verdacht reinwaschen. Sollte doch kein Problem sein, wenn man unschuldig ist, oder?«

Irrte sie oder hatte es in Kehlmanns Augen geflackert?

Hinten gab Balzack seinem Sohn mit der Hand Anweisung, mit dem Mikro näher an den Tatort zu rücken. Der junge Mann drängte sich weiter nach vorn.

Witzlers Ton wurde jetzt schärfer. »Noch mal: Wann, bitte schön, soll der Mord passiert sein?«

Kasten seufzte und wendete den Blick kurz zu ihren Kollegen, die noch an der Tür standen und den Kopf schüttelten. Dann antwortete sie knapp: »1985.«

»Was?«, höhnte der Oberstaatsanwalt und lachte auf. Dann wurde er lauter: »Unglaublich! Sie ermitteln in einem siebenundzwanzig Jahre alten Mordfall und besitzen die Frechheit, ausgerechnet hier Herrn Kehlmanns DNA einholen zu wollen? In diesem Saal? Heute?«

Der Mann vom Ministertisch war nun zu ihnen getreten und beugte sich über die beiden. »Ich möchte Sie bitten, hier keinen Skandal zu veranstalten! Die Ministerin ist not amused. Und ich habe ihren Ruf zu schützen.«

Witzler nickte.

Der Abgesandte zögerte noch eine Sekunde, dann zog er sich sachte wieder zurück. Zeitgleich kam Gaby Kehlmann von ihrem Toilettengang zurück und betrachtete neugierig den deplatziert wirkenden neuen Tischgast in Gelb. Die gespannte Stimmung am Tisch war fast mit den Händen zu greifen. Ihre Freundin Heidrun ließ Gaby jedoch mit einem leichten Kopfschütteln wissen, dass sie sich besser zurückhielt.

Witzler schien zu bemerken, dass er einen Wirkungstreffer bei der Kommissarin gelandet hatte. Er sah sich Kamplades Anordnung genauer an. Dann reichte er ihr das Blatt zurück, die Schultern entspannter als zuvor. »Ohne Professor Doktor Kehlmanns schriftliche Einwilligung wird hier gar nichts entnommen. Und ich gehe nicht davon aus, dass er Ihnen eine solche geben wird.«

Kehlmann presste kurz die Lippen aufeinander und bestätigte dann: »Das ist korrekt.«

»Hören Sie«, versuchte es Kasten erneut. »Wir wollen doch vernünftig sein. Mord ist eine ernste …«

Gaby schnappte bei diesem Stichwort nach Luft.

Aber bevor die Kommissarin weiterreden konnte, fiel ihr Witzler erneut ins Wort. »O ja, das ist in der Tat sehr ernst, Frau Kasten.« Der Oberstaatsanwalt beugte sich etwas vor. »Ich fasse mal zusammen. Erstens: Sie besitzen keine richterliche Anordnung, sondern nur die der Staatsanwaltschaft. Zweitens: Aktuell ist ganz offensichtlich keine Gefahr im Verzug, die es rechtfertigen würde, dass Sie Herrn Kehlmann wie einen Schwerstverbrecher behandeln.« In seinen Augen sah Kasten, dass jetzt sein bester Trumpf auf den Tisch kam. »Und drittens muss ich davon ausgehen, dass Ihnen die Regelungen zu Punkt eins und zwei laut Paragraf

81a und 81f der Strafprozessordnung nicht bekannt sind. Oder aber – und dazu tendiere ich angesichts Ihres unmöglichen Auftrittes – Sie ignorieren die gültige Rechtsprechung ganz bewusst.«

Verdammter Mist! Irgendeine höhere Macht hatte offenbar Spaß daran, ihr ins Gesicht zu furzen. Und schlimmer noch: Kasten fiel kein vernünftiges Argument mehr ein, das sie dem Rechtsverdreher ins Gesicht schleudern konnte. Und Kehlmann? Hatte der Wichser gerade gegrinst? Wo, verdammt, blieben denn nur ihre Zeugen?

Wider besseren Wissens machte die Polizistin noch einen Versuch: »Ich sehe da schon Gefahr im Verzug, Herr Staatsanwalt. Gehen wir davon aus, dass Herr Kehlmann schuldig ist – ich an seiner Stelle würde fliehen.«

Wieder lachte der Jurist. »Frau Kommissarin, Sie machen sich lächerlich. Mein Mandant hat einen festen Wohnsitz, eine Familie, die er liebt, einen lukrativen Job mit einer hohen Verantwortung. Fluchtgefahr ist hier in etwa so wahrscheinlich wie eine Entführung durch Außerirdische.«

Gaby Kehlmann wirkte nun plötzlich wie elektrisiert und öffnete, sichtlich erregt, den Mund. »Mein Mann …«

Kehlmann und Kasten reagierten gleichzeitig.

Die Polizistin hob die Hand und bellte ein »Jetzt nicht!« in Richtung der Gattin. Das fehlte ihr, dass die ihr auch noch in die Suppe spuckte, weil sie meinte, ihren Mann verteidigen zu müssen.

Der Professor quetschte den Arm seiner Angetrauten und bedachte sie mit einem Blick, der Atomkerne spalten konnte.

Es wirkte.

Kasten wandte sich wieder an ihren Kontrahenten. Sie musste Zeit gewinnen. »Also, Herr Leitender Oberstaatsanwalt, Sie wollen sich hier als Privatmann in die Ermittlung einer anderen Behörde einmischen? Habe ich Sie richtig verstanden?«

Gaby versuchte es erneut. »Hören Sie, mein Mann …«

Witzler übertönte sie, denn er sprang der Kommissarin nun fast ins Gesicht. »Passen Sie mal auf, Sie Wichtigtuerin! Wenn Sie nicht sofort verschwinden, wird die Ministerin dafür sorgen, dass Sie demnächst nur noch Fahrraddiebstähle in Pusemuckel aufklären dürfen.«

Dieser Hinweis stieß beim Nachbartisch auf Zustimmung. Jemand lachte. Kasten wurde rot und stand auf. Erneuter Blick zur Tür. Wali zuckte hilflos mit den Schultern, während er sein Diensthandy in Augenhöhe hielt und den Kopf schüttelte. Noch niemand da und niemanden erreicht.

Was für eine Farce, dachte die Hauptkommissarin. So war sie noch nie vorgeführt worden. Aber dass sie nicht das letzte Wort haben sollte, ging gar nicht.

»Wissen Sie, Herr Witzler: Das hier war nur die erste Runde. Punktgewinn für Sie. Aber in der zweiten gehen Sie k. o.«

Kastens Magen rebellierte. Das Gelächter der Leute tat ihr weh. Kopf hochhalten, dachte sie. Dann drehte sie sich um. Nur raus hier.

## 110

»Was für eine Scheiße!«, tobte Kalle Mager los, als er den Duisburger Hauptbahnhof verließ und sich umblickte. Er war auf dem Vorplatz gelandet und nicht hinten an den Bussteigen.

Wieso können Frauen keine Wege beschreiben? Eine Reisende, die mit ihm aus dem Zug gestiegen war, hatte ihn zielsicher nach rechts geschickt, aber er hätte nach links gemusst, um Aufgabe eins zu erledigen: Simones Twingo vom Parkplatz hinter den Keksdosen abzuholen. Ein Blick auf die Armbanduhr bestätigte ihm, dass es dafür nun zu spät war.

Scheißregionalexpress. Wieso hatte der auch am Samstag Verspätung?

Cool bleiben, dachte Kalle. Dann steht die Kiste eben drei Tage länger da. Würde schon niemand klauen.

Für die zweite Aufgabe hatte er noch genug Zeit. Nur: Duisburg war nicht sein Revier. Wo, zum Teufel, lag die Mercatorhalle überhaupt? Wie kam er dahin?

Okay, wozu hatte er ein Smartphone? Der PEGASUS-Mann fummelte das Gerät aus seiner Hosentasche. Zum Glück gab es Apps, die einem zeigten, wo es langging. Hastig tippte er die entscheidenden Worte in die Suchanzeige. Gleich hatte er es.

»Mensch, geh aussem Weg!«, bölkte ihn jemand an. Im selben Moment bekam Kalle einen Stoß gegen die Schulter. Das Handy flog im hohen Bogen durch die Luft.

»Ey, du Penner!«, entfuhr es ihm.

Der Typ drehte sich um – Augen wie eine Hyäne, aber unter den Ärmeln der Lederjacke Muskelpakete, um die ihn Rambo beneidet hätte. Und sein Kumpel sah kein Stück schwächer aus.

»Hä? Wiederhol das noch mal, du Missgeburt!«

»Mensch, guck doch! Mein Handy!«, entgegnete Kalle wütend und machte Anstalten, das Gerät vom Boden aufzuheben.

Doch der Typ kam ihm zuvor. »Das da?«

Grinsend ging der Knochenbrecher einen Schritt weiter und blieb stehen. Das Knirschen unter seinen Boots fuhr Kalle bis ins Herz.

»Da is kein Handy«, versicherte der Typ, »nur Schrott.« Lachend zogen die beiden davon.

Kalle ballte die Fäuste. Schwarzer Gürtel hin, schwarzer Gürtel her. Eine Schlägerei würde ihm jetzt auch nicht weiterhelfen. Schon gar nicht mit gebrochenen Rippen. Und wie seine Chancen gegen zwei solche Bullen aussahen, wollte er nicht ausprobieren. Die sahen nicht nach Fair Play aus.

Die Polizei rufen? Aber womit?

Fluchend sammelte er die Reste seines Telefons ein, fischte

die SIM-Karte heraus und warf den Rest in den nächsten Mülleimer. Stadtplan zu sehen? Nein. Also ein Taxi nehmen. Aber was würde die Fahrt kosten?

Hastig fingerte er nach seinem Portemonnaie. Öffnete es. Gähnende Leere. Wieso hatte er dem Alten seinen letzten Zehner geliehen?

Bankautomat!

Kalle lief zurück in die helle Vorhalle. Nichts. Fragte im Zigarettenladen nach. Die Frau schickte ihn in den langen Schlauch, der unter den Gleisen durch zum anderen Ausgang führte. Auf der linken Seite des Tunnels schimmerte das satte Blau des Bankautomaten.

Kalle hastete hinüber, spürte aber auf einmal wieder das Pochen in seinem verletzten Schädel. Vorsicht, Kumpel!

Eine leichte Senke in dem gepflasterten Boden, dann war er da. Drei Leute vor ihm.

Direkt am Automaten stand eine junge Frau, die eifrig ihre PIN eintippte. Nach schier endlosen Sekunden des Wartens öffnete sich die entscheidende Klappe, sie zog ein paar Scheine heraus und verließ ihren Platz.

Eine ältere Dame rückte nach. Sie öffnete erst jetzt ihr Handtäschchen, um die EC-Karte zu entnehmen. Brauchte Zeit, bis sie das Plastikteil richtig herum in den Schlitz gesteckt hatte. Tippte die vier entscheidenden Ziffern ein. Alles bestens. Dann den Geldbetrag, den sie abholen wollte.

»Die spinnen doch!«, stieß sie empört aus. »Vier Euro fünfundneunzig für fünfzig Euro? Nee.«

Hilfe suchend blickte sie sich um. Der junge Kerl vor Kalle zog ratlos die Schultern hoch. Der Blick der Frau fiel auf Mager junior.

»Da muss irgendwo *Abbrechen* stehen!«

Die Dame studierte die Anzeige auf dem Monitor erneut.

»Unten, bei den Tasten!«

»Hier steht nur *Ok* und *Nein.*«

»Dann *Nein*«, empfahl Kalle.

Es funktionierte. Der Apparat jaulte einen Moment, dann spuckte er die Karte der Frau wieder aus. Sie wartete noch, ob nicht doch Geld kam. Aber da kam nichts. Umständlich packte sie ihre EC-Karte wieder ein, verschloss das Handtäschchen, klemmte es – Vorsicht ist alles! – unter den Arm und verließ ihren Platz.

Jetzt der Bursche vor ihm. Baseballkappe mit nach hinten gedrehtem Schirm. Weite Jeans, die am Hintern so tief herabhingen, dass zwei vollgekackte Windeln hineingepasst hätten. Turnschuhe mit offenen Schnürriemen.

Mach schon, dachte Kalle. Kasten und ihre Leute warten auf mich!

Lässig schob der Typ seine Karte in den Schlitz und tippte ein, was der Automat von ihm wissen wollte. Der Apparat blieb stumm, aber nicht der Bursche. »Mist!«

Umständlich zog er seine schmale Geldbörse aus der Hecktasche seiner Jeans, verstaute die Karte, zog eine andere heraus.

Kalle hätte ihm am liebsten in den Arsch getreten. Oder ihn mit einem gekonnten Stoß von den Beinen geholt. Aber das hätte gegen den Kodex verstoßen. Nur gut, dass Simone zu Hause geblieben war.

Vier Minuten später hatte Kalle endlich einen Fünfziger abgehoben, war zum Taxistand gehumpelt und ließ sich in den ersten Wagen sinken. Am Steuer saß ein kahlköpfiger Schnurrbartträger, dessen Wiege nicht im Ruhrpott, sondern offenbar bei Istanbul oder Incirlik gestanden hatte. Bei dem Wort ›Mercatorhalle‹ fragte er dreimal nach. Schließlich fiel Kalle das erlösende Wort ›CityPalais‹ ein.

Der Fahrer sah ihn verwundert an. »Das geht zu Fuß schneller.«

»Ich hab keine Zeit mehr zum Suchen. Es geht um Sekunden!«, verriet Kalle.

»Okay, wie Sie meinen.«

Sechs Minuten später setzte der Fahrer ihn vor dem Opernhaus ab und deutete zur anderen Straßenseite hinüber. Ein riesiger Platz, rechts das Amtsgericht, links das CityPalais. Kalle drückte dem Mann einen Zehner in die Hand – sicher zu viel für diese Strecke, aber er hatte keine Zeit mehr, auf das Wechselgeld zu warten. Eilig überquerte er die Straße.

Eine elend lange Fassade, die fast nur aus Glas und Metall bestand. Unmittelbar am Anfang ging es ins Spielkasino, aber ein Stück weiter ragte aus der glatten Front ein hoher, abgerundeter Turm heraus – als hätte sich der Bug eines Ozeanriesen in den Bau gequetscht. Über einem der Eingänge hing ein beinahe bescheiden wirkendes Schild: *Mercatorhalle.* Und direkt davor warteten ein Mann und eine Frau. »Hi, ich bin Kalle. Schön, dass wir uns endlich kennenlernen. Können wir?«

## 111

Herta Kasten hatte sich noch keine drei Schritte vom Tisch entfernt, da brach hinter ihr ein neuer Tumult aus.

Gaby Kehlmann sprang auf, der Stuhl, auf dem sie gesessen hatte, fiel um. Sie rief: »Warten Sie! Sie haben recht. Mein Mann will fliehen!«

Ihre Stimme war atemlos, aber laut genug. Die Leute ringsum merkten auf.

Kehlmann stemmte sich hoch und fauchte: »Bist du verrückt geworden?«

Ohne sich zu ihm umzudrehen, redete Gaby schnell weiter: »Mein Mann hat alles vorbereitet. Er will heute noch abhauen!«

»Gaby!«, zischte er.

Kasten hob interessiert die Brauen und ging einen Schritt auf die Gattin zu. Sie brauchte Schutz, um weiterreden zu können.

»Er hat eine Stadtwohnung ganz in der Nähe, Richtung Innenhafen. Da steht schon sein gepackter Koffer.«

Kehlmann schrie auf wie ein verwundeter Eber, senkte aber sofort wieder seine Stimme – vielleicht war ja doch noch etwas zu retten. »Bist du von Sinnen? Was erzählst du für einen Blödsinn?«

Witzler stoppte ihn, beruhigte mit einem Tätscheln auch seine eigene Frau und wandte sich gleichzeitig an Gaby: »Haben Sie Beweise?«

»Nicht dafür, aber ich ...«

»Also keine Beweise. Es reicht. Paul, wir gehen jetzt!«, kommandierte Witzler und zog auch seine Frau von ihrem Stuhl. Sie schien noch nicht zu fassen, was sich vor ihren Augen abspielte. »Wir gehen!«, wiederholte Witzler mit Nachdruck und herrschte Kasten an: »Und wagen Sie ja nicht, uns daran zu hindern.«

Die Polizistin blickte zu ihren Jungs hinüber: Sie zuckten mit den Schultern. Verdammt, dachte Kasten, noch einmal die Lage an den Türen abschätzend. Die wollten doch pünktlich sein!

So aber ließ sie den Kehlmann-Klub passieren und ergriff Gabys Arm. »Wenn wir wenigstens einen einzigen Beweis in der Hand hätten«, raunte sie beschwörend.

»Habe ich vielleicht doch«, erwiderte die Professorengattin aufgeregt. »Sie lassen mich ja nicht zu Wort kommen. Ich habe noch was Schlimmeres entdeckt!«

Sie begann, in ihrer Handtasche zu kramen.

Auch Heidrun war jetzt an Gabys Seite. »Ganz ruhig, du machst alles richtig!«, flüsterte sie, während Kehlmann und sein Beschützer dem Ausgang bedrohlich nahe kamen.

Kastens Jungs strafften sich und sahen ihm entgegen.

Kehlmann war nur noch fünf Schritte von der mittleren Saaltür entfernt, als sie nach außen aufschwang. Drei Personen stellten sich dem Professor in den Weg: Kalle Mager,

Tim Hoppe – und Lea Bennsdorf. Kehlmanns ehemalige Mitarbeiterin war bleich wie Sepiaschale und so abgemagert, dass ihr Pullover wie ein Sack an ihr herunterhing. Tim hielt ihren Arm, schien aber auch auf dem Sprung zu sein, um sich notfalls zwischen Lea und Kehlmann werfen zu können.

Doch der Professor bremste so abrupt ab, dass Witzler ihm aus Versehen in die Hacken trat. Erschrocken schnappte der Flüchtende nach Luft. Dann kommandierte er: »Aus dem Weg!«

Herta legte alle Kraft in ihren Blick. Los, Mädchen, mach dem Albtraum ein Ende. Sag es! Innerlich ballte die Kommissarin eine Faust von der Größe einer Abrissbirne.

Doch statt Lea redete Tim: »Herr Kehlmann hat diese Frau vor zwei Wochen vergewaltigen lassen!«

Dann erstickte seine Stimme und Lea verbarg ihr Gesicht hinter ihren schmalen Händen. Man sah, dass ihr Körper bebte, als bäumte sich in ihrem Innern ein Dämon auf.

»Jetzt reicht es aber!«, schrie Kehlmann, Wut und Hass in den Augen.

Lea taumelte entsetzt zurück, aber Tim stellte sich schützend vor sie. »Lass sie endlich in Ruhe, du Schwein«, schrie er völlig außer sich zurück. »Du hast ihr genug angetan!«

»Der Mann da lügt«, spuckte der Professor aus. »Er wird von der Polizei gesucht. Wegen …«

Er verstummte so plötzlich, als hätte ihm jemand einen Eiswürfel hinter den Hosenbund geschoben. Offenbar war ihm eingefallen, dass es mit Leas Erscheinen keinen Grund mehr gab, Tim zu verhaften.

Aber der Eiswürfel war schnell geschmolzen. Kehlmann richtete seine Gipsfinger wie eine Waffe auf Lea, die völlig zusammengesunken am Boden saß, und fletschte die Zähne. »Dass die nicht alle Tassen im Schrank hat, sieht man doch!«

Er wollte weitergehen, doch jetzt verstellten ihm auch Kastens Kollegen den Weg. Einen Augenblick lang schien die Zeit im Saal stillzustehen – nur Balzacks Kameramann kletterte auf einen Tisch, um die Szene voll ins Bild zu bekommen.

Witzler startete einen letzten Versuch, Kehlmann herauszuhauen: »Hören Sie auf, den Professor zu diskreditieren. Für diese ungeheuren Anschuldigungen gibt es keinen Beweis!«

»O doch«, stieß Gaby Kehlmann hervor. Sie ließ einen USB-Stick der Marke *Corsair* vor den Augen aller Anwesenden baumeln und reichte ihn der Frau im gelben Anorak.

»Was, sagten Sie, kann man auf diesem Stick finden, Frau Kehlmann? Sie haben da vorhin etwas angedeutet. Wären Sie so nett, das zu wiederholen?«

Gaby Kehlmann wirkte plötzlich viel selbstbewusster. Gefasst. Kühl. Mutig. »Es ist wahr. Mein Mann hat diese Frau vergewaltigen lassen. Möglicherweise von seinem asozialen Bruder. In seinem Appartement hier in Duisburg. Er hat es sogar gefilmt!«

»Das ist alles nicht wahr«, fauchte Kehlmann. »Das ist ein Komplott. Diese Weiber lügen.«

»Vollidiot!«, konterte Gaby mit bitterem Spott und unverhohlener Verachtung. »Als Informatiker solltest du wissen, dass man mit seinen Passwörtern vorsichtig umgehen muss und dass man verschlüsselte Dateien nicht zusammen mit dem Schlüssel an derselben Stelle deponiert. Im Übrigen hast du deine Hand mitsamt Ehering auf deinem Filmchen verewigt. War der Whisky wenigstens lecker?«

Kehlmann schwieg entsetzt. Dass Gaby mit einem Computer umgehen konnte, wusste er. Aber wie war sie in seine private Festung eingedrungen? Und wie hatte sie die zusätzliche *Bitlocker*-Verschlüsselung für den Zugriff auf den Stick umgehen können? Unmöglich!

»Also!« Kasten blickte noch einmal zur Kamera – ja, sie war im Bild. Und ihre Stimme war gut bis zu den hinteren Plätzen im Saal zu hören. Hart wie eine Eisensäge: »Nehmt ihn fest!«

Kehlmann wollte sich auf die Kommissarin stürzen, doch

Kopitzki und Echternach waren schneller. Froh, endlich von der Kette gelassen zu sein, gab es das volle Programm: Sie zwangen den Professor auf den Boden, ließen ihn den Flattermann machen und tasteten ihn nach Waffen ab. Danach zogen sie ihm die Hände auf den Rücken, legten ihm die Kabelbinder an und drehten ihn um.

Tonlos schnappte Kehlmann nach Luft wie ein Karpfen, den man gerade aus dem Wasser gezogen hatte. Mühsam kämpfte er gegen den Schmerz an, der von seinen malträtierten Fingern ausging.

Die Hauptkommissarin sah ihm von oben in die Augen. »Paul Kehlmann, geborener Paul Elchmaul, ich nehme Sie vorläufig fest – wegen des dringenden Tatverdachtes eines Sexualverbrechens an Frau Lea Bennsdorf und der Tötung von Frau Silke Neuhaus. Alles, was Sie jetzt noch sagen, kann gegen Sie verwendet werden.«

Bei den Zuschauern mischten sich Schock, Entrüstung, Empörung – und Sensationslust.

Die ersten Leute klatschten Beifall, einige Männer und Frauen hatten Tränen in den Augen.

Witzler und sein Spießgeselle vom Ministertisch wagten es nicht, noch einmal einzugreifen. Beide schoben sich immer weiter in den Hintergrund, während Kastens Männer Kehlmanns Taschen durchsuchten.

Echternach, der Boxer, rief plötzlich: »Ich habe sein Smartphone!«

Kehlmann schrie seine Wut und seine Hilflosigkeit in den Saal.

»Und ich kenne die PIN«, frohlockte seine Gattin. Sie trat vor, entsperrte das Telefon, klickte ein paar Mal und zeigte Kasten dann das Fundstück. »Hier, sein elektronisches Ticket.«

Die Polizistin gab sich keine Mühe, ihre Schadenfreude zu verbergen. »Fluchtgefahr! Sag ich doch.«

Kehlmanns Gesicht war nur noch eine hässliche Grimasse.

Seine Frau beugte sich über ihn. »Du dreckiges, Frauen

verachtendes Schwein. Du wirst weder mich noch deine Kinder jemals wiedersehen! Darauf gebe ich dir mein Wort!« Sie spitzte die Lippen und spuckte ihm ins Gesicht.

»Schön«, flüsterte Balzack, »geiler Film!«

Chris hatte sich mit dem Mikro näher herangeschoben und konnte auch Kastens Abschiedsgruß an den Oberstaatsanwalt einfangen. »Habe ich Ihnen doch gesagt, Herr Witzler. In der zweiten Runde gehen Sie k. o.«

## 112

Nach dem dramatischen Ende der Preisverleihung trennten sich die Wege der Hauptbeteiligten.

Gabi Kehlmann wurde von ihrer Freundin zurück in ihr leeres Haus begleitet, während Kastens Kollegen den Professor zur Vernehmung ins Dortmunder Polizeipräsidium transportierten.

Die Hauptkommissarin zog sich währenddessen mit Tim und Lea sowie einer Polizeipsychologin in eine der verwaisten Künstlergarderoben hinter der Bühne der Mercatorhalle zurück. Dort befragte Kasten die völlig erschöpfte Lea behutsam zu den Geschehnissen der beiden letzten Wochen. Damit wurde Tim Hoppe endgültig von allen Vorwürfen entlastet.

Kalle Mager traf derweil an der Kopula-Keksdose ein, um endlich Simones Twingo abzuholen. Im Durchgang zum Parkplatz lief er dem Schwertkämpfer von der Security über den Weg. Beide erkannten einander augenblicklich wieder. Eine Sekunde des Zögerns, dann ging Magers Sohn auf den Wachmann zu. »Tag, Herr Pradtke.«

»Tag, Jungchen. Wieder auf heißer Spur?«

»Gewesen. Wir haben dafür gesorgt, dass Professor Kehlmann die nächsten Jahre im Knast verbringen darf.«

Ein kleines Lächeln huschte über Pradtkes Lippen. »Hab den Burschen nie gemocht. Der ist nicht echt. Der konnte einem wie mir nicht mal in die Augen sehen. Grüßen Sie ihre Freundin von mir. Und falls Sie mal ein scharfes Schwert zum Schutz brauchen …«, er zwinkerte Kalle verschwörerisch zu, »… dann stehe ich Ihnen gern zur Seite. Alles Gute Ihnen beiden!«

Vierzig Minuten später traf Kalle wieder in der Steinhammer Straße ein. Sein Alter stand gerade im Hof, um seinem Lieblingshobby nachzugehen.

»Mann, was ist los mit dir? Ich habe mehrmals versucht, dich zu erreichen, aber …«

»Mein Handy ist Schrott. Erzähle ich dir später. Jetzt will ich erst einmal nach Simone sehen.«

Mühsam kletterte Kalle zu seiner Dachstube hinauf. Er fühlte sich plötzlich so erschlagen, als ob er einen Wintervorrat Kaminholz gehackt hätte. Am liebsten wäre er sofort ins Bett gekrochen. Vielleicht hatte er sich ja nach dem Autounfall doch etwas zu viel zugemutet.

Sim hörte ihn schon auf der Treppe und öffnete ihm, bevor er die letzte Stufe erklommen hatte. Die Fältchen in ihrem Gesicht schienen etwas tiefer zu sein und in ihren Augen las er Besorgnis.

»Hey, meine Süße, wie geht es dir?«

Er wollte sie in den Arm nehmen, aber sie ergriff seine Hand und zog ihn in die Wohnung. Stumm lotste sie ihn zu seinem Anrufbeantworter. Das Gerät zeigte eine neue Nachricht an.

Hoffentlich nicht noch mehr Aufregung, dachte Kalle. Neugierig drückte er die Taste zum Abspielen der Mitteilung, während Simone ihn nicht aus den Augen ließ.

»Amtsgericht Dortmund, Löhrmann am Apparat. Nicht erschrecken, Herr Mager. Es ist wirklich nichts Bedrohliches. Ihre Mutter konnte leider noch nicht dem Haftrichter vorgeführt werden. Sie hatte einen kleinen Kreislaufkollaps und wird ärztlich betreut. Die Mediziner sind aber zuversichtlich, dass Ihre Mutter morgen Nachmittag wieder verhandlungsfähig ist. Von Besuchen raten wir ab, denn wir dürfen Sie zurzeit ohnehin nicht zu ihr lassen. Haben Sie bitte Geduld bis morgen. Und wie gesagt, Sie müssen sich nicht sorgen.«

»Toll!«, kommentierte Kalle und kratzte sich den Hinterkopf, als müsste er ein paar Läuse entfernen. »Die haben Nerven!«

Simone tippte daraufhin einen Kommentar aufs iPad: *Ist eher ein Zeichen, dass es nichts Ernstes ist. Warum hast du nicht angerufen? Ich hab dir 'ne SMS geschickt.*

»Handy ist im Arsch«, begann Kalle, doch da klingelte es. Er drückte auf und öffnete die Tür.

An den Schritten im Treppenhaus erkannte er schnell, wer der Besucher war.

»Mein Alter«, ließ er Simone mit einem Stöhnen wissen. »Immerhin hat er seit seinem letzten Besuch gelernt, dass man nicht einfach in anderer Leute Wohnung aufkreuzt.«

Eine zweite Wohnungstür im Haus wurde eilig geöffnet. Unmittelbar danach erklang Susannes Stimme. »Klaus-Ulrich?«

Das kann ja heiter werden, dachte Kalle. »Komm, lass uns runtergehen, bevor es Mord und Totschlag gibt.«

Susanne sah fertig aus. Sogar Mager bemerkte die dunklen Ringe unter ihren Augen und schluckte den verbalen Feuerstoß, der ihm im Rachen lag, wieder herunter.

Kalle und Sim erreichten die beiden, als Susanne vorschlug: »Lass uns noch mal über alles reden.«

So leise hatte sie schon lange nicht mehr gesprochen. Das PEGASUS-Ende war ihr offenbar doch stärker an die Nieren gegangen, als alle gedacht hatten.

»Ich möchte nicht, dass wir Feinde werden.«

Der Bärtige zögerte und guckte immer noch finster. Doch

da hakte sich Simone bei ihm ein und zog ihn sanft über die Schwelle zu Susannes Wohnung.

Die PEGASUS-Chefin nickte ihr dankbar zu. Während das Mager-Olsok-Trio im Wohnzimmer Platz nahm, setzte Susanne Kaffee auf und ließ sich die letzten Ereignisse berichten. Dann schenkte sie den frischen Sud ein und kam zu ihrem eigentlichen Anliegen.

»Ich möchte mich bei euch entschuldigen. Es tut mir leid, dass ich nicht viel eher ein offenes Wort mit euch geredet habe. Darüber, wie die tatsächliche Lage bei PEGASUS aussah.«

»Ach ja? Du bist doch fein raus aus allem«, schmollte Mager. »Du hast doch einen schönen neuen Job.«

»Das ist richtig. Und dafür werde ich mich nicht entschuldigen. Auch ich muss sehen, wo ich bleibe, nicht nur ihr. Weißt du …«, sie stockte kurz, fuhr dann aber fort, »… bei Kalle mache ich mir keine Sorgen. Er wird bald was Passendes finden. Aber ich weiß, dass es für dich schwieriger wird.«

Mager schnaubte verächtlich. »Wenn das jetzt so eine Mitleidsnummer …«

»Nein, Klaus-Ulrich, das wird es nicht. Ich habe in den beiden letzten Monaten euer Gehalt von meinem Ersparten nehmen müssen. So ist die Lage. Aber ich habe bis zuletzt gehofft, die Probleme in den Griff zu kriegen. Ich hätte eher was sagen müssen.«

Betroffen sah Mager auf. Doch er war noch nicht fähig, etwas Versöhnliches beizusteuern. Zu tief saßen Wut und Enttäuschung. Der Rausschmiss tat immer noch weh.

»Vadda!«, schlug sich Kalle nun auf die Seite der PEGASUS-Chefin. »Susanne hat den Laden über fünfundzwanzig Jahre bombig geschmissen. Und PEGASUS ist nicht die einzige Firma, der es heute schlecht geht.«

Der Alte atmete tief durch.

Susanne rückte ihren Sessel näher an den Bärtigen heran und legte ihre Hand auf seine. In ihren Augen schimmerte es feucht. »Klaus! Auch wenn es PEGASUS nicht mehr geben wird, möchte ich nicht, dass es zwischen uns so endet. Denk daran, was wir alles durchgemacht haben. Ich sage nur Datteln. Thailand. Die Überfälle der Polizei …«

Und viel früher die gemeinsamen Nächte, dachte er und spürte selbst ein verdächtiges Kribbeln hinter seinen Augen.

»Wir haben alle Krisen überlebt und uns immer blind aufeinander verlassen können.«

Stimmt nicht, wollte er ihr trotzig entgegenschleudern. Aber er wusste, dass es eine Lüge gewesen wäre.

»Ich wünsche mir, dass das bei uns so bleibt.«

Die Züge des Dicken wurden gegen seinen Willen weicher. Bis in die *Tagesschau* sind wir gekommen, erinnerte er sich. Er zog eines seiner altertümlichen Stofftaschentücher heraus und putzte sich umständlich die Nase.

Susanne schaute nun in die Runde. »Ich habe viel nachgedacht. Wenn wir unsere Ausrüstung verkaufen sowie die Außenstände und die offenen Rechnungen abgewickelt haben, wird noch etwas Geld übrig bleiben. Das werde ich zwischen uns aufteilen. Das gibt Klaus etwas Luft, um …«

Der Rest des Satzes ging im Jaulen eines Motorrads unter. Offenbar verwechselte der Fahrer die Steinhammer Straße mit dem Nürburgring. Gleich danach kreischte hinter dem Haus eine S-Bahn vorbei. Dann wurde es wieder still. Alle warteten auf Klaus-Ulrichs Antwort.

Schließlich konnte Kalle sich nicht mehr zurückhalten: »Mann, Vadda, wir waren auch keine Musterknaben. Und du hast in der letzten Zeit oft genug die Rente herbeigewünscht …«

Der Alte schniefte.

»Euer Haus ist bezahlt. Karin verdient demnächst mehr. Du hast noch einen kleinen Sohn. Das wäre die Chance, dich um ihn so zu kümmern, wie ich es mir früher oft gewünscht habe.«

Der Vater sah seinen Sohn mit großen Augen an.

»Das ist kein Vorwurf, Vadda. Ich weiß, dass es nicht anders ging, als ich klein war. Aber bei Theo geht es. Und der hat es verdient.«

»Umpf!«, machte Simone und deutete mit dem Kopf zur Tür.

Kalle begriff und stahl sich mit seiner Freundin davon. Aus den Augenwinkeln sah er noch, dass Mager und Susanne sich umarmten. Das Schluchzen hörten sie auf dem Flur.

## Der zweite Sonntag

### 113

»Komm, Theo, hilf mit. Spülmaschine ausräumen!«

»Manno, am Sonntag arbeiten! Und Kinderarbeit ist …«

»Schreib an UNICEF«, empfahl sein Vater, schleppte den Staubsauger ins Wohnzimmer und schaltete ihn ein. Das Gerät war laut genug, um die Proteste des Sohnes zu übertönen.

Eine Stunde später war die Villa Mager für den Sonntagsbrunch gerüstet.

Zufrieden stand der Dicke mit Kaffee und Kippe vor dem Haus in der Morgenkühle und sah zu, wie Theo Korbwürfe übte. Solange die katholischen Nachbarn jenseits der Hofmauer in der Kirche waren, durfte der Sohn auch am Sonntagvormittag lärmen.

»Sag mal«, fragte Theo schließlich, während er seinen Wurfarm zur Lockerung kreisen ließ, »ist Tante Mechthild wirklich im Gefängnis?«

Mager nickte. »Ja. Die beiden Bull… äh, Polizisten von Freitag haben sie wegen Körperverletzung angezeigt. Aber heute prüft ein Richter alles und ich bin mir sicher, dass er sie wieder rauslassen wird.«

Theo überlegte einen Moment und sah ihn mit einem stolzen Lächeln an. »Mann, so 'ne Familie wie ich hat sonst keiner in meiner Klasse. Dann ist Mama jetzt die Einzige, die noch nie im Knast war.«

»Stimmt«, sagte Mager. Den Hinweis, dass Mechthild im strengeren Sinne gar nicht zur Familie gehörte, verkniff er sich. »Manchmal ist es sogar eine Ehre, wenn man eingebuchtet wird.«

»Ich weiß. Opa Heinz hat ja auch gesessen. Weil er gegen die Nazis gekämpft hat.«

»Genau!«, sagte Mager und streichelte Theos zerzaustes Haar. »Pass mal auf, nach dem Frühstück musst du uns Erwachsene ein Stündchen allein lassen. Wir müssen über ein paar schlimme Verbrechen reden – und das ist noch nichts für Kinder.«

»Mann, Papa, ich bin kein Kind mehr, sondern ein Jugendlicher. Und ohne mich und meine Wikipedia-Recherche hättet ihr doch gar nicht mitgekriegt, dass dieser Professor Mabuse früher Elchmaul hieß.«

Mager seufzte. »Das stimmt. Aber darum geht es nicht.«

»Sondern?«

»Darf ich deine Unterhaltungen auf *schülerVZ* lesen?«

»Hä?«

»Zum Beispiel mit der süßen Sophie aus deiner Klasse.«

Theo errötete.

»Also. Gehst du heute mal in dein Zimmer, ohne zu meckern?«

Magers Jüngster nickte.

»Versprochen?«

»Ja.«

Jenseits der Einfahrt fiel die Tür der PEGASUS-Residenz ins Schloss. Kalle und Simone kamen heran. Der Erstgeborene trug ein Tablett mit einem Schokoladenkuchen. »Hatte noch 'ne Backmischung im Regal!«

»Wusste gar nicht …«

Simone tippte Mager auf die Brust und unterbrach so seine Lobeshymne auf den Sohn. Dann deutete sie auf ihr iPad, öffnete eine App und ließ die Finger über den Touchscreen tanzen.

Sekunden später meldete sich eine Computerstimme: »Vorsicht. Verfallsdatum auf der Packung lautet *September 2009!*«

»2009«, grinste Mager. »Da war Theo in der vierten Klasse. Quasi gestern. Also her mit dem Kuchen!«

Simones Scheinwerfer leuchteten verschmitzt auf. Die noch am Vortag weißen Wangen waren mit einem roten Hauch überzogen. Offenbar hatten die beiden den Vormittag nicht nur zum Kuchenbacken genutzt.

Behutsam drückte der Alte die De-facto-Schwiegertochter an sich und gestand: »Du gefällst mir!«

Sie wurde noch röter und deutete erst auf sich und dann auf ihn. Ein Gefühl von Wärme überschwemmte sein Herz. Hoffentlich klappt es mit den beiden, dachte er und erschrak. War das etwa die Sehnsucht, Großvater zu werden?

»Geht schon mal rein!«, schlug Mager vor und zündete sich die nächste Kippe an. Eines Tages werde ich wohl wirklich an diesem Zeug krepieren, dachte er. Aber dieses Jahr noch nicht ...

Kurz darauf hallten Schritte zwischen den Giebelwänden beiderseits der Einfahrt wider. Zögernd betrat Tim den Hof, gefolgt von einer Blondine, die deutlich älter war als Simones Studienkollege. Das musste Adele sein.

»Willkommen!«, sagte Mager und deutete auf die Tür. »Fühlt euch wie zu Hause.«

Tim nickte erfreut. Offenbar war er froh, wieder unter Menschen zu sein, denen er willkommen war.

»Lea kommt nicht? Wie geht es ihr denn?«, fragte Mager besorgt.

Sofort verdüsterte sich Tims Gesicht. »Das wird viel Zeit und Geduld kosten. Und der Tag gestern hat ihre letzte Kraft geraubt. Ihre Schwester ist aus der Schweiz angereist. Außer ihr will sie heute niemanden sehen.«

»Verstehe. Gut, dass sie dich und ihre Familie hat.«

Der junge Kerl im Karohemd nickte.

Adele wandte sich nun dem kommenden Basketballstar zu. »Du musst Theo sein!«, vermutete sie und drückte dem Jungen ein flaches Päckchen in die Hand.

»Was ist da wohl drin? Vielleicht ein neuer Ball?«, fragte er mit gespielter Ernsthaftigkeit und hielt die Packung ans

Ohr, während er sie sanft schüttelte. »Toll! Woher weißt du, dass ich Katzenzungen mag?«

»Stand in der Zeitung!«

Eine Stunde später war von dem Brunch nicht mehr viel übrig. Simones Magen knurrte, während sie neidisch auf die Reste fester Nahrung schaute. Sie saugte noch immer an ihrer Tomatencremesuppe.

»Können wir dann?«, fragte Mager und schaute Theo an.

Der nickte brav und verzog sich nach oben in sein Zimmer.

»Leute«, sagte der Bärtige. »Trotz aller Unglücksfälle: Ihr dürft froh sein, dass Kehlmann hinter Gittern verschwindet. Und wenn er glaubt, etwas Besseres zu sein – die Knackis werden ihm schon zeigen, was ein Professorentitel im Knast wert ist.«

»Ja«, meinte Kalle. »Aber ohne seine Frau hätte alles anders ausgehen können.«

»Die hat er doch auch behandelt wie ein Stück Dreck«, erklärte Adele. »Allein ich weiß schon von drei Affären, und das ist mit Sicherheit nur die Spitze des Eisberges.«

»Wieso hat er sie überhaupt geheiratet?«, fragte Tim.

Kalle schaltete sich ein: »Ich nehme an, weil er den Namen Elchmaul loswerden wollte. Sonst hätte er bei Google oder Bing direkt unter Heinrich Elchmaul, dem Kinderschänder, gestanden. Schlecht für einen erfolgreichen Professor, wenn die Leute eins und eins zusammenzählen.«

»Ja«, stimmte Karin zu. »Aber vor Gericht werden ein paar Gutachter aufmarschieren, die alles auf seine Kindheit schieben. Er tut ja sogar mir fast leid. Wenn ich mir vorstelle, wie viele Jahre er einem Pädophilen ausgeliefert war …«

»Hoffentlich lassen sich die Richter nicht davon einlullen«, brummte Mager.

Alle nickten, rührten in ihren Tassen oder beugten sich vor, um noch ein Kuchenscheibchen zu ergattern – das hohe Alter des Rohmaterials hatte den Geschmack nicht verdorben.

»Sag mal, Tim«, meldete sich Adele schließlich erneut zu Wort. »Weißt du, weshalb Lea bei ihm in Ungnade gefallen ist?«

»Sie hatten Streit, weil er ihre Diss verschleppt hat«, antwortete er nach einer Pause. »Seit drei Jahren sitzt sie dran. Er hat das Thema vorgegeben, aber nie genau gesagt, was er erwartet …«

»Unfasslich. Und gleichzeitig hat er sie gevö…« Kalle bremste sich, als Simone ihm unterm Tisch einen Tritt verpasste.

Der Admin fuhr fort, als hätte er nichts gehört. »Sie hat ihm wohl die Pistole auf die Brust gesetzt. Entweder er bringt sie in einem halben Jahr durch oder sie geht zum Dekan. Jabba hatte die Mitarbeiter, die bei ihm promovierten, gar nicht gemeldet. So fiel niemandem seine Hinhaltetaktik auf.«

Sim guckte skeptisch und ließ ihre Zweifel elektronisch in Schallwellen übersetzen: »Aber das kann doch nicht alles sein.«

Tim und Adele nickten gleichzeitig. Der Studienkollege, weil er wusste, dass sie mit ihrer Vermutung richtiglag – die Doktorin, weil sie Sims Skepsis teilte.

»Du hast recht. Lea hat mal ein Telefonat mitbekommen und von dem Schmu erfahren, den Kehlmann mit seiner Privatfirma abwickelt.«

»Was für ein Schmu?«, fragte Karin

Adele verzog bitter das Gesicht. »Ich habe es auch erst von Tim erfahren.« Sie ignorierte Kalles zweifelnden Blick und machte mit ihrer Erklärung weiter. »Kehlmann hat – wie sicher etliche andere Professoren auch – eine kleine private GmbH gegründet. Die *SSS Consulting.* Als Geschäftsführerin fungiert seine Frau, weitere Mitarbeiter sind nicht nötig. Kehlmann vergibt einen Institutsauftrag an die eigene Firma, die Arbeit machen die wissenschaftlichen Mitarbeiter in ihrer Uniarbeitszeit – und der Gewinn landet bei der Firma.«

»Das geht?«

»Ja«, sagte Adele. »Dass das Institut auch Aufträge nach

außen gibt, ist erst mal nichts Ungewöhnliches. Ich habe jahrelang gutgläubig die Rechnungen zur Auszahlung freigegeben. Und meine Kollegen haben fleißig in ihren Büros gearbeitet und geglaubt, dass sie für Kopula arbeiten.«

Karin griff nach ihrem Kaffeepott und schnaubte. »Was für ein Moloch. Ob Kehlmanns Frau weiß, wie das Geld der Firma erwirtschaftet wurde?«

»Wenn sie nicht völlig doof ist – ja. Immerhin hat sie nicht nur ihren Doktor in Mathe und Informatik gemacht, sondern irgendwie auch Kehlmanns Videodateien entschlüsselt. Da dürfte sie in der Lage sein, Zahlen lesen zu können.«

Hehe, dachte Sim. Irgendwie entschlüsselt ist gut. So ganz ohne Tipp hätte Frau Kehlmann das wohl nicht geschafft.

*Ihr Mann ist nicht der, der er vorgibt zu sein. Finden Sie seinen* Corsair-*USB-Stick. Das Passwort zur Aufhebung der* Bitlocker-*Verschlüsselung lautet …*

Im Grunde genommen hatte sie ins Blaue getippt und war ein Risiko eingegangen. Nach dem, was Simone aus dem Mailverkehr über Gaby Kehlmanns Verhältnis zu ihrem Mann wusste, war es zwar unwahrscheinlich, aber nicht unmöglich gewesen, dass sie ihrem Mann die Mail zeigen würde. Aber Sims Instinkt hatte funktioniert.

Die Stumme klinkte sich wieder ins Gespräch ein, indem sie eine andere Frage in die App tippte: »Tim, warum bist du eigentlich abgehauen? Wir haben uns echte Sorgen gemacht.«

Der Admin atmete tief durch. Er hatte wohl schon befürchtet, dass diese Frage käme.

»Lea hat mich erst kontaktiert, nachdem ich per SMS gedroht hatte, die Polizei einzuschalten. Ich musste schwören, niemandem etwas zu verraten. Danach durfte ich zu ihr nach Belgien kommen, sie hatte wahnsinnige Panik. Jabba hat gedroht, ihrer Nichte was anzutun oder sie umzubringen.«

»Aber warum hat Lea sich in Belgien und nicht bei ihrer Schwester versteckt?«, fragte Karin.

»Die Adresse der Schwester kann man schnell googeln.

Aber die Ferienwohnung in Koksijde gehört entfernten Verwandten mit anderem Namen.«

Adele ergriff das Wort. »Etwas anderes: Was ist mit Leas Fotos auf deinem Rechner? Hat Kehlmann sie dir untergejubelt?«

»Welche Fotos?«, fragte Tim zurück und wurde rot.

»Die heimlichen Aufnahmen von ihr. Jabba hat dich damit bei der Kripo als Stalker angeschwärzt, dem es wohl nicht mehr reichte, seine Angebetete nur aus der Ferne ...«

»Dieses Schwein!«, platzte es aus Tim heraus. Er fummelte am Kragen seines Hemdes, das bis oben hin zugeknöpft war. Die Röte in dem runden Gesicht vertiefte sich noch etwas mehr, als er nach den richtigen Worten suchte.

»Ich bin schon länger in sie verliebt. Aber ich habe mich nicht getraut, ihr das offen zu sagen. Schon gar nicht, als die Gerüchte aufkamen, dass sie was mit Kehlmann hat.«

»Und deshalb hast du sie gestalkt?«, fragte Kalle ungläubig.

Die Schultern des Admins sackten etwas herab. »Ich wollte wenigstens ein paar Fotos von ihr haben. Von Stalking kann aber keine Rede sein. Es waren vielleicht fünf oder sechs Fotos. Ich habe das Lea in Belgien schon gebeichtet. Und sie weiß jetzt auch, was ich für sie fühle.« Er wischte sich über die feuchten Augen und sah Simone an. »Und was wird jetzt mit dir? Jabba hatte dich auf dem Kieker!«

»Kehlmann ist erledigt«, mischte sich Adele ein. »Die werden ihn rausschmeißen. Und womit soll er Simone schaden können? Jede Anklage gegen sie wäre ein weiteres Schuldbekenntnis. Köstritz hat keinen Grund, sie zu feuern.« Dann lächelte Adele Tim an. »Dich kann er auch nicht mehr entlassen. Du kommst Montag ganz normal zur Arbeit.«

»Aber ich hätte einen Krankenschein nachreichen müssen.«

Adele wedelte mit der Hand in Richtung Milchstraße. »Keine Sorge. Das kläre ich für dich am Montag. Eigentlich wollte ich Urlaub nehmen, aber Paul ist ja weg. Und ohne Kläger ...«

»Fehlt nur noch Kalle«, meinte Karin. »Dem hilft jetzt auch keine AU!«

Sim tippte los und die App tönte: »Kalle muss nicht verhungern. Und Hausmann ist auch ein ehrenwerter Job.«

Alle grinsten.

## 114

Wie ein Tiger lief Kehlmann in seiner Zelle auf und ab. Das Flugticket nach Indonesien war verfallen. Statt der köstlichen Reistafel am Strand von Bali gab es im Dortmunder Polizeigewahrsam Graubrot, Kartoffelpüree und vegetarische Frikadellen. Er blieb stehen und atmete den Gestank ein, der von seinen Achselhöhlen aufstieg. Ekelhaft, aber kein Wunder: Seit dem Vortag hatte er sich nicht mehr waschen, geschweige denn duschen können.

Schuld war diese kleine Rangelei mit drei Polizisten während der Einlieferung. Danach hatten sie ihn in diesen engen Raum gesteckt, der lediglich eine Liege mit Plastikauflage enthielt – sowie eine leicht abgeschrägte und vergitterte Öffnung im Fußboden für seine Notdurft. Und das mitten in Europa; eine Zumutung war das!

Fast wahnsinnig machte Paul jedoch ein anderer Umstand: Seit mehr als vierundzwanzig Stunden musste er ohne Telefon, Handy und PC auskommen. Keine Chance, mit jemandem zu kommunizieren, nach einem Ausweg zu suchen. Untätigkeit. Machtlosigkeit. Für ihn die Höchststrafe.

Mehrfach hatte der Professor nach seinem Rechtsanwalt verlangt. Zuerst im gewohnten Befehlston. Aber er hatte schnell realisiert, dass das nicht gut ankam. Die Polizisten schalteten auf stur.

Als er schließlich zu einer anderen Strategie wechselte und bei den Beamten höflich nach den Gründen fragte, warum ihm die Bitte verwehrt würde, erklärte man ihm die Rechtslage: »Sie haben zwei erfolgreiche Anrufe gehabt. Einen mit ihrem Freund Witzler. Den zweiten mit dem Rechtsanwalt, der Sie bei der Haftprüfung vertreten wird. Vorher sehen Sie niemanden.«

Am schlimmsten war die Nacht gewesen. Was für ein Albtraum! So realistisch, beinahe gegenständlich. Er war wieder jung gewesen und hatte langes volles Haar. Ein Abend in Peters Appartement. Zusammen mit seinem Stiefbruder. Und Silke, diesem blonden Wahnsinnsweib.

Es war heiß. Sie alle waren betrunken. Lachen, tanzen, knutschen. Immer wenn er zu leidenschaftlich wurde, drehte sie sich weg und wandte sich Pitt zu. Ein grausames Spiel. Trotzdem war für ihn klar, dass er die Blonde vögeln würde.

Silke. Lasziv. Geöffnete Lippen. Leises, heiseres Lachen, als sie seine Erektion bemerkte.

Pitt hatte seine Hände unter ihrer Bluse und schob den dünnen Stoff so weit nach oben, dass Paul ihre wohlgeformte Brust sehen konnte. Sein Bruder stöhnte und drückte seinen Unterleib an ihren. Sie ließ es geschehen und schloss seufzend die Augen. Als Pitts Lippen sich um ihre steifen Nippel schlossen, öffnete sie die Augen und blickte spöttisch zu Paul. Fast, als ob sie sagen wollte: »Na? Traut der Kleine sich nicht?«

Dann passierte es. Etwas Dunkles stieg in ihm auf. Es war, als verteilte sich ein dichter Nebel in seinem Kopf, der alle Vernunft beiseitedrängte. Paul wollte nackte Haut, er wollte, dass das spöttische Grinsen verschwand. Er wollte es ihr so besorgen, dass sie es nie wieder vergaß. Ihr den frechen Hintern versohlen, bis er rot glänzte, um dann …

Sein Körper agierte von allein. Seine kräftige Hand riss ihre Bluse herunter, packte ihren Gürtel und zerrte sie grob zu sich. Peter nickte knapp, gab ihm sein Einverständnis. Das hätte es zu diesem Zeitpunkt nicht mehr gebraucht. Er biss ihr in die Lippe. Sie schrie leise auf und stieß ihn weg. »Was soll das, du Arsch?«

Dann ging alles ganz schnell. In wenigen Sekunden lief

der Film ab. Er holte aus und schlug zu. Plötzlich Angst in ihren Augen. Sein Schwanz hart wie ein Schlagstock. Sie wollte sich losreißen. Keine Chance. Er hielt sie mit einer Hand fest, mit der anderen fingerte er an ihrem Jeansknopf. Sein Bruder schloss die Tür des Appartements ab und drehte die Musik auf. Silke wurde laut, schlug um sich. Pitt versuchte, ihr von der Seite aus ein Sockenbällchen in den Mund zu schieben. Sie wehrte sich, wurde panisch. Pauls Geilheit erreichte eine Intensität, die alles andere verblassen ließ. Er wollte nur noch seinen Schwanz in …

Ihre Hand hatte sich in seinen Haaren verkrallt, rutschte ab, als er seinen Kopf drehte. Da bekam sie seinen Ohrring zu packen. Zog, nein, zerrte verzweifelt an der Creole. Gleißender Schmerz, als das Ohrläppchen nachgab und riss. Aus einem Reflex stieß er sie mit aller Gewalt von sich …

An dieser Stelle war er aufgewacht. Fasste automatisch dorthin, wo der Ring gesessen hatte. Schmerzte gar nicht. Kein Blut an den Fingern. Doch nur ein Traum?

In Schweiß gebadet lag er da. Versuchte, sich zu erinnern, was danach geschehen war.

Als Erstes fiel ihm das Gesicht seines Bruders ein. Erschrocken. Silke lag auf dem Boden, direkt neben dem Tisch, an dessen Ecke rote Spuren und ein paar blonde Haare klebten. Sie regte sich nicht. War sie tot?

Sein Bruder bückte sich, fühlte nach der Halsschlagader, hielt den Finger unter ihre Nasenlöcher, schüttelte den Kopf. »Sie atmet. Und ist schön warm. Jetzt kannst du sie in aller Ruhe vögeln!«

Paul hatte wohl genickt.

»Ich muss mal«, sagte Pitt und verließ den Raum.

Paul hatte sich wieder unter Kontrolle. Er dachte einen Moment nach. Silke würde das nicht auf sich beruhen lassen. Sie würde sie beide anzeigen. Das durfte nicht geschehen. Er würde nicht so enden wie sein Adoptivvater.

Er wusste, was er tun musste – und dass es nötig war.

Er nahm ein Kissen von der Couch, kniete neben der Bewusstlosen und drückte es ihr aufs Gesicht. Es dauerte nicht lang. Der Körper zuckte nur ein kleines bisschen. Fast wie der eines träumenden Hundes.

Die Klospülung nebenan rauschte.

Paul hielt einen Finger an die Halsschlagader.

Der Wasserhahn nebenan lief kurz.

Kein Puls.

Er nahm das Kissen weg und richtete sich auf.

Pitt stand in der Tür. Betrachtete die Szenerie und verstand.

Wie lange sie so verharrten, wusste Paul nicht. Irgendwann bewegte er sich und ging ins Bad, wusch sich das Blut ab, kühlte sein Gesicht, fand im *Alibert* eine Packung mit Pflastern und klebte eines auf das Ohrläppchen. Wo war aber der Ring geblieben?

Als er zurückkehrte, entfaltete Peter schon zwei blaue Plastiksäcke. Das Kissen war schon darin verschwunden. »Hilf mal!«

»Und der Ring?«

»Irgendwo unterm Sofa oder unterm Schrank. Kannst du später suchen. Was machen wir damit?« Er deutete auf den Körper, der allmählich seine Wärme verlor. »In die Emscher? Oder in die Ruhr?«

»Ich weiß nicht. Wir müssen nachdenken. Keinen Fehler machen. Ich will nicht im Knast landen – und du sicher auch nicht.«

Dann hatte Pitt eine glänzende Idee. »Ich weiß was. Habe neulich dem alten Mager von nebenan geholfen, in seiner Bude Linoleum zu verlegen. Wenn wir leise sind …«

Sie waren leise. Und kehrten im Morgengrauen völlig verschwitzt und erledigt in das Appartement zurück. »Jetzt der Ring!«

Doch die Creole blieb verschwunden.

Paul schnürte sich der Hals zu. »Und wenn der irgendwo bei … ihr liegt?«

»Beruhige dich«, sagte der Bruder. »Niemand weiß, dass sie tot ist. Und die nächsten fünfzig Jahre wird keiner die Schlampe finden.«

Was für ein Irrtum, dachte Kehlmann, als er rastlos zwischen den Wänden seiner Zelle pendelte. Vier Schritte nach rechts, vier nach links. Wägte seine Chancen ab. Er würde alles auf Peter schieben. Mehr als Beihilfe würden sie ihm nicht nachweisen können. Vier oder fünf Jahre im Knast würde er überstehen. Und was dann? Seine Karriere war im Arsch. Er könnte froh sein, wenn sein Anwalt den Notgroschen auf dem Konto ließ. Und wenn nicht – dann bekäme er höchstens noch einen Job als Taxifahrer oder im Straßenbau. Verdammte Scheiße ...

Vier Schritte nach rechts, vier nach links. Immer wieder murmelte er die Namen derer, die ihn in diese Lage gebracht hatten: Lea, Adele, Tim, Olsok, Mager. Und Gaby. Ganz besonders Gaby! Eines Tages, schwor er sich, eines Tages ...

Er hatte kein Zeitgefühl mehr, denn auch die Armbanduhr hatte man ihm abgenommen. Aber irgendwann wurde seine Zelle aufgeschlossen. Bevor er begriff, wie ihm geschah, waren seine Hände gefesselt – diesmal freundlicherweise nicht auf dem Rücken, sondern vor seinem Gemächt.

»Haftprüfung!«

Mit einem Streifenwagen ging es zum Amtsgericht. Demütigend! Die Handschellen nahmen sie ihm erst ab, als er in einen kleinen Besprechungsraum geführt worden war. Ein dunkelhaariger Mann in legerer Freizeitkleidung erwartete ihn, einen Schnellhefter mit Papieren vor sich.

»Ich bin Doktor Schnieders. Wir haben kurz telefoniert.«

Kehlmann nickte. »Schön, dass Sie kommen konnten.«

Der andere lächelte kühl. »Wenn man dem Freund eines Freundes helfen kann. Aber zunächst müssen Sie mir eine Vollmacht unterschreiben.«

Kehlmann las den Text gar nicht erst durch, sondern kratzte seine gezackte Unterschrift auf das Blatt.

»Danke. Und jetzt hören Sie mir bitte gut zu. Herr Witzler hat mich darüber informiert, was gleich passieren wird. Die Staatsanwaltschaft Dortmund hat Untersuchungshaft beantragt. Ich lasse mal die Paragrafen weg: Freiheitsberaubung und Verstoß gegen das Recht auf sexuelle Selbstbestimmung und vorsätzliche schwere Körperverletzung zum Nachteil von Lea Bennsdorf.«

Kehlmann wollte aufbegehren, doch der Anwalt würgte ihn ab. »Sagen Sie jetzt und hier besser nichts dazu. Heute geht es nicht um die Schuldfrage. Sondern darum, ob es schwerwiegende Gründe für die Verhängung von U-Haft gibt.«

Kehlmanns Augen blickten an dem Rechtsanwalt vorbei auf die graue schmucklose Wand.

»Die bisher vorliegenden Begründungen dafür dürfte der Richter tatsächlich als schwerwiegend ansehen. Da wäre die eidesstattliche Versicherung Ihrer Gattin, dass dieser ominöse Speicherstick aus Ihrem Koffer stammt. Er enthält nach Aussage der Polizei Vergewaltigungsvideos, von denen mindestens eins in Ihrer Zweitwohnung aufgenommen wurde. Ihre Hand ist deutlich zu erkennen. Dann liegt das Protokoll der Vernehmung von Frau Bennsdorf vor, die schwere Beschuldigungen gegen Sie erhebt. Dazu kommt Ihr Flugticket für eine kurzfristig geplante und nicht angekündigte Reise.«

Der Anwalt war nicht sicher, ob Paul Kehlmann noch zuhörte. Es war fast, als hätte er beschlossen, von der Realität Urlaub zu nehmen. In Bali?

Der Jurist sprach weiter. »In Ihrer Tasche wurde eine bedeutende Menge Bargeld gefunden. Die Kripo Dortmund hat zudem gestern Ihr Büro durchsucht und sich den Zugriff auf Ihren Outlook-Kalender genehmigen lassen. Keine Dienstreise eingetragen, aber jede Menge Termine in der kommenden Woche, die Sie nicht mehr hätten wahrnehmen können. Für keinen Richter wird es angesichts dieser Erkenntnisse noch Zweifel daran geben, dass Fluchtgefahr besteht.« Kehlmanns linkes Augenlid zuckte. Aber noch immer blickte er Schnieders nicht an. Der war noch nicht fertig. »Dazu kommt der Verdacht der vorsätzlichen Tötung von Silke Neuhaus im Jahre 1985. Die Polizei hat in ihrem Grab einen verbogenen Ohrring gefunden, der offenbar beim Kampf Täter gegen Opfer aus dem Ohrläppchen gerissen wurde. Innendrin ein winziger Hautpartikel. Kommt Ihnen das bekannt vor?«

Als der Dicke immer noch nicht reagierte, wurde der Anwalt energischer. »Bitte, ich muss wissen, woran ich bin. Zeigen Sie mir mal Ihre Ohren!« Er beugte sich zu Kehlmann und drehte dessen Kopf. »Hier links – die Narbe. Gut zu erkennen. Die Staatsanwaltschaft wird darauf zurückkommen. Aber Sie wissen sicher selbst, was das LKA bei einem DNA-Vergleich herausbekommt.«

Die Berührung des Anwalts und seine Schlussfolgerung bewirkten offensichtlich eine vorzeitige Rückkehr Kehlmanns aus seinem imaginären Urlaub. Seine Augen wanderten unstet hin und her. »Ich …«

»Lassen Sie es. Wir müssen hier noch keine Verteidigungsstrategie entwickeln. Ich sage nur, was die Staatsanwaltschaft vortragen und was der Richter würdigen wird. Und eins muss Ihnen klar sein: Das wird heute nicht gut ausgehen.«

Der Anwalt stand abrupt auf, ohne Kehlmanns Antwort abzuwarten. Er hängte sich seine Robe um und klopfte an die Tür. Die beiden Polizisten, die davor Wache bezogen hatten, legten Kehlmann wieder die Acht an und führten ihn zu einer der beiden Wartebänke vor dem Verhandlungsraum.

Dort saßen schon drei Personen.

Die Frau in der gelben Regenjacke hätte er auch im Dunkeln wiedererkannt. Neben ihr zwei Männer, dem Alter nach vielleicht Vater und Sohn. Den Jüngeren erkannte der Professor sofort. Karl-Friedrich Mager, der dreckige Spitzel. Und er saß hier mit gefesselten Händen und musste das höhnische Grinsen der Männer ertragen. Der Hass auf sie brannte sich tief ein. Diese Demütigung würde er niemals vergessen.

Die braune Flügeltür öffnete sich. Ein langhaariger älterer Typ, der seine Anwaltsrobe schon wieder über dem Arm trug, und eine dralle Frau mit etwas zotteligen schwarz-grau melierten Haaren traten auf den Flur.

»Und?«, fragte die Polizistin.

»Keine U-Haft!«, sagte der Anwalt lapidar.

Der junge Mager nahm seine Mutter in den Arm. »Ich freu mich, Mama!«

Der Professor blickte dem Trio hinterher, als hoffte er, dass sie der Reihe nach tot umfallen würden. Da hallte eine knarzende Lautsprecherstimme durch den leeren Flur: »In Sachen Kehlmann bitte eintreten!«

## 115

So langsam war Simone wieder ganz die Alte. Mitte April war sie an ihren Arbeitsplatz zurückgekehrt. Nach der Mittagspause am Mittwoch, den zweiten Mai, schleppte sie mehrere Tabletts mit Kuchen ins Büro.

»Geburtstag?«, fragte Simon Hense erstaunt – derselbe, der auf Jabbas Geheiß Tim Hoppes PC abgebaut hatte. »War doch schon im Januar!«

»Gutes Gedächtnis!«, lobte Sim ihren Beinahe-Namensvetter. Dann wurde sie lauter: »Leute, gibt was zu feiern! Wir sind umgezogen! Wer ein Gläschen Sekt möchte …«

Die meisten Kolleginnen und Kollegen ließen sich nicht lange bitten.

»Schade«, kommentierte ihre Schreibtischnachbarin. »Wird ganz schön langweilig hier!«

»Wieso?«

»Na ja, keine neuen Storys über Gregor und deine skurrilen Nachbarinnen!«

»Zum Glück.« Simone lachte. »Die neuen Nachbarn sind okay und die Vermieterin …« In diesem Moment summte ihr Handy. Unwillig blickte sie aufs Display – die Wohnungseigentümerin. Verdammt, was wollte die?

Das hektische Atmen, das durch den Hörer fegte, ließ nichts Gutes erahnen. »Hören Sie, Frau Olsok, so geht das nicht!«

»Was geht nicht so?«, fragte Sim konsterniert.

»Die Miete ist noch nicht auf meinem Konto.«

Sim war völlig perplex. »Wir haben einen Dauerauftrag eingerichtet.«

»Aha, und warum ist das Geld noch nicht da?«

»Ist doch normal«, fiel es Simone ein. »Am ersten Mai arbeiten die Banken nicht. Kann sein, dass die Miete erst Donnerstag oder Freitag eingeht.«

Die Stimme der Frau überschlug sich nun fast. »Freitag? Sie haben vielleicht Nerven! Das wäre ja schon der Vierte! Die Miete muss aber am dritten …«

»Frau Götting!«, unterbrach Simone die Dame. »Am dritten Werktag! So steht es im Mietvertrag. Und da der erste Mai ein Feiertag war, ist der dritte Werktag am Freitag.«

»Was bilden Sie sich eigentlich ein? Ich muss doch auch am Ersten meine Rechnungen bezahlen!«

»Beruhigen Sie sich doch«, versuchte Simone es noch einmal. »Ich bin sicher, dass Sie das Geld schon morgen …«

»Frau Olsok, ich habe schon einmal einen Mietnomaden in einer Wohnung gehabt. Noch mal brauche ich so was nicht!«

Die Computerspezialistin musste tief Luft holen. Sie konnte die Speicheltröpfchen förmlich fliegen sehen, die ihrer Vermieterin vom Mund spritzten.

Trotzdem sagte sie beherrscht: »Also, zu Ihrer Beruhigung: Ich überweise demnächst einfach zum Ende eines Monats und Sie schauen noch einmal in den Mietvertrag …« Ein Klicken in der Leitung verriet, dass Sie nun ins Leere sprach.

»Toll«, sagte Simon Hense. »Das mit den patenten Vermietern hat ja super geklappt!«

Zwei Tage später luden Simone und Kalle zur Einweihungsfete. Familie Mager machte den Anfang und genoss den ungewohnten Luxus, mit dem Aufzug in den zweiten Stock fahren zu können.

Als sich die Tür öffnete, tauchte Theo im Hausflur auf. »Mensch, cool. Nie mehr Treppen steigen.«

Danach erschienen die Umzugshelfer aus Kalles Taekwondo-Verein samt ihren Freundinnen, etwas später folgten Tim, Adele und ein kräftig gebauter junger Mann, von dem Sim wusste, dass es Ole Rasmusson sein musste. Sie schüttelte auch ihm herzlich die Hand. Adele hatte vorher gefragt, ob sie ihn mitbringen dürfe, da der Kollege ihnen noch eine freudige Botschaft überbringen wolle.

»Und wo ist Lea?«, fragte Simone mit leichter Enttäuschung.

Tim hob hilflos die Arme. »Nehmt es nicht persönlich, aber sie will aktuell außer mir niemanden von der Uni sehen.«

»Verstehe. Würde mir wahrscheinlich genauso gehen«, gestand Simone. »Grüß sie auf jeden Fall ganz lieb von mir.«

Nach der Wohnungsbesichtigung und dem Essen versammelten sich alle im Wohnzimmer.

»Was gibt es denn Neues bei euch?«, fragte Kalle.

Rasmusson strahlte, aber schwieg.

»Los, erzähl schon«, ermunterte ihn Adele.

So im Mittelpunkt zu stehen, gefiel dem Doktoranden offenbar nicht. Er druckste ein wenig herum, aber dann rückte er doch mit der Sensation heraus: »Ich hab eine neue Stelle. Ich werde meinen Doktor in Schweden machen.«

»Herzlichen Glückwunsch. Aber …«

»Mensch, und das ist noch nicht alles«, platzte Adele ungeduldig heraus. »Er hat Kehlmann gleich zwei finale Arschtritte verpasst. Dass der einfach Unimitarbeiter für seine private Firma hat anschaffen lassen und Ole deswegen Anzeige erstattet hat, wisst ihr ja schon. Aber jetzt kommt noch ein Klopper: Kehlmanns Dissertation stammt in wichtigen Teilen nicht von ihm. Ole hat herausgefunden, dass der mathematische

Teil und einiges andere von Kehlmanns Frau kommt, und zwar aus ihrer Diplomarbeit. Das war's nun mit Jabbas Karriere – mit dem Doktor verliert er auch den Professorentitel.«

Die Funken der Schadenfreude sprangen auf alle über. Leises Lachen und verhaltener Jubel.

Sims Augen funkelten amüsiert, als sie Rasmusson den Arm tätschelte. »Ja, Rache ist geil. Aber dich möchte ich nicht zum Feind haben.«

Der Wissenschaftler wurde rot, aber es war klar, dass er sich über das Kompliment freute.

Dann fragte Adele: »Wie geht es euch denn?«

»Gut«, sagte Kalle. »Abgesehen davon, dass Vadda und ich jetzt endgültig arbeitslos sind.«

Schweigen.

»Aber habt ihr denn gar keine Idee?«, fragte Tim.

»Doch, schon.« Kalle tauschte einen Blick mit Simone aus. »Aber dazu fehlt uns im Moment noch das Startkapital.«

»Ach, kommt«, munterte Adele sie auf. »Nicht jammern! Heute wird gefeiert.«

Das taten sie.

Die Uhrzeiger näherten sich bereits der Zwölf, als Kalle am nächsten Tag völlig verkatert den Fetenmüll zum Container brachte. Beinahe automatisch ging er auf dem Rückweg zu dem mit Werbung zugestopften Briefkasten.

*Olsok & Mager* stand drauf. Sehr hübsch. Er lächelte.

Kaum hatte Kalle die Klappe geöffnet, fiel ihm ein Sammelsurium aus Pizzazetteln und Supermarktangeboten entgegen. Fast hätte er den Umschlag dazwischen übersehen. Ein Blick hinein – und er war auch ohne Aufzug in weniger als einer Minute oben.

»Sim«, schrie er und stürzte ins Wohnzimmer. Seine Hand zitterte, als er ihr den Umschlag überreichte. »Guck selbst rein. Das glaubst du mir sonst nicht.«

Die Kurzhaarige schüttete den Inhalt des Kuverts auf den Tisch – Geld. Ein paar Münzen. Und viele Scheine. Dazu eine getippte Nachricht:

*Das hier ist die Hälfte einer Geldsumme, die es offiziell nicht gibt. 12.045 Euro. Der gleiche Betrag wurde anonym an den* Weißen Ring *gespendet. Seht es als eine Art Schmerzensgeld an oder als Startkapital für eine neue Existenz. Der Mann, von dem es kommt, hätte es euch sicher gern persönlich gegeben, wird aber für eine längere Zeit verhindert sein. Viel Erfolg!*
*A. wie Anonymous*

Minuten später fuhr Sim ihren PC hoch, hämmerte auf der Tastatur herum und warf den Drucker an. »Guck mal, so könnte das aussehen!«

*PEGASUS-Ermittlungen*
*Diskret, clever, zuverlässig.*
*Leitung: Dr. Karl-Friedrich Mager*
*Sprechstunden nach Vereinbarung.*
*Telefon: 02327 – 8…*

»Nicht schlecht.« Kalle grinste. »Aber da fehlt noch was.«

»Ach ja? Was denn?«

»Der Name der Geschäftsführerin!«

# Ein legendäres Filmteam deckt auf

Reinhard Junge

**Achsenbruch**

ISBN 978-3-89425-354-7
Auch als E-Book erhältlich

**Wenn PEGASUS ermittelt, bleibt kein Rathaus sauber ...**

Bochum: Eine Autobombe tötet Lukas Beißner, den Lebensgefährten der Oberbürgermeisterin. War wirklich dieser harmlose Anwalt das Ziel des Attentats? Hauptkommissar Lohkamp tippt auf einen Machtkampf im Rathaus. Doch dann mischt das BKA die Stadt auf: Die Ermittler aus Karlsruhe glauben an ein Werk islamistischer Terroristen.

Einer anderen Spur folgt PEGASUS, das unbestechliche Fernsehteam. Kalle Mager filzt heimlich die Zweitwohnung des Opfers. Was er auf dem Laptop des Anwalts entdeckt, sorgt für neuen Zündstoff und bringt Kalle hinter Gitter …

*»Ein politischer Krimi voller Spannung.«*
Bettina Papenfuß, WDR 5

*»Ein meisterhafter, witziger Krimi; er soll nicht wahr sein, scheint aber doch wahrscheinlich.«*
P.S. – Die linke Zürcher Zeitung

*»Der Autor wirft einen bestechenden, nein, besser: bestechlichen Blick in die durch Filz und Kumpanei engmaschig verwobene Welt der Lokalpolitik. ... Junge, Junge, dieser Achsenbruch knallt rein!«*
Carsten Janecke, Hellweger Anzeiger

*»Ruppig, ohne Illusionen, aber so aufrecht, wie man es vom Leben gebeutelt eben hinkriegt.«*
Ultimo Münster

grafit

# Noch ein starkes Team: Schüppe & Balzack

Thomas Schweres

**Die Abtaucher**

ISBN 978-3-89425-445-2

Der 1. Fall für Schüppe & Balzack, auch als E-Book erhältlich

Eine Mordserie beginnt: Die Spuren weisen auf einen Albaner, der selbst schon tot ist. Kommissar Schüppe steht vor einem Rätsel. Derweil wittert Boulevardjournalist Tom Balzack seine große Chance, denn er kannte alle Opfer …

*»Das pralle Ruhrkrimileben.«*
Susann Rehlein, Das Magazin – Die Kulturzeitschrift

**Die Abräumer**

ISBN 978-3-89425-456-8

Der 2. Fall für Schüppe & Balzack, auch als E-Book erhältlich

Michaela Schmidt überfällt erst eine Bank, wird aber dann auf der Flucht hinterhältig erschossen. Bei der Suche nach dem Mörder kommt Kommissar Georg Schüppe dubiosen Immobiliengeschäften auf die Spur. Mit den Drahtziehern hat auch Reporter Tom Balzack noch eine Rechnung offen ...

*»Mit seinem ersten Dortmund-Krimi ›Die Abtaucher‹ hat Thomas Schweres viele Krimifreunde begeistert. Jetzt ist der zweite Fall für Kommissar Schüppe erschienen, und ›Die Abräumer‹ sind genauso spannend.«* Julia Gaßmann, Ruhr Nachrichten

**Die Abdreher**

ISBN 978-3-89425-473-5

Der 3. Fall für Schüppe & Balzack, auch als E-Book erhältlich

Ob Mafia, Neonazis oder IS-Terroristen – im Ruhrgebiet ist ein Kampf um lukrative Geldquellen entbrannt. Dumm nur, wenn die Interessen kollidieren, dann gibt es schnell Tote. Kommissar Georg Schüppe will dem Treiben Einhalt gebieten und benutzt den Reporter Tom Balzack als Köder. Der ahnt davon nichts, steht aber plötzlich auf der Abschussliste aller …

*»Wer das Ruhrgebiet noch nicht als interessanten Schauplatz entdeckt hat, wird es spätestens mit der Lektüre dieses Krimis tun!«*
Brigitte Siegmund, Buch aktuell